文春文庫

メタボラ

桐野夏生

文藝春秋

メタボラ●目次

メタボラ

第一章　他人の夢の中で

1

必死に逃げていた。ひたすら走って、この場を去ってしまいたいが、〈僕〉は今、深い森の中にいて逃げることはおろか、走ることさえできないのだった。しかも漆黒の闇だ。何時間歩いても途切れることのない樹木の連なりは、進めば進むほど、密度を増しているような気がする。手探りで歩くもどかしさに、〈僕〉は何度も目を閉じて両耳を塞（ふさ）いだ。悪夢なら早く覚めてくれ、次の素敵な夢を見たいから、と。

　だが、〈僕〉は依然、森の中にいる。シダを掻き分け、苔で足を滑らせ、老木の幹を摑んでは、無用に樹皮を剝がす。〈僕〉が動くたびに、動物たちが一斉に逃げる気配が伝わってきて、背筋が凍えた。鳥が鋭い鳴き声で威嚇（いかく）しながら羽ばたき、虫やトカゲが慌てふためいて飛び去って行く。耳許の唸（うな）りは、どんな昆虫だろうか。踝（くるぶし）の辺りを通り抜ける生物は、蛇ではないか。耳を澄ますと、樹液の滴りまでがはっきり聞こえてきそうだ。鳥肌が立つ。遠くで甲高い叫び声がした。けたたましく侵入者を知らせる動物は何だろうか。気が狂いそうになるほど怖いのに、あらゆるものに行く手を阻まれた〈僕〉は、脱出を賭けて、ひたすらもがいていた。

突然、樹木の隙間から月明かりが射して、辺り一面、木に白い花が咲き乱れているのが見えた。まるで白い蛾が密集しているような様に、〈僕〉は立ち尽くした。そして、地面のあちこちが仄かに発光しているのに気付いた。ここは、もしかすると、美しい森なのかもしれない。しかし、どういうわけか、〈僕〉の脳内ではさっきから、「ココニイテハイケナイ、ココニイテハイケナイ」という言葉が呪文のように繰り返されて、その激しい回転摩擦で脳味噌が沸騰しそうだった。いや、すでに沸騰している。体中に染み渡った恐怖が〈僕〉の全身の毛を逆立てて、両手をぶん回させ、勝手に足を繰り出させるのだった。右左、右左、右左と。

ああ、どのくらい、森を彷徨っているのだろう。汗で、背中がぐっしょりと濡れている。喉が渇いたが、飲める液体は自分の汗しかない。焦って樹冠を振り仰ぐ〈僕〉の耳許に、柔らかな物が落ちて来た。払い除けた途端、耳に激痛が走った。血が流れているのがわかる。蛭か、毒虫か。おぞましさに胴震いが止まらないが、このまま突き進むしか手はない。

微かな水音。その方角に向かって手探りで進んで行くと、小さな沢に出た。幅二メートルもないが、水量は豊富だ。〈僕〉は両手で水を掬って飲んだ。水は甘く、蒸れた土の匂いがする。刺された耳が熱く腫れぼったいので、冷たい水で冷やした。沢の中を歩き始めたら、深みに嵌(はま)って、腰の辺りまでが濡れた。慌てて水を掻いた指先に、魚らしき生物がぬるっと触れる。どこに行っても、そこいらじゅうにありとあらゆる生の気配が満ちていて、圧倒されそうだった。それでも、沢の上だけは、ほんの少し空間が開けていて、黄色い月が見える。〈僕〉は、とりあえず真っ暗な森から脱出できてほっとしていた。

だんだんと傾斜が緩くなる沢を転ばないように下って行った。すると、農地らしき開けた場所に出た。畑に人間の首みたいな物がごろごろ転がっている。収穫し忘れたキャベツだ。葉が大きく開き、腐敗臭を立てている。〈僕〉は、誰もいない荒れ果てた農地に向かってキャベツを蹴った。むかっ腹が立つ。人の名残はあっても、姿も、建物もない。

〈僕〉は、なだらかな農地の高みに立って、黒い森を振り返った。月明かりに照らされて、ぎっしりと詰まって波打つ森が、ひとつの大きな有機体に見える。じっと見つめていると、今にも呼吸を始めそうだった。〈僕〉は怖ろしくなって、森を見ないようにして埃っぽい土の上を駆けだした。農地が途切れて、原っぱになる。長い草に足を絡め取られながら、なおも走った。すると、何かが草を踏みしめて、こちらに向かって来る気配がした。驚いて立ち止まった瞬間、何物かが〈僕〉の横を通り過ぎて行った。信じられないことに、〈僕〉は疾駆する大きな鳥を見た。長い脚と突き出た首、球状の胴体。ダチョウと気付いた後、〈僕〉は少し笑い、それから不安で吐きそうになった。悪夢の方がまだましだ、と思ったのだ。

今の気分は、他人の夢の中にいるような心許ない感じだった。理不尽極まりない他人の夢の中で翻弄されている。急に脚から力が抜けて、へなへなと頽れそうになった。自分のあまりの無力さを感じたら、頭が痛くなった。不安と頭痛とで、〈僕〉はほとんど泣きながら草原を歩いた。黒い森から、ダチョウから、そして他人の夢の中から逃れたくて。

不意に、〈僕〉は草の階から宙を蹴って、数メートル下の硬い地面に落ちた。掌のつけ根と膝を打って、しばらく動けない。やがて、自分の落ちた場所がアスファルト舗装された道路だと気付いた。ほっとした〈僕〉は、仰向けに横たわったまま、痛みを堪えて月を見上げた。僅かに下の部分が欠けた月は、皓々と辺りを照らし出している。両脇を丈高い草に覆われた舗装路がくねくねと延びていた。人家は見当たらず、道は暗い。〈僕〉は起き上がって、頭を巡らせた。この道はどこに繋がっているのだろう。ともかく、山を下らなければならない。だが、疲れ果てた〈僕〉はすぐには動けなかった。月明かりの下、側溝に落ちた動物たちの死骸が累々と見えた。ひっくり返った亀、干涸びた蛇、鳥の雛。

どのくらい時間が経ったのだろう。道の上方から、丸い小さな光が近付いて来る。蛍か。いや、懐中電灯の光だ。真っ暗な山道を、誰かが下りて来るらしい。不安と期待とで、〈僕〉は叫び声をあげそうになった。早く誰かに助けてほしかった。だが、身を隠したくもあるような気がする。どうしたらいいのかわからず、迷いながら、光が近付くのを待った。光が十数メートルの距離にまで迫った時、〈僕〉は堪えきれずに声をかけた。興奮し過ぎて、まったくコントロールできていない高い声だった。

「あの、あのう、すいません」

相手は、「オゴエッ」と奇妙な叫び声をあげて立ち止まった。先方の竦み（すく）と恐怖が伝わり、〈僕〉は慌てた。

「すいません、びっくりしたでしょうけど」

相手は何も答えず、意を決したように猛烈な勢いで〈僕〉の真横を駆け下りた。夜の山道で突然声をかけられ、驚愕したに違いない。若い男らしかった。〈僕〉の横を擦り抜けた瞬間、風呂上がりらしい石鹼の香りと同時に、つんと酸っぱい汗の臭いがした。

〈僕〉は相手を驚かせたことを申し訳なく思いながら、背中に呼びかけた。

「ちょっと待ってください。怪しい者じゃないです」

何を根拠に、怪しい者ではない、などと言えるのだろう。不思議だった。〈僕〉自身、どうしてこんなところにいるのか、まったくわからないのだから。他人の夢はまだ続いている。〈僕〉の呼びかけで、小さな光が止まり、迷うように揺れた。〈僕〉は疲れた足を引きずり、近づいた。

「驚かせて、ほんとにすいません」

懐中電灯の光が、躊躇い（ためら）がちに〈僕〉の足元を照らし、それからゆっくりと上がって行く。迷うようにあちこちを行き来し、それからやっと〈僕〉の顔の上で止まった。男が口を開いた。

「すんきゃーびびったさ、まっじ、はごかったー」

弾けるような発音の、その声は子供っぽい。しかも、訛がきつく、よく聞き取れなかった。え？　と問い返しても、男は昂奮が治まらない様子で気が付かない。大きく嘆息してから、〈僕〉にこう聞いた。

「あんたも脱走組なぁ？」

脱走組。意外な言葉に驚いたが、ジャングルからの逃走が脱走に似ている気がして、〈僕〉は曖昧に頷いた。男は、同類を見つけたとばかりに、嬉しそうににじり寄って来た。

「逃げてすんません。おいら、だいず驚いたさー。ほら、夜の山ってはごいから、何かに出くわすんじゃないかって、おっかなびっくり歩いてるわけさー」

早口で喋る男からは、もう石鹼の香りはしない。汗の臭いだけがした。背は〈僕〉より高く、がっちりした体つきをしている。

「だっからよ、あんなとこ、やってらんないさ。おいら、二度と帰らねえよ。ね、そう思わん？」

同意を求められた〈僕〉は、無言で首を縦に振る。男が何か誤解しているのはわかっていたが、否定すると、この場所に置いて行かれそうな気がして、どうしてもできなかった。男は不審そうに〈僕〉の全身をじろじろ眺めた。

「荷物はないの」

問われて初めて、〈僕〉は自分の格好を眺めた。黒っぽいTシャツの上に、灰色のフード付きパーカー、ジーンズ。そのどれもが泥まみれで、草や枯葉が付着していた。しかも、腕時計もなく、何も手にしていない。思わず呟く。

「あれ、森で落っことしたのかな」

男は首を傾げた。

「あばっ、取りに帰るべき?」

意味がよくわからなかったが、〈僕〉は激しく頭を振る。荷物がないのは困るが、森の中はもう二度と嫌だ。

「いや、戻りたくない」

〈僕〉の拒絶の激しさに、男は気圧されたように言った。

「そうねー。すんきゃー真っ暗さね」

「二度と嫌だよ」

下草を掻き分けて進む時の掌の感触が甦り、寒気がした。

「だっからよ、何で森なんか入ったの。四月は、ハブがだういるってよ」

男は、リュックサックから水のボトルを取り出して、のんびりと尋ねた。よほど、〈僕〉が飲みたそうにしたのだろう。自分が飲んだ後、ボトルを手渡してくれた。悪いと思ったが、喉が渇いていた〈僕〉は、どうしても止められず、ほとんどを飲み干してしまった。

「すいません」

謝りながらボトルを返すと、男はペットボトルをちらと眺めた後、道路に投げ捨てた。

「いいさー。独立塾の水道水なんか、要らないさ」

憎々しげだった。独立塾というのが、男が逃げ出して来た場所らしい。〈僕〉は、下り坂を転がるペットボトルを追いかけて拾った。

「これ、貰っていいかな」

男は無言だった。呆れているのかもしれない。〈僕〉はペットボトルを潰さないようにパーカーのポケットに入れた。森の中で苦しめられた喉の渇きが、〈僕〉を用心深くさせている。〈僕〉の様子を観察していたらしい男が言った。

「ねえ、あんた、独立塾の人じゃないなぁ。あんたみたいなナイチャー風の人はいなかったような気がするからさー」

確かに独立塾とやらではないらしい。では、〈僕〉は、どこから来たんだろう、とぼんやり考えていた。

「だっから よ、どっから来たかー？」

何も答えないでいると、男は薄気味悪そうに身じろぎした。だが、〈僕〉は、必死に逃げて来た暗い森を思い出し、苦い味を消すために何度も唾を飲み込んでいる。

「裏の牧場からなぁ？」

「何の牧場」

「ダチョウ牧場があるって聞いたからさー」

〈僕〉は思わず笑った。さっきのダチョウは幻覚などではなかったのだ。囲いから逃げ出したダチョウが草原を走っていたのだろう。ようやくこの手に現実を捉えた感じがして、〈僕〉は少し安堵した。

「そう、ダチョウ牧場だよ」

たったこれだけの返答で納得したらしい男が、〈僕〉を誘う。

「なんとなんと、牧場かー。なら、一緒に下りる？　おいらも一人じゃ、うわりはご」

「ああ、すいません。よろしく」

ほっとして頼むと、男は頷いた。健康そうな太い首をしていて、いい具合に、体全体に筋肉が付いている。

「おいら、伊良部（いらぶ）昭光（あきみつ）」

男は、懐中電灯で自分の顔を一瞬照らして自己紹介した。頭に白いタオルを巻き付けているので、髪型はわからない。眉が濃く、眉骨が秀でて睫毛（まつげ）が濃く長い。彫りの深い、立派な顔立ちだった。十七、八歳だろうか。白い二本線の入った黒っぽいジャージを着て、下は膝を覆うぶかぶかのハーフパンツだ。骨太の素足にスニーカーを履き、大きなリュックサックを背負っていた。

「あんたは？」

〈僕〉は名乗ろうとして絶句した。なぜか、自分の名前が思い出せなかった。答えようとして口を開けたまま、脂汗だけが流れる。昭光と名乗った男は、ちらりとこちらを窺(うかが)って、不安そうに呟いた。

「言いたくないさいがね」

「そうじゃなくて、わからないんだ。思い出せない」

　小さな声で答えると、昭光はひどく驚いたらしく、奇声を発した。

「オゴエッ、どういうことか」

〈僕〉は答えられない。ひどく焦っていた。名前どころか、自分がどんな人間なのかも皆目わからなかった。いったい、どういうことだろう。何が起きたのだろう。うろたえて、何度も足踏みをする。頭を拳で強く叩いてもみた。脳味噌のどこかに引っかかった記憶が剝がれ落ちるのを期待して。

　だが〈僕〉は、森を彷徨っていた理由どころか、その前に何をしていたのか、そして自分が何者なのか、一切記憶がなかった。慌ててポケットの中身を探ってみたが、空っぽだ。つまり〈僕〉は、昭光に貰ったペットボトル以外は、名前も身分証も金も、そして過去も持たない、透明人間のような存在なのだった。他人の夢の中にいるような不安の正体がやっとわかり、〈僕〉は激しく混乱した。自分が誰かわからないのだ。膝の力が抜けて、情けなくも地面にしゃがみ込みそうになる。そうなるまいと必死に支え、待てよ待てよ、落ち着け、と自分が自分に囁いた。しかし、いくら待っても、何も答えは出てこなかった。〈僕〉の頭はポケットの中同様、空っぽだった。恐慌をきたした〈僕〉は、地団駄を踏んだ。

「ああ、どうしよう。何も思い出せないんだよ。どうしちゃったんだろう。きっと頭が壊れたんだ」

「焦らんでー。今に思い出すさー」

昭光が慰めるように言った。その言葉に縋りつき、そうだ、焦るな、今に思い出す、これは一時的なことなんだ、と〈僕〉は自分に言い聞かせた。それでも、腹の底から不安が湧き上がり、いても立ってもいられないような気持ちになる。呼吸すらうまくできない気がして、ぱくぱくと喘いだ。

「だっからよ、焦らんで、下りながら考えようよ。おいら、やばいから、行かなきゃならんないさいが。同室のおっさんがだいず陰険でさー、何でもかんでも密告しそうなわけよ」

昭光は〈僕〉の恐慌をよそに、懐中電灯で腕時計を眺めている。

〈僕〉は、昭光の分厚い肩を摑んだ。

「お願いだから、少し待ってくれない？」

「はあ、いいっすよ」

昭光は諦めたように答えた後、〈僕〉の手をそっと振り払った。よほど〈僕〉の様子が気味悪かったのだろう。そのまま逃げてしまいたそうに、何度も山道の下方を懐中電灯で照らしては、こちらを盗み見る。道路に被さる草の影が、〈僕〉らを逃がすまいとする山の指先のようで、不気味だった。しかし、〈僕〉は、夜の山よりも、自分の記憶喪失に怯えていた。不安と恐怖から、明らかに自分より年下に思える昭光の体にしがみついて、助けて、と懇願したくなる衝動を必死に抑えている。そして、なぜ昭光が年下に思えるのだろう、と考え込んでもいるのだった。〈僕〉は自分の年齢さえ覚えていない。腹立たしくなって、拳固で自分の頭を思いっきり叩く。

「駄目だよ、思い出せない」

「だっからよ、ゆっくり思い出したらいいさーよ。おいらも行きがかりで、こういう場合、どうすればいいのかわからんわけだしさー」

昭光は自信なさそうな声で、ぼそぼそ呟いた。急に小学生になったような、頼りない風情だった。早くこの場を去りたくて仕方がないらしい。

構わず〈僕〉は、その場にしゃがみ込んで両手に顔を埋め、必死に思い出そうとした。自分自身のこと、森で彷徨う前のこと。だが、いくら考えても、何も浮かばなかった。他人の夢の中にいるのなら、〈僕〉の夢を見ている人間よ、早く目を覚まして〈僕〉を解放してくれ、と叫びだしそうになる。〈僕〉は山中を彷徨う恐怖、毒蛇が足元を這う恐怖なんかより、遥かに大きな恐怖を味わっているのだから。

「だっからよ、とりあえず麓まで下りよー。おいら、見つかるとだいずやばいさいが。

歩きながら、考えればいいさー」

昭光が焦れた声音で懇願する。〈僕〉は、やむなく立ち上がり、昭光の大きな歩幅に合わせて無理やり歩きだした。闇の中に一人取り残されるよりは、と思ったのだ。そんなことになったら、〈僕〉は間違いなく発狂するだろうから。〈僕〉は、歩きながら忙しなくポケットを探った。爪の間に挟まった綿埃までもが、なくしてはいけない貴重な物のような気がして、動悸が速くなる。一刻も早く明るい場所に行って、自分の顔を見てみたい。だが、その顔がまったく見覚えのないものだったら、どうやって生きていけばいいのだろうか。

「すんきゃ眠いねー」

昭光が暢気に呟いた。二人とも言葉少なに、同じような景色がえんえんと続く山道を下りている最中だった。〈僕〉は昭光に尋ねた。

「ここ、どこなの」

「本島」

「どこの本島」

「沖縄さいが」

昭光は呆れたのか、ぶっきらぼうだった。オキナワ。だから、さっき昭光はハブと言ったのか。でも、なぜ、沖縄なのか。〈僕〉は恐る恐る昭光に聞いてみた。

「ねえ、僕も沖縄の人間だと思う?」

いや、と昭光はこちらを見ないで答えた。懐中電灯は、数メートル先を照らし続けている。

「だっからさ、さっき言ったさいが。あんたはナイチャー風だって。つまり本土の人なわけよ」

「じゃ、本土のどっから来たんだろうか」

「行ったことないから、わからないさー」

昭光はちらりとこちらを窺った。辟易した眼差しだった。〈僕〉は怖じた。ここで昭光に見捨てられたらどうしようもない。親に置いてけぼりを食らうのを怖れる幼児のように、歩幅の大きな昭光に遅れないように必死に歩いた。二人の足音だけが山中に響いている。ふと後ろを振り返ると、山の濃い闇がひたひたと自分たちを追いかけて来るような気がして怖かった。

「後ろ見ない方がいいよー」昭光が、〈僕〉の腋を肘で小突いた。「闇に呑み込まれるから。おいら、初めてわかったさーよ。夜の山道って、何かが追って来るさいが」

何が追って来るのかは言わなくてもわかっていた。真の闇だ。自分が誰なのか、わからなくさせるほどの漆黒の闇。昭光が吐き捨てた。

「山はだいず嫌いさー」

「でも、きみは沖縄の人なんでしょう」

昭光が傲然と首を横に振った。

「おいらは宮古」

「宮古島のこと？」

　そう問い返した〈僕〉は、自分の記憶の有り様が不思議でならない。知識はあるのに、自分自身のことだけが見事に抜け落ちている。なぜ、どうして。すると、身内に、あの言葉がまたしても甦るのだった。

「ココニイテハイケナイ、ココニイテハイケナイ」

　それは、〈僕〉自身の言葉なのだろうか。あるいは一緒にいた誰かの言葉？〈僕〉はもう一度後ろを振り返った。追いついて、背中に張り付きそうな夜の闇。闇の中に蠢く様々な生物の気配。慌てて前に向き直ると、昭光が〈僕〉に聞いた。

「あんた、宮古に来たことあるなぁ？」

　ないよ、と答える。行ったことがあるのかもしれない、と思いながら。

「すんきゃ平っぺったい島なわけよ。山も川もなくってさ。おいら、独立塾の一番嫌なとこって、山ん中にあるからさね。山って、息苦しいさー。特に、やんばるはジャングルだから、息苦しさも最高なわけよ」

　やんばる。言葉を知っていた。では、〈僕〉は沖縄の北東部にいるのか。よく、あんな深い森から生還したものだ、と怖ろしくなる。確かに、森というより、ジャングルだった。自分のいる場所をやっと把握した〈僕〉は、歩いても歩いても変わり映えのしない山道を下りながら、何度も周囲を見回した。生い茂った草が道の両脇に被さり、道路の真ん中を歩いていても圧迫感がある。遠くの方で、軋むような声で鳥が鳴いていた。風が吹いて、木の揺れる音がする。怖い。早く人里に下りたかった。

「眠くなるから、喋ってもいいかぁ？」

いいよ、と答える前から、昭光はもう喋りだしている。

「おいら、独立塾の金を出して貰ったからさ、もう宮古に帰れんのよ。五十万も無駄にして逃げてるんだからさー。ねえ、そう思わん？」

「親に出して貰ったの？」

昭光は、〈僕〉に話していいものかどうかという風に黙っていた。が、しばらくして、楽しげに喋りだした。

「叔父さん。母ちゃんの弟でさ、小さい時は魚捕りに行ったり、バイクに乗っけてくれたり、よく遊んで貰ったさいが。泳ぎの名人でさー、背中にバイクのバッテリー背負って夜潜るんさーよー。右手に銛を持って、左手にライト。魚は寝てるからさー、そこを急襲するさいが。横からライトで照らして、ひと突きするさいが。ひと潜り一匹。へへへ。でも、自衛隊入ったからさ、母ちゃんは叔父さんから電話あっても、あまり口利かなくなった時もあるわけよ。母ちゃんは自衛隊が嫌いさいが。まあ、母ちゃんというのは、そういうきつい人間でもあるわけよ。おいらも間に入って、気い遣ったりするんだけど、二人姉弟だから、おいらに金遣ってくれたりもするわけよ。父ちゃんいないし、母ちゃんもそれなりに寂しいんだと思うこともあるわけよ」

弾けるような早口に喋る昭光の話からは、何とか父親がいないことだけは聞き取れた。

「叔父さんが金出したのか。じゃ、お父さんはどうしたの」

「なんとなんと、親父は女作って出てったさーよ。波照間の女でさー、母ちゃんよっかだいずいい女だったって親父のアグから聞いたさいが。ま、しっかたないさ」

「つまり、お父さんは家族を捨てたってことなの」

「なーんとなしに」昭光は「な」に力を込めて、首を振った。「母ちゃんが追い出したわけよ。母ちゃんはきついからさー」

昭光には、こんなにたくさん語ることがあるのだ。〈僕〉は昭光に話をさせる原動力みたいなものに圧倒されて黙った。昭光はまた喋り始める。

「だっからよ、叔父さんは独りもんだしさー、金の遣い道ないから、おいらがぶらぶらしてるんなら『独立塾でも入れ』って、金送ってきたわけよ。オヤジ気取りなんさー。だっからよ、独立塾に入って半年我慢したら、いろんな技術を覚えられるし、資格も取れるから行けってわけよ。今のお前に一番ないものが身につく場所だとか言ってよー。それはよー、早寝早起きする規律と自立の精神だ、とかぬかすわけよ。だっからよ、おいらはちょっと頭に来たりもするわけよ。おいらだって、先輩のTシャツ屋手伝ったり、キビ刈りに行ったりして、そうぶらぶらなんかしてないって。しっかし、本島に行けるんなら、独立塾に行くって嘘吐いて、金出して貰った方がずっと賢いと思ってさーよー。

つまり、これは、おいらの計画的脱出なわけ。もう、これで自由になったし、おいらは那覇に行って楽しくやるさーよ。おいら、ナイチャーの女をたくさん引っかけようと思ってるわけよ。だいずでしょ。ね、そう思わん？」

眠いと言ったのに、話しているうちに昂奮してきたらしく、昭光の声は大きく明瞭になった。

「ということは、叔父さんを騙したんだね」

昭光は小気味よさそうに笑っただけで、答えなかった。

「お母さんは何をしてるの」

「あばっ、母ちゃんてかー。久松に新しいリゾートホテルができたわけ。そこの鉄板焼きハウスで、毎日、肉切ってるさー。姉ちゃんは、宮古テレビの近くの飲み屋でバイト。姉ちゃんも母ちゃんに似てるさーよ。きつくて怖いさー」

昭光は何かを思い出しているのか、苦々しく吐き捨てた。

「お母さんには連絡しなくていいの」

「だっからよ、おいらは宮古に帰る気はないよー」

昭光は何度説明したらわかるのだ、という風に苛立った口調になった。

母親。〈僕〉に家族はいるのだろうか。〈僕〉はふと不安になった。家族という血縁も、住んでいた場所という地縁も何も、思い出せなかったらどうなるのだろう。真っ暗な宇宙空間を、たった一人で彷徨っているような孤独感があった。その孤独の巨大さに驚愕して、〈僕〉の足は震えて止まった。数歩先に行った昭光が振り向いた。

「どしたかー」

「怖くなった。家族のことも思い出せない、と気付いたら、僕は本当の一人きりなんだと思って」

〈僕〉は正直に言った。

「あばっ、おいらだって一人さいが。宮古には帰らんし、母ちゃんにも連絡しないし。そう思わん？」

昭光は不思議そうに聞き返すのだった。〈僕〉が何も思い出せないことなど、昭光には他人事なのだ。それが腹立たしくて、ムキになる。

「全然違うよ。このまま、名前も過去も思い出せなかったら、僕はどこの誰かわからないままに生きていくしかない。それは生きていないのと同じことだよ。だって、きみには故郷もあるし、お母さんやお姉さんもいるんだろう。それを断ち切って生きていくのと、まったく繋がりがないのとは全然違うよ」

記憶を喪失したということは、思い出をひとつも持たないで生きることだ。子供の頃の記憶。両親、兄弟、親戚との関わりの記憶。学校の先生や友達の顔の記憶。嫌なことも、いいことも全部含めて、様々な出来事やその時の記憶を何も持たないなんて、自分がないのと同じではないか。

「だったらよ、今日から新しく作ればいいさいが」

昭光が明るい声で言った。

「おいらもそうするからさー、個人的に『やんばる元年』とかにして、リセットすればいいわけよ。ねえ、そう思わん？」

「リセットなんてできないよ」

「思い出せないなら、するしかないさいが」

昭光が、意外にも聡明さを感じさせる眼差しで〈僕〉を見た。空が少し明るくなってきている。

「そんな簡単にできないよ」

リセットとは、その前のセットがあるからできることだ。〈僕〉にはリセットすべきセットすらも欠けている。どうせ昭光には〈僕〉の絶望はわかるまい、と〈僕〉は唇を嚙んだ。すると、昭光が欠伸を嚙み殺しながら言った。

「決心するようなことじゃないさーよ。簡単さいが。おいらがあんたに、ずみぎな名前を付けてやるさー。どう、それ」

昭光は少し考えていたが、嬉しそうに声を張り上げた。

「ギンジってどう？」

ギンジか。〈僕〉を呼ぶのに記号が必要なら勝手に付けてくれ。〈僕〉はギンジという字が書けるかどうか、しばらく黙って考えた。ぎんじ、ギンジ、銀次。吟二。書ける。文字は覚えている。つまり、〈僕〉という人間の個人情報だけがまったく抜け落ちているのだ。

「あばっ、嬉しくないわけ」

昭光は不満そうだった。

「嬉しいよ。じゃ、ギンジって呼んでくれよ」

「あんたはギンちゃんが似合うさいが」

昭光は気に入ったらしく、ギンちゃん、ギンちゃん、と何度も呼びながら、〈僕〉の肩を叩いた。力が強く、肩の骨が痛かった。

「苗字はどうしようか」

昭光は太い肩を寄せた。

「自分で考えてー。だってよ、おいら宮古の苗字しか知らんもん」

何も思いつかなかった。だが、僕はギンジという名前ができただけでも、持ち物が増えたようで嬉しいのだった。

「ギンジって、どこから取ったの」

「おいらの飼い犬」

飼い犬の名か。突然ギンジとなった僕は、昭光に礼を言った。それを契機に、しばらく話すのをやめた。僕らは押し黙ったまま、さらに一時間以上歩いた。時折、野鳥がのこのこと道路を横切る以外、車一台、人っ子一人出会わない。やがて、国道に突き当たった。国道の向こうに、月に照らされた海が見える。やっと山から逃げられた。僕はほっとして、嘆息する。昭光が、ぽきぽきと指の骨を鳴らした。

「ギンちゃん、まだまだ。国道を名護の方向にもっと歩いて行かんと、コンビニがないさいが。おいら、入塾の時、バスで来たから覚えてるさー」

がっかりした。金がないから何も買えないが、昭光が金を貸してくれれば買えるし、明るいコンビニに行けば、自分の顔を確かめられる。

僕らは、時折、車が来る国道を一列になって歩いた。昭光は用心深く、背後から車が来ると、そっと身を隠してやり過ごした。万が一、塾から捜しに来た場合を想定しているのだろう。山側にぽつぽつと集落はあっても、開いている店はない。右手に広がる海は凪いでいて、波の音はまったく聞こえなかった。僕はとても疲れ、足を運ぶのにも難儀した。浜辺に寝転びたい誘惑と必死に闘いながら、一生懸命歩いた。

「うわり喉が渇いたねー」と、昭光がぼやいた。

「ごめん。僕が水飲んじゃったからだよ」

「いや、そういう意味でなく。でも、歩くのかまりてきたなー」

意味を聞き返すのも面倒なほど、疲労の極致にいた。僕はとうとうガードレールに腰掛けてしまった。昭光もリュックサックを道に下ろし、少し離れて座った。昭光は頭に巻いたタオルを取り、顔の汗を拭いた。坊主頭。まだ高校生だろうか。観察していると、昭光がこちらに顔を向けた。

「だっからよ、ギンちゃん。おいらも脱出を記念して名前変えようかな。おいらも『やんばる元年』にするさいがね。名前変えるのいいよねー。ねえ、そう思わん？」

　同意を求めるのは昭光の癖だ。

「きみの好きにしなよ。で、何て変えるつもり」

　昭光はしばし考え込んでから、嬉しそうに顔を上げた。

「おいらジェイクにしようかな。これから、ジェイクって呼んでよ。コール・ミー・ジェイク、いいでしょう。ね、頼むよ」

　昭光は標準語っぽく言ったが、アクセントが宮古風なので可笑しかった。僕は、国道に百メートルおきくらいにある照明灯の光の下で、昭光の顔を見上げた。彫りの深い色黒の美丈夫だった。大きな目が垂れ気味で、甘い顔立ちでもある。ジェイクとなった途端、昭光が外国人に見えてくる。

「名前って不思議だね。きみがジェイクに思えてきた」

　僕は、自分の名前を思い出せない痛みを感じながら言った。

「あばっ、あんたもギンジに思えてきたさー」

「ジェイクも犬の名前なの」

「外人の名前さいが」

「ジェイク」は大真面目だった。

2

僕は、コンビニのトイレの鏡に映った顔を観察した。見覚えのない男がいた。黒い髪は長めで、ほぼ真ん中辺りで分けられ、やや四角っぽく生意気そうな顔を半分近く覆っている。色白、二重瞼(まぶた)の目は丸い。顎が少ししゃくれていた。思ったより、冴えない顔だ。右の耳たぶから流れた血が首に垂れて凝固している。さっきから金臭かったのはこのせいだろう。耳たぶが熱感を持って真っ赤に腫れている。僕は、自分の顔に見覚えのないこと、その容貌が冴えないこと、にひどくがっかりしながらも、丁寧に顔を洗った。耳と首にこびり付いた血液を落とすのには苦労した。トイレットペーパーで手と顔を拭く。ついでに、備え付けのトイレットペーパーをひとロール、Tシャツとジーンズの隙間に押し込んだ。

少し時間が経ったら思い出す、あるいは自分の顔を見たら絶対に何か思い出す、と微かな期待があったのに、記憶は何ひとつ甦らない。こんなことってあるんだろうか。僕は、口の中まで覗き込んでみた。両方の奥歯に詰め物がひとつずつ。おそらく、二十代前半の健康な若い男。気弱そうだが、思慮深く見えないこともない。自分で自分を値踏みする馬鹿馬鹿しさに笑いたくなる。

トイレのドアを開け、店の中に戻った。さっきまで、弁当や菓子の棚の前にいた昭光の姿がない。レジにいる女子店員が、欠伸を噛み殺しながら僕を見ている。二十五、六歳か。硬そうな髪を頭蓋骨に張り付くほどの短いショートカットにして、見事に陽灼けした顔に金色の小さなピアスが似合っていた。だが、顔は四角形で目は小さく、美人ではない。制服のオレンジ色の上っ張りを着て背を丸め、面倒臭そうに顎で示した。

「お連れさんなら、外」

コンビニの前で、昭光が握り飯を食べていた。背を向けている様子から、僕にはくれそうもない、と感じた。仕方ないさ。僕が水を飲み干してしまったせいで、昭光は喉の渇きを癒すことができなかったのだから。

「悪いけどさ、自分でゴミ片付けてって、あの人に言ってくれない。店の前、毎日掃き掃除してるんだから」

店員が怒った口調で言った。昭光は、握り飯のラップを地面に散らかしたままだ。夜はとうに明けているが、人も車もほとんど通らない。たまたま、やって来たトラックの消し忘れたヘッドライトがガラス越しに目に入り、僕は目を閉じた。瞬間、軽く頭痛がした。

眠気はないが、他人の夢に入り込んだような不快感は消えていない。目を開けた時、夢から醒めていたら、どんなにいいだろう。だが、僕が目を開けた場所はやはり、国道沿いにぽつんと建つ、場違いに新しいコンビニだった。

蛍光灯の青白い光が、僕の目をちかちかと嫌な感じに射る。僕はコンビニの商品群の方に目を逸らした。ドリンク、カップ麵、雑誌、スナック菓子。どの商品名もほとんど知っている。目新しいのは、新製品だろう。

ということは、僕はごく普通の若い男と同じく、コンビニに馴染んでいたらしい。だが、自分が何を好んでいたのか、何を嫌っていたのか、どこのコンビニに通っていたのか、まったくわからない。異常だ、異常なことだ。僕は目眩（めまい）を感じながら棚に溢れる商品を見つめていた。

「ねえ、あなたたちさあ、独立塾から逃げて来たんでしょう」

店員が馴れ馴れしく話しかけてきた。図星でしょ、と言わんばかりに笑っている。八重歯が目立った。僕は我に返って返答する。

「どうして、そう思うの」

「毎年この時期はそうなのよ。あと十月の初め。いつも学期初めは脱走者が出るの。みんな消灯を過ぎて一時間くらいはじっとしてて、その後、ひと晩じゅう歩いて山を下りて来るらしいのよ。で、真っ先に寄るのがここなの。時間もぴったし五時過ぎ。だって、一番近いコンビニに来るのに六時間近くかかるんだから。ねえ、当たったでしょう」

店員は愉快そうに人差し指で時計を示した。午前五時二十五分過ぎだった。

「だから、この時期は、生徒らしいのが寄ったら通報してくれって、塾からも言われてるんだよ。前に店長が通報したことがあって、塾からすぐに迎えの車が来たの。生活部長みたいな人が『考え直せ』とか一生懸命説得して、結局、その子は塾に戻ったらしいよ」

「え、じゃ、僕らのことも通報したの」

僕は思わず聞いた。

「あたしはしてないよ。だってさ、警察じゃないんだから、そんな義務ないじゃん。お客さんだし」

女子店員が上っ張りのポケットに両手を入れて、外にいる昭光の横顔を見た。昭光は食いかけの握り飯を持ったまま、目を細めて海を眺めている。疲れからか、腑抜けたような表情だった。店の前は小さなビーチになっているらしく、食堂や貸しボートなどの施設があった。だが、季節外れなので営業はしていない。

握り飯を食べ終わった昭光が、コーラを飲んでいる。不意に、コンビニの握り飯のラップを剝がす感覚が甦った。腹が鳴る。僕は、パーカーのポケットに入っているペットボトルを思い出し、もう一度トイレに行った。水をたっぷり詰めて店に戻ると、店員がまたしても話しかけてきた。

「ねえ、あんたたちが独立塾から来たんじゃないとしたら、こんなに朝早くからどこに行くの」

「市内」と、適当に答える。

「名護?　だったらバス停まで行かなきゃ。始発もうじきだよ」

お節介なのか、親切なのかわからない。黙っていたら、喋り過ぎたと思ったのか、店員は居心地悪そうにレジの方を眺めて顔を上げない。僕は、頭痛を紛らすために聞いた。

「ねえ、どうして独立塾から脱走者が出るの」

店員は、嬉しそうに顔を上げた。喋る時に、厚い唇を舐める癖がある。

「厳しいからよ。だってさ、それまでだらだらしてた怠け者が、朝六時に叩き起こされてマラソンさせられて、後はずっと実習だって。それも畑仕事させられたり、トラクターの教習受けたり、ね。山の中だから店もないし、テレビもない。女の子もいない。堪えられっこないよ、特にあんな子は」

店員が外の昭光を振り返った。昭光は眠たそうな腫れぼったい顔で、コーラの缶を潰していた。

「どうしてそう思うの」

「だって、もてそうじゃない」

確かに、昭光の綺麗な顔と体は目を引く。訛のきつい言葉さえ喋らなければ、タレントにも男性誌のモデルにもなれそうだった。

「お客さんは独立塾じゃないの」

店員は、僕の姿を凝視した。うん、と答えて目を逸らす。記憶喪失が後ろめたかった。保護の対象となり得る、と気付いたからだ。

「じゃ、どこ」

「ダチョウ牧場」

僕の答えを聞いて、店員は可笑しそうに八重歯を剝き出して笑った。

「みんな大変だね」

店員はビデオカメラの存在を思い出したのか、急に姿勢を正し、両手をポケットから出した。そして、「ねえねえ、そこ」と僕の耳の辺りを指さした。

「腫れてる。山蛭に嚙まれたんでしょう。さっき血だらけだったから、すぐわかった」

蛭だったのか。おぞましさに寒気がする。咄嗟に当てた手に、耳の熱が伝わった。じんじんと熱く、痛い。店員は、絆創膏やムヒなど家庭用医薬品の置いてある棚を指さした。

「そのレスタミン軟膏てのを買いなよ。効くから」

だが、僕は一銭も持っていない。

「いいよ、金持ってないし」

「マジないの。マジ？」

驚いたように叫んだ後、店員は少しの間、僕を観察してから、またちらりと昭光を見遣った。昭光は、リュックを背負い直してこちらを振り返ったところだ。何で、あの子にお金を借りないの、と言いたそうな店員の視線を避け、僕は店を出ることにした。背後から声がかかった。

「ねえ、あたし、あと二十分くらいで終わるからさ。海岸で待っててくんない」

「何で」

問い返した僕が馬鹿だと言わんばかりに、店員は驚いた顔をした。

「名護までなら送ってあげる。同じ方向だから」

だが、僕は半信半疑だった。見返りもないのに、そんなことをする人間がいるのだろうか。自動ドアから表に出た。真っ黒に陽灼けしている昭光が、白く輝く歯を見せて笑った。眉が黒々と太く、二重瞼の目は大きく、力がある。派手な顔立ちは南国出身の証なのだろう。上背のある体にはほど良い筋肉が付いていて頑丈だ。不思議なことに、昭光には子供の頃から海と馴染んでいた歴史が感じられた。僕は海で遊ぶ子供の昭光を想像し、それから不意に切なくなった。どんな人間にも絶対にある過去が、自分には抜け落ちていることを思い出したからだ。僕はどんな子供で、どう生きてきたのだろうか。自分の過去、つまり歴史がないことが、これほどまでに自分を危うくするとは。情けないことに、僕は思わず涙ぐんだ。

「あばっ、どしたか」

昭光の言葉はいつも破裂するように激しい。それも昭光の生き方を表している気がして、僕は溜息を吐く。悲しくてやり切れなかった。その悲しみは、悔しさに似ている気もする。目の前にいる昭光にあって、自分にないものがあまりにもはっきりとしている。自分の肉体を捨てて、相手に成り代わりたい衝動が湧き上がり、もどかしい。肝腎なことを忘れてしまった肉体に入っているのが窮屈だった。僕は、さっき盗んだトイレットペーパーをTシャツの下でちぎり、店に背を向けて洟をかんだ。昭光が囃し立てた。

「わー、ちゃみた、ちゃみた」

盗んだ、という意味なのだろう。たったひと晩の付き合いで、昭光の言葉が理解でき始めている。僕は少し笑った。

「てなわけでギンちゃん、何で泣くかー」

「鏡で見たけど、自分の顔も見覚えがない。ショックだった。僕はどこの誰かわからないのが、すごく怖いんだよ」

「警察行くべき?」

昭光が眉を顰めたが、僕は首を横に振る。昭光はほっとした様子だった。警察に一緒に行けば、自分の脱走も話さねばならないからだろう。僕が警察に行きたいと思わなかったのは、あの森で何かから逃げていた強烈な記憶が、疚しさを感じさせていたからに他ならなかった。あそこで何があったのだろう。僕は自分の両手を眺めた。節の目立つ、男にしては華奢な手だった。肉体はこうしてあるけれど、中身は空っぽ。ただ、「たった今」を生きているだけなんて、動物と同じだと思った。僕は、ビーチをうろうろしている野良犬を眺めた。痩せた赤犬。いや、動物にも劣る。だって、犬の記憶は三カ月保つというではないか。そんなことを思い出した僕は、虚しさを嚙み締める。瑣末な知識はすぐに出てきても、一番大事なものが思い出せない。昭光が野良犬を指して叫んだ。

「ギンちゃん、あれ、うちのギンジと似てるさいがよ」

野良犬はちらりと僕らを見遣り、どこかに消えた。

「ギンちゃん、おいらがいい名前をやったんだから、粗末にすんなよー」

「わかってるよ」

僕の持ち物は、コンビニの水入りペットボトルとトイレットペーパー、そして、「ギンジ」という名前。本当の自分を取り戻すまで、新しい歴史を積み上げるしかないのだ。

「やんばる元年一月一日」と口にする。

「ねえねえ、下のビーチで待っててね。もうじき交代の人が来るからさ」

背後で、コンビニのドアが開き、さっきの店員が顔だけ出して僕たちに声をかけた。

昭光が、へっと笑って手を振った。

「あとでねー」

昭光の言葉に店員が苦笑いし、中に消える。昭光は嬉しそうだ。

「ンズギだけど、スタイルはいいさいが」

「ンズギって何」

「へへへ、ブスってことなわけよ」

昭光は小学生のように無邪気に笑い崩れた。

「名護まで送ってくれるんだって」

「だいずや！」昭光は叫んだ。「ついでに捨てる弁当とかくれたら、もっとだいずや」

僕たちは、早くも朝陽が射し始めた国道を渡り、白い砂浜が百メートルくらい続く、小さなビーチに下りた。けたたましく着メロが鳴った。知らない曲だった。昭光が面倒臭そうにハーフパンツの尻ポケットから携帯電話を取り出し、発信者を確かめる。

「あばっ、母ちゃんさー。もう塾から連絡が行ったさー、いやんなるねー。そう思わん？」

昭光は、勿論電話に出ようとはしない。僕は手を伸ばして頼んだ。

「携帯見せて貰っていい？」

昭光の携帯を手に取って眺める。二つ折りの白い携帯は、見覚えがあった。手触りも懐かしい。僕はフラップを開けて耳に当て、目を閉じた。こうして誰かと喋っている自分が、ありありと想像できる。でも、なぜ自分の携帯がないのだろう。誰かに奪われたのか。だったら誰に？　また目眩がした。突然、手の中にある携帯が音を立てて、ぶるぶると震えだした。反射的に発信者を見てしまった。「オヤジ」とある。あれっ、親父は出て行ったと言わなかったっけ。僕は不審に思ったが、携帯を素早く僕から奪った昭光は、発信者名を見て肩を竦めただけだった。携帯はしばらく着メロを鳴らし続けて切れた。

「てなわけで、こんなとこにいたら、すんきゃヤバいさ。塾から捜しに下りてくるから、早く行こうよ」

昭光は不安そうに伸び上がり、僕らが歩いて来た国道を振り返る。

「だって、あの子がここで待てって言ったじゃない。名護まで送ってくれるって言ってるんだよ。待ってた方が得じゃないか」

僕は、逸る昭光を諌めた。昭光は、頭のタオルを巻き直し、焦れたように肩を揺すり、砂を蹴る。

「あ、いたいた」と、女の声がした。

やっと、件(くだん)の店員が現れた。上っ張りを脱いだ姿は、眩(まぶ)しかった。ぴったりした白い長袖Tシャツ、ジーンズ。Tシャツには、bitchというロゴがたくさん入っている。衣服がすべて体に張り付いて、体の形が露(あらわ)だった。丸っこくて太過ぎない、綺麗な体をしている。昭光の喉仏が上下に激しく動いているのに、僕は気付いている。

「ごめん。やっとパートのおばさんが来たの」

そう言って、昭光の顔を見つめた。

「こんちは。あたし、ミカだよ」

「おいらジェイク。コール・ミー・ジェイク！」

昭光が嬉しそうに名を告げた。

「ジェイク？ あんた外人なの。それともハーフ」

「なんとなんと」昭光が愉快そうに笑った。「おいら、ナークンチュさ」

「ナークンチュって、何」

ミカが首を傾げる。

「宮古さーよー」

「ああ、宮古の人か。だから、ハンサムなんだ。宮古の人って、濃いもんね。じゃ、あんたあまり喋らない方がいいよ。訛きついでしょう。何がジェイクだっつうの」

「あばっ、何だそりゃー」と、昭光が人懐こく笑った。「だっからよ、ジェイクだって」

「どっからジェイクなんて持ってきたのよ。どうせ、さいがさいがって言うんでしょ。あんたは」

「なんとなんと。言わないさいが。おいらのうちは宮古ふつ、あんまり喋らん方なわけよ」

ミカが弾けるように笑ったのを見て、僕はやっとわかった。ミカは最初から昭光が目的だったのだ。僕はまた自分を再確認する。冴えない顔を認めた時から、薄々想像はしていた。どうやら、僕は女の子にはもてないらしい。いくら記憶の壺を探ったとて、たいした思い出もないのかもしれない。だったら、探るのもやめて新しい生き方を考えるべきかもしれない。一歩下がって考えごとをしている僕に気付いたミカが、振り向いた。

「あ、ごめん。あんたは」

「僕、ギンジ」

「あんたも宮古?」

「いや、僕はナイチャー」

覚えたばかりの単語を言ってみた。確かに、やんばる元年だった。知らない場所で、初めて会った人間たちと、覚えたての言葉を使い、新しい名前を告げる。初期化されて、今日から上書き保存されていく新しい記憶。それを積み上げて、新しいギンジを作る。しかし、そんなにうまくいくだろうか。急に現実感がなくなって、僕は思わず両目を押さえた。

「だっからよ、ギンちゃんは疲れてるんさ」

昭光が初めて労(いたわ)ってくれた。コンビニでは、一切気を遣わなかった癖に。こいつは女と一緒にいると、いいとこを見せようと優しくなるのかもしれない。しかし、労られて嬉しくなった僕は、うん、と素直に頷いた。

「てなわけで、早く行かんと追っ手も来るし、どしようかあ」

ミカが携帯を覗いて、時間を確認している。

「あのさ、塾から車が到着するのって、ちょうど七時くらいなのよ。六時に起床して、点呼して、脱走したのがわかってから、車出すじゃない。ここまで来るのに小一時間はかかるから、ちょうどそんなもん」

六時間かけて歩いた道が、車だとたった小一時間なのか。僕は疲れを感じて、砂浜に体育座りした。珊瑚の細かい粒が、スニーカーの隙間からさらさらと中に入る。スニーカーは平凡な形の安物だった。靴下は白の木綿。Tシャツは無地の紺だし、パーカーはどこにでも売ってるような代物。過去の僕は洒落者(しゃれ)ではなかったらしい。昭光の方が、よほどカッコよかった。ジャージも下に着ているTシャツも大きめのハーフパンツも、ストリート系とでも言うのか、センスがいい。

「血が付いてる」

ミカが指摘したので驚いて見ると、靴下が血で汚れていた。ジーンズをめくってみたら、両方の臑からだらだらと出血した痕があった。道理で、脚が膨れているような気がしてならなかったわけだ。

「それも山蛭だよ」

「ひっ」と、山嫌いの昭光が息を吸い込んだ。

「大丈夫かな」と僕。

「だからレスタミン軟膏が効くのよ。農家の人とか皆買ってる。でも、もう大丈夫じゃないの」

ミカが他人事のように簡単に言った。僕は、蛭の群れの中を手探りで歩いていたのかと震えてきた。

「だっからよ、早くどっかに行こうよー」

今の会話を聞いていたのかどうか、昭光が耳を掻きながら言った。自分のことしか考えられないらしい。うっすらと髭が伸びて、顔に陰影を作っている。男らしい、いい顔だ、と僕はまた惚れ惚れする。それはミカも同様だったらしく、昭光の顔を見つめている。

「昼間だったら、うちに来てもいいよ。ただし、八時半からなら、だけど」

僕と昭光は顔を見合わせた。やった、と昭光の目が躍っている。二人とも徹夜で歩き通し、疲労も限界だった。どこかで横になって休めるのなら、これほど嬉しいことはない。それも無料で。しかし、八時半と限られているのはどういうことだろう。ミカが説明した。

「あたしさ、ルームシェアしてんのよ。その子が出勤するのが八時半で、それまであたしは、外で朝ご飯食べて時間潰してるんだ」

「あばっ、みんなで時間潰そよ」

昭光が親しげにミカの腕を取ったので、ミカは嬉しそうに歩きだした。昭光が、良かったな、という風に、盛んに目配せを送ってくる。僕もほっとして笑い返す。虫や蛇に脅かされない場所で、ほんの少しの間だけでも体を横たえたかった。

ミカは、スズキのワゴン型の軽自動車をビーチの駐車場に停めていた。かなり年式が古いらしく、白い色がぼけて、あちこちに錆(さび)が浮いている。

だが、昭光は嬉しそうにボディを叩く。

「ズミズミ、上等。これ幾ら」

「コンビニによく来るおばさんから、一万八千円で買った」と、ミカは自慢げだった。

バックミラーには、小さな犬の縫いぐるみや造花がぶら下がり、後部座席にヒマワリを象(かたど)ったクッションが置いてある。いかにも女の子の乗る車だった。当然のように、助手席に昭光が陣取り、僕は後部座席に座った。シートの隙間に百円玉が嵌り込んでいる。僕は、そっと指でほじくり、ジーンズのポケットに滑り込ませた。そして、他にも落ちていないか、あちこち目で探した。ペットボトル、トイレットペーパー、百円。こうしてだんだんと持ち物が増えていく。

ミカの車から金を拾って黙っているのに、僕は何も罪の意識を感じなかった。以前からそういう人間だったのだろうか。自分の姿に戸惑いを覚えた。でも、この思いもいずれ消えていく予感がした。盗むことを「ちゃみる」って言ったっけ。僕は昭光のまっすぐに伸びた浅黒いうなじを眺めながら、そんなことを考えていた。

「あたしのシェアメイトはね、昼間はレンタカー事務所で働いて、夜になると名護のカラオケでバイトしてんの」

「ダブルですんきゃ、いや、すごく偉いねー。その子は何時に帰るわけ？」

ミカと昭光が話しているのが聞こえる。昭光が努めて方言を出さないようにしているのに、つい使ってしまうことに気付き、僕は密かに笑った。ミカに、あんたは喋らない方がいい、と言われたことを気にしているのだろう。

「十一時くらいかな。あたしは深夜勤務だから、十時半には家を出るの。だから、交代でちょうどいいんだよね。休みもずれてるし、全然顔合わせないよ。何かあったら、メモで相談するの。トイレ掃除したからお風呂はお願いします、とかね。その子は、お金貯めて、タイに行きたいんだって。前に一回行ってすごくよかったから、今度は半年くらい滞在したいって言って、頑張ってる」

ミカは信号に目を当てたまま、昭光が密かに欠伸したのにも気付かず、一人で喋っていた。

「そりゃ、お金貯めるんだったら、内地の方が絶対有利だとは思うよ。沖縄はバイト代安いからさ。でも、何かここからアジアに行こうって気がするんだろうね、行きたい人は。沖縄って、アジアと日本を橋渡しする場所じゃない。中間地点って言うのかな。でもね、あたしはそんな欲ない。アジアで暮らしたいなんて思わないの。沖縄にいれるだけで充分。コンビニの深夜バイトでいいんだ。深夜はバイト代割高だしさ。と言っても、時給七百六十円なんだけど。でも、ダブルなんかでバイトやったら、海で遊ぶ暇なくなっちゃうもん。人生短いんだからさ。そうそう無理することないなって思うの。あたしね、あそこのコンビニって前からいいな、と思って狙ってたの。だって、ビーチが目の前じゃない。夏はね、いったん帰って寝て、夕方から暗くなるまであそこのビーチで泳ぐんだよ。それから、海の家でシャワー浴びて、近くの食堂でご飯食べて仕事するの。気持ちいいよ。たまに朝泳ぎたいなあって気分の時もあるのよ。その時は、バイト終わった後にひと泳ぎするの。最高だよ。どうせ、ここは暑過ぎて、昼日中に泳ぐのなんて、本土から来た観光客だけだものね。宮古もそうでしょ」

昭光が何と返事したのかは聞こえなかった。おとなしいところを見ると、眠いのだろう。

車は海沿いの国道をしばらく走り、山側の横道に逸れた。小さな豆腐屋の隣に、「アサコ珈琲店」という喫茶店があった。ミカはその前で車を停めた。この店でいつも朝食を食べて、ルームメイトが出て行くのを待つのだという。僕は一緒に車を降りたが、金がないので店の中には入れない。しゃがんで、スニーカーに入った砂を出した。

「ギンちゃん、行かないの」

ミカが囁いた。僕が首を振ると、思い出したように頷いた。

「そうだ、あんたお金ないんだっけね。蛭にも刺されて散々だし、今日だけは奢ってあげるよ。可哀相だから」

「だいず気前いいねえ」昭光が叫んだ。

「あんたに奢るって言ってないよ」

「なんとなんと」

「何よ、そのなんとなんとって。変なの」

ミカは昭光をからかい、笑いながらドアを開けた。店内は、出汁とコーヒーが混じり合ったような不思議な匂いがした。喫茶店というより、食堂のようだ。狭い店だが、すでに男が数人カウンターに座って、食事をしていた。コーヒーと厚切りトーストのモーニングセットを食べている者もいれば、卵とポークハムを炒めた総菜に豆腐汁を付けて、旨そうに丼飯をかっ込んでいる者もいる。皆、申し合わせたように、点けっ放しのテレビを眺めながら食べていた。

ミカは顔馴染みらしく、店のおばさんと朝の挨拶を交わして、さっさと奥のテーブルに着いた。そして、ビーズ刺繡のしてある布製のショルダーバッグから煙草を取り出して火を点けた。それを見た瞬間、吸いたいと思った。僕はきっと喫煙者だったのだろう。ミカが煙を吐きながら、僕に聞いた。

「ギンちゃんは何でお金ないの」

「山の中で落としたんだよ」

「全部？　嘘、携帯も何もかも？」

僕が頷くと、ミカが小さな目を大袈裟にひっくり返してみせた。ちろりと出た舌が、厚い唇を舐めた。

「えー、大変じゃん。どうすんの、これから」

「だから、働きたいと思ってる。どこかに住み込みで働かせてくれるところないかな」

「だったらよ、おいらも探してるさーよ」

昭光も身を乗り出したので、ミカが昭光だけを見ながら答えた。

「キビ刈りは終わっちゃったけど、農家ならたくさんあると思うよ。誰かに聞いてあげようか」

「お願いします」

僕は少しほっとしていた。記憶はきっとそのうち甦る。希望を持たなければ、とても心が保ちそうにない。それとも、新しい記憶を積み上げることに夢中になって、過去の自分なんかどうでもよくなる日が来るのだろうか。

何も注文していないのに、三人分のコーヒーと分厚いトーストが運ばれて来た。茹で卵と、プチトマトが載った小さなサラダも付いている。途端に、空腹を感じて口中から涎（よだれ）が溢れ出る。健康なんだ、と僕は自分の食欲に驚いていた。

「だっからさ、何で聞いてくれないわけ」昭光が不満そうに唇を尖らせた。「おいらはトーフー汁の方が好きなわけよ」

「なんとなんと。あんた奢って貰うのにそれはないでしょう」

　ミカが口真似して文句を言った。もっともだ。これは僥倖（ぎょうこう）だ、と僕はトーストに歯を当てた。

3

　午前八時半過ぎ、僕らはミカの住まいに到着した。名護市の北の外れ、山側にある古いマンションだ。四階建てで、屋根のない平べったい建築だ。各階のベランダには、風を通すためなのか、透かし彫りがしてあった。

　車中のミカの話によると、六畳間の和室がひとつと四畳半の洋間、六畳の居間、バストイレ付きで、月三万八千円だそうだ。それを二人でシェアしているという。

「ドミトリーだって、月に三万はかかっちゃうじゃん。だから、シェアの方が経済的なんだよ。洋室の方を聡美（さとみ）って子が使って、あたしは和室の広い方なの。あたしが借り受けてる部屋だから、そのくらいは当たり前だと思って」

「だっからよー、ギンちゃんもおいらとどっかでシェアしようよー。おいらとギンちゃんは強い縁で結ばれているさいがよ」

　昭光が言った。ふざけているのか本気なのか、よくわからない。僕は金がないから何も答えなかった。が、昭光は僕が返事しないことを気にも留めない様子で、浮き浮きと車の床に置いたリュックサックを肩に引っ掛けた。

建物の真ん中にある階段を、若い女が駆け下りて来た。ミカが驚いた顔で声をかける。

「あれ、聡美ちゃん、どうしたの」

八時半には家を出ているはずのシェアメイトらしい。長い髪を頭の上で丸い髷にして、アジアっぽい木製の簪を挿していた。白く尖った顔をして、切れ長の目が印象的な綺麗な子だった。だが、背が低く、体つきは貧相だ。泥に浸したような色のスカートを引きずりそうに穿いて、だらんと伸びた黒っぽいカーディガンを羽織っている。ミカとは、体つきも服装の趣味も、対照的だった。実際、ミカは本当にスタイルがいい。それを強調するように、Tシャツもデニムも体にぴったり合った物を身に着けているのが、少しうざい気もするが。聡美が恥ずかしそうに口籠った。

「寝坊しちゃったの。ごめんね、少し散らかってるよ」

聡美は、ちらりと僕らに視線を送り、あたふたと駆けだして行った。

「まずっ。あんたたちのこと、見られちゃったよ。後で何か言われるんだろうな」

ミカは顔を曇らせたが、昭光は聡美の後ろ姿をしばらく眺めてから僕に囁いた。

「ギンちゃん、だいずいい女だねー。二人合わさったらさー」

「ズミズミ、上等、だろう」

僕が昭光の言葉を真似すると、昭光はにやりと笑った。僕は睡眠不足と疲労とで、今にも眠りこけそうだ。しかし、今、僕は昨夜の恐怖と混乱からは想像もできない世界にいた。のどかで美しい海の見える道。暖かな太陽と、親切で綺麗な女の子たち。マーガリンを載せた厚切りトースト。昭光と出会ったせいで、僕は生まれ変わった気がするのだった。その感覚は悪くなかった。

「早く来てよ、隣近所がうるさいから。みんな知らん顔してるけど、案外観察してるんだよ、あたしたちのことを」

ミカが手招きした。昭光と僕は忍び足でマンションの階段を上った。ミカの部屋は最上階にある。鋼鉄のドアが端っこから錆びてきていた。表札は出ていない。代わりに、花のシールがあちこちに貼ってある。

「入って、さあ」

ミカが急に投げ遣りな口調で鍵を開け、僕たちを請じ入れた。

「だいずいい感じー」

昭光が叫んだ。まさしく女たちの住まいだった。狭い三和土（たたき）に、ミュールやビーチサンダル、花柄のビニール傘などが散乱していた。入り口に竹のすだれがかかっていて、そこをくぐり抜けると小さな居間がある。部屋の真ん中の花ゴザの上に、ラタンに似せた、四角い低いテーブルが置いてあった。テーブルの上はパン屑が散らかり、牛乳の丸い染みがひとつ残っている。聡美が急いで朝食を摂ったのだろう。古い女性誌が何冊かパイプ椅子の上に投げ出されていたが、散らかっているというほどでもない。が、部屋には、本もテレビもCDプレーヤーもない。ミカが冷蔵庫を開けた。不快そうな顔で呟いたのが聞こえた。

「飲んだなー、また」

ミカが膨れっ面で、牛乳の一リットルパックを僕らに見せた。

「聡美ちゃんて、時々あたしの牛乳とか飲むんだよね。自分で買えばいいのに」

「ルームシェアって、結構大変なんだね」

僕の言葉に、ミカが肩を竦めた。

「しょうがないよ。友達でもないのに、一緒に暮らすんだからさ。携帯サイトの、シェアメイト募集ってとこに出したら、応募してきた子なの。三人来たうちでは一番感じよかったんだけどね」

「だっからよ、そういう時はミカちゃんも飲み返せばいいわけさー。ね、そう思わん？」

早くも居間に寝転がった昭光が、無責任なことを言った。眠いらしく、生欠伸を繰り返している。自室に消えたミカが、素晴らしい体をさらに強調するような、短パンとタンクトップに着替えて現れたが、昭光はすでに横向きに倒れ、両腕を膝に挟んだ形で寝息を立てていた。

「寝つきがいいね、この人。ギンちゃんはどうする。シャワー使うなら使ってもいいよ。あたしは起きてからにするから」

ミカは、昭光がいとも簡単に寝入ってしまったので、がっかりしたのだろう。自室の襖(ふすま)を、音を立てて閉めた。

　僕は朝の光の中で、しばらく昭光の寝顔を眺めていた。若く美しい南国の男。自分の魅力を知っているのか、知らないのか、天真爛漫な昭光。不思議な出会いと意外な展開に、僕の心が追いついていかない。戸惑うばかりで、ただここにいる感じしかなかった。昨夜から、現実感のないままに時間が勝手に過ぎていく。ぐっすり眠って起きたら、本当の名前を思い出すだろうか。そう思ったら、早く眠ってみたくなった。一方、ギンジならギンジでもいいや、という諦めもあるのが奇妙だ。そんなことを考えていると、急に目が冴えてきた。

　僕は風呂場を覗いた。狭いユニットバスだった。シャンプーやリンス、女の子が使う洗顔用のナイロンネット、シャンプーハットなどが所狭しと置いてある。浴槽の中にもトイレットペーパーなど物が入っている。僕は服を脱ぎ、浴槽の中にある物をすべて外に出してシャワーを浴びた。蛭に刺された耳の腫れは引いて、熱感も消えている。脚も同様だった。が、手の甲が傷だらけで石鹸が沁みた。僕は、ミカのか聡美のかわからないシャンプーを勝手に使って、髪を洗った。すっきりして、格段に気分がよくなった。フックに掛かっていたピンクのバスタオルで体を拭く。しかし、また汗と泥と血にまみれた自分の服を着なければならないのが憂鬱だった。

　僕はタオルを体に巻き付けたまま、昭光が寝ている居間に戻った。昭光は口を半開きにして熟睡していた。襖の奥からも、ミカの規則正しい寝息が聞こえてくる。僕は冷蔵庫を開けて、中を物色した。モーニングサービスのトーストでは到底足りなかった。さっきミカが僕たちに示した牛乳パックを取り出し、口を付けて飲んだ。旨かった。ミカの店の物らしいコンビニのサラダをばれない程度に食べ、マヨネーズはチューブに直接口を付けて、ちゅうちゅう吸った。

満たされない思いが、爆発的な食欲に向かっているのだろうか。だが、こんなことをしていては、ここから追い出されてしまう。懸命に我慢して、冷蔵庫のドアを閉めた。冷蔵庫の上の籠に、菓子類が入っているのに気付いた。ポテトチップスの袋の口が、輪ゴムで留めてあった。僕は輪ゴムを外して、ポテトチップスを一枚食べてみた。湿気ていた。でも、止めることができず、食い尽くした。空っぽの袋をきちんと畳んで、脱いだジーンズの尻ポケットに入れる。ばれるのが怖いので、外でこっそり捨てるつもりだ。それから、温い水道水をたらふく飲んで服を着た。

紺のTシャツもパーカーもユニクロ製品で、何の手がかりもない。沢を下りたため、濡れてごわごわと硬くなったジーンズを穿く。僕が使ったのがばれたら、女の子が嫌がるだろうと思い、バスタオルを同じ場所に返した。ついでに、どちらのかわからないブルーの歯ブラシで歯を磨いた。綺麗に洗って元に戻す。体の大きな昭光が寝ているため、スペースを見つけるのに苦労したが、何とか僕も横になった。そして、髪もろくに乾かさないまま、深い眠りに落ちた。

一度目覚めた。その時、僕は自分がどこにいるのかわからなくなって恐怖を覚えた。

ふと横を見ると、昭光が長い腕で自分自身を抱き締めるような格好で熟睡しているのが目に入った。僕は、ミカの部屋にいることを思い出し、安心してまた目を瞑(つむ)ったのだった。おかしなことに、その時は自分の記憶がなくなったという事実を忘れていた。

次に目覚めたのは、シャワーの音のせいだった。僕は沢の水を飲む夢を見ていた。うまく掬えず、苛立つ夢だ。目を開けると、昭光がちょうど僕の体を跨(また)いだ瞬間だった。太く逞(たくま)しい脚が視界に入ったため、僕は恐怖を感じて慌てて起き上がった。よほど驚いたのか、昭光がまたオゴエッと奇声を発した。

「今何時なの」

急に起き上がったため、息が切れる。

「四時四十分」

昭光が携帯を見て答えた。昭光は、ブルーのトランクス一枚だ。シャワーを浴びた直後と見え、頭に巻いていた白いタオルで頭を拭いている。

「だいず腹減ったねー」昭光は手を止め、部屋を見回した。そして、風呂場のドア越しに話しかけた。「ミカちゃん、何か食うもんあるかー？」

「ないよー」と、のんびりした声がする。「でも、何か作ろうか」

ミカが風呂場から叫んだ。

「作ってー。おいら腹減った」

昭光が甘え声を出した。不意に、僕は違和感を覚えた。どうして、二人は間をおかずにシャワーを浴びているのだろう。昭光が下着一枚で平気なのも変だ。昭光は僕の視線を感じて、ちょっとおどけた顔をした。女の子に甘えてうまくやっていこうよ、とでも言いたげな。ミカが風呂場から出て来た。短パンにタンクトップ。化粧を落としているため、眉毛が消えて別人のようだった。ますます不細工に見えるけど、短パンから突き出た脚の形は最高だった。

「何がいい、さいがさいが」

ミカがふざけて方言の真似をし、昭光の目を覗き込んだ。昭光が惚れ惚れするような白い歯を見せて甘く笑う。何かが起きた。でも、昭光とミカが付き合おうが何しようが、僕には関係ない。金がないのだから、ただ黙って幸運のおこぼれを待つしかないのだ。昭光が慣れない標準語で言った。

「ミカちゃん、ご飯作ってください」

ミカが笑いを浮かべながら米を研ぎ、流しの下から野菜を出して切り刻み始めた。昭光はパイプ椅子の上にあった女性誌のページを開いてモデルの顔を眺め、僕に聞いた。

「この女、可愛いさー。ね、そう思わん？」

僕が答えようとしたら、ミカが取って付けたように聞いた。

「ギンちゃん、よく寝れた？」

何となく、よそよそしく感じられた。

「うん、いろいろありがとう」

ミカは満足そうに頷いている。ミカが後ろを向いている隙に、寝ても記憶は戻らなかったことを昭光に告げようと思ったが、やめにした。昭光は、僕の記憶になんか関心を持っていない。昭光は、本島で自由気儘に暮らすことにしか興味がないのだ。前の昭光は知らないが、昭光だって、「ジェイク」と自分に名付けてから、生き方を変えたのかもしれなかった。僕が「ギンジ」になったように。

「ジェイク」

初めて名を呼ぶと、昭光は顔を綻ばせた。

「何よー、ギンちゃん」

「休ませて貰ったんだから、手伝おうよ。僕、何でもする」

「なんとなんと」

昭光は適当にごまかしているが、僕は嫌われないように、そして、追い払われないようにしなければならないのだ。ミカが振り向いた。

「ギンちゃん、手伝ってくれるの」

「うん」と答えると、ミカが僕に命じた。

「じゃ、ギンちゃん、豆腐買って来て。豆腐があれば、豆腐チャンプルーできるから」

僕が一銭も持っていないことを知っているミカは、僕に五百円玉をひとつ渡して、近くのスーパーへの道を教えてくれた。僕はほっとして表に出た。夕方の町外れは人気がない。僕はジーンズの尻ポケットから、折り畳んだポテトチップスの袋を出し、道端に捨てた。どんよりとした曇り空で、湿度が高い。五百円玉の他に、ポケットの中には僕自身の百円玉がある。僕は子供のようにふたつの硬貨を代わる代わる握り締めてスーパーに入った。スーパーとは名ばかりで、土間に商品棚を並べたような地元の店だ。客は誰もいない。僕は床に金が落ちていないか、と目を凝らしたが、土間は綺麗に掃き掃除されていた。でも、僕は、歯ブラシを一本「ちゃみる」のに成功した。

「ただいま」

マンションのドアを開けて中に入った途端、竹のすだれの向こうで、昭光とミカがさっと離れるのが見えた。気付かない振りをして、豆腐を差し出す。ミカが照れ臭そうに、礼を言って立ち上がった。昭光はトランクスの上に、赤いロゴの入った黒いTシャツを着ていた。荷物から出したのだろう。洗濯機が回る音がする。着替えがあれば、僕も洗濯機を借りて洗えるのに、と恨めしく思ったが、昭光は自分の服を貸してくれるほど親切ではない。僕はパーカーの袖の中から歯ブラシを出して、昭光に見せた。

「ジェイク、これ見て」

「あっがいー、またちゃみたわけ。ギンちゃん、やるねー」

昭光は笑い転げる。お前だって女の子をちゃみるんだろう、と僕は続けたい言葉を呑み込んだ。

六時前に夕食が出来て、三人で食卓を囲んだ。飯と豆腐入りの味噌汁、同じく豆腐入りの野菜炒めだ。胡瓜(きゅうり)だと思って食べた野菜が苦いので、僕はびっくりして吐き出した。

ミカが呆れたように言った。

「ゴーヤー嫌いなの？　沖縄でゴーヤー嫌いだったら、生きていけないよ」

昭光は話もろくにせずに、口の中いっぱいに飯を頬張っている。子供というより、若い動物のようだった。僕は掌にいったん出したゴーヤーという野菜を再び口に入れた。棘のある生物みたいで気持ち悪かった。ゴーヤーを知らないということは、沖縄に来たのは最近で、それまで来たことがなかったことにならないか。ではなぜ、「やんばる」という地名は知っていたのだろう。自分の記憶の有り様が不思議でならなかった。

「ミカちゃん、味付けがだいぶ垢抜けてるねー。いい奥さんになれるさいが」

飯をお代わりした昭光が、世辞を言った。ミカが得意そうな顔をする。服装は同じだが、化粧は済ませていた。眉毛がしっかり描いてあって、目の周りが青く塗られている。素顔よりマシになるが、やはりあまり綺麗じゃないな、と僕はミカの顔をまじまじと見た。

「ミカちゃんは沖縄の人？」

僕の質問に、ミカは箸を止めて答えた。

「あたしは埼玉」

サイタマという語に、僕の何かが感応した。関係があるのかもしれないので、僕は焦って聞いた。

「埼玉のどこ」

「蓮田ってとこ」

ハスダ。ぴんとこない。落胆して溜息を吐く。何かを摑めそうで摑めない。苛々して、僕は眉根を寄せた。食事を終えたミカは、煙草に火を点けた。僕も吸いたくて仕方がなかったが、ただ飯を食っている上に煙草を一本欲しい、とはさすがに言いにくい。煙を吐いたミカが、僕の顔をじろりと見る。

「ギンちゃんはどっから来たの」

「あまり、言いたくないんだ。いろいろあってさ、思い出すと辛いから」

思い出せない癖に何を言う、と我ながら驚いたが、僕は顔を曇らせて答えた。ミカが少し慌てた。

「あ、そうなの。ごめんね」

ミカは優しい子だ。僕はほんの少しだけ胸が痛んだ。僕も昭光も、ミカからいろいろなものを奪いそうだからだ。金も物も体も心も時間も。それに、今のミカの反応を見て、自分の記憶喪失を隠すよい方法を得たような気がしたせいもある。「いろいろあって」と言えば、相手は突っ込まない。特にミカは素直だった。

「ミカちゃんは、何で沖縄に来たの」

「あたしさあ、子供の頃から海のそばに住みたいなっていつも思っていたんだ。だから、夢はハワイだったの。ノースショアに住んで、年がら年中、海の音を聞いて水着を着て暮らしたいと思ってた。あたし、サーフィンはやったことないけど、海を見ているのが好きなの」

「なんとなんと、ミカちゃんはスタイルがいいから、水着着て男に見せつけたいわけよ」

　昭光がからかった。ミカが馬鹿正直に困った顔をした。

「そんなこと思ってないよ。そういう意味じゃない。とにかく、海が好きなの。ハワイは無理でも、どこか海のそばに住みたいと思って、占い師に相談したのね。その人、よく当たるって評判なんだよ。そしたら、あなたの前世は、琉球王朝の何番目かの王女だったって言うのね。小さい時に病気で死んだ子の生まれ変わりなんだって。だから、沖縄が向いてる、是非行きなさいって言われて、すぐに納得した。あ、やっぱり沖縄なんだって。だから、こっちに来たのは、二年前なの。最初は那覇に行って、ドミトリーのはしごした。そこで知り合った子からいろいろ情報聞いたりして、暮らした。読谷に行ったのが一年前。でも、そこでちょっと嫌なことがあって、名護に来たの。今は幸せだよ。聡美ちゃんともトラブルないしさ。でも、一番心配なのは、聡美ちゃんのお金が貯まって、シェアメイト解消とかになった場合だね。また探さなくちゃならないじゃない。あれって、結構面倒なのよ。どんな人が来るかわかんないしさ。女の人って限定してても、おじさんとか来ることもあるんだよ」

　そうは言っても、ミカは部屋の中を満足そうに眺め回した。自分の過去どころか、前世までが必要だってか。それも「記憶」なのか。僕は驚きを感じて聞いていた。

「それまで、ミカちゃんは何してたの」

僕の質問に、ミカは脚を抱えて中空をぼんやり見た。天井からイルカのモビールが下がって、夜の風にぶらぶら揺れている。その横には、昭光の洗濯物。

「バイトしてた。あたし、いろんなバイトしたよ。高校の時のコンビニから始まって、スーパーでしょう、ファミレスでしょう。あと、古着屋、居酒屋のホールスタッフ、ホテルの宴会場のクロークってのもあったね。こっちに来てからは、テレホンセンターのオペレーターとかもやった。でも、今はテレホンセンターって、みんな中国に移っちゃったからクビになってさ。あたし、たくさんやったんで、全部なんか思い出せないよ」

ミカは指を折って数え上げた。

「ミカちゃん、年幾つさー？」

いきなり昭光が尋ねた。あまりにミカのバイトの種類が多いので、驚いたのだろう。咄嗟に疑問をぶつけただけのようだが、昭光の目の底には、初めて見た人のようにミカを怖れる色があった。ミカが煙草を消し、意を決したように顔を上げた。

「あたし、二十七になった。

昭光は驚いた顔を隠せない。きっと、心の中で、あの「オゴエッ」という奇声を発しているに違いない。僕は笑いを堪えた。

「おいら、十八になるところ」

「そんなに若いんだ。じゃ、あたしの方が九歳もお姉さんじゃない」

ミカが落胆したように急に声を落とした。そして、気がなさそうに僕にも聞く。

「ギンちゃんは幾つ」

「僕は二十一だよ」

すらすらと嘘が出た。いや、嘘かどうかもわからないはったりだった。何となく、昭光の年齢に近くありたい、と思ったからだ。人に何か聞かれれば、僕の口は自然に「ギンジ」の過去を捏造(ねつぞう)してしまう。それが真実か、偽造なのか、僕にはまったくわからない。今の僕は、「事情があって出身がどこか言えない、おそらくは二十一歳の男。所持金は百円」なのだ。

居間でごろごろしているうちに、ミカの出勤時間が迫ってきた。ミカが身支度して、和室から現れた。ぴったりしたTシャツの上に、紺のパーカーを羽織っている。ジーンズは今朝と同じだった。

「ねえ、あんたたちはどうするの」

昭光が困った顔をした。

「だっからよ、どしたらいっかねー」

僕と昭光は、申し合わせたように窓の外を見た。雨が降っていた。無一文の僕は、勿論、表には出たくない。だが、十一時にはシェアメイトの聡美が帰って来る。しかも、仕事をふたつ済ませてくるのだから、かなり疲れているだろう。そこに見知らぬ男が二人もいたら、ミカと聡美の関係が悪化するのは必至だった。ミカが申し訳なさそうに言った。

「ごめんね。やっぱ、どっかで時間潰しててくれないかな。聡美ちゃんとの約束は、ここに、男も女も関係なく友達を連れて来ないってのもあるのよ。悪いけど、外に出てくれないかな。名護にもドミトリーやゲストハウスがあるから、そっちに泊まったらどう。朝どっかで待ち合わせしようよ」

ミカは、聡美との関係も壊したくないし、昭光と離れたくないのだろう。「朝どっかで待ち合わせ」という言葉がすべてを語っている。昭光は、僕の顔を見ながら言った。

「てなわけで、おいらはドミトリーに行ってもいいけどさー、ギンちゃんはどうするべき?」

「僕は金がないから、どうしようもないよ。ドミトリーにもゲストハウスにも行けない。誰かに金を借りるしかないんだ」

ミカが目を伏せた。テレビもない暮らしぶりを見れば、人に金を貸せるほどの余裕がないことは想像できる。昭光にしたって、昨夜知り合ったばかりの僕に金を貸すはずがなかった。貸す気があれば、コンビニで握り飯のひとつもくれたはずだ。でも、僕は昭光を責めない。昭光は、僕を下界に連れて来て、名前まで与えてくれた恩人だ。それに、どう考えても、僕は名前も過去も思い出せない、怪しい男には違いないのだ。ここにいられるだけで幸せだと思わなければならない。だから、僕はミカに懇願した。

「悪いけどさ。聡美ちゃんに電話して、僕たちのこと聞いてくれないかな」

ミカは肩を竦める。

「聡美ちゃんは、今はカラオケ屋だから、電話に出られないよ。携帯で話すと怒られるんだって。連絡取れない」

「あっがいー、雨じゃなかったら、海岸でごろごろしてるのにねー」

昭光が顎を掻きながら、のんびり言う。どうせそんな気はない癖に。

「わかったよ。ジェイク、行こう。金を落とした僕が悪いんだから、僕はその辺で時間を潰す。ジェイクはドミトリーに泊まればいいよ」

昭光が釣られて渋々立ち上がる。ごつい膝の骨がぽきんと音を立てた。ミカが未練たっぷりに昭光を見上げた。「じゃさ、じゃさ」と迷っている。僕は期待した、ミカの弱さに。

「じゃさ、ギンちゃんをあたしの弟ってことにしようか。あたしがこの部屋の借り主だし、そこは何とかなるかもしれないよ。つまり、友達じゃ駄目だけど弟ならいいって理屈。でも、それで聡美ちゃんが納得するかしら」

「ミカちゃん、頭いいね」

僕は持ち上げた。

「今、聡美ちゃんに手紙書くから、渡してくれる？　その代わり、あんたたち、ひと晩中あたしの部屋でじっとしててよ。約束だよ」

「いいよ、そんなことしなくても。悪いよ」

僕は内心の喜びをひた隠して、沈痛な面持ちで首を振った。だが、ミカは自室からノートを持って来て、何か書き始めた。そして、書き上がった物を破り、僕に手渡した。

「ギンちゃん、この手紙を聡美ちゃんが帰って来たら見せて。それで、迷惑はかけないからって、強く言ってよ」

平仮名の多い、その手紙にはこうあった。

聡美さま
けさ、弟とその友達が着いたんだけど、弟がお金をなくして困っています。もうしわけないけど、少しの間、わたしの部屋に泊めてもいいですか。めいわくかけて、ごめんね。
ミカ

僕が読み終わった途端、ミカが早口で言った。

「嘘って嫌だね」

僕は無言で俯（うつむ）いている。嘘が言えるだけの真実を持つミカが羨ましかった。

「聡美ちゃんが内見に来た時、ちょっとプライベートな話もしたんだ。だから、辻褄（つじつま）合わないと困るから、あたしのこと言うね。覚えてよ」

聡美の記憶が聞ける。僕は耳を澄ました。

「あたしんちは、埼玉の蓮田市ってところで、親は離婚してるの。子供の時で、あまり覚えてないんだけどさ。父親がお兄ちゃんを連れて行って、あたしは母親のところに残ったから、すごく悲しかったのだけは覚えてる。お母さんは二人とも手元に残しておきたかったけど、二人は育てられないし、お父さんと一緒にいれば、男の子は大学も行けるから行きなさいって、お兄ちゃんに言ったんだって。お兄ちゃんは離れたくないってすごく泣いたらしいんだ。でもさ、お父さんは、お母さんと別れてからすぐに再婚しちゃったから、お兄ちゃんは高校も中退して、どっかに行っちゃったのよ。だから、しばらく会ってないんだ。連絡もこないから、どうなってるかもさっぱりわからない。お母さんは、そのことでお父さんを恨んでて、絶対に許さないって言ってる。だからさ、ギンちゃんは、あたしの弟で、お兄ちゃんと一緒にお父さんのとこに行ったことにしてよ。久し振りに会った感激の弟ということに」

「だったらよ、ギンちゃんと歳が合わないさーよー」

僕が口を開く前に、昭光が遮った。

「ミカちゃんは、兄ちゃんと幾つぐらいで別れたかー？」

「あたしが小学校一年くらいの時。あ、そうか。てことは合わないよね。ギンちゃんがすごい赤ちゃんになっちゃうものね。赤ん坊はお母さんのとこに残るよね」

ミカがおどけた顔をした。

「じゃ、僕が二十三歳にすればどう」

「そうしよう。お兄ちゃんは、あたしの四つ上だったから、今三十一歳ね。覚えた？」

僕は頷く。

「お父さんは再婚してどこに住んでるの」

「三鷹。東京の西の方よ」

ミタカ。地名は知っていたが、どんなところかは知らない。僕に縁のある場所かどうかも見当がつかない。僕はミタカ、ミタカ、と繰り返した。繰り返しているうちに、本当にミタカに住んでいたような気がしてきた。

「大丈夫よ、聡美ちゃんは北海道の子だから、東京とか詳しく知らないから」

ミカが床に置いてあった布製のバッグを取り上げて斜めがけした。胡座を掻いていた昭光がのっそり言った。

「苗字は何かー」

「あ、そうだ。肝腎のこと忘れてた」

ミカが叫び、そうだよ、そうだよ、と僕らも笑い転げた。

「あたし、磯村ミカっていうの。離婚しても苗字は変わってないから、ギンちゃんは磯村ギンジになるわけよ」

磯村ギンジ。やっと苗字ができた。何度も口の中で繰り返す。磯村ギンジ、二十三歳。離婚した父親の連れ子として三鷹市で育つ。姉は、母親と一緒に埼玉県蓮田市に住んでいる。兄は高校の時に中退して、どこかに行ってしまった。姉の前世は琉球王女。何だか俳優にでもなった気がして、軽く昂奮した。新しい自分が出来たようで嬉しい。誰かに聞かれたら、そう答えればいいのだ。僕はミカの四角い顔を見つめた。ちっとも綺麗じゃないけど、本当にこういう姉ちゃんがいるような気がしてきた。人が好くて、素直で、気弱な姉ちゃん。昭光みたいな男に騙されそうな姉ちゃん。

「姉ちゃん」

試しに呼んでみると、ミカがくすぐったそうな顔をした。

「姉ちゃん、聡美さんが帰って来るのを待って頼んでみる。駄目なら、僕らはどこかで姉ちゃんを待つから。気にしないで」

「なにかよ、まず。もう姉弟みたいさいが」

昭光が、白い歯を見せて笑った。案外、自分の魅力を承知しているのかもしれない。

「じゃ、何かあったら、携帯に電話してよね」

ミカが昭光に言った。二人はとうに携帯の番号を教え合っていたらしい。僕の利用価値は、ナイチャーということだけ。磯村ミカの弟、磯村ギンジになれるから。

時間に遅れた、と慌ただしくミカが出て行った後、昭光が部屋を見回して言った。

「てなわけでテレビ欲しいなー。おいら退屈持て余すさー」

「贅沢言ってらんないよ。雨の中出て行くより、マシじゃないか」

またしても、ジャングルの中を彷徨していた記憶が甦る。全身で痛いほど感じていた、あの焦りと恐怖が今の僕の記憶のすべてであり、原点だった。だけど、ミカの弟、ミカの弟、と繰り返しているうちに、僕はあの恐怖も次第に忘れていくのかもしれない。とうとう、記憶の上書き保存が始まった。

僕は家の中にいられることに限りない幸福を感じて、畳の上に仰臥した。ジーンズのポケットにあるたった一枚の百円玉に触れる。磯村ギンジ。他人に説明できる「過去」ができたことが嬉しかった。それにしても、何とささやかな幸福だろう。昭光は、コンセントの場所を探し出して、勝手に携帯に充電している。僕らは二人とも図々しい。

「ギンちゃん、ミカはおいらたちをこのまんま住まわすつもりなんだろか」

「聡美さんがいる限り、絶対に無理じゃない」

そうねーと珍しく静かに昭光が同意した。しかし、僕は密かな希望を持った。聡美が怒って出て行ってしまい、ミカが僕らにシェアを要求すること。そしたら、僕が洋間に住み、昭光とミカが和室に住む。何とかなりそうな気がして、少し嬉しくなる。

突然、充電中の昭光の携帯が鳴った。昭光は発信者を確かめてから出た。友達からかかってきたらしく、笑いながら早口で話している。聞き覚えのある単語以外は、何を話しているのかまったくわからなかった。まるで外国語を聞いているようだった。昭光の目が輝いている。昭光は僕の知らない世界をたくさん持っているのだろうか。僕は今現在の世界しかないというのに。小さな嫉妬を感じながら、僕はいつの間にかうたた寝していた。

4

午後十一時過ぎ、玄関のドアがひっそりと開けられた。聡美が帰って来て、三和土に立ち竦んでいる。

「お帰りなさい」と、僕らは揃って出迎えたが、聡美は、三和土にある、僕と昭光の大きなスニーカーをじっと見下ろしていた。

「ああ、びっくりした。ミカさんはいないはずなのに電気点いてるし、泥棒だったらどうしようと思った」

聡美が、戸惑った風に呟く。体つきと同様、声も細くて儚げだ。コンビニの袋を提げていて、中に三角形に切ったサンドイッチが入っているのが透けて見えた。朝、テーブルの上に落ちていたパン屑を思い出す。きっと朝食用なのだろう。

聡美は、ぞろりとしたスカートに合わない、アウトドア用の頑丈なサンダルを脱いだ。洗いざらして白くなった抹茶色の靴下を穿いている。しかし、蛍光灯に照らされた面長の白い顔は、やはり綺麗だった。眉が薄いため、吊り上がった大きな目が印象的だ。朝はきちんと結い上げてあったのに、時間が経ったために乱れたほつれ髪も、目の下に出来た隈も、なぜか聡美を美しく見せていた。

「すみません、これ読んでください。姉ちゃんからの伝言です」

僕はノートの切れ端を渡した。昭光は大きな体を小さくして、後ろの方で畏まっている。聡美は立ったままメモに目を走らせて、ちらりと僕を見遣った。

「弟さんなんですか。雰囲気違うけど、そう言えば似てるかも。顎の線とか」

自分でも気に入らない、角張った顔立ちのことだろう。僕は苦笑した。

「だけど、兄弟はお兄さんだけって聞いてたような気がするけど」

聡美は首を傾げた。

「兄もいます。僕、小さい頃に別れたので」

僕がはっきり言ったので、聡美はあっさり信用したらしい。

「へえ、そうなんだ」

「磯村ギンジです。あれは、僕の友達の伊良部昭光」

「伊良部です。よろしくお願いします」

昭光が窮屈そうに標準語で挨拶した。聡美は、困惑した様子でコンビニの袋をテーブルの上に置いた。牛乳の染みを残したために、盗み飲みが知られるところとなったテーブルの上に。

「あたしは構わないんですけど、あのー、ただ、こういう場合はどうなのかな」

聡美は口籠ったまま、黙ってテーブルの前に座った。長目の黒いカーディガンの下は、薄黄色のクレープ状のインド製らしいブラウスを着ている。耳に銀の小さなピアス。百五十センチあるかないかの身長で、肩幅がなく、胸も薄い。だが、鎖骨の下に静脈が透けて、女らしい魅力がある。僕らも聡美の前に座って、緊張しながら言葉が出てくるのを待った。

「お疲れのところ、ほんとにすみません」

僕は項垂れた。昭光も神妙に俯いている。

「まあ、突然だったんでびっくりしたんですけど、今朝、お会いした時から、こういうことも少し想像はしてました」

聡美は率直に言った。小さな声だし、弱々しい言い方だったが、言うべきことは言う人間らしい。威勢はいいけど、次第に押し切られてしまうミカとは対照的だった。

「はっきり言いますけど、あたしが言いたいことは、こういうのは、お金の面で不公平ではないかということです。入居の条件を話し合った時ですけど、ミカさんは、自分はこの部屋のオーナーだから広い方を使わせて貰う、でも、後は全部折半でお願いします、と仰いました。つまり、部屋の広さに拘らず、ガスと電気と水道料金は同じ額を払っているんです。それを、ミカさんの関係者であるあなた方が使うということは、あたしが損だと思うんですけど」

「そらー、損さいが」

昭光が同意した。突然、昭光が口を開いたので、聡美はびっくりしたらしい。しかし、すぐに同意してくれたのが嬉しかったらしく、昭光に微笑んだ。昭光の表情は想像できたので、僕は敢えて見ない。

「わかります。つまり、滞在中の僕らが使う水や光熱費の分を払うべきだということですね。それは姉ちゃんもわかってると思うから、言っておきます」

聡美は真面目な顔で、こくんと頷く。首が細い。

「その場合ですけど、あたしは仕事が忙しくて、この部屋にはほとんどいません。一日いるのは、お休みの木曜だけなんです。で、あなたたちは男の人だから体が大きいし、お水もたくさん使うと思うんですよね。昼間、あたしのいない間にここにいたりすることも多いでしょう。そしたら、電気も使うわけだし。単純に人数分という計算も、ちょっとどうかなと思うんだけど」

もっともな理屈だ。僕がすでに使ってしまったバスタオルや歯ブラシも、聡美の物かもしれないのだ。ミカからは何でも奪えそうだが、今後、聡美からは何も奪えないだろう、と覚悟した。

「男が滞在する時は、女より多く金を払うべきだ、ということですか」

「まあ、そういうことになるのかしら」

聡美は小首を傾げるのが癖らしい。すると、昭光が口を挟んだ。

「なんとなんと。女はシャワー長いし、結構、水多く使うし、ドライヤーも長く使うから、電気代もかかるさいが？」

聡美は昭光を相手にしなかった。

「こんなこと言って悪いけど、男の人がいると部屋が臭くなるからちょっと、というのもあります」

昭光は、自分の魅力が聡美にも通じると思っていたのだろう。なのに、臭いと言われて衝撃を受けたように黙った。僕は謝った。

「すいません。考えます」

「よろしくお願いします。それから、あと、もうひとつあるんですけど」

聡美は、また考えを巡らすように部屋の中の一点に目を遣った。そこには昭光のTシャツや下着が干してある。昭光がしまった、というように大きな体を縮めた。

「何ですか」

聡美のゆっくり話すペースに巻き込まれ、自然に聡美の言葉を待つ形になった。だが、金の問題さえクリアして、聡美がここにいることを許してくれるのだったら、何でも聞く気になっていた。

「あのー、その入居条件の時の話し合いで、お互いに男友達だけでなく、友達を連れて来るのは疲れるからしてはいけない、というのもあったんです。あたしはそれをずっと守ってきたんですね。勿論、ミカさんもそうでした。でも、今日それが初めて破られましたよね。それって」

再び、聡美は言葉を切った。細い指でテーブルの端をなぞっている。

「つまり、そのことに対してのペナルティを払えということですか」

言いだしにくいのかと思って、僕が助け船を出した。すると、聡美が微かに笑った。

「さすがにそこまでは言わないけど。ただ、あたしも友達を連れて来てもいいんじゃないかな、と思ったんです」

　昭光は黒い眉を寄せて、苦々しい顔をした。男に決まってるさいがよ、と言いたそうだ。しかし、ミカだとて、昭光と親密になっているではないか。それがばれたら、聡美は、「弟」の僕だけでなく、男を引き入れている、とミカを詰るだろう。ミカと同じなのだ。ここで妥協しなかったら、僕らは聡美に追い出される。そして、聡美は早晩決裂する羽目になるだろう。その状態になるには時期が早過ぎた。僕は一文無しだからだ。

「僕らもそうなんだからいいとは思うけど。それも、姉ちゃんに言っておきます」

「ありがとう」

　聡美はぺこりと頭を下げて、立ち上がった。

「あたしは疲れているので、シャワー浴びたら、すぐ寝ます。浴室とトイレ、使ってもいいかしら」

「どうぞ。僕らは姉ちゃんの部屋から一歩も出ないようにします」

「じゃ、お休みなさい」

　聡美はもう一度軽く礼をして、自室に消えて行った。僕と昭光は、急いでミカの部屋である和室に入り、襖を閉めた。途端に、昭光がどんと僕の肩を突いた。

「あっがいー、ギンちゃん、何であんなこと言うかさーよ。あいつなら、すぐ男を連れて来るさー」

「仕方ないよ。だって、フェアじゃないもの。僕たちが転がり込んだせいで、聡美ちゃんは迷惑してるんだから、条件は同じにしないと釣り合わないじゃない。聡美ちゃんが駄目だって言ったら、僕たち、雨の中に出て行かなくちゃならないんだよ」

僕は何も考えない昭光に苛立つ。

「なーんとなしに。ああいうタイプは男が好きだからよー、入れ替わり立ち替わり、違う男が来るわけよ。ね、そう思わん？」

昭光の口調には、明らかに嫉妬が交じっている。僕は聞き流して、初めて入ったミカの部屋を見回した。窓際に、ベッドとして使っている厚手のマットレス。安っぽい整理ダンスがひとつ。上に、ごちゃごちゃと化粧品やアクセサリーなどの小物類が置いてあった。そして、針金ハンガーに掛けられた服が鴨居から下がって、所狭しと壁を埋めていた。パンツ、スカート、ワンピース、ジャケット、Tシャツ。僕はスターバックスのロゴが入った大きめのTシャツに目をつけた。明日、「姉ちゃん」からあれを借りて、その間に洗濯することにしよう。

「てなわけでギンちゃん、早よ寝よー。もう、おいら頭に来たさいが」

昭光が先にマットレスの上に大の字になったので、僕は仕方なく畳の上に横たわった。悔しかったが、昭光の魅力でミカの許しを得たのは事実だ。直(じか)に畳に寝ていると寒い。僕は、ミカのジャケットやトレーナーを勝手に外して、腹の上に掛けた。寝つきのいい昭光は、すぐに寝入ってしまった。健やかな鼾(いびき)が聞こえてくる。僕は、暗闇の中で、聡美の立てる密かなトイレの水洗の音や、シャワーの音を聞いていた。不意に、昭光が聡美と寝ている様を想像した。真っ黒に陽灼けした昭光が、細く小さな聡美を抱いている姿。性器が硬くなった。僕は腹にミカのジャケットを押しつけ、必死に目を瞑った。「やんばる」の夢はひとつも見なかった。

翌朝、僕は尿意を堪えながら、聡美が出て行くのを待っていた。昭光は、ミカの肌掛け布団を撥ね除け、健康そうな四肢をあちこちに投げ出して眠っていた。我慢出来ずに部屋を出ると、聡美が小さな手鏡を覗きながらリップクリームみたいな口紅を塗っている最中だった。

「お早う」

僕は挨拶したが、聡美はにこっと笑っただけだった。今日も同じスカートにカーディガン、ブラウスの色だけが違う。徹底してお金を遣わないようにしているらしい。聡美はミカのように甘くはない。聡美だったら絶対に僕らを拾わないし、奢ったり家に上げたりもしなかっただろう。

トイレから戻ったら、すでに聡美の姿はなかった。外から施錠する音だけが聞こえた。今日はテーブルの上も綺麗だ。こっそりミカの牛乳を盗み飲みしている癖に。僕と同様。もうじきミカが帰って来る。その前に、聡美の部屋を覗いてみたかった。僕は、そっと洋室のドアを開けた。パイプのベッドはきちんと整えられて、更紗のカバーが掛かっていた。大きなバックパックが部屋の真ん中にでんと置いてあって、今にも旅発てるかのように、部屋は異常に片付いていた。筋金入りのバックパッカーらしく、金さえ貯まったら、すぐにタイにもブラジルにも行けそうだった。

洗面所に入って確かめると、水色の歯ブラシだけが濡れていた。やはり、僕が使ったのは聡美の歯ブラシだったのだ。少しいい気分になり、僕は自分のを持っているにも拘らず、聡美の歯ブラシで歯を磨いた。

「ただいま」

ミカが疲れた様子で帰って来た。僕は笑って迎えた。

「姉ちゃん、お帰り」

「よかった、追い出されなかったんだね」

ミカは苦笑した後、昭光の姿を目で探した。

昭光が部屋から現れた。ミカの顔が輝き、勤めているコンビニの袋を掲げた。

「期限切れのお弁当を貰って来たよ」

「お疲れ様です」

昭光は、体育会風に最敬礼した。僕は弁当を見てほっとした。生きるということは、腹を満たしたい欲望の果てしない連続だ。時間が経てば、すぐ腹が減る。実は、空腹で死にそうだった。眠そうな顔でぼんやりしているミカを前に、僕らは「復刻版イカ天弁当」と、「玄米野菜弁当」を分け合って食べた。他にもトンカツ弁当とお握りが数個あったが、それは昼飯にしようと自然に決まった。昼飯まで用意されていることが、限りなく嬉しくて僕は阿呆のように笑っている。ミカが真剣な顔で聞いた。

「ゆうべ、聡美ちゃん、何て言ってた」

僕は昨夜の聡美の弁を報告した。

「聡美ちゃん、そこまで言ったの」ミカは絶句した。「あたしがいたら、牛乳のことを言ってやるのに。あと、洗剤だって、あたしのを使ってる時があるんだよ、あの子」

「姉ちゃん、それを言ったら喧嘩になるよ」

「だけどさ、何か悔しいよ」

僕らの疑似姉弟ぶりに、昭光がひっひっと笑い転げている。お前には他人事なんだろう、と少し腹立たしかった。

「だったら、全員で家賃四等分というのはどうかな」

「あばっ、部屋もないのに四等分てどういうわけよ」

昭光は不満そうだった。僕も昭光も、すっかりこの部屋に居着く気になっている。ミカが煙草を吸いながら言った。

「それだったら、一人一万プラス光熱費。いいかもね」

「あの女が男をだう連れて来たら、どうするわけ」と昭光。

「そうよ。ひと晩だけだったらどうするか、とかいろんな問題があるよ。やっぱ、難しいね」

ミカは考えるのも面倒臭いとばかりに言葉を切って、煙草を潰した。「三時に起きるね」と言いおいて和室に向かったので、僕は後を追いかけた。

「姉ちゃん、このスターバックスのTシャツ、一日だけ貸して。洗って返すから」

不思議なもので、僕は弟のようにミカの心に潜り込んだらしい。いいよ、とミカが首肯して僕の顔に見入った。

「何かさ、あたし、ギンちゃんが本当の弟で、久し振りに会ったような気がマジしてきたよ」

だったら、ミカに甘えてやろう、と僕は思った。昭光はまた女性誌を眺めてごろごろしている。僕はミカの吸い差しをこっそり拾って、ティッシュでくるんだ。それを聡美が捨てたコンビニの袋に入れ、台所の隅に置く。どこかで吸ってみようと思う。何か言われたら、捨てようと思って纏めたと言えばいい。僕は服を脱ぎ、下着と靴下とTシャツを洗濯機で洗った。勿論、洗剤はミカのを使った。昭光がぼやいた。

「あー、テレビ見たいねー」


午後になって、ミカが眠っている間、僕と昭光は職探しのために街に出た。梅雨時のように、空がどんよりと曇って、かなり蒸し暑い。国道をトラックが行き交う。道路脇に植えられた椰子やブーゲンビリアを見ると、南国にいることが実感できるが、海がまったく見えないせいか、ただの田舎町に滞在しているような気分だった。二人とも行く当てがないので、とりあえずコンビニを目指して歩いた。途中、ケンタッキーフライドチキンの看板に目を留めた昭光が呟いた。

「ミカちゃんのとこにいる限りは、手料理とコンビニ弁当しか食えないさいがね」

「仕方ないよ。タダなんだから」

「あー、エンダーのダブルチーズバーガー、食いたいさー」

「エンダーって何」

「A&W。宮古にもあるよ」

馬鹿にするな、と言わんばかりに、昭光が僕を睨んだ。今日の昭光は機嫌が悪い。やっと見つけたコンビニに入り、まず求人情報誌を眺めた。これは、と思う求人は運転免許証だの、ダイビング資格だのが必要とされていた。

「あがい、だうあるようで何もないさー」

白いタオルを頭に巻いた昭光が諦めたように伸びをした。僕は雇ってくれるならどこでもいいと思ったが、昭光は「これは遠いから駄目なわけよ」「こっちはスーツとか着なくちゃならないさいが」と文句を言うばかりで、気乗り薄だった。昭光は怠け者だ。

僕は何だってするつもりだった。無一文はどうしようもないことが痛いほど身に沁みている。このままでは、名護から出ることもできないし、服も買えない。それに、この世は金がなければ自由も快楽も得られない仕組みになっているのだ。だが、いざ面接を受けるとなれば、履歴書が必要になるだろう。空欄を前に、何も書けずにいる自分を想像して怖ろしくなった。もっと「磯村ギンジ」を補強する必要がある。架空の住所、架空の家族、架空の履歴を作って。

　不意に、僕の目は、トランクスや靴下を売っている棚に釘付けになった。下着を洗濯してしまったので、僕は何も着けずにジーンズを穿いている。それが嫌で堪らない。ものは試しと、昭光に切りだしてみた。

「ジェイク、ちょっと頼みがあるんだけどさ」

　求人情報誌をさっさと手放して、マンガ雑誌に読み耽っていた昭光が振り返った。

「悪いけど、千円貸してくれないかな」

「何を買うかー」

「今日、パンツ洗っちゃったから、僕ノーパンなんだよ」

「オゴエッ。ノーパンて言葉、昂奮するねー」

　昭光はふざけながら、尻ポケットから財布を取り出した。折り畳んだ千円札を摘んで、少し嫌そうに渡してくれる。紙幣の折り目はきちんとして綺麗だった。

「てなわけでギンちゃん、いつ返してくれるかー?」

「できるだけ早く」としか言えなかった。だが、昭光が金を貸してくれたのが意外だったので嬉しかった。

　僕は三百九十九円のチェック柄のトランクスを一枚購入した。残金は落とさないようにポケットのコイン入れに大事に仕舞う。

「ありがとう。仕事が見つかったら、すぐに返すから」

昭光の大きな背中に言うと、昭光が顔だけ振り向いて白い歯を見せた。昭光は、僕を信用し始めたのだろうか。

結局、何の収穫もないまま、僕と昭光はマンションに戻って来た。鍵を持っていないので、ミカが外出でもしていたら入れなくなるのが怖かった。僕はミカの「弟」なんだから、自分も鍵が欲しい、と考えている自分に驚いた。ミカの弟、という新しい身分は、僕をとりあえず落ち着かせて、記憶喪失の原因や、自身の本当の過去に目を向けなくて済むようにしている。塗り込めることに成功したのだろうか。いや、もっと塗り込めたい。僕は、擦れ違った女子高生の後ろ姿を眺めている昭光に聞いた。

「ジェイク、ミカちゃんのところにどのくらいいさせて貰うつもり？」

「一週間くらいさーよー」

振り向いた昭光が真顔で答えた。短さに驚き、僕はなおも聞いた。

「ジェイクはこれからどうしたいわけ」

「あばっ、ギンちゃんこそ、どうするべき？」

質問で返されたが、僕も絶句する。僕は、ミカの「弟」に成り切って、何とかマンションに住まわせて貰うことしか念頭になかった。互いに黙り込み、歩いた。

近隣の目を意識して、忍びやかにマンションの階段を上っていく昭光が、前を向いたまま言った。

「だっからよ、おいらは那覇に行くつもりさー。ちょこっとバイトして、金が貯まったらのんびりしてさー。その繰り返しなわけよ、ね、そう思わん？」

「そう言えば、お母さんから電話かからなくなったね」

「着信拒否しているのにぃ」

昭光は明るい顔で笑った。独立塾から脱走した息子を心配している母親の絵が浮かび、気の毒になった。どこかに、僕の行方を心配している家族がいるのだろうか、と思いながら。だが、今の僕はミカとの疑似姉弟ごっこに夢中だ。

「ただいまー、姉ちゃん」

ドアを開けてくれたミカに悪びれずに言う。ミカがくすぐったそうな表情になった。シャワーを浴びた直後らしく、無化粧で、短い髪の毛が濡れていた。僕はトランクスの入ったコンビニの袋を床に置き、靴を脱ごうとした。すると、ミカが何気ない感じで言った。

「ねえ、ギンちゃん、ジャスコでも行って遊んで来てよ」

ぎょっとして立ち竦んだ。何を言われているのかわからなかった。昭光がそそくさと上がり込んだのを見て、やっと得心した。二人で話を合わせていたのかもしれないと思うと、金を貸してくれた昭光の優しさまで疑いたくなる。僕は不機嫌を悟られないように、努めて平静な声で聞いた。

「ジャスコって、歩いて行けるの」

「大丈夫。国道沿いまっすぐだから、すぐにわかるよ。二十分くらい」

甘えようと思っていたのに、僕は部屋にも入れて貰えずに追い出された。背中でドアが閉まる音。邪魔者なのだ、と不安と憤りで胸がいっぱいになる。それにしても、昭光がミカの家に一週間しかいるつもりがないことを知ったら、ミカはどうするのだろう。昭光戻ってミカに告げてやりたい衝動に駆られたが、勿論、我慢した。

5

知らない町にいる、知らない自分。まだ友人とも言えない昭光とミカに仲間外れにされ、どうしたらいいのかわからなかった。僕はしばらくミカのマンションの下でぼんやり蹲(うずくま)っていた。マンション前の道路を走る軽自動車の中から、年配の男がちらりと不審そうな視線を投げかける。仕方がないので立ち上がった。もしかすると、求人があるかもしれない。僕は、ジャスコとやらに行ってみることにした。また国道に出て、さっきのコンビニを過ぎ、さらに歩く。二十分どころか、三十分以上歩いて、やっと右手にジャスコが見えた。信じられないほど大きな建物だ。広大な駐車場を横切り、やっと店内に入った頃にはくたくただった。

そこは、本屋やスーパーを内包した巨大なショッピングセンターだった。これだけ広ければ、求人はたくさんあるだろう、と僕は期待を持った。まずトイレに行って水を飲んでから、バイトの求人票を見に行く。若い男を募集している店は三つあった。旅行代理店、クレープハウス、居酒屋のホールスタッフ。居酒屋の求人票には、手書きで「貴方の頑張りを待ってます！」とある。旅行代理店は服がないので諦めた。まず居酒屋に直接行ってみることにした。だが、奥から現れた二十代後半と思しき若い店長に一蹴される。

「食い物扱ってるんだよね。いくら制服あるって言ったってさ、そんな汚いジーパン穿いて来られると志気が下がるんだよ、あんた」

ひどい言われようだった。が、真新しいのは、ミカから借りたTシャツだけで、ジーンズは埃まみれな上に、あの時の血や泥も付着している。無理からぬ話だった。仕事を得るには、服装を整えねばならない。が、洗濯するためには、下着姿で長時間過ごさねばならない。惨めだった。

僕はクレープハウスも早々と諦めて、一階のスーパーに向かった。例によって、床を舐めるように眺めて歩く。一円玉を一枚拾った。タオルが欲しかったのでタオル売り場に行く。一枚ちゃみりたかったが、なかなかチャンスがない。誰か、昭光が頭に巻いているような白いタオルを一枚、僕に恵んでくれないだろうか。顔を拭き、体を拭き、汗を拭く布が欲しい。一枚二百円もするんじゃ、買う決心がつかない。とにもかくにも、食べることが先決なのだ。

何かいいことはないだろうか、と僕は夕飯の買い物に来ている主婦の後をついて歩いた。いいことというのは、うっかり金を落としたり、僕に恵んでくれたりするようなことだ。が、誰一人、僕に気付きもしないし、金も落とさない。そのうち、僕は大量の商品に酔ったみたいに気分が悪くなってきた。スーパーに長時間いても、何ひとつ買えないのだ。いや、買えはするけれども、大事な金は遣えない。

あまりの虚しさに堪えられなくなって、ひと休みしようと、飲食コーナーに向かった。女子高生たちが立ち上がった後のテーブルに座ると、紙皿にフライドポテトが数本残っていた。一瞬食べようかと思ったが、できなかった。ポテトの上にかかった赤いケチャップを見ているうちに、どういうわけか、突然涙が溢れてきた。なぜ、こんな惨めな思いをしているのだろう。

ポケットの中はたったの七百二円。それが僕のすべてなのだ。タオル一枚買う決心がつかず、喉が渇いても温い水道水で潤すだけ。ミカが本当の「姉」なら、こんな目に遭わせるはずはない。急に、姉弟ごっこの熱が冷めていく。本当の僕はいったい誰なんだろう。

「どうしたの」

声がしたので、驚いて顔を上げた。隣のテーブルの女の人が僕に微笑みかけていた。三歳くらいの女の子と、ベビーカーに乗った赤ん坊を連れている。三十歳前後。真っ黒な長い髪を後ろでまとめ、ジーンズを穿いていた。色黒で頑丈そうな体つきをしている。地元の主婦らしい。プラスチックの椅子に尻だけ乗せて、ほとんど立ったままの女の子が、アイスクリームを嘗めながら、僕の顔を窺っている。

「ああ、大丈夫です」

「ならいいけど、具合でも悪いのかなと思って。青い顔してるし」

　主婦は僕に話しかけたことを後悔したように言い訳した。大丈夫です、大丈夫です、と繰り返し、涙を拭くために、パーカーのポケットに入れていた手を出した。主婦がちらりと僕の手の甲を見たので、慌てて隠す。手は切り傷や擦り傷だらけだった。照れ隠しに呟いた。

「旅行中なんだけど、お金も携帯も落としちゃって」

「あら、大変だ」

　心底、同情しているらしい。女の子にも母親の気持ちが伝わったと見えて、途端に細い眉を寄せた。

「少し貸してあげようか」

　さもしいことに心が動いた。だが、僕は慌てて手を振る。

「いや、仕事があれば嬉しいんだけど」

　女の人は視線を揺らして、あれこれ考えている様子だった。

「知り合いに石屋さんがいるんだけど、手伝ってくれる人を探してるって言ってた。ただ、結構前だから、もう見つけちゃったかもしれない。それに仕事はきついみたいだけどね」

　僕の顔は輝いたと思う。

「何でもいいんです。お金がないと東京に帰れないから」

そうだね、と女の人は少し笑った。それから、携帯であちこちに電話をした。途中、僕に名前を聞いたので、聞かれてもいないことまで答えた。

「磯村ギンジです。東京の三鷹市から来ました」

電話を終えた女の人が、紙ナプキンに「仲間石材店」と書いて、電話番号を添えてくれた。

「自分でここに電話して聞いてみて」と言った後、携帯電話を手渡してくれた。「これ、使っていいから」

十円を遣うのさえ惜しかったから、礼を言って、有り難く携帯を借りる。電話に出た男は、話を聞いていたらしく、気軽に言った。

「明日の朝から来てよ。うん、九時。古い墓の修理しなくちゃなんないから、こっちも助かったさー。時給六百円しか払えないけど、いいかあ」

老人らしいが、力強い声だった。僕は女の人にボールペンを借りて、住所を写し取った。会社はジャスコのそばにあるらしい。徒歩で向かうのはきつそうだが、それしか方法がない。でも、仕事を得られたのが嬉しかった。

夕暮れ時の、町外れの国道は寂しい。だが、僕の心は弾んでいた。昭光を出し抜いた勝利感もあったし、僕を蔑ろにしたミカの鼻も明かした気分だ。ミカに助けて貰った恩があるのに、という反省もなくはないが、僕がミカの弟を演じることで昭光を滞在させることに成功した、と思うと、悔しさが消えないのだった。そろそろ、ミカが夕

食の支度に取りかかっている頃だ。二人で食べ終えて、僕はご勝手に、ということにな
ったらどうしよう。そうなったら、金を遣わなくてはならない。僕は卑しく迷いながら、
ドアを開ける前に声をかけた。
「僕だけど。ギンジ」
すぐに扉が開いた。ミカが照れ臭そうな顔をした。すでに着替えと化粧を済ませてい
る。
「ごめんね、ギンちゃん。どうしてたの」
ミカが申し訳なさそうに聞いた。
「ジャスコ」と、僕は簡単に答える。だって、ジャスコに行けって言ったのは「姉ちゃ
ん」じゃないか。子供のように拗ねたくなった。
床に寝転んでいた昭光が起き上がり、僕の顔を見て何か言いたそうな表情をした。が、
僕は目を背け、乾いた洗濯物を取り込んでから手を洗いに行った。またしても、ピンク
のバスタオルで手を拭く。濡れていないから、このバスタオルも聡美のだろう。昨夜の
聡美の、やけに落ち着いた喋り方を思い出し、少しいい気味だ、と思った。
飯はすでに炊けていた。ミカが菜箸を動かして、昨夜と同じチャンプルーを作ってい
る。この分では、肉も豆腐もないだろう。肉が食べたくて切ない。エンダーのダブルチ
ーズバーガーとやらを、僕も食べたい。
「だっからさ、ギンちゃん、何で怒ってるかー」

昭光が横に来て囁いた。

「別に怒ってないよ。でもさ、部屋にも入れないって、ちょっと酷くないか。出て行けって言うなら出て行くけどさ、突然だったから」

「あっがいー」と昭光は小さな声で叫ぶ。「ギンちゃん、おいらだって努力してるわけよ。言うなれば、男娼婦みたいなもんでしょー」

「そりゃ、酷くない？　ミカちゃんが可哀相だよ」

僕らは、料理中のミカに聞こえないように気を配りながら、口喧嘩をした。

「あばっ、すんきゃまっじよ。おいらだって、やらなきゃここにはいられないわけよ」

昭光が真面目な顔で抗弁する。ということは、僕は「弟」としての存在意義、昭光はミカと関係を持つことで、このマンションにいられるのか。僕は不意に可笑しくなった。昭光も声を出さずに、ひっひっと笑っている。ミカが大皿を運びながら、嫌な顔をした。

「何が可笑しいのよ、二人で笑っちゃって」

僕らは何も答えず、コンビニ弁当についていた割り箸を持ち、食事にありつけるのを今か今かと待った。

ミカが仕事に行った後、僕は石屋の仕事が見つかったことを昭光に話した。昭光は、焦る気持ちもないらしい。そりゃよかったさいがね、などとのんびりと言うのだった。

「きみはどうするの」

「だっからよ、おいらはここでのんびりして、それから考えるさー」

突然、がちゃがちゃと鍵を回す音がした。僕たちは慌てて居住まいを正した。予定より早く、聡美が帰って来たのだ。聡美の帰宅と共に、居候の僕らはミカの部屋に引っ込まなくてはならない。不自由さを強いられるのが早くも苦痛になっていた。

聡美は入って来るなり、真っ先に部屋を窺った。少し飲んでいるのか、おでこと頬がほんのり赤い。それも色っぽかった。

「お帰りなさい」

僕と昭光は思わず立ち上がった。聡美はちらりと僕らを見て頭を下げた。小声で言う。

「どうも」

聡美は無言でドアを大きく開き、後ろに立っていたらしい男を引き入れた。ラスタカラーのニット帽を被り、顎鬚を伸ばした若い男が入って来た。男は棒のように痩せていて、手首も子供みたいに細い。横縞の長袖のTシャツもジーンズも、だぶだぶと大きく、服の中で体が泳いでいるような格好をしている。

「友達連れて来たの。いいでしょう」

聡美の言い方には、あんたたちがいるのだから何も文句は言わせない、という意志が感じられた。

「あばっ、きつっ」

昭光の呟きが聞こえた。僕は如才なく振る舞う方を選ぶ。

「どうぞ、姉ちゃんはバイト行きましたから」

「ちーす」

男は顎を突き出すように挨拶し、困惑した様子で僕たちを見た。聡美はゆっくりとサンダルを脱ぎ、男の背中を押した。

「ほら、ちゃんと挨拶しなよ。拓ちゃん」

「俺、拓也(たくや)です。サトチーと一緒にカラオケ屋のバイトしてます」

「オゴエッ、サトチーなわけかー」

昭光が小さな声で怒ったが、僕は挨拶した。

「初めまして。ミカの弟のギンジです。こいつは宮古のジェイク」

ちーす、と拓也はまた顎を突き出す。聡美が満足そうに頷き、提げていたコンビニの袋から泡盛の四合瓶と紙コップを出した。

「折角だから乾杯しようよ。これから一緒に住むんだし」

「なんとなんと。おいらもいいなぁ？」

昭光が嬉しそうに聞いた。酒好きなのだろう。早くもテーブルに着いている。

「いいよ、みんなで乾杯しよう。ミカさんには悪いけど」

聡美は、僕らがいるなら彼氏と同棲しても構わない、と踏んだのだろう。あるいは、ミカへの対抗意識で、連れて来たのかもしれない。家主のミカが不在のうちに、どんどん事態が変わっていく。皆、それをわかっていても、誰も何も言わない。

「ミカさんは昼間ここにいて、あたしたちは仕事行くでしょう。それから夜になると、あたしたちが帰って来て、ミカさんは仕事に行く。じゃ、あなたたちはどうするの」

「だっからよ、おいらたちもバイトとかあるしさーよー」

昭光が間延びした答えを返した。僕は密かに思う。お前のバイトは、ミカと付き合うことだろう。だが、昭光は悪びれず、胡座を掻いて笑っていた。聡美が紙コップを配り、器用に泡盛を注いだ。行き渡ったのを見て、聡美が「乾杯」と言った。四人で紙コップを合わせて、ひと口、泡盛を飲む。その瞬間、どこかでこうやって乾杯した記憶があるのに気付いた。どこだ。いつだ。誰と飲んだ。その中の一人が言ったのだろうか。「ココニイテハイケナイ」と。思い出そうと考え始めると、たちまち頭痛がして堪えられなくなった。僕は口を付けただけで立ち上がった。

「具合が悪いから先に寝るね」

僕はミカの部屋に入り、畳に仰臥した。マットレスの上に寝たかったが、昭光とミカの関係を思うと遠慮がある。襖の隙間から洩れる光の帯。宴たけなわで、昭光の喋る声が聞こえていた。だっからよー、てなわけでさー。そこに、聡美と拓也の笑い声が響いた。うとうとしていると、昭光が部屋に入って来た。酒臭い息を吐いて、マットレスの上に倒れ込んだ。僕は昭光に話しかけた。

「ねえ、ジェイク。どうしてこうなっちゃったんだろうね」

「知らんよー。あいつら出来てるさーよー。あっがいー、すんきゃショック」

お前だって、「姉ちゃん」と出来てるじゃないか。よく言うよ。昭光の欲望の深さに僕は驚き、どうやら自分は昭光とは正反対のタイプらしいと考えている。

「ギンちゃん、明日のバイトは何時に出るかー」

「八時くらい」

「おいらが一人になる時間はないさーね」

昭光が溜息を吐いた。みんなそうだよ、と答えようとしたが、その前に昭光は眠りに落ちていた。

第二章　ピサラ

1

嘘を吐いた。おいらは、嘘なんか吐けるタマじゃないんだけど、あいつは、すんきゃあヤバい感じがしたので、喋り散らしてごまかそうと思ったら、変なことになっていた。会った場所も場所なら、時間も時間だったし、あいつもマジ異常な風体だったからだ。それに、おいらの前歴は、何となしに人に言うのが憚られるというか、誤解を招きやすいというか、おいらにとっては、うわり言いにくいものなのだ。

おいらの名前は嘘じゃない。伊良部昭光だ。家族も仲間も、アキンツと呼ぶ。あと三カ月で十八歳になる十七歳。宮古島市平良出身だ。おいらたちは「ひららー」と言うけど、去年死んだばあちゃんは「ピサラ」と呼んでいた。

高校は一年で中退。てか、ちょっと無断拝借したバイクを、無免許、しかも速度違反で乗り回したかどで、退学処分を受けた。例によって、オヤジが裏でいろいろ手を打ってくれたらしいが、CDの万引きで捕まった「ブックボックス」事件がその前にあったせいで、退学は免れなかった。以来、高校には行ってない。宮古には、高校は五つしかなくて、もうおいらを入れてくれる高校はないし、おいらも行きたくはない。

笑うかもしれないが、おいらは宮古ではお坊ちゃまの部類に入る。オヤジは、かなりでかい建設会社を経営していて、市議会議員でもある。もっとも、八年前に市議選に出た時、会社は一番上の兄、久光（ひさみつ）に譲った形にした。市内にある自宅は、建った当時、島中の人間が見物に来たほどの派手な家だ。外壁は鮮やかなブルーに塗られ、ベランダは白、手入れのいい芝生とバカでかいガレージが目立つ。ガレージには、宮古に三台しかないベンツや、兄貴たちの四駆、姉ちゃんのカローラ、母親のアルトラパンなど五台の車が収まっている。地下一階地上三階建て、赤瓦が宮古の真っ青な空に映える。沖縄特産の赤瓦を使ったのは、県の補助が出るためだが、台風で飛ぶので、オヤジはセメントで屋根に貼り付けてしまった。本当は瓦ではなく、アメリカの家みたいな洒落（しゃれ）た屋根にしたかったらしい。だが、オヤジは、県産品を使うのも市議会議員の務めだと考えたのだ。

オヤジはさらに、プールがあれば完璧だと会社からショベルカーを呼ぼうとした。が、オフクロが大反対したのでやめた。宮古の人間は、プールなんか見向きもしない。行くのはちっちゃなヤラビだけだ。綺麗な海があるのに、何で狭いプールで泳がなくちゃならない。しかし、「スラブウツに二千人分の飴を用意した」というオヤジの自慢も、シギラにナイチャーの観光業者の大邸宅が建つまでだった。おいらも見物に行ったが、シギラがスペインかどっかの村に見えるほどの、ずみぎな家だった。ちなみに、スラブウツは、木枠にコンクリートを流すことで、内地で言う上棟式みたいなことらしい。

正直、おいらは、ブルーの豪邸もオヤジの存在も気恥ずかしい。だが、オヤジは数少ない成功者だ。人口たった五万の島に、キビと観光の他にこれといった産業もないから、建設業が盛んなのだ。宮古は、建設会社が四百以上もあって、皆、公共事業で食べることにシノギを削っている。だから、オヤジは島外の人間に随意契約を非難されたりすると、マジにキレる。

「入札にでもなったら、ヤマトの大会社にふぁーされるのはわかってるさいが」

こっちは兄の久光の常套句だ。

「うちは東京グローバリズムと戦ってるさーよー。宮古には宮古のやり方があるよー」

おいらは、このままいけば、宮古は開発で滅茶苦茶になる、という説もわからなくはない。要らない道路を作ったり、海を埋め立てたり、そんなことばかりしている。でも、おいらはどっちでもいい。綺麗な海がなくなるのは寂しいが、おいらはもう宮古に帰るつもりはないからだ。

てなわけで、オヤジの趣味はずばり選挙だ。選挙で勝てば、仕事が増えて儲かるのだから仕方がない。選挙の時は家族総出で戦うが、この間の選挙の時は、おいらだけ家にいろ、と言われた。宮古の選挙は、政党でも政策でもなく、人柄が問われるから、不良のおいらの存在が微妙なのだという。退学問題の時に、オヤジがそうそう無理を通さなかったのも、狭い島内で下手なことをすると、すぐ噂になるのを怖れたのだろう。

おいらの家族は、オヤジの成功にそのまんま乗っかった形で楽をしている。久光は、オヤジの作った建設会社の社長、下の兄は、オヤジの作ったリゾートホテルの副支配人、姉は、そのホテルの中にアクセサリー屋を持って、ビーチサンダルやシーサーがぶら下がった似非(えせ)シルバーのネックレスや、「海民」と書いたTシャツなんかを売っている。長男は真面目なしっかり者、次男は東京帰りの洒落者。長女は綺麗なお嬢さん。そして、歳の離れた末っ子のおいらは問題児。それぞれの役割を果たしている四人兄弟でもあるわけだ。

とはいえ、おいらがあまり馬鹿ばっかするので、オヤジはマジで愛想を尽かしつつあった。四人も子供がいるのだから、一人ぐらいは出来の悪いのがいても仕方がない、と諦めたのだろう。

「高校は無理して行かんくていいさーよー。その代わり、アキンツは一生みゃーくから出さんよー」とぬかした。確かに、宮古でおいらを引き受けてくれる高校はもうない。かといって、本島の高校にやったのでは目が届かなくて何をしでかすかわからない。おいらが悪事を働くと、選挙に影響が出る。そんなこんなで、オヤジはおいらを自由にする気はないのだ。さらに、オヤジが出馬のチャンスを窺(うかが)っている市長選にでもなったら、おいらの悪事はスキャンダルになるだろう。オヤジの胸中はうわり複雑かもしれんが、それはそれで、だいずいい気味でもある。

確かにおいらは悪かった。万引きや、例のバイクの「窃盗」のみならず、パイナガマビーチで引っかけた城辺の中二の女の子を妊娠させたこともあった。その時は、さすがのおいらもだいずびびって、オヤジに泣きついた。オヤジは本島まで手術に行かせ、金で解決した。女の子は、そのまま本島の中学に転校してくれた。本島に行けて喜んでいた、という噂もある。

「あっがいー、アキンツはどうするべき。俳優顔と思って、いい気になってるさーよー。ミドゥンブリになったら恥さいが。ニートとかになったら、もっとだいずどう」

ミドゥンブリとは、女狂いのことだ。ニートに関しては、おいらはまさしくニートなんだから笑えるじゃないか。オヤジは、自分の目の届く宮古で、おいらが仕事に就き、真面目に暮らしてほしい、とそれだけを願っている。だが、オヤジが何を思おうと、おいらはもう宮古にはいたくない。

宮古には大学も専門学校もないから、高校を卒業すれば、仲間は皆宮古を出る。高校から本島に進学するヤツも多いし、最近は、中学から本島や九州の学校に行かせるのも流行っている。マサルなんか、両親とも高校の教師をしてる上等一家だから、中学から鹿児島ラ・サールに行かされた。宮古で上等な家というのは、公務員の家族のことだ。残るヤツは皆、公務員になりたがる。でも、福岡のお嬢さん学校に行った姉ちゃんのアグには、アメリカの大学に行ったヤツもだういるんだそうだから、羨ましい話だ。

とにもかくにも、このままじゃ宮古で独りぼっちになる、とおいらは焦った。進学する気はないが、おいらも那覇か内地に行って、気ままに遊び暮らしたかった。でも、オヤジが金を出してくれない限りは、どこにも行けないし、何も始まらない。宮古にはあまり仕事がないから、金も貯まらない。こうしておいらは経済封鎖され、何とも中途半端にぶらぶらしていたのだ。

青年独立塾の話を持ってきたのは、久光だった。このままじゃアキンツも駄目になる。青年独立塾なら全寮制で精神と生活を鍛え直してくれるから、なかなか入れない自衛隊への入隊者も多い（さすがに行けとは言わなかった）。しかも、半年間で溶接だの建機だのいろいろな資格が取れるし、農業実習も経験できる。資格が取れたら、うちの会社で働かせてみればいいし、修業させたければ、どこか知り合いに預けてもいい。それに、青年独立塾は五十年の輝かしい歴史があって、県内でも知っている人間が多いから箔がつく、てなことをたくさん言って、オヤジを説得してくれたのだ。

オヤジも、おいらがユンボやブルドーザーの資格でも持っていれば、何とか一人前になるかもしれない、と希望を託したのだろう。このままじゃ社員にも島民にも示しがつかない、と大袈裟な理屈を言って、入寮費の五十万をいやいや払い、おいらに那覇行きの片道航空券を渡してくれた。帰りのチケットは、無事修了の暁に送ってやる、という約束で。離島割引でたいした金額でもない癖に、やたら勿体ぶっていた。

てなわけで、おいらは青年独立塾に入るべく、本島にやって来たのだった。おいらは、建機にも農業にもまったく興味はなく、ただ本島に行きたい一心、オヤジから離れたいだけ、だったので、チャンス到来とばかりに従順な振りをしていた。本島には、小学校の修学旅行で一度来たことがあるだけだった。中学の修学旅行先は九州だったが、こっちは直前に飲酒事件を起こして行けなかった。トゥリバーと呼ばれる埋立地の廃屋で、オトーリを回して泥酔し、海に飛び込んだところを警察に通報されたのだ。そう、おいらはついてないのだ。羽目を外しかけると、とんでもない目に遭う。それも捕まるのはいつもおいらだけ。おいらは、間抜けなボンボンなのかもしれん。

それにしても、独立塾をたった三日で脱走してしまったのは、まったくの予定外だった。

おいらは、観光シーズンになるまで我慢して独立塾に留まり、その後脱走してリゾート関係のバイトでも探そうと目論んでいた。リゾラバという言葉は死語だが、おいらはそれを狙ってたのだ。夏になれば、ナイチャーの若い女たちがだう遊びに来る。おいらは夏にやって来る都会のネーネーたちに、だいず可愛がって貰ったものだ。女たちはおいらを、内地にはいないワイルドでクールないい男、とちやほやしてくれた。ひと夏の恋人になるのは、お手のものだし、うまく行けば、女にくっついて大阪や東京に遊びに行けるかもしれない、という計算もあった。

なのに、おいらは同室になったおっさんにマジ切れして、計画をぶち壊しにしてしまったのだ。

おっさんは、十六歳から三十二歳まで、という青年塾の募集枠ぎりぎりの三十二歳。十三歳を頭に下は三歳の、三人の子持ち。どっから沖縄くんだりの青年塾の噂を聞き込んで来たのかは謎だが、気の毒なほど若作りした千葉の元ヤンキーだった。癖して先輩風を吹かせ、おいらを田舎者呼ばわりしやがった。寮内では禁止された携帯で、始終、母ちゃんや子供と話している軟弱野郎なのに、おいらには文句ばかり垂れた。

風邪引くから窓開けて寝るな、起きてすぐ屁こくな、音楽聴く時は音量絞れ、宮古弁で喋るとわからねえから標準語で喋れ、だのと、うるさくて仕方がない。無視してたら、お前ちょっとイケメンだと思って俺を舐めてねえか、ヤキ入れてやろうか、と憎々しげに言われたのには、だいずびっくりした。こんな僻(ひが)んだおっさんと、半年も同室生活するのかと思うと、おいらはマジ絶望的な気持ちになった。

それに、おいらは独立塾の設備の古さや、農園の荒れ方にもうんざりしていた。二年前の台風で屋根が吹っ飛んだビニールハウスなんか、そのまんまほったらかしてある。金もやる気もないのが、ばればれだった。洗濯機がないのも辛かった。まずがーまず、今時、誰が手洗いでバスタオルやジャージを洗うかー。こう見えても、おいらは服装にはうるさい。しかも、塾は何もない山のてっぺんにある。話には聞いて覚悟もしていたが、空しか見えないジャングルの中にあるとは思わなかった。周囲に店が一軒もないどころか、集落もない。それに、平良の方がよほど都会なのに、本島の田舎出身のヤツらが、おいらを離島から来た、と思いっきり馬鹿にするのにもむかついた。

　女は一人もいない。塾にいるのは、百人強の若い男と十人の先公だけ。歪み過ぎている。こんなとこに長居する必要はない、とおいらは予定より早く脱走を決め込んだ。所持金は小遣いで貰った六万（月に一万で充分さいが、とオヤジがくれた）と、オフクロの財布から掠めた三万の九万のみだったが、金を減らさないようにして、住み込みのバイトをすれば、何とかなるだろうと思った。

　同室のグドゥンが寝入るのを今か今かと待つのは辛かった。おいらはだいぶ寝つきがいいので、こっちが先に寝そうだった。やっと鼾が聞こえ、それっと寮の裏口から忍び出たのはいいが、月以外、明かりひとつない森の中の道を見て、すぐさま激しく後悔した。怖かったし、ひと晩じゅう、深夜の山道を歩き通せるか、不安だったのだ。そう、山も川もない宮古出身のおいらは、本物の山での経験がまったくない。でも、夜気は、宮古では嗅いだことのない良い香りがした。何となく体がむずむずするような、不満と満足を同時に覚えさせるような不思議な匂い。おいらは急に、ここにないものが恋しくなって、つい闇の中に一歩を踏み出してしまった。ここにないものとは、女や、海や、酒や、仲間とのだらけた時間、その他諸々。つまり、おいらの好きなものだ。夜道の怖さに何度も挫けそうになったが、戻ることもできず、おいらは山を下りるしかなかった。これが、あいつに会う前の、おいらの正しい「前歴」というやつだ。

　話は戻るが、おいらはあいつに嘘を吐いてしまった。あの時のおいらは、幽霊にでも出会ったんじゃないか、と恐怖したからだ。本当のことを喋ったら、魂を抜かれそうな気がしてならなかった。ジャングルに囲まれた山道、しかも深夜零時に、道の端に蹲っていた男と出会ったら、誰でも仰天するだろう。宮古には、片足ピンザの幽霊譚がある。夜、片足の山羊を見たら死ぬ、という言い伝えだ。子供の頃に流行った怪談だが、おいらは片足ピンザを異常に怖れた。夜、出会ったらどうしよう、と真剣に悩んだこともある。だから、実際にあいつに出会った時は、心臓が止まりそうになった。片足ピンザより、はごかった。

あいつがおいらに助けを求めているのはわかっていた。だが、髪が逆立って、化け物でも見たような怯えた表情をしていたし、服には草や枯れ枝がくっついて、手足は泥だらけ。右の耳は腫れて、血が垂れている。誰がどう見ても、山中に捨て置かれた死体が生き返ったとしか思えない姿だった。不良と言われたおいらだが、生まれてから一度も、こんなに怖い目に遭ったことはない。だから、あいつからなるべく離れたい一心で速く歩いたのだが、ヤツは必死について来た。置いて行かれるのが不安だったのだろう。おいらも正体のわからないヤツが、真横ではっはっと息を吐きながら歩いているのが怖かった。名前も住所も何も覚えていない、と妙なことを言うし、話も辻褄が合わないのだ。ダチョウ牧場から逃げ出したのなら、なぜ何も持っていないのだ。それに、牧場から逃げて来たなら、わざわざ山を歩く必要はない。道は通じているはずだし、夜の山を歩くなんて、プリギてる。荷物も腕時計も携帯もない。服は着ていたけど、すべてを失った者という感じで、異様な迫力があったのは事実だ。

だから、おいらは恐怖心から必死に喋ったのだ、下地（しもじ）銀次（ぎんじ）の境遇を自分と偽って。下地銀次は、おいらの二年先輩の悪い奴だ。

銀次の母親は、おいらの次兄が副支配人をしているリゾートホテルのバーベキューハウスで働いている。うちのオヤジが斡旋してやったのだ。西里（イーザト）の端っこで小さな飲み屋をやっていた銀次の父親は、アル中で店の酒を飲み尽くし、波照間の女といい仲になった。それで、愛想を尽かした母親に追い出されて、行方不明になった。女と一緒に波照間に渡ったと聞いてもいるが、勿論、母親は捜しになんか行かない。そのうち、飲み屋は人手に渡り、銀次の三歳上の姉は、元自分の家のものだった飲み屋で働いている始末だ。銀次の母親の弟は、母親が大嫌いな自衛隊員になった。ちょっと悪そうなかっこいい叔父さんで、泳ぎが上手く、おいらは子供の頃、よく遊んで貰ったもんだ。叔父さんは、今でも銀次を自衛隊に勧誘し続けているが、銀次は適当に受け流して、小遣いだけを要領よく受け取っている。

てなわけで、おいらが自分のことのように喋ったのは、全部、下地銀次の話だったのだ。だが、まだ誰にも言ってないこともある。

銀次は、バイク「窃盗」の罪をおいら一人に押しつけて退学させておきながら、自分は先にちゃっかりと高校を卒業した。そして、おいらの姉ちゃんと付き合って、姉ちゃんをゴミのように捨て、仲間に姉ちゃんの悪口を言い触らした。銀次は、姉ちゃんに

「ティッシュ」という綽名を付けた。あの時に、「ティッシュ取って」と偉そうに命じるからだそうだ。狭い島内だから、いつか姉ちゃんの耳にも入るだろう。可哀相だが、そ
れより何より、おいらの立場がない。銀次に文句を言ったが、ヤツは肩を竦めただけだ
った。子供の頃から、銀次はおいらが不快になるポイントをよく知っている。銀次はそ
ういう男だ。以来、おいらは姉ちゃんと仲が悪くなった。銀次なんかと付き合った姉ち
ゃんは大馬鹿者だと思っているし、姉ちゃんの方も、おいらが銀次の行方を隠している
と疑っているからだ。

てなわけで、あいつにくれてやったギンジという名前は、飼い犬の名なんかじゃない。
おいらの家の犬は、オフクロが飼っているチワワ二匹。スージーとロージーという漫才
師みたいな名前なのだ。つまり、おいらがあいつに命名したことによって、この世には
二人のギンジが存在することになった。宮古出身の下地銀次と、素姓のわからない磯村
ギンジ。

山で会った薄気味悪い奴に、なぜギンジと命名したのかと言えば、おいらの銀次に対
する憎悪が噴き出した、といったところだろう。そして、なぜ銀次の境遇を自分のこと
のように語ったかについては、これから考える。

下地銀次は、幼馴染みだ。家が近所だったから、二、三歳の頃からの遊び仲間だった。
長男なのに「銀次」なのは、あいつのオヤジが菅原文太のファンで、『山口組外伝　九

州進攻作戦』の「夜桜銀次」から取ったのだそうだ。そんな具合で、少々プリギたオヤジの息子だから、銀次がどんなに変なヤツかは想像がつくだろう。

　銀次の家は、西里通りの裏手に建っているボロ家だ。家は傾き、屋根は破れ、窓の外に植えられたガジュマルが育ちに育って、壁を割り裂きそうになっている。残っているのが奇蹟のような典型的な宮古の古い住宅で、ふた間しかない上に便所は外だ。そこに両親と銀次と、銀次のネーネーがわさわさ暮らしていた。

　子供は、親が金持ちだろうが、貧乏人だろうが関係ない。銀次は、始終うちに入り浸っていた。エアコンの利いた部屋でテレビゲームをし、冷凍庫から勝手にブルーシールのアイスクリームを出して食べ、夕食もほとんどうちで済ませた。オフクロの車をこっそり運転して、バンパーを壊したこともある。おいらは、そんなことはまったく構わなかった。むしろ、うちの空き部屋に住んで貰いたいくらい、銀次が大好きだった。銀次は、泳ぎも潜りもゲームも何でもうまいし、頭がいいので話も面白い。やることが大胆で、いつもとんでもない悪戯を考えついた。おいらは二歳上の銀次の完全な崇拝者で、クリーニング屋のてぃんちゃんと二人、子分のつもりで、いつもくっついて歩いていたものだ。

　銀次のぐうたらなオヤジも、おいらは大好きだった。人懐こい笑顔のおっさんで、一緒にいると楽しかった。趣味は貝集め。海に潜っては、珍しい貝を採って来て、図鑑で確かめるのだ。擦れてぼろぼろになった立派な図鑑を持っていて、いつも貝と図鑑を照合していた。おいらたちにも、黄色やブルーの珍しい貝をぎっしりと詰めた菓子箱の蓋を開けて、大事そうにひとつずつ見せてくれた。でかい蜘蛛貝を貰った時は嬉しくて仕方がなかったけれども、帰り道、すぐに銀次に折られてしまった。

オヤジが飲んでいる時に遊びに行ったりすると、すぐに焼酎のコップを突き出し、オトーリを回そうとする。「ずーらオトーリ回します」と適当な口上を述べたところで、決まって銀次の母親に怒鳴られるのだった。母親は「経済がま」でしっかり者だが、冗談が通じないので、おいらは苦手だった。

オヤジが波照間に消えてから、銀次は少しずつ変わっていった。人の物を奪ったり、壊すのが好きになったのだ。貝はオヤジが持って行ったらしくて破壊を免れたが、オヤジが丹精していたでかいパパイヤの鉢植えは、すぐに割ってしまった。それに、銀次が奪ったり壊すのは、物ばかりじゃない。人間も奪うし、壊した。だから、おいらの姉ちゃんの場合は、うちのオヤジが一番大事にしているものを奪った、ということになるのだろう。兄弟じゅうでたった一人の女である姉ちゃんは、皆にちやほやされて育った。顔もおいらそっくりで派手だし、スタイルもいいので、兄貴たちも始終自慢していたものだ。特に、オヤジは猫可愛がりして甘やかしていた。

姉ちゃんは、高校から内地に行かされた。福岡の私立女子高から、エスカレーター式短大に進学。お目付け役と称して、オフクロが一緒にマンションに住み込んで、二人で福岡生活をだいぶ楽しんだ。だが、姉ちゃんが卒業して就職しようとしたら、オヤジは悪い虫がつくから、とむりやり宮古に呼び戻し、ホテルの店を持たせたのだ。悪い虫が島にいることも知らずに。姉ちゃんは一年以上も銀次と付き合い、惚れたところで散々翻弄され、ティッシュのように丸めて捨てられた。おいらは、怖い顔した姉に、今でも問い詰められる。

「アキンツ、銀次はどこ行ったかー。あんた、知ってて言わないでしょう」

てなわけで、おいらは、姉ちゃんの敵討ちと思って、銀次のネーネーと付き合って、むごく捨ててやろうと決意した。銀次の姉は、飲み屋の暗がりで真っ赤な唇を光らせ、不機嫌な顔で俯いているような女だ。でも、笑うと、花が咲いたみたいにすごく綺麗に見える瞬間がある、ちょっと魅力的な女ではあった。おいらの五歳も上だから、子供の頃から知ってても、あまり話したことも遊んだこともなかった。

おいらは意を決して飲み屋に行き、銀次の姉を帰りに誘い出した。姉は、あの素敵な笑いを浮かべてついて来た。しめた、と思ったけれども、一回やっただけで、「アキンツはうわり下手糞で、早いさいが」と逆に捨てられて、言い触らされた。そこはさすが銀次の姉で、おいらのような甘い男が敵う女じゃなかったのだ。おいらとおいらの姉ちゃんの立場はさらに悪くなり、おいらは意地でも立派なミドゥンブリになってやろう、と思ったのだった。

その事件があって、銀次はおいらの魂胆を見抜いたのだと思う。急に、おいらが付き合ったことのある女に、片っ端から声をかけ始めた。ほとんどの女がなびき、その度に、銀次は残酷に捨てまくった。銀次は、がっちりした体格で色黒。声が甲高い。おいらほどいい男じゃないし、目が意地悪そうなのに、なぜか女にもてるのだ。悔しくなったおいらが対抗意識を持って銀次の真似をすると、必ず失敗するのはどうしてだろうか。銀次はおいらの失敗を嘲笑い、遂においらが一番好きだった女に手を出した。モスでバイトしていた、同じ中学の同級生、新城愛だ。愛は銀次に惚れて、銀次も愛が好きになって、二人で本島に行ってしまった。今でも一緒にいるかどうかはわからないが、おいらは本島で二人を捜し回りたいと思っている。

愛は、もういい。元々おいらのものにはならなかった女なのだから。おいらは、銀次がおいらから奪ったものを、大事なものを、取り戻したいだけなのだ。それが何かはわからない。そう、おいらはまだ銀次に支配されている。そして、銀次はなぜか、おいらを憎んでいる。これがおいらと本物の銀次のささやかな「歴史」だ。いつか、こっちのギンジに話す機会もあるかもしれない。

2

あーあ。深い溜息が聞こえて、おいらは目を覚ましてしまった。安っぽい緑のカーテンの隙間から、細く朝陽が射し込んでいる。薄暗い部屋の中で、ギンジがこちらに背を向けて蹲っているのが見えた。あーあ。ギンジがまた溜息を吐く。ギンジの髪の後ろが寝癖で跳ねている。よかった、生身の人間だ、と安心する。おいらは、まだ時々、こいつは人間じゃなくて幽霊か異星人なんじゃないか、と疑う瞬間がある。自分の名前も住所も覚えていないなんて、UFOにでも乗って来たんじゃあるまいか、と。おいらは目を擦りながら、マットレスの上に片肘をついて、ギンジが何をしているのか観察した。うわり驚いたことに、ギンジは音を立てないように、ミカの整理ダンスの引き出しを開けていた。そっと引いて覗き込んでは、溜息を吐く。その繰り返し。とうとう何段目かで、中から何かを取り出して匂いを嗅いでいる。イッギィー、下着泥棒だったのかよー。おいらは、ミカに自分が疑われるのが嫌なので、構わず声をかけた。

「ギンちゃん、何してるぅ」

ギンジは身震いして振り向いた。

「ああ、びっくりした」

顔が引き攣っていた。その表情が、お笑いの誰かに似ていた。ロバートの誰かじゃなくて、バッファローの木村じゃなくて、くりぃむしちゅーじゃなくて、誰だっけ。近頃、全然テレビを見ないのですぐに思い出せなくなっている。独立塾はテレビ禁止だったし、ミカの家にはテレビがないから、かれこれ一週間近くは見ていないことになる。これって新記録なー、と関係ないことを思っていると、ギンジが慌てた様子で言い訳した。

「姉ちゃんにタオル借りようと思ったんだよ。今日バイトだから、ないと困るじゃん。後で話して許可貰うつもりだったけど、間に合わないから」

ギンジは手の中のブルーのタオルを見せた。おいらは調子を合わせた。

「あー、そうだはずー。だったらよ、今何時かー、ギンちゃん」

「七時五分過ぎだよ」

ギンジが、整理ダンスの上にあるミカの世界時計を見ながら答えた。ロンドンとかニューデリーとかの時間も同時にわかる、だいず意味のない時計だ。おいらは欠伸した。ギンジがミカの弟に成り切ろうとしている様が、哀れというか、可笑しいというか、ついていけない気がした。

こういう時、銀次ならどう振る舞うだろう、と考えてしまう癖がある。つくづくおいらには銀次の影が重くのしかかっている、と暗くなるのだった。それに、おいらはこっちのギンジを偽物と見なしている。本物の銀次と偽物のギンジ。この冴えない偽ギンジと会ったら、銀次は頭に来るだろう。ギンジはギンジで、自分の名前があくどい銀次から取られたと知ったら、どう思うだろう。犬よりマシってかー。銀次バトルを想像して、おいらは心の中で笑った。

「ジェイクはまだ寝るんだろう。早いもんね」

ギンジが洗濯したてのソックスを穿きながら、小さな声で尋ねた。洗濯したてとは言っても、泥と血は完全に落ちていない。清潔好きのおいらから見たら、絶対に穿きたくない代物だ。

「ギンちゃんもだいず早いさいが」

「聡美ちゃんたちが起きる前に出たいんだ。ぶつかると嫌だから」

　おいらは、聡美とだったら、トイレや洗面所で遭遇するのも楽しい気がしたが、あの拓也とかいう、ひんすーな男にはかち合いたくない。昨夜の酒宴も全然口を利かないので、おいらが盛り上げてやったくらいだ。宴会と言えば、おいらは、ギンジがその時、顔色を変えて早々と寝込んだことをやっと思い出した。

「だっからよ、ギンちゃん。ゆうべどうしたかー」

　ギンジが目を逸らした。

「前に乾杯みたいなことをしたような気がして、思い出そうとしたら、頭が痛くなったんだよ」

「なんとなんと。体が思い出すのを拒否してるわけよ。ね、そう思わん？」

　ギンジが辛そうに俯いた。そうなると今度は、ギンジが可哀相に思えてくるから不思議。さっきは幽霊だの異星人だのと思っとったのにさー。ギンジが嫌味を感じさせない口調で言った。

「いいね、ジェイクはゆっくりできて」

「そーねー」

　おいらは、あと一時間以上もこの部屋に籠っていなければならないから、寝るしかないのだ。

　ギンジが出て行った後は、聡美と拓也が居間を占領して朝の支度をするし、聡美たちが出て行けば、入れ替わりにミカが帰って来る。ミカに対しては今のところ楽勝だけど、聡美たちが居座っている限り、この部屋にいるのも難しくなる。てか、うわりめんどくさい。

これからどうしよっかー。おいらはまたしても込み上げる欠伸を嚙み殺した。ギンジは、乾いていた自分のTシャツに着替え、まるで自分の物のように、ミカに借りたスターバックスのTシャツを丁寧に畳んでいる。

「てなわけで、ギンちゃん、バイトわいどー。おいらはもう一回寝るねー」

「わいどって何」

「だっからよ、頑張れってことなわけよ」

「へー、面白い言葉だね」

ギンジは笑った。そして、身支度を済ませると、襖を開けて居間に出て行った。真っ先にトイレに入ったようだ。しばらくして、冷蔵庫を開ける音がした。ギンジはミカの牛乳を飲んでいるんだろうな。聡美だって飲んでるんだから、「弟」のギンジが飲まないはずがない。何も持たないギンジを眺めていると、生活するには、だう物が必要だってことがよくわかる。でも、ギンジはそれを着々と得ている。偽物ギンジは、本物に負けないくらい逞しい。

おいらは携帯で時刻を確かめた。七時十五分。電話がしょっちゅうかからなくなったので、着信拒否を解除した途端に、留守電とメールの表示があった。留守電を聞いてみた。オフクロとオヤジから、ひとつずつ入っていた。

「アキンツ、みんなだいず心配してるよー。電話してねー」

オフクロは簡潔だったが、オヤジは宮古弁でだいず怒っていたので、途中で切った。普段は無理して標準語を使おうとしているが、怒るとおいらでも何を言ってるのかわからなくなるから、めんどくさい。

メールは、姉ちゃんからだった。

「うまくやったね、アキンツ。もう一生会えないかも（笑）。銀次の馬鹿に会ったら、妊娠して子供が生まれたって、言っといて」

銀次にそんな手が通じると思うのかー。でも、これでやっと宮古から離れられた、という解放感が徐々においらの四肢を伸ばした。今日はどんなことをしようか。おいらは幸福感に満ちて、ひっひっと笑った。襖が音もなく開き、ギンジが顔を出しておいらに声をかけた。

「ジェイク、行って来るね。わいどするよ」

ジェイク。おいらの新しい名前だ。馴染みがないので、突然言われたりすると、誰のことかわからなくなる。どうしてジェイクという名にしたのかというと、ギンジには嫌なヤツの名前をくれてやったから、おいらにはカッコイイ名前を付けようと思っただけだ。だから、ハワイのウクレレリスト、ジェイク・シマブクロから取ったのだ。

おいらは答えずに手だけ振り、ミカの布団を肩まで引き上げた。喋ると眠気が失せそうな気がした。花柄の掛け布団からは、シャンプーとかリンスとか化粧水とか、甘く酸っぱい女の匂いがした。かばす、かばすー。おいらは、不意に聡美の完璧な横顔を思い出した。鼻先がつんと尖っていて、意地悪そうな目がいい。おいらは、どうも銀次の姉貴タイプに弱いらしい。それとも、これってトラウマかー。

ギンジはしばらくおいらの返事を待っていたらしいが、おいらが何も言わないので、がっかりしたように襖を閉めた。いつも飼い主の表情を見ている子犬みたいなヤツだ、とちょっと思う。

それにしても、昨夜は変な晩だった。家主のミカが不在なのに、皆で「一緒に住むんだから」と乾杯なんかして。聡美は酒好きらしく、生でくいくい呷っていた。性格はきつくて苦手だが、顔は好きだ。目尻が上がって、眉が薄く、きりっとした綺麗な顔をしている。なのに、体がひんすーな女というのがちょっとエッチで、おいらのスケベ心をくすぐる。だが、聡美は早くもおいらの心中を察して、拓也を連れて来た。勘が良過ぎるし、口が過ぎる。何が「部屋が臭くなる」だよ。拓也の方が臭そうじゃねえか。

銀次だったら、聡美のようなタイプはどう落とすんだろう、とまたも考える。聡美が「ねえ、拓ちゃん」と言う時の、唇を尖らせた表情を思い出すと、おいらは不快になったり、可愛く感じて甘い気持ちになったりする。それにしても、何がサトチーだよ。たらーんヤツらだ。

哀れなギンジは、どこで石屋のバイトを見つけたんだろうか。石屋の仕事はきついから、おいらなら絶対にしない。細くてひ弱そうなギンジは、何日も保たないに違いない。

雰囲気からして、ギンジがヤマトから来たのは間違いないけど、本島で何が起きたのだろう。どうして沖縄なんかに来たんだろう。ま、沖縄に憧れて来るナイチャーはだういるから、珍しくもない。でも、生きるのに必死なギンジを見てるのは、だいず面白い。まるで人生ゲームしてるみたいさいが。でも、ギンジは時々、苦しそうな顔して寝ている。体は寝ていても、脳味噌は何かを思い出しているのかもしれない。本当は何という名前で、何をしていたのだろうか。知りたい気がする。宮古の銀次と同じく、偽ギンジとも縁が深くなりそうだ。

　玄関のドアがばたんと閉まった。ギンジが出かけたらしい。ミカが持ち帰るコンビニ弁当にも間に合わないのは可哀相だが、金を無くしたのが悪いのだから仕方がない。あいつの所持金はおいらの貸した千円のみ。それもパンツを買ったから、すでに六百円くらいになっているはずだ。バイト先にも歩いて行くつもりなのだろう。でも、あいつはトイレットペーパーや歯ブラシをちゃみてきたし、ミカには「弟」として取り入ろうとしている。おいらは、ギンジのサバイバル能力をだいず気に入っている自分に気が付いた。

　今度は、洋室のドアが開いた。居間で、聡美と拓也が話している。

「早くしなよ。ミカさん、帰って来るじゃない」

　聡美が、拓也を叱っている。この口調はどこかで聞いたことがある。おいらは目を閉じて考え、すぐに思い出した。銀次のオヤジとオフクロの会話だった。いつも口うるさく指図する女。そうか、聡美は、銀次のオフクロなんだ。そう思ったら、聡美への関心が急に失せた。それに拓也は、銀次のオヤジと違って、だいずしょぼい。男がしょぼいと、付き合う女もしょぼく見える。あんなヤツが転がり込んで来て、部屋が窮屈になったのがうわり頭に来る。

冷蔵庫を開ける音。どっちかが、くちゃくちゃと咀嚼(そしゃく)している。台所で水を流す音。一人は洗面所で、もう一人は台所で洗顔しているのだろう。拭けよ、ちゃんと。水飛ばすなよ。昨日の酒盛りの後始末はしてるんだろうな。おいらは飛び出してチェックしたいのを我慢している。やがて、二人は小声でぼそぼそと相談しながら、出勤して行った。時間がずれているから、ミカは拓也が住んでいることに気付きもしないだろう。おいらも言うつもりはない。ミカに恨まれても、ちっとも怖くないが、聡美は怖い。

入れ替わりにミカが帰って来た。不細工だけど、スタイルのいい女。だいず年上だけど、気のいい女。おいらはこんな時、銀次だったらどうするだろう、とまたしても考える。銀次だったら、利用するだけ利用して冷たく捨てるに違いない。おいらもそうしたいが、できるだろうか。だけど、おいらはもうアキンツじゃない、ジェイクだ。

「寝てるの」

ミカが襖を開けた。おいらはやっと目が覚めた振りをした。

「いいなあ、ジェイクは。あたしは立ちっぱで仕事してきたのに」

ミカが勢いよく腕の中に飛び込んで来た。短い髪から、煙草と潮とガソリンの臭いがした。

「ミカちゃーん、ごめーん」

おいらはミカをぎゅっと抱き締めた。ミカの不細工な顔を見ないように目を閉じ、柔らかい体をまさぐる。ミカが、いやんジェイク、と甘い声を出した。途端に、あれ、おいらは何でこんなことをしてるんだろう、と不思議に思った。好きでもない女といちゃいちゃしている。これが本当にミドゥンブリなのか。ちっとも楽しくないし、ただの狡い男じゃないか。おいらは銀次を気にするあまり、銀次になってしまったのだろうか。でも、銀次だったら、もっと冷たくするはずだ。いずれ、そうしなくちゃ生きていけなくなるのかー。迷っていると、ミカがおいらの手を押し退けた。

「待ってよ、ジェイク。シャワー浴びてないから、夕方しようよ」

ほっとして、おいらは手を止めた。ミカがおいらの腋の下に、むりやり体をこじ入れて、腕枕を強要した。二人で何も言わずに天井を眺めていると、ミカが嬉しそうに呟いた。

「あたしね、バイトから帰って来ると、ここにジェイクがいるじゃん。何かね、すごく癒されるんだ」

「なんとなんと」

「なんとなんと、嬉しいさいがさいが」

ミカが口真似をした後、おいらが一番怖れていることを、ぽつんと言った。

「ねえ、ずっといてよ、ジェイク。いつかはどっかに行っちゃうのがわかってるけどさ。そうなったら寂しい。ねえ、一緒にいようよ」

おいらは慌てた。落ち着け、銀次になれ、と心の中のおいらが囁く。

「だっからよ、ミカちゃんのとこ、テレビないさいが」

困らせようと思って言ったのに、ミカが半身を起こして、真剣な顔でおいらの目を覗き込んだ。

「テレビ買ったら、いてくれるの。じゃ、あたし買うよ」

「だっからよ、そんな単純なことじゃないわけよ。ギンちゃんも一緒だし、聡美ちゃんもいるわけよ。ね、そう思わん？」

「二人とも追い出しちゃえばいいじゃん。あたしとジェイクとでシェアしようよ」

すんきゃーヤバかった。おいらは焦りまくり、心にもないことを言った。

「あっがいー、おいらとギンちゃんは一心同体さいが」

「え、それって同性愛ってこと」

オゴエッ。思ってもいなかったので、おいらは思わず声をあげた。

「だっからよ、ギンちゃんはちょっと訳ありで、だいっず可哀相なことになってるわけよ。だっからよー、おいらが少し助けてやりたいさいが」

「ふうん、ジェイクっていい人なんだね」

ミカが感心したように言ってから、小さな欠伸をひとつ洩らした。やっと眠ってくれそうだ。おいらはほっとした。ミカが眠そうな声で呟く。

「ねえ、ギンちゃん、どこに行ったの」

「バイト」

「へえ、ギンちゃん、バイト行ったんだね。偉いねえ」

ギンジが無断で自分のタンスの引き出しを開け、勝手にタオルを持ち出したと知ったら、ミカは何と言うだろう。でも、おいらは余計なことは言わない。またぞろミカに、だったらギンジを追い出して二人で住もう、なんてプリギた計画を持ち出されると困るからだ。

「てなわけで、ミカちゃん、ちょっと横になったらいいさいが。おいら、シャワー浴びてもいいし?」

うん、と答えたミカがやっと目を閉じたので、おいらは起き上がった。固く目を瞑ったミカが、心配そうに言う。

「ジェイク、あたしが寝ているうちにどっかに行ったりしないでね」

「あがいー、そんなことできないさいがよー」

ふふ、とミカが幸せそうに笑っている。突然、背中がぞっとした。もっといい女に会いたい。おいらはこんな冷たい男だっけか。ジェイクは銀次に近くなりつつあるのかー。おいらは、ミカの不細工な寝顔をしばらく上から眺めていた。

居間は、まあまあ片付いていた。テーブルの上は、泡盛の染みも牛乳を垂らした痕跡もない。おいらは指の関節を全部鳴らしてから、首を回して屈伸運動をした。この家は人間が多過ぎる。豪邸育ちのおいらには、だいぶ窮屈に感じられてならない。朝からじっと横になって、皆が動き回る様を聞いていたのだから。そろそろ次に移動したくなってきた。

ラタンもどきのテーブルの横に、コンビニの袋が置いてあった。ミカのお土産らしい。今日のは、幕の内弁当と蕎麦弁当。ミックスサンドが一パックと、俵型のおにぎりも三個あった。おいらは遠慮なく、幕の内弁当とミックスサンドを食った。冷蔵庫を開けて中を見た。牛乳パック以外、飲み物は何も入っていなかった。パックを振ってみたが、案の定少ししかなかったので、水道水に冷蔵庫の氷を入れて飲んだ。氷は古くてまずかったけど、おいらは温(ぬる)い水だけは飲みたくない。

シャワーを浴びて、歯を磨いている最中に、携帯が鳴った。久光からだった。どうせ「アキンツのせいで、俺のメンツが潰れたさいが」と恨み言を言うに決まっているからミッファした。久光は、もう三十五歳なのに、結婚もできずに家にいるビキダツだ。オヤジにそっくりのごつい顔立ちで、ずんぐりしている。体型ばかりか、性格もオヤジ似だ。オヤジが隠居したら、自分が選挙に出るつもりでいるから、おいらのことを気にするのだ。おいらは久光とは顔も体も違う。女にもてまくる、ワイルドでクールな宮古青年だ。またしても、期待で胸が膨らんできた。早く那覇かどっかに行きたくて、うずうずする。

おいらは退屈のあまり、眠っているミカをほったらかして外に出た。今日はいい天気で、気温も二十五度以上ある。ぴゅんぴゅんトラックが横を通る国道をビーサンで歩き、昨日のコンビニに向かった。マンガを立ち読みして、コーラのペットボトルを買う。ついでに、アイスキャンデーを買い食いした。こんなことしてると所持金が減っていく。そう思うと焦りがないでもないが、何をしたらいいのかわからんし、情報もない。どっかにいる暇そうな若いヤツにでも聞いてみるか、とおいらは店内をきょろきょろした。

駐車場に白のワンボックスカーが入って来た。車体に黒や赤のペンキで落書きしてあるので、目を引く。ピースマークやハートマークもあれば、「ラブ&ピース」とか、「フリーダム」「ネイチャーズサン」とか英語も書きつけてある。何じゃ、ありゃー。おいらはコンビニのガラス越しに、ワンボックスカーを眺めた。

スライド式のドアが開いて、中から若いヤツらが降りた。全部で四人。男三人と女一人。全員、二十代半ばくらいで、仲良く笑い合っている。車のCMに出て来そうなスマイルだった。幸せそうだな、とおいらは見とれた。男たちは皆おいらみたいに、白いタオルを頭に巻いて、短パンとTシャツ、ビーサン、という定番の格好。女は、赤いバンダナで髪を覆って、タンクトップにカットオフジーンズ。バンダナの両端から、長いお下げが揺れている。

「水とお茶ね。あと、ペットシュガーひと箱、蚊取り線香三つ、ムヒのスプレータイプ」

コンビニに入って来るなり、女がメモを読み上げながら、男たちに指示を出した。男たちは手際よく籠を取って、後ろの冷蔵庫に向かった。二リットルのペットボトルをひとつの籠に五本以上入れている。キャンプかなんかの買い出しなのだろう。おいらは、真剣な表情で買い物のメモを見つめている女のそばに寄って行った。

「すんません。ちょっと聞きたいことがあるさーよー。いいですかー」

女がびっくりしたように顔を上げた。鼻がでかくて田舎臭いけど、親しみのある顔だった。海とか自然に憧れるナイチャーだ、とおいらは直感した。自慢じゃないが、おいらは海で育ったヤツとそうじゃないヤツとを、瞬間で見分けられる。

「あたしでよければ。何ですか」

女の発音には、どこかの地方の訛(なまり)があった。訛がきつい、と言われたおいらは、すっかり気楽になって喋った。

「おいら、住み込みのバイト探してるわけだけど、誰に聞いたらいいかわからないんで」

「あなたが探してるの？　だって、あなた、沖縄の人でしょう」

「いや、おいら宮古です」

へえ、と女はおいらの顔を見上げた。これも自慢じゃないが、おいらは、おいらを気に入る女とそうじゃない女を、瞬時に見極められる能力もある。ミカは前者で、聡美は後者だ。この女は若干ミカタイプだった。

「だったらね、あの車の中に男の人がいるでしょう。あの人、イズムさんていうんだけど、イズムさんに聞いてみた方がいいと思う」

女は、メモ用紙を持った手を、駐車場に停まっているワンボックスカーに向けた。おいらは店の外に出て、駐車場でエンジンをかけたまま待っている車に向かった。近くで見ると、車体には、寄せ書きみたいに名前がいっぱい書いてあったり、「頑張ろうよ！」とか「元気でね」などのメッセージもあった。この車で日本一周でもしているのだろうか。いったいどういう連中なのだろう。

おいらは、恐る恐る、運転席の横に立った。中にいるのは、後ろで長い髪をひとつにまとめた三十五歳くらいの男だ。顎鬚が伸びているので、ピンザに似ていなくもない。男は音楽でも聴いているらしく、軽く目を閉じて、顎でリズムを取っていた。おいらは慣れない標準語で呼びかけた。

「あのー、おいら宮古から来たんですけど、住み込みのバイト探しているんです。そう言ったら、女の人があんたに聞いてみたらって」

車の窓がするすると開いた。中から冷気と男の体臭と音楽が流れ出てきた。音はジミ・ヘンドリックスだった。次兄が好きなので、おいらも知っていた。

「何、どうしたの」

男の声は軽くて掠れている。どんぐり眼で、時々ぎろっとこちらを見る目が鋭いというか、怖い。独立塾で一緒だった元ヤンキーを思い起こさせた。似た血が流れているのだろうか。少し警戒心を持ったけれども、おいらはもう一度同じことを聞いた。すると、イズムというおっさんは妙なことを言う。

「あのね、うちはバイトという言葉を使わないで、ボランティアと呼んでいるんだ。それに、うちはネットでしかボランティアを受け付けないことにしてるんだよね。そうしないと捌けないいんだ。だから、そういう関係を無視するのもちょっとヤバいかな、と思わなくもないんだよね。けど、現地採用も歓迎するよ。だからね、そのネット募集のことだけ、ちょっと頭に留めておいて」

よく意味がわからなかったが、これはオッケーってことか。おいらは嬉しくなって小さく叫んだ。

「だいずってかぉ」

「だいずってか」と、イズムが顔を綻ばせた。

買い物を終えた連中が戻って来た。さっきのバンダナの女が、イズムに伝えている。

「この人がバイト探してるって言うから、イズムさんに相談してみたらって言ったんだけど、どうなりました？」

「来いって言ったよ」

イズムは鷹揚な調子で答えた。女が、顔を輝かせておいらを見る。

「へえ、よかったね。じゃ、おいでよ」

「あばっ。これから来るかって?」

「だって、今帰る途中だから」

てなわけで、おいらは何が何だかよくわからないままに、皆と一緒にワンボックスに乗った。どんな場所でバイトできるのか、見ておかなきゃしょうがない、と思ったからだ。おいらの横に座った男が話しかけてきた。陽に灼けていて、頰に黒子(ほくろ)がある。

「きみ、何か得意なものある。料理とか、釣りとか、歌とか」

おいらは首を振った。

「イズムさんはすごい人だよ。「女」なんて答えられっこない。男はめげずに話しかけてきた。イズムさんと一緒にいると楽しいし、あの実行力に、何て言うのかな、その、夢を叶えなくちゃ、と思うようになるんだ」

男はそう言った後に、自分の言葉に照れたように黙った。ジミ・ヘンドリックスのギター演奏が延々と続く。ワンボックスカーは国道五十八号を長いこと走り続けた。やがて、名護市内を出て、恩納村(おんなそん)に入り、海に近付いて行く。おいらは心配になった。ミカが起きるのは午後三時頃だ。それまでに帰れるだろうか。

車は、海辺の一軒のロッジの前で停まった。スライドドアを開け、皆が降りる。おいらも車を出て、ロッジを眺め上げた。「パラダイスマニア・ロッジ」と洒落た看板が出ている。イズムが出迎えた女の子に車のキーを放り投げた。女の子はうまくキャッチできなくて鍵を地面に落とし、照れ笑いしている。長い髪を真ん中から分けて、白いタンクトップに穴だらけのジーパン姿だ。昔のヒッピー女みたいだったけど、顔は我慢強そうだった。イズムが、ロッジを指差した。

「ここで働きたい若いヤツ、たくさんいてね、俺もマジに嬉しいんだよ。だってな、俺の思いが通じたってことだろう。そうやって少しずつ世界を変えていって、パラダイスマニアを増やすんだ。きみも仲間になってくれると嬉しいよ」

ここで働くのか。おいらの理想じゃないか。リゾラバ。またしても頭の中に甦る死語。おいらは意気込んで尋ねた。

「だったら、明日か明後日くらいからでもいいですかー」

「いいよ」と、イズムが軽く答える。おいらの頭にギンジのことが過った。

「あっがいー、もう一人いるんだけど、そいつもいいですかー」

「構わないよ。テントだから」

イズムは建物の後ろを指差した。そこには一人用のテントが三十張りも並んでいた。ちょっとしたインディアン集落のようだ。あばっ、テント暮らしかよ。ミカの家よりうわり落ちる。豪邸出身のおいらはちょっとがっかりした。

「で、時給はどのくらいですかー」

イズムは、大きな声で笑った。

「だから言ったじゃない。ボランティアであって、バイトじゃないの。パラダイスマニアというコンセプトを共有する仲間が集まって、ボランティアで参加する、ということだからさ。無料奉仕だよ。その代わり、飯と寝るところは保証する」

おいらはすんきゃあショックだった。それじゃ、ただ働きじゃないか。住み込みバイトというのは、飯と寝場所は保証された上に、報酬も少しは出なくちゃ意味がない。生きる上には小遣いが要るんだからよー。でも、ロッジの周りには、買い出しに来た連中みたいな若いヤツらが嬉々として、外回りを掃いたり、花に水を遣ったり、囲いの中にいる駄犬と遊んだりしていたのだった。イズムは、驚くおいらをよそに、コンビニに買い出しに来ていた女と立ち話を始めている。ちらりとおいらの方を振り返ったイズムが、外人みたいに手招きした。

「おい、宮古。何だったら、中も全部見てけよ。俺たちのすべてなんだよ」

おいらは「宮古」かよ。ちょっとむっとしたが、おいらは適当に礼を言ってロッジの中に入った。バーカウンターがあって、右手はカフェだ。ひと目でナイチャーとわかる男女が、飯を食ったり、コーヒーを飲んだりしていた。カウンターの中には三十歳くらいの男が一人いて、忙しそうに立ち働いている。さっきの髪を真ん中分けした女の子が、男からタコライスの載った盆を受け取って、危なっかしげに客に運んでいる。

「あの人たちはゲストなのよ」

コンビニで会った女が横に来て、カフェで談笑している若いヤツらを指差した。

「雑魚寝部屋で一泊千五百円。テントは千円。勿論、上の方に、ツインやシングルも用意してる。あなたが来てくれるとしたら、こういう宿の仕事できる？　何が得意なの」

「さー、何でもうわりできると思います」

おいらの答えに、女は苦笑した。

「海岸も見て来たら。プライベートビーチがあるんだから」

海。おいらはロッジを出て「beach」と矢印のある方向に向かった。ごつごつした岩場を下りる。ほんのちっぽけな浜があった。ああ、これは海か。左手に漁港があり、防波堤が沖まで延びている。その防波堤と右手の大岩とに囲まれた小さな海。海水は、宮古の海とは比べものにならないくらい、透明度が低かった。

「わー、綺麗」

「ほんとだー」

おいらの後ろから、女の子の歓声が聞こえた。到着したばかりの「ゲスト」が海を見に来たのだった。おいらはなーんとなしに寂しくなって、汚れた浜を眺めていた。どこを向いても、ナイチャーしかおらんな、と考えていた。

3

名護に帰り着いたのは、午後五時を過ぎていた。バスに乗らざるを得なかったので、千円以上も遣ってしまったのが惜しかったし、昼飯を食い損ねて腹も減っていた。あの蕎麦弁当とお握りは、まだ残っているだろうか。おいらはそれだけを心配しながら、ミカの部屋のドアをノックした。すぐに扉が大きく開かれて、べそをかいたような、いじけ顔のミカが出迎えた。

「遅い、ジェイク。何してたの。何度も電話したんだよー。何で携帯出ないの」

　まさか住み込みのバイトを決めた、とも言えずに、おいらは困って言い訳を探した。

「だっからよ、図書館に行って、情報集めたりしてたわけよ」

「何の情報」

「なーんとまず、名護市ってどんなとこかなーと思ったわけよー」

「それはいいけどさ、何で携帯に出なかったの」

　家族を警戒して電源を切っていたのだ、とも言えなかった。ミカには事情を話していないからだ。おいらが黙っているので、ミカはまだ膨れっ面をしていた。ひと眠りした後にセックスしようと約束したのに、おいらがいないから、それが嫌で出かけたのかと邪推しているらしい。うざったくなって、おいらは何も言わずに部屋に入り、真っ先にコンビニの袋を探した。が、ない。ミカが食べてしまったらしい。諦めた途端、腹が鳴った。後ろから、おいらの胴体にミカが抱きついた。

「ジェイクがさ、あたしに黙って出て行ってしまったのかなんて一瞬思って泣きそうになっちゃった。勿論、荷物があるから帰って来るのはわかってたけど。でもね、起きてジェイクがいないとすごく寂しいよー」

　ごめん、ごめん、とおいらはミカにしがみつかれたまま謝り続けた。怒ったミカは、小さな目が一層小さくなって吊り上がり、うわり可愛くない。それに、ピンクのTシャツに赤の短パンを穿いているので、女の幼児のようで、すんきゃーださかった。何度も言うけど、おいらは服装にはうるさい。ミカよりは、あのバンダナを巻いた女の方が気が利いているし、センスもまだマシに思える。

「だっからよ、おいらも昼間退屈しちゃうわけよ。なーんもすることないさいが」

「あるじゃん」ミカは低い声で威嚇した。「掃除とか。トイレや洗面所やお風呂。あんたたちも使ったんだから、掃除してくれたっていいじゃん。それくらい、気遣ってくれたっていいじゃん」

あばっ、とおいらは思わず叫んだ。ミカまでが、銀次のオフクロ化してきてる。おいらは、だいず腰が退けたが、必死ににこにこ笑ってごまかした。するとまた、大きな音で腹が鳴った。音に気付いたミカが吹き出した。状況の好転に、おいらはすぐさま飛びついた。

「てなわけで、昼飯食べ損なってさー。ミカちゃん、何かあるかー」

「作るのめんどくさいよ。二人で、ご飯食べに行っちゃおう」

ミカが、布製のショルダーバッグと車のキーを持って立ち上がった。

「だったらよ。ギンちゃんはどうすっかー」

「大人だから何とかするでしょう」

ギンジの「姉」だというのに、ミカの言い方はだいず冷たかった。ひとりでさっさと支度して、早く早くとおいらを急かせる。

仕方なく、おいらはミカと連れ立ってまた外に出た。ミカの車に乗って、バスで来た国道を逆に走る。運転しながら前を見据えているミカは、まだ不機嫌というか、苛立っていた。

「あたし、今日バイト休んじゃおうかな。もういい。だって、ジェイクと夜じゅう遊びたいもん」

「オゴエッ。急に休んだら、まずいさいが」

おいらは、聡美と拓也のことを思って慌てたが、ミカの決心はなぜかすんきゃー固かった。

「何でジェイクにそんなこと言われなくちゃいけないの。いいよ、たまには。あたしは、水曜休みだけで、ずっと働き通しなんだからさ。オーナーも、ひと晩中レジに立ってみろっつうのよ。考え変わると思うよ。何よ、モニターチェックばっかしやがってさ」

「だったらよ、何食うかー」

おいらは、腹が減って死にそうだった。

「焼肉行こう。千六百円で食べ放題、飲み放題の寿叙園て店があるんだ」

現金なもので、おいらは黙った。焼肉がだいぶ食いたかった。心の中ではギンジに申し訳ないと思ったが、ミカの言葉で自分を無理に納得させた。「大人だから何とかするでしょう」と。

ミカは、焼肉屋の駐車場に車を停めた。駐車場にも肉の匂いが充満していて、涎(よだれ)が溢れた。ミカはおいらを引き連れて、先にずんずん行く。ピンクと赤の、うわりださい格好をしていても、ンズギでも、おいらはすでにミカの奴隷だ。

「月曜はレディースデイだから、混んでるかも」

ミカの頬がやっと緩んだ。おいらも笑った。殊更に、揃った白い歯を見せるのを忘れなかった。


マンションに帰って来たのは、午後九時を回っていた。おいらは腹いっぱい食って、大満足だった。ミカもやっと機嫌を直したらしく、ジェイク、ジェイクと甘えた声を出している。生ビールで酔ったおいらとミカは手を繋ぎ、体じゅうから焼肉の匂いをぷんぷんさせながら鼻歌を歌い、階段を上った。突然、ミカが部屋の前できゃーと叫んだ。ギンジが膝を抱えて座り、ドアにもたれかかっていたのだ。

「ごめん、ギンちゃん。あたし、鍵のこと、すっかり忘れてた」

眠っていたらしいギンジが、顔を上げた。

「ああ、お帰り」

白い粉をかけたように頭も体も汚れ、紺のTシャツは塩が噴いていた。顔がひと回り小さくなり、ぐったりしている。

「あばっ。だいじょぶかー、ギンちゃん」

そばに寄ると、強烈に汗臭い。ギンジがおいらの鼻先に、何かを差し出した。千円札だった。

「金、ありがとう。今日の分貰ったから、返しておくよ」

「上等さー」

おいらは気を良くして、千円札を尻ポケットに押し込んだ。でも、本音を言うと、皺くちゃなのが気に入らなかった。

「ねえねえ、ギンちゃん。そのタオル、あたしのじゃない？」

ミカが、ギンジの首に巻いたタオルを見咎めて、詰った。ばれた。すんきゃあヤバいさいが。

「ごめん、姉ちゃんに借りていいか聞こうと思ったけど、いなかったから勝手に借りた」

「そのタオル、タンスに入ってなかった？　あんたさあ、人のもの勝手に開けないでよね」

「姉弟」という関係を忘れたように、ミカが怒鳴りつけた。ギンジは何も言えずに項垂れている。

「まったくもう」

ミカが、肩を怒らせて部屋の鍵を開けた。おいらは、閉め出され、焼肉も食べられなかったギンジがだいず哀れになって、肩を拳で軽く突いた。

「てなわけで、ギンちゃん。疲れたかー？」

うん、とギンジが答え、手に持った黒いビニール袋を得意そうに見せた。

「今日、社長の奥さんにハーフパンツとTシャツ貰ったんだよ。息子さんので要らないんだって」

「なにかよ、まず。ちゃみたんじゃないのかー」

「オゴエッ」と、ギンジが叫んだ。おいらは正しいオゴエッを発音してみせた。ミカをよそに、おいらたちは互いを肘で突いて、玄関の前の暗がりで笑い合った。先に部屋に入ったミカが、照明を点けて回った後、ギンジにやっと尋ねた。

「ギンちゃん、ご飯どうした? あたしたち焼肉行っちゃったの。ごめんね」

「匂いですぐわかった」ギンジは笑った。「僕はまだだけどいいよ。疲れたから、シャワー使わせて貰って、すぐ寝たい。いいかな?」

ミカが困った顔でおいらを振り返った。今日は休む予定だから、和室にギンジがいるのは嫌なのだ。なぜなら、ミカはおいらといちゃつくつもりだから。おいらは大袈裟に溜息を吐いた。

「あがいー、ギンちゃん。ミカちゃんは今日休みにするんだって。だっからよ、おいらたちは居間とか玄関とかで寝させて貰うしかないわけよ」

ギンジは口をぽかんと開けた。寝る場所より何より、ミカが休みなら、聡美と拓也に鉢合わせする事態に気付いたのだろう。おいらは、ミカにわからないようにギンジに目配せした。ギンジが目で答える。ジェイク、どうする、と。どうにもならんさー。

「ギンちゃん、お握り食べなよ。賞味期限切れてるけど、死なないからさ」

さすがに、ギンジを閉め出したことを気に病んでいるのか、それとも邪魔扱いしたのが露骨だと反省したのか、ミカが冷蔵庫の上にある、今朝のお握りを取り、ギンジに差し出した。二個残っていた。あんなとこに隠してたのか、とおいらはちょっと恨んだ。ギンジは嬉しそうに受け取る。ギンジが「姉ちゃん」とは言わなくなったことに、おいらは気付いている。

ミカがトイレに入った隙に、おいらはギンジに囁いた。

「てなわけで、ギンちゃん。早く風呂入って洗濯した方がいいよー。この後、だいずー」

ギンジもわかっているらしく、握り飯を急いで頬張りながら言った。

「ジェイクはミカちゃんと一緒に寝るだろう。僕は居場所がないから外で寝ようか。僕は、ともかくシャワー使わせて貰えれば、それでいいよ」

「あばっ。いいさーよー、ギンちゃん。おいらも一緒に出るからさー」

「何でだよ、ジェイクはミカちゃんに気に入られてるんだから、まだ残れるよ」

「なんとなんと。それが問題なんさーよー」

ギンジが不審な顔をしたが、ミカが出て来たので話は中断した。ミカが、ギンジの汗臭さに参ったらしく、鼻を押さえて勧めた。

「ギンちゃん、シャワー浴びなよ」

「ありがとう。そうさせて貰う」

ギンジが急いで風呂場に消えた。女たちのシャンプーと石鹸を使って清潔にするんだろうが、ミカもそこまでは気を回していない。気付いて怒ったとしても、聡美のを使った、と主張すればいいのかもしれない。だいずなことになってきた。おいらたちの気も知らないで、鼻歌を歌いながら冷蔵庫を開けたミカが、牛乳のパックを持ち上げて憤然とした。

「ないよ、ない。ほとんどない。あたしが買って来たのが三日前で、まだひと口しか飲んでないのに、何でないの。せこいこと言うようだけど、聡美ちゃんて、ひどくない？」

おいらは困って、顎に手を当てて考える振りをした。オヤジの得意ポーズだ。ミカは畳に座り込み、煙草に火を点けた。ぷかーっと威勢良く煙を吐き、またしても冷蔵庫を振り返る。

「言わなくちゃ、今日こそ。聡美ちゃんがジェイクとギンちゃんのことで迷惑被って(こうむ)いるのは想像できるよ。そこは話し合いじゃない。でも、牛乳の盗み飲みだけは、こそこそやってるからすごく嫌。洗剤のことだってあるし、ゴミの袋だって聡美ちゃんは自分で買わないんだよ。そりゃね、ゴミ出しが多くなっているっていうデメリットはわかるよ。あたしは夜勤だから、間に合わないこともあるしね。でも、聡美ちゃんを気遣って、わざと遅く帰るようにしてるんだからね」

「そら、ミカちゃんの言う通りどぉーやー」

おいらは適当に合いの手を入れた。ミカは、我が意を得たり、という風に傲然と四角い顎を上げた。おいらは、舐め切っていたミカが豹変したのでだいず困っている。どこもかしこも、銀次のオフクロだらけ。風呂場からギンジが出て来た。ミカに「借りた」タオルで髪を拭いている。時間がないのがわかっているから、急いた様子でミカに懇願した。

「ミカちゃん、洗濯させて貰っていい？」

牛乳の一件で、また不機嫌に戻ってしまったミカは、ギンジの方を見ないで顎を上げた。いいのか悪いのかわからん。だけど、ギンジは、台所の横にある洗濯機の中に汚れたTシャツや下着などを勝手に放り込んで、ミカの洗剤を入れた。おいらはミカが洗剤に気付かないように話しかけた。

「だったらよ、ミカちゃんは、聡美ちゃんとのシェアメイト解消になったらどうするべき？」

ミカは、おいらの顔を見つめたきり、何も言わない。目が潤んでいる。ヤバい。すんきゃーヤバい。藪蛇っていうヤツか。

「何度も言うけど、あたしはジェイクとだけ、シェアしたいの」

「あばっ、おいらは部屋代払えんよー」

ミカの後ろで、ギンジが唖然としている。あるいは、そういう振りを。

「姉ちゃん、僕は追い出されるってことなの」

ギンジが急に「姉ちゃん」と言いだした。おいらは心の中でにんまり笑う。うわり悪いヤツかもしれん、ギンジは。人生ゲームの始まりさいが。ミカは後ろを向いて、ギンジに言い訳した。

「そうじゃないけど、ギンちゃんとは本当の姉弟じゃないじゃない。この際、はっきり言っておくけど、あれってあなたたちに便宜を図っただけのことなんだよ。そうでしょ」

ギンジの目に見る見る涙が溢れた。

「そうだよね。わかってるけど、僕は嬉しかったから、ほんとに。磯村ギンジになれて」

ミカが慌てて立ち上がった。

「何、どうしたの、ギンちゃん」

ミカは、ギンジが記憶喪失だということを知らない。おいらは黙って、足の爪をいじっていた。

「何でもない。あれ、僕、何でこんなに泣いているのかな。変だよね」

ギンジが涙を拭いた。だいっずうまい演技どー。あるいは疲れ過ぎて、ぷりたんじゃないか。もしくはマジ。でも、こんな時、銀次だったら、今のギンジみたいなクサい演技をしそうだった。ミカが、おいらを気にして、ギンジに謝った。

「ギンちゃん、あたし何か悪いこと言ったのなら、ごめんね。ジェイクもごめんね。そうだよね、あたしが誘ったんだものね」

洗濯機の回る音だけがしている。


午後十一時、玄関で物音がした。とうとう聡美と拓也が帰って来た。おいらとギンジは、さっきから部屋の隅で固まっていた。ミカは、玄関を正面に見据える位置に座って、臨戦態勢を取るかのように身構えている。ドアが開いた。

「あれ、ミカさん。まだいたんだー。今日は遅いですね」

聡美の落ち着いた声がして、聡美と拓也が姿を現した。二人とも昨日とほとんど同じ格好をしている。聡美がきつい目で、ちらっとおいらの方を見た。おいらは、聡美の顔と雰囲気は好きだが、服装はいただけない、とまたしても関係のないことを考えていた。ミカは、拓也がいるので、だいぶ驚いているようだ。でも、聡美は憎たらしいほど、堂々としていた。

「拓ちゃん、この人、シェアメイトのミカさん。ミカさん、この人は同じバイトしている拓也君」

聡美が、昨夜おいらたちにしたように、抑揚のない声で淡々と紹介した。そして、拓也が同じく、「ちーす」と顎を突き出した。ミカは腑に落ちない顔で曖昧に挨拶してから、拓也を指差した。

「この人、あなたのお友達なんだ」

「そうなの。ミカさんが弟さんたち連れて来たから、あたしもその方がいいかなと思ったんです。昨日から泊まってるの」

そうでしょ？　と言わんばかりに、聡美はおいらとギンジの顔を見比べた。拓也はたらーんヤツのように、口を半開きにしてそっぽを向いている。

「でもさ、あたし、何も聞いてないよ」

ミカが混乱した様子で、早口に言った。聡美は、コンビニの袋を畳の上に置いてミカに対するように正座した。拓也はどうしていいのかわからないらしく、上がり口で立ったままだ。

「弟さんに聞いてないんですか。どうしてかな」

聡美が、ギンジの顔を見た。

「言おうと思ったけど、僕は早くからバイトに行ったから、姉ちゃんに会ってなくて」

「でも、手紙なら書けるでしょう」

「あ、思いつかなかった。ごめんなさい」

ギンジは辛うじてセーフだった。聡美は、次においらの顔を見た。

「じゃ、伊良部さんは、どうしてミカさんに伝えてくれなかったんですか。あたし、話し合いの時はっきり言いましたよね。あたしも友達連れて来て、初めてフェアでしょう、みたいなことを」

ミカも振り返っておいらをじっと見た。ミカの目に裏切られた痛みがある。裏切りというほどではないのに。おいらは何て答えていいのかわからなくて、また意味もなく、顎に手をやって考える振りをした。

「ジェイク、何で言ってくれなかったの」

まだ全身から焼肉の匂いをさせているミカが、絞り出すように聞いた。いっぎー。勘弁してくれよー。大袈裟どーやー。

「だっからよ、ミカちゃんに言わなくちゃと思ったけど、おいらみたいに関係ないのがいるから、多方面にすんきゃー迷惑かけてるわけさいが。だっからよー、おいらとしても、だいず心苦しくてなかなか言えんわけよ」

「ちょっと待って。悪いけど、一番悪いのはミカさんだと思う」聡美が静かに言った。

「弟さんや友達を部屋に入れてもいいけど、あたしは夜中じゅう、知らない男の人と一緒になるんですよ。あたしは特にそのおっきい人が怖かったの。だから、拓也君に来て貰ったんです」

そのおっきい人が怖かった。聡美にそう言われたおいらは、すんきゃがっくりした。臭い、とも言われたっちぇー。聡美には、もうどうなってもいい、という破れかぶれな雰囲気があった。ミカも顔面蒼白になって、唇を震わせていた。

「聡美ちゃん、話は変わるけどさ。あたしの牛乳勝手に飲まないでよ。もうなくなったじゃない」

遂に言った。おいらは、ちらりとギンジの顔を見る。ギンジだってちゃみ飲みしたはずなのに、知らん顔で俯いている。物静かなはずの聡美が、急に甲高い声を出した。

「あたし、飲んでないよ。ミカさん、それって言いがかりじゃないですか。それを言うんだったら、あたしのヨーグルトがなくなったことだってあったし、胡瓜のパックが少なくなっていたこともあったし、あの人たちが来た時から、歯磨きのチューブが減っているのだって、あたしは何も言わないですよ」

ギンジがおいらの背中に小さな声で囁いた。

「僕、出るよ。荷物も持った」

細かい話になったので、自分の仕業がばれるのを怖れているんだろう。おいらも頷いた。

一刻も早くこのせせこましい部屋を出たかった。もっと広い空が、そして広い海が見える場所に行きたい。

結局、その夜の話し合いは物別れに終わった。ミカが「もういいよ、こんなこと話すの」とやめにしたからだ。聡美は、捨て台詞を決めた。

「ミカさんて、肝腎の時に話をやめちゃうから、問題が大きくなるんじゃないですかあ」

ミカは怒って和室の襖をぴしゃっと閉めてしまった。聡美も洋室に引っ込んだため、置いてけぼりを食らった、おいらたち男三人は、狭い居間で何とかスペースを見つけて雑魚寝したのだった。

「ジェイク、もうここにはいられないね」

ギンジが意外にさばさばした声音で囁いた。

「んだねー。おいらは恩納村の住み込みに行くことにするさーよー。ボランティアなんだけど、ギンちゃんも来ないかー」

ギンジはしばらく迷っていたが、こう言った。

「ボランティアか。ジェイクと一緒にいたいけど、僕は金が欲しいから、石屋に住み込みを頼んでみるよ。後でまた落ち合おう」

おいらは頷き、目を閉じた。隣に寝ている拓也が呟いた。

「あー、俺、何でこんなとこにおるんやろか」

おいらとギンジは、顔を見合わせて思わず笑った。

第三章　剝がれ落ちる僕の細胞

1

翌朝、驚いたことに、僕は昭光に起こされた。昭光は僕の枕元に立ち、隣で寝ている拓也を起こさないように、逃げるジェスチャーを何度もして見せる。大真面目なのが可笑しくて、僕は寝ぼけていたにも拘らず、声を出して笑ってしまった。台所の窓から射し込む光の感じでは、朝の六時半くらいだった。

床に直接寝ていたせいで、体の節々が痛い。それに、激しい疲労で体が重く、瞼も開かない。もっと寝ていたかった。だが、昨夜のことを思い出すと、そうもいかないのはわかっていた。ミカと聡美は、互いに言ってはならないことを言い合ったのだ。ぐずぐずしていたら、二人のトラブルに巻き込まれそうだ。

意を決して起き上がり、真っ先に洗濯物を確かめた。昨夜、急いで洗ったTシャツや下着はほとんど乾いていた。ほっとして洗濯物をピンチから外し、石屋で貰った黒いビニール袋に突っ込む。少し迷ったが、スタバのTシャツも入れた。そして、ペットボトルに水道水を詰めた。

　昭光は、すでにリュックサックを手にして、玄関の前で早く早くと焦れている。普段はのろくさしている癖に、逃げ足だけは速いヤツだ。昨夜、ミカに焼肉をご馳走になって、幸せそうに手を繋いで帰って来たじゃないか、僕を閉め出したまま。なのに、ミカに礼も言わずトンズラする気なのだ。

　昭光に対する小さな怒りがあった。が、昭光はそんなことにも気付かず、苛々と携帯電話の時刻を眺めているばかりだ。鈍いのか、暢気なのか、利口なのか、馬鹿なのか、ちっともわからない。しかし、怒りは僕の新しい感情だ、と気付く。これまでの僕は、皆に謙り、ひたすら親切と好意を恵んで貰うべく乞うて生きてきたのだから。

「あれ、もう行くん？」

　拓也がのそのそ動いてから、低い声で聞いた。腫れぼったい顔で、辛そうに半身を起こす。痩せた頬に、畳の痕が捺されている。まるで小学生のように幼く見えた。拓也が指で口の端を掻きながら、関西弁で言った。

「俺も一緒に行くわ」

「何で。きみはここに残ればいいじゃない」

　聡美ちゃんの彼氏なんだから、と口先まで出かかったが、昭光だとて、ミカの彼氏同然ではないか、と僕は言葉を呑み込む。昭光は、拓也に目もくれず、僕の準備が終わるのを貧乏揺すりしながら待っていた。

拓也は脱げかかっていたラスタカラーのニット帽を被り直し、間延びした口調で言った。

「俺かて嫌やもん、女の喧嘩に巻き込まれるのんは」

皆、同じだ。僕らは原因を作ったのに、その結果に責任を取りたくはないのだ。僕らの魂胆(こんたん)も知らず、ミカの部屋も聡美の部屋も、しんと静まり返っている。

荷物を持たない拓也は、両手で顔を軽く擦っただけで、外に出た。汚いスニーカーの踵を潰して履いている。僕が最後だった。僕は音を立てないように、そっと玄関のドアを閉めた。心の中で、「さよなら、姉ちゃん」と言ってみる。

昭光は、何の感慨もなさそうに、ドアのあちこちに貼られた花のシールをぼんやりと眺めていた。ミカに連れて来られた時は、女の部屋だ、と喜んでいたのに。何という言葉だっけ。そう、「ずみ」だ。最近、昭光が「ずみ、ずみ」と言わなくなったのは、なぜだろう。この部屋にはもう、「ずみ」なものはひとつもないのかもしれない。

ミカも聡美も、昨夜は相当怒っていたから、狭い空間で顔を合わせる二人を想像すると、怖ろしいものがある。遂にルームシェアも崩壊した、と僕はいささか申し訳なく思った。一方で、あらゆるものを破壊して回りたいような、荒々しい気分もあるのが不思議だ。昨日のバイトで、若干の金を得たせいか。ミカと昭光に、蔑(ないがし)ろにされて頭に来たからか。あるいは、僕は元々こういう人間だったのかもしれない。

「磯村ギンジ」が人格形成を始めているのだとしたら、どうだろうか。記憶の上書き保存に加えて、新しい僕の人格が、膨らんでは歪み、歪んでは膨らんで、形成されるのだ。あの窓の下のガジュマルの木のように。僕はこの思いつきがとても気に入った。いろんな経験をして、他人に舐められない巨大な人格になりたかった。

僕たち三人は、マンションの裏手で長い立ち小便をした。そして、無言で国道を歩き始めた。今朝は真夏のような快晴だ。日中は暑くなりそうだ。僕はパーカーを脱いで腰に巻き、昭光を真似て、ミカからちゃみたブルーのタオルを頭に巻いた。これでやっと、僕も普通の若者の仲間入りを果たしたような気がして、何だか嬉しかった。

「だったらよー、コンビニで何か食うかー」

昭光が提案した。

「行こか」

拓也が頷く。昭光はちらりと横目で拓也を見た。

「あっがいー、あんたサトチンはどうするわけ」

自分を棚に上げて、非難している。ミカはどうするわけ、と僕も昭光に聞き返してみたかった。

ジェイク、ジェイク。鼻にかかったミカの甘え声を思い出し、僕は人の好い「姉」がほんの一瞬、哀れになる。

「サトチンやなくて、サトチーやん」

律義に言い直されて、昭光はむっとしている。

「なんとなんと、サトチーかよ。あんたら出来てないのかー」

「あ、いや、サトチーは先輩やし、部屋に来い、言われたら、断れへんもん」

昭光は拓也の言をあっさり信用したらしく、ほっとした顔をした。しかし、それも束の間で、また太い眉を顰(ひそ)める。自分の存在が怖いから友達を連れて来た、と聡美に言われたことをまだ気にしているのだろう。

「そんなの、もうどうでもいいじゃない」

僕は言い捨てて、二人の前をすたすた歩いた。

「あばっ、ギンちゃん冷たいさいが」

ジェイク、冷たいのはどっちだよ、と僕は薄笑いを浮かべる。僕らは同等の共犯だ。だけど、ミカも聡美も、すでに僕らの人生には関係ない。僕は、自分でもびっくりするほど冷酷な自分に驚いている。

ミカは、見ず知らずの僕らに親切にしてくれた。泊めて、飯を食わせてくれ、コンビニからわざわざ賞味期限の切れた弁当を持って来てくれた。僕には「磯村」の苗字と境遇を分け与え、Tシャツとタオルをちゃみらせてくれた。そして、昭光には体を。聡美は、バスタオルや歯ブラシや歯磨き、シャンプーと石鹼を使わせてくれたではないか。

僕は、聡美のブルーの歯ブラシの感触を思い出し、ちょっと笑った。聡美は、歯磨きのチューブが減っていると文句を言ったけど、まさか僕が、自分のを持っているにも拘らず、彼女の歯ブラシで歯を磨いていたとは知るまい。僕は聡美に対して、なぜかいつも反感がある。

僕はジーンズのコイン入れの中の、折り畳んだ千円札に触った。時給六百円だから、一日働いて四千八百円。そのうち千円を昭光に返して、残り三千八百円と七百二円。合計四千五百二円が、僕の全財産だ。持ち物も増えた。僕は、黒いビニール袋の膨らみをそっと撫でた。

昨日の仕事は、山の中にある古い大きな墓の掃除だった。だから、社長の奥さんがわざわざ弁当を届けてくれた。豚肉とナスの味噌炒めにウィンナー、白い飯がたっぷり付いていた。味付けもミカとは比較にならないほど旨かった。空腹で死にそうだった僕は、手伝いの爺さんの分まで箸を伸ばしそうになったほどだ。

それで、奇跡的に一円も遣わずに済んだのだ。そんな些細なことが嬉しくて、誇らしくて、たまにはコンビニで弁当でも買ってみようか、という高揚した気分がある。

いつも行くコンビニに三人で入り、長い時間をかけて弁当を物色した。しかし、僕は意気地がなかった。散々迷った挙げ句、ミックスサンドを買っただけだった。聡美が食べていた三角形に切ったサンドイッチだ。

僕らは、国道に面したガードレールに腰掛け、弁当やサンドイッチを食べた。三分で食べ終えた僕は、昭光のトンカツ弁当が羨ましくてならない。なるべく見ないようにして、ペットボトルの水道水をがぶ飲みする。そして、今度はあまりの呆気なさに、サンドイッチ代の二百五十円が惜しくなるのだった。明日はどうなるかわからないのだから、朝飯なんて抜いた方がよかったかもしれない、なまじ食べるせいでいやしくなるのだ、と。ああ、こんなせこい後悔は二度としたくない、もっと金を稼いで楽しく暮らすんだ、と僕は強く思った。

「あんた、幾つや」

拓也が急に態度を変えて、昭光に聞いた。どうやら、昭光が遥かに年下だと気付いたらしい。

「おいら、もうじき十八さーよー」

嫌々答える昭光に、拓也があるかなきかの眉を片方上げた。

「何や、俺の方がずっと先輩やん」

昭光がたちまち神妙な顔になる。

「拓也さんはどこの人かー？」

「奈良や」

「だったらよー、何で沖縄に来たかー」

「俺、アパレル行こ思てたんや。ほら、俺、服好きやろ。ア・ベイシング・エイプとかな、ステューシーとかな、好っきやねん。でも、バイトすんのも面倒くさい思てぶらぶらしてて、タワレコの前通ったんや。そしたら、若いヤツが仰山おってな。何やろって中覗いたら、イズムさんがトークライブやってたんや。強いオーラ出してててな、めっちゃカッコええやん。俺マジ憧れたんや。しっかも、ほら、中古のバス買って世界中の海を回ったやろ。愛と冒険心がチケットや、言うてな、何か、ええ話やんけ」

無口で大人しいと侮っていた拓也が、今度は昭光を舐め切って喋っていた。僕は二人の会話に耳を傾けた。

昭光は完全にびびって、下手に出ている。

「あばっ、イズムって、そんなヤツなんすかー」

拓也がじろりと昭光を睨んだ。

「ヤツって何や、ヤツって。チョーええ人や。俺、イズムさんがおるから沖縄来たんやもん。あのパラマニ・ロッジはな、俺らの聖地や。ほら、メッカの巡礼てあるやろ。あれと同じじゃ。みんな、若い衆は、イズムさんの聖地目指して来るんじゃ。ほいでな、イズムさんのソウルに触れたら、その後は自由に生きるために散るんじゃ。里見八犬伝知ってるか。皆で、イズムさんのソウルをばらまくんじゃ。おら、聞いとんのか、ボケ」

ボケと言われた昭光は、あまりのことにぽかんと口を開けている。拓也の言ったことの半分も理解できていなさそうだ。

僕は何となく疎外感を感じて、国道を走る車の数を数えた。三十台以上数えたところで、拓也はいきなり激昂して、ガードレールに乗せていた貧相な尻を上げた。

「ワレ、イズムさんを舐めんなや」

拓也は捨て台詞を言って、傲然と来た方向と逆に歩いて行ってしまった。昭光の態度に腹を立てたと見える。が、昭光はへらへら笑っている。

「なーんとなしに。うわり驚いたさーよー。拓也なんかに怒鳴られたどーやー。イズムさんは教祖だって言うからよー、おいらがオウムみたいなヤツねって言ったら、だいず怒ったさーよー。あいつが最初にいたとこって、恩納村のパラダイスマニア・ロッジだってさー。パラマニとか言ってたね。マジびっくりさいが。だってよー、おいらが住み込むところもそこさーよー。パラダイスマニアって、すんきゃーヤバい名前さいが。うわりアホみたい。ね、そう思わん？」

「どうして、拓也はそのロッジを辞めたのかな」

僕の質問に昭光は首を捻った。

「あっがい、金が欲しかったんじゃないかー。あそこはボランティアだからさー」

「金は誰でも欲しいよ、ジェイク」

昭光が不思議そうに僕の目を見た。

「なんとなんと。ギンちゃん、どうしてだいずクールなわけ」

さあ、何でだろう。僕は首を傾げる。

「きみと別れて、一人でやっていかなきゃならなくなったからじゃない」

昭光が驚いた顔をした。

「ギンちゃん、大袈裟さいが。石屋が駄目なら、パラダイスマニアに来ればいいさーよー。金にはならんけど、女もだういるし、選り取り見取りさいが。楽しいよー」

「ジェイク、そのパラダイスマニア・ロッジっていうのは、恩納村てとこにあるんだね。

きみはこれからそこに行くんだね」

　昭光がTシャツの裾で携帯電話の液晶画面を拭いながら頷いた。

「しっかも、オーナーはイズムさんどぅー。イズムもすんきゃーヤバい名前さいが。まっさか芸名ってねー」

　昭光はひっひっと引き息で暢気に笑っているが、石屋の社長に住み込みを断られたら、僕にはそこしか行く場所はない。ボランティアなら、金は貯められないし、聖地とか教祖とかいう拓也の言葉が気になったが、選択の余地はない。僕は、恩納村のパラダイスマニア・ロッジと、必死に暗記した。昭光が携帯で時刻を確かめ、顔を上げた。

「ギンちゃん、八時さいが」

「そうか。ジェイク、携帯の番号教えてよ」

　昭光とは、しばらく別れることになる。ここで番号を教えて貰えなかったら、昭光とは二度と会えないかもしれないのだ。僕は急に悲しくなった。昭光とずっと一緒にいたかった。怠け者で女好きで我が儘で、意味もなく自信たっぷりの昭光と。昭光はリュックサックを探り、独立塾の物らしい地味なパンフレットの裏表紙をほんの少し切り取って、携帯電話の番号を書いてくれた。僕はその紙片を、紙幣の間に滑り込ませた。金と同様、昭光の電話番号は、僕の命綱だ。

「だっからよー、ギンちゃん、おいら早く那覇に行きたいわけよ。ギンちゃんが金貯まらなきゃどうにもならんさいが。五万くらい貯まったら電話くれ。一緒に行こーなー。

おいらも一人じゃ寂しいさいが。待ってるよー」

　確かに金のない僕は、交通費にも事欠いている。でも、昭光が少しでも金を貸してくれたら、今すぐ二人で那覇に行けるのに。貸してくれって頼んでみようか。僕は言いだしかねて躊躇った。

　それにしても、昭光は、金を幾ら持っているのだろう。金額を教えてくれないばかりか、貸す気も見せない。それでも、僕と一緒に行こう、と言う。不意に、僕は昭光という人間をよくわかっていないのかもしれない、と思った。案外、昭光は強かで賢い人間なのだ。だが、昭光はそのことを悟られるのを恥ずかしがるように、綺麗な歯を見せて笑いながら、僕の肩を叩いた。

「てなわけで、ギンちゃん、バイトわいどー。ビーハッピー」

　たちまち僕は、やっぱり昭光はアホだけど、憎めないヤツだ、と許してしまうのだった。

2

「お早うございます」

　僕は、「仲間石材店」に顔を出した。街外れにぽつんと建つ小さな建物だが、御影石というのだろうか、ピカピカ光るピンクの石で出来ているので、人目を引く。昨日は、予想より遥かに立派な会社だ、とびっくりしたものだが、今朝見ると、会社全体が大きな墓石に見えなくもない。

　会社を切り回しているのは、仲間社長だ。六十過ぎ。ゴルフ灼けしているので精力的に見えるが、小声でぼそぼそと陰気に喋る。その下に四十代の営業部長。揃いの灰色の上着を着せられた愛想の良い営業部員が三人、無愛想な女子社員が一人いる。別室にデザイナーもいるみたいだが、姿を見たことはない。社長の奥さんが、来たり来なかったりで経理を手伝っている。その人が、ジャスコで会った主婦の知り合いで、僕の境遇に同情して社長に雇ってくれるよう進言してくれたのだ。奥さんは僕に、不要になった息子の服を恵んでくれたし、親切そうなので、住み込みの件を頼んでみるつもりだった。

昨日、社内を案内して貰った時、裏の工場には石工さんが三人いて、見習いの若い人が二人住み込んでいる、と言っていたのを覚えていた。しかし、僕の仕事は、営業でも職人でもなく、ただの使い走りに過ぎない。住み込みを承知して貰えるかどうかは微妙だった。駄目だったらどうしようか。考えるだけで、目眩がしそうだった。

　コンビニから歩きづめで三十分。すでに汗をびっしょり掻き、喉が渇いている。僕はコンビニで補給した水を飲んだ。洗濯したてのTシャツは、もう汗臭い。

「磯村君、今日も墓掃除ねー」

　社長が、扇子で顔をあおぎながら黒板を指差した。「屋良家・破風二連墓補修」と書いてある。だったら、今日も社長の奥さんが弁当を運んで来てくれるに違いない。その時に相談を持ちかけてみよう。僕は、すっかり気が楽になっていた。山で昭光に会ったこと、ミカに誘われたこと、石屋でバイトできたこと、弁当をただで食えること。人に話したら笑われるようなささやかなことばかりだが、幸運が続いているのが嬉しかった。

「去年のシーミィはどうしたかなー」

社長が営業部長と立ち話している。小声なので、内容はわからない。墓や供養に関する仕事が多いから、つい小声になるのだろう。だが、会社のカタログには、石塀、オブジェ、庭石、ラッキーストーン、ペット墓まで手がける、と書いてある。

部長が「今年はユンヂチだから」と言うのが聞こえてきた。社長も部長も、ふた言目には「ユンヂチ」と口にする。僕はまったく知らなかったが、ユンヂチというのは閏月のことだそうだ。太陰暦は太陽暦より十一日短いので、閏月を設けて調整しなければいけない。ほぼ三年に一回の割で巡ってくるユンヂチの年は、生前墓を作ったり、墓を移動すると縁起がいい。月が重なるので、神様のお目こぼしがある、ということらしい。そのために、石材店や墓地は忙しくなるのだとか。このことは、昨日一緒に作業した爺さんが教えてくれた。ユンヂチのおかげで、僕も雇って貰えたのだろう。それも、幸運のひとつではある。

その爺さんが、来客用の革ソファに座って、缶入りのさんぴん茶を飲んでいた。営業の灰色の制服でなく、工場の人と同じ薄茶の作業服を着ていた。爺さんが、さんぴん茶の缶を持った手を挙げて、僕に挨拶した。その左手には、親指がない。爺さんが中学生の時、戦争があって、逃げ惑ううちにアメリカ軍の銃弾に吹き飛ばされたのだそうだ。

吹き飛ばされた指を探したら、近くの木に見事に張りついていたそうだ。爺さんは笑ってこう言った。

「人間の指によく似た芽が出てるなあ、と近寄ったら、僕の親指だったさー。びっくりしたというより、何だか笑えてきてねー。みんな必死だったからなあ。ああいう時って、とんでもないことが、とんでもなくなるさー」

歩き疲れた僕も、ソファに腰掛けたいと思ったが、皆が忙しそうにしているので何となく躊躇われ、トイレで水を詰め直したりして始業時間までの時間を潰した。朝礼が始まったが、まだ奥さんの姿はない。きっと、僕と爺さんの弁当を作ってくれているのだ。今日のおかずは何だろう、と想像すると、いやしくも涎が溢れた。

墓の修理に行く前に、工場の人間と一緒に石敢當の納品に行かされた。石敢當というのは、これも知らなかったが、Ｔ字路の角に立てる魔除けの石のことだ。縦八十センチ、横二十センチくらいの、米粒の形をした細長い石に、赤く塗った字で「石敢當」と彫ってあった。同行したのは、工場の見習いで、「金城」という名札をつけた若い男だ。金城は、軽トラを運転している間、煙草を吸い続け、ひと言も僕に口を利いてくれなかった。やっと喋った言葉がこうだった。

「ああ、運転だるー。あんた、免許ないばー？」

金城は、僕の方をちらりと見て、開け放した車の窓から煙草を投げ捨てた。髪を金色に染め、真っ黒に陽灼けした地元のヤンキーだ。

「持ってないんです。すいません」

「すいませんって、社長もよく雇うよな、そういう人を。あんたさー、専務と一緒だと得するあらにー。豪華な弁当が来るってなー。俺たち、そんないい目に遭ったことないばーよ」

金城は、赤になったばかりの信号を無視して、悠然と交差点を抜けた。

「専務ってどの人ですか」

「お前なあ」金城は呆れた風に嘲笑った。「一緒に墓掃除に行ってるさー。お前はただの爺さんと思ってるやし、あの人は、社長の兄さんばーよ。うちの会社は、兄弟でやってるわけさー。お前、さっき挨拶もしなかったってー部長が怒ってたばーよー」

遣り手風の営業部長は、僕をあまりよく思っていない。それは、態度や表情から薄々察していた。儲かるユンヂチだから、役に立たない僕を雇うより、営業マンを入れたかったのだろう。それにしても、あの爺さんは専務だったのか。僕は慌てた。下働きの爺さんだと思っていたのだ。昨日の午後、僕は疲れてしまって、爺さんにばかり作業をやらせていた。弁当がわざわざ届けられたのも、山中にいたせいではなく、専務と一緒だったからだと気付く。

金城は、新築の家の前で、軽トラックを停めた。顎をしゃくる。

「お前、一人で納品して来い」

僕はトラックの荷台に回った。小振りとはいえ、一人で持つには重過ぎた。石敢當は、荷台からびくとも動かない。僕は仕方なく、運転席に回って頼んだ。

「金城さん、すみません。動かすの手伝ってくれませんか」

カーラジオでポップスを聴いていた金城が、嫌そうに僕を振り返った。

「幾らで？」

血が逆流した。「お前、仕事だろう！」と叫びたいのを堪えた時、この激情は前にも感じたことがある、と思い出した。同じ言葉を誰かに叫んだ覚えがある。ああ、いつだろう。どんな時に、そして誰に。考え始めると頭痛が始まった。昭光の言葉。『なんとなんと。体が思い出すのを拒否してるわけよ』。僕は思わず顔を顰めた。突然、運転席から金城が飛び出して来て、僕のTシャツの胸元を摑んだ。

「何だばー、お前。嫌な顔しやがって」

「そうじゃないんだ」

「生意気言うーなー」

がつっと左の頬骨に衝撃があった。じんじんと痺れる。殴られたと知ったのは、地面に尻餅をついて呆然としてからだった。途端に、顔全体に激しい痛みが広がった。昭光なら、まずオゴエッと叫んだことだろう。そんなことを思ったら、つい笑いが洩れたらしい。僕は現実感をなくしていた。

再び胸ぐらを摑まれて、無理やり立たされる。両手で絞られたTシャツの襟で、首が詰まった。苦しくて、金城の腕を外そうとしたが、喧嘩慣れした骨太の腕はびくともしない。僕はじたばたと無駄な抵抗を続けた。

「いつまでも寝転んでるなやー。目立とうとしやがって、くぬナイチャーがー。やーみたいな怠け者が沖縄に来るから、俺たち割食ってるばーよ。やーみたいなフラーに仕事取られてよー」

金城は、僕の襟首を摑んでいた手をやっと離した。僕はよろけて、コンクリートの塀に腰をぶつけた。金城が手を出した。

「金、寄越せ」

仕方なく、ポケットからなけなしの紙幣を一枚摑み出す。その時、昭光の電話番号を書いた紙が落ちた。僕が拾おうとすると、金城が靴で上から踏みにじった。

「やめろよ」

僕が金城の胸を突くと、金城はせせら笑いながら足を上げた。そして、僕の手から難なく千円札を奪い取る。さらに、僕のポケットに手を入れて、残りの紙幣も抜いた。三千円。僕は金を諦め、慌てて地面に落ちた紙片を拾い上げたが、破れて昭光の電話番号は読めなくなっていた。

金城は、慣れた仕種で石敢當を荷台からずらし、僕に片方を持つよう指示した。足の上にでも落とされたらことだ。僕はこわごわ片方を持ったが、石は異様に重かった。金城が持つ振りをして、バランスを取っているだけだからだ。腰が砕けそうに痛む。殴られた頬も熱を持って痛い。

「このこと誰にも言うなよ。言ったら仲間を呼んで、お前をくるすからなー。わかったか」

「わかりました」

　僕は仕方なく頷いた。殴られたことや、金を奪い取られたことよりも、昭光と連絡が取れなくなったことが悲しかった。それに、僕の持ち金は千二百五十二円。元の木阿弥だ。こんなことなら、トンカツ弁当を食うんだった。そんないじましいことを考えていると、金城が言った。

「お前、幾つだ」

「二十三です」

「嘘だろ。お前、老けてるよ。工場じゃ、絶対にお前は二十五、六だって噂してるさー。若く言って、同情買おうとしてるあらに」

「何を根拠にそんなことを言うんですか」

「鏡見てみろ、フラー」

　殴ってやろうかと思ったが、懸命に堪えた。こんなヤツに、僕の苦しみがわかって堪るものか、という意地がある。あの山中での恐怖。他人の夢の中にいるような心許なさ。自分の名前も過去も皆目わからないまま、何とか生きようとしている僕。嘘吐き同然に言われるのが心外だった。だが、確かに僕は嘘を吐いているのだ。記憶をなくしたことを必死に隠して。

さっき感じた憤りは何だったのか。「お前、仕事だろう！」と、誰かを詰る記憶。またしても、記憶の尻尾の先っちょが現れた。だが、僕が摑もうとすると、またひょいとどこかに隠れてしまうのだ。

金城に怒鳴られながら、僕は石敢當を設置するのを手伝った。塀の角の三角形の場所に、セメントで固定する。途中で大工たちが見に来たので、金城が懸命に働く振りをしてくれて助かった。

帰りの車中、黙り込んだ僕を不気味に思ったのか、金城は社に戻る直前、もう一度恫喝するのを忘れなかった。

「言うなよー。言ったところで誰も信用しないけどさー」

十一時前、今度は、専務の運転で屋良家の墓に向かった。墓は山の中腹にあって、畑と海を見下ろす場所に建っている。ひとつの墓だけでも中に住めるほど大きいのに、それが長屋のようにふたつくっ付いている巨大な墓だ。兄弟墓と呼ぶんだ、と教えてくれたのも専務だった。三十年以上も前の建立なので、コンクリートが中性化してぼろぼろと崩れている。コンクリートはアルカリ性だが、雨が酸性なので、中性化して脆くなるのだそうだ。

「昨日はすみませんでした。専務さんだと知らなかったので失礼しました」

相手の地位によって態度を変えるのも嫌だが、実際、昨日の僕は無礼だった。僕が謝ると、専務は不思議そうに聞いた。

「誰から聞いたの」

「何となく」

　金城の名を出すと、後で復讐されるような気がしたので、僕はごまかした。専務は心外だと言わんばかりに唇を尖らせた。作業帽を被った黒い顔には、太陽に炙(あぶ)られたせいで、黒子(ほくろ)のような染みが点在している。金縁の大きなフレームの眼鏡がずり落ちて、鼻先に引っ掛かっていた。小柄で、可笑しみのある風貌だった。

「僕は名目だけなの。あの会社は弟が動かしてるんだからね。そう改まられると困るさー。これまで通り、おじさんでいいから」

　僕は、専務を「おじさん」と呼んでいたのだ。恥ずかしさに身が縮んだ。

　墓に着いた。僕の作業は、主に墓の周囲の草刈りだ。専務は、ひび割れた個所にセメントを塗りつける補修作業だ。専務がこうして外仕事をしている間、社長は冷房の利いた部屋で、電話を掛けたり、来客と会ったりしているのだろう。同じ兄弟なのに、どうしてこうも差があるのか。

「磯村君、刈った草はなるべく同じ向きで置いておいてね」

　専務の物言いは女性的で優しい。小声は社長と同じだ。兄弟と知った途端、声音や歩く姿勢など、いろいろな共通点があることに気がついた。だが、専務の場合は、時々呂(ろ)律(れつ)が回らないので何を言っているのかわからないことがある。昨日は適当に受け流していたが、専務とわかったらそうもいかない。細かい指示を聞き取るのに、神経を使った。それに、草の葉先が意外に鋭利なので、暑いのを覚悟でパーカーを着ている。数分も経たないうちに、汗が噴き出た。ミカからちゃみたタオルが、びっしょりだ。薄茶の作業服が支給されたら手持ちの服を汚さなくて済むのに、と思う。

「ハブに気をつけてね。墓の周囲にはよくいるから」

セメントを練っている専務が、振り向かずに言った。ハブと聞く度、ぞっとするが仕方がない。僕は生い茂った草を刈り始めた。バッタがあちこちから飛び出し、慌てふためいて逃げて行く。専務は、セメントのパレットを片手に、意外に敏捷な動作で梯子を登って行った。しばらくして、墓の上から声がした。

「磯村君、頰の疵、どうしたかー」

「転んだんです」

返事は聞こえない。金城に殴られたことを思い出したら、痛みがぶり返した。俯いて作業しているせいで、じんじんとこめかみに激痛が走る。僕は顔を顰め、暑さに堪えながら、草を刈り続けた。

金城の存在は憂鬱だった。うまく寮に入れたとしても、金城がいる。毎日苛められたり、カツ上げされるのはわかり切っていた。だが、僕にはもう帰る場所がないのだ。昭光がいない以上、ミカの部屋には絶対戻れない。僕は、昭光の携帯番号のメモを破られたことを思い出し、絶望的な気持ちになった。

赤いミニカが、農道を走って来るのが見えた。社長の奥さんの車だ。昼飯だ。時計を持たない僕は、ほっとして手を休めた。専務も梯子を下りて来る。白いサンバイザーを着けた奥さんが、重箱の包みと、昨日と同じ、冷たいさんぴん茶の入ったポットを持って斜面を登って来た。僕は駆け下りて包みを受け取りながら言った。

「相談したいことがあるんですけど」

「何」と、奥さんが向き直った。五十代半ばくらいで、いつもテニスに行くような格好をして、派手なピンクの口紅を付けている。

「僕、行き場所がないんです。姉の住まいから出て行かざるを得なくなってしまって」

言う端から、何と甘えた言い草だろう、と我ながら思う。冷や汗が出た。

「あらまあ、どうしようかー」

奥さんの目に、困ったような色が浮かんだ。僕を雇うのは、この人にとっては慈善事業のようなものだったはずだ。それ以上の面倒を持ち込まれるのは迷惑に決まっている。

「それで、こちらに住み込ませてはいただけませんか」

　奥さんが即座に否定した。

「うちのは寮と言ってもね、ふた間あるアパートを借り入れてるだけだからさー。工場の子が二人入っているから、住むのは無理よ」

　お先真っ暗な落胆と、金城と一緒に暮らさなくて済んだ安堵と。どちらにせよ、僕は甘い。僕は途方に暮れて、真っ黒に汚れた自分の爪を見つめた。この墓で寝させて貰おうか、と馬鹿な考えが頭をもたげ、思わず兄弟墓を見上げた。家のように立派なのだから、住めないこともない。

　奥さんが、口からガムの匂いをさせて言った。

「東京のおうちに連絡して、今回だけは用立てて貰ったら―」

　僕は答えられない。

「タマコさん、どうしたか―」

　いつの間にか、傍らに専務が立っていた。親指のない手で、奥さんの抱えていたポットを掴んだ。それを機に、僕たちは墓の前に停めてあった軽トラの横に移った。荷台に、重箱とポットを下ろした専務に、奥さんが僕の事情を話している。僕はその間ずっと、殴られた頬の辺りを掌で押さえていた。

「じゃ、磯村君、うちにおいで。構わないよ」

　驚いて顔を上げた。奥さんは呆れ顔をしている。

「いいさー。僕は一人暮らしだし、掃除とか炊事をやって貰うと助かるさー」

「ありがとうございます」

　嬉しくて思わず顔を見たが、専務は照れているのか目を合わせようとしない。

「お義兄さん、いいの。だって」

　奥さんは、心配そうな顔で言葉を切った。その先には、この子は、どこの馬の骨かわからないとか、住所不定で怪しいとか、そんな言葉が続くのだろう。工場の人たちが、僕が年齢を偽っていると噂している、という金城の話を思い出し、僕は思わず俯いた。自分が何者かわからないままに値踏みされている居心地の悪さに、堪えられなかったのだ。

それに、善意の人たちを欺いている後ろめたさもあった。昭光には、記憶喪失である自分をさらけ出せたのに、他の人にはできない。もし、打ち明ければ、すぐさま僕は警察に連れて行かれる。あるいは、病院に行くことを勧められる。僕が警察や病院を忌避する理由は、唯一覚えているあの言葉だった。「ココニイテハイケナイ」

奥さんは、専務の決断が信じられないと言わんばかりに首を振り振り、農道に停めたミニカに戻って行った。僕は、煙草に火を点けた専務に聞いた。

「ありがとうございます。本当にいいんですか。助かります」

専務が煙を吐き出しながら、僕を見た。目に労りがあった。

「何か事情があるんでしょう。家出したとか」

僕は何も答えられずに口籠った。専務は優しかった。灰を落としながら言う。

「言いたくなかったら、言わなくていいからさー。戦争の時は、皆助け合ったものさー。てかね、助け合わなくちゃ生きていけなかったの。僕のうちは、艦砲射撃で直撃を受けてね。お祖父さんと両親と妹二人が即死さー。僕は、隣のおじさんやおばさんと、赤ん坊だった弟を抱いて逃げたの。弟って、あの社長のことだよ。そのうち、隣の人ともはぐれてしまってね、見ず知らずの人たちと五人くらいで、洞窟に一年以上も住んでたんだよ。子供みたいな日本兵もいたな。みんなで手分けして海岸で貝拾ったり、木の実を採ったりしてね。地苔まで食べたよ。あれはおつゆに入れると、結構旨いものなんだよ。もう、誰も食べないけどね」

「地苔って何ですか」

「地面に生える海草みたいな物よ。今度見つけたら、教えてあげるよ。磯村君も食うに困ったら、それを採って食べるといいさー。もう、そんな時代はこないだろうけどね」

それはどうかわからない。今の僕がまさしくそうだった。僕は首を傾げた。

「じゃ、昼飯にしようか」

　専務はヤニで黄色く染まった乱杭歯を見せて笑った。専務と僕は、昼食のために、トラックの荷台に上った。重箱を開けると、一段目がゴーヤーチャンプルー、二段目には魚の唐揚げと生野菜が入っていた。豪華だ。苦いゴーヤーだって食える。口中に唾が溜まり、うまく喋れないほどだった。

「これはグルクンて魚。食べなさい」

　専務が割り箸で魚の唐揚げを指した。空腹だった僕は、慌ただしく食べては咽せた。専務は箸を休めて、僕の様子を眺めていた。僕は戦時中の専務の話を思い出し、この経験は、僕にとって戦争のようなものだ、と考えていた。

　夕方、僕は専務の黄色いマーチに乗せて貰って、専務の家に向かった。工場のヤツらが、僕を見て何か言い合っていたが、極力気にすまいと努めた。人間の集団は、不満があると苛める餌食（えじき）を探す。金城も、鋭い目つきの工場のおじさんたちも、何か気に入らないことを抱えて生きているのだろう。だが、僕はそれどころではない。とりあえず、今日のところは泊まる家がある。助かったという思いでいっぱいだった。

マーチは、名護市内の小さな平屋の前に停まった。沖縄独特の、コンクリート建ての平べったい箱のような家だった。繁華街からそう離れてはいないから、聡美や拓也の勤めるレンタカー屋やカラオケボックスが近いかもしれない。僕は少し憂鬱になった。なるべく繁華街には近付かないようにしようと思う。

専務は、ブロック塀で囲まれた小さな庭にマーチを乗り入れた。車から降りた僕は、立ち竦（すく）んだ。庭のあちこちに、人間の半分くらいの大きさの石像が置いてある。仏像でも地蔵でもない、ごく普通の人間の像だった。老人、男、女、小学生らが、夕陽に照らされて立っている。御影石のごく粗い彫りだが、それぞれが笑ったり、真面目な表情で、母屋の方向を向いていた。着物姿もあれば、半ズボンの少年もいる。立ち並ぶ石像の隙間から、カンナが赤い花を咲かせていた。

「さあ、入って」

専務は、立ち止まった僕が遠慮していると思ったのだろう。

「あれ、何ですか」

指差した僕に、専務は何気なく答えた。

「知り合いの像だよ。暇を見てね、僕が彫るの。僕の唯一の趣味かな。今度、磯村君も彫ってあげようか。どう」

僕は奇妙な気持ちになった。自分が何者かわからないのに、「磯村ギンジ」という名の像が専務の家の庭に残るのだ。本当の自分を思い出した時、「磯村ギンジ」はどこに行くのだろう。「磯村ギンジ」を消してしまうのは可哀相だ、と唐突に思った。

「お願いします」

専務は嬉しそうに声をあげて笑った。

「みんな、どうして普通の生きている人を彫るのかって聞くけど。磯村君だけさー、何も聞かない人は」

僕は何となく、専務の彫る理由がわかる気がした。専務は、変化する人間の一瞬の姿を留めて、そばにおきたいのだ。

細胞は生まれ変わる。夕方の僕は、朝の僕ではない。何者かだった僕は、今は「磯村ギンジ」で、その「磯村ギンジ」もどんな人物になるのかわからない。元々の自分を思い出せば、「磯村ギンジ」はどうなる。逆に消えないで留まるとしたら、元々の僕はどうなるのだ。僕は目を閉じた。僕の細胞がこの瞬間、剥がれ落ちる音を聞いたように思った。僕の正体などどうでもよかった。今しか要らないのだ。僕は「磯村ギンジ」を必死に生きようと思った。

「これはタマコさんだよ」

専務は、社長の奥さんの像を指差した。サンバイザーを着けて、皿を捧げ持っている。専務には、タマコさんがそのような人物に映るのだろう。

「こっちは弟」

社長は幼い子供の姿をして、半ズボンにランニング姿で駆け出す格好をしていた。老女は着物姿で両手を挙げ、踊っている。三線（さんしん）を弾いている男の人の像もあった。僕はいったい、どんな姿になるのだろう。

「専務のはないんですか」

専務は照れ笑いして、意味のわからないことを言った。

「自分が、自分を見ていたってしょうがないさーね」

その日の夕方、僕は専務の家の掃除に明け暮れた。専務は、家にいる時は彫刻に打ち込んでいるか、泡盛を飲んで酔っているらしく、どこもかしこも埃だらけで汚かったのだ。僕は床を雑巾がけして、台所を磨いた。便所掃除もした。

「磯村君は働き者だね。要領も良さそうだ」

専務が感心したように言った。

「前はどんな仕事をしてたの」

予想もしなかった質問に、僕は即座に答えられなかった。これまで夢中でいたから、そんなことは考えたこともなかった。しかし、学生だったような気はしない。それに、今日、金城に怒鳴りたいと感じた衝動。「お前、仕事だろう！」

あれは、僕が何かの仕事に従事していた証拠ではないだろうか。だとしたら、何をしていたのだろう。僕は自分の手を眺めた。器用そうな細い指。僕の反応に驚いたのか、専務は戸惑ったように、冷蔵庫を開けて中を覗き込んでいる。前歴について聞かれたら、ちゃんと答えられるように、「磯村ギンジ」の履歴を補強する必要がある。僕はそんなことを考えながら米を研ぎ、野菜を刻んで味噌汁を作った。冷蔵庫には卵しかなかったので、おかずは目玉焼きだ。僕は油の量を間違えて、フライパンに焦げ付かせてしまった。目玉焼きを剝がそうとしたら、無様に黄身が流れた。

僕と専務は、台所のテーブルに向き合って、失敗した目玉焼きを食べた。専務は崩れた目玉焼きを肴(さかな)にひたすら酒を飲んでいた。昼間、発音が不明瞭で言葉がよくわからないのは、飲酒のせいかもしれない。僕も勧められたが、聡美や拓也と乾杯した時の恐怖が消えないので、遠慮した。

食後は風呂場の掃除をして、その間、洗濯機で汗まみれになった服を洗った。ついでに、専務の作業服も洗う。庭の物干し竿に洗濯物を干し、やっと風呂に入った時は、感激で涙が出そうになった。ミカの部屋はユニットバスで、小さな浴槽があったが、入浴を許されなかった。しかも、浴槽にはいつも買い置きのトイレットペーパーや掃除用具などが入っていたので、シャワーの時は、浴槽の物を全部外に出してから浴びなければならなかったのだ。

湯に浸かった僕は、自分の体を観察した。あちこちにあった傷は癒えている。目印になるような痣(あざ)や黒子もない。どこかに僕を産んだ母親がいて、僕の行方を心配しているのだろうか。しかし、万が一、血縁者が現れても、僕が思い出せないのだとしたら、存在しないのと同じだ。僕は、専務の庭に立って、専務の家を凝視する像になった自分を想像した。孤独な姿だ。僕はいったいどこの誰で何があったのか。細胞は剝がれ落ちているはずなのに、完全に思い出すまで僕の芯は残っているのだ。

風呂から上がり、社長の奥さんに貰ったハーフパンツに着替えた。専務はテレビのニュース番組を見ながら、蒲鉾(かまぼこ)を肴に酒を飲んでいる。

何も読む物がないので、僕は仲間石材店のパンフレットを眺めた。専務は新聞を取っていないし、活字と名の付く物はパンフレットくらいしかなかった。明日は会社から古新聞を貰って来ようかと思う。専務が欠伸(あくび)を洩らした。酔ったせいで、ますます呂律が怪しくなっていた。

「磯村君、そこに布団をふたつ敷けるでしょー」

部屋はふた間あったが、玄関脇の部屋はビニールシートが敷いてあって、石彫の道具が置いてある。僕は一人で寝たかったけれども、布団があるだけでありがたい。言いつけ通り、押し入れから寝具を出して並べて敷いた。専務がごろりと横になり、天井を仰ぎ見て言った。

「人と一緒に寝るのは久しぶりだなあ」

「奥さんはいないんですか」

「僕、結婚しなかったから」

専務はひっそり言った。僕は、照明を消して布団に横たわった。ミカの部屋では、寝具に無縁だったから、布団が嬉しかった。鼾(いびき)が聞こえてくる。専務はすぐ寝入ったが、僕は不思議な心持ちがなかなか治まらず、眠れなかった。柔らかい布団に寝られて、横に親切な老人がいるのに、寂しさが拭えない。庭の石像の視線を感じるような気がする。専務が昼間言った意味がやっとわかった。専務は、好きな人間の像に見守られたいのだ。視線を感じて暮らしたいのだ。何という寂しさだろうか。

僕は、昭光は今頃何をしているんだろう、と想像した。ふと、聡美のような女の子と一緒にいたら嫌だな、と思った瞬間、もしかすると自分は同性愛者だったのではないか、と思って愕然とした。聡美に対する反感が、まさしく嫉妬だと気付いたからだった。僕は、本当の自分を思い出すのが怖くなった。

3

専務と暮らして、ひと月が過ぎた。僕は専務と一緒に出勤し、ほとんど同じ仕事に従事した。仕事は主に、墓掃除や修理、納品だったが、ユンヂチに加えて四月はシーミィと呼ばれる清明祭があったので、かなり忙しかった。シーミィは、親戚が集って先祖の墓に参り、墓の前で飲んだり食べたりする行事だという。だから、とうとう僕にも薄茶の作業服が支給され、石材や墓、沖縄の供養に関するいっぱしの知識も増えた。時給は変わらず六百円だったが、専務の家に住まわせて貰っているので、住居費、食費共に出費がなくて助かった。貯金は、昭光と約束した五万円をとっくに超えていたが、昭光の電話番号を書いた紙を破られてしまったので、どうしようかと思案したまま、時間が流れていた。

僕の持ち物は、飛躍的に増えていた。近所に百円ショップを見つけたので、財布を買い、下着を複数揃えることができた。次いで、ゴムゾーリや白いタオルを手に入れ、僕は昭光の格好の真似をして得意げに歩いた。ジャスコでリュックサックを買った時は、嬉しさに震えたほどだ。たったひと月前のことなのに、スーパーで床に落ちている金を探し回ったことなど、忘れてしまいそうだった。僕は専務の家の台所で、肉や野菜を調理し、好きなだけ白飯を食べた。時々、社長の奥さんがおかずを差し入れてくれるので、栄養は満点だった。二日に一度、小遣いで発泡酒を買う贅沢な習慣も、自然と身についた。

何度かパラダイスマニア・ロッジに行って、昭光に報告かたがた、様子を見たいとも思ったが、僕は安定した今の状態に満足していた。バイトとはいえ、金は貯まるし、生活は楽だ。それに、もしや自分が同性愛者で、昭光を好きになったのではないかと考えると、避けたい気持ちも強いのだった。あれだけ一緒にいたいと思ったのに、僕は昭光を忘れたいと願い始めている。

仕事が終わって家に帰れば、掃除と洗濯、炊事をこなし、専務とささやかな夕食を食べる。食後はテレビを見続け、専務と布団を並べて世間話を交わしながら寝た。専務は優しい人で、僕はかなり好きになった。まるで本当の祖父のような気さえした。

そのうち、僕は専務の世話係として必要な人間になったらしく、社長夫妻も僕に対しては特別扱いを隠さなくなった。特に社長は、まるで親のように専務を大事にしていたのだ。沖縄は先祖を敬う土地だ。それは、僕の職場にやって来る客を見ていてもよくわかる。僕の仕事は、専務の補佐になるように常に配慮されていた。

また、つまらないことだが、専務と一緒に応接セットに座ることも許された。専務がデスクを持たないからだった。事務の仕事を一切しない専務は、自らデスクを持つのを拒んだという。だから、僕は出勤すると、専務の横にどっかと座り、缶コーヒーを飲んでスポーツ新聞を片っ端から読んだ。専務と同じく、僕の作業着も、クリーニング屋から届いた。遠くにある墓に行く時は必ず、社長の奥さんが手作りの弁当を届けるか持たせてくれたし、専務が小遣いをくれることもあった。あまりの居心地の良さに、僕はこのまま居着こうかと思ったほどだ。

ある日、専務は工場から大きなピンクの御影石を運び込んだ。余った石材を見つけたので、いよいよ僕を彫ってくれると言うのだ。石を運ぶのを手伝ったのは、金城だった。

「ここが愛の巣なー」

金城のひと言が気に障った。

「どういう意味だよ」

金城は小馬鹿にしたように、庭の彫像を見遣った。専務は、石を置く場所を決めるために、庭を歩き回っている。金城は、楽しそうに唇を舐めながら言った。

「お前、会社じゃ、専務のお稚児さんて言われてるぞ」

僕はびっくりして、専務の背中を見た。前は寂しそうだと思ったが、僕と暮らし始めてからは、いつも元気で力が漲っている。「僕、結婚しなかったから」という言葉。「お義兄さん、いいの。だって」と言った社長の奥さん。あれは、噂に上るのを心配していたのだ。そうだったのか、と僕は愕然とした。この家が妙に心地良いのは、僕らが似た者同士だったからなのだろうか。

金城は、他人の動揺に聡かった。

「図星だったやっさー」と嘲笑った。

金城は、専務が戻って来たのを見て、口を噤んだ。専務は何も気付かず、石を置く場所を指差した。石は動かさず、外で作業するのだという。そこは、母屋に一番近い場所だった。専務は、僕の像が最も近くから自分を見つめることを望んでいるのだ。金城が小型クレーンを使って、石を移動させ始めた。専務が嬉しそうに言った。

「一年くらいかかるかもしれないけど、磯村君の像を彫るのが楽しみだよ」

専務の言葉を素直に聞けない僕がいる。僕は強張った笑いを浮かべたまま、無言だった。確かに、思い当たる節はたくさんあった。同僚の態度がおかしいと感じたことが。僕は厚遇を妬まれているだけだろうと、平然としていた。だが、そうではなかったのだ。

僕と専務がカップルと見なされていたのかと思うと、振り払いたいくらいの嫌悪を感じた。その嫌悪は、専務だけに向けられているのではなく、僕自身に対してもあった。昭光と会うのを避けていたのに、僕はいつの間にか、僕の本質を表すような場所の真ん中にいたのだ。

専務が僕の不機嫌を感じて、顔を覗き込んだ。その優しささえも、鬱陶しかった。僕は顔を背け、家に入った。明るい陽射しの中から急に暗い家に入ったので、物が皆、真っ黒に見える。振り返ると、クレーンを操る金城が、眩しい光の中でせせら笑ったのが見えた。

夜、僕は、テレビを見ながら酒を飲んでいる専務の背中に話しかけた。

「専務、明日休んでいいですか」

専務が驚いて振り返った。眼鏡が汗でずり落ちている。洗った髪が数本、まばらに額にかかっていた。いい人だが、昭光の美しさに比べるべくもない。僕はそんな残酷なことも思った。

「久しぶりに友達に会いに行こうと思って」

専務が怪訝な顔をしながら、ずり落ちた眼鏡を人差し指で押し上げた。

「磯村君。だったら、日曜にしたらどう。明日は破風墓の設置があるよ」

「すいません、僕どうしても明日行きたいんです」

「わかった。社長に言っておくよ」

専務はにっこり笑った。専務の背後にあるテレビの映像が、僕の目を射た。山の中に白い車が停まっている。窓が中から目張りされていた。禍々（まがまが）しいものを感じて眉を顰めると、専務がテレビの方を振り返った。

「むごいねえ。これも戦争だねえ」

なぜか、その言葉と映像が脳裏に残った。

翌朝、出勤する専務を見送った後、僕は名護のバスターミナルに徒歩で向かった。恩納村行きのバスに乗るためだ。昭光と会うのは、ひと月ぶりだ。久しぶりに会えると思うと嬉しくて、なぜ僕は昭光を避けていたのだろう、と自分の心の動きが不思議に感じられた。昭光はまだロッジにいるだろうか。心配だったが、昭光なら、連絡をしなくとも名護を離れる前に石材店を探して、僕に会いに来てくれそうな気がした。

バスに揺られて一時間、パラダイスマニア・ロッジに着いた。オーナーの名は覚えていた。イズムだ。僕も拓也のように、イズムに心酔できるのなら、してみたい気分もある。好奇心があった。二人の男のバックパッカーが、僕と一緒にバスを降りた。大きな荷物、簡素な服装。二人とも、僕くらいの年齢だ。僕は二人の後について、ロッジに入った。中では、十人ほどの若い男女が車座になって話し合っていた。どうやらスタッフのミーティング中らしい。膝を抱え、発言者を凝視している女の子。まだ高校生のような幼い男の子もいれば、明らかに三十前後の、ＯＬのような風貌の女もいた。

真ん中に、眼光鋭い三十代と思しき男が胡座を掻いていた。白いタオルを頭に巻いて、灰色のくたびれたTシャツを着ている。ひときわ存在感があるので、その人物がイズムだと直感した。皆、眼鏡を掛けた若い男の話に耳を傾けていた。

「僕は名古屋の宗教系の大学に行ってるんですけど、自分が何をしたらいいかわからなくて、すごく悩みました。結局、今年になってからマッサージ師になることを選んだんですが、それは全然、両親の頭になかったので、すごく揉めました。就職活動をしないというだけで、両親は僕に裏切られたとまで言うのです。でも、僕の、人に気持ちよくなって貰いたい、と思う根本的な気持ちはどうしても変わらないので、両親の説得にずいぶん時間をかけました。まあ、親が納得したかどうかはわからないですけど、説得しているうちに、まだ迷いのあった自分も説得されたというか、自己暗示をかけたというか、それでやっと、自分でも間違いのない道だなと確信できたんだと思います。で、イズムさんの強い実行力や、何でもやってしまう意志の力にあやかりたいと思って、このパラマニに来ました。短い間でしたけど、今回は皆さんと会えて、本当によかったです。この思い出を忘れないで頑張ろうと思います」

ぱちぱちと拍手が起こった。パラダイスマニア・ロッジを縮めて、パラマニというらしい。次に、イズムが発言した。

「彼の場合の偉いとこはさ、自分で決めたってことだよね。みんな誰だって迷うじゃん。誰だってすぐには決められないことがあるじゃん。そんなことを早く決めろって言う社会の方がおかしいよね。だけど、人は自立して生きていかなくちゃなんないんだから、頑張って決めなくちゃ駄目だよ。決めるってことは、捨てることだ。そうだよね。要らないと決めたものを捨てて、初めて大事なものを拾える。捨てるのは勇気が要る。俺はそうだと思うんだ」

　メモを取っている女の子もいた。男たちは燃える目でイズムを見つめている。イズムが続けた。

「変な喩えだけどさ。一人の女を愛していたとする。違う女がいて、好きになりそうだったとする。けど、一人の女を選ぶってことは、他の女を皆捨てることだ。そりゃ、辛いよ。そうだろ、みんな。こっちもよければあっちもいい。でも、捨てなきゃならない。そうやって初めて、人は選択して大人になる」

　僕と一緒に入ったバックパッカーたちは荷物を下ろし、興味深そうに聞いていた。僕は、昭光がいないかどうか、きょろきょろとロッジの中を見回した。イズムが僕らの方を指差した。

「おい、ゲストさんだぞ。誰か行け」

　バンダナを巻いた女の子と、髪の毛の多い男が同時に立ち上がった。男はバックパッカーの方に行き、話しかけている。

「いらっしゃい。予約貰ってる？」

　バンダナの女の子が、僕に話しかけてきた。

「あの、泊まりじゃないんです。ここでバイトしている友達を捜しているんだけど」

「え、うちのスタッフですか。全員ここにいるけど」

女の子が仲間を振り返り、ミーティング中の若者も一斉に僕を見た。嫌な予感がした。

「伊良部昭光という名前なんです。ひと月ほど前にここに来たはずだけど」

「え、知らない」女の子は、イラブ、イラブと思い出そうとしている。「すみませんけど、そういう名前の人はいないと思います」

僕は昭光を見失ったのだろうか。破られたメモを思い出し、暗い気持ちになった。バックパッカーに応対していた髪の多い男が振り向いた。

「それ、『宮古』のことじゃない」

「ああ、『宮古』か」

女の子の顔が明るくなり、次いで吹き出した。どうやら、昭光はここでは「宮古」と呼ばれていたらしい。僕にはジェイクと呼ぶよう強要していたのに。

「宮古島から来てるから、そうかもしれない」

「だったらね、その人はかなり前に辞めました」

ショックだった。怠け者の昭光がすぐに脱落するかもしれないことは、充分想像ができたのに、僕は何ら手を打たなかったのだ。悔やんでも悔やみきれなかった。

「どのくらい前ですか」

「来て、割とすぐだったよね」

女の子が男と頷き合う。その目の色に、何か含むものがあるような気がした。すると、イズムがやって来た。痩せ型で背が高く、顎鬚が長い。鋭い山羊のような印象がある。

「何、『宮古』のことで来たの。あんた、友達なの？」

イズムは、僕の顔をじろりと見下ろした。見透かされるようで怖かった。確かに、イズムには、この人物に嫌われたくない、好かれたい、と願いたくなるカリスマ性があった。

「はっきり言うよ。あいつはね、カッコいいから俺もつい雇っちゃったけどね。パラマニのコンセプト理解してないし、ただ遊びたいだけのヤツなんだよ、こう言っちゃ悪いけど。だから、クビ。申し訳ないけど、クビにしたの。俺はっきり言うよ、隠すの嫌だから。あいつね、怠け者なんだよ。朝はテントから出て来ないし、テントじゃ嫌だって文句言うし。なのに、掃除ひとつできない。俺たちも手を焼いてね。ビーチの掃除係にしたんだよ。ゴミ拾い。言うなれば、チャンスを与えたの。そしたら、どうしたと思う？　ビーチにいるゲストの女に片っ端から手をつけて、セクハラってクレーム出てさ。それで俺たちも頭に来て、ビーチであいつを囲んで反省させたんだよ」

「反省って？」

「まあ、ビンタ程度だけどね」イズムは笑った。「そうだろ。だって、男なんだからさ。ルール破ったら、そのくらいの懲罰は覚悟しなくちゃならない。そしたらさ、『宮古』の野郎、どうしたと思う？　海に飛び込んであれよあれよという間に、沖まで泳いで逃げちゃった。その速いこと。皆で、あいつ泳ぎ上手いなあって感心して見てたよ。それっきり帰って来ない」

イズムが大笑した。釣られて、スタッフも笑った。僕は言葉を失った。ジェイク、お前、死んじゃったのか。

「じゃ、行方不明ですか」

イズムが、僕の肩をぽんと叩いた。

「心配すんなよ、生きてるよ。沖に出た後、迂回して潮流に逆らって泳いで漁港の方に上がったらしい。それは確かめた。すげえヤツだよな。でも、こっちには帰って来なかったよ。残念ながらな」

可哀相なジェイク。僕は啞然としていた。

「おい、あいつの荷物持って来てやれよ」

女の子が急いで階段を駆け上った。重そうに、見覚えのあるリュックサックを提げて戻って来た。懐かしい昭光の荷物だ。

「中は見てないよ。取りに来るかと思って、皆で待ってたけど、全然取りに来やしない。ここに来づらいんだろうから、あんた持ってってやってよ。頼んだよ」

イズムは、話は終わったとばかりに、スタッフミーティングに戻ろうとした。

「あの、昭光は金は持っていたんでしょうか」

「さあ、戻って来ないとこみると、ポケットにでも入ってたんじゃないか」

言い捨てて、イズムは輪の中に戻った。僕はイズムに礼を言い、昭光のリュックサックを手に、外に出た。アプローチに設えられているベンチに座り、中を覗いた。見覚えのあるTシャツやハーフパンツなどがきちんと畳まれていた。意外に整理整頓されている。財布は見当たらないので持っていたんだろう、とひとまず安心する。リュックのポケットに携帯電話が入っていた。何度もフラップを開けて時刻を確かめたり、着信をチェックしたりしている昭光の横顔を思い出し、僕は胸が詰まった。哀れな昭光。リンチされそうになって、泡を食って逃げ出したのだろう。まだ十七歳だから、子供なのだ。大事な携帯や服を置いたまま逃げたのか。僕は、早く那覇に行って見つけ出し、荷物を渡してやろうと思った。でも、僕は昭光が来てくれなかったことが寂しかった。

名護に戻る前に、昭光が沖に泳いで行ったというビーチに下りてみた。岩と突堤に囲まれた小さなビーチだ。まだ水は冷たいはずなのに、観光客が四、五人、泳いでいた。そうか。ここから飛び込んで沖まで泳いで行っちゃったのか。僕は、昭光を永遠に失った気がして悲しくなったが、昭光のすることにはどこか可笑しみがあって、気がつくと頬が緩んでいるのだった。

午後遅く、家に戻って来た。庭に新しく据えられた御影石の柱は、まだ何も手を加えられずに立っている。この石の塊が僕になるのか。僕は、像の完成も見ずに、専務と別れて行くことを思って、申し訳なさに胸を衝かれた。だが、もう駄目だ。ここにはいられない。僕は近いうちに那覇に行くことに決めていた。

空っぽの家の中で、昭光の携帯に充電した。どんなに金が手に入っても、僕は身許を証明するものがないから、携帯が持てないと思っていた。でも、こうしていとも簡単に昭光の携帯が手に入った。使ってみよう。僕はフラップを開けて、登録してある名前を順番に眺めた。他人の携帯に登録された、自分にはまったく関係のない名前が続く。

ある名前に僕の目は釘付けになった。「銀次」。僕と同じ名前の知り合いがいる。前に、昭光はギンジは「飼い犬の名だ」と言ったではないか。僕は好奇心を感じて、「銀次」に電話してみた。

「アキンツかー。久しぶりなー」

甲高い男の声。訛(なまり)からすると、宮古の人らしい。

「もしもし、すみません。昭光ではないのですが」

「あんた誰かー」

「銀次」は動ぜずに笑っていた。

「昭光の友達のギンジと言います」

「あばっ、あんたもギンジなー。そら、偶然さいが」

いや、偶然ではない、と僕は心の中で呟いた。昭光の強い意図が感じられる。昭光と銀次の関係は何だろう。僕は、銀次という男に会いたい、と思った。

「実は、昭光がいなくなってしまって、携帯と荷物だけが残っているんです。もし、そっちに行ったら、この携帯に電話くれるように言ってくれますか」

「いいよー。あいつ、どこへ行ったかー」

「銀次」は面白がっていた。その面白がり方に、少々人の悪さを感じる。

「わからないんです。あの、僕が『銀次』さんに会いたい時はどこに行けばいいですか」

「簡単さー。俺は、那覇で『エロチカ』ってバーやってるから、そこに来ればいいさーよー。誰に聞いたってすぐわかる、だいず上等な店さいが」

　後ろで、きゃははと笑う女の嬌声が聞こえた。

　僕はビールと島豆腐を買い、目玉焼きを作って、専務の帰りを待った。世話になった礼を言い、友達を捜しに那覇に向かいたいと話すつもりだった。だが、どういうわけか、いつもより帰りが遅い。僕が休んだから仕事が長引いているのだろうか。心配になって外に出た時、ヘッドライトを点けたマーチが庭に入って来た。

「お帰りなさい」

　車に駆け寄ってドアを開けようとした時、助手席に人がいるのに気付いた。社長の奥さんのタマコさんだった。タマコさんが、帰りに総菜を届けてくれることもあるので、僕は愛想良く挨拶した。だが、タマコさんの表情は硬い。専務はいつも通り、僕の顔を見てにっこりした。

「ただいま。今日、どうだったー」

「後で話しますよ」

タマコさんは手ぶらだった。

「磯村さん、ちょっとお話ししたいことがあるんだけど」

タマコさんは、そう言って一緒に家の中に入って来た。食卓の上の料理をちらりと見遣る。

「磯村さんもお料理うまくなったね」

言葉と裏腹に、表情は冴えない。何か悪いことが起きたのだ、と僕は覚悟した。悪いことというのは、状況の急変だ。例えば、警察が来て僕を捜しているとか、そういうことだ。専務はいづらいらしく、玄関脇の道具置き部屋に逃げて行ってしまった。

タマコさんは、食卓の前に座り、意を決したように話し始めた。

「今日ね、あなたの『お姉さん』が会社にいらしたよー」

しまった、と思った。僕がバツの悪い顔をしたのを、タマコさんは見逃さなかった。陽に灼けた浅黒い顔に、失望がありありと浮かんだ。

「あの人、お姉さんじゃないよねー。お友達でもないって言ってた。どこの誰だか知らないあなたに、苗字を貸しただけって。あなたが書いた履歴書を見せたら、三鷹市というのも嘘だって言って、勝手に自分の家の名前や住所を使ったと怒ってたさー。あなたが伊良部さんていうお友達と一緒に磯村さんの家に泊まって、Ｔシャツやタオルを勝手に持ち出して、そのまま逃げたって言ってさー。警察に行こうかと思ったくらい、腹が立ったんだってさー。でも、もうどこかに行ってしまっただろうと諦めていたら、一緒に暮らしているルームメイトの人が、あなたを街で見かけたんで、うちを探していらしたってよー」

僕は溜息を吐いた。同じ市に住んでいるのだから、危険性はいくらでもあったのだ。ここのところ順調だったので、すっかり油断していた。それにしても、ミカと聡美が結託するとは思わなかった。てっきりシェアメイト解消かと思っていたのだが、僕らが挨拶もなしに出て行ったので、怒りが二人をまた結び付けたのだろう。

「申し訳ありません」

「いいさー、謝らなくても。本当のことを言ってくれれば、それでいいさー」

僕は無言で、冷たくなった目玉焼きを見つめている。本当のことが言えたら、どんなにいいだろうと思っていた。磯村ギンジという人格を形成しようと思っていた自分は、まだまだ甘い人間だった。常に、僕の知らない過去が追いかけてくる。僕は冷や汗を垂らし、口籠った。

「僕は、僕は、何も言えません」

「それ、どういうこと。どこの出身ねー。本当の名前は何ていうの」

「もう、いいさー。タマコさん」見かねたのか、専務が間に入った。「この子には、この子の事情があるんだから。磯村ギンジ君でいいさー」

「お義兄さん、でも、うちは会社やってるんだから、泥棒とか言われたら雇えませんよ」

　僕は驚いて顔を上げた。

「ミカちゃんは、僕のこと泥棒って言ったんですか」

　タマコさんは深く頷いた。裏切られた思いが体全体に表れている。

「泥棒って言われても仕方ないかもしれません。でも、僕は一文無しで困っていました。だから、借りてもいいか、と聞いたんだけど」

「でも、返してないでしょう? そりゃ、Tシャツだってタオルだって、小さな物かもしれないけど、警察に届ければ事件にはなるんだよ。それに、伊良部さんて人は磯村さんを踏みにじった、と怒ってたさー」

　タマコさんが畳みかける。ああ、女ってやつは、と僕は叫びたくなった。ミカだって楽しんだはずなのに。しかし、その通りだった。

「すいません、ご迷惑をかけて。僕、辞めます」

「そうしてくれるとありがたいさー。あの人、会社に怒鳴り込んで来たから、隠しようがなくて。ごめんね、これは未払い分のお給料」

　タマコさんは、食卓の上に封筒を置いた。

「ありがとうございます」

　僕は頭を下げた。とりあえず、警察沙汰にならなくて助かったと喜ぶべきだろう。どんな時にも、最悪ではない状況にまずは感謝しなくてはならない。専務が椅子を引いてタマコさんの横に座った。

「でも、磯村君は真面目にやってくれてるしねえ。どうってことないんじゃないの」

タマコさんが、専務を見た。その表情には、苛立ちが表れている。言いたいことがあるのに、口に出せない苛立ち。そうだ。僕らはカップルと思われている。得体の知れない僕は、専務のお稚児さん。『お義兄さん、いいの。だって』。僕が専務の家に住まわせて貰うことになった時に発せられたタマコさんの言葉の後には、「世間にいろいろ言われてしまいますよ」という警告が続くはずだったのだ。専務は、タマコさんの視線に疲れたように目を逸らした。

タマコさんが帰って行った後、僕と専務は食卓に向かい合った。

「何だかひどい言われようだったね」

専務が笑ったが、顔が強張っている。僕は頭を下げた。

「ほんとにすいません。嘘吐いて」

「いいよ、いいよ。磯村君にとっては、戦争なんだろうから。戦争って、殺し合いだけじゃないからね。自分自身を懸けるっていうかね。ぎりぎりの選択がたくさんあるんだよね。それも良い悪いで計れないことばっかり。難しいさー」

専務はそれ以上、何も言わなかった。僕らは、無言でビールのグラスを合わせ、僕の作った夕飯を食べた。目玉焼きは上手に出来ていた。

風呂を使った後、専務は例によって酔い潰れ、僕は先に布団に入って寝た振りをした。ミカの時と同じ。専務が寝ているうちに、この家を出ようと思った。朝になって状況が悪化するのが怖かったのだ。鼾が聞こえ始めた。僕は、布団の中でこっそり昭光の携帯を開いた。午前四時だ。そろそろ出ようかと決意を固め、起き上がった。暗闇の中、手探りで服を着けた。立ち上がる刹那、僕の左手はがしっと何かに摑まれた。

「磯村君」

隣の布団から伸びた専務の手が、僕の手をしっかり握って離さないのだった。瞬間、僕は大きな声で叫んでいた。

「嫌だ！」

思い出したのだった。万力のように僕の手を摑んで離さなかった年老いた手を。「脱落するな」と言いながら。心臓が激しく鼓動し、僕は息が止まりそうになった。

僕は、見知らぬ人たちと白い車の中で自殺しようとしていた。運転席にはレンタカーを借りて来た中年男。助手席にいるのは、暗い顔をした五十代の女性。そして、後部座席の僕の隣は六十代後半の老人だった。

「一人も脱落することのないようにしましょう」

常に、老人がリーダー的存在だった。何があったのか、半白の髪が逆立って、凄まじい形相をしていた。すでに僕の膝はがたがた震え、他の三人と車中にいることを激しく後悔していた。道なき道を進んで来て、これ以上進めないところまで来たどん詰まりの場所は、ジャングルの真ん中だ。周囲には、生い茂った植物以外何も見えない。

前の席に座った二人は、ひと言も発しなかった。老人が紙コップを取り出して、一人ずつに配った。ポケットから取り出した粉をたっぷり入れて、ウイスキーを注ぎ、割り箸で混ぜた。

「安らかな死の訪れを願って乾杯します。よろしいですか。くれぐれも翻意なきよう。この恐怖を乗り越えれば、安らぎがあることを信じて」

乾杯、という溜息混じりの声がして、僕らは早くも水分で湿り始めた紙コップを合わせて乾杯の仕種をした。僕が全部飲み干すかどうか、老人が見張っている。僕は恐ろしさで手が震え、ウイスキーをこぼした。老人が、言った。

「皆さん、もう一杯あります。それを飲まれる間に、練炭持って来ます」

再び酒が注がれた。僕らが飲む間に、車外で火を熾していた七輪が運び込まれた。

僕は、呆然とそれを見ていた。これでいいのか、これでいいのか。僕の中の僕が囁く。本当にここで死んでいいのか。車内が急に暖かくなり、窓ガラスが曇り始めた。女性が振り向いた。

「皆さん、よろしくお願いします。私は子供を殺してしまいましたの。いろいろ事情があったんですけど、ここで言っても詮ないことですから、言いません。私はあの子のそばに行けて本当に嬉しいです。幸せです。ありがとうございます」

僕は恐怖に飛び上がった。車内に満ちているのは練炭の熱だけではなかった。人間の本物の絶望だった。ドアを開けて逃げようとすると、左の老人が僕の手をしっかと握って離さない。

「さあ、皆で手を繋いで。誰も脱落しないように」

運転席の男が振り向き、僕の右手をしっかりと摑みながら睨んだ。

「逃げるなよ。皆で決めたんだから」

左の老人が僕の左手を握る。死んでいく癖に、皺んだ茶色い手は力強い。僕は気が遠くなった。来るんじゃなかった。こんな爺さんやおばさんと僕は一緒に死んで行くのだ。どうしたらいいんだ。朦朧（もうろう）とした目で外を見ると、曇ったガラス越しに月が見えた。助けて。助けて。この手を離して。

だが、僕がびびっていることを悟って、運転席の男も老人も、意識がなくなりつつあるのに、僕の手を離そうとしない。もう間に合わないのか。諦めた時、助手席の女性が一瞬僕を見て何か言いたそうにしてから、うっすらと目を閉じた。

「ここにいてはいけない！」

僕は叫んでいた。そうだ、「ココニイテハイケナイ」とは、自分自身の言葉だったのだ。僕は意識をなくしつつあった老人の手を振り解き、まだ元気な運転席の男が引き留めるのを必死に抗（あらが）って、その手を振り払った。そして、目張りのガムテープを引き剝がして、車から飛び出たのだった。僕は喘（あえ）ぎながら、山の冷気を吸った。その時、老人が懇願したのを聞いた。

「ドア、ドア」

閉めろ、と言っているのだ。僕は力を籠めて、ドアを閉めた。絶望を封じた気分だった。やがて窓ガラスは、再び曇って何も見えなくなった。

動悸が激しかった。僕は、部屋の真ん中に突っ立って両手をだらりと下げ、ただ泣いていた。専務が横にいるのはわかっていたが、僕にとっては、動かない庭の彫像と同じだった。僕は、思い出した出来事の重みに喘ぎ、立っていられなくなって布団の上に頽(くずお)れた。

第四章　安楽ハウス

1

僕は那覇空港のロビーにいた。勿論、故郷へ帰ろうというのではない。本名も本籍も年齢も、一切わからない僕に、行き先などない。発着便の掲示板を眺めていると、どの街にも縁があるような気がして、寂しいのに希望があるような、奇妙な気分になるのだった。

那覇空港に行ってみようと思いついたのは、名護から那覇行きの始発バスに乗っている最中だった。不意に、空港のアナウンスを聞いた感覚が甦ったのだ。アナウンスを聞いている僕は、迷いと怖れの最中にあった。不思議なことに、記憶を引き出すきっかけとなるのは、常に負の感情なのだ。僕はその時、早朝の突然の記憶の覚醒に打ちのめされていた。

ナイチャーであろう僕が、決められた日にちに確実に那覇に来るのなら、空路しかない。僕が空港で集団自殺のメンバーと落ち合ったのは間違いない。ただ、アナウンスを聞いた記憶は微かで、夢だと言われれば、そうかもしれない、と首を傾げるようなあえかなものではあったが。

それまで、思い出したことは、白い乗用車に乗って国道五十八号を北に向けてひた走ったこと、ジャングルの中で起きたことだけだった。こうして日に日に、薄紙を剝がすように嫌な出来事ばかりを次々に思い出すのかと思うと、怖ろしかった。僕はもう、悲しみや苦しみを味わいたくない。

それにしても、僕は荷物や身許を証明する物をどこに捨てたのだろうか。免許証、携帯電話、あるいは保険証、カードなどを。もしや、空港のロッカーか。いや、そんなはずはない。僕はコインロッカーを見て、その考えを打ち消した。携帯電話の番号を入力する最新型のロッカーだったからだ。僕はもっとひっそりやって来て、荷物や身分証明書の類を処分し、初めて会う仲間と落ち合ったのだろう。

僕は青空と裏腹の暗い気持ちで、空港内を眺め回した。連休直後の空港は、それでも、ウエストポーチを腰に巻いた年配の観光客や、早くも真夏の格好をした暇そうな若者たちで溢れていた。白い床に陽光が跳ね返って眩しかった。大きな水槽の中では、色鮮やかな熱帯魚がひらひらと遊泳している。蘭の花を売る店。小綺麗な土産物屋。カートの車輪が軋む音や、名前を呼ぶ声があちこちでこだまし、誰もが楽しそうに笑っていた。ターミナルの横には観光バスが続々と横付けされ、いち早くタクシーの列に並ぼうとする観光客が、小走りに駆けて行く。

那覇に来るまでのことはどうしても思い出せなかった。なぜ僕は、集団自殺を決意したのだろうか。僕はどういう人間で、いったい何をしでかしたのか。集団自殺を企てるくらいだから、僕の本質は弱いのだろう。その弱さが、古い細胞として剝がれ落ちてくれなかったとしたら。まだ「磯村ギンジ」に巣くっていたら。絶対に嫌だ、と僕は独り言を言った。違う人間になって、強くなりたかった。

今、喉が渇き、腹が空き、誰かとお喋りして理解し合いたいと思う自分がいる。珍しいものを見て喜び、音楽を聴いて安らぎ、豊かに安楽に暮らしたいと切望する自分がいる。昭光と再会したいと願う僕がいる。こうやって生きていることを実感している僕は、過去の絶望していた自分自身を取り戻せないでいる方が幸せなのかもしれない。他人の夢の中に放り込まれた契機は、やっと判明した。そして、その契機を作った原因は、僕をさらに打ちのめす予感がする。

僕ら四人は一様に押し黙ったまま、白い乗用車の座席に座っていた。運転者は太った中年の男で、しきりに煙草を吸っていた。男の全身からは、煙草のヤニとアルコールの饐えたような、厭な臭いが漂っていた。自棄が服を着たら、こんな姿をしているだろう、とでもいうように。男は、一刻も早くこの世からおさらばしたい、とでもいう風に乱暴な運転をした。無理な追い越しや、信号無視。スピード違反。もしかすると、男も死にたくなかったのかもしれない。警官に制止されるのを、どこかで期待していたのかもしれない。

　男が振り向いて、誰にともなしに言った。

「意外と高齢メンバーでしたね」

　僕の隣に座っている老人は何も言わず、苛立った様子でずっと貧乏揺すりをしていた。反対に、助手席の五十代の女性は、まるでピクニックにでも行くように楽しそうだった。振り返って微笑みながら、僕にスナック菓子の袋を渡してくれたり、お腹は空いてないか、と尋ねたりもした。

　僕は僕で、菓子の袋を受け取ったまま、ぼんやりしていた。本当にこれでいいのだろうか、とそればかり考えていたのだった。

「ネット自殺って、みんな二十代の若者だっていうじゃないですか。そんなところに、俺みたいなおじさんが行って嫌がられやしないかと心配したけど、正直ほっとしましたよ」

　運転席の男が、前を向いたまま言った。

「あんた、黙っててくれないかな」

　老人が甲高い悲鳴のような声をあげた。額に青筋が立っていた。老人は、眉間に皺を寄せて目を閉じたままだ。運転席の男は、機嫌を損ねた様子だった。へっと声を出して嘲笑い、ますますスピードを上げた。堪りかねて、老人が諌めた。

「そんな飛ばさないでくれ」

「どうせ死ぬんでしょう」と男。

「本当に全員死ねるなら、うまく事故を起こしてくれ。でも、事故を起こしたんじゃ、また世間に迷惑をかける。折角すべてを片付けて、わざわざ沖縄くんだりまで来たんだから困る。いいか、これが最後の仕上げなんだ。あんた、本気じゃないなら、とっとと帰ってくれ」

　老人の声は細かく震えていた。

「確かに、最後の仕上げですけどね」

男が諦めたように言って、急にがくんとスピードが落ちた。全員、前につんのめった。僕はその時初めて、車窓の左側に長く続く、米軍基地のフェンスを見たのだった。これが沖縄の基地か、と思い、何も見ずに死んでいく自分を哀れに思った。

「ねえねえ、喧嘩しないで。皆で仲良く地獄へ行きましょうよ」

妙に高揚して笑う女の人。そうだ、僕は地獄へ向かっている。そう思ったら、怖くて堪らなかった。膝は震え、手から菓子の袋が落ちた。胴震いが止まらない。がくがくする足が、菓子の袋を踏みつけた。中で砕ける菓子の音。

　その後は覚えていない。気が付いたら、車はジャングルの中を深く分け入っていたのだった。そして、後は。僕は込み上げる吐き気を堪(こら)えた。

「ねえ、きみ。安い宿を探しているんだったら、いいとこ教えてあげるよ」

軽やかな声が降ってきて、僕は目を開けた。陽灼けした髭面の男が立っていた。男の白い歯が陽光に光った。僕は今こうして生きている。よかった、嬉しい。生の実感に、思わず笑みが洩れた。僕の笑いを見た男も、嬉しそうに荷物を置いた。

「今、着いたんだろう。もし、ドミトリーでいいのなら、俺が今までいたところを教えてあげるよ。すごくよかったから」

僕が頷くと、男は大きなナイロンバッグのポケットからパンフレットを出して、僕にくれた。

「俺、これから札幌に帰るんだけど、誰かにこのドミ紹介してやろうと思って、きょろきょろしてたんだ。沖縄に来たんなら、俺みたいに楽しく過ごしてほしいと思ってさ」

善意の連鎖。ああ、僕の暗い過去にはきっとなかったはずだ。僕は喜んでパンフレットを受け取った。「安楽ハウス」とある。さっき考えていたことが具現化したことに驚き、僕は思わず言った。

「安楽ハウスっていうんだね」

「そうそう。いいネーミングだろう」

男が一緒になって笑った。僕はまず料金を見た。一泊千五百円。月三万円。少し高いような気がしたが、今の僕の持ち金だったら三カ月は滞在できる。その間に、どうするか考えればいいことだった。男がバッグを肩に担いだ。

「余計なお世話だったらごめんな」

「いや、ありがとう。助かったよ」

「なら、よかった。何か、行く当てのない顔してたからさ。ついついお節介しちゃったよ」

男が手を振って去って行く。「行く当てのない顔」とは、言い得て妙だ。

早朝、僕が号泣している間、専務はおろおろと周囲を巡っていたが、そのうち何も言わずに布団を被った。僕は専務にすべて打ち明けたい気がしたが、何もかもわかっているような人には逆に言えないものだと感じていた。そして、そのまま荷物を纏めて外に出たのだった。僕が二度と戻らないのは、専務にもわかっていたと思う。

僕は、パンフレットを開いた。古い旅館を改装したゲストハウスらしい。さっきの青年に似た髭面の男が笑う写真が載っていた。「カップ麵七十円。自炊用ボンベ貸し出し百円」などと細かく書いてある。ここにしよう。僕は立ち上がった。次々と剝がれ落ちる細胞のことなど、振り返っても仕方がない。古い細胞の中には、ミカや専務との思い出も含まれていた。いつか本名や年齢を思い出すこともあるだろう。思い出さないかもしれない。だったら、すべて忘れよう。僕は、転がる石のように生きていくつもりだ。

僕は空港内にある郵便局から、専務に葉書を書いて投函した。

大変お世話になりました。本当にありがとうございます。何も説明できずに発つのが、心苦しくてなりませんでした。いつかお話しできる日もくるのかもしれません。その日が早くきた方がいいのか、永久にこなくていいのか、僕にはまだわかりません。でも、専務に受けたご恩は一生忘れません。どうぞお元気で。

磯村ギンジ

こんな葉書一枚で済むとは思っていなかった。だが、今の僕にはどうすることもできないのだ。僕の像だけが専務の庭に残るのかもしれないと思うと、嬉しいのか悲しいのか、それもわからなかった。

2

空港からバスに乗って、国際通りというところで降りた。宿は、国際通りから歩いて五分程度のところにあるらしい。驚いたことに、道の両側にぎっしりと土産物屋や飲食店、旅行会社などが並んでいる。何も知識のなかった僕は、急に賑やかな場所に着いたのに戸惑い、お上りさんよろしく歩道の真ん中で、パンフレットの地図と周囲とを何度も見比べていた。

店を冷やかしながら、のんびり歩いているのは、明らかに観光客だ。特に若い女の子が多かった。今日の風は冷たいのに、平気でキャミソールやタンクトップ、短パンやミニスカートといった、肌を露出した格好をして、楽しそうに笑いさざめいている。昭光が那覇に行きたがった理由がやっとわかった気がして、僕は苦笑した。

ふと、昭光が土産物屋の店先で、調子よく呼び込みでもしていそうな気がした。僕は目を泳がせて、昭光の姿を捜した。似たような格好をした若い男はたくさんいたが、背が高く、ハンサムな昭光はどこにもいない。すぐに見つかるはずなどないのに、僕は少なからず落胆した。しかし、目的の街にやっと辿り着いた、という安堵の思いは確実にあった。

早く昭光に再会して、弾けるような宮古弁を聞きたかった。あの楽天的とも言える怠慢さに苛立ちたかった。そして、積もる話をしたかった。僕が生きていられたのは、夜の山道で昭光と出会ったお蔭なのだ。悲惨な出来事を思い出した今こそ、昭光の存在の有り難さが一層強く感じられる。専務には言えないことでも、昭光には何もかも話せる。僕の体験を聞いたら、昭光はオゴエッと声をあげて驚くことだろう。深刻さを吹き飛ばす暢気さで。

「なんとなんと。ギンちゃん、そら、記憶喪失しても無理はないさいが」

昭光が言いそうな台詞を想像して、僕は思わず笑った。と同時に、切なくなった。イズムたちは昭光の遁走を面白がっていた。でも、僕には、その時の昭光の怯えがよくわかる。僕が真夜中の山中でパニックに陥ったのと同様に。荷物を取りに行く度胸がなく、困り果てている昭光の姿が想像できた。可哀相に、と保護してやりたい気持ちでいっぱいになる。すると今度は、昭光が女の子ばかり追い回しているのが気に入らなくなり、腹立たしくなる。これも自分の性的指向故の悩みなのだろうか、と僕はまたしても落ち込むのだった。

　国際通りの喧噪を後にして、地図を見ながら細い通りに入った。百メートルも歩かないうちに、「安楽ハウス」という手描きの看板が見えた。古い洋品店や雑貨屋、金物屋、ビジネスホテルなどが並ぶ、昔ながらの雑然とした通りだ。安楽ハウスの受付は、古い旅館を改装した建物の二階にあるという。狭く暗い通路を入って行くと、一階はがらんとしたホールのようになっていて、数人の若い男たちが大工仕事をしていた。皆、一斉に手を休めて、入って来た僕を見た。

「こんちは」

　長い髪に柔らかなウエーブがかかっている若い男が、金槌を持った手を挙げた。僕はぎごちなく挨拶を返した。他の男たちも、にっこりと会釈してくれる。何となく嬉しかった。

　階段の上がり口に、上向きの矢印と共に「安楽ハウスはこちら」という札が掛かっていた。ほっとした僕は階段を上った。

　すぐ目に入ったのは、左手の畳敷きのスペースだった。戸を払って、誰もが自由に休めるサロンになっている。壁に作り付けの本棚があって、マンガや文庫本が並んでいた。ギターや三線(さんしん)も壁に掛けられている。隅にはテレビが置いてあり、テレビ台の下にビデオが揃っていた。鴨居に「ゆんたく部屋」と書いたプレートが貼ってある。

　ゆんたく部屋の前の石張りの廊下に、階段を背にしてインド更紗のカバーが掛かった大きなソファが置いてあった。そのソファに、ムームーのような派手な長いドレスを着た若い女の子が、胡座を掻いて煙草を吸っていた。女の子は煙を吐きながら僕をじろりと見たが、何も言わなかった。建物は黒光りして古いけれど、柱も廊下も磨き上げられていて清潔だった。窓はすべて開け放され、風が通って気持ちがいい。

「いらっしゃい。予約貰った？」

長い髪を真ん中で分けて、後ろで結わえた髭面の男が右手奥から現れた。パンフに載っていた顔だ。茶色の雑種犬が、男にぴったり寄り添っている。男は白いTシャツに、灰色のハーフパンツ。ビーチサンダル履きで、陽に灼けた手首に幾重にもミサンガを巻いている。

「いいえ。空港でこのパンフを貰ったので、直接来ました」

僕は手にしたパンフレットを見せた。

「へえ、誰だろう。そんな気の利いたヤツは」

男は嬉しそうに笑った。煙草を吸っていた女の子が、顔を上げて初めて僕を眺めた。

「髭の生えた人でした。これから札幌に帰るって言って」

「じゃ、ヒロちゃんじゃない。今朝、帰ったもん」

女の子が口を挟んだ。ぶっきらぼうな低い声だった。

「え、あいつ帰ったの。俺に挨拶もなく」男がぎょっとした顔をして見せたが、すぐに笑いだした。「あ、俺、出掛けてたんだ」

「そうだよー。カマチン、さっき帰って来たんじゃない。ヒロちゃん、残念がってたよ」

「そっかそっか」

僕をよそに、二人は笑っている。犬が近寄って来て、熱心に僕のジーンズの匂いを嗅いだ。あれから何度も洗ったが、まだ血や泥の匂いが染みついているのかもしれない。そして、練炭の臭いも。僕は落ち着かなかった。カマチンと呼ばれた男が振り返った。

「ごめんごめん。で、きみ、何泊したい？」

「一カ月はいたいんですけど、部屋はありますか」

「ドミでいい？　だったらね、今は男女の相部屋しか空いてないんだけどいいかな。そこはスタッフも一緒なんだけど、構わない？」

男女の相部屋にはびっくりしたが、僕は頷いた。一階で作業している男たちに挨拶された時から、安楽ハウスが気に入っていた。

「もうじき男のドミ部屋も空くから、そっちがよけりゃ、その時移って構わないよ。でも、一応、前金貰ってもいいかな。三万。あ、でも、部屋を見た後でいいよ」

僕がもそもそとポケットを探るのを見たカマチンは、慌てて言った。せっかちだが、公正な感じがした。眼差しに優しさがあって、緊張していた僕の神経はたちまち弛む。一度弛むと、底無し沼のようにどこまでも沈んでいきそうだった。急に疲労を感じた僕は、立っているのが辛くなってきた。

「じゃ、部屋を見て荷物を置いたら、払いに来ます」

「気に入って、いる気になったらな。じゃリンコ、案内してあげて」

「ふぇーい」

リンコと呼ばれた女の子が煙草を潰し、のろい動作で立ち上がった。ひょろひょろと背が高く、狐のような顔をしている。長い真っ黒な髪を肩まで下ろし、化粧気がない。着ているムームーは寝間着なのだろう。ブラを着けていないらしく、豊かな胸が揺れている。だらしないというよりは、ここには気を遣う人間なんて一人もいない、と主張しているようだった。

「あ、僕はね、オーナーの釜田。よろしく」

釜田が手を挙げた。三十代半ばか。ちょうどイズムと同じ年頃だな、と僕は思った。が、イズムが他人に緊張を強いるのに対し、釜田は対照的だった。十歳も年下の女の子にカマチンと呼ばれても、気にしている様子もないし、他人に説教などしそうになかった。イズムは辺りを睥睨し、すべてを支配下に置いて帝国を作りたそうだが、釜田はゲストハウスのオーナーが気に入っているように見える。空港で、僕に安楽ハウスのパンフレットをくれた青年の気持ちがわかるような気がした。

「この犬は、ガブ」

釜田は、茶色い犬の頭を撫でた。犬の首には、黄色いバンダナが巻いてある。僕の匂いを嗅ぐのに飽きたのか、犬はそっぽを向いている。

「じゃ、こっちに来て」

リンコが先に立って、僕を案内した。犬がついてくる。リンコは、右手の厨房に僕を誘った。

「ここが台所。ここにある鍋とか食器とかは勝手に使っていいの、冷蔵庫も。ただし、中に入れる物は名前書いてね。トラブル防止だよ。基本的に、お茶はただ。勝手に飲んでいいの。だけど、カセットコンロのボンベだけは自分で買って。受付で百円。つまり、燃料以外、勝手に使っていいってこと」

リンコの説明はぞんざいだった。「勝手」が口癖らしい。リンコはさっさと移動し、ゆんたく部屋を過ぎて奥の部屋の前に向かった。僕は重い荷物を持ったまま、リンコの後をついて回った。

「ここは女子のドミトリー。十人入れるの。今、満杯」

素っ気ない口調で言い捨て、リンコは階段を上った。犬は階段が苦手なのか、諦めて下で尻尾を振っている。

三階は静かだった。開け放った窓から、すぐ側の赤い瓦屋根や、コンクリートの建物が見える。階段を上がった正面に木のドアがふたつ、さらに左に曲がった先の廊下には、等間隔で部屋が並んでいた。リンコは突き当たりのドアの右手の方を指差した。

「これが男子のドミ。そこも満杯。左側がミックスルーム、つまり相部屋。あんたの部屋はそこよ。どうする、荷物置く?」

「はい、お願いします」

リンコはノックもせずに、ドアを開けた。部屋の両側に二段ベッドが八床あった。どこもかしこも洗濯物だらけだった。床は荷物で足の踏み場もない。リンコが一番奥の暗い隅を指差した。

「あそこが空いてるよ。ちなみに、あたしはここ」

リンコの場所は、一番明るい窓際のベッドの上段だった。きちんと片付いていて、天井からモビールのように小さな下着が干してある。僕は慌てて目を逸らした。だが、こんな狭い部屋で、男女が一緒に暮らしているのだから、下手な遠慮をしても仕方がないのだろう。

僕は自分のベッドに荷物を置いた。薄いカーテンで仕切られた、狭いベッド上だけのプライバシーだが、それでも嬉しかった。これでやっと自由になった気がして、ベッドに座ってみた。硬いスプリング。でも、陽に干した寝具の匂いがした。

「案内行くよ。いい？」

僕の様子を観察していたらしいリンコが、無愛想に言うので、僕は慌てて立ち上がった。リンコはムームーの裾を翻してさっさと歩く。陽光で足の形が透けて見えた。普通の男なら気になるのだろう。僕はまたしても、自分のことを思う。これから若い男女と一緒に暮らすのだから、何度も自分の性的指向を確認する羽目になるのだろう、と憂鬱になりながら。

　リンコが廊下に並ぶ部屋を指した。

「あっちは個室。一泊三千円。いいでしょう、クーラー付いてんのよ。一度泊まってみたいよね。奥の右手はトイレ。トイレは二階にもあったけど、気付いた？」

　いや、と首を振る僕などお構いなしに、リンコは喋り続けた。

「そこが洗面所。左の奥がシャワー室。シャンプーとリンスと石鹸は勝手に使っていいの。タオルは自前だけどね。あと屋上に洗濯機があって、そこも勝手に使っていいんだけど、洗剤は自分で買うの。受付で百円で売ってる」

　僕は、ミカの部屋での出来事を思い出した。ミカや聡美に後ろめたさを覚えながら洗った体や衣服。何も持たなかった丸裸同然の僕。遠い昔のような気がした。ぼんやりしている僕を、リンコが横目で見た。

「何か質問ある」

「いや、ないです」

「じゃ、あたしからしていい？」

　僕は身構えた。職業を聞かれたら、フリーターと言えばいい、住所を書く時は三鷹市の住所を使おう、などとバスの中で考えてきたことを、懸命に思い出す。

「あんた、何て名前。一緒の部屋だから、聞いておこうと思って」

「磯村ギンジです」

　躊躇(ためら)いなく言えた。

「ギンジさんかあ」

リンコが初めて笑った。両の八重歯が目立って目尻が下がり、取り澄ました狐顔が、劇的に魅力的に変わった。

「カッコいい。カマチンに教えてやろうっと」

そう言って、階段を下りて行ってしまった。脱力した僕は、二階を見下ろした。まだ階段の下にいて僕を見上げていた犬と目が合った。気の抜けた午後だった。ゲストハウス全体が、だらっと弛緩した空気に包まれていて、眠気を誘う。

僕は部屋に戻って、指定された自分のベッドの上で荷を解いた。荷物の置き場所に困ったが、ベッドの下に入れられそうなので、昭光のリュックはビニール袋にくるんで下に押し込んだ。金と携帯は常に携行している方が良さそうだ。僕は、有り金全部と昭光の携帯をジーンズのポケットに入れた。

相部屋を出て、隣の男子ドミトリーを覗いた。カーテンは開いていたが、何人かまだ寝ている様子で、静かな鼾（いびき）が聞こえていた。相部屋より、片付いていて遥かに明るかった。

金を払うために二階に下りた。受付とは名ばかりで、小さな机が置いてあるだけだ。リンコの姿は見えなかった。代わりに、女子のドミトリーに滞在しているらしい二人組が、ソファを占拠していた。二人共、ぞろりとした長いスカートを穿（は）いているので、聡美を彷彿とさせた。僕は会釈したが、女の子たちは携帯メールに夢中で顔を上げない。

階段を勢いよく駆け上って来る足音がして、釜田が現れた。

「お、磯村ギンジさん。カッコいい名前だって、リンコが言ってた」

僕は苦笑いする。

「お金払います」

「ありがとう。じゃ、これに名前と住所書いてくれる？」

釜田が机の引き出しから、大学ノートを取り出した。ボールペンで線を引いただけの簡単な宿帳だ。僕は気が楽になって、嘘の名前と住所を書いた。電話番号の欄には、昭光の携帯番号を入れた。

「三鷹なの？」

釜田が嬉しそうに言ったので、はっとした。

「俺の学生時代の彼女って、そこに住んでてさ」

「そうですか」僕は顔を上げなかった。

「それがいい女でさ。数カ月付き合っただけで、すぐ他の男に取られちゃった」

「じゃ、彼女と言わないんでは」

話が逸れてほっとした僕が茶化すと、釜田は大口を開けて笑った。

「ま、そういうことだよ。だから、三鷹って地名が出ると、今でもドキッとする」

僕は、名護の百円ショップで買ったビニール製の財布をポケットから出した。金を払う前に、値切ってみた。

「釜田さん、男子ドミでも三万で、相部屋でも三万なんですか。今、男子ドミを見たんですが、相部屋はちょっと損なような気がしたんですけど」

釜田は両手で額を擦る真似をした。

「基本的には同じ料金なんだよ。ただ、俺の方からも言おうと思っていたんだけどさ、あそこはスタッフもいるから、必然的に荷物が溢れてるんだよね。環境は確かに良くない。わかった。ギンちゃんには二万八千円でいこう。どう」

僕の目論見では二万五千円にして貰うつもりだったが、あまりしつこくしない方がいいだろう。

「ありがとうございます。すいません、勝手言って」

「いいよ、構わない。交渉は当たり前だ」

釜田はそう言った後、不思議そうに僕を見た。

「ギンちゃんて、何してたの」

「フリーターです。何でですか」

釜田は、悪い悪い、という風に手を振った。

「そんなにムキになるなよ。ここに来るヤツらって素直だから、ちょっとびっくりしたんだ。何か、筋金入りのバックパッカーかな、とか思って」

なるほど。安楽ハウスで仲間に溶け込むには、素直で受け身がいい、ということだ。

僕はひとつ学んだ気がした。ここで三カ月、いや、それ以上暮らす。そう決心していた。

「釜田さん、ちょっと聞きたいことがあるんですけど」

「カマチンでいいよ」釜田は人の好い笑いを浮かべた。「リンコはそう呼んでる」

僕にはできそうにない。困惑して、目を逸らした。

「僕は初対面の人にそんな言い方できないです」

僕は堅苦しいのだろうか。すぐに周囲に溶け込むことができない。昭光だったら、もっと調子がいいだろう。ああ、昭光と二人で旅しているのなら、もっと楽しいだろうに。

「いいよ、好きに呼べば」

釜田は磊落に笑った。いつの間にか、ガブが尻尾を振りながら、僕を見上げていた。

僕はその後、釜田からカセットボンベとカップ麺を買った。合計百七十円。台所に行って、湯を沸かし、カップ麺を作る。今度は米を炊いてみようかと考えつつ、台所の隅で立ち食いしていたら、通りかかった釜田が声をかけてくれた。

「何だ、立って食べてるのか。ゆんたく部屋で食べなよ」

礼を言うと、釜田が尻ポケットから煙草を取り出してくわえながら言った。

「ギンちゃんは、ゲストハウスに泊まるの初めてかい」

「そうです」

僕は躊躇いながら答えた。経験を問われるのが苦手だった。泊まったことがあるのかもしれないのに、ない、と答える僕。嘘ではないけれど、結果として嘘になることもたくさんあった。「磯村ギンジ」を強く生きようと思っても、ほんのひと月前に生まれたばかりの人間なのだから、答えられることは、そうないのだった。

「自分のうちだと思って、好きにしていいんだよ。金払ってるんだしさ。公共の範囲内ならってことだけどね。ゆんたく部屋は、お喋りする場所だから、みんなのリビングルームなんだ。あそこで寝転んだり、テレビ見たり、好きにやりなよ」

「ありがとうございます」

釜田は愉快そうに僕を見て、煙を吐いた。

「俺はこう見えても、実は、礼儀正しいヤツは好きなんだよ」

それが、堅苦しい僕を許容していることかと思い、僕は少し気が楽になった。誰かに許容されたい自分がいる。昭光や専務のように。ゆんたく部屋に行くまでもなく、カップ麵はあっという間になくなった。

階下から、どやどやと男たちが二階に上がって来た。ホールで大工仕事をしていた若い男たちだ。全員、スタッフだったらしい。休憩なのか、タオルで汗を拭いながら、煙草に火を点けたり、アイスクーラーからさんぴん茶を茶碗に注いだり、一気にゆんたく部屋が賑やかになった。釜田が僕を手招きした。

「おい、ギンちゃん。紹介するからおいでよ」

僕は嫌々、ゆんたく部屋に向かった。自己紹介させられたらどうしよう、とパニックになりそうだった。だが、男たちが好奇心に満ちた目を僕に向けているので仕方なしに近付く。

「今日から相部屋に入る、磯村ギンジ君。紹介するよ。これが、小沢」と、釜田が言った。

小沢と呼ばれた男が、僕に「こんちは」と声をかけてくれた天然パーマの男だった。二十五、六歳で、優しい面立ちをしている。ミヤちゃんは、眼鏡を掛けた大人しい男。長髪、髭だらけで黒いニット帽を被ったフウヤンは犬が好きらしく、迷惑そうに暴れる犬を抱き締めて放さない。

「ギンちゃん、自己紹介してくれよ」

釜田が僕を促した。助けてくれ、と僕は心の中で叫んだ。しかし、ゲストハウスは自分のうち。その通過儀礼が行われているのだ。

「磯村ギンジです。内地ではいろんなことしてました。ひと月前に沖縄に来て、名護の石材店でバイトしてました。那覇をいろいろ見たいと思ってます。よろしくお願いします」

嘘と真実を織り交ぜ、僕は何とか紹介を終えた。すぐに、まばらな拍手が起きた。ソファに座って携帯を眺めていた女の子たちも、儀礼的に手を叩いている。僕はほっとして一礼した。

「石材店ってきついよね。俺も前に派遣で行かされたことがあったけど、並大抵じゃないよ」

フウヤンが気の毒そうに僕を見た。

「沖縄の墓はでかいから、クレーン使うんだろう」

釜田が笑った。

「大事業ですよ。宮殿みたいなんだもん」

フウヤンが言った後、会話が途切れた。釜田が話題を変えた。

「小沢は、三月まで南大東島にいたんだ。キビ刈りやってたんだよな」

「そうです」と小沢がにこにこして、僕を見た。ミヤちゃんは恥ずかしそうに俯いて、煙草を吸っている。皆、そう語りたがる人間ばかりではない。やっと僕は緊張を解いて、畳の端に座った。

やがて休憩時間が終わり、男たちは一階に下りて行った。僕も部屋に戻り、ベッドに横たわった。途端、放心した。あまりにも目まぐるしい変化に、心がついていけないのだ。昨日のタマコさんとの会話、専務との別れ。そして、思い出した事実の重み。僕は両手で顔を覆った。もう一度記憶喪失になれないだろうか、と本気で思った。辛かった。僕は、あの乗用車のドアを閉めたのだ。そのうち、僕は寝入ってしまった。部屋のドアが開いて誰かが出入りしたり、ベッドが軋む音が聞こえたりしたが、僕は朝まで眠り続けた。

3

突然カーテンが引かれ、リンコに起こされた。

「ちょっとちょっと、ギンちゃん。起きて手伝ってよ」

僕は後味の悪い夢を見ていたらしく、しばらくぼんやりした。夢の内容は忘れたが、苦さが舌に残るように、苦しさだけがまだ僕の心臓をどきどきさせていた。

悪夢から醒めてよかった、とも思えない現実が、また始まろうとしている。だが、悪夢
「あんたさあ、昨日の夕方から寝てるんだよ。知ってるの？　十八時間くらい寝てるんだよ。カマチンなんか心配しちゃって、何度も見に来たんだから」

僕は驚いて半身を起こした。昨日の服装のままだった。慌ててポケットを探ったが、財布も携帯もそのままだ。リンコが意地悪く言った。

「この部屋じゃ誰も盗らないよ。安心しな」

部屋には誰もおらず、陽光の中に埃が舞うのが見えた。チンダル現象。そんな言葉が浮かんで、僕は戸惑う。なぜ、そんな言葉を知っているのだろう。

「何を手伝うの」

「布団干し。午前中に干しておく仕事があるの。今日は絶好の布団干し日和だよ」

リンコは、自分のベッドから布団を引きずり下ろしながら答えた。

「僕はスタッフじゃないよ」

僕は文句を言った。リンコが布団を隣のベッドに置いて、僕のところに戻って来た。昨日と同じムームーを着ている。よく見ると、オレンジの地に蘭の花を描いた綺麗な柄

だった。昨日の僕は、そんなことにも気付かなかったらしい。

「あのさあ、教えてあげるけどね」リンコが声を潜めた。「スタッフじゃなくても、こういうことを率先してやってると、心証が良くなるでしょう」

「誰の心証？」

リンコは呆れた風に、か細い腕を組んだ。

「カマチンのに決まってるじゃない。いい？　カマチンはね、あれで結構、人を見てるんだよ。で、人柄のいい子だけをスタッフに誘うの。だから、仕事じゃなくても、こういうことはやっとくと後でいいのよ」

リンコの弁でいけば、下で大工仕事をしている小沢やミヤちゃん、フウヤンたちはスタッフだから、人柄の良さで選ばれたことになる。確かに、皆心優しそうで、自分ではない誰かのために、好んで働きそうだった。誰かとは釜田なのか。それとも、この安楽ハウスという共同体のためか。

「きみもスタッフになりたいの？」

リンコは少し恥ずかしそうに伏し目になった。

「そりゃそうだよ。スタッフになったら、ここで暮らすの無料(ただ)だもの。少しだけど、お小遣いも貰えるし。楽しいじゃない」

ふと疑問が生じた。

「じゃ、きみは今、何してるの」

リンコは、僕の問いにせせら笑った。

「あんたと同じだよ、ぶらぶらしてる。お金がなくなったら、その辺で水商売」

「下にいる小沢君たちは、スタッフになる前は何してたんだろう」

「ボラバイトとかやって、ある程度貯まったら遊んだり、ここに来て手伝ったりしてるんでしょう。フウヤンはミュージシャン志望で、ミヤちゃんは五年くらい世界を放浪してたって聞いた」

リンコは、僕が質問ばかりするので、少しうんざりした様子だった。ボラバイト。聞き慣れない言葉だった。島でのキビ刈りみたいな仕事のことだろうか。

僕は廊下の洗面所で歯を磨き、顔を洗った。ミカのブルーのタオルで顔を拭く時、気が引けて、つい周囲を見回した。ミカに泥棒と言われたのが、こたえていた。何て気弱なヤツだ、と僕は鏡を見ながら苦笑した。鏡に映った僕の顔は、山から下りて来て、コンビニで検分した時の顔とかなり違って見える。真っ黒に陽灼けして、頬が締まっていた。眼差しが太々しくなり、口許に冷笑が浮かんでいる。そりゃ、そうだろう、集団自殺の生き残りなんだから。どこにこんな経験をしたヤツがいる。あまりのことに笑みさえ浮かぶ自分が、不思議でならなかった。

「屋上まで運ぶの大変なんだから、少しやってよ」

リンコが布団を抱えて、僕の横を通り過ぎて行く。僕は頷いた。だけど、釜田の心証を良くするためだけになんか働きたくなかった。僕が釜田なら、逆に鼻白むだろう。

洗面道具を持って部屋に戻ると、小沢が帰っていた。Tシャツを着替えている最中で、恥ずかしそうに陽灼けした背を向けた。

「汗掻いちゃってさ。今日は暑いよ、真夏みたいだ」

小沢が僕のベッドの前で着替えているので、僕は入り口で終わるのを待っていた。小沢は振り向いて、おずおずと聞いた。

「あのさ、ギンちゃん、具合悪いの」

「いや、大丈夫だよ。どうして」

小沢はたちまち顔を赤らめた。話したことを後悔しているようだ。

「俺のベッドって、ギンちゃんの上なんだけど、ゆうべ、すごくうなされていたから心配になってさ。あ、これ、言わなきゃよかったかな」

僕の顔色が変わったのを見て、小沢は困惑したように目を逸らした。僕は、寝言でまずいことを言ったのではないか、と焦ったのだった。

「いいよ、ありがとう。僕、疲れてたんだ。うるさくなかった？」

「いや、そんなことないよ。ほんと、ごめん。気にしないで」

「寝言言ってた？」

「いや、そんなことないよ」

小沢は何度も手を振って否定した。異様な気の遣いように、僕は疲れを覚えた。そしてまた、詮ないことを思うのだった。昭光は気楽でよかった、と。小沢が出て行った後、僕は自分の布団を肩に担いだ。

屋上の布団干し場に行くと、竿に大量の布団が掛かっていて壮観だった。僕は何とかスペースを見つけて自分の布団を干した。リンコが煙草を片手に、布団のカーテンの間から顔を出した。

「ここ、いい眺めでしょう」

うん、と曖昧に答えて、目を遣る。雑然とした家並みの向こうに、大きな青空が見えた。その向こうには海があるのだろう。たいした景色とも思えない自分がいる。僕は、生半可なことでは感動しなくなっていた。

「あたしのお母さん、去年死んじゃったのよ。癌だったから、自分でももう駄目だってわかってたらしくて、『空が見たい』って、そればっか言ってたよー。だってさ、鹿児島の病院に行ったもんだから、四人部屋の一番廊下側なの。見えっこないさー。カーテンに囲まれた覆いの中で死んでいくの嫌だって思ったんじゃない。個室にしてって、お父さんも何度も病院にかけ合ったけど、どうしても駄目、の一点張りでどうしようもなくてさー。お母さん、カーテンの中で死んじゃったんだ。だから、青空見ると、お母さんが可哀相になる」

最後は涙声だった。

「それが、ここに来たきっかけ？」

僕の質問に、リンコがきっと向き直った。

「違うよ、前からこんな生活さー。何で、そんな風に言うの」

リンコは怒って行ってしまった。僕は自分の質問の何が、リンコの気分を損ねたのかわからなかった。すぐ後で、まず母親の死に対してお悔やみを言うべきだった、と気付いたが、僕にとっては、リンコの母親の死などどうでもいいことだった。心に余裕がなくて、世辞や冗談を言えなくなっている。ましてや、思い遣りなど。

僕は、知り合ったばかりのリンコが他人にそんなことを話すのは甘えだと感じたし、なぜここに長くいたいのかも、まったく理解できなかった。僕は金がないから、ゲストハウスに滞在するしかない。金が貯まって部屋が借りられたら、一人になりたかった。だが、こんなその日暮らしをしていたら、一生部屋なんか借りられそうにない。

僕の心の底には、誰にも救えない焦燥と絶望がある。それを覆い隠して、集団の中で「磯村ギンジ」を生きなくてはならないのだ。手一杯で、他人を思い遣ることなんか、到底できない。僕は、早くも、仲の良いゲストハウスの仲間たちに疲れを感じ始めていた。

空腹だったので、二階に下りてカップ麺を買った。昨日と同じく、台所で立って食う。女の子が二人入って来たので、調理場を譲った。女の子たちはソーメンを茹で始めた。市場で買って来た総菜と合わせて食べるのだろう。見ていると唾が溜まったが、僕には、あれこれ食事を工夫するゆとりもなかった。

何もすることがなくなった僕は、ゆんたく部屋で備え付けのガイドブックを熟読した。

銀次の店、「エロチカ」はガイドブックには載ってなかった。がっかりした僕は、那覇市の地図を頭に叩き込み、電話帳で調べてみようかと思った。あるいは、受付にある古いパソコン。インターネット自由、と書いてある。だが、僕は集団、つまりネット自殺の生き残りだ。ネットおたくだったかもしれない自分と、まだ向き合いたくない。

階下から釜田が上がって来た。今日は頭に白いタオルを巻いている。

「ギンちゃん、爆睡したんだってな」

タオルで額の汗を拭いながら、釜田が声をかけてくれた。その目に労りがある。何かあったんだろう、と言いたげな。昨日はそれにとろけそうになったが、今日の僕は違っていた。釜田が僕に好奇心を感じていることを察知し、警戒した。

「久しぶりにぐっすり寝ました。僕、あまり休みがなかったんで」

「そう。そりゃよかった」

釜田は、心底嬉しそうに、白い歯を剝き出して笑った。僕のささやかな嘘は成功したようだ。もっと嘘を吐け、と自分が自分に命じる。

「那覇は観光？」

釜田が、僕の膝の上のガイドブックを見て聞いた。

「初めての街だから、そんなようなものです」

僕は言葉を濁す。釜田はまだ何か話したそうだったが、一階からフウヤンが呼びに来たので、階段を下りて行った。大工仕事を手伝っているのだろう。

今度は、男子ドミに滞在している、一人旅らしい少年が話しかけてきた。坊主頭で、額にニキビがぽつぽつと出ている、剽軽な顔をした少年だ。さっきからソファの隅で、ガイドブックを眺めていた。

「あの、すいません。一人ですか？」

「そうだけど」

「だったら、一緒に首里城とか、玉陵とか回りませんか」

僕と釜田との会話を聞いていたらしい。なのに、僕はこんな言い方をしてしまった。

「ごめん。僕、金遣うの嫌なんで」

少年はがっかりしたように立ち上がり、どこかに行ってしまった。僕はゆんたく部屋で、マンガや雑誌を読み耽った。読んだ覚えがあるもの、ないもの。過去に経験があったかどうか、吟味することにさえ疲れてきている。畳にごろりと寝転んだ。

リンコが階段を下りて来て、ソファの上で胡座を掻いた。ポケットから煙草を出して火を点けた。何も言わずに、煙草を吹かしている。

「リンコさん」

僕の呼びかけに、リンコはしばらく知らん顔をしていた。初めて気付いた振りをして、こちらを見る。

「あのさ、『エロチカ』ってバー、知ってる」

何だ、とリンコは苦笑した。

「さっきのこと謝るのかと思ったよ」

「あ、ごめん」

こんな安い言葉でいいのか。こんなに心が籠ってなくていいのか。僕は可笑しかったが、リンコは満足したらしい。まんざらでもない顔をした。ああ、僕は人が悪くなった、と感じる。

「そこ知ってるよ」と、リンコが言った。「ニューパラダイス通りの裏にあるとこでしょう」

僕は慌ててガイドブックを広げ、ニューパラダイス通りを見つけた。こんな近くにあったのか、と驚いた。

「どんな店」

リンコは肩を竦めた。

「何の変哲もない店だよ。カウンターだけで、一杯飲み屋みたいな、ださい店。若い人がやってるの。外人とかがよく来るって聞いた。ねえ、何で」

僕は素っ気なく答えた。

「何となく」

へえ、とリンコが曖昧に頷いて、僕の顔を窺った。画策や詮索するのが好きそうだから、いろいろと考えているのかもしれない。僕は僕で、今日店に行って、銀次を見てやろうと思っている。連絡は取っていないようだが、いずれは昭光も店に現れるはずだ。

リンコが、ねだった。

「ねえ、そこに行くなら、連れてって。飲みに行きたーい」

「悪いけど、一人で行きたいんだ」

僕が断ると、リンコは傷ついたようにさっと目を伏せた。誰かに構ってほしいのだろう。僕は無視して、ガイドブックを読み続けた。

突然、ポケットの中の携帯が鳴った。取り出して発信元を見ると、「オヤジ」とある。僕はどうしていいかわからず、硬直したまま発信音が鳴るに任せている。

「どうしたの、出なよ」

迷っているのを見て、リンコが怪訝(けげん)そうに言ったが、僕は液晶画面を見つめたままだった。鳴り終わった後、留守番電話の表示が出た。僕は愕然としていた。昭光は、「オヤジ」は女とどこかに逃げた、と言ってなかったか。銀次のことも然り。初めて会った頃、昭光の携帯にオヤジと表示があったことを思い出す。始終、オヤジから連絡があるのだ。昭光は僕に真実を話していない。素朴な島の少年、とどこかで思い込んでいた昭光にまんまと騙された。僕は唇を噛んだ。何もかも話せる、と僕は思っていたのに、昭光は僕に真実を告げていなかったのだ。

「ねえ、何で出なかったの」

リンコがしつこく聞くので、僕は無視した。勝手にずかずかと踏み込んでくるリンコと話すのが、面倒臭かった。

三時の休憩時間になり、階下から釜田や小沢たちが上がって来た。下の作業場は暑いらしく、全員、汗臭かった。釜田が腰に差したウチワでバタバタと顔を扇いだ。ばてたのか、小沢もミヤちゃんも、畳の上に横たわって何も言わない。フウヤンは立ったまま煙草を吸っている。場所を譲った僕は廊下に立って、釜田に尋ねた。

「下で何を作ってるんですか」

「スペース余ってるんで、食堂作ってるんだよ。泊まり客じゃないヤツも呼び込んで、あとライブとかもやれるようにしようと思ってさ」

「あのねえ、フウヤンはミュージシャン志望って、言ったよね」

リンコがフウヤンを指差して言ったが、当のフウヤンは恥じ入ったように照れ笑いして、答えない。

「レゲエやるんだよね。ギターとかチョーすごいよね、ね。ミヤちゃんだって、一人で世界一周してたんだよ。自分で貯めたお金で五年間も、偉いよね」

リンコは、僕に聞かせるように、仲間を自慢し続けている。

「リンコだってすごいじゃん。こないだ、キャバクラのバイト先で殴り合いの喧嘩したんだろう」

釜田がまぜっ返すと、リンコはつんとした。

「あれはセクハラされたからだよ。生きてくのって大変なんだからさ、そうでしょ。小沢君だって、キビ刈り大変だったでしょう」

「南大東島に行ったんだよね。あそこって断崖に囲まれてるから、荷物も人間も、船からコンテナで埠頭に運ばれるんだって本当？」

フウヤンがリンコに同調して小沢に聞いた。小沢は足を抱えて畳に座り、穏やかに笑っている。

「そうなんですよ。こないだの台風の時なんか、岸壁に当たる波の振動で震度2を記録したって」

すげえ、とフウヤンが小さな声で呟いた。

「北大東島と南大東島の間って、数千メートルの海溝なんだってな。大海原の中の高峰って感じだね。俺もさすがに行ったことないよ」釜田が口を挟んだ。「ある？」

「いや、ないすね。ただ、インドに行った時、変な無人島に幽閉されたことありますよ」

肘で頭を支え、涅槃仏のように横になったミヤちゃんがのんびり答えた。

「何だ、それ」と釜田。

「宝石買わせたかったらしくて、出て行かせてくれないんですよ」

「やべえな」

「誘拐だよ、それ」

四人の話はだらだらと続いている。リンコが楽しそうに笑っている。不意に、僕は自分の経験を話したくてうずうずしている自分に気付いた。いや、話したいのではなく、自慢したいのだった。ここにいる誰の厳しい経験も、僕のしでかしたことに比べれば、たいしたことではない。僕は、安楽ハウスの仲間たちを見下している自分に気付いた。今朝、屋上でリンコを怒らせたこともそうだ。リンコにとっては大きな母親の死も、僕から見ればたいしたことではない、という気持ちが底にあったからだ。僕は、集団自殺の生き残りという悲惨な過去によって、意味のない優越感を持ったらしい。自分が堪えられなかった。

「ちょっと出掛けて来ます」

僕が急に立ち上がったため、リンコが僕を指差して責めた。

「カマチン、付き合い悪いねー。この人」

釜田が首を竦めた。

「いいんだよ、自由なんだからさ」

「そうだけど、協調性ないよ」

男たちは一斉に、戸惑ったような視線を僕に投げかけた。

僕は表に出た。まだ五月だというのに、真夏のような暑さだ。ジーンズでなく、ハーフパンツを穿いて来ればよかったと後悔しながら、国際通りに向かった。

途中、ビルの陰で昭光の父親からの留守電を聞いてみた。勿論、疚（やま）しさを感じながら。

「あっがいー、アキンツ。何でやーに連絡しないかー。おかあもだいず心配して、泣いてるさーよー。あと、ひと月連絡なかったら、携帯電話止めるからなー。いいかー、わかったかー。それが嫌なら、電話しーくーよー」

間違いない。夜中の山道で昭光が話してくれたことは、全部嘘だ。僕は昭光に裏切られた思いを消すことができず、苦しみながら繁華街をほっつき歩いた。店先で突然立ち止まる観光客の背に何度ぶつかったことだろう。いつの間にか、僕は賑やかな市場の通りを歩いていた。溢れる品物と人に疲れ、小便臭い裏路地に入る。小さな荒物屋で洗剤と小ぶりのピンチを買った。僕は、その嵩張る袋をぶら提げてなおも歩き回り、暗くなるのを待った。

バー「エロチカ」には、土地の人に何度も教えて貰って、ようやく辿り着いた。通りに面したカウンターがあるだけの、小さな店だ。客は通りに背を向けて、止まり木に座る形になっている。椅子は五脚。「erotica」の文字の形をしたピンクのネオンサインが、板張りの壁に掲げてあり、カウンターを桃色に染め上げていた。

まだ客はおらず、若い男がカウンターの中に立ち、手持ち無沙汰に煙草を吸っていた。あれが、宮古島の銀次だろうか。僕は思い切って、止まり木に腰掛けた。僕が、昭光の携帯から電話した人物だとはわかるまい。人の悪い喜びが、どこかにあった。

「いらっしゃーい。何にします」

バーテンの鼻にかかった甲高い声は、電話に出た当人だと思われた。やや太めの体に、浅黒い顔。Tシャツにジーンズ、キャップを被っている。鼻が少し曲がっていて、光線の加減や顔の向きで、醜く見えたり、はっとするほど美しく見えたりする、奇妙な顔だった。

「ビールください」

「いろいろあるんだけど」

銀次は、薄笑いを浮かべながら背後の棚を指差した。色とりどりの缶ビールが綺麗に並んでいる。僕は一番安いオリオンビールを頼んだ。

「はい、オリオン一丁」

口を歪めて復唱する顔が、下品だった。昭光は、こんな男のどこが気に入って、僕に同じ名前をくれたのだろう。理由を知りたかった。銀次がビール缶をカウンターに置いた。

「三百円お願いします。ここ、前払いなんで」

僕は財布の中から、百円玉を見つけて支払った。カップ麺四個だと思いながら。

僕の声音から、電話をした主だとばれやしないか怖かったが、勇を鼓して聞いてみた。

「この店はいつからやってるんですか」

銀次は、カウンターの中で焼酎らしい透明の液体をひとくち飲んだ後、朗らかな口調で答えた。

「半年前かな。朝から晩まで働いて金作って、やっと出せたんですよ。このカウンターも椅子も手作りですよ。でも、何とかやってます」

昭光が宮古弁丸出しなのに比べ、銀次は滑らかな標準語だ。それも、銀次の強(したた)かさを感じさせた。

「だって、まだ若いんでしょう」

「幾つに見えます？」

　銀次は、僕を見てにやりと笑った。自信たっぷりで、自分が負けることなんか想像もしていない顔だ。それに、質問に質問で答えるやり方も気に入らない。僕は何となく腹立たしかった。

「二十五くらいかな」

　わざと年上に言ってやったのだが、銀次は大真面目で「当たり！」と答えた。嘘だ。銀次はまだ二十歳そこそこに見える。若い男が世慣れた風を装っているのが不快だった。

　銀次は、有線のチャンネルを変えた。聞き覚えのある曲が流れた。思い出せない。僕は曲に纏わる、ある情景を思い出そうとしていた。それが何なのか、わからず苛立った。記憶の尻尾の先っぽなのか、それとも、沖縄に着いてからの記憶なのか。何も摑めない。

「この曲、何でしたっけ」

　銀次は、へっと驚いたような顔をして見せた。

「ＢＯＯＭの島唄でしょう。もう、沖縄の民謡みたいなもんすよ」

「なんとなんと。沖縄の民謡ってか」

　僕がわざと昭光の口真似をすると、俯いていた銀次の横顔が硬くなったような気がした。

「お客さん、どちらから」

「僕、ナイチャーだよ」

銀次はにやりと笑って、またひと口、焼酎を飲んだ。

「内地のどちらから」

「東京」

銀次が、顎を掻いた。人差し指に、銀色の大きなドクロの指輪をしている。

「きみは沖縄の人？」

僕がこう聞いた時だった。突然、後ろから女の声がした。

「銀ちゃん」

僕は自分が呼ばれたのかと思い、驚いて振り向いた。見知らぬ若い女が立っていた。茶色い長い髪をふたつに分けて耳の上で縛り、ピンクのリボンを結んでいる。陽灼けした顔に、ぬらぬらした蛍光色のピンクの口紅を厚く塗り、瞼(まぶた)の上は薄いブルーだ。あどけない顔に、派手な化粧が可愛かった。白いタンクトップにジーンズのミニスカート。素足に白いカウボーイブーツを履いている。映画か雑誌のグラビアの中から飛び出して来たみたいだった。

僕は戸惑った挙げ句、やっと勘違いに気付いて向き直った。だが、僕の唖然とした顔を見た女は驚いている。

「何だよ」

銀次がぞんざいな口調で返事した。女がカウンターの戸を押し上げて中に入り、銀次の耳許に何か囁いた。銀次がポケットを探り、金を渡している。僕の三百円まで渡したところを見ると、余程、金に困っているのだろう。僕は見ない振りをした。女が手を振って去って行く。銀次が僕を見た。目つきがきつくなっていた。

「何の話でしたっけ」

「沖縄の人かどうかって」

「ああ」と、銀次は頷いた。どう答えようか迷っている風だ。とうとう口を開く。「宮古島なんですけど、行ったことあります？」

「ないよ」

「ほんとに？」

肚の探り合いが続く。僕がさっき昭光の口真似をしたので、警戒しているのだろう。そして、振り向いたことも。僕はオリオンビールを飲んだ。そろそろ、なくなりつつある。一杯で粘るつもりだったのに、と残念に思った。

「ギンちゃん」

また女の声がした。僕は振り向かなかった。カウンターの中の銀次は、ぎょっとした顔をしている。後ろから、肩が叩かれた。

「ギンちゃんてば。通りかかったら、いたから」

リンコだった。僕は露骨に嫌な顔をしたのを隠せなかった。銀次は、僕の表情も観察している。

「同じのちょうだい。オリオンビール」

リンコは、許可も得ずに、僕の隣に腰掛けた。ノースリーブのTシャツと短パンに着替えていた。化粧をしているせいか、昼間よりずっと美しく見えた。が、さっきの女の子には敵わない。リンコは、長い手脚を持て余すように、狭いカウンターの下で脚を組み、カウンターに頬杖をついた。

「三百円です」

銀次が缶ビールを置いた。リンコはちらりと僕を見たが、僕が素知らぬ顔をしているので、渋々コインを出した。銀次がそれを見て、可笑しそうに笑った。笑うと、好人物に見える。

銀次が僕の目を見た。

「お客さんもギンちゃんて、いうんですか」

「そうだよ」仕方なしに答える。「ギンジっていうんだ」

「俺と同じですよ。俺も銀次」

銀次は悪戯っぽく笑いながら、煙草をくわえた。くわえかたに色気があった。

「僕はカタカナだけど、きみは」

「俺もカタカナなんですよ。偶然ですね、信じられないな」

銀次は嘘吐きだ。それとも、昭光が登録した名の「銀次」が間違っているのだろうか。

混乱した僕は、思い切って聞いてみた。

「じゃ、苗字は何ていうの」

「下地ですよ。宮古じゃ、多い名前です。お客さんは？」

「僕は磯村」

「もしかして」銀次は、煙草に火を点けながら僕の顔を見遣った。「お客さん、こないだアキンツの携帯から電話くれた人ですか」

もうごまかせなかった。僕は不承不承頷いた。

「そうだよ。きみがお店の名を教えてくれたから、一度来てみようと思ってさ」

「何だ、そうか。結構、人が悪いな。最初に言ってくれりゃいいのに」

銀次は気分を害したらしく、鋭い目をした。

「すいません。何か、言いそびれちゃって」

しかし、僕は正体を明かさずに観察しようとしていたのだ。銀次はそのことに気付いている。互いに口を閉じ、気まずい雰囲気になった。

「えー、同じ名前なの。そんなことあるんだ。ギンちゃんと会って名前聞いた時、カッコいいと思ったけど、他にもいたんだね」

リンコが目を丸くした。銀次が苦笑する。おかげで、何となくうやむやになったものの、僕は、リンコが余計なことを言いやしないかと気を揉んだ。僕が必死に地図を見て「エロチカ」の場所を探していたことや、リンコに尋ねたことなんかだ。が、リンコは黙って缶ビールに口をつけたので、ほっとした。

「偶然はもうひとつあってさ」

銀次が思わせぶりに言う。

リンコが物問いたげに僕の方を見た。アルコールに弱いらしく、目の周りが赤らんでいる。

「僕らには共通の友達がいるんだよ」

仕方なしに僕が答えると、リンコは訳がわからない顔をした。銀次がにやにや笑った。

「驚いたよね、マジで。同じ名前だし、この人、アキンツの荷物持ってるらしいし」

「預かったんだ。昭光が現れたら、連絡してくれないか。そしたら、荷物を持って来るから」

さあね、と銀次は気障に肩を竦めた。

「俺のとこには、多分来ないだろうな」

「何で」

「ロングロングストーリーってヤツですよ。浅からぬ因縁があってね」

銀次は、僕の質問をはぐらかし、口を引き結んで横を向いた。僕は話を変えた。

「昭光の家って飲み屋をやっていて、親父さんはどこかの女の人と消えたって聞いたけど」

僕は、昭光の本当の姿を知りたくて仕方がなかった。夜の山道で語ってくれたことを覚えていたので、聞いてみた。

「それ、俺のことさいが。俺の親父の話さいがよー」

銀次が不快そうに言い捨てた。感情的になると方言が出るのだろう。僕は啞然とした。

「じゃあ、昭光の家は」

「親は市会議員で宮古一の金持ち。上等家族。俺の家とは雲泥(うんでい)の差ってヤツさー」

銀次はカウンターの下に置いてあった焼酎のグラスを呷(あお)った。そして、興味深そうに僕らを交互に見ていたリンコを指差した。

「ねえ、前に見かけたことあるよ」

銀次は、宮古の話をあまりしたくないらしい。リンコは嬉しそうに答えた。

「うん、あたし、『デイモン』でバイトしてたことあるから、この前をしょっちゅう通ってたもん」

「それでか。『デイモン』のマスター、元気？」

銀次が親指と人差し指で煙草を摘んだ。

「知らないよ、あんなスケベ。早く、くたばりゃいいのに」

「すごい言われようだな」

銀次は唇を歪め、下を向いて笑った。

「昭光とは同級生なの？」

「いや、俺の可愛い後輩ですよ」

僕の質問に、今度は目を細めて答えるのだった。そんなはずはあるまい。さっき、「俺のことさいが」と激昂しかかったではないか。昭光と銀次の間には、何かわだかまりがある。しかし、銀次は正体を摑ませない。ぬらりくらりと姿を変える。摑もうとすると、指の間から滴り落ちてしまう熱い液体のようだった。それも重油のようにどす黒い。昭光はどうして僕に、下地銀次の名をくれたのだろう。二人の間に、余人の入れない濃い感情が横たわっているような気がして、それがどんなものであれ、僕は不快で堪らなかった。

突然、先程の女の子が戻って来た。カウンターの戸を跳ね上げ、中に入る。銀次の横に、ピーナッツやポテトチップスの入った袋を置いた。つまみを買いに行っていたのだろう。銀次が、女の子の脇腹を肘で突いた。

「このお客さんもギンジさんだって」

女の子は、まったく興味のない様子で儀礼的に僕の顔を見て微笑んだ。次いで、リンコにもぎごちない顔で会釈する。リンコが口を挟んだ。

「アキンツの」

「昭光って人が取り持つ縁なんだって」

女の子が驚いたように、ピンク色の唇を半開きにした。青く縁取られた目が丸くなっている。

「アキンツ、今どうしてるの」

「那覇に来てるよ、きっと」

僕は答えた。この可愛い女の子も昭光を知っていることに驚いていた。

「あばっ。じゃ、ここに来るねー、きっと」

女の子が嬉しそうに言った。宮古の方言。昭光、銀次、この女の子。皆、同郷なのだ。

「来ないさー」

銀次が吐き捨てる。女の子が抗議するように唇を尖らせたが、銀次は硬い顔でグラスを洗っている。それきり、昭光の話題は消えた。

「東京のギンジさん、いつまで那覇にいるの」

気を取り直したらしい銀次が、僕に話しかけた。

「数カ月かな」

「ずっとだよね。ずっといるよね」

リンコが僕の顔を見た。僕は首を振る。

「わかんない」

「ねえ、どこの出身」

銀次がリンコに聞いた。女の客と話す時は、心底楽しそうだ。

「あたし、石垣(いしがき)」

「へえ、俺、宮古」

「話すの聞いてたよ」リンコの顔が輝く。「同じ離島仲間さー」

へへっと銀次の顔が綻ぶ。瞬間、昭光を見たような気がして、僕の胸は苦しくなった。

帰り道、リンコは少し酔ったのか、僕の腕に細い腕を絡めてきた。

「ギンちゃん、ごめんねー。邪魔して」

僕は乱暴にリンコの腕を振り払った。僕が注意深く探ろうとしていたのに、何の配慮もなく「エロチカ」に現れたリンコに、心底腹を立てていた。リンコはびっくりしたように、後退った。気分を変えるように尋ねる。

「ねえ、マスターと同じ名前だって知ってたから、『エロチカ』に行こうと思ったの？昭光って誰。何で珍しい名前が一致しちゃうわけ？」

矢継ぎ早の質問に僕は苛立ちを隠せない。不機嫌に黙り込む。

「何で『エロチカ』を知ってたの。昭光って人から聞いたの」

僕は答えず、人気の失せた市場の通りを、早足で歩いた。リンコが後ろから怒鳴った。

「ねえ、何であたしのこと、無視するの」

「無視なんかしてないよ」

振り向かずに答える。

「じゃ、どうして答えないのよ。しつこいと思ってるんでしょう。疑ってるんでしょう。あたし、今だって、ほんとに偶然通りかかったんだよ。ほんとだよ、信じてよ」

「信じてるよ」

こう答えるのがやっとだった。僕はリンコの馴れ馴れしさに辟易(へきえき)していた。リンコはふて腐れたのか、ゆっくり歩いている。かなり距離が開いた。

後ろから、ぺたぺたという足音と共に、リンコの声が追いかけてくる。

「ギンちゃんて冷たいね。温度差って言うの、そういうの、すっごく感じるね」

リンコの言葉を受け流して、僕は安楽ハウスに駆け込んだ。一刻も早く、自分のベッドに横たわり、カーテンを引いて閉じ籠りたかった。

だが、ゆんたく部屋では、二十人ほどの若者が集って、宴会の真っ最中だった。ソファには若い女たちがぎっしりと並んで座り、男たちは、畳敷きで車座になって酒を飲んでいる。昼間、僕に声をかけてきたニキビの少年も、顔を真っ赤にしていた。テレビのモニターが、サッカーの試合のビデオを流している中、フウヤンが、ギターを爪弾いていた。喧噪の最中だった。

「お帰り。こっち空いてるよ」

釜田が、僕とリンコを手招きした。

「やったー」

リンコは嬉しそうに、釜田の隣に座った。小沢が立ち上がり、僕に紙コップを差し出す。僕は宴会の輪に入ったものかどうか、悩んで立ち竦んでいた。

「リンコ、ギンちゃんと二人でどこに行ってたんだ」

釜田がリンコに尋ねた。リンコは、僕に向かって片目を瞑(つむ)って見せた。

「二人だけの、いいとこだよね。ギンちゃん」

僕はそっぽを向いた。リンコが「エロチカ」のことを、誰彼構わず喋りそうで不安だった。リンコなんかに場所を尋ねたのが間違いだった、と不快でならない。何となく座が白けたのを感じた。

「飲む？」

ミヤちゃんが、泡盛の一升瓶を掲げた。

「じゃ、一杯だけ」

紙コップになみなみと酒が注がれた。僕は釜田に乾杯の真似をしてから、そっと口を付けた。聡美や拓也たちと飲んだ時の頭痛はもう起きないはずだ。原因がわかったからだ。だが、僕は突然、あの睡眠薬入りウイスキーの味を思い出した。舌を痺れさせ、喉を灼き、何度唾を飲んでも消えない苦み。俄に吐き気が込み上げてきて、僕は手で口を押さえた。騒いでいた連中が、はっとして僕を見遣る。見ないでくれ、僕を。放っておいてくれ。すべてが腹立たしかった。リンコも、フウヤンも、ミヤちゃんも、小沢も、釜田も。仲良しクラブみたいな安楽ハウス全部が、大嫌いだ。

僕は、慌てて階段を駆け上り、三階の洗面所で吐いた。液体しか出ない。はあはあと荒い息を抑えて、薄暗い隅に蹲った。

『なんとなんと。体が思い出すのを拒否してるわけよ』

昭光の言葉。まだだ。まだ駄目だ。僕は頭を抱えた。

「ギンちゃん、大丈夫か」

廊下の明かりを背に、釜田が立っていた。顔の表情は見えなかった。

「大丈夫です」

僕は、口許を手の甲で拭った。

「何があったか知らないけど、無理しない方がいいよ」

僕は唖然として釜田の影を見上げた。知ってっこないのに。なぜ、そんな言い方をする、偉そうに。お前なんか、たかがゲストハウスのオヤジじゃねえか。釜田が続けた。

「ゲストハウスに泊まるのは初めてなんだろう。ちょっと言っておきたいんだ。余計なことだと思うけど、聞いてくれ。ここは安宿だから、我慢しなくちゃならないことがたくさんある。皆もそれがわかっているから、必死で仲良くするし、互いに気を遣っている。長逗留するヤツは特にそうだ。ギンちゃんが、気に入らないのはわかってるよ。一人でいたいんだろう。だけど、ここに泊まっている以上、他人に気を遣うのは仕方ないことだ。嫌なら、他に行ってくれないか」

昼間の、磊落で鷹揚（おうよう）な釜田は一変していた。

「すいません、そんなつもりではなかったんです。僕は」

何もかも打ち明けてしまいたい衝動に駆られた。釜田に話せたら、どんなに楽だろうか。しかし、どこからどう始めていいのかわからず、言葉に詰まった。

「ねえねえ、大丈夫？　ギンちゃん」

階下からリンコの声がした。釜田が代わりに答えてくれた。

「大丈夫、下で待ってて」

「ふぇーい」と、間延びした返事をして、リンコが戻って行く。釜田は足音を確認してから、さらに言った。

「それから、これも余計なことだと思うけど、みんなの前でリンコに恥搔かせるなよ。昼間もそうだったけど、さっきのあれはあんまりだぞ。リンコはちょっと出しゃばりのところもあるけど、親切なんだよ。だから、お前の面倒を見ようとしているだけなんだ。リンコの気持ちも考えろよ。お前のしてることは、男のすることじゃない」

「すいません」

謝る端から、涙が溢れて止まらなかった。昨日から、僕は変になった。強がったかと思えば、泣いてばかりいる。見下したかと思えば、最低の人間だと卑下する。ジェイク、僕を助けてくれよ。僕は男じゃないんだよ。僕は廊下に膝をついた。

「ギンちゃん、ちょっと屋上で話そう。人が来ると嫌だろう」

釜田が強い力で僕の腕を摑み、無理やり立ち上がらせた。僕は、釜田に引きずられるように階段を上った。ひと足先に屋上に出た釜田が、空を見て言った。

「やけに蒸してきたと思ったら、曇ってるね。明日は雨だな」

僕も釣られて空を仰いだ。月も星も見えず、ネオンが煙っている。重く湿った空気の塊が、頭上を覆っている圧迫感だけがあった。僕の心にも、厚い雲が垂れ込めている。

その雲を突き破って、月や星が輝く明るい夜空を見ることはできるのだろうか。僕は陰鬱な気分で、潮の匂いと排気ガスが微かに入り交じった空気を吸った。

「こっち来いよ」

釜田が、リンコが昼間、布団を干していた物干し竿の下辺りを指した。洗濯紐には、取り込み忘れたTシャツが一枚掛かっていた。

「誰か、忘れてるな」

釜田が呟き、尻ポケットから煙草を取り出して火を点けた。吸うか、という素振りを見せたので、僕は素直に頷いた。煙草を吸ってみたかった。以前、喫煙者だったかもしれない、という不確実な記憶は、金を遣うのが勿体ない、という理由だけで試されていなかったのだ。僕は釜田から煙草を貰い、ライターで火を点けた。ひと吸いした途端に酷い目眩がして、地面が揺れた。僕は思わず、物干し台を摑んだ。

「効いたか」

釜田が愉快そうに笑った。僕は咽せながら煙を吸い、煙草に纏わることどもを思い出そうと必死に考えた。が、何も浮かばなかった。たいして美味くもないから、喫煙者ではなかったのかもしれない。がっかりして、肩を落とす。

「いやさ、ギンちゃんて、何か他のヤツと手触りが違うから、俺も気になってたんだよ。こんなこと言って悪いけどさ。最初に会った時、総毛立っている、と思った。まるで人殺しでもして来たみたいな、凄絶なオーラが出てたよ。だから、機会があればじっくり話してみようと思ってたんだ。リンコのことは、ただの口実だ。気にすんなよ。何かあんたを刺激したかっただけなんだ」

人殺し。そうだ、僕は人殺しだ。僕は老人の指示通り、乗用車のドアを閉めた。あのまま開け放していれば、彼らが死ぬことはなかっただろう。でも、僕は閉めた。生より死の方が遥かに楽だ、という彼らの絶望がわかっていたからだ。

あのおばさんの言ったように、皆はもう地獄に着いただろうか。では、僕のいるこの場所はいったいどこだ。僕は落ち着きなく、周囲を見回した。天国でも地獄でもなく、安楽ハウスの屋上だった。僕が数カ月を過ごすはずの仮の宿。これが現実か。何が現実で何が夢なのか、わけがわからない。きょろきょろと落ち着きなく周囲を見回す僕を見て、釜田が焦れたように怒鳴った。

「言えよ、ギンちゃん。何か知らんけど言えよ。言いたくないなら、病院にでも行った方がいいぜ。あんた、ほんとに辛そうだ。ここはお気楽なゲストハウスだからさ、あんたがいると雰囲気が微妙になる。若いヤツ、みんな言うよな、ビミョーって。うまい表現だよ」

「でも、ほんとに何でもないんです」

僕はそう呟いた後、言葉に表すのも初めてだと気付いた。すべて、僕の心の中だけでぐるぐる巡っている記憶であり、想念だったのだ。僕は、言葉にして表現し、声に出すことに激しい躊躇いを感じた。他人に告げたりすれば、とんでもないことが起きるのではないかと思うと、怖ろしさに身が竦む。悲鳴をあげたくなる。パニック。そうだ、パニックだ。それほど、僕の心は病んでいる。だったら、病院に行った方がいいのかもしれない。いや、駄目だ。警察と直結する。僕は、頭が混乱して、何も考えられなくなった。

僕の肩に釜田の分厚い手が置かれた。

「震えてるよ、ギンちゃん」

「すいません」

「謝ることないよ。困ったなあ、あんた。余程きつい目に遭ったんだろうな。話してみろよ。俺、聞くよ。誰にも言わない」

しかし、釜田の語尾に好奇心が潜んでいるような気がして、僕は話しだせない。ジェイク、きみは好奇心なんか剝き出しにしなかった。僕をそのまま受け入れてくれた。だけど、きみは僕を騙していた。銀次から聞いた話が甦り、情けないことに、僕は女の子のように、ずっとめそめそ泣いていたいのだ。曇った夜空に押し潰されそうだ。

僕は深い溜息を吐いた。すると、聞こえたのか、釜田が僕をちらりと見た。

「さっきマッチョなこと言っちゃって、恥ずかしかったんだけどさ。ほんとは、俺って情けねえヤツなのよ。こういうゲストハウスやってると、評判が立ってさ。全国から若いヤツが来るんだよ。中には憧れるヤツもいて、ああ、あれが安楽ハウスの釜田さんだって言われる。すると、つい兄貴面しちゃうんだよね。俺の本心は、さっさと金払え、便所汚すな、規則を守れ、と自分に都合のいいことしか思ってない癖にさ。勿論、中には酷いのいるよ。女連れ込んだり、勝手に酒飲んだり、盗み働いたり、泥酔した挙げ句にベッドでクソした女、なんてのもいたよ。その度に、マジで怒鳴ったりはするけど、どっかに、どうでもいいや、俺に迷惑をかけなければ好きにしろ、と考える俺もいるんだ。他人のことなんか、マジどうでもいいと思ってる、冷たい俺が顔を出すんだよ。那覇に来る前は、世界中放浪してたんだ。十年近く定職も住所もなかった。どの国行っても、住民登録もしなければ、税金も払わない。辛いことより楽しいことの方が多かった。でも、わかったんだよ、俺。最終的には、そういうヤツらを住民は信用しないってことさ。だから、こっちも流れ続ける。そのうちに、ああ、これは旅じゃないと気付くんだ。旅というのは、帰る場所があるヤツらがやることだろう。でも、俺はいつの間にか、帰る場所もなくなって、本当の放浪者になっていた。そしたら、どうなると思う？」

僕の煙草はとうに燃え尽きている。僕は指で摘んだ燃えさしを見つめながら、釜田の話を聞いていた。

「誰にも腹が立たなくなるんだ。どうせいつかは別れる人間だからどうでもいい、と思うと腹が立たない。ばかりか、自分にも腹が立たなくなる。だって、どうでもいいんだもの、そうだろ」

「羨ましい」僕は思わず言った。

「うん」釜田が頷いた。「俺も楽だと思った。ああ、やっと生きるのが楽になったたってね。でも、去年あたりから、それじゃいかんと思い始めた」

「何でですか」

「好きな女が出来たから」

釜田はそう言って照れ臭そうに笑ったが、僕は笑わなかった。少しも可笑しいと思えなかった。

「相手は保母をやってる地味な女さ。俺もそれで地に足を着けざるを得ないんだよ。だけど、どうでもいい、とどっかに行きたくなることもある」

「だとしたら、放浪って、死に近いんですか」

思わず出た問いだった。釜田は太い首を竦めた。

「ギンちゃんの言う通りかもしれない。旅の最初の頃は、生きている実感がある、と昂奮するけど、いろんな国のドミトリーやゲストハウスに入り浸っているうちに慣れて、実感も昂奮もなくなる。だから、次に行く。でも、そのうち、新しい場所なんて、どこにもないことに気付くんだ。そして、疲れていく」

「でも、釜田さんは日本に帰って来たじゃないですか」

僕の反論に、釜田は首を振る。

「俺には、沖縄って日本の感じがしないんだ。アジアに繋がってるっていうかさ。アジアと日本を結ぶ中継点なんだ。だから、ここで骨休めしてから日本へ帰ろう、って思ったんだろうな」

釜田は、僕にもう一本勧めてくれた。僕は新しい煙草をくわえた。釜田が火を点けてくれる。

「つまりさ、俺はどうでもいい、としてきたことを改めようと思っている最中なんだよ。そこに現れたのがギンちゃん、というわけだ。話したくなけりゃ別にいいんだ。ただ、ここの調和を乱さないでほしいだけだ。じゃ、俺行くよ」

釜田は、自分は煙草を吸わずに戻ろうとした。

「待ってください」僕は声をかけていた。「話します。話せるかどうかわからないけど、話してみます」

釜田が立ち止まって僕を見下ろした。その目に、同情があった。

「無理すんなよ」

「無理はしてないんだけど、信じて貰えないかもしれない」

「俺は何でも信じるよ。とんでもないものをたくさん見てきたもの。地獄巡りさ。だから、放浪は死に近いのかもしれないな」

僕は思い切って打ち明けた。

「嘘みたいな話だけど、僕は記憶喪失なんです。自分のことを思い出せない。磯村ギンジって名前も偽名だし、住所も嘘です。すいません」

釜田が即座に答えた。

「だろうな。三鷹に本町という地名はないよ。俺は学生時代、あそこに下宿してたから知ってるんだ。そんなことは嘘でも構わないよ。だけどさ、違和感はあったね。ここに来る若いヤツらはみんな嘘は吐かないよ。嘘吐けるほど、悪くないんだ。他人を陥れようなんて思ってもいないし、心優しい。それは、目的がないからだよ」

「だから、釜田さんは、いいようにボランティアで使ってるんですか」

釜田は苦笑した。

「俺はいいようになんか使ってないよ。でも、ヤツら、搾取されたって、文句なんか言わないだろうな。ここに長逗留できて飯が食えれば、何も考えなくて済むからな。楽しく暮らすことしか頭にないんだ。前の俺と同じだ」

放浪は死に近い、という言葉を思い出したのか、釜田は苦い顔になった。

「ギンちゃん、記憶を喪失した理由は何だ。それも思い出せないのか」

「昨日の早朝、突然思い出しました。僕は集団自殺の生き残りでした。いや、脱落者でした」

釜田は衝撃を受けたように後退った。僕はビーチサンダルから覗いた釜田の頑丈な足指が、緊張で縮んでいるのを見た。

「あったな、ひと月前に。沖縄で初めてだ、と評判になったよ。あの時に一緒にいたのか、可哀相にな」

事件が評判になっていたとは、まったく知らなかった。ミカの住まいは新聞も取っておらず、テレビやラジオもなかった。おかげで、僕は奇跡的に知らずに済んだのだ。

「僕が昨日までの一カ月間、覚えていたのは、やんばるのジャングルの中で彷徨っていたことだけでした。何で僕はこんなところにいて、何も持っていないのか、そして、どうして何も思い出せないのか、わけがわからなかった。僕はそのままだったら気が狂っていたかもしれないのに、ある男に出会ったおかげで助かったんです。そいつは、独立塾という学校から脱走して来たばかりで、僕が道路で休んでいると、山道を下りて来たんです。僕を見て、彼は仰天して、最初は逃げました。でも、そのまま逃げず待っていてくれたんで、六時間かけて一緒に山を下りたんです」

僕は言葉を切った。昭光との遭遇を思い出しているうちに、昭光への感謝の思いでいっぱいになった。他人に語る喜びとは、嬉しい記憶の反芻にあるのだとしみじみ思う。その喜びは、専務にも言えなかったことを、昨日会ったばかりの釜田に滔々と話している戸惑いや不思議さを遥かに凌駕していた。僕の口は止まらなくなった。

「そいつは宮古島から来た、昭光という名の男でした。最初は僕を気味悪がっていたけど、同行してくれて、僕が記憶がない、と言ったら、驚きもせずに、僕にギンジという名前をくれました」

「どこから取ったんだろう」

釜田が可笑しそうに聞いた。

「飼い犬だそうです」

釜田が爆笑した。本当は、下地銀次の名前から取られたのだが、それは告げなかった。

「俺、独立塾知ってるよ。軍隊みたいに鍛えて、資格を取らせるところだ。その子は単に知識がなかっただけなんじゃないのか。だってさ」

「話させてください」

僕は釜田の言葉を遮った。喋り続けたかった。打ち明ける喜びに酔っていたのだ。

「僕らは二人して、夜明けのコンビニに入りました。僕は金がないから、コンビニのトイレで水を飲み、鏡を見てみた。でも、鏡に映っているのは、自分の知らない顔だった。すごく怖かったです。その後、コンビニの女の子が、家に誘ってくれたので、数日間泊めて貰いました。それから、僕は石材屋のバイトを見つけて住み込みになり、昭光はイズムという人のロッジにバイトに行った。彼とはそれきり会っていません」

「イズムか。あいつは沖縄の有名人だよ。愛と冒険心がバスのチケットってか。うまいこと言ってるけど、裏で何しているかわからないよ」

釜田はイズムが好きではないらしく、吐き捨てるように言った。

「僕は名護の石材店の専務のお爺さんに可愛がられて、一緒に住まわせて貰って、ここに来る金を貯めることができたんです」

専務との思い出が、小さな痛みを持って僕の心を過ったが、僕は振り捨てた。

「ギンちゃん、何がきっかけで集団自殺のことを思い出せたんだ」

釜田は気遣ってか、声を潜めた。

「夜明けにこっそり出ようとしたら、専務に腕を摑まれたことがあったんです。その瞬間、車の中で隣の老人に摑まれたことを思い出しました」

「いたよな、爺さんが。変な組み合わせだったので、全国紙でも大きな扱いだったと聞いてるよ。爺さんと中年の男と初老の女だったように記憶している。それ、ネットで調べてみるよ。その方がいいだろう、ギンちゃん」

僕は押し黙った。知りたくなかった。

「調べないと、あんたの本当の名前や境遇はわからないだろうが。思い出したくないかもしれないけど、一生、磯村ギンジで過ごせっこないよ。俺みたいに、好きな女が出来たらどうするんだよ。そいつにも内緒で生きていくのか」

「好きな女」と聞いて、僕は瞬時に昭光を連想した。だが、僕が昭光と再会したいと願っているのは、喫煙者だったかもしれない自分を試すのと同様、過去の自分が同性愛者かどうかを試したいのかもしれないのだ。

「ねえ、ギンちゃん。余計なことだけどさ。あんたと一緒に死のうとした連中は、みんな身許を証明する物や遺書があったんだよ。何であんただけ何にもないの。どっかにあったんじゃないの」

釜田の問いに、僕は啞然とした。あの車にいた全員が、証明書の類を捨てて集まったのだとばかり思っていた。なぜ僕の物だけがないのだろう。

「それは本当ですか」

「ああ。俺、あの事件はショックだったから、結構覚えているんだよ。だって、年寄りがネット使って集団自殺したんだぜ。わざわざ内地から沖縄に渡って来て」

「みんな内地の人だったんですか」

うん、と釜田は空を見上げた。

「確か、島根とか和歌山とか北海道とか、全員バラバラだったんだ。北海道のおばさんが一番悲惨で、病気の娘を絞殺した後だったんだよ。爺さんは、確か借金だ。後の一人は知らない」

『私は子供を殺してしまいましたの』

おばさんの声が甦った。二度と聞きたくない、二度と思い出したくない。僕は咄嗟に耳を塞いだ。

「でも、お前、よく生還したよ。よかったな」

釜田が僕の肩を摑んだ。力が籠っている。僕は顔を上げた。

「本当にそうなんだろうか」

「そりゃそうだよ。死ぬ決心したのに還って来たってことは、心の底では死にたくなかったんだ」

では、どうして僕は死ぬ気になどなったのだろう。僕の身に何が起きたのだ。やはり、僕は自分の前身を知るのが怖かった。

「ここにいてのんびりしてりゃ、今に思い出すんじゃないか」

真実を知らない人間は楽観的でいられる。僕はそう思ったが、釜田の優しさは嬉しかった。

「来月、ミヤちゃんがミャンマーに行くって言ってるから、一人スタッフがいなくなるんだ。ギンちゃん、代わりに入って俺を手伝ってくれよ。俺、いろいろ考えていることがあるんだ。実行に移すには、手助けがいると思っていたけど、誰も適任がいなくてさ。さっき言ったけど、ゲストハウスに来るヤツって、みんな優しくて悪さもできないから、一緒に仕事するには物足りないんだよ」

「僕が悪いことをしたからですか」

「さあな、悪くもなけりゃ、よくもないんじゃないの。いや、これはさ、どうでもいいと言ってるんじゃないんだ。相対的な話ってことだよ。ただ、あんたの絶望が何だったのか。それはちょっと知りたい気分があるだけさ。あんたもそうだろ」

　僕は首を傾げた。

「よくわかりません。思い出したいけど、怖い。それが正直な気持ちです。だから、僕は磯村ギンジとして、あなたを手伝うしかない」

　急に、雨が降ってきた。釜田はちらっと物干しに掛かったTシャツを見上げた。取り込むのだろうかと思ったが、そのまま放って屋内に戻って行く。取り残された僕は、急に夢から醒めたような気がして、しばらく温(ぬる)い雨に顔を晒していた。

第五章　ヨルサクハナ

1

おいらの目の前に、若い男が二人、脚を大きく広げて座っていた。店の真上の事務室に通されて、面接を受けている最中だ。事務室はうわり狭くて、人工皮革の応接セットがどんと置かれているせいで、人が通るのもやっとだった。整髪料と、出前で取ったらしい中華の匂いとが漂っている。

「僕、店長。こっちがチーフ」

向かって右に座っている男がおいらの目を見ずに、カジュアルに自己紹介した。てかりの入った黒いスーツを着て、白シャツの襟を大きく開けている。日焼けサロンで灼いたらしい、不自然に茶色い胸には、革紐にぶら下がった銀のペンダント。これってブルガリってヤツかー、とおいらは車輪型の輪っかを観察した。ばらけた茶髪が額にかかっている髪型と言い、とんがり「へ」の字型に整えた眉と言い、すんきゃマンガっぽい。チーフと呼ばれた方は、薄いグレイのスーツに、白い開襟シャツの襟をべたっと出している。ところどころ金髪に染めた髪を、アンガールズ風に垂らしたおかっぱ頭だ。眉を剃って、鼻と両耳に金のピアス。うわり薄気味悪い顔だった。

二人共、おいらを睨むように観察しているので、どうしたらいいかわからなかった。仕方がないので、名刺を眺めている振りをした。店長の名刺には、「ばびろん店長　天海優紀」と書いてあって、丁寧に「てんかいゆうき」とルビが振ってある。チーフのは、「ばびろんチーフ　如月麗」。ルビがないから、おいらには読めない。「じょづきれい」ってか。まさか。最近は女の名前が流行りなのか、とおいらは驚いた。

店長が鼻に抜ける優しい声で言った。

「伊良部君は、こういう店、初めてじゃないんでしょ。何か堂々として、もの慣れている感じがするよ」

「いや、おいら初めてです」

二人は顔を見合わせた。おいらがあまりにもワイルドでクールだから、ホスト初心者と聞いて意外だったんだろう。実は、那覇に来てから、ホストクラブを何軒か当たってはみたのだが、年齢がネックになった。おいらは、十七歳と十カ月。法律で、十八歳未満を雇うことはできないのだそうだ。この「ばびろん」という店にも、駄目でもともとと思って寄ってみたのだった。

そろそろ金がなくなりそうだった。宮古を出る時に持っていた九万は、服を買ったり、飯を食ったり、ドミトリーに泊まったりしているうちに、あっという間に半分以下になった。なので、おいらは、九千円になったら考えよう、と思って暮らしていた。それが、宮古島へ帰れる離島割引チケットのおおよその値段だからだ。そう、おいらは、金に困ったら宮古に帰る。やるだけやったんだからさー。てなわけで、その程度のお坊ちゃん、と銀次に嘲笑(あざわら)われても仕方なかった。どうせ銀次にも会えんし、那覇もひと通り見た。あっちのギンジに再会できないのだけは心残りだけど、あいつにはどう連絡していいかわからんのに。

「待てよ。お前、歳幾つだ」

チーフの麗が、怖い目でおいらの全身を見た。

「十九さーよー」

「証明できる物あるか。免許とかさ」

「あばっ、ないさーよー」

おいらの受け答えがふざけて聞こえたのか、チーフがむっとした顔をした。そして、店長の方を見て、どうします、と聞く。店長が細い指先で、額にかかった髪を搔き上げた。

「やって貰おうよ、タマも不足してるしさ。伊良部君は顔もいいし、ガタイもいいし、ショータイムとかやったら、受けそうじゃない」

店長の言葉に、チーフが感心しない様子で、渋々頷いた。それにしても、ショータイムってか。何をするんだ。まさか裸になれって言うんじゃないよな。おいらは焦ったが、とりあえず面接に合格したらしいことがわかって、ほっとしてもいた。

「あのー、寮があるって聞いたさーよー」

「寮に入れるのは、試用期間の一週間が過ぎてからなんだ」

「あー、そーなー」

おいらは、チーフの答えにがっかりした。今宿泊しているドミトリーは、一泊八百円。安いだけあって、一個のベッドに二人寝かせられる。それも、見知らぬ者同士が互い違いに寝るんだから、大邸宅育ちのおいらには堪（たま）ったもんじゃない。昨夜から、体毛の濃い男と一緒になって閉口していた。まずがーまず、誰が男の毛臑（けずね）を寝床で見たいかって。

「お前、どこの出身だよ」

チーフが笑いながら聞いた。

「おいら、宮古島です」

「おもしれえ言葉だなー」

店長が身を乗り出した。

「だから言ったじゃない、麗（れい）。この子、受けるよ。ホストクラブには珍しいタイプだもの。ねえ、伊良部君、源氏名はどうする。こっちで適当に付けようか」

「いや、僕、ジェイクにしてください」

店長の問いに、今度は即座に標準語で答えてやると、二人はまた顔を見合わせた。空気が読めないヤツ、という雰囲気を感じた。案の定、チーフがホームページをプリントアウトしたらしい紙を取り出して、ガラステーブルの上に、ばんと音を立てて広げた。ホストの顔写真が二十人ほど並んでいる。舜、日向、春紀、礼恩、梓、翔。性別不明のカッコいい名前ばかりだった。店長が一人一人指差した。

「うちの店は、一応ジャパネスクでいってるんだよ。でも、伊良部君がどうしても、というのなら、ジェイクで当て字してみてよ」

はあ、とおいらは自信なく頷いた。当て字なんて、まったく思いつかん。

「これ、どうすかね」

チーフがメモ用紙に何か書きつけた。「自英駆」

「何か自衛隊チックじゃん」

取り澄ましていた店長が、けたたましく笑った。白い歯が尖っていて、恐竜みたいだ。

「俺、いい線いってると思うすけどねえ」

チーフが不満そうに首を傾げる。

「駄目だよ。受けないよ」店長は言い捨てて、裏に呼びかけた。「誰かー、辞書持って来てー」

藤色のスーツを着た背の低いニーニーが、「失礼します」と、カシオの電子辞書を持って入って来た。こいつは「礼恩」か、などとおいらは写真と実物を照合しながら考えていた。写真写りがよすぎて、現実の顔と一致しない。本物の礼恩は、蟹みたいにいかつくて背が低い。茶髪も潮焼けして、ごわごわだった。店長とチーフは、頭を寄せて電子辞書のボタンを押しながら相談していた。

「決まった。お前、これでいけ」

チーフが嬉しそうにメモ用紙に字を書きつけた。「慈叡狗」

「あばっ、おいらには書けないさいが」

読めもしなかったが、それは言わなかった。

「いいんだよ、書くことなんか一切ねえんだから。女の趣味って、思いがけないところにあるんだからよー。お前は意外性でいけ、意外性で」

チーフは、自分の書いた字を何度も見ては、満足そうに笑うのだった。

「慈叡狗、スーツ持ってる？」

店長が聞いてくれたので、おいらは首を振った。

「そうだよね、持ってっこないよね」

店長がおいらの格好を見て笑う。おいらの持ち物は、替えの服と歯ブラシだけ。あのギンジみたいに気持ちいいくらい、物を持っていなかった。

礼恩が再び現れて、おいらを事務室の裏に案内した。コンクリート張りの薄暗い部屋に、ロッカーが並んでいる。一応ロッカールームになっているらしいが、造花やおしぼりなどが入り口付近に大量に積んであって倉庫に近かった。隅のハンガーに、コスプレ衣装みたいな薄汚れたスーツが数着掛かっていた。どれも皆、バカ派手だ。

「あっがいー、派手さいが」

「ステージ用さー」

礼恩が、こともなげに言った。店長とチーフはナイチャーらしいが、こいつは顔と言葉からして沖縄出身だ。ビーチに日がな一日いるヤラビが成長したようなヤツだ。

おいらはスーツをいろいろ試してみたが、体に合うのはXLサイズの真っ黄色のスーツしかなかった。それに、手持ちの黒いTシャツを着て、応接室に戻った。おいらが入って行くと、店長とチーフが「おー」と立ち上がった。チーフが嬉しそうに笑うと上唇がめくれて、ロナウジーニョをうわり悪くした顔になる。

「おー、似合うじゃんか。ミツバチみてえだ」

「阪神タイガース感っての。迫力あるね」

店長が嬉しそうにおいらの顔を見た。チーフが、「思いっ切り顎を引いて、カメラを睨め。俺は悪い男だ、という顔をしろ」と言いながら、デジカメでおいらの顔を撮影する。その後は、店のホームページに載せるための質問事項に、答えさせられた。趣味、将来の夢、得意技、などのくだらない項目が並んでいる。馬鹿らしいので、適当に書いた。「趣味」は「デートコースのチェキラ」、「将来の夢」は「芸能人」、「得意技」には「横四方」と嘘を並べる。おいらの傍らで、チーフが早口に説明した。

「今日から試用期間が始まる。一週間、店に出て貰って、お前がここの水に合うかどうかそれで判断する。言っておくが、うちは永久口座、裏引き禁止の二大路線だ。覚えておくように。基本給は十万。それに、歩合と指名料と賞金なんかが付くから、月収五十

「ばびろん」のホストになってしまった。

万にはなる。頑張れ」

　何を言ってるのかさっぱりわからなかったが、おいらはあっという間に、「ばびろん」のホストになってしまった。

「お前、今日は完全な見習いだからな。店の隅に立って観察してろ。明日の夜からは、外に立ってS券配って来い」

「だったらよー、ナンパの要領でいいんですかー」

　おいらの言い方が生意気だと思ったらしく、チーフは顔を歪めた。

「ナンパと仕事一緒にすんなよ、お前」

　ヤバい。おいらは、亀のように頭を引っ込めた。

「うっす」

　ホストが次々に出勤して来た。ほとんどのホストが、だぶだぶのジーンズやハーフパンツにTシャツ、帽子、とストリート系ファッションだ。礼恩が、背中を小突いた。

「挨拶、挨拶」

　慌てて、おいらは一人一人に深く礼をしては、同じ言葉を怒鳴った。

「今日から入った慈叡狗です。よろしくお願いしまーす」

　ホストクラブというのはだいぶ変なところで、体育会の部活みたいな雰囲気がある。序列がはっきりしていて、ぺえぺえのヤツらは糞みたいなもんらしい。おいらの挨拶に、まともに返したのは一人もいなかった。みんなミッファするか、顎で軽く頷くのみ。

色とりどりのスーツに着替えたホストたちが、ロッカールームから出て来た。待ち受けるのは、女性ヘアスタイリストだ。近所の美容院から出張しているらしく、無表情にホストたちにメイクをしてやり、次々に髪を作った。ホストのほとんどが、顔を茶色く塗りたくり、店長と同じくマンガのような細眉とヘアスタイルにしていた。

「俺もした方がいいんですか」

礼恩に聞くと、礼恩が唇を歪めて吐き捨てた。

「くぬフラーが。十年早いって言われるさー」

ヘアスタイリストがつくのも、序列の上のホストだけらしい。おいらは照れ笑いして、ソファに腰を下ろした。早速、チーフにどつかれた。

「慈叡狗、どアホ。何座ってんだ。お前、礼恩と店の掃除しろよ」

急いで外階段を下り、裏口から店の中に入った。暑苦しい赤の絨毯が敷かれていて、黒の壁紙。白いソファ席が十ほどある。へえ、これがホストクラブか。おいらは、まだ誰もいない店の中を眺めた。一見綺麗だけれども、蛍光灯の光の下で見ると、壁もテーブルも手垢が付いて薄汚れている。礼恩が、どこからか掃除機を担いで来た。おいらが掃除機を手に取ろうとすると、奪われまいとするようにしっかり持ち直した。

「これは俺がやるさー。お前は便所掃除しろよ」

あばっ。便所掃除ってか。おいらは泣きたくなったが、仕方なしに便所に向かった。嫌々、汚い雑巾を手にする。適当に鏡なんか拭いてごまかそうと思ったが、洗面台に長い女の髪が落ちていて、すんきゃー気持ち悪い。ゴミ箱の中の生理用品を見て吐き気を催した。鼻を摘んで便器の汚れを適当に擦り落とし、床を拭いた雑巾で便座を拭いた。こんなこと毎日させられるんじゃ、うわりたまらんなーと思っていると、礼恩が戻って来た。フロアの掃除が終わったらしく、煙草に火を点けて先輩風を吹かした。

「慈叡狗、さっきのチーフの話、わかったかー」

首を振ると、礼恩は乱杭歯を剝き出して笑った。

「だと思ったさー。おめー、フラーだからよ。いいか、説明してやる。永久口座ってのは、永久指名制だってことさー。一度指名になったら替えられない。つまり、他のホストを指名している客には、手を出すなってことさー。手出したら、くるされる。だから、やーは、新しい客から指名取らなきゃ暮らせないばーよ。なかったら、給料、五万もないさー」

「あばっ。基本給十万だって聞いたさいが」

「フラー、そっから、寮費とか食費とか衣装代、スタイリスト代引かれるから、手取り四万程度さー。頑張って指名取らないと、苦しいよー」

「だったらよー、暮らせないさいが」

「寮だってな、四人ひと部屋。ゲストハウスの方がマシなのに、寮費四万も引かれるさー。どうする、慈叡狗さんよー」

おいらは、やっとホストクラブの仕組みがわかってきた。女と酒飲んで楽しく喋るだけが仕事じゃないってことだ。なおも、礼恩は言った。店の序列を駆け上がるには、売り上げが大事だが、それには芸風を確立する必要がある、と。

「店長はイケメン、チーフはオラオラ系、梓さんはお笑い系、春紀さんは色恋営業。さっきチーフの横にいた翔さんはヤンキー芸。みんな得意技があるばーよ」

「だったらよー、あんたは」

礼恩は顔を顰めた。こいつも何もないんだな、とおいらは安心した。それにしても、このおいらに、女から金を毟り取れるだけの度胸があるかどうか、それが問題なのだった。おいらが、真剣に考えていると、礼恩が囁いた。

「麗さんには気をつけろよ。あの人、オラオラで豪快だけど、案外細かいんだよ。でも、もっと怖いのは店長。優男風だけど、あの人が一番ケチで怖くてえぐいさー」

礼恩は他にもいろいろ喋りたそうだったが、おいらはもう聞いていなかった。覚えられなかったし、関心もなかったからだ。

開店時間になった。すぐに、外で待ちかねていたらしい観光客の女が三人、もの珍しそうに入って来た。「いらっしゃいませー」と野太い声が店にこだました。礼恩がヘルプで呼ばれて行き、おいらは酒とつまみを運ぶように命じられた。腹が減って仕方がないので、柱の陰でこっそりチーズをつまみ食いした。ポテトチップスも数枚口に入れる。何食わぬ顔で盆を運んで行くと、客の女がびっくりしたようにおいらを見た。

「きゃー、この人、カッコいいー」

「慈叡狗です。よろしくお願いします」

気取って挨拶すると、中央にどっかり座っていたチーフが顎で指図した。

「慈叡狗、男メニュー持って来い」

男メニューって何だ。男用のメニューが用意されているのだろうか。うろたえていると、後ろから礼恩がそっと手渡してくれた。ホストの顔写真とプロフィールの載ったアルバムだった。だったら、そんな隠語みたいなこと言うなよ、最初から教えてくれよ、とおいらはぶすっとした。しかも、チーフは礼ひとつ言わず、おいらから奪うようにメニューを取り上げて、女客たちに見せ始めた。

「慈叡狗、載ってなーい」

ひと際不細工な、さっきの女が甘え声を出した。

「慈叡狗は新人だから、ねえんだよ」

チーフはそう答えた後、面倒臭そうに立ち上がった。観光客では指名を取っても意味がない、と踏んだのだろう。顎をしゃくって、おいらに席に着くよう命じた。おいらは、女たちの真ん中に陣取って、ビールを注いだり、煙草に火を点けたり、冗談を言ったり、サービスしまくった。が、いつの間にか、酌をして貰ったり、つまみを口に入れて貰ったりしていた。時々、背中に、店長やチーフの刺すような視線を感じたような気がしたが、女たちの奢(おご)りで結構酔ってしまった。ふと横を見ると、他のホストたちが女客の胸を触ったり、スカートの中に手を入れたりしている。おいらも、こっそり太腿に手を置いた。ホストって結構楽しいさいが、とおいらは能天気に思ったのだった。

午前四時。やっと店が終わった。最後の客を下で見送り、片付けが終わった。寮にも入れんし、ドミトリーまで歩いて帰るしかないな、と思ってうんざりしていると、おいらはチーフに事務室に来るよう、呼びつけられた。礼恩が、ヤベえぞ、という顔でおいらを見た。

ソファにはチーフの麗がどっかと座っていた。横に立っているのは、店長ではなく、キャップの翔だ。翔が竹刀を持っているので、おいらはだいぶ嫌な予感がした。パラマニでの出来事を思い出し、脚が震える。チーフが厳か（おごそ）に言った。

「慈叡狗、お前、盗み食いしただろ」

オゴエッ。何のことだ。おいらは首を傾げる。あのチーズとポテトチップスのことだ、と気付くまで相当な時間がかかった。おいらにとっては、盗み食いではなく、つまみ食いだったからだ。

「なにかよ、まずー」と、首を振って言葉を探す。

「敬語使え」と翔が間髪を容れずに怒鳴った。

「その前に、標準語喋れ」

チーフが憎たらしく言い添える。

「すんません、おいら宮古弁抜けなくて」

「お前は田舎者なんだよ。誰にも見られてないと思って安心してんだろ。でも、ボーイが見てたんだよ。お前、カマンベールふた切れ食っただろ。席でもな、形が崩れているって騒ぎになってんだ」

そんなプリギな、と思った途端、翔の竹刀が振り下ろされて、おいらの肩口をぽこんと打った。痛くはなかったけど、こんなつまらんことで殴られるのか、とおいらは不満を感じた。つまみ食いしたおいらも悪いが、ばれなきゃ誰でもやるだろう。そのくらいいいじゃないか、といつも思ってしまう。おいらは、怒鳴られたり、殴られたりするのが大嫌いだ。いや、好きなヤツはいないなー、と思う。

「ニヤニヤすんな、おら」

竹刀の先がおいらの胸元に突きつけられた。翔がマンガの中のツッパリよろしく、おいらを睨めつけている。

「すんません」

「すんませんじゃねえよ。二度とすんな。気を付けろ」

謝ったので許して貰えると思ったが、竹刀の位置は変わらず、おいらの胸を指していた。他のホストは怖れをなして、足早にロッカールームに消えて行った。

「お疲れ」

ドアが開いて、店長が姿を現した。だいぶ不機嫌そうで、目の下に隈が出来ていた。

「麗、お前、慈叡狗にシステムのこと、ちゃんと説明したのかよ」

「しました」

チーフが憮然と答える。何のことだろう。おいらはわけがわからず、ぽかんと口を開けている。

「お前、店長の客にエレチューしやがっただろ」

「あばっ。エレチューって何ですか」

「文字通りだ。エレベーターの中のチューだよ。客が喋ったんだ」

おいらは青くなった。たまたま客の一群を下に送って行った時、新しい客がすっと一人入って来て、エレベーターでおいらと乗り合わせたのだ。水商売風の薄着で、泥酔していた。

「あたし、『ばびろん』に行くんだよ」

「あ、おいらホストです。いらっしゃいませー」

「優紀いる？」

「店長すか。いますよー」

女は眉を顰めた。

「あいつさ、メール無視しやがってさ、頭来る。ホストの癖しやがってさ、客を手玉に取りやがってさ。それでいいと思ってんのかよー」

女がおいらに食ってかかってきたので、おいらは困って、女の両肩を押さえた。黒いベアトップを着ていて、肩の骨がモロに手に当たった。鶏のように細い骨だ。

「ねえ、あんた、『ばびろん』に最近入ったの」

女がおいらを見上げた。

「はい、今日から」

「名前は」

「慈叡狗です」

「ねえ、指名してあげよっか」

やった、とおいらは喜んだ。考えてみれば、最初に店長の名を言ったのだから、そのくらい気が付くべきだったのに、舞い上がっていたのだ。

「よろしくお願いします」

「だったら、チューくらいしなよ。男だろ」

いきなり抱きついて来たので、おいらは喜んでキスしてしまい、ついでにおっぱいも揉んでやり、貧相なケツにも触ったのだった。なのに、店に入った途端、女は店長のところに行ってしまって、おいらを振り向きもしない。どうなってんだ、と思っていた矢先だった。

「慈叡狗、あの客は俺がずっと営業してるんだから、余計なことすんじゃねえ。ここまで太くするのに、どんだけ時間かかったと思ってんだよ」

「でも、メールに返事しないって」

「アホ！」

三人が同時に怒鳴ったので、おいらは首を竦めた。

「営業だって言ってんだろうが。これも営業努力、あれも営業努力。手練手管で女を狂わせなきゃ、何のためのホスト稼業だよ」

優しげな声を出す店長は、怖ろしいニーニーに変貌していた。

「すいません、二度としません」

やれやれ。おいらは、一日目にして早くも、ホスト稼業に嫌気が差した。そして、どうしておいらは男たちにリンチされやすいタイプなのだろう、と絶望的な気分にもなっていた。こんなところは早くトンズラするに限る。が、どこに逃げればいいのだろう。あの汚いドミトリー以外に行く場所はもうなかった。今更、ミカのところに顔も出せないし、宮古に帰るしかない。それとも、独立塾ってか。おいらはもう一度ギンジに会いたかった。あいつの人生ゲームがどうなったか、最後まで見届けなくちゃ気が済まない。でも、今のおいらは何も持たないギンジより哀れだ、と思ったら可笑しくなった。高みの見物してたのによー。


パラマニ・ロッジのプライベートビーチでイズムたちに取り囲まれた時は、もっと怖かった。イズムと、イズムの片腕のチーフバーテンダーの吉田、バイトの男たち三人。全員が、おいらに対してすんきゃーマジに怒っていたからだ。

「宮古、お前、俺の作ったパラマニ・ロッジ汚すなよ」イズムは確か、おいらにこう言ったのだ。「お前がやりたいことはわかってるんだよ。適当に女と遊んで海でいい風に吹かれて、ただ飯食って、長逗留できりゃ文句ない、と思ってんだろう。が、そうは問屋が卸さない。お前の姿勢にゃ、愛もなけりゃ冒険もない。自由もなけりゃ勇気もない。あるのは、てめえの快楽だけ。それがびんびん伝わってきて、醜いんだよ。強くなけりゃ優しくなれないし、平和も来ない。そうだろ」

「あがいー。それって、大袈裟さいが」

おいらが口答えをした途端、吉田の掌が左の頰に当たった。あの時も、今と同じ気分だった。おいらは、そんな殴られるようなことしたのかー、と。おいらは咄嗟に打たれた頰を手で押さえた。銀次なら、飛びかかって行くだろうが、おいらはついつい、人数を数えるところがある。反撃は無理だ、と諦めた。

「待て待て」

イズムがなおも殴ろうとする吉田を諫めた。

「こんなヤツは殴ってもわからないよ。おい、宮古。お前、こっから出てけ。お前が手を出した客たちが、宮古、どこに行ったの、と騒ぎだす前にこっそり消えろ」

おいらは、東京からやって来た女子大生四人組にちやほやされて、分け隔てなく付き合っていた。

「なーんとなしに。何で、あんたにそんなことを言われなくちゃならんかー。恋愛は自由だろうが。それに、もてるのは、おいらの責任じゃないさいが」

「ここは、俺の王国だからだよ」

イズムはきっぱり言った。その言葉が合図であるかのように、吉田とバイトたちがおいらを殴り始めた。砂の上に倒され、足蹴にされた。砂まみれになったおいらはたまらん、と思い、海に飛び込んで泳ぎ始めたのだ。こんな地上にいるのなら、海の中の方がなんぼかマシだと思った。

沖に出ると水はかなり冷たくなったが、着衣水泳などお手の物だ。おいらは一時間以上かけて潮流に逆らって泳ぎ、悠々と漁港に入った。ロッジから漁港までは歩きで数十分かかる。ロッジのヤツらが待ち構えているかと思ったが、誰もいなかった。溺れる振りでもしてやればよかった、と思ったが、後の祭りだ。おいらは、漁港の突堤の陰でパンツ一丁になり、Tシャツとハーフパンツを絞って乾かした。次いで、紙幣も乾かす。漁師のニーニーが怪訝(けげん)な顔でこっちを見てたが、気にしない。どうも、と手を振ったら、近付いて来た。

「にいちゃん、どうした」

首に巻いたタオルを貸してくれたので、頭を拭いた。

「いや、天気が好いから泳ぎたくなったさーよー」

おいらは照れ笑いして、ごまかした。リンチされそうになって逃げ出した、なんて死んでも言えっこないさいが。カッコ悪かった。漁師のニーニーは、タオルをくれてどこかに行ってしまった。

おいらは、突堤の上で服とスニーカーを干しながら、これからどうするかを考えた。

盗難が怖いので金は全額持っていたが、荷物を置いて来てしまった。中に携帯が入っている。それだけが残念だった。ビーチの清掃担当になった時点で、濡れたらおしまいだから、携帯をポケットに入れて持って歩くのはやめにしたのだった。

腹が減ってきたので、漁港の食堂でソーキそばを食った。

「あ、宮古だ。宮古がいる」

歓声が聞こえた。ぎょっとして振り返ると、入り口に当の女子大生四人組が立っていた。うち二人が、臆面もなく男を追いかけて騒ぐタイプで、残りの二人が、おいらをやや本気に好きになりかかっている、という複雑な状況だった。勿論、おいらがセクハラをしている、とイズムに告げ口したのは、後の二人のうちのどちらかに違いなかった。おいらは全員にちょっかいを出していたのだ。

「何だ、生きてたんじゃん」

女子ゴルファーみたいに、髪をポニーテールにして、キャップの穴から垂らしている女が残念そうに言った。こいつがイズムに密告ったんだな、とおいらは確信したが、何食わぬ顔でソーキそばの汁を啜った。女の名は美嵐。おいらに一番惚れている、はずだった。

「宮古って、結構、図々しいよね」

言い過ぎだ、と仲間がはらはらしているにも拘らず、美嵐は続けた。きつい目が、裏切られた痛みに堪えかねているかのように、ますますきつく吊り上がっている。友情を壊し、かつ自分を裏切った憎いおいら、というわけだ。すんきゃーマジ。おいらはこういう女がちょっと好きだけど、この事態はうわり嫌いだ。

「てなわけで、美嵐ちゃん。おいらの荷物、ロッジから持って来てくれないかー」

おいらは頼んでみた。きついことを言ったのに、美嵐の目が微かに動揺した。もっと押したら、案外承知してくれたかもしれないのに、反対したのは、仲間の方だった。

「無理、無理。みんなすっごく怒っていて、宮古が帰って来たらフクロにするって言って、あんたの荷物をカフェの真ん中に置いて見張ってるんだからさ」

「あばっ。マジかー」

「マジだよ。イズムさんがあんなに怒ったの初めて見たって、ヤマさんが驚いてたってさ」

ヤマさんというのは、バイトの元締めみたいな立場にいる、おいらがコンビニで話しかけたバンダナを巻いた女だ。

「だっけどよー。おいら、携帯がないと困るさいが。美嵐ちゃん、携帯貸してくれないかー」

美嵐は迷った風に俯(うつむ)いた。後の三人が、やめた方がいい、と盛んに目交ぜしている。

「おいらの番号入れたんだろ。貸してくれよ。頼むよ、でないとおいらどうしようもないさいが」

おいらは美嵐の携帯を借りることに成功して、自分の番号を入れてみた。すぐに、

「ジェイク」と表示が出た。おいらは、美嵐だけに「ジェイクと呼べ」と言ったからだ。

　コールが鳴って、「はい」と男が出た。

「あのー」

おいらがひと言言った途端、大勢がどっと笑った気配があった。戸惑った隙に、美嵐が携帯を引ったくって、乱暴に切った。

「あたしの携帯からかけたってばれたじゃない。立場ないよー」

いいじゃないか、それくらい。一回やった仲じゃないか。おいらはそう言いそうになって、慌てて口を噤む。他の三人ともやってたからだ。

おいらは、女たちを店に置いたまま、自分の分の金を支払って外に出た。気温が下がってきている。湿ったTシャツとハーフパンツが重く冷たい。着替えたかったが、もう、パラマニには戻れないのはわかっていた。おめおめ帰ったら、土下座もんか、またしてもリンチか、嫌がらせの数々が待っている。にしても、おいらも嫌われたものさいが、と寂しくなった。どうして、宮古のワイルドでクールな、まんまリゾラバのおいらが、これほどまでに苛められなくちゃならんかよー。たかが、客の女に手を出したくらいで、何で殴られて、携帯も荷物も奪われなくちゃならんのかー。

　だが、さばさばした気分もあった。おいらの携帯に入っている番号が、全部、宮古関係者だったせいだ。オヤジ、オフクロ、長兄、次兄、姉貴、友達。そして、ミカ、美嵐。よっしゃ、全部引っくるめて捨ててやる。身ひとつで生きてやる。ギンジと一緒にいたせいか、そういうのも悪くない、と思う気持ちがどこかにあった。てなわけで、今度は、おいらの人生ゲームが始まったのだった。

昼下がり、おいらは、名護市までバスで行き、電話帳で石材店を探した。名護には一軒しかないので楽だった。おいらは、仲間石材店まで徒歩で向かった。ギンジにこう提案するつもりだった。

「ギンちゃん、五万貯まってなくてもいいから、一緒に那覇に行こう。おいらもギンちゃんと同じ境遇になったさいが」

那覇に行って、本物の銀次に会いたいと考えていることや、嘘を吐いたこととか、洗いざらい喋って、ギンジと仲良く旅をしたかった。

だが、石材店にギンジの姿はなかった。ガラス張りの店内には、スーツを着た初老のオヤジが一人、電話で喋っているのが見えるだけで、他には誰もいない。入りにくいので、おいらはぐるぐると社屋の周囲を巡り、どこかにギンジがいないかと捜した。裏の工場で、数人が働いていた。薄茶の作業服を着た若いヤツが二人、奥で爺さんと中年男が作業していた。

「あのー、すんません」

おいらは、一番入り口で作業していた若い男に話しかけた。金髪に染めたヤンキー風のヤツだった。男は何も言わずに尻ポケットに突っ込んだタオルを取り出し、長い時間かけて、石の粉だらけになった手を拭いた。おいらはその間、ひとことも喋れなかった。そういう雰囲気ではなかったのだ。やっと拭き終わって、こっちを睨めつけたのでおいらは聞いた。

「すみません、磯村ギンジいますかー」

「いねえよ」即座に返事が返ってきた。「すぐに辞めたさー」

「なーんとなしに。辞めたってかー」

おいらは驚いて聞き返した。

「根性ないばーよ」

男は吐き捨てて、「なー」ともう一人の仲間に同意を求めた。石粉まみれの仲間は、関心なさそうに目を泳がせながら、適当に頷いている。

「あっがいー、どこ行ったか知らんかー」

男はおいらの問いかけに答えようともせず、仕事に戻ってしまった。埒が明かないので、ガラス張りの社屋に寄って聞いてみようと思ったけれども、一人残ったオヤジが相変わらず電話で話しているのを見たら、たかがバイトでしかないギンジの行方なんか、誰も関心を持たんだろうなーと思ってやめにした。それより、海水に濡れた服が潮臭いのが気になったってのが、本音だったかもしれん。洒落者(しゃれ)のおいらには堪えられなかった。つまりは、気が引けたってことだ。だから、街に引き返し、ユニクロを見つけて九百九十円のTシャツと千九百九十円のカーゴ・ハーフパンツ、下着、ビーチサンダルを買って着替えた。宮古で服を買うと他のヤツらとかぶることが多い。それが嫌で、わざわざネット通販で服を買っていたおいらも、とうとうユニクロ者になってしまったと思いながら。転落の始まりってか。

おいらは新しい服装で、名護の街をぶらぶら歩いたが、そのうち、めげてきた。実は、ギンジがおいらに連絡もしないで、どこかに行ってしまったことがズキバキだった。電話番号を書いたメモを渡したのによー。拾ってやったギンジに見放された気がして、すんきゃーショックだ。

一週間前、ギンジと別れた朝の出来事を思い出す。あの時のギンジは、ミカに礼も言わずに逃げるおいらをだいず怒っていた。そんなに悪いことしたのか、おいらは。下地銀次のように生きる、と決意したおいらを、ギンジが批判しているような気がして、うわり気分が悪かった。銀次という存在が癪だから、あいつにギンジという名前をつけて憂さを晴らしたのに、その「銀次二号」がおいらを否定する皮肉。わかるかー、これ。仕掛け人はおいらなのに、皆がおいらを蔑ろにしている感じで、寂しかった。そうだ、おいらは一人きりになってしまったのが寂しいんだ、と気付いても、どうにもできん。それに、ギンジの人生ゲームを最後まで見届けられないのが癪だし、おいらは結構しぶといギンジが好きだった。てなわけで、おいらは柄にもなく、反省を含めてあれこれ考えたのだが、結局どうにもならず、夕暮れの街をほっつき歩いただけだった。

がさごそ音を立てるユニクロの袋の中には、海水に浸った服とスニーカーが入っている。ステューシーのTシャツとアバクロのパンツ。ナイキのシューズ。おいらの宝物だ。早く洗わなくちゃならん、と思ったら、急にミカの家に行ってみる気になった。洗濯させて貰って、あわよくば泊めて貰って、優しくして貰って、飯を馳走になって、さらに連泊して、ついでにパラマニに荷物を取りに行って貰って、と、して欲しいことがどんどん浮かんできた。ギンジがいたら、「ジェイク、あり得ないよ」と首を振っただろうが、おいらはやってみる価値はあると思った。

だが、ミカのマンションの前まで来たら、あのンズギとまた付き合わなくちゃならん羽目になるのが急に嫌になった。今度捕まったら、逃げられない。だけど、世界はうわり広い。パラマニに泊まっていた美嵐たちだって、ミカの百倍は綺麗だった。それに、聡美がまだいて、二人しておいらを責めるかもしれないし。

萎えたおいらは、前にも行ったことのあるコンビニに入り、ゲストハウスの情報を探した。一泊千五百円の値段はどこも同じなので、なるべく近いところを選んで行くことにした。服を買ったせいで、怖ろしい速さで金がなくなっていくのを実感していたから、バスに乗るのさえ嫌だったのだ。結局、名護市内にある「ジュゴン」という名のゲストハウスに向かった。

「ジュゴン」は、まだ小さい子供のいる若夫婦がやっているゲストハウスだった。海が遠いのに、ダイビングやシュノーケリングを売りにしている。その晩、おいらは相部屋に泊まり、服や靴をやっと洗って、何となく安心して眠ったのだった。

翌朝は、土砂降りだった。おいらは、一食二百五十円の朝食を食べながら、途方に暮れていた。今日こそ那覇に行こうと思っていたのに、雨じゃ動けない。また服を濡らすのが嫌だったし、洗濯物も乾き切っていない。表には出ず、おいらは一日ごろごろ寝て過ごした。翌日も雨。その翌日も雨。雨に閉じ込められたおいらは、何もしないのに、無駄に金がなくなっていくのが不安になり、思い切って、オーナーに聞いてみた。

「あのー、ここでバイトできませんかー」

髪を短く刈り込み、忙しなく動き回っているオーナーは、おいらの問いに立ち止まった。

「きみ、運転免許ある？」

「あばっ。運転はできるけど、免許はないさーよ」

オーナーは、白い歯を見せて笑った。

「それじゃ駄目だよ。だったらパソコンできる？」

「できないことないけど、すんきゃーできるわけでもないです」

我ながら、歯切れの悪い答えだった。ネットで服を買う、と言っても、おいらの場合は、申し込みも支払いも姉ちゃん任せだった。オーナーは、「悪いけど」と申し訳なさそうに言い、カッパを着てせかせかと表に出て行った。こうなると、イズムが何もできないおいらを雇ってくれたのは、奇蹟に近かったんだ、と思えるから不思議だった。ミカが泊めてくれたことも、本当に親切な女だったんだ、と感謝の気持ちでいっぱいになる。ギンジが、おいらのミカへの仕打ちを怒ったのも、今になってわかる気がした。自分の魅力で開いた運を、おいらは惜しげもなく捨ててしまったのかもしれん。人はこうして学習していくんだな、としみじみしたが、もう遅い。

おいらは雨の中、出て行く決心をした。パラマニに置いてある荷物は、ほとぼりが冷めた頃に取りに行けばいい。玄関先でビニール傘をかっぱらい、おいらは那覇行きのバスに飛び乗った。バスの中ではいつの間にか寝てしまい、気付いたら、那覇に到着していた。

那覇で泊まったのは、一泊千円のドミトリーだ。貧乏そうなナイチャーがたくさんいて、みんな仕事を探しながら数カ月は逗留していた。盗難が相次ぎ、酒宴のどんちゃん騒ぎとその後の喧嘩も連日だった。おいらは金を盗られないように、毎晩ポケットを押さえて寝た。

晴れていれば那覇の街を歩き回り、雨の日はベッドで薄い布団にくるまって雑誌を読んだり、ながんびて過ごした。そのうち、無用に金だけが出ていくのが惜しくなり、おいらは、二食しか食べないことにした。朝は宿の安い定食、夜は市場で買った総菜をおかずに白飯を買って食べる日々。街を歩きながら、銀次とギンジの姿を捜したが、どちらにも会わなかった。ばかりか、那覇に宮古の知り合いもだういるはずなのに、誰とも出会わない。

おいらの顔が変わったせいで向こうも気付かないのだろうか、と考えたこともある。

おいらは、一日二食のせいでだいぶ痩せ、前よりシャープで翳のある宮古青年になっていた。空腹には参ったが、いいぞ、と内心思ったりもしたのだった。

ある日、相部屋に新しく来た男が、馴れ馴れしく声をかけてきた。体重百キロはありそうな、汗っかきのデブで、沖縄ってどんなところか見に来たんだ、と聞かれもしない答えを言うヤツだ。

「ねえ、ねえ。一緒に仕事しないか」

「どんな仕事かー」

おいらは二階のベッドに寝転んで、誰かが置いていったマンガ雑誌を読み耽っていた。

「俺、詩を書くんだけどさ。おたくはそれを道端で売ってくれないかな。儲けは四対一。どう」

おいらは半身を起こし、ベッドの柵越しに、そいつの顔をまじまじと観察した。栄養満点でまん丸に太り、黒縁の眼鏡を掛けている。太っているせいで老けて見えるが、二十五歳くらいだろうと思われた。男は、汗で滑り落ちる眼鏡を指で押し上げながら、おいらを説得した。

「千円の色紙が一枚売れたとしたら、俺が八百円で、おたくが二百円になるんだよ。いい話じゃない？」

おいらは首を傾げた。得なのか損なのか。

「何であんたが売らんかー」

男はふざけて自分の体を指した。

「わかるでしょう。俺じゃ、女の子逃げてくから」

つまり、おいらがいい男なので、売り子になれってことか。勿論、悪い気はしなかった。

「どうしよっかなー」

「迷うことないでしょう。おたくは何もしなくていいんだから。ただ、道端に座って客が来るのを待ってればいいだけなんだもの。俺はさ、ここで毎日詩を書くから大変なんだ」

男は小さな色紙をおいらに手渡した。「てのひらのぬくもりって、とっても小さいけど、熱い花です」と文字が書いてあって、両手の間に花が咲いている、うわり下手糞な絵が描いてあった。

「あばっ、何だこりゃー」

男は気を悪くした様子もなく、次々と色紙を見せた。どれも皆、薄気味の悪い言葉と下手な絵を組み合わせた面妖な代物で、こんな物が果たして売れるのかどうか、おいらにはわからない。わかるのは、おいらは死んでも買わんということだけだった。おいらが引いているのを見て取って、男はしつこく言うのだった。

「ねえ、おたくもてるでしょ。女の子が放っておかないでしょう」

その通りさーよー、とおいらは優越感を持って男の顔を眺めた。色白で、鼻がちょんと上を向いているおかげで、眼鏡が辛うじて引っ掛かっている。顔も鼻も目も何もかもがまん丸だ。

「わかったよー。おいら、やるよ」

「よかった。俺はアレックス。あんたは」

あばっ。アレックスってか。おいらはジェイクと自己紹介するつもりだったのに、二番煎じみたいになるので躊躇って(ためらって)しまった。

「おいら、昭光さーよー」

仕方なく、本名を名乗った。

「オッケー、昭光」

アレックスは外人みたく、握手のための手を差し出してきた。

「儲けは四対一でよろしく頼むよ」

握手すると、肉厚の手は汗ばんでいて、うわり気持ち悪かった。

てなわけで、おいらは翌日からアレックスの書いた下手糞な詩をだう持たされて、国際通りの裏道に露店を出すことになった。

アレックスの指示通り、黒い布を道端に広げ、詩と絵の描かれた色紙を並べた。一枚千円で売れ、と言われているから、一枚売れる毎においらの収入は二百円ということになる。最初は、こんなもの売れるのかー、と半信半疑だったが、露店を広げた途端に、観光客の女がすぐさま寄って来たのには、うわり驚いた。

「これ、あなたが書いたの」

「そうよー」

おいらは嘘を吐いた。

「すごーい」

「ほんと、すごいね」

二人連れの女は、同じ反応を示した。すごい、すごいと言いながら、おいらを称えるように見るのだ。ちょっといい気分だった。女たちは、二十二、三歳くらい。真新しい白い帽子を被って、双子のように似た格好をしている。

「絵うまいねー」

「ほんと、それにいい言葉だね」

一人が膝を抱えて座り、熱心に眺め始めた。もう一人は、一枚の色紙を手にして読んでいる。客がいると、足を止める人間も増える。座り込んだ女の子がおいらの顔を見て言った。

「ねえ、あなたアレックスっていう名前なの」

何で知ってるのかと焦ったら、色紙の端に「Alex」と気障(きざ)な字で署名してある。仕方なしに、おいらはもごもごと答えた。

「ああ、そうだはずー」

「ねえ、アレックスさん。あたしにいい詩を選んでくれませんか」

マジかー。おいらはうわり驚いた。アレックスがゲストハウスの片隅で、あらよっと適当に書いた詩なのに。しかし、おいらは真面目な表情で選ぶ振りをした。

「これ、どうかー」

「『意味のある人生は、意味があると思った人にしか宿らない』」

女が嬉しそうに詩を読んだ。女が目を閉じて考えている絵が描いてある。別の女が負けじと言う。

「じゃ、あたしにも選んでください」

「なんとなんと」

おいらは別の色紙を女に渡した。「みんなそれぞれ違うんだよ。だから、世界は面白い」。種類の違う葉っぱが、たった三つ描いてある絵だ。

「じゃ、あたしこれ買います」

「あたしも」

あっという間に、二千円の売り上げだ。おいらの取り分は四百円。嬉しかった。別の観光客が来て、熱心に眺め始めた。この分じゃ全部売れるんじゃないか、と思ったが、そうは問屋が卸さなかった。

「ねえ、これ素敵じゃない」

女が連れの男に言うと、そいつは小馬鹿にしたように吐き捨てた。

「どっかで聞いたことがあるような文句だな」

「あばっ。おいらが考えた言葉さいが。おたく、何か文句あるかー」

おたくというのは、アレックスの口癖だ。おいらの怒りに怖れをなして、客は逃げて行った。それっきり色紙はぴたりと売れなくなった。じりじりと五月の太陽が照りつける。喉がだいぶ渇いた。だが、店をほったらかして水を飲みに行くわけにもいかない。おいらは早くも、売り子を引き受けたことが重荷になっていた。つくづく、おいらって、労働に向いてない男だ、と思う。

「これ、幾ら」

日傘を差してサングラスを掛けた中年女が、一枚の色紙を指した。「あなたをどこかで想っている人がいます。あなたが誰かを想っているように」。女の横顔を描いた古臭い絵がついている。

「一枚千円さーよー」

「高いねー、まけて。五百円」

オゴエッ。値切られたのには驚いた。

「駄目さーよー。千円って、決まってるさいが」

「あんた、宮古だね。『Alex』なんて外人の振りして嘘こいて、こんなの千円で売るなんて、阿漕（あこぎ）さいが」

「あっがいー、嘘って言われたさーよー」

「宮古なら嘘さいが」

色紙を店に飾ると言う女は、同郷だった。弱みを摑まれたおいらは、しつこい値段交渉に負けて、とうとう八百円で売る羽目になった。

結局、日がな一日道端に座って売れた色紙は、たったの五枚。そのうち一枚は、八百円だったから、売り上げは四千八百円だ。おいらの取り分は、たったの九百六十円。喉の渇きや空腹や腰痛に堪えてこの値段かと思うと、割に合わない気がする。

しかし、疲れ果ててドミトリーに帰り、待ち構えていたアレックスに売り上げ金を渡したら、アレックスは怒った。

「何で勝手にまけるんだよ。一枚千円は、決して高くない。千円札一枚で買えるようにしたいという俺の好意なんだぞ。芸術家の良心だ。それを勝手に値下げするなんて、俺を馬鹿にしている」

「だったらよー、あんたが売ればいいさいが」

おいらがキレると、アレックスはにやりと笑って、首に巻いたタオルで汗を拭いた。

「まあまあ。一日目だからさ、失敗は仕方ないよ。明日も頼むから」

「だったらよー。今日の分くれよ」

「それは一週間纏めて払うことになっている」

「あばっ、話が違うさいが」

「そんな話はしてなかったじゃないか。別におたくじゃなくて、他のヤツに頼んでもいいんだよ」

一日たった九百六十円の儲けでも、ドミトリーの一泊分は浮くことになる。おいらは仕方なしに引き下がったのだった。

こうして、おいらは一週間、詩の露店を出し続けた。平均すれば、一日五、六枚は確実に売れた。だから、おいらの取り分は、一週間で一万円近くにはなった。要領を覚えて楽になったし、アクセサリー売りのネーネーとか、露店仲間も出来た。おいらを気に入って、飲み物を差し入れてくれる客もいた。おいらは自分の労働の結果にいたく満足したのだった。

が、結論を先に言えば、おいらは騙された。アレックスが、支払日に、金を細かくしてくる、とドミトリーを出たまま、帰らなかったのだ。荷物もいつの間にか消えていた。後でわかったのだが、おいらの他にも、ドミトリー内で騙されていた者がいた。一人は若い女で、もう一人は中年のおっさん。アレックスを石垣島で見た、と証言するヤツも現れて、おいらはすんきゃーショックだった。何がショックだと言って、おいらが甘い人間だと見透かされたことだった。そんなこともあって、金が減ることはあっても増えることのないおいらは、もっと安いドミトリーに移らざるを得なかったのだ。

てなわけで、これが、おいらが「ばびろん」に来るまでの顚末だ。那覇に来て、すでにひと月以上。銀次にもギンジにも会わずに一人で頑張ってきたけど、さすがのジェイクも金には敵わない、というわけさーよー。

話を「ばびろん」に戻すと、ホスト一日目は、当てが外れまくった、さんざんな日だった。チーフとキャップに責められて、竹刀で殴られたのは勿論、ホスト募集のチラシに書いてあった支度金十万円は、本採用になるまで貰えないことがわかったし、寮に入れると期待していたのも、試用期間が過ぎるまでお預けなのだった。

現実は厳しい。おいらは昇りきった朝陽が照らす道を三十分以上かけて、「ばびろん」からドミトリーまで徒歩で帰った。おいらが泊まっている一泊八百円のドミは、値下げ競争の激しい那覇でも、最低の値段だ。金を遣いたくない貧乏な若者が、爪に火を灯すようにちまちまと暮らしている。おいらと同床になったヤツもそうで、おいらが帰らないと思ったのか、一人でベッドを占拠してながんびていた。おいらは頭に来て、乱暴に起こしてやった。男は、がっかりしたように脇へ退いた。でかい男が狭いベッドを二分しているのだから、堪らない。男が文句を言った。

「あんた、酒臭えよ」

「あばっ、仕事さいが。文句あるかー」

男はぶつくさ言いながら起き上がって、どこかに行ってしまった。おいらは他人の体臭の残るベッドで、疲れた心と体を休めながら考えていた。何とか試用期間をクリアして、本採用になってやる、と。後がないおいらとしては、珍しく前向きだった。

目が覚めたら、すでに夕暮れだった。おいらは無料のシャワーを浴び、誰かのシャンプーを使って頭を洗い、回っている洗濯機の中にこっそりパンツやTシャツを入れた。これは頃合いを見計らって、自分の分だけを取り除く、という至難の業が伴うが、洗剤代が勿体ないから仕方ない。

　日が完全に暮れてから、おいらは「ばびろん」に向かった。事務室に行ったが、誰も出勤していない。ソファに座っていると、寝起きのような惚けた顔をした礼恩が現れた。

「慈叡狗。来るとは思わんかったやっさー」

　おいらは照れ笑いした。空腹だったので、腹が鳴った。

「お前、金がないのか」

　おいらの所持金は、二万九千円。宮古島に帰る費用を抜かせば、二万しか遣えない。一日二千円とすれば、もう十日分しかなかった。

「そうだはずー。礼恩、何か食い物ないかー」

「来いよ」と礼恩に言われ、おいらは店に下りた。

「俺、店に泊まってるばーよ。お前も今日から、ここに泊まればいいさー」

「オゴエッ。竹刀で殴られんかー」

　おいらは驚いたが、礼恩は肩を竦めた。テーブルの上に昨夜の酒が残り、空気が淀んでいた。礼恩は、開いたビール瓶に口を付けた。

「この時間に起きれば誰も気付かんばーよ。どうせ、チーフや店長が出勤してくるのは九時過ぎさー。片付けは俺たちの仕事だしさー」

おいらは、皿の上に残っている柿の種を食った。湿っていたが、惨めだ、なんて思わなかった。昨夜、カマンベールチーズを盗み食いしたのは、要領が悪かった、と思っただけだ。おいらと礼恩は狭い厨房に入り、ばれない程度につまみや残り物を食べた。宮古のお坊ちゃんだったおいらが、盗み食いをしているのだ。オヤジに見せたかった。

「店が終わった後、ソファに寝ればいいさー。どうせアフターなんてないし」

礼恩は、酒好きらしく、残ったワインやウイスキーなどを次々と飲みながら、瓶を片付けている。

「アフターって何かー」

礼恩は、軽蔑したようにおいらを見た。

「フラー。お前って、本当に何も知らないんだな。アフターって、店が終わった後に客と付き合うことばーよ。飯食ったりよー、カラオケ行ったり、女の部屋に行って枕するばーよ」

「枕って何かー」

「セックス」

礼恩の答えに、おいらは驚喜した。こんないい仕事って他にあるかー。

「あばっ。だったらよー、ホストって楽しい仕事さいが」

「くぬフラーが」礼恩は煙草の煙をおいらに吐きかけた。「女が自分に惚れてる基準て、何で測るか知ってるかー」

「枕の数じゃないなー」

「フラー」礼恩は嬉しそうだった。「ほんとにお前はフラーばーよ。金だよ、金。どんだけ金を遣わせるかで、女が自分に惚れている値がわかるさー。それを競うのがホストさー。つまり、モテ自慢ばーよ」

おいらの膝が震えた。ミカが、おいらのためにテレビを買うと言った時、おいらはびびったものだ。女にそれと同じこと、いやもっとでかいことをして貰って平気な顔をしていなければ、上等なホストになれないのだとしたら、どんなンズギもいい気分にさせなくちゃならない、ということにならないか。おいらは女が好きだが、荷が重かった。いい女しか好きじゃないからだ。仕事は辛いものさーよー。溜息が出た。

「慈叡狗はもてそうだから、チーフもキャップも戦々恐々としてるわけさー。だっから、あんな竹刀持ち出して脅してるばーよ。イジメばーよ」

礼恩はおいらの表情を抜け目なく見ながら、続けた。

「店長は店の売り上げが大事だから、お前を雇いたいけど、チーフやキャップは、お前に売り上げの順番を抜かされるかもしれないから、辞めさせたいさー。ここは内地の『ばびろん』グループがやってるから、意地でもお前に勝ちたいばーよ」

「あばっ、どうしてかー」

「ベストをナイチャーで占めたいわけさー。ここのベストはみんなナイチャーばーよ」

おいらは礼恩が言うことを聞いてなかった。どうしておいらが、いつも男たちにリンチされるのか、その理由がわかった気がしたからだ。ワイルドでクールで、翳のあるおいらは、男たちに嫉妬されるのだ。

「慈叡狗、お前、これから俺のことを師匠と呼べ」

さんざんおいらに講釈を述べた礼恩が威張った。おいらは頷くしかなかった。慣れないおいらがホストとして生き抜くには、世慣れた礼恩がいなければどうにもならない。おいらは、礼恩を師匠と仰ぐことにした。

礼恩は、糸満（いとまん）の漁師の息子だそうだ。中学時代、野球に明け暮れて肩を壊し、ぐれて高校は途中で辞めた。那覇に出て来てからは、ウェイターやバーテンをして暮らしていたという。が、歳を聞いたら、おいらより半年上でしかなかった。

二人でだらだらと片付けをしたり、ばれない程度に手を抜いて掃除をしているうちに、ホストたちの出勤時間になった。

「うっす」と、チーフの麗が現れた。今日は、黒いスーツにネクタイを締め、会社員のような格好をしている。

「慈叡狗、お前、Tシャツくらい替えろよ。汗臭えぞ」

早速、苦言が飛んだ。

「支度金くれなきゃ、買えないさいが」

「何だと。お前、標準語使え」

「支度金を貰わないと、買えないです」

馬鹿正直に直訳すると、麗が不快な顔をした。

「アホ。敬語使え、敬語」

これも嫉妬故のイジメか、と思えば我慢できる。抗弁しないおいらを、チーフは気味悪そうに見ている。

だが、店長はおいらを見て意外な顔をした。

「もう来ないんじゃないかと心配してたんだよ。頑張ってよ、慈叡狗」

店長にそう言われて、悪い気はしなかった。よーし、ベストに入るぞ、とおいらはまたも前向きになったのだった。

店の掃除をしたり、グラスを磨かされたりした後、おいらは礼恩と、キャッチに行かされることになった。キャッチというのは、客引きのことで、チラシを配りながら誘う。そのチラシにはＳ券という初回千円のサービス券が付いている。初めての客をちやほやして、指名させてしまえば、常連への道だという。そして、その客が別の客、つまり「枝」を連れて来るのだとか。

「結局は、男の品定めに勝つしかないさー」

「師匠、だったらよー、どうやって勝ったらいいかー」

「フラー、昨日教えただろうが。芸風を確立して、個性で競うわけさー。営業にもいろいろあるばーよ。色恋とか、アフターとか、枕とか。店長は、アイドル営業だから楽さー。歌舞伎町（かぶきちょう）で超有名なホストで、『ばびろん』グループに引き抜かれたさー」

礼恩は、業界用語を好んで使う。おいらには、ほとんど意味がわからなかった。おいらの芸風の手本は、下地銀次だ。銀次なら、どういうホストになるんだろう。きっと金を持っていそうな女を次から次へと狙い撃ちするんだろうな、と思ったが、どこに行ったら、金のある女がだういるのかもわからん。おいらは、ネオンで桃色に染まった那覇の繁華街の空を見上げた。

「だったらよー、師匠。初回の客は、おいらたちにもチャンスがあるってことさいが」

「フラー」礼恩は舌打ちをした。「俺たち新人はヘルプにつかされたり、クロークやらされたりするから、滅多なことじゃねーばーよ。ただ、うちは後発だから、ごくたまに、ホームページとかに力入れてるだろう。おいらみたいなド新人でも載せてくれるから、ホームページの写真見て指名入ったりするってさー。お前の写真も載ってたさー」

「あばっ。携帯ないから、見られないさいが」

ホストとなった自分の顔を見てみたかった。すると、礼恩が呆れた風に目を剝いた。

「くぬフラーが。ホストが携帯なかったら、どうやって営業するばー。指名取ってから、店長に相談してみろ。営業用の携帯くらいあるさー」

おいらはすっかり気が楽になった。おいらたちは、国道五十八号を渡り、一銀通りを久茂地の方に向かって歩いた。途中、若い女が通ると、店のチラシを配って誘ったが、誰も乗ってこない。後からついてくる礼恩が、おいらの背を拳で突いた。

「慈叡狗、スマイル、スマイル」

礼恩に言われて、一生懸命、頬に力を入れて薄笑いを浮かべていたら、顔が攣った。おいらはバカバカしくなった。何で、こんなプリギたことをしてるんかー。ただのナンパなら成功するかもしれんのに、おいらは黄色、礼恩は紫のスーツなんか着ているから、女たちは最初から引いている。

だけど、ここで諦めて宮古に帰れば、市長を狙うオヤジの監視はますますきつくなって、おいらは座敷牢に入れられるかもしれん。それは冗談としても、今更、シャッターがだう下りた西里のしけた飲み屋街なんか、うろつきたくはないさーよー。選挙に血道を上げるオヤジや久光がおいらの行状を知って、だいず怒るだろうと思うと、すんきゃーいい気味でもあるし。やはり、ここはタヤにならんと、おいらの生きる道はないさいが。

「ねえ、ねえ、彼女。ホストクラブ好き？」

猿みたいに背を丸めた礼恩が、無理して標準語を使っている。

「ウソッ、あんたがホストなの。ウソッ」

ナイチャーらしい若い女たちが、どっと笑った。礼恩はめげずにおいらを指差した。

「こいつ、どう」

これ見よがしに、赤いタンクトップから黒いブラ紐を出して挑発している女が、おいらを見上げて肩を竦めた。

「まあまあ」

「あばっ、まああってかー。だいず俳優顔、言われたおいらが」

「顔濃いの、好きくないもん」

礼恩が小気味良さげに笑ったのが、うわり頭に来る。ぶすっとしていると、礼恩がおいらの頭をぶっ叩いた。

「ユクシッ。こんのフラーが、マジになるなー。女の趣味だって、いろいろばーよ」

「なーんとなしに。ホストって辛い仕事さいが」

久茂地川から生温い夜風が吹いた。その風に乗って、食い物の匂いが漂ってくる。急に「ステーキ太郎」のステーキが食いたくなった。しけたピーナッツや、誰かの歯形が付いたチーズしか食ってないおいらは、ひもじさに身悶えた。

久茂地の洒落たレストランを眺めると、窓際の席に知った顔がいる。ゆうべ、おいらを竹刀で脅したキャップの翔だ。奥の席に堂々と座ってこちらを向き、通路側に女を座らせて平気でいる。明らかにヤンキー出身で、麗と同じくオラオラの翔は、女そっちのけで、携帯メールを打っていた。後ろ向きの女は、長い髪を背中に垂らして、後ろ姿は可憐だけど、痩せた肩がだいずひんすーだ。

おいらの好みじゃないが、金は持っているんだろうな。だってよー、二人はシャンパンを飲んでいる。おいらは、礼恩を肘で小突いた。礼恩はちらりと横目で翔を見遣り、羨ましそうに言った。

「同伴出勤ばーよ」

「あばっ、だったらよー、師匠。どこに行ったら、ああいう豪気な女に会えるかー」

「うりーっ、ほんとの夜の街さー」

「だったらよー、それはどこかー」

「やーはフラーか、店の近くやし」

半分ナンパ気分だったおいらたちは、ナイチャーや普通の女たちがだういる国際通りに行こうとしていたが、急にマジになって、松山方面に戻ることにした。再び国道五十八号を渡り、裏道を松山大通りの方に向かう。一帯は、キャバクラやスナックが密集する歓楽街だ。道に座り込む若いヤツや酔客を避けて、おいらは客引きに出ている水商売の女の子たちに、端から声をかけた。お互い、店に呼び合っているんだから、だいず可笑しい。

「わあ、いい男。サービスするからお店に来てよ」

「あばっ、おいら、ホストさいが。あんたもおいらの店に来ーよー」

おいらは、なるべくシズギな年上ばかり狙って声をかけることにした。そういう女が、おいらみたいなワイルドでクールで、翳のあるタイプに弱いのは、ミカで実験済みだ。

「ネーネーたち、帰りに遊びに来ーよー」

おいらは、殊更に白い歯を強調して愛想良く、S券を配り歩いた。

「ネーネーだって。あんた、どこの出身」

色黒故に白いドレスがうわり似合う女が、真面目な顔で聞いた。

「宮古さいが。宮古の慈叡狗。指名してねー」

「宮古はチュラカーギが多いって本当ねー」

女がおいらの顔をうっとり見つめた。だいず、いい気分さいが。ちゃっかり、礼恩も隣の女に頼んでいる。

「俺は礼恩ばーよ。糸満の礼恩。俺も指名して」

「あんた、レオンって顔かー」

「糸満じゃ、普通の名前ばーよ」

礼恩が言い返し、女たちがきゃははと笑いこけた。おいらは楽しくなって、別れ際に女たち一人一人と握手した。ンズギであればあるほど、はっとしておいらを見上げる。

「うわっ、あんた、手が大きくて温かい」

「エルメス」というスナックの前で、太めの女が嬉しそうに言った。

「だっからよー、包んでやるさいが」

「へー、どこを」

おいらは頭を絞った。

「ネーネーの全部さいが。指名してくれたら、おいら、心から尽くすさーよー」

「尽くしてくれるの、ほんと？　だったら、今度行くねー。頑張って」

女が顔を輝かせたので、おいらはツボを摑んだ気がした。礼恩がおいらを感心したように見てから、ユクシッユクシッと何度も小突いた。

「慈叡狗、お前、ホストの才能あるやし、色恋営業でいけるばーよ」

礼恩は、「フラー」と罵らないどころか、おいらを師匠と仰ぎそうな勢いだ。おいらは、下地銀次が乗り移ったようで、だいずいい気分だった。ネオンの瞬く街を、ポケットに両手を入れ、肩を怒らせて歩く。店長のように女を夢中にさせ、翔のように女に奢らせて美味い飯を食い、チーフの麗のように威張り散らし、下地銀次のように次から次へと女を捨てていけばいい。つまりは、アイドル系とヤンキー系とオラオラ系と色恋系と枕系と銀次系。すべてがミックスされた理想のホストが、慈叡狗というわけさーよー。

一時間程度、歓楽街を流して店に戻ったら、ちょうど開店前のミーティングが始まったところだった。二十五人のホストが、髪型や服装をばっちりきめて、店長をぐるりと取り囲んでいる。店長は、ブラックライトに映える白シャツを臍の辺りまで開け、金のピアスに、揃いの金のチェーンを胸に垂らしていた。

「六月四日、麗のバースデイイベントをやります。演し物は、パラパラとカラオケに決まりました。パラパラ班は、大和、覇流、礼恩、慈叡狗の四人」

オゴエッ。パラパラってか。自慢じゃないが、おいらはパラパラなんか踊ったことがない。子供の頃、名探偵コナンがパラパラを踊るアニメを見て仰天し、てぃんちゃんと真似したっきりだ。

「それと、新人の慈叡狗君に今、携帯サイトから二人の指名がありました。翌日二人指名は、『ばびろん』の新記録です。慈叡狗君、頑張ってください。拍手ー」

マジかー。おいらに指名ってか。途端に、おーっという野太い歓声とまばらな拍手が起きた。おいらは、うっすとチーフの真似をして首を突き出して見せ、拍手には手を振ってこたえた。

「くぬ色男がー」

礼恩が背伸びしておいらの耳に囁き、ユクシッとまた脇腹を突いた。嬉しさで、おいらの顔が緩んだ。やっぱり、おいらは女にもてるさいが。

店長が声を張り上げた。

「はい、今日も一日、お客様を楽しませ、自分も楽しんでください。では、恒例の遥拝に移ります。ホストクラブ発祥の聖地、歌舞伎町の方角に向かって一礼。今日も頑張りまーす」

「今日も、頑張りまーす」

ホスト全員が、壁に向かって最敬礼し、唱和したのには、だいず驚いた。だが、礼恩を含め、数人はにやにや笑っている。

「だからよー、でーじナイチャー支配ばーよ」

礼恩が吐き捨てるように言った。

「あばっ。何だ、それー」

「フラー、何度言ったらわかるかー。ここは、ナイチャーの店ばーよ、ナイチャーが威張っとるわけさー。何で、ウチナーンチュが歌舞伎町を遥拝せにゃならんばー」

「ヨウハイ？　おいら、ウチナーンチュじゃないさいが。おいらは宮古さいが」

「フラー、やーは同じ沖縄県民なわけさー」

　おいらは、独立塾で「離島出身」と本島のヤツらに馬鹿にされたことを思い出し、柄にもなく複雑な気持ちになったが、指名を貰った嬉しさで、そんなことはすぐに忘れてしまった。おいらの魅力で開いた運を、今度こそ逃さないようにしなくちゃならん、と思う。

　翔が、一緒に飯を食っていた客を連れて現れた。たっぷり飯を馳走になってから、遅れて出勤してもいいのかー。おいらは同伴が羨ましくてならない。もう一人の客は、店長の常連だった。

　おいらを指名してくれた客が早々と現れた。ショートカットの痩せた女だった。おいらより遥かに年上で、大きな青い石の指輪を嵌めている。くたびれた顔をしていて、うわり不幸そうだけど、金を持っていそうだ。おいらはわくわくした。

「よかった。実物の方がカッコいい」

　客は、真っ赤に塗った唇を綻ばせた。おいらはその唇を見つめて最敬礼し、大声で叫んだ。

「初のご指名ありがとうございます。慈叡狗、お客様に尽くします」

「尽くすって、何をしてくれんの」

　客が煙草をくわえて首を傾げたので、おいらは慌ててライターで火を点けた。

「わかんないけど、何でもするさー」

客が吹き出した。

「面白いわね、この人」

もう一人の客は、ソープで働いているという若い女だった。ただただ若い男と楽しく遊んで、仕事の憂さを晴らしたいというタイプだ。

おいらはソープ嬢にも同じ台詞を怒鳴った。

「ご指名ありがとうございます。慈叡狗、お客様に尽くします」

ホストたちが一斉においらを振り返った。ヘルプについた礼恩がおいらに聞いた。

「今のやーの発明かー」

「そうさーよー。尽くし営業さいが」

指名してくれた客のために、何でもするホスト。咄嗟に出た言葉だったが、おいらは、尽くし系でいくことにしたのだった。下地銀次でもない、おいらだけの芸風が確立した、記念すべき夜だった。

店が終わったあとは、礼恩と店に泊まった。他にも、本島出身の元ヤンキー、大和と覇流が一緒だった。店長の命令通り、閉店後に、四人でパラパラの練習を始めたからだ。ビデオを何度も見て、酒瓶に残った酒を飲みながら四人で練習しているうちに、くたびれて一人倒れ二人倒れして、気付いたら、店のソファでながんびて夕方になっていた。

女の気を引いて、もてなきゃ負け。ただもてるだけでなく、指名まで漕ぎつけなきゃ負け。指名されただけでなく、店で金を遣わせて太い客に育て上げなきゃ負け。店での順位がはっきりしているから、先輩にパラパラ踊れ、と言われて、踊れなきゃ負け。ホストの勝負は果てしないけど、女にもてることだけは呆気なく確認できて、おいらは緒戦に勝った気分だった。だから、苦手なパラパラも張り切って練習したのだった。

こうして、最初の一週間は夢中で過ぎた。S券配りの成果があって、指名がさらに二人増えた。礼恩にも、携帯サイトから一人指名があった。小学校の同級の女がサイトを見て礼恩に気付き、同情指名したというから、だいず笑える。

S券からおいらを指名してくれたのは、「シルビア」というキャバクラに勤めている若いネーネーと、決して商売は明かさない、二十五歳くらいの色っぽい女だった。礼恩は、その客を「ソープばーよ」と言ってたが、おいらは客の商売などどうでもよかった。男にサービスして稼いだ金を、おいらたちと徹底的に遊んで遣うつもりなら、とことん一緒に遊ぶさー。

てなわけで、おいらは「ばびろん」の「尽くし系」ホストとして、成功を収め始めたのだった。

おいらは、礼恩と一緒に店のそばにある寮に移った。ドミトリーを引き払えるのがうわり嬉しくて、いそいそとほんの少しの荷物を運んだ。支度金を貰って金回りがよくなった途端、新しい携帯電話もすぐに買ったから、パラマニに残した荷物のことなんか、とっくに忘れてしまった。

おいらは、朝寝て夕方起きる、完全夜型の生活になった。夏の盛りの那覇で、海で遊べないのは面白くないが、苦しいとか辛いなんて、全然思わなかった。むしろ、おいらはホスト生活が楽しくて仕方がなかった。

おいらは、指名客たちの彼氏になって、カラオケや食事など、アフターに付き合い、電話があればすぐに駆けつけて遊びに行き、望まれれば枕もし、ほとんど役には立たなかったが、相談に乗ったりもした。ごく稀に、客たちがどこかでかち合って、おいらを取り合うこともあったけど、そんな時は、「あっがいー」と情けない顔をして見せ、両方に土下座して謝った。場合によっては、涙もだだだと流した。嘘でなく、客を悲しませ、怒らせていると思うと、すんきゃーマジに涙が出るのだ。でも、後でそれぞれに「一番好きなのは、お前さいが。お前がおいらの本カノさいが。嘘じゃないよー」と大嘘を吐くのも忘れなかった。みんながハッピーになるなら、それでズミだった。

2

新城愛に会ったのは、ホストになってひと月以上経った頃だ。その夜、おいらはエリコさんの相手をしていた。エリコさんは、おいらを真っ先に指名してくれた青い石の指輪をしている客だ。那覇で、若い女に人気のある、安いアクセサリーチェーン店を経営している。三十九歳で、夫も子供もいるが、こうしてホストクラブで遊ぶのを無上の喜びとしているらしい。エリコさんとおいらは、二週間後に迫ったおいらの誕生日に、何を買うか、という相談をしていたのだった。

「慈叡狗は何が欲しいの。おもろまちのセレクトショップだったら、カルティエとかブルガリがあるよー」

　エリコさんは、おいらを片時も離さない。石の嵌った指輪の手をぎゅっと握らせるので、おいらは掌に食い込む石の痛みに堪えていた。

「あばっ、おいら、何も知らんさいが」

「そこが慈叡狗の可愛いところよね」

　へへっと調子よく笑いながら、おいらは他のホストのアクセサリーをチェックしようと目を泳がせた。ちょうどその時、入店した愛を見たのだった。最初は、愛と気付かなかった。うまく化粧しているし、服も垢抜けて、可愛かったからだ。

　おいらは、好みの女が入って来た、とフリーの客かどうかが気になって、そわそわした。そりゃ好みも好み。中学高校時代、おいらが一番好きだった女なんだから、当たり前さいが。

「聞いてんの、慈叡狗」

　よそ見しているおいらの手を、エリコさんが長い爪で抓った。エリコさんは、時々こうしておいらを痛めつける。

「あがっ、聞いてるさいが」

エリコさんは、不快そうに愛を睨んだ。

「風俗の子でしょう」

おいらは何も答えず、どこで見た顔だっけ、とそればっか考えていた。やがて、店長がその客のところに行って、ヘルプが駆け寄り、店は賑やかになった。おいらは聞き耳を立てた。

「愛ちゃん、久しぶり。どうしてたの」

オゴエッ、愛だって？　おいらは、振り返って店長のテーブルを見た。愛はショートカットだったのに、仲間由紀恵のように長い髪を真ん中分けで垂らしている。スタイルは抜群、小顔に化粧が映えて、どう見てもモデルか女優だ。その愛の横に店長がどっかと座っている。店長の指名客に間違いなかった。愛は、白いブーツの脚を組んで、煙草をくわえた。ヘルプの春紀がさっとライターで火を点けた。

おいらは、気が狂いそうだった。愛が、銀次と逃げて一年半以上。連絡もせずに我慢していたのに、食い詰めたおいらが、やっと売れっ子ホストへの道を走りつつある時に、すんきゃー綺麗になって現れるんだから、どうしたらいいかわからん。これって、運命のいたずらってヤツかー。

おいらは、エリコさんがトイレに立った隙に、隣のテーブルにいる礼恩に小声で頼んだ。

「師匠、あの客のこと、聞いてくれんかー」

髪を五分刈りにして、眉を剃り、オラオラ系に変身した礼恩は、口の中で舌を転がす仕種をしながら愛を振り返った。そして、素早く席を立つと、すぐに戻って来て囁いた。

「デリヘルの愛ちゃんだってさー。店長が色恋営業で太くしてる最中ばーよ」

おいらは深い溜息を吐いた。デリヘルをしてるとは思わんかった。愛にデリヘルなんかやらせる銀次にも腹が立ったが、何より腹立たしいのは、まだ愛に未練たらたらのおいらだった。

「優紀はモテモテだから、愛が来なくたって、寂しくなんかなかったでしょう」

いつの間にか標準語を喋る、愛の軽薄な台詞が聞こえてくる。おいらは、エリコさんが話していることをほとんど聞いてなかった。すると、エリコさんが怒った。

「慈叡狗、どこ見てるのよ。あんたのバースデイの相談をしてるんじゃない」

おいらは、片手をエリコさんに取られて阿呆のようにうんうんと頷きつつも、全神経は愛の方に向けていた。

酔った愛が千鳥足で帰って行く。店長が送って行ったからには、エレチューは間違いない。あと、おいらが客とするように、いろんな約束をしているに違いない。カラオケや飲みや枕。畜生。おいらは、悔しくて切なくて、死にそうになった。ホスト失格さいが。本気で惚れて、嫉妬に狂い始めたら、ホストはおしまいさーよー。師匠に教わるまでもなく、たくさんの女たちにいい顔をしているうちに気付いた真実だ。だが、いても立ってもいられなくて、おいらは立ち上がっていた。

「どこ行くのよ、慈叡狗」エリコさんが叫んだが、おいらは振り返らなかった。店の裏から出て、非常階段を駆け下りる。外は蒸し暑く、今にも雨が降りだしそうな嫌な天気だった。白いミニドレスに白いブーツの愛がバイバイと店長に手を振って別れ、一人で国道の方に歩いて行く。おいらは全力疾走で、後を追いかけた。

「愛ー」

愛が振り向いた。目の周りに青い色を塗っているので、とても悲しそうな顔に見えた。

「アキンツ」愛が、びっくりして両手を口許に当てた。「どっから現れたかー?」

「おいら、『ばびろん』でホストやってるさーよー。気が付かんかったかー」

愛がまだ口許を押さえたまま、首を激しく振った。

「アキンツ、変わったねー」

「あばっ、愛も変わったさいが」

懐かしくて、もっと話していたかったが、時間がなかった。おいらは急いで言った。

「だったらよー、愛。明日会えないかー。おいら、朝まで店だから、今夜は駄目さーよー」

「そうだよね」愛は、考えた末に、こう答えた。「じゃ、七時に安里(あさと)にある『ドラゴン』って店。喫茶店なの」

おいらは、安里のドラゴン、安里のドラゴン、と繰り返し、また店に戻った。

「慈叡狗、どこ行ってた」

店に戻った途端、チーフの麗に睨まれたが、おいらは笑ってごまかした。

「便所さいが」

愛と再会し、会う約束までした喜びで、おいらは今にも踊りだしそうなほど、浮かれていたのだった。

席に戻ったら、おいらにほったらかされたエリコさんは、いなかった。怒って帰ってしまったのだという。いつもだったら、すぐさま携帯に謝りのメールを入れて、うまくフォローするおいらだが、そんなことはどうでもよくなっていた。

自分の指名客と談笑していた礼恩が、おいらを非難する目つきで見ているのに気付いたが、おいらは目を背け、男メニューのトップにあるマンガ顔に気を取られていた。

「店長　天海優紀」。くぬ色男が、と呟く。いつの間にか、礼恩の口癖が移っていた。


翌日は、三十二度を超す暑さだった。しかも、蒸し暑い。だが、おいらが眠れなかった理由は、暑さのせいじゃなかった。

おいらは汗を掻き掻き、安里の「ドラゴン」という喫茶店を探した。やっと見つけた「ドラゴン」は、裏通りにあって、男なら入るのを躊躇うような、甘い物専門店だった。ピンクに塗られた壁に、でかいドラゴンフルーツの絵が描いてある。客も若い女ばかりで、おいらみたいな男が一人で入るのは、うわり恥ずかしい。おいらと密会する場所を、咄嗟にこんな店に決めた愛に、おいらは少なからず疑念を抱いた。ここなら、あの銀次も来ないだろうから、誰か他の男と会う時に使っているんじゃないだろうか、例えば店長の優紀とか。それに、デリヘルをやってるというし。

だけど、愛を見たら、そんな黒い気持ちもすっ飛んでしまった。だいず、ずみずみ。すんきゃー可愛い。愛は、おいらを待っていたらしく、読んでいた雑誌から顔を上げて、嬉しそうに笑ったのだ。今日はセーラームーンのような髪型、アイシャドウは青く、口紅は赤い。濃い化粧が、幼い顔立ちにミスマッチで、不思議とぞくぞくする。白のタンクトップにジーンズのミニスカート、ティファニーもどきのペンダント。そして昨日と同じ白いブーツを履いている。愛が煙草に火を点けた。短い髪で真っ黒に陽灼けし、体操着と紺のショートパンツで校庭を走り回っていた愛からは、想像もできない姿だった。

愛とおいらは、しばらく何も言わずに、互いの顔を見つめ合っていた。

「銀次、元気かー」

うん、と愛は頷き、煙草の煙を吐いた。白いフィルターに真っ赤な口紅が付いている。

「あいつ、那覇で何してる」

「ニューパラダイス通りで飲み屋やってるよー。『エロチカ』っていうさー。あたしも手伝わされてるけど、それだけじゃ足りんって言うんで、いろいろとやらされて。だいずだよー」

愛は、それ以上話したくないらしく、目を伏せた。睫毛（まつげ）が長いから、憂いがある。おいらの指名客の誰よりも、綺麗で可愛い。なのに、おいらは色仕掛けで、好きでもない客を操らにゃならん。おいらは、急にホストの仕事が重荷になった。

「だったらよー、足りんて何が」

愛が、小馬鹿にしたようにおいらを見たので、おいらは何か変なことを言ったのかと焦った。

「銀次の言う通りさいが」

「あばっ、どういう意味かー」

「アキンツは坊ちゃんさーよー。お金に困ったことないから、わからんさいが」

二人に馬鹿にされている気がした。おいらは、身ひとつで那覇に来て、一日二食で頑張ったことなんかを喋りたかったけど、黙っていた。話すと長いし、弁の立つ愛にまたやり込められそうだ。

「だったらよ、愛、どこに住んでる」

「この近くだよー」

愛が周囲を見回す仕種をした。スカートがめくれて太腿が見えた。

「銀次はもう店に行ったから、大丈夫さーねー」

何が大丈夫なんだろう、とおいらは考え、銀次と愛の熱い関係が続いていることに気付き、ズキバキになった。こいつらは夫婦みたいに一緒に住んでいるんだ、やりたい放題で、と思うと、おいらの心がまたしてもぎしぎし痛んだ。

「アキンツ、カッコよくなったね」

愛は、銀色に塗った尖った指先で、マンゴージュースのストローを弄んだ。が、指先のマニキュアが無惨に剝げかかっていた。

「愛も綺麗になったさいが」

「どんな風にねー」

「垢抜けたさいが。おいら、店で見た時、モデルかと思ったさーよー」

愛は嬉しそうに笑った。思えば、一年半前、おいらは、銀次と愛が本島に渡ったと聞いてがっくりし、何もかもやる気をなくしたのだった。おいらだけが宮古に取り残された気分で。

愛は、壁に描かれたドラゴンフルーツを眺めている。おいらは思い切って聞いた。

「だったらよ、銀次は金に困ってるわけかー」

「さーよー。銀次の借金て、だいずだよ。五百万くらいあるさーよー」

愛は、セーラームーンのように結んだ髪をいじくりながら答えた。

「あばっ、五百万ねー。どっから借金したかー」

「知らないさー。銀次は、人に使われたくない人だから、無理してもそういうことするさいがよ。アキンツも知ってるでしょう」

おいらはホストになってから、金を稼ぐことがどんだけ大変か、やっとわかった。おいらたちの給料なんて、寮費を引かれて手取り数万。これに、指名料や歩合、賞金などがプラスされてやっとこさ、という有り様だ。

「だったらよ、愛は何をやってるかー」

「あたし？」愛はおいらの目をまっすぐに見つめた。「デリヘルだよ。でなきゃ、『ばびろん』なんかに行けないよー。今夜もこれから仕事だよ」

愛が、どこかの馬の骨に呼ばれてエッチなことをするのかと思うと辛い、というより、欲情しそうになり、おいらは下を向いた。愛が、また煙草に手を伸ばしながら、思い出したように言った。

「そうそう、アキンツ、ひと月前くらいに、あんたの荷物を預かっているって男の人が銀次の店に来たよ。あんたのリュックを持ってるとか言ってた。何かあったなぁ？」

オゴエッ、イズムが来たのか。

「どんなヤツかー」

愛がくすりと笑った。

「それが可笑しいさーよー。銀次と同じ名前だっていうの」

ギンジだ。磯村ギンジ。おいらの顔が綻んだ。きっと、おいらを訪ねてパラマニに行き、荷物を取って来てくれたんだろう。にしても、どうして銀次の店がわかったのだろうか。おいらは首を傾げた。

「だったらよ、それはおいらの友達さいが」

愛は関心なさそうに肩を竦めた。

「それはわかってるよ。だったらさー、何で銀次と同じ名前なの」

「あばっ、偶然さいが」

ごまかした。が、リュックを持っているということは、おいらの携帯に電話すれば何とかギンジには会えそうだ。おいらは、後で電話してみることにした。愛が浮かない顔で腕時計を覗いた。

「あたし、そろそろ行くねー。辻に事務所があるさー。そこに顔出す」

「待てー」おいらは愛の手を摑んだ。「おいら、愛のことうわり好きさーよー。この後付き合ってくれんかー」

手を握るのは、ホスト稼業で身についた技だった。愛は、困ったように手を抜こうとしている。おいらは逃がすまいと強く握った。

「どこ行くの」

面倒臭そうに言う。

「ホテルに決まってるさいが」

おいらの声が上擦った。愛が何も言わないので、おいらは金を払って表に出た。ああ、とうとう、中高時代に一番好きだった女をモノにするんだ、と思うと苦しいくらいだった。それに、やっと銀次の女を盗める。待ちに待った機会が訪れたという期待と、してやったりという勝利感とで、手が汗ばんだ。愛が気味悪そうに自分の手をこっそり抜いた。

「アキンツ、汗掻いてるさいが」

「なーんとなしに、構うことないさーよー」

おいらは凶暴な気持ちになって、愛の手を再び摑んだまま、ずんずんと歩いてラブホテルに入った。ラブホの場所はあらかじめチェキラしてあったから、道順は頭に入っている。適当に部屋を選び、ドアを閉めた。中は、ダブルベッドがあるだけのうわり狭い部屋だ。愛が慣れた様子で、ベッドに座った。

「あがいー、不思議。アキンツとラブホに来るなんて。あたしたちも大人になったさいがね」

おいらを見上げる愛の口にキスして、ベッドに押し倒し、おいらはシャワーも浴びないで、愛を抱いた。どの客とも、どの女とも違う、うわり好きな女。ああ、きっとおいらは愛に魂を奪われる。でも、それでいいんだ、と何度も思った。だけど、愛がさほど燃えないのを感じて、おいらはまたズキバキになるのだった。

「愛、銀次はお前に優しいかー」

壁を向いたまま、愛が答えた。

「あがいー、優しい時もあるし、優しくない時もあるさー」

「優しくない時は殴ったりするのかー」

ううん、と愛はおいらを見ずに首を振った。

「そんなことしないさー。銀次はあたしを愛しているのに」

だっけどよー、好きな女をデリヘルにして平気な男はいないさーよー。おいらは、銀次が無性に腹立たしくて、銀次の飲み屋とやらに火でも点けてやろうかと思ったほどだった。おいらにしては、珍しくすんきゃーマジに怒っていた。

「ねえ、アキンツ」愛がくるりとこちらを向いた。「あたしたち三人で『夜桜銀次』のビデオを見たの、覚えてる？」

「なんと。そんなことあったなー」

「ほら、菅原文太のはなかったけど、哀川翔のだったら手に入るって、『ブックボックス』で借りたことがあるさーねー」

愛が起き上がり、胸をシーツで覆ってから煙草に火を点けた。

「あばっ、思い出したさー」

おいらの家で、中学生だった銀次と愛とおいらとで、ビデオを見たのだった。

「夜桜銀次が持ってる拳銃があるじゃない。４３９８７っていう番号が打ってあって、ヨルサクハナって呼ぶの、覚えてる？」

「覚えてるよー」

おいらは、愛が何を言いたいのかわからなかったので、適当に頷いた。

「あたしさー、アキンツ。銀次を助けたくてデリヘルなんか始めちゃってさー、時々思うさいがよ。あたしたちって、ヨルサクハナだなって。もうこの入り口入ると出られないって。あたしは銀次が好きになって高校も行かんかったさー。宮古にはもう戻れんし、那覇以外のどこにも行けないさいが。そして、もう他の仕事にも就けないよー。だから、ここで死ぬまでヨルサクハナなのかな、と思うと悲しくなる時があるさーよー。アキンツもホストしてるんだから、きっとそうだよ。あたしたち、宮古の三人組は、全員ヨルサクハナで終わるさー。あたし、こないだ、市場通りで中学の時の同級生にばったり会ったさーよー。本島の高校に行った子さー。受験しに東京に行くって言ってた。あたしは、もうこっから離れられないんだ、こういう仕事始めたら、他の仕事に就けないんだと思ったら、羨ましかったさーよー。だってそうじゃない。夜の仕事を覚えたら、もう昼間の仕事はできないさーよー。それに、昼の仕事に替えたたって、夜の仕事の履歴がついて回る。お金も学歴もないし、あたしはずっとそうよ」

おいらはそうは思わなかった。

「あっがいー、何でそんな暗いこと言うかさーよー。おいらはそう思わん。五年後、十年後なんてわからんさいが」

「あたしと銀次だって、最初はそう思ってたさいがよ。でも、一年経ったら、前よりもっと悪くなってる。店も繁盛してないし、何であたしがデリヘルしなくちゃならんのー。ホストクラブで遊びでもしなくちゃ堪えられないさいが」

「あばっ、やめればいいさいが。『ばびろん』なんかで無駄遣いするのはグドゥンさーよー」

愛はぽってりした唇を歪めて笑った。

「だから、アキンツは坊ちゃんさいが」

またしても、銀次と愛が一緒になっておいらを笑っている気がした。おいらが悄気（しょげ）ていると、愛がさっさと服を着始めた。

「あたし、もう行く。アキンツも出勤でしょう」

おいらは携帯で時刻を確かめた。九時過ぎ。もうミーティングは終わったはずだ。急に行く気がなくなって、無断欠勤しようと思う。

「アキンツ、悪いけどお金くれる？」

おいらは驚いて愛の方を振り返った。愛がスカートのジッパーを上げながら、抑揚のない声で言った。

「二万でいいよー」

おいらは財布を取って、万札を二枚抜き取って愛に渡した。エリコさんから、チップで貰った金だった。ヨルサクハナ。おいらは男を売り、愛は女を売る。その回り回った金で、銀次は店を繋ぐ。プリギてる。おいらは腹が立った。

「だったらよ、銀次と別れて、おいらと一緒に住まんかー、愛」

「それこそグドゥンさいが。アキンツはホスト以外の何で金を稼ぐ？」

おいらは悲しくなった。

「だったらよー、おいらは愛に会う度に金を払わなくちゃならんのかー」

「三回に一回くらいならタダでいいよー」

愛は真剣な表情で言った。


ラブホの前で愛と別れ、おいらはしばらく立ち竦んでいた。好きな女を抱いた喜びは虚しさに変わっていた。「ばびろん」に出勤する気もなくなるほど。だが、今日は強制同伴日だったことを思い出し、あーあ、罰金は免れんなーと覚悟する。携帯が鳴った。

「慈叡狗、来んのかー」礼恩からだった。

「ああ、行かんよー」

「やーが来ないと、店長が怒るばーよ。エリコさんがクレームつけてるからよー」

おいらは、携帯を切った。次いで、ギンジと会いたいと思って、ギンジが持っているはずのおいらの携帯に電話をかけてみた。が、十回以上コールを鳴らしても誰も出ない。海は遠いし、那覇はナイチャーばかりだし、好きな女はおいらを好きになってくれないし。と、ワイルドでクールで翳のあるおいらは、今度はブルーになっていた。

第六章　ガーブ川

1

翌朝、釜田（かまた）は僕に宿泊代を返してくれた。その代わり、ゲストハウスの仕事を覚えてくれないか、早く手伝ってくれる分には一向に構わない、と言った。僕はありがたく金を受け取った。

「何をやればいいんでしょう」

「スタッフの場合、賄（まかな）いは無料（ただ）だからさ。それ食ってから、まずガブの散歩に行って来てよ。その後、下の大工仕事手伝って」

釜田は、くっついて回っているガブを示した。ガブが期待を込めて、僕を見つめている。だが、僕は犬を待たせて厨房に向かった。中では、ミヤちゃんが調理していた。ミヤちゃんは、僕がスタッフになるのをすでに聞いているらしく、慣れた手つきでポーク卵を作ってくれた。

「鍋にゆし豆腐の味噌汁が入っているよ」

ミヤちゃんが大鍋を指差す。僕は、たいした経験もないのに、急にスタッフになれたことが皆に申し訳ない気がして、味噌汁を少なめによそった。だが、タオルを鉢巻にして額に巻いたミヤちゃんは、カウンター越しに皿を寄越し、心配そうな顔をした。

「ギンちゃん、ゆうべ悪酔いしたんじゃないの」

「いや、大丈夫です。すいません」

ミヤちゃんは、逆に照れ臭そうに、右手に持ったフライ返しを振った。一夜明けた安楽ハウスは、相変わらず遠慮と優しさに満ちている。

食後、僕はガブにリードを付けて表に出た。昨夜の雨で路面がまだ濡れていたが、朝の太陽が照りつけ、暑い一日になりそうだった。ガブは、誰が散歩に連れて行こうと構わないらしく、ぐんぐん先を歩いた。浮島(うきしま)通りを曲がり、坂道を下りる。僕は、ガブに引きずられながら、晴れやかな気分でいることに気付いて愕然とした。釜田に自分の境遇を話したことで、どこか気が楽になっている自分がいる。釜田に重荷を預けた感じだった。

「僕はたいした人間じゃなかったんだよ、きっと」

ガブに話しかけたが、ガブは横目で僕を見遣(や)っただけで、小さな川縁で長い小便をした。

ガブの小便が、コンクリートで護岸された細い川に向かって流れ落ちていく。目を上げると、川に架かった小さな橋の上を、自転車や人が賑やかに行き交っていた。その橋を跨いで、昔ながらの市場が広がっていることにやっと気付いた。トタン屋根の大きなドームの中で、おばさんたちが、ゴザを広げて、野菜や果物を売っている。見たことのない風景だった。沖縄はアジアと日本を結ぶ中継点、という釜田の言葉を思い出す。

「あいっ、ガブ。お早うさん」

白い前掛け姿の背の低い女の人が市場から現れて、ガブの頭を撫でた。次いで、僕を見上げる。

「安楽ハウスの人？　見ない顔だねー。新人？」

「はあ、磯村です」

女の人は、僕の顔を見て笑った。

「毎朝来てた人はどうしたのー。さては、ガブの散歩係から格上げしたなー」

誰のことかわからない。

「ほら、背の高い女の子いたさー」

リンコが毎朝ガブの散歩をさせていたのだ。見習い、下働き、本採用、と差を設けている釜田の真意が何となく伝わってくる。

「ガブって、ここに捨てられていたから、ガーブ川から取った名前ばーよ。あんた、この川が牧志市場の下を通ってさー、またダイナハの辺りから出て、久茂地川に注いでるって、知ってるかー」

女の人は川を指差した。ガーブ川とは、奇妙な名前だ。それにしても、昨日彷徨った賑やかな市場通りの下を、この汚れた川が流れているなんて、まったく知らなかった。僕は身を屈めて、ガーブ川の先を眺めた。市場に架かる橋の下から、急に暗渠になり、闇に向かって流れて行く。水は家庭排水で濁り、野菜屑が浮いていた。

ガブは暑さに喘ぎながら、同じ道を戻った。僕はガブの足を洗った後、大工仕事を手伝うために一階に下りた。先に作業に就いていた小沢が、笑って手を挙げた。

「ギンちゃん、スタッフになったんだってね」

「そうなんだ。よろしく」

「こちらこそ」

壁に釘を打ちつけていたフウヤンも振り返り、口に釘を銜えたまま、金槌を振って挨拶をしてくれた。僕は照れ臭かった。彼らは、昨夜の僕の子供っぽい振る舞いを知っているのに、何ごともなかったかのように接してくれる。だが、前にも増して親しげな彼らを見ていると、僕は疑心暗鬼にもなるのだった。釜田が僕の秘密を洩らしたのではないか、と。ああ、僕は猜疑心だらけの、心の狭い人間だ、と今度は自己嫌悪に陥る。何をしていいのかわからず、僕は鉋屑の中で突っ立っていた。小沢が聞いた。

「ギンちゃん、鋸引ける？」

僕は首を傾げた。

「やったことないんだ」

本当だろうか。あるのに、思い出せないだけだったら、僕は嘘吐きだ。この一瞬の躊躇（ためら）いが、僕を曖昧（あいまい）で怪しい人物に見せているだろうと思うと、自分の言動に自信がなくなる。ぎくしゃくした自分が嫌だった。僕は、鋸を手に取ってみた。小沢が手本を見せてくれることになった。小沢がそばに来ると、つんと汗の臭いがする。午前九時を回ったところなのに、風の通らない一階はすでに暑い。慣れない作業をするうち、僕も汗だくになった。以前はガレージだった一階を改装して、食堂やバー、ステージなどを手作りで設けるのだそうだ。

「フウヤンの作っているのは、ステージだよ。ここでライブするんだってさ。そうだよね」

小沢が、フウヤンに同意を求めた。

「ああ。でも、集会所とかにもするんだろう」

フウヤンが立ち上がって、煙草に火を点けた。それを潮に、僕らも手を休め、タオルで汗を拭いたり、冷たいさんぴん茶を飲んだりした。

「何の集会所なの」

僕の問いに、フウヤンも小沢も答えないで、じっと台を見つめている。

「おはよう。寝坊しちゃったよ」

リンコが階段を下りて来た。今日は、他の女の子たちがよく着ているような、インド綿のぞろりとした長いスカートにTシャツだ。

「昨日飲み過ぎちゃったんだよね」

フウヤンと小沢が愛想笑いをした。リンコが、僕を意識しているのに気付いたが、僕は素知らぬ顔をした。呼んでもいないのに銀次(ぎんじ)の店に現れて、僕の計画を潰したことにまだ腹を立てていた。

「ギンちゃん、布団干し手伝ってよ」

リンコの有無を言わさぬ口調に、フウヤンも小沢も黙って俯(うつむ)いた。リンコと僕の間にある、小さなわだかまりに気付いているらしい。

「いいよ」

僕はさんぴん茶の入った紙コップを木材の上に置いて、立ち上がった。昨日と同様、部屋から布団を担いで屋上に上った。屋上の物干しに、昨夜見たTシャツがまだ掛かっていた。夜の雨に打たれ、今日の陽に照らされ、哀れにも皺んでいる。リンコが邪魔臭そうにTシャツを外し、洗濯機の上に放り投げた。

「誰んだろう。親切に畳んであげると思ったら、大間違い。自分のことは自分でするんだよ」

僕に対する苛立ちが、そのTシャツに向けられている気がして、僕は嫌な気分だった。

「ギンちゃん」リンコが布団の向こうから話しかけた。「スタッフになったんだってね」

「うん、そうらしいね」

僕は手を休めずに答えた。屋上は陽が照っているが、風が吹いて涼しかった。給水塔が銀色に輝く屋根の向こうに、ガーブ川が見える。川筋が途中で消えているのは、暗渠に入ったからだ。僕は暗渠の出口を見ようと、必死に伸び上がって、公設市場の向こう側を見た。が、ビルがあって見えない。気付くと、リンコが目の前に立っていた。背が高いので、僕とそう変わらない。

「出世おめでとう」

僕は苦笑する。

「出世だなんて。僕はそんなこと何も考えていないよ」

「ここで、ゆうべ、釜田さんと何を話したの」

リンコは屋上を示した。

「別に何も。気分が悪かったから、休んでいただけだよ」

リンコは首を傾げた。

「そうかなあ。あれから釜田さん変だよ。宴会に戻っても、ギンちゃんギンちゃんって、あんたのことばっか言ってさ、今朝聞いたら、スタッフ昇格だって言うからびっくりしちゃった。そりゃまあ、釜田さんは女を信用しない人だから、当然の結果なんだろうけどさー」

「どういう意味」

リンコは薄い眉を顰(ひそ)めた。

「どういう意味もこういう意味も、つまりは性差別主義者だってことさー。女はトラブルの原因になるから嫌なんだって。スタッフは男で固めて、軍隊みたいにしたいんじゃない。それって、ナイチャーの発想さー。沖縄はね、女の力が強いのに。そういうの知らないで、男の方が賢い、頭がいい、と思ってるんじゃないの」

「トラブルって何かあったの」

「ないさー、何も」リンコは吐き捨てた。「起きないのに、起きそうなことは最初から排除しようとするの。経営者なんだよ、良くも悪くも。あたしがノーブラでいたりするの、良くないんだってさー。あと、女が長逗留するの、実はそんなに好きじゃないんだよ。儲かると思ってる癖に、女目的で変な男が居着いたりして、理想のゲストハウスにならないと思ってるさー」

　勿論、釜田にも、現実と闘っても得るべき理想があるのだろう。リンコの不満もわかる気がするが、今の僕は釜田の味方だった。

「そんなの仕方ないじゃないか。自分の金で作ったゲストハウスなんだから、すべてを受け入れるわけにはいかないよ。好きにすればいいんだ」

　僕の反論に、リンコはぶっと膨れた。

「そうだけどさ、旅人の心を忘れているんだよ、あの人は」

　放浪は死に近い。僕は釜田と話したことを思い出し、リンコの顔を見つめた。リンコは本当の旅をしたことがあるのか。今の僕は、本物の放浪をしている。自分が何者かもわからず、帰る場所もなく、寄る辺なく暮らす日々。

　眉が薄く、目が吊り上がったリンコの朝の素顔は、どこか余裕がなく、憤然としていると醜かった。でも、リンコは化粧をすると美しくなる。何でしないのだろう。僕が女なら、いくらでも装うのに。僕は、いつの間にか違うことを考えていた。僕がまじまじと見つめていたせいか、リンコは恥ずかしそうに目を落とした。

「あたし、香織さんに気に入られていないのかもしれないし」

急に自信がなくなったように呟いた。

「香織さんて誰」

「釜田さんが、もうじき結婚する相手さー。保母さん。時々来るから、今に紹介されるよ」リンコは、手にした布団叩きで自分の左手の掌を打った。「何でも見透かすような怖い人さー」

「カノジョは関係ないだろう。那覇にもゲストハウスがたくさんあるから、釜田さんも生き残りに必死なんだよ、きっと」

リンコがきっと顔を上げた。

「ギンちゃんてさ、スタッフになった途端に、急に釜田さんの味方するんだね」

「リンコだって、昨日まではカマチンとか言って、気に入られようとしていたじゃないか」

「そういう言い方しないでよ」

リンコは、怒って行ってしまった。取り残された僕は、布団の角を直してもう一度ガーブ川を眺めた。朝からやれやれ、という気分だった。僕はつくづく女が嫌いだ、と不意に思った。自分勝手で自己主張が強くて面倒臭い。だが、昭光は女が好きだ。女がいなかったら生きていけない、とまで思っているはずだ。昭光は、僕とは逆に女との違いを好んでいるのだろうと思ったら、自分が狭量に感じられてならなかった。なぜか、最近の僕は自分に自信がない。磯村ギンジを演じているのか、それともこれが地なのか、どちらともつかずに生きているからだ。僕は、いつ果てるともしれない苦痛を背負ったのだ。

僕は、リンコがほったらかしにした布団干しをすべて終えて、一階に戻った。釜田が設計図を手にして立っていた。脇から、フウヤンと小沢が覗き込んでいる。釜田が手を挙げた。

「ギンちゃん、布団干し、お疲れ」

釜田は何でも気が付いているのだろう。お気楽な経営者と思ってはいけない、と僕は気を引き締めた。

スタッフとなって、安楽ハウスでの日々が安穏と過ぎていく。僕の日課は判で押したように決まっていた。午前六時起床。ミヤちゃんの見習いとして厨房に入り、野菜を洗ったり、卵を割ったりして、朝食を作る手伝いをする。さんぴん茶を沸かして冷まし、ゆんたく部屋に置いてある無料のアイスクーラーに入れる。急いで朝食を食べたら、ガブの散歩に行く。その時、農業市場の仲嶺（なかみね）ウシさんと挨拶を交わす（ガブの名の由来を教えてくれたおばさんだ)。後にわかったことだが、ウシさんは、安楽ハウスに野菜や食品を納めている人だった。午前中は、布団干しと掃除、一階の大工仕事などが主な仕事だった。

結局、早朝のガブの散歩は、ほとんどの場合、僕の仕事になった。リンコは、夕方忙しい僕の代わりに連れて行く。リンコとは、屋上の一件以来、ただの宿泊客同士、というような淡い関係になった。同じ部屋で寝泊まりしているのだから、挨拶は欠かさなかったし、雑談もするけれど、取りたてて話そうという感じではなかった。リンコは、人手がないと乞われれば、時折「デイモン」という店に手伝いに行ったりしているらしいが、相変わらずフラフラしていた。

午後は、少し時間が空くので、街に出て見物したり、本を読んで過ごした。あの夜以来、「エロチカ」には顔を出していない。理由は、下地(しもじ)銀次が好きではないからだった。昭光と連絡が取れない以上、行っても仕方なかった。

時には、釜田に連れられて、他のドミトリーやゲストハウスを訪れたりした。釜田が他の宿に行くのは、宿のオーナーと世間話をして情報収集をするためらしい。とりわけ仲がいいのは、「月桃屋(げっとうや)」というゲストハウスのオーナー、長崎(ながさき)さんという人だった。釜田と長崎さんは、那覇で知り合って、月桃屋に逗留していたのだそうだ。長崎さんは、経営がうまくいってなかった月桃屋を買って建て直し、釜田は古い旅館を手に入れて安楽ハウスを作った、という似た経緯がある。二人は、長髪、髭、と風貌もよく似ていた。

午後四時になれば、何があっても必ず安楽ハウスに戻って、夕食の支度をした。厨房担当だったミヤちゃんがミャンマーに行った後は、僕が引き継ぐことになりそうだったからだ。僕は、専務の家でも食事を作っていたから、調理は苦痛ではなかったし、創意工夫ができるから、楽しかった。

勿論、その間にも、宿泊客は時間を選ばずやって来る。特に、夏に向かう沖縄は、かき入れ時だった。客の応対に追われて仕事が手につかないこともあった。だが、僕は時間が飛ぶように過ぎていくのが嬉しかった。そのまま忘れて、磯村ギンジになってしまえ、と毎朝思い、そのうち、その思いすらも忘れてしまった。

ネットでの申し込み受付は、主に釜田の仕事だったが、釜田がいずれ僕にやらせようと思っているのは明らかだった。ネットおたくだったかもしれない僕は、その日が来るのを、実はとても怖れていた。フウヤンや小沢が、インターネットをやっているのを横目で見て、パソコンになど触ったことのない振りをしていた。

とうとう、ミヤちゃんが安楽ハウスを離れて、ミャンマーに発つ日が翌日に迫った。ちょうど季節外れの大型台風が沖縄本島を通過する時で、僕は、初めて経験する沖縄の台風のすごさに怯えた。数日前から風がごうごうと唸り、地面にある物を弾き飛ばすような豪雨が降った。しかし、皆慣れた様子で、屋上に置いてある物を撤去したり、排水溝のゴミを取ったりして台風に備えていた。水が溢れると困るからだという。

送別会は、暴風雨の最中、完成間近の一階で開かれた。長崎さんや奥さん、釜田の婚約者の香織さんらもやって来た。釜田が僕を手招きして、香織さんを紹介した。

「ギンちゃん、香織だよ。十月に入籍する予定なんだ」

香織さんは、ショートカットの美しい人だった。ジーンズにTシャツ。アクセサリーをひとつもつけていないし、化粧もしていない。

「あなたがギンジさん。よろしくお願いします」

香織さんは、何の訛もない滑らかな口調で挨拶した。釜田が横から口を挟んだ。

「香織は、東京の下町出身なんだ。去年、両親が亡くなってね。こっちに移住するんだ」

「あたし、安楽ハウスのお客さんだったんだ。沖縄は好きだから住むのは嬉しいけどね」

香織さんが、可笑しそうに付け加える。リンコがその様子を横から眺めていた。香織さんがリンコを認めて、顔を綻ばせた。

「リンコちゃんじゃない。久しぶりだね」

香織さんは、リンコと腕を絡めた。聞きもしないのに、リンコが僕に説明する。

「香織さんとは、一年半前にここで会ったんだ」

「でも、あたしは事故があったから東京に帰らなくちゃならなくなって、リンコちゃんもすぐその後、石垣に戻ったんだよね」

「お互い、大変だったもんね」とリンコ。

「また安楽ハウスで会えて嬉しいよ」

香織さんは、そう言って労うようにリンコの顔を見つめた。「何でも見透かすような怖い人さー」とは、リンコの弁だが、僕の印象では、賢そうな普通の女の人でしかなかった。

ステージで、フウヤンのレゲエバンドの演奏が始まった。他にも、釜田の知り合いのバンドが幾つか出演するらしい。台風をものともせず、三十人ばかりの人間が、紙コップを片手に体を揺すり、演奏を楽しんでいる。泊まり客も交じって、客は一階に入り切れぬほど膨れ上がっていた。僕と小沢は酒やつまみを供給したり、ステージのマイクを調節したり、忙しかった。最後のバンドの演奏が終わった。釜田がステージに登り、マイクを摑んで喋りだした。

「今日は台風八号の中、ミヤちゃんの送別会に多数お越しいただき、ありがとうございます。台風は、あと一時間ほどで本島を通過する予定です。お帰りの頃には風雨も治まっていると思いますので、酔っ払っても大丈夫です。まだ酒はたっぷりありますので、飲んでってください。最後は、恒例のカチャーシーで締めますので、楽しみにしててください。ところで、ミヤちゃんこと、宮本篤志君は、当年二十九歳。大学を途中で辞めて、世界放浪の旅に出ました。私も同じですが、私が途中何度も日本に帰ったのと違い、宮本君は、五年もの間、一度も帰国しなかったそうです。きっと、根性が違うのでしょう」

金がなかったんとちゃう、とヤジが飛び、場内は笑いに包まれた。釜田は笑って続けた。

「しかも、まだ見ていない土地がある、と明日からまたミャンマー、インドネシアなどを巡る旅に出るそうです。安楽ハウスの痛手になるので、是非とも引き留めたかったのですが、彼の決心は固く、また、私も宮本君の心がわかるだけに、旅立つ彼を笑って送りたいと思います。ご存じの通り、私も大学を途中で辞めて放浪の旅に出ました。しかし私は、大好きな、ここ那覇に定住を決めました。できることは限られていると思いますが、今後も沖縄のために生きていきたいと思うのです」

釜田のスピーチに熱が籠ってきたので、時折ヤジを入れていた客も黙って聞いている。

「釜田さん、よく喋るねえ」

当のミヤちゃんが横にやって来て囁いた。酔っているらしい。

「宮本さん、また安楽ハウスに戻るんですか」

僕の問いに、ミヤちゃんは酒臭い息を吐いた。

「ここには帰らないと思うよ」

「ずっと旅行するってことですか」

ミヤちゃんは黙った。会話が途切れ、僕らは壇上の釜田を同時に見上げた。

「僕ら旅人の心を癒してくれた、この沖縄という土地に何ができるのか。考えた結果、地域振興しかないと僕は考えました。それで、秋から、農業市場のおばぁたちと組み、うちのホームページ上で、農業市場の新鮮な野菜や果物を買えるシステムを作ることにしました。皆さんは、現在ガーブ川の再開発計画があるのをご存じですか。氾濫防止、そして経済発展のために、水上店舗と農業市場を取り壊し、大ショッピングモールを建設する計画です。皆さん、本当の経済発展というのは、ビルを建てることじゃない。ATMや駐車場を作ることじゃない。雇用の促進と言いますが、ビルの建設はたった二年で終わってしまう。その時だけの雇用でその後はどうするんでしょうか。それに僕は、沖縄の伝統が失われるのを見たくない。これまで培われた沖縄の人々の生活文化が失われ、日本中、どこにでもある街のひとつになれ、と言われているのと同じことなのです。僕はこの計画に敢然と反対するつもりでいます。それは、決してナイチャーのエゴではありません」

ミヤちゃんが、目は壇上の釜田に向けたまま、呟いた。

「釜田さん、前はあんなこと絶対言わなかったよね。駄洒落（だじゃれ）ばっか飛ばす酔っ払いだったのに、変わったよな。あれじゃ、選挙演説じゃん」

ぱちぱちと拍手が起きて、今度は市場の仲嶺ウシさんが紹介された。ウシさんは、ワンピースを着てお洒落していた。

「ミヤちゃーん、市場のおばぁです。長い間、うちの野菜買ってくれてありがとう。おばぁは、ナイチャーの子たちは、ここで悲惨な戦争があったことも知らないし、遊ぶことしか頭にないなー、これじゃ駄目さーと思ってました。でも、ミヤちゃんみたいに世界をたくさん見て、沖縄が気に入ってくれた人もいるし、釜田さんみたいな、おばぁの生活を考えてくれる人もいてくれて、少しずつ変わっていく風を感じます」

ウシさんは、最後に「ミヤちゃん、那覇にまた戻って来るさーねー」と締め括った。ミヤちゃんは感銘を受けたらしく、ウシさんに向かって深々と頭を下げた。次は、香織さんだった。香織さんは、照れ臭そうにマイクを受け取った。だが、保母という仕事柄か、声が通って物言いがはっきりしている。ざわついていた客が皆、香織さんを注目した。

「こんにちは、山田（やまだ）香織です。皆さん、ご存じと思いますが、秋に釜田さんと入籍することにしました。こちらの保育園に仕事が決まってほっとしたところです。ミヤちゃん、長い間、ご苦労様でした。私も、安楽ハウスに泊まっていた間、ミヤちゃんが作ってくれた美味しいご飯を毎日食べていました。ミャンマーに行っても、安楽ハウスと私たちのことを忘れないでください。私は、皆さんがいつ戻って来ても、普段と変わらない安楽ハウスで、いつもと変わらない那覇で待ってます」

釜田が、スピーチ、スピーチとミヤちゃんの手を引っ張った。皆が拍手すると、ミヤちゃんが照れながらマイクを握った。

「宮本です。僕が安楽ハウスにいた時間を数えてみたら、今日でちょうど一年半になります。とても居心地がよくて、お客さんもいい人ばかりだし、那覇はどの国のどの街よりも大好きでした。でも、僕は三十歳になる前に、もう少し世界を見てきます。戦争、飢餓、貧困。世界の現実は、見るだけの立場でしかない僕を、いつも打ちのめします。自分の無力さを感じ、遣る瀬なくなりますが、見られるうちは見ておきたいのです。僕は、その時期がまた来た、と思ったので、旅立つことにしました。将来はわかりませんが、僕もいつか、香織さんみたいな素敵な女の人と知り合って、ここが居場所だ、と思う時が来るかもしれません。それまでは、しつこく世界を見続けるつもりです。皆さん、またお会いしましょう。今日は本当にどうもありがとうございました」

フウヤンと小沢が拳で涙を拭った。女性客の中にも泣いている者がいる。最後は、釜田が約束した通り、那覇のバンドが賑やかに三線（さんしん）を弾き、カチャーシーと呼ばれる盆踊りのような踊りになった。僕は踊ったことがないので遠慮して、片付けに回った。何となく混乱していた。ミヤちゃんから、釜田に対する反感を感じ取ったせいだった。また、釜田が演説したのにも違和感があった。

宴が終わり、客が三々五々帰って行く。泊まり客も、二階のゆんたく部屋に場所を移して酒盛りを続けるらしい。後片付けは、長崎夫妻や香織さんも手伝ってくれたので、割と早く終わった。

小沢が僕の肩を叩いた。

「ギンちゃん、最後だから、ミヤちゃんと飲みに行かない？　後でフウヤンも合流するって」

かつての悪酔いが怖くて、ほとんど酒に口を付けなかった僕は躊躇った。だが、優しい小沢とは安楽ハウスで一番仲が良いし、ミヤちゃんこと宮本にも世話になったから、ゆっくり話してみたくもあった。僕は二人と連れ立って表に出た。リンコが一緒に行きたそうに僕らを見ていたが、小沢もミヤちゃんも声をかけない。

暴風雨は嘘のように治まり、濡れた道路のあちこちに木の枝やゴミが落ちていた。嵐に洗われた後の大気は清潔だった。

「よかったね、台風行って。明日の飛行機大丈夫だよ」

小沢が、穏やかさが戻った空を見上げて言った。澄んだ夜空に、月が出ていた。星もひとつふたつ見える。僕らは、市場通りを歩いて国際通りに向かった。この下をガーブ川が流れているのだ。豪雨の後だから、水量が増して、流れはさぞ速いことだろう。耳を澄ますと、足の下から微かに、ごうごうという音が聞こえてくるような気がする。僕は小沢に言った。

「この下をガーブ川が流れているんだってね」

「そうだよ。出口の方に行ってみようか」

小沢が楽しそうに提案してくれたので、僕は嬉しかった。市場通りは台風の襲来に備えてシャッターを下ろし、普段は出しっ放しの木箱や台などが片付けられている。妙にすっきりしたアーケード街を、僕らは一列縦隊で言葉少なに歩いた。僕は今、増水した川の上を歩いているのだ、と思うと不思議だった。

国際通りを渡り、沖映（おきえい）通りを進む。周囲は住宅街だ。まったく人気（ひとけ）がなく、こんな夜に開いている飲み屋があるのだろうか、と心配になる。十貫瀬橋という橋に行き着いた。そこに、やっとガーブ川が姿を現した。農業市場の下から暗渠に入るガーブ川は、小川のように流れが細かったが、出口ではまるで堀のごとく、川幅が太くなる。水嵩が増して、川面が黒々と広がっていた。僕らは欄干に寄りかかり、何も言わずに川を眺めていた。

「今夜で那覇が最後、と思うと悲しいな」

「ミヤちゃんがいなくなると寂しいよ」

僕は二人の会話を聞きながら、嵐の後、一層生き生きして見えるガジュマルを見上げた。滴を垂らした枝が空に伸び、気根が鬱蒼と垂れ下がっている。熱帯の島にいることを実感する。僕は、自分は北方の人間に違いない、と何となく思った。

「ねえ、どっか飲み屋探そう。俺奢るよ」

ミヤちゃんが周囲を見回して言う。翌朝の仕事があるから、飲むなら早い方がいい。僕らはニューパラダイス通りを曲がり、久茂地の方に歩きだした。すると、闇の中、ピンクのネオンサインがぼんやりと浮き上がっているのが見えた。台風の夜、「エロチカ」だけが、営業しているのだった。小沢が声をあげた。

「あそこが開いてるよ」

「こんな日に開けてるなんて、いい根性の店だ」

ミヤちゃんが感心したように言う。仕方なしに僕は二人の後からついて行った。

だが、客は僕らだけではなかった。米兵らしい白人が二人、カウンターに肘をついて、立ってビールを飲んでいた。二人とも白いTシャツにハーフパンツという気軽な格好だ。

「らっしゃい」

カウンターに屈んでいた銀次が目を上げた。帽子を被り、顎鬚が少し伸びている。銀次は僕の姿を見て口を歪め、薄笑いを浮かべた。

「やあ、東京のギンジさん。久しぶり」

僕は頷き、店を見回した。前より、品揃えが減った気がした。壁の棚にいろんな酒が飾ってあったのに、今はビールとウイスキー、焼酎の類しかない。いかにも寂しげだった。

「今日はお友達とですか。アキンツから連絡ありました?」

銀次が僕の前にコースターを置きながら尋ねた。僕は首を振る。

「どっかで生きてるんでしょう」

銀次は肩を竦めてみせた。

「乾杯」

僕らは生ビールのグラスをぶつけ合った。銀次が煙草を吸いながら、興味深そうにこちらを窺っている。

「ね、知り合いなの?」

フウヤンにメールで連絡していた小沢が携帯を仕舞い、僕と銀次の間柄を聞いた。

「いや、一度だけこの店に来たことがあるんだ」

ミヤちゃんが煙草に火を点けた。

「ギンちゃんはこれまで何してたの」

小沢も身を乗り出した。

「そうそう、俺も聞きたかった。だって、安楽ハウスのスタッフって、みんな泊まり客ばっかじゃない。俺も半年近く泊まってスタッフになったし、フウヤンだって、リピーターでしょう。気心知れた客からスタッフになるのがほとんどなのに、釜田さんは思い切ったことをする、と思ったんだ」

冷や汗が噴き出た。僕の知らない僕の過去。不意に、ガーブ川の暗渠を連想した。市場通りのコンクリート通路の下を流れる川。僕は今、暗渠の中を流れる川なのだった。陽の光を浴びて滔々と流れたいのに、暗いトンネルから出られない。

「言いたくないならいいんだよ」

ミヤちゃんは、困惑したようにグラスに口を付けた。僕は必死に言い訳した。

「いや、そういうわけじゃなくて。僕なんか何もしてないから恥ずかしくて。フリーターだから」

小沢が少し酔った口調で言った。いつもより、饒舌だった。

「俺だって何もしてないよ。ニートってヤツ。高校の時、キビ刈り隊募集の広告見てさ、こういうの、俺に向いてるかもしれないと思ったんだ。だから俺、高校出てずっと季節労働者。俺、おとなしいし、受け身が楽しいから、案外農作業が向いてると思うんだけどさ。最近、キビ刈りって機械になっちゃったからな。今に仕事なくなるかもしれないね」

「小沢は金貯めて世界旅行とかしないの」

ミヤちゃんが小沢を見た。

「したことないし、したくもないな。俺は、一生地面這いずり回って生きるのかな、なんて思ったりする。だって、長期間海外旅行行けるような金はなかなか貯まらないよ。このままずっと、携帯のサイトチェックして、働き口探してなくちゃならないと思うと、ちょっと焦るけど」

「でも、小沢はそれで満足してんだろ」

ミヤちゃんはしつこかった。

「今のところは気楽でいいす。今のところはね」

小沢は不安を振り捨てるように、自分で自分を納得させるように何度も頷いた。不意に、小沢が僕に顔を向けた。

「ね、ギンちゃんて、今幾つ」

二十四か、二十五か、二十六か。何て言おう。

「今年、二十五」

「俺と同じだね。何月生まれ」

小沢が嬉しそうに聞いたが、僕はすぐに答える余裕がなかった。突っ込まれるのを怖れて、あれこれ考えていたからだ。誕生日だの、血液型だの、星座だの、干支だのを。やっとの思いで、答える。

「十一月生まれ」

「俺は五月だよ。俺んち愛知で除虫菊作ってるんだよ。だから農業嫌いじゃないけど、兄貴が継いだしなあ。こういうのって、昔の日本みたいじゃない。農家の次男三男はどこに行くってヤツ」

小沢は覇気のない笑いを浮かべた。

「俺さ、正直に言うけど、ミャンマーに行くっての嘘なんだ」突然、ミヤちゃんが呟いた。「騙してるの悪いから、お前らには言うけどさ」

ミヤちゃんの意外な告白に、僕と小沢は唖然として何も言えなかった。ミヤちゃんが眼鏡を指で押し上げた。

「だってさ、そうでも言わないと釜田さんが気を悪くするだろう。あんたのやり方が気に入らないから出て行く、なんてさ。とてもじゃないけど言えないよ。釜田さんも、俺がもう安楽ハウスに戻らないってわかったんじゃないか。だから、あんな立派な送別会をしてくれたんだよ」

「何かあったの」小沢が目を伏せた。

「何もないよ」ミヤちゃんが首を振る。「釜田さんて人が変わっただけだよ。前は暢気(のんき)

なゲストハウスのおっさんだったのに、香織さんと結婚すると決めてから、妙に政治的になった。ウシさんなんかと仲良くし始めたし、長崎さんともしょっちゅう相談している。俺、あの人、今に選挙に出るんだと思うよ」

「選挙って、何の」

小沢が素っ頓狂な声をあげた。

「さあな。今年は知事選しかないだろ。まさか知事選には出っこないから、来年の参院選とか、市議選とか狙ってるんじゃないかな」

僕は屋上での釜田との会話を思い出していた。『ギンちゃん、手伝ってくれよ。俺、いろいろ考えていることがあるんだ』。それが選挙だというのか。確かに、送別会でのスピーチは、政治的というか、未来を見据えた意図が感じられた。

「ウシさんも、普段はおばぁと呼ばれると怒る癖にさ。あたしはまだ五十九歳だよ、おばぁなんて言うなー、てね。今日は、自分からおばぁなんて自己紹介しちゃって、結構アピールするなあと思ったよ」

ミヤちゃんが思い出し笑いをする。

「ミヤちゃんの言うことで、ひとつわからないことがあるんだけど、何で香織さんと関係あるの」

小沢が尋ねた。

「なあ、小沢。香織さんのご両親、去年事故で亡くなっただろう」

ミヤちゃんが小沢に念を押すように言った。小沢が、僕に説明した。

「ご両親共、交通事故で亡くなったんだよ。それも香織さんが安楽ハウスに滞在している時だったんだ。それで慌てて東京に戻ったんだって。いろいろ片付いたんで、香織さんは、東京の家を畳んでこっちに移住して来たんだってさ。一人娘だから、帰る家がなくなったとか言ってた」

ミヤちゃんは苛立ったように言った。

「だからさ、つまり選挙資金はあるんだよ。香織さんの両親の遺産がさ。それに事故で亡くなったから、保険金もあっただろうしさ」

「すげー読みだなー」

小沢が呆れたような声をあげた。だが、僕は遠い国の出来事のようにぼんやりと聞いていた。いつの間にか、二人の話は、これまで安楽ハウスで話せなかった噂に移った。

「ところで、小沢は、リンコと香織さんが釜田さんを取り合ったって話、知ってる？」

「ああ、知ってますよ」

小沢がビールを飲み干し、もう一杯注文した。銀次が生ビールのグラスを持って、やって来た。

「楽しそうじゃないですか」と、僕に囁く。

僕は周囲を見回した。天気が回復し、通りを歩く人影は増えたものの、店の周りには誰もいない。

「今日は、あの可愛い女の子はいないの？」

何気なく聞いたつもりだったが、銀次は急に暗い顔をしてそっぽを向いた。余計なことを聞いたので、癇に障ったのだろう。僕は素知らぬ顔をして、ミヤちゃんと小沢の噂話に聞き入った。

「香織さんて、実は釜田さんより年上なんだよ。一歳だけだけどね。しっかり者だしさ、頭もいいし、リンコが敵うわけないよね。リンコって、何か表現が下手じゃない。何を言っても、やっても、裏目に出るタイプっていうか」

ミヤちゃんがまた煙草に火を点けながら、銀次に焼酎を注文した。銀次が壁から焼酎を取って、氷を入れたグラスに注ぐ。その間、白人の二人組が帰り、僕たちだけになった。

「確かにちょっとイタいタイプですよね」

小沢が同意した。

「でもさ、ライバルのリンコがまだ安楽ハウスに逗留してるんだから、香織さんもハラハラするんだろうな」

「そんな風には見えなかったけど」

僕は口を挟んだ。

「いや、水面下では女の戦いが繰り広げられているんだ」

ミヤちゃんが楽しそうに言う。小沢が愚痴った。

「ミヤちゃんはもう来ないつもりだから、そうやって面白がってるけど、俺たちは大変だよ」

「お前、ほんとに残るの」ミヤちゃんは、急に真面目な表情になった。「宿だけでなく、選挙の手伝いもさせられるぞ」

「俺、それだけは嫌だなー」

小沢は、空を見上げて呟くのだった。

2

送別会のあった夜、昂奮し過ぎたのか、久しぶりに飲んだアルコールの仕業か、はたまた余計な噂を耳にしたせいか、僕は奇妙な夢を見た。

女の人が現れて、僕の前に静かに座っていた。僕はその人に、安楽ハウスに留まる必要性について、必死に言い訳しているのだった。女の人は、黒く長い髪を横分けにしていて、時折、その髪を掻き上げながら頷いたり、僕を見据えて反論したりしている。僕と同じくらいの歳か、それ以上で、夢の中の僕は、ああ、とうとう彼女が来てしまった、と焦っているのだった。そして、その女の人は、いつの間にか香織さんに変貌した。僕はそのことを不思議とも思わず、リンコがこの場に来ないか心配している、という変な夢だった。

周囲の騒がしさから、明らかに寝過ごしたことがわかっているにも拘らず、僕はベッドの上でじっとしていた。もっと夢の続きが見たかったのだ。お前は夢の中の女に見覚えがあるだろう、と僕の脳味噌が僕に問いかけている気がした。

確かに、女の人の顔形を思い出すと、懐かしさがあった。重そうなひと重瞼(まぶた)に、やや下膨れの顔。黒髪に縁取られた白い顔は平凡だが、こちらを黙らせるような存在感がある。

彼女は何者なのだろう。母親にしてはずっと若く、姉妹にしては距離のある感じだった。友人、もしくは、僕の付き合っていた女の人かもしれない。だとしたら、僕が同性愛者かもしれない、という仮説は、荒唐無稽な妄想に過ぎない。だが、夢の中の僕は、その女の人と会っても、ちっとも嬉しくないのだった。むしろ、怯えていたようにも思う。

完全に目が覚めた僕は、閉め切ったカーテンの中で震えそうになった。僕のガーブ川が、そろそろ暗渠から現れそうな気配がした。眠っていた脳味噌が目覚め、過去の僕が出現するのは、時間の問題のような気がする。僕は、過去の自分と向き合うのが、怖ろしかった。

「ギンちゃん、寝坊だよ」

外でリンコが怒鳴った。ああ、現実が始まる。僕はカーテンを開けた。朝の光が跳ねる室内で、リンコが仁王立ちになって僕を睨んでいた。

「ギンちゃんが起きないから、ミヤちゃんが朝ご飯作ったんだよ」

「ヤバい」

　僕は昨夜のTシャツとハーフパンツのまま、着替えもせずに、タオルと歯ブラシを摑んで洗面所に走った。急いで顔を洗い、慌てて二階に下りる。厨房はすっかり片付き、ミヤちゃんが釜田と煙草を吸いながら談笑していた。傍らに、大きなリュックサックがある。

「すいません、寝坊しました」

　僕は二人に謝った。ミヤちゃんは僕に笑いかけて、リュックサックを持ち上げた。

「いいよ、いいよ。最後にひと仕事して旅立つ方がカッコいいからさ」

　釜田が握手のために右手を差し出した。

「じゃ、旅行気を付けて。気が向いたら、那覇に戻って来いよ」

「そうします。長い間、ありがとうございました。香織さんによろしく」

　ミヤちゃんが、感激したように釜田の両手を握って何度も礼をしている。何だ、昨夜の様子とまったく違うな、と僕は驚いた。バンド仲間と酔い潰れてしまって、「エロチカ」に来られなかったフウヤンが、神妙な顔で後ろに控えている。充分な別れができなかったから、空港まで送って行くのだそうだ。ミヤちゃんが出発した後、釜田が清々したような顔で僕を呼んだ。

「ギンちゃん、ちょっと来て。今後のローテーションのこと相談したいんだよ」

　旅館だった頃は布団部屋だった小部屋を改造した事務室で、僕は釜田と相対した。小さな机の上にノートパソコンが開いて置いてあった。スクリーンセイバーの熱帯魚が、ゆらゆらと一定の間隔で揺れている。釜田が傍らのコーヒーポットを持ち上げた。

「ギンちゃん、何か思い出したか」

「いや、まだです」

今朝の夢のことは言わなかった。釜田は、大きなマグに、コーヒーを注いで渡してくれた。朝食を抜いた僕は、有り難く受け取った。

「不思議だよな、人間の記憶って。恐怖を抹殺しようとするんだろうな」

釜田は大きく脚を広げて椅子に寄りかかった。腕組みをし、空を睨んでいる。

「そうですね」と、僕は仕方なしに相槌(あいづち)を打つ。

「ネットで調べたよ、ギンちゃんの事件。安心しなよ。ギンちゃんがその場にいたことは、誰も知らない。永久にナシだ」

安堵と共に、それでいいのか、と僕は自問する。死人に口なし。だから、僕は警察から何の聴取も受けなくて済むのだ。あの人たちの最期の姿を知りたい人々に、何も語らなくていいのだろうか。逃げ帰った僕は、責められなくていいのか。

僕が考え込んでいるのに気付き、釜田が慰めた。

「気にしなくていいよ、ギンちゃん。もう充分苦しんでいるじゃないか」

ミヤちゃんが批判しようが、小沢が引こうが、今の僕は、やはり釜田のこのひと言に勇気づけられるのだった。不覚にも涙がこぼれそうになった僕は、慌てて上を向いた。

「泣くなよ」釜田が僕の肩に手を置いた。

「すいません、泣くなんてダサいですよね。わかってるんだけど、何か悲しいんです」

僕は、死を決意した自分が悲しくて、涙している。そして、その姿がもうじき現れてくる予感にも怯えている。淀んだガーブ川と同じく、薄汚いものに違いないのだ。だが、その心の裡（うち）は、釜田にも明かせなかった。

「それでさ、ギンちゃん。今後のことなんだけどね、うちで働いてくれるんだろう」

釜田が話を変えて、僕の顔を見た。

「勿論です。僕は行くところがないから、いさせて貰えればありがたいです」

釜田は頷いた。

「ずっといてくれよ」

「ありがとうございます」

「香織の言う通りだよ。ギンちゃんは、うちのリピーターと違う。礼儀正しいし、律儀だよ。いや、うちのリピーターも礼儀正しいし、律儀だよ。でも、何か違うんだよね。あいつら受け身っていうのかね。俺が命令しなくちゃ、何もしないだろう。時々苛立つんだよ、俺」

従業員も雇い主も、互いに苛立っているのだ。僕にもやっと、「遠慮と優しさに満ちている」安楽ハウスの、本当の姿がわかってきた。

「俺、昨日の夜、喋っちゃったけどさ。いろいろ考えているんだよ。無謀だと言われるだろうけど、実は来年の参院選に立候補するつもりなんだ」

　僕は、昨夜、聞いていたから驚きはしなかった。むしろ、ミヤちゃんの勘の良さに驚嘆していた。

「何でかって言うと、この辺の再開発問題に頭に来たってのが、一番の理由だな。だってさ、考えてもみてよ。牧志とか、農業とかの市場がなくなって、水上商店街が消えて、でかいビルになってみろよ。観光客なんか来ないよ。うちの商売も上がったりだし、那覇もつまんない街になるよ。あと、俺も香織も那覇が好きだから、絶対に伝統文化を守りたいんだ。ナイチャーのエゴだって言われたら、戦うよ。俺たちだって、税金納めているんだしさ、ここに骨を埋める覚悟なんだから、文句のひとつくらい言ったっていいだろってね」

　釜田は鼻息荒く、威勢よかった。僕は、とんでもなく面倒なことに巻き込まれた、と思わないでもなかったが、釜田しか助けてくれる人間がいない以上、仕方なかった。

「僕は何をすればいいんですか」

　聞いた途端、空腹で腹が鳴った。が、熱弁を振るう釜田の耳には聞こえなかったらしい。勢い込んで言った。

「俺の秘書的な仕事をしてくれないか。安楽ハウスの方は、小沢をチーフにして、フウヤンとリンコに働いて貰うから」

　リンコが見習いもどきから格上げになるのだ。僕は香織さんとの軋轢（あつれき）を思って心配になったが、釜田はお構いなしだった。

「リンコが厨房、フウヤンが客室担当で、小沢がチーフ、ギンちゃんは俺の参謀兼秘書」

「僕にはできないと思います。だって、選挙なんてやったことないし」

「やったことないってどうしてわかる？」

釜田が悪戯っぽい目で僕を見た。確かに、断言はできないのだ。僕は苦笑した。

「だろ？」釜田も笑った。「俺だって、選挙だなんて、思ってもいなかったよ。ただ、ナイチャーだから黙ってろって言われるのが癪なんだよな。ウチナーに厭味言われると、結構腹立つよ」

「言われたことあるんですか」

「そりゃあるさ」釜田は顔を顰めた。「長崎のとこも、うちも、年に何回か、ウチナーの酔っ払いとかが文句言いに来たりするよ。ナイチャーが集まって何してるとか、よそ者の癖して、客全部奪って、儲けを全部持っていく気か、と本気で言われたこともある。沖縄って言ったって、みんながみんないい人じゃないよ。当たり前だけど、人間が住んでいるんだから、金が絡めば醜くなる人もいる。欲が人間を狂わせるんだ」

僕はふと専務のことを思った。今頃、何をしているのだろうか。あれほど、現世の欲望と無縁の人はいなかった。専務に欲望があるとしたら、庭の石像を彫ることと、石像に囲まれて酒を飲むことぐらいだった。昭光だとて、女の子にちやほやされ、那覇で遊び暮らすことしか頭にない。二人とも、何とささやかな快楽で満足していることだろう。

僕の頬が弛んだ。昭光に会いたくて堪らなかった。

「今、笑ったね。何か思い出したのか」

釜田が目敏く問うた。僕は慌てて首を振りながら、議員になりたいという釜田の方が、よほど欲望が強い人間なのではないか、と考えていた。

「いや、こっちの友人のことを思い出しました」

「思い出っていいだろ」

よい思い出ならば、とは言わなかった。釜田が慰めるように、僕の肩を叩く。

「ギンちゃん、今に前のことも思い出すよ」

僕は複雑な顔をして、答えなかった。釜田は僕の顔を観察していたが、話を打ち切った。

「というわけで、ギンちゃん、今後よろしく。できるだけ早いうちに、長崎と香織と俺とで打ち合わせするから、ギンちゃんも出席してよ。作戦練ろうよ」

僕は頷き、打ち合わせは終わった。事務室を出る時、僕はパソコンに向かう釜田の背を振り返って眺めた。今度から、この部屋で僕がパソコンに収支を打ち込んだり、予約客へのメールを書いたり、選挙の企画書を書いたりするのだろう。怖じる気持ちもあったが、やってみたいような気もする。早く思い出せ、早く思い出せ、と僕の心が逸っている。どんなことがわかっても堪えなければならない、と僕は覚悟した。

　廊下に出ると、朝からふた組の客が到着していて、小沢が対応していた。客を厨房や部屋に案内して、リンコが僕にしてくれたような説明をしている。背中を突く者がいるので、振り返るとリンコが立っていた。カットしたジーンズに、Tシャツ、長い髪をポニーテールにしている。

「ありがとう、ギンちゃん」

　いきなり礼を言われて、僕は面食らった。

「何のこと」

「あたしのこと、釜田さんに推薦してくれたって聞いた」

　してない、と否定しそうになって、僕は黙った。釜田の思惑を感じたのだった。

「あたし、こういう仕事大好きだから、嬉しいんだ。さっき、早速ウシさんにも挨拶してきた」

　リンコは張り切っている。鼻歌を歌いながら、厨房に消えて行った。僕は時刻を確かめようとして、昭光の携帯をベッドに置いてきたことに気付いた。送別会の準備で忙しかったため、充電したまま、ベッドに置きっ放しだったのだ。取りに行き、フラップを開けてみた。着信記録がひとつ。数日前の日付で、知らない番号が表示されていた。昭光の友達からだとしたら、僕が勝手に使っているのがばれてしまう。でも、もし昭光からだったら。折り返し電話しようかどうしようか。散々悩んだ挙げ句、やめにした。僕は携帯をポケットに仕舞った。昭光の父親は、まだ契約を切ってはいないようだ。

二週間後、僕は浮島通りにあるカフェの奥まった席に座っていた。ブロックを積み上げて白く塗っただけの荒々しい外観に、「NICE」と青い看板が出ている。中は石敷きでだだっ広く、米軍払い下げの中古家具屋で買ったという椅子やテーブルが置いてある。女性観光客が四、五人来ていて、ガイドブックを見ながら姦しく相談していた。

「釜田さんたち、まだ？」

アイスコーヒーを運んで来てくれた、店主の中沢さんが聞いた。つるりとした童顔で、ジーンズにキャップを被っている姿は、三十代前半にしか見えない。中沢さんは四十過ぎのナイチャーで、釜田や長崎さんと同様、那覇が気に入って居を構え、この店を開いた。沖縄には、そういう人たちが大勢いるのだそうだ。中沢さんは、東京で音楽関係の出版に携わっていたとかで、店内にはボサノバが低く流れていた。

釜田と香織さん、長崎さんらが店に入って来た。外は三十五度もあり、全員汗だくだ。

梅雨が明けた沖縄は、観光シーズン真っ盛りだった。とはいえ、安楽ハウスも月桃屋も、あまり客足は伸びていない。那覇はゲストハウスやドミトリーが増えて、値引き合戦が激しいのだった。今や、千円のドミも珍しくない。だから、一泊千五百円で、清潔で安全で楽しいゲストハウスを謳っている安楽ハウスと月桃屋は、結局、リピーターや長期滞在者、その口コミで来る者に頼るしかないのだ。

「ギンちゃん、待たせてすみません」

長崎さんが優しく笑った。長崎さんは、外見は釜田とよく似ているが、能弁の釜田に比べ、いつも微笑んでいるような人で、口数が少ない。僕は、ノートを取り出した。釜田に命じられて、釜田の知り合いの民主党議員秘書の一人に、話を聞きに行かされたのだった。その報告を三人の前でするように、と言われていた。立候補すると言っても、僕らはこれから選挙のノウハウを研究するという、まったくの素人集団なのだった。

「ギンちゃん、暑いところご苦労様でした。関係のないこと頼んじゃって、本当にごめんね」

香織さんは、僕を労った。香織さんは穏やかな人で、滅多なことでは声を荒らげたりしないし、人に気を遣う。だが、引き結んだ口許からは、容易に妥協しない強さも感じられる。少し悲しそうに見えるのは、昨年、突然両親を交通事故で喪ったせいだろう。堂々とした香織さんの前で、僕はなぜか保育園児になったような幼い気分になるのだった。夢に現れた女の人が、いつの間にか香織さんに変貌した、ということは、その女の人も香織さんに似た雰囲気を持っているのかもしれない。

「釜田さん、ほら早く。ギンちゃんを待たせてるんだから」

釜田は店に入るなり、カウンターの中にいる中沢さんと世間話を始めてしまった。香織さんに促されて、戻って来た。

「ごめんごめん。どうだった」

釜田がお絞りを使いながら僕の目を見た。僕は報告を始めた。

「まず、民主党や社民党の公認を取るのは、今の時点では、あり得ないということです」

「わかってるよ、そんなこと」釜田が笑った。「じゃなくて、選挙のやり方」

「そんな言い方しなくたっていいじゃない。ギンちゃんは律儀なんだから」

香織さんが釜田を諫めた。長崎さんは、顔を拭いたお絞りを丁寧に畳んでいる。僕は構わず続けた。

「それで、選挙公示前までは、事前運動及び選挙運動は禁じられているそうです。だから、政治活動という形でアピールした方がいいそうです」

「それもわかってるって。ギンちゃん、律儀もいいけど、要点を早く言ってよ」

釜田が苛立った風に言った。香織さんは、ほら、と釜田を睨んだ。が、態度と裏腹に、テーブルの下の、香織さんのサンダルを履いた足が、小刻みに貧乏揺すりをしているのが見えた。僕は何となく、香織さんはやはり怖い、と思うのだった。

「すみません」僕は謝った。「ええと、ですから、政治活動としてどんなことがあるか、ですが、まずパンフレット製作や葉書を出すくらいは、みんなしているようです。これには、自分の主義主張を書いてもいいのですが、次の参院選に出る、とかはひと言も書いてはいけないのだそうです。だけど、プロフィールのところには、選挙区をずばり書いて匂わせるくらいはする人もいるとか。あと演説なんかでも、出ます、とか言っちゃっても、捕まったケースはないそうです」

長崎さんが初めて顔を上げた。

「でも、パンフや葉書は金がかかるね」

「そうですよね。幾らくらいかかるんでしょう」

熱心にメモを取っていた香織さんが、顔を上げずに頷いた。

「印刷とか紙の質にもよるよ」

口を出したのは、中沢さんだった。中沢さんも、釜田の応援をするつもりなのだろう。立って腕組みしたまま、議論に参加している。

「でも、あれカッコ悪いよな。俺、嫌い」

釜田が言った。

「立候補のことがひと言も書いてなくたって、バレバレじゃん。俺、あれだけはしたくないな。金もかかるしさ。俺なんか、葉書だって貰ったら、即捨てちゃうよ。勿体ないぜ」

「じゃ、どうするの。だって、選挙って馬鹿みたいにお金がかかることなんだよ」と香織さん。

「わかってるよ。だから、俺はうちのホームページでやろうと思ってるんだ」

「ホームページは金がかからないけど、釜ちゃんを知らなきゃ、誰も見ないよ」

長崎さんが口を挟む。そうそう、と中沢さんが頷いた。僕は黙って、議論の行く末を見た。

「じゃ、それは時と場合ってことで、また考えよう。それから？　ギンちゃん」

　釜田が手を挙げて制し、僕の方を見た。

「ブログからの発信の方がいいと思います。これは僕の意見ですが」

　ブログ。懐かしい言葉だった。最近の僕は、予約客とのメールのやり取りや、ホームページの更新などで、パソコンに再び触り始めていた。決してネットは見ないようにしていたが、それも時間の問題だった。いずれ色に染まるように、検索を始め、ネットサーフィンをし、集団自殺について書かれているサイトに行き着くのかもしれない。僕の精神はその時、どうなるのだろう。

「ブログか。やろうか、釜田の立候補日記」

「だから、立候補って言っちゃいけないんだって」

　香織さんが注意して、皆で笑った。

「あとの政治活動としては、『沖縄の未来を考える会』とか、『ナイチャーの会』とかを作って地道な活動をすることとか、講演会や街頭演説をすることとです。あとはコンサートとか、テレビに出るとかで、名前を売ることが重要だそうです」

「とにもかくにも、名前を覚えて貰うしかないんだな」

　長崎さんが呟いた。

「農業市場の人たちは味方よね。だって、生産者ネットを立ち上げたじゃない」

　香織さんが言ったが、釜田は首を傾げた。

「いや、全員というわけにはいかないよ。それぞれの立場があるし、政党が食い込んでいるからな。やれやれ大変なことになったな」

僕はおずおずと手を挙げた。

「ひとつ聞いていいですか」

「いいよ。何だギンちゃん」

釜田がアイスティーのグラスを持ち、唇でストローを探しながら、僕の目を見た。

「選挙資金はどうするんですか」

一瞬、沈黙があった。中沢さんが、張りのある若い声で言った。

「そうだよ。俺もそれを聞きたかったんだ。選挙は金がかかるよ。特に参院選はかかるって聞く。まさか全部カンパってことはないだろう」

「それは私がお答えします」

香織さんが手を挙げた。釜田は俯いている。

「ほぼ全額、私が出します。と言ってもたいした額は出せませんが、幸いなことに、両親が遺してくれた家を処分したお金と、保険金があります。那覇で住む家を今探していて、それを購入した残りを、選挙に充てようかと思っています。浮いたお金と言ったら語弊があるけど、両親が遺してくれたんだから、意義のあることに役立てたいの」

「ちょっと聞いていい？」

長崎さんが手を挙げた。

「何ですか」

香織さんが長崎さんに向き直った。大きな目に挑むような気配があった。

「どうしてって言い方は変だけど、だったら、香織さんが出ればいいんじゃない」

香織さんはしばし考え込むように唇を嚙んだ後、きっと顔を上げた。

「よく知らないんだけど、政治って妥協するところがあるんでしょう。私は妥協したくない質だから、向いてないと思うの。でも、釜田さんは私より大きいところがあるし、弁も立つし、現実的だから、政治家に向いているんじゃないかなと思って」

香織さんは釜田を指差した。釜田が慌てて喋りだした。

「あのさ、誤解してほしくないんだけど、俺は前から沖縄の政治に興味があったんだよ。だから、選挙って、ちょっと出てみたいという気はあったんだ。ほら、こっちは米軍基地という大きな枷があるじゃない。俺ら、ナイチャーの繁栄は、ウチナーが基地を我慢して引き受けているからあるのに、ナイチャーはそれも認識しないで基地を押しつけ、沖縄という土地からいいとこ取りする、という批判があるよね。俺も本当にそう思うよ。俺も含めて、ナイチャーで沖縄が好きなヤツは、みんないいとこ取りだよ。でもさ、こうやってみんな住民票を移して腰を落ち着け始めた。税金も払っている。そしたら、俺たちだって、口を出す権利があるってことだよね。つまり、新ウチナーだ。アメリカと同じく、新しい市民が増えて、新しい沖縄を作るってこと。だから、今度は、ナイチャー差別が問題になるんだよ。どうして、ナイチャーが基地問題に口を出しちゃいけないの」

釜田は喋った後、恥ずかしそうに見回した。

「話がずれたね」

「いやいや、選挙演説だけはもう大丈夫だね」

中沢さんが感心したように言ったので、皆は爆笑した。難儀なことに挑戦する、というより、お祭りに参加するような気軽さがあった。が、僕だけは笑わずに、議員秘書の呆れた表情を思い出していた。内地出身で沖縄の大学を出た、というその人は、釜田と同い年で、釜田とは飲み屋で会えば話す、という程度の知り合いだった。

「釜田さん、参院選に出るって言ってるんですか。市議選ならともかく、参院選は政党の公認取れないと勝てませんよ。泡沫でもいいんですか」

とりあえずやってみますから、と僕は食い下がって、ノウハウを聞いてきたのだった。議員秘書でなくとも、釜田の計画が無謀なことは一目瞭然だった。有名人でもないし、長い時間をかけて地道に政治活動をしてきたわけでもない。喋り好きのゲストハウス経営者が、突然国政に打って出ようというのだから、泡沫候補になりたいのか、と言われても仕方ないのだろう。

「てことは、香織さんが出馬ということはまったく考えられないわけだよね」

長崎さんが、もう一度香織さんの目を見て確かめた。

「嫌だー」香織さんが笑った。「そういう柄じゃないんだってば」

「ごめん、しつこくて。だって、ご両親のお金を遣うって言うけど、大変な出費だと思うよ。こっちは何でそこまで、と思うところもある。だったら、もっと海に近い土地を買って、違う種類のゲストハウスをやるとか、私設保育園を作るとか、金の遣い道はいろいろあると思うんだけどな」

長崎さんの発言に、釜田と香織さんは顔を見合わせた。

「正直に言うよ。俺、来年の参院選は半ば諦めている。ナイチャーの出馬ということで顔を売って、実は市議選を目指しているんだ」

「なるほどね」

今度は、中沢さんと長崎さんが目を合わせた。

「で、市議になったら、また参院選を目指すとか」

興が乗ったらしい中沢さんは、客を放ったまま、小振りの椅子を運んで来て横に座った。

「そこまでは考えてないよ」

釜田は太い首を竦めた。

「ねえ、ギンちゃん、他にはどうしたらいいの」

香織さんに聞かれ、僕は我に返った。

「さっき言ったみたいに、何とか会を作って、活動を知られるようにすることと、後援会を作って支持母体にするのだそうです」

僕はノートに目を落とした。だが、議員秘書は、ありきたりのことしか言わなかったから、勝手に付け加える。

「要は、釜田さんのアイデア次第だと思います」

中沢さんが、口髭に触りながら言った。

「だったらさ、沖縄にいる移住者の後援会組織を作ろうよ。どんどん増えているんだから、中にはものを言いたい人もいるだろう。俺なんか、その口だよ。だいたい年間二万五千人くらい移住してるんだから、ある意味、この県に大金が落ちているのは確かだ」

長崎さんは首を傾げた。

「でもさ、みんな沖縄は沖縄の人のものだから、口を出すのは失礼だ、と思ってるよ。郷に入っては郷に従え、だ」

「俺は郷に従ってるし、この島をこよなく愛してるつもりだけどね」釜田がやや憮然とした表情になった。「でも、もう住み着いた以上、俺たちには帰る場所がないってことだ。香織もここで子供を産むだろうし、俺たちはここで死ぬんだ。だったら、少しでもよくしたいと思うのは当たり前じゃない。長崎のとこだって、もうじき子供が生まれるだろう。そしたら、その子のためにも、環境をよくしたいと思うんじゃないかな」

香織さんが頷いた。

「あたしね、沖縄の人に失礼だから何も言わない、という姿勢は、帰るところがある人だから言えるんじゃないかと思うの。でも、ここに定住すると決めた以上、関わっていくのは当たり前だし、仕方ないことじゃないかしら」

「その意見に賛成」と、中沢さんが手を挙げた。「それにさ、若者文化に影響を与えているのは、俺たちナイチャーだよ。カフェ然り、音楽然り。沖縄がいい意味で発見されたんだよ、俺たちに」

「そうかなあ。ちょっと傲慢じゃないか」長崎さんが承服できない風に腕組みした。

「何だか、俺はナイチャーがこの島をぐちゃぐちゃにしているような気がしてならないんだよね。移住組が増えたから、土地の値段が上がってるしさ。ちょっとしたバブル状態になってるじゃない。俺は、のんびり暮らしていた人たちに申し訳ない、と思うことがあるんだよ。その意味で、沖縄の人に失礼だから何も言わない、という発言が出るんだと思う」

「でもね、長崎さん。移住者が増えていること自体は誰にも止められないじゃない。移住組もいろいろだよ。沖縄が好きで、いつの間にか居着いちゃった釜田さんみたいな人もいるし、俺みたいに計画的に来た人間もいる。別荘を買って、内地とここをダブルで暮らしている人もいれば、期間限定組もいる。でも、かなりの数の人間が移住し続けているのは間違いないでしょう。さっき釜田さんが言った、沖縄が合衆国化しているというのは正しいよ。俺たちはナイチャーじゃなくて、新ウチナーなんだよ。ま、そうは言っても、ウチナーの人は認めてはくれないかもしれないけどね」

「その、認めてくれないってところをよく考えなくちゃ。根深い問題があるんだよ」

「越えられない溝があったとしても、ウチナーは俺らの存在を認めざるを得ないんだよ。沖縄は、基地と観光と補助金で暮らしているんだから」

　釜田が苦しそうに言った。

「それは酷な言い方だよ」

　長崎さんが憮然とした。

「長崎さんは奥さんがウチナーだから、言いたいこともあると思うよ。でも、それが現実だよ」

　中沢さんが長崎さんを制した。

「沖縄が観光地だからこそ、問題なんだよ。海がいつまで綺麗か、なんて誰もわからないじゃないか。俺はさ、世界各地の海を見てきたけど、沖縄の海の美しさは世界有数だよ。こんな大きな財産があるのに、どうして大事にしないのか、俺にはわからない。誰かがどこかでストップかけなきゃ、俺たちの未来もないってことだ」

「それはわかっているよ」と長崎さん。

「だから、俺はカッコ悪いと思われている政治家になろうと思ったんだ。俺のスタッフだって、俺が出馬するって明らかになったら、みんな背を向けていくと思うよ。手伝ってくれるのはギンちゃんだけだ。なあ、一緒にやろうよ。みんなでカッコ悪くなろうよ。馬鹿かもしれないけどさ」

　釜田が言って、長崎さんは苦笑した。結局、穏やかな長崎さんが、言い負かされた形になった。

僕は、途中から放心して店の中を眺めていた。なぜここにいるのだろう、という思いが消えなかった。沖縄で死のうとやって来た内地の人間の一人である僕は、沖縄にとっては迷惑この上ない、無礼な人間だったのだろうか。昭光なら、何と言うだろう。是非、聞いてみたかった。

客が入って来た。地元の高校生らしいカップルだ。陽に灼けているので、ひと目でわかる。中沢さんが慌てて立ち上がった。観光客の女の子たちは、何も目に入らないかのように、談笑している。突然、ポケットにある僕の携帯が鳴った。驚いてフラップを開けると、「オヤジ」と表示してある。昭光の父親からだ。釜田が目敏く見た。

「ギンちゃん、携帯持ってるんだね」

「例の友達のです」

釜田はわかった風に頷いた。昭光の父親からなら、電話に出るわけにはいかない。僕はしばらくコールを鳴らしたままにした。切れた後に留守電を聞いてみる。

「アキンツ、やー、どこにいるかー？　もう待てんから、電話代払わんよー。これが最後の電話どー。今日一日待って、切る手筈整えるからなー」

最後通牒だった。僕はがっかりした。とうとう、昭光と僕を繋ぐ唯一の命綱が切れる。

「ギンちゃんはどこの出身」

長崎さんが聞いた。

「東京の三鷹です」

嘘を吐くことに、躊躇いはなくなっていた。元は、ミカの苗字であり、ミカの父親の住所なのに、すらすらと嘘が出る。

「ギンちゃんは、どうして沖縄に来たの」

「好奇心だと思います」

長崎さんは、ふうんと頷き、思慮深そうな面持ちで煙草に火を点けた。釜田と香織さんは、顔を寄せ合って何か書きつけている。接客を終えた中沢さんが戻って来たので、釜田が、僕らに紙を見せた。

「とりあえず、やれそうなことを書いてみたよ」

「音楽コンサート（フウヤンのレゲエ、その他）、海岸清掃ボランティアの組織、ガーブ川清掃ボランティアの組織、農業市場振興のための意見取りまとめ、移住者による後援会作り、テレビ出演、政党作り、政策作り」

僕は、釜田と香織さんは本気なのだ、と実感しながら、議員秘書から聞いたことを付け足した。

「何でもいいから名簿を手に入れて、自分の名簿を作るといいそうです。そこから、枝葉のように支援者を広げるのだとか」

香織さんが、メモに「名簿の入手」と書き込んだ。

「資金はどのくらい用意できるの」

中沢さんの質問に、香織さんが答えた。

「まずは五百万、と思っています」

長崎さんが驚いたようにのけぞって見せた。釜田と香織さんは、これから長い時間をかけて、議員になるべく転身を図っているのかもしれない。僕は、やはりとんでもないことに巻き込まれたのだ、と内心溜息を吐いた。

ひと足先に安楽ハウスに戻ったら、ちょうど昼休みだった。ゆんたく部屋の畳の上に、小沢とフウヤンが横になっている。廊下側のソファにリンコがどっかと座り、いつものように長い脚を胡座（あぐら）に組んで、煙草を吸っていた。真夏の盛りだから、泊まり客は皆、海や街に遊びに行ってしまったらしい。昼下がりの安楽ハウスは、しんと静まり返っていた。冷房はなくても、窓を全部開け放しているので、風が通って涼しい。ガブがリンコの足元で寝ていた。

「暑かったでしょう。冷たいお茶飲めば」

スタッフになってからのリンコは、僕にとても優しい。僕は素直に、アイスクーラーに入っているさんぴん茶を紙コップに注いだ。

「ギンちゃん、会合どうだった」

腕枕をした小沢が、こちらに向き直った。陽に灼けた手足が細く、夏休みの子供のように見える。

「うん、やっぱり来年の参院選に出るんだって。駄目なら、市議を目指すとか言ってた」

「やれやれ、やっぱそうか」

　小沢が伸びをして、嘆息した。フウヤンが背中まである髪を、ゴム紐一本で纏めながら言った。

「俺たちに何かしろって言ってた？」

「いや、みんなには何も。ただ、フウヤンのバンドをコンサートに出すんだって。そういうイベントをたくさん企画するみたいだよ」

　フウヤンは複雑な顔をした。

「ライブやれるのは嬉しいんだけど、政治的主張となるとなあ」

　フウヤンのレゲエバンドは、メンバーの一人が内地出身で、あとの二人は那覇、もう一人は奄美大島の出身だった。皆、仲がよく、始終遊びに行ったり、一階に集まって練習したりしている。

「いいさー。エコとかロハスとかスローライフとかだったら、みんな賛成なんでしょう。そう言えばいいんだよ」

　リンコが割り切った物言いをした。

「沖縄はそんなに甘くないよ。参院選なら、絶対に基地の話になるじゃん」

　フウヤンが面倒臭そうに眉を顰めた。すると、リンコが煙草の煙と共に、言葉を吐き出した。

「いいさー。基地なんか要らないんだもん。島の真ん中にどかんとあって、邪魔だったらありゃしないよ。基地反対だよ、あたし」

「俺だっていいとは思ってないよ。ただ、声高に言うのもどうかと思ってさ」

「何でよー」

石垣島出身のリンコが、フウヤンに食い下がった。

「あのさ、うちのドラムのノロってヤツ知ってるでしょう。あいつんちは、オヤジがタクシーの運転手やってるんだけど、それだけじゃ食えないんだって。だけど、軍用地主だから地代で何とかやれるって言ってた。反対するのは簡単だよ。現実は、より複雑ってことだよ」

小沢が同調する。

「そうそう、基地の就職だって人気だしね」

やや旗色が悪くなったリンコは、廊下に立って話を聞いていた僕に聞いた。

「ギンちゃんも、基地反対でしょう」

「まあね」

「何だ、煮え切らないね」

リンコは呆れたように言った。が、僕は違うことに気を取られていた。昭光の父親に携帯を切られる前に、以前かかってきた番号にかけてみようと決心していたのだ。僕は一人事務室に入り、着信記録にある番号に電話した。だが、すぐに留守番電話になった。僕は思い切って吹き込んだ。

「これはジェイクの携帯ですか。僕は磯村ギンジです。僕は今、那覇の浮島通りにある安楽ハウスというゲストハウスで働いています。元気にしているから安心してください。ジェイクの荷物は、僕が預かっています」

　その後、僕は事務室のパソコンに向かい、今日の会合の報告をメモした。

「ギンちゃん、お疲れ」

　背後から声がかかった。振り向くと、釜田が首に掛けたタオルで汗を拭いながら、弾んだ声で言った。

「俺さ、歩きながら考えてたんだけど、今、政党名を思いついたよ」

「何にしたんですか」

「ニューオキナワン・パーリー」

　僕が怪訝（けげん）な顔をしたので、上機嫌の釜田は、僕の背中を何度も叩くのだった。

「ビーチパーリーって言うじゃない」

　パーリーとは、英語のパーティーが訛った言い方らしい。つまり、新沖縄党ということだが、横文字にすると何となくカッコいい。

「ギンちゃん、俺さ、暇見てはナイチャーの友達のところ回るから、一緒に来てくれよ」

「わかりました」

「沖縄じゅうに散らばってるから大変だよ」

やがて、釜田は事務室から僕を追い出し、党の綱領などを考え始めた。ゲストハウスの経営どころではないらしい。

客が海や観光から戻って来てシャワーが混み、夕食の注文が殺到する、いつもの夏の宵になった。僕はリンコと厨房に入って、食事作りに追われていた。希望者のみ、ビュッフェ形式で総菜や飯、味噌汁などが食べられるのだが、今日は希望者が多く、あっという間になくなってしまい、僕らの分まで危うかった。リンコが作るようになってから、安楽ハウスの食事は、明らかに評判がよくなっていた。一階でバーを担当しているフウヤンが上がって来た。

「下の手伝いだったら、今は無理だよ」

リンコが冷たく言った。だが、フウヤンは長い髪を振った。

「違うよ、ギンちゃんにお客さん」

「へー、珍しい」

リンコが肩を竦める。僕は洗剤の泡がついた手をタオルで拭き、首を傾げた。中沢さんでもやって来たのだろうか。階下に下りて行くと、背の高い男が暗がりに立っていた。もの珍しそうにステージや、片隅に設えられた屋台形式のバーを眺めている。黄色のバカ派手なスーツ。昭光だった。

「ジェイク」

「あばっ、ギンちゃーん。だいず久しぶりさいが」

僕らは思わず、抱き合った。背の高さが違うので、傍から見たら滑稽だっただろうが、僕は昭光を放したくなかった。

「会いたかったよ、ジェイク」

「あっがいー、すんきゃー懐かしいさーよー」

弾けるような宮古(みやこ)弁に僕は痺(しび)れた。

「ジェイク、どうしてたんだよ」

「何かよまずっ、ギンちゃんこそ何してたかー」

僕らは中学生のように、嬉しさから互いの肩や胸を小突き合った。昭光は、頬がこけて痩せていた。スーツがだぶついて、ハンサムなお笑い芸人のように見える。あまりにも嬉しくて、涙が出た。僕は専務のところで思い出した過去や、その後起きた出来事を昭光に聞いて貰いたかったが、昭光は時間がないらしく、そわそわした。

「あっがいー、おいら起きたばかりでさー、留守電聞いてうわり焦って来たさいが」

「時間ないの？　もう少し待ってくれたら、厨房の片付けが終わるんだけど」

「なーんとなしに、おいらは仕事行かなきゃならんさーよー」

ちょうど泊まり客の女の子たちが街から帰って来た。女の子たちは、笑い転げながら僕に会釈して階段を上って行く。昭光は楽しそうに女の子たちの後ろ姿を見、それから階段を眺め上げた。階上に何か楽しそうなものがありそうだ、という風に。へへっと笑う。

「ジェイクは今何してるの」

「おいら、ホストさいが」

昭光は、自慢げに名刺を出した。今度はなくすまい、と僕は大事にポケットに仕舞う。

「だっからよ、時間帯が反対さーよー」

昭光は眉を寄せて、渋面を作って見せた。

「だから、そんな格好してるんだ」

「うわりずみぎでしょう」昭光は笑った。「おいらみたいにワイルドでクールな宮古青年は、ホストクラブで引く手あまたどー」

「そうだろうね」

僕は心底そう思った。昭光のように無邪気な男は、誰にでも可愛がられるだろう、と。

「だったらよ、ギンちゃんは幸せかー」

昭光が僕の目を見た。眉が迫って濃い顔が、薄闇の中で一瞬不安そうに曇った。

「幸せだよ。でも、少し思い出したことがあったんだけどね」

「なんとなんと、うわり良かったさいが。どんなこと思い出したかー」

「立ち話じゃできないから、ゆっくりできる時に言うよ」

「あっがいー、じゃ、おいらまた来るねー」

昭光は手を振って、あっという間に出て行った。ホストという割には、どことなくうらぶれた感じが気になったが、僕は昭光がわざわざ会いに来てくれたことが嬉しく、生きる希望を持った。

二階に上がり、明るいところで名刺を見た。擦り切れて角が丸くなっている名刺には「ホストクラブばびろん　慈叡狗」とあって、携帯番号も書いてある。慈叡狗だって。馬鹿だなあ、と僕は笑った。相変わらず、昭光のすることは可笑しい。住所の松山は縁のない歓楽街だった。那覇で全く会わなかった理由がやっとわかった。が、少しすると、今のは幻だったのではないか、と思うほど夢にまで見た邂逅は、儚い気がするのだった。

これは現実なのだろうか。僕は急に自信がなくなって、周囲を見回した。濡れた髪からシャンプーの香りを漂わせ、廊下を行く若い女の客。ゆんたく部屋で、たどたどしく三線を爪弾いて笑い合う男たちの集団。テレビの前に陣取ったカップル。厨房からは、リンコが食器を洗う音が微かに響いてくる。いつもと変わらない、安楽ハウスの宵だった。それに、僕の手には、昭光と抱き合った時の硬い骨の感触が残っているし、首筋には、昭光の汗の臭いが移っている。つんと鼻をつく、若い汗の臭いだ。が、意外にも、僕は物足りなさを感じている自分に気付いた。

『だったらよ、ギンちゃんは幸せかー』

昭光の声音と表情は、自分が幸せだから、僕の状況を案じたのではあるまいか。昭光は、何かに心を奪われている。それは何か。摑もうとしても、芯を摑めない苛立ちと、手を伸ばしても届かないもどかしさを感じて、僕は身悶えた。これは恋かもしれない、と愕然とする。

心揺らぐと、過去が舞い戻ってくるのはどうしてだろう。その夜、僕はまた例の女の夢を見た。夢の中の僕は、昭光と話していた。場所は、懐かしいミカの部屋だった。四角い籐製のテーブルを挟んで、僕らは仰向けに寝転び、天井の白いボードを見つめている。僕は、昭光と再び一緒にいることが嬉しくてならない。声が弾むのが自分でもわかるほど、昂揚して喋っていた。

「ジェイク、やっとわかったんだ。僕は集団自殺の脱落者だったんだよ」

「何かよ、まず」

昭光の声が眠そうなので、僕は不満だ。

「ネット自殺の生き残りだって、言ったんだよ」

昭光は答えない。僕は、自分がいかに凄惨な体験をしてきたかを説明しようと、焦っている。だが、聞いているのかいないのか、昭光の反応は鈍い。突然、聡美の部屋のドアが開き、僕は緊張してそちらを見た。現れたのは、聡美ではなく、夢の中の女だった。女は前髪を透かして、僕を見据えている。僕は恐怖で動けない。すると、昭光が、半身を起こして女を見た。

「ギンちゃん、誰」

「死神だよ」

自分の声に驚いて目が覚めた。ミックスルームの蚕棚（かいこだな）ベッドで寝ていた。あちこちから寝息と鼾（いびき）が聞こえてくる。僕は薄闇の中で、額の汗を拭った。僕の脳味噌がまたも蠢（うごめ）きだしたのだ。何と薄気味悪いことだろう。僕は自分自身を持て余して、溜息を吐いた。

3

九月に入った。過去に縛られ、昭光に心惹かれて悩む僕の気持ちとは裏腹に、事態はとんでもない速度で進んでいた。

釜田と中沢さん、香織さんの行動力には、目を瞠（みは）るものがあった。釜田と中沢さんは、気乗り薄の長崎さんを一人残して毎日飛び回り、あっという間に、会をふたつ立ち上げた。「ナイチャーの会」と、「ニュー沖縄を作る・なんくるない会」のふたつだ。いずれも、一年後に立候補する時の支持母体にするつもりらしいが、今のところ、参院選立候補は秘密になっていた。

「ナイチャーの会」は、文字通り、沖縄に移住して来た本土の人たちの会で、移住希望者の相談に乗ったり、移住に関する問題を話し合ったり、解決策を講じる組織だった。こちらは、参加者も多く、活況を呈しつつあった。ふたつの会のホームページを作らされている僕は、それらの業務に一日の大半を費やすほど忙しかった。朝食の手伝いと片付けが済むと、すぐに事務室に籠り、大量のメールチェックをする。返信を書いたり、釜田の更新を見るだけで、半日が潰れた。

午後は、釜田のお供で、支援者を訪ねたり（すでに、釜田はメンバーを「支援者」と呼んでいた）、市役所に陳情に行った。僕は、昭光の働くホストクラブを見に行きたいと思っていたが、休みなど一日もない有り様では、どうしようもなかった。

「ナイチャーの会」のメンバーは様々だった。まず、十年以上も前から沖縄に住み着いて、実績を上げているグループがいた。農業従事者、養豚業者、牧場経営者、飲食店経営者、旅館経営者、観光業者などだ。彼らは生真面目で家族もおり、沖縄に馴染んで暮らしていた。もうひとつのグループは、中沢さんのように飲食店を経営したり、WEB事業、アート、音楽などをやる傍ら、沖縄で出版やイベントなどの文化を発信するタイプだ。そして、沖縄で起業しよう、と渡沖して来る人たち。最後に、資金もコネもなく単身で来て、沖縄で職探しをする若い人たちのグループもいた。海が好き、沖縄が好き、という単純な理由で気軽にやって来た人が多く、職があっても低賃金だったり、地元の人と軋轢が生じたり、と問題を抱えていることが多かった。そのせいか、掲示板でも、成功者が軽はずみな若者を諌めるパターンが増えていて、ナイチャーとは言っても、各グループ間の温度差は顕著だった。とはいえ、これまでなかった組織の立ち上げを喜ぶ声の方が圧倒的で、釜田の自信を一層深めさせたのだった。

「ギンちゃん、俺、もしかしたら当選するかもしれないと思えてきた。党名もさ、ニューオキナワン・パーリーなんかじゃなくて、ナイチャー・パーリーの方がよくねえか」

釜田は、時折こんなことを洩らすようになっていた。僕は賛成できかねて黙っていた。

その根拠を釜田にうまく説明することはできなかった。それは、海に育まれてきた昭光の無邪気な明るさであり、専務の吹き飛ばされてなくなった親指だったりした。あるいは、国際通りに照りつける太陽の強さだったり、台風の前触れの暗い空の色でもあった。つまりは、言葉にすることができない、僕にとっては、どうしても摑めないもどかしさに通じるものだったのだ。そう、僕自身の過去や、昭光の心のように。

「歴史を共有することがそんなに偉いのかよう」

酔った釜田は時々暴言を吐いたが、僕はその度に俯いた。僕は自分の歴史を失って苦しんでいる。過去の影が甦ることに怯えてもいる。だが、僕自身の歴史がなければ、僕は自分を取り戻せないのだ。土地の歴史と共に生きていない者が、何を言ってもいいのだろうか。僕にはわからない。ナイチャーたちの支援を受けて、釜田がだんだんと傲慢になっていくような気がして、僕は次第に言葉少なになっていった。

他方、「なんくるない会」は、地元の人と組んで地域活性化を図り、環境保護と平和を訴える、という政治的な目的があるためか、移住者からは何となく敬遠されたきらいがあった。だから、「ナイチャーの会」と、「なんくるない会」の双方に籍を置く人は、早くから来て成功している人々だけだった。しかし、市場存亡の危機を感じた農業市場の仲嶺ウシさんが、市場のおばさんたちを熱心に説き続けてくれていたし、釜田も市場に出かけては、顔を売っていた。だが、ある日、僕が釜田と市場を歩いていると、ストレリチアの花を満載した軽トラックのおじさんに呼び止められた。

「やーは、市場を続けるって言うけどさー。観光客のために開く市場がどれだけ虚しいか知ってるかー。ここはわったーの市場どー。客がでーじ来なかったら、潰して他のものを作るしかないさー」

釜田は、話が平行線と見ると、こう言って締め括るのだった。

「おじぃ、今度一杯飲んで、とことん、話し合いましょうよ」

おじさんは苦笑して去って行った。釜田はうまく丸め込んだと思っているのだろうか。僕は釜田の気持ちがわからなくなっていた。

香織さんは香織さんで、独自に「地球に優しいふくぎの子」というＮＧＯを立ち上げた。子供たちに環境教育を施す目的だとかで、早速、近所にアパートを借りて、私設保育ルーム経営と共に活動を始めたのだった。リンコも誘われて見に行ったが、首を傾げながら帰って来た。

「近くの子って言っても、ナイチャーの子供しか集まらないんだよ。あれでいいのかなー」

「どんなことするの」

サッカー番組を見ていた小沢が振り向いて、リンコに尋ねた。

「クレヨンで、青い海と白い浜を描かせてさ。海岸のゴミを拾おう、と言わせたりしてね。そりゃ正しいんだけど、何て言うのかな。正し過ぎて余裕がないって感じ。香織さんそのものだよ」

リンコは狐みたいな細い目を空に泳がせた。小沢は、リンコと香織さんの間に横たわる諍いの根を感じたのか、慌てて目を逸らした。そこに、フウヤンが一階のバーから上がって来た。

「俺もさ、子供にギター教えに来てって言われてんだよ」

「へえ、いいさー」リンコが気のない返事をする。

「まあね」とフウヤンは頷き、テレビに目を遣った。小沢が呟いた。

「俺、十二月からどっかのキビ刈り隊に行くよ」

「何だ、皆で一緒にいられるのも、あと三カ月くらいしかないさー。でも、ギンちゃんはずっといるよね。何せ選挙があるんだからさー」

リンコの目に、やや意地悪な色が宿っている。男たちは素知らぬ顔をした。こんな調子で、釜田と香織さんの活動に懐疑的な安楽ハウスのスタッフは、戸惑いつつもゲストハウス業務をのんびり続けていた。季節外れになると、客も日増しに減って、暇が多くなる。釜田の秘書役にされた僕だけが、連日あちこちに連れ回されて疲弊していた。

忙しさに紛れたのか、僕は女の夢を見なくなった。女の顔自体も輪郭がぼやけ、細部が欠け、そのうち黒い髪と白い顔くらいしか、思い出せなくなった。勿論、その間も、僕は暇を見つけては昭光の携帯にせっせと電話をかけた。だが、いつも留守電になっていて、僕はメッセージを吹き込むしかないのだった。

「ジェイク、きみの休みと合わせるから、安楽ハウスに電話してくれないか。でなきゃ、ついでに寄ってくれよ。僕がきみの店に行ってもいいよ」

しばらく待って、昭光が現れないことがわかると、焦れてこうも吹き込んだ。

「ジェイク、ギンジです。忙しいだろうけど、時間があったら、安楽ハウスに寄ってくれないかな。荷物を渡すのも忘れてしまったし、きみとゆっくり話したいんだ。よろしくお願いします」

依然、反応がないことに業を煮やした僕は、「ホストクラブばびろん」に電話を入れた。が、「接客中です」と無愛想な応対をされたため、以来、店に電話するのはやめにした。それでも僕は、昭光がまだ店にいること、同じ那覇の空の下に生きていることを確認できて、嬉しかった。しかし、ゆっくり話したい思いは日増しに募った。それは、釜田への違和感が大きくなっていたのと比例していた。が、皮肉なことに、釜田と香織さんの僕に対する信頼は、逆に増しているのだ。そして、僕は安楽ハウスのスタッフの中で、孤立しつつあった。

釜田は、意見が対立すると、市場のストレリチア売りのおじさんに対したように、相手をすぐに酒に誘って懐柔した。釜田から金を預かり、酒宴が終わる頃を見計らって金を払いに行くのも、僕の役目になった。こまめに冠婚葬祭に顔を出すようになった釜田が挨拶している時、代わりに祝儀や香典を手渡すのも、僕の仕事だった。

九月も終わりのある夜、僕は安里の飲み屋に向かっていた。「なんくるない会」の懇親会があり、会費だけでは酒代が足りなさそうなので、頃合いを見計らって届けるよう、言いつかっていたのだ。他のスタッフは、シャワーを浴びたり、テレビを見たりしてのんびりしている時間なのに、僕だけが夜になっても街を走り回らされている。不満もあって、僕の気分は冴えなかった。

路地奥のラブホテルから、カップルが出て来た。背の高い男と、すらりと細い女だった。背格好に見覚えがあるような気がして、僕は立ち止まった。女が先に行く素振りをするのを、男が引き留めている。

「あっがいー、冷たいさいがよー」

男が弾けるような声で詰った。昭光だった。声をかけようとした僕は、驚いて息を呑んだ。相手の女が、「エロチカ」で会ったことのある女の子だったからだ。

「行かんとならんのにー。アキンツだって店があるでしょー」

二人はしばらく揉み合った末に、固く抱擁した。女が去ると、昭光は悲しそうに後ろ姿を見送った後、激しい勢いで走り去った。昭光が、僕に会いに来て忙しなく帰って行った時と同じ雰囲気が漂っていた。昭光は、いても立ってもいられない、心のざわめきに冒されていたのだ。

釜田の待つ飲み屋の扉を開けた時、ちょうど帰ろうとするウシさんとぶつかりそうになった。ウシさんは、僕の顔を見て言った。

「ギンちゃん、どうしたかー、顔色青いさー」

僕は首を横に振った。ウシさんがなおも話しかけたそうにしているのを振り切り、酒席の奥で、僕を手招きする釜田の元へ向かった。

「ギンちゃんも一杯飲んでけば」

僕は固辞し、ことさら目立つように釜田に金を手渡した。釜田が皆の前でそうするのを好むからだった。元はと言えば、香織さんの金なのに、釜田は自分が出しているような顔をしたがる。

僕は、飲み屋を出た後、安里の古い商店街をほっつき歩いた。歩けば歩くほど、頭の中は昭光に対する呪詛でいっぱいになった。僕が助けを必要としていたのに、昭光は女に夢中になって懇願を無視した。安里まで来ているのなら、安楽ハウスはすぐそばなんだから、寄ってくれたっていいじゃないか。僕はそれで救われるのに、冷た過ぎる。境遇だって嘘を吐いていたし、那覇に来る前に石屋に知らせに来てくれたってよかったじゃないか。あれこれ考え始めると、腹が立ってならなかった。僕の足は、自然「エロチカ」に向いた。

「エロチカ」は、しけていた。閉店一歩手前と言った態で、客の姿もないし、棚の酒も一層少なくなっていた。ピンクのネオンサインも、心なしか光量が落ちているように見える。

銀次は、キャップを逆に被り、表で空を見ながら煙草を吸っていた。銀次が、僕を認めて笑った。お前が笑っていられるのは、今のうちだ。僕は凶暴な気持ちになっていた。

「不景気だね」

「おかげさんで」

銀次は鼻の横を掻きながら、カウンターの中に戻った。僕はオリオンビールを注文し、カウンターの上に六百円を置いた。

「二人分だよ。きみも飲めば」

銀次は嬉しそうに、缶ビールをふたつカウンターの上に置いた。プルトップを開け、二人で乾杯の真似事をする。

「二人のギンジに」

僕の言葉に、銀次が反応した。

「いや、アキンツに」

僕が苦い顔をしたのを、銀次は見逃さなかった。

「アキンツに会いましたか」

「ふた月前に会ったよ」

「あいつ、那覇にいるんですか。何してました」

銀次が新しい煙草に火を点けて、煙を吐いた。

「ホストをしている」

「ホストか。あんながさつで気の利かないヤツが、よくなれたもんだ」

銀次は嫌な顔をした。銀次は、自分の彼女と昭光が付き合っていることをまだ知らない。教えてやるべきだ。僕の身裡（みうち）が暗い喜びに満たされた。

「アキンツは、どこの店にいるんですかね」

「松山の『ばびろん』だよ」

松山のばびろんね、と銀次は口の中で繰り返した。

「見に行くといいよ。面白いよ、きっと」

僕はビールを飲み干して言った。

「行かないすよ。あんなヤツ、見たってしょうがないすもん」

銀次はちびちびと缶ビールに口を付けて、吐き捨てた。

「きみたち、どうして仲が悪いの。同じ宮古島出身なんでしょう」

銀次が大袈裟に肩を竦める。

「あいつは何も気付かないヤツだから」

無神経ということか。僕はふと疑問が湧いて、あれこれ聞いてみたくなった。

「昭光の家は金持ちだとか言ってたね」

「そうすよ、島一番の金持ちです。俺の家は貧乏人だからね、比べものにならないくらいの」

昭光の携帯電話の着信記録に刻まれた文字を思い出す。オヤジ、オヤジ、オフクロ、久光、オヤジ、オフクロ、オフクロ。

「さぞ可愛がられていたんだろうな」

銀次は何も答えず、横を向いたまま薄笑いを浮かべていた。

「ここにいた女の子も、同郷なんでしょう」

銀次の目に警戒の色が浮かんだ。台風の夜、僕がミヤちゃんや小沢たちと来た時、女の子について何気なく聞いたことを覚えているらしい。

「そうすよ。愛はアキンツと同級です」

「ああ、それで」と、僕は大きな声を出した。「一緒にいるところを見たことがあるよ」

銀次がはっとした顔で僕を睨んだ。今夜の銀次の顔は潰れた鼻が目立って醜い。

「二人して安里のラブホから出て来た。付き合ってるんだ、と驚いたんだ」

いったん、口から出た言葉は戻せない。僕は、銀次が打ちのめされた表情を隠せないで俯くのを小気味よく眺めながらも、自己嫌悪に震えていた。僕は、最低だ。きっと前も、弱虫で卑怯な人間だったのだろう。そして、銀次同様、僕も自身の言葉に衝撃を受けていたのだった。


翌朝、僕は禁を破った。ネットで、「ホストクラブばびろん」と「慈叡狗」を検索したのだ。釜田の命令で、安楽ハウスの予約受付とホームページの更新、さらに、ふたつの会のホームページ管理や経理業務などを受け持たされていたが、仕事以外の余計なサイトは一切見ないのが、僕のルールだった。

ホストクラブ「ばびろん」は、意外にも丁寧な作りのオフィシャルサイトを持っていた。二十人以上のホスト紹介ページには、「慈叡狗」こと昭光の写真も載っていた。ステージ衣装風の黄色いスーツで、カメラを睨みつけている。僕はディスプレイの中の昭光を睨み返した。ジェイク、こんなに待っているのに、どうして連絡してくれないんだよ。だから、僕はきみを裏切ってしまったじゃないか。

恨み言を呟く自分を苦々しく思いながら、僕は釜田が置き忘れた煙草を一本取って、火を点けた。人の煙草を無断で吸うことに、今日の僕は何の躊躇いもない。頭がくらっとしたが、昨夜の銀次の仕種を真似て、煙を吐き出してみる。銀次は今頃どんな気持ちでいるだろう。銀次のことだから、あの女の子に辛く当たったに違いない。眉根を寄せてカウンターの隅を見ている銀次の暗い眼差しを思い出すと、僕の名の由来ともなった銀次への反感が増すと同時に、羨ましくもなるのだった。昭光と銀次の間には、反りの合わない兄弟のような濃い感情がある。銀次に成り代わりたい、と僕は願った。「磯村ギンジ」は、下地銀次の偽物に過ぎないのだ。多分、昭光は僕を忘れても、銀次を忘れることはない。

僕は、画面をスクロールし続けた。面白いことなんてひとつもないのに、やめることができなかった。マウスを動かしているうちに、何かを思い出しそうな予感がした。その正体が、この薄っぺらな孤独感かもしれない、と思うと虚しくて堪らなかった。僕は二本目の煙草に火を点け、「ばびろん」の掲示板を眺めた。携帯から発信した、女の子たちのどうでもいいようなメッセージと、マニュアル通りの店の答えが延々と続く。

「慈叡狗、もうじき店やめちゃうって噂聞いたけど、マジ?」。「ご質問ありがとうございます。慈叡狗は、変わらず店におります。ご来店をお待ちしています」。僕も待っているのだった。昭光と、僕の記憶が戻って、取るに足らない自分が現れるのを。

「ギンちゃん、俺の煙草吸ってるな」

背後から釜田の声がした。僕は慌ててページを閉じた。

「ギンちゃん。グッドニュースがあるんだよ」

釜田は、僕が「ばびろん」のサイトを見ていたことに気付かなかった。僕はほっとして煙草を潰し、釜田に向き直った。

「すみません、勝手に吸って」

「いいよ。煙草くらい」

釜田は、「なんくるない会」で試作した紺色のTシャツを着ていた。ゴーヤーの絵が描いてあって、「農業まちぐゎー」と白いロゴが入っている。試験的に観光客に売って、売れるようなら本格的に製作し、活動資金の足しにすることになっていた。「あんな高くてダサいTシャツ、買うバカはいないさー」とは万事に批判的なリンコの弁だが、釜田と香織さんは大真面目だった。

「ギンちゃん、俺、テレビ番組に取り上げられることになったんだ。狙い通りだよ」

「何ていう番組ですか」

釜田は嬉しそうに答えた。

「りゅうきゅうテレビの沖縄移住者特集だって。俺の日常の活動を撮ってさ、その後、スタジオで生の討論会もあるんだよ。ギンちゃんの言う通り、ブログを始めてよかった」

釜田は、「ナイチャーの会」のホームページで、「安楽オヤジの独り言」というブログを書いていた。軽妙な文章がうまく、ファンも付いている。

「よかったですね」

「何だよ、ギンちゃん。気のない返事するなよ」

上機嫌の釜田は、僕の肩を強く叩いて笑った。たまたま、事務室の前の廊下を、ガブを従えたリンコが通りかかった。

「おう、リンコ」釜田が呼び止めた。

「何ですかあ」

リンコは面倒臭そうに立ち止まって中を覗いた。ガブも荒い息を吐きながら、釜田を見上げる。

「リンコ、俺なあ、今度テレビに出るんだよ」

リンコは何も言わず、へえ、と鼻先で笑った。釜田がむっとした顔をする。

「テレビの取材が来るからさ、よろしく頼むよ」

「よろしくって、何をすればいいの」

「いつも通り、安楽ハウスの仕事しててよ」

「客もたいしていないのに」

リンコは反抗的に返した。

「だったら、お前が客の振りしろよ。リンコ」

「香織さんに頼んでみたらどうですか」

リンコはもう、カマチンとは呼ばない。スタッフになった時はあんなに喜んでいたのに、今は冷ややかだった。リンコだけではない。安楽ハウス全体を、どことなく醒めた空気が覆っていた。

釜田はリンコの態度に面食らったらしい。

「香織は仕事あるからさ」

「あたしだって仕事ありますよ」

喧嘩腰のリンコに、釜田が弱り顔で僕の方を見た。僕は、パソコンの元の画面を眺めている振りをしていた。エクセルで作った選挙関係の出納帳だ。五百万あった活動資金は、すでに百万近く減っていた。

「リンコ、お前、俺に何か文句あるのか。あるなら言ってくれよ」

釜田が太い腕を組んだ。不穏な空気をいち早く察してか、ガブがのそのそと廊下を去って行く。リンコがきっと釜田を見上げた。

「特にないですよ。だけどさー」

「だけど、何だよ」釜田もとうとう声を荒らげた。

「本末転倒って言うの、そんな気がするの」

「どういうことか説明してくれよ」

リンコは言葉に詰まって、唇を舐めた。仕方なく、僕が助け船を出した。

「つまり、釜田さんが、ゲストハウスの仕事に本腰を入れてないのにってこと?」

そうそう、とリンコが頷いた。

「入れてるよ、俺」釜田がムキになった。「全部やってるよ。だけど、客が来ないんだからしょうがないだろう。俺のせいじゃないよ」

だが、釜田が政治活動に身を入れ始めた頃から、面白いように客足が減っていた。現在の宿泊客は、五人。それも長期滞在者ばかりだ。この先の予約も数えるほどしか入っていない。

「テレビに出たら、客が増えるかもしれないよ」

釜田は自分に言い聞かせるように言ったが、リンコは不服らしい。何も言わずに頬を膨らませたまま、廊下を歩いて行ってしまった。

「何だよ、話途中でやめて。頭に来るなあ」

やがて釜田は気を取り直したように肩を竦め、パソコンを替わってくれ、という仕種をした。僕は立ち上がって、釜田に椅子を譲った。

どうにも気分が悪かった。禁じていたネットにアクセスしたせいだろう。「磯村ギンジ」の精神の均衡が、崩れようとしているのだろうか。僕はゆんたく部屋に入り、畳の上に仰臥(ぎょうが)した。リンコがやって来て、涙を浮かべながら愚痴った。

「ギンちゃん、あたし辞めちゃおうかな。もう嫌だよ。みんなバラバラさー、前の安楽ハウスはどこに行っちゃったのって感じ。釜田さんは、票にならない旅行者なんかどうでもいいんだよ」

僕は答えずに、天井を眺めていた。僕も、旅行者などどうでもよかったからだ。

4

数週間が過ぎた。その間、大きな台風が二回やって来て、二度目の時の強風で、「安楽ハウス」の木の看板が吹き飛んだ。「安楽ハウスの将来を象徴するかのようねー」と、リンコが厭味を言ったが、釜田は何事もなかったかのように看板を拾って来て、同じ場所に括りつけた。落ちた衝撃で、縦に亀裂が入ってしまったが、釜田は「台風の記念だ」と言って、取り替えようとはしなかった。リンコに対して、意地になっていたのかもしれない。そのうち、釜田の言った通り、テレビ局のクルーがやって来て、安楽ハウスの日常を撮り、そそくさと帰って行った。他に目新しいことも、心躍ることも何もなかった。

昭光からの連絡も絶えてない。昭光に何かあったのだろうか。苦境にいて、連絡もできないのかもしれない。僕は次第に不安になり、ある夜、松山に初めて足を踏み入れてみた。松山は、那覇屈指の歓楽街だ。まともに歩けないほど客引きが多く、中には僕の手を取って、強引に店に誘う男もいた。道端に座り込んで周囲を睥睨(へいげい)するヤンキー風の男たちや、半裸に近いドレスで闊歩する女たち。ざわめく街に立っていると、僕は気分が落ち着かなくなった。人一倍暢気で鈍い昭光が、こんなところでうまくやっていけるはずがない。

やっと発見した「ばびろん」は、ホストクラブが数軒入った雑居ビルの上階にあって、男の僕が見に行くことなど不可能だった。昭光が出て来ないだろうか、としばらく「ばびろん」のオレンジ色の看板を見上げていたが、「あんた、ホスト志望者かー？」と中から現れた男に聞かれて、意気地のない僕は逃げ帰った。

途中、僕はわざとニューパラダイス通りの裏にある「エロチカ」の前を通ってみた。が、驚いて立ち竦んだ。店が綺麗さっぱりなくなっていた。下地銀次はどこに行ってしまったのだろう。そして、あの女の子は。「エロチカ」のあった場所は、薄汚い戸板で覆われた、沖縄の朽ち果てた古屋に戻っていた。まるで銀次の夢を葬った墓のようにも見える。僕は呆気に取られ、店の跡の前に佇んでいた。が、意外に清々した気分もあるのだった。下地銀次がいなくなれば、僕だけが、昭光の「ギンジ」を生きられる。

そうこうしているうちに、釜田の出演するテレビ番組が放映される日になった。

僕らは、ゆんたく部屋で番組が始まるのを、今か今かと待っていた。テレビの真ん前に陣取ったリンコは、長いスカートの膝を両手で抱えて、体育座りをしていた。小沢は畳に寝転び、フウヤンは胡座を掻いて、ギターを大事そうに抱き寄せている。

フウヤンは、十一月に予定されているコザでのロックイベントに出演が決まったため、ギターの練習に余念がなかった。ロックイベントは、中沢さんのコネで沖縄の有名なロックバンドが多数出演することになっていて、釜田はちゃっかりプロデュースに名を連ねていた。フウヤンのバンドは前座の前座だが、フウヤンはチャンス到来とばかりに、安楽ハウスの仕事よりも練習優先の日々を送っていた。今や、安楽ハウスの仕事を一手に引き受けているリンコは、そんなフウヤンに苛立って、フウヤンとの口喧嘩も日増しに増えている有り様だ。

「釜田さんがテレビに出るんだって?」

安楽ハウスに三カ月も滞在している酒井が、リンコに尋ねた。小沢の後釜は酒井だろう、と僕は密かに思っていた。本人もその気があるらしく、何かとリンコに接近している。

「そうなんだよ。スタジオで生出演だって」

リンコが煙草に火を点けながら、好もしそうに酒井を見遣った。酒井は、鳥取の高校でサッカー部にいたというだけあって、体格がよくて、礼儀正しい。香織さんにも気に入られて、香織さんの「ふくぎの子」では、ボランティアでサッカー教室を受け持たされていた。

「沖縄に移住した人の特集なんだって」

「へえ、じゃ俺見よう」

小沢がゆっくり起き上がって、酒井のために場所を作った。他にも、数人の泊まり客が見に来たので、追い出された形になった僕と小沢は、廊下のソファに腰掛けた。

僕はポケットから新しい携帯を取り出して、着信がないか確かめた。朝から何度となく気にしているのだが、まだどこからも着信はなかった。釜田に勧められて買ったばかりの携帯で最初にかけたのは、勿論、昭光だった。相変わらず留守電になっていたので、メッセージを入れた。昭光がまだ「ばびろん」にいることは、サイトを眺めて毎日確認していた。

「ジェイク、ギンジです。元気ですか。僕も携帯を買ったので、よかったらここに連絡してください。きみから全然連絡がないので心配です」

「エロチカ」がなくなったことも告げようかと思ったが、僕と下地銀次の接点を知らないはずだし、あの女の子から事情は聞いているだろうから、とやめにした。

もしかすると、銀次から僕の告げ口を聞いて、昭光が怒っているのではないか、という不安もあるにはあった。だが、僕はなぜか、昭光が怒る様だけは想像できなかった。

「あばっ、ギンちゃん、そんなこと気にすることないさいがよー」と、へらへら笑いながら言いそうだ。僕は昭光の表情を思い浮かべ、頬を緩めた。

「ギンちゃん、始まったよ。ほら、みんな静かに」

リンコが僕に向かって怒鳴った。リンコは釜田と口喧嘩した癖に、全員が釜田を注視していないと嫌なのだ。学級委員みたいだな、と小沢が僕に囁いて笑った。

「沖縄移住島」と刺激的なタイトルが出て、スタジオが映った。司会者と女性アシスタント、パネリストが三人。司会者の横に、釜田が澄ました顔で座っている。「なんくるない会」の紺のTシャツにジーンズという格好だ。その隣に見覚えのある顔があった。

「あれ、イズムじゃん」

小沢がテレビを指差して叫んだ。

「イズムって誰ねー」リンコが振り向いた。

「世界放浪のカリスマ。本名は坂本泉」

小沢が面白可笑しく答えたが、不機嫌なフウヤンが遮った。

「見てりゃわかるよ」

リンコは文句を言いたそうにフウヤンを睨んだが、渋々前を向いた。二人は、一触即発だった。

イズムは、落ち着いた表情でカメラを見ていた。洗い晒しの白いTシャツにジーンズ。頭に赤いバンダナを巻いている。釜田よりも、見た目はこざっぱりしていた。もう一人のパネリストは、退職してから沖縄に家を買って計画的に移住した、という老人だ。

三人がそれぞれ詳しく紹介された。釜田の髭面がアップになり、「『安楽ハウス』オーナー、『ナイチャーの会』『なんくるない会』代表」とテロップが出た後、「那覇で伝説のゲストハウス『安楽ハウス』を経営する沖縄の有名人。最近、沖縄に移住した内地の人間の意見を地元に伝えようと、『ナイチャーの会』を作る。また、地域振興を訴える

『なんくるない会』も旗揚げしました」と司会者が言った。

イズムは、「『パラダイスマニア・ロッジ』オーナー」。「二十代、バスで世界一周を果たして、世界中に友人の輪を広げる。沖縄に憧れてやって来る若者の夢を代弁しよう、と沖縄各地に『パラダイスマニア・ロッジ』を建てる傍ら、環境保護と地元の共生を考える活動を続ける」

僕は複雑な思いでイズムを見つめた。パラマニで若者のリスペクトを集めるイズムは、和を乱す昭光をリンチして追い出した。しかし、沖縄に来る若者のカリスマとして、堂々とテレビ出演している。釜田と居並ぶと、二人の行動にたいした差はないようにも思えるのだった。

安楽ハウスの場面に変わると、ゆんたく部屋は大騒ぎになった。厨房で働くリンコと小沢が映る。一階のバーでシェーカーを振るフウヤンは、ギターを爪弾いて歌う場面まであった。泊まり客とスタッフの交歓場面には、酒井が手を叩いた。僕も、「なんくるない会」の活動で、釜田の横でメモを取るところがちらりと撮られていた。

「あたし、結構映ってたね。おとうに教えてやればよかったー」

「リンコさん、テレビでも睨み利かせてたね」

酒井が阿る。

「そんなことないさー」とリンコは照れた。テレビ出演に懐疑的だったリンコが満足そうなので、僕らは苦笑した。

イズムの紹介ビデオでは、ロッジの全景や、昭光が着衣のまま飛び込んで逃げたプライベートビーチが映った。さらに、パラマニにいる若いスタッフたちが、各地の海岸でゴミ拾いしているボランティア活動が長めに紹介された。さらに、地元の窯や織物などの伝統工芸に興味を抱く客を案内するツアー、マンゴー畑に働きに行く若者たちと酒を酌み交わすイズムの映像まであって、バラエティに富んでいた。イズムを見つめる若者たちの目には憧れが籠っていて熱く、それは釜田にはないものだった。僕は奈良のヤンキーっぽい拓也(たくや)を思い出した。『パラマニ・ロッジはな、俺らの聖地や。イズムさんのソウルに触れたら、その後は自由に生きるために散るんじゃ』。イズムのようにカリスマ性のある男が選挙に出たら、釜田は敵わないかもしれない、と僕はちらりと思った。

全員の紹介が終わり、司会者が質問した。

「釜田さんはどうして内地出身者の会を立ち上げたのですか」

釜田が、持論を展開する。

「俺たちは、余所者(よそもの)でナイチャーだけど、沖縄に骨を埋めるつもりです。だから、いつまでもウチナーだのナイチャーだのと言ってても仕方ない。できれば、俺たちを新ウチナーと認めて、地域の催しにも分け隔てなく参加させてほしいし、俺たちの意見も聞いてほしいんですよ。だから、俺はまず、俺たちを新ウチナーと呼んでほしいと言ってます」

「釜田さん、俺は呼び名はどうでもいいんだけどね。それは、ウチナーの人たちが決めることで、余所から来た俺らが決めることじゃない。違いますか」

いきなり、イズムが口を挟んだ。釜田は、思いがけない反撃に面食らったらしく、目を丸くした。

「いや、俺が言ってるのは、象徴としての呼び名がすべてを表しているんじゃないかってこと。だって、あなたはナイチャーですからって言われたら、それで話が終わってしまうでしょう」

「だから、終わらないようにしていけばいいんであって、それは個人の問題ですよ。呼び名がどうこうって言うのは、沖縄の人を脅迫しているみたいなもんじゃないかな。それに、ウチナーとかナイチャーって、単なる区別でしょう。そんな深い意味があって言ってるんじゃないと思うよ」

「イズムさんは、こっちに住んでるわけじゃないから、そう思うんじゃないの。俺なんか、那覇で五年もゲストハウスやってるけど、市民生活の中では不便はあるよ」

釜田の顔が紅潮した。イズムはリゾートで観光業をやっているから市民生活とは縁がない、と言いたいのだろう。だが、イズムは慌てなかった。

「不便って言うけど、文句を言う前に実践するしかないでしょ。俺たちは、地元のビーチを清掃して回ってますよ。完全ボランティアです。沖縄のビーチで楽しませて貰っているんだから、そのくらい謙虚じゃないと。あと、ボラバイトと言って、農家や牧場にボランティアアルバイトを斡旋してます。働きたい若いヤツがいて、人手の足りない農家があったら、結び付けたいと思って。俺がただのリゾート野郎だと思ってないですか」

もう一人のパネリストが口を挟めないほど、二人の議論は熱を帯びてきた。

「でもさ、イズムさん。それって、一種の搾取じゃない。若い子たちの労働力を、そんな安く使っていいのかって俺は思うね。あんたはさ、ネットでボラバイトの斡旋とかしてるらしいけどさ。それは、長い目で見れば、若い子の芽を潰してるんだよ」

「それは違う。農家だって感謝しているし、若い子たちだって、いい経験ができたって喜んでいる。互いに長いスパンを生きようと言ってるんじゃないんだ。その時その時の出会いで生きている人生や生活もあるってことさ。俺はそれを信じているし、俺のところに来るヤツらはみんなそういう若いヤツばかりだ。釜田さんみたく、腰を落ち着けて市民生活しようとは思っていない人間はどうするんですか。全部一緒くたにすんなよ」

釜田が押され気味だった。僕は、安楽ハウスの屋上での釜田との会話を思い出す。

「放浪は死」。釜田は、香織さんと出会ったからこそ、市民生活を意識したのであって、イズムのように、流れる若者を容認する立場とは、真っ向から対立する。

「それはそれでいいよ。若いヤツは、そうやって放浪していくんだろう。でも、そうじゃなくて、きちんと腰を落ち着けていく人間の話をしているんだよ、俺は。その時、沖縄に溶け込み、沖縄の将来を本気で考えてもいいんじゃないか、ということなんだよ。あんただって歳を取って、家族ができたらどうするんだよ」

イズムも引かなかった。

「だから、いいよ。好きにすればいいんだよ。俺が言いたいのは、その時に、新ウチナーと呼んでくれ、なんて呼び名まで強制するなってことなんだ。それは島の人間の側の問題だろう。おじぃとかおばぁとか、長く島に住んでいる人には、その人たちの区分や考え方がある。それを害していいのかっていう」

待て待て、と釜田が手を挙げた。

「害してなんかいないよ。俺はね、そういう人たちを害すなんて考えはこれっぽっちもない。ただ、俺たちも加えてくれってことだ。お願いしてる。それにさ、おじぃとか、おばぁとか、マスコミっぽいよ」

「何だよ、それ。だからさ、加えてくれじゃなくて、実践しかないだろって俺は言ってるの。俺たちみたいに、海岸清掃とかしてみろよ」

嚙み合わない喧嘩だった。釜田は憤然として黙った。凝視していたリンコが発言した。

「釜田さん、分が悪いね」

誰も同意しなかったが、僕にもそう見えた。イズムの方が、海岸清掃のボランティアの映像があった分だけ、説得力がある。

話題を変えようとしたのか、司会者が聞いた。

「イズムさんのロッジには、どんな若者が来るのですか」

イズムがカメラを見つめながら答えた。

「俺のところは、何かやりたいんだけど方策が見つからないヤツが多いですね。そいつらが沖縄の海を見た時、美しさにショックを受ける。そしてその海は借り物だと知ったら、汚しちゃいけない、と思う。だから、海を綺麗にする方法を教えてやる。みんな汚さないし、汚れていたら綺麗にする。さらに、沖縄の独自の文化があることを知ると、尊敬を感じて、もっと知りたいと思うんです。それを助けるのが俺の仕事だと思ってます」

釜田が反論した。

「おい、それじゃ沖縄は外国と同じじゃないかよ」

「いいぞ、釜田さん。イズムになんか負けるなよ」

フウヤンが叫んだ。

「何でイズムが嫌いなのー」リンコが首を傾げる。「あたし、まっとうな感じがする」

「リンコ、お前バッカじゃねえの」

フウヤンにこき下ろされて、リンコが怒った。

「あんたの方がバカだよ」

フウヤンとリンコが熱くなったように、釜田とイズムの言い合いも白熱化していた。

「外国だなんて思ってないよ。沖縄は日本の一部だ。でも、文化はかなり違う。だから、文化の違いから知ろう、というだけの話じゃないか。極論するなよ」

「いや、あんたのやり方は、表面をなぞっているだけだ。本当の仕事の辛さも知らないで、やちむん習ったり、適当にやってるだけなんだ。一万円稼ぐのに、どれだけ大変かなんて知る前にやめるんだろう。それで本当の文化や生活なんか、わかるはずがない。

そんな程度の経験で、沖縄がわかったって思われる方が問題なんだよ」

「そりゃそうさ。本当にわかるまでに時間はかかるよ。だけど、若いヤツが触れるだけだって意味がある。俺はそれを信じている」

イズムの額に青筋が立っていた。パラマニ・ロッジでテレビを見ながら、応援しているスタッフも大勢いるのだろう。どこかで昭光もこの番組を見ていないだろうか、と僕は思った。

「釜田さんの安楽ハウスは、若い人が大勢いるんでしょう。皆さん、伝統工芸とかに興味があるんですか」

司会者の質問に、釜田は太い首を竦める。

「いろいろですね。中にはいますよ、やちむんに興味持ったり、ミンサー織り習いに来たりね。でも、本気でやりたいと思ってるヤツは、ゲストハウスに泊まったりしません。自分で調べて、窯元なり織元なりに直接行きますよ」

「泊まり客は、ほとんどが観光客なんですか」

女性のアシスタントが首を傾げた。

「観光しているわけじゃないんですよ。彼らはただ、日常ではない経験をしたいというか、要するに旅の途中なんです」

司会者が釜田に聞いた。

「旅の途中って、どういうことかもっと詳しく」

「こう言っちゃ悪いけど、立派な若者はほとんどいませんね。発展途上の人という意味です。ニートと呼ばれるしかない若者もいれば、家出してきて行き場のない子が長く隠れていたこともある。ネット自殺の生き残りなんてヤツもいますよ」

ゆんたく部屋はしんとした。僕の隣に座っていた小沢が身を硬くするのを感じる。僕は息が止まりそうになりながら、釜田の顔を見つめていた。釜田は、一瞬しまった、とうろたえた目をしてから表情を取り繕った。釜田の口から公になったことが、どんな事態を呼ぶのかわからなかった。ただ、ゆんたく部屋での僕は、今の釜田の話は自分に該当しない、という顔をするのに必死だった。

「ニートって俺のことかな」

小沢が苦笑する。リンコが振り返った。

「ネット自殺の生き残りって誰」

「知らねえよ、んなもん」

フウヤンが怒った口調で言った。皆、一気に不機嫌になっていた。リンコが口を尖らせた。

「何かさ、釜田さんの言い方って、安楽ハウスにいるのは碌な人間じゃないって感じじゃない」

テレビの議論の方は、釜田が失速したように静かになったため、もう一人のパネリストに移った。番組がいつの間にか終わり、僕らは誰も動こうとせず、日が落ちて暗くなったゆんたく部屋で座っていた。

夕食後、ポケットの携帯電話が鳴った。表示を見ると、釜田からだった。僕のことを喋ってしまったため、謝罪したいのだろう。僕は黙って厨房を出て、一階に下りた。

「はい、ギンジです」

「ごめん、ギンちゃん。俺、どうかしてた。イズムのヤツと口論してたら頭に来てさ。自分で何を喋ったかわからなかった。取材とか来ないと思うけどさ、とりあえず知らん顔してて」

「してます」

僕は簡潔に答えた。怒りや裏切られた気持ちよりも、自分がしでかしたことのツケはいつか払わなければならないのだ、と感じていた。

「みんなで見てたんだろう。スタッフの反応はどうだった」

釜田は心配そうだった。

「大丈夫です。誰のことだ、と聞いたヤツもいたけど、一応、不問になってますから」

「そうか」と呟いて、釜田は言葉を切った。「俺、イズムと手打ちすることにしたから、遅くなるよ」

あれだけ激論したのに、手打ちするのか。僕は白けた。釜田は僕から逃げたいだけなのかもしれない。

「怒るなよ、ギンちゃん」

　釜田はそう言って電話を切った。僕は携帯を持ったまま浮島通りに出て、薄暗くなった空を見上げた。

　ネット自殺の生き残り。釜田は、僕のような人間を「旅の途中」だと言った。では、僕はどこから来て、どこに行くのか。肝腎の自分自身がどこから来たのかわからない僕は、途中で迷っている。でも、過去の僕が、すぐそこまで来ている予感がしてならなかった。ふと、自分自身が浮島通りを歩いてこちらに向かって来るような気がして、僕は暗くなった通りを眺め渡した。気が付くと、足音を聞くために、耳をそばだててさえいた。

「ギンちゃん、どうしたの」

　後ろから小沢の声がした。

「別に。どうもしないよ」

　僕は首を振った。小沢は僕と並んで立ち、安楽ハウス前の道路を一緒に眺めた。Tシャツ一枚では涼しいくらいだった。向かい側のビジネスホテルにタクシーが着き、客が乗るのが見えた。

「俺さ、今日見てて思ったんだけど、今度はイズムのとこに行こうかなと思って」

僕は驚いて小沢の顔を見た。小沢は、カールした長い髪を恥ずかしそうに掻き上げた。目尻の下がった優しい目。他人と競争などできそうにない小沢も行き場がないのだろう。

「イズムのとこに行って、どうする気」

「ボラバイトでも紹介して貰って、マンゴーやパイナップルなんか作ろうかと思ってさ」

「キビ刈りに行かないの」

「うん。機械が多くなったし、最近は人生修養なんて目的で来るヤツもいるから。俺はそういうのちょっと苦手なんだ」

「じゃ、ここはリンコとフウヤンだけになるね」

小沢が笑った。

「ギンちゃんも、まだいるんだろう」

そうだけど、と僕は口の中で答える。小沢が僕の顔を見ずに聞いた。

「さっき釜田さんが言ったネット自殺の生き残りって、まさか、ギンちゃんじゃないよね」

「いや」僕は低い声で否定した。「僕じゃない。僕にはそんな度胸ないもの」

小沢はわざとらしく笑った。

「上じゃ、また騒いでいるよ。誰が生き残りなのか、釜田さんに電話して確かめてみようって。リンコが言ってる」

僕は苦笑した。リンコならやりかねなかった。

「誰だっていいよね」小沢が呟いた。「みんな、そういうとこあるじゃん。これなら死んだ方がマシだって思うことなんて、しょっちゅうあるよ」

僕は小沢の優しさに気付き、愕然とした。小沢は僕を慰めているのだった。

「じゃ、俺戻るよ。片付けが残ってる」

小沢は僕の肩を叩く。僕は小沢を呼び止めた。

「小沢。きみは知ってたの？」

「何のこと」

小沢は微笑んで、不思議そうな顔をした。ああ、いつもこうだ。物事の芯まで迫ろうとすると、いつだって誰だって、すたこら逃げていく。僕は小沢の目を正面から見据えた。

「ごまかすなよ、小沢」

「ごまかしてなんかいないよ」

小沢は慌てて言うと、逃げるように去った。誰もが何も見たくないし、知りたくないのだ。相手の本質に届きそうになると、急いで目を背けようとする。不意に、その失意の念を何度も経験したような気がして、僕は頭を抱えたくなった。

「久しぶりだね、香月君」

闇の中から女の声がした。

かづき。か、づ、き、ゆう、た。僕の頭にひとつの名前が浮かんで、実を結んだ。かづきゆうた。誰だっけ。聞き覚えがある。僕はゆっくり頭を巡らせた。ところどころ街灯が点いた暗い道に、若い女が一人立っていた。長い髪は耳の下で切られていたが、前髪が目にかかっているのは同じだった。白い顔。夢の中の女だった。僕は、声にならない叫びをあげた。

「やっぱり生きてたんだね、香月雄太君」

突然、僕の口から知らない言葉が飛び出た。

「見届け屋」

僕は自分の言葉に驚いて後退った。

「そう、見届け屋だよ」女が薄く笑った。「ここじゃ何だから、お茶でも飲もうか」

女が珍しそうに、安楽ハウスの看板を眺めている。落ちて割れた個所を指でなぞった。

「こんなところに隠れてたんだ。これじゃわからないよね」

見届け屋。ネットの死神。脳味噌が沸騰しそうだった。僕は急に甦った記憶の奔流に押し流されそうになって、立っているのもやっとだった。

香月雄太。僕の名前。二十五歳、いや、八月で二十六歳になったはず。八月七日生まれだから。獅子座のB型。暗くなった道に街灯が点灯していくように、自分の周囲に次々と鮮やかな色が付着していく。スイッチが入ったのだ。僕はよろめきながら、自分が変わっていくのを呆然と受け止めていた。かつて、僕の世界はこういう姿をしていたのだ。やんばるでの彷徨、昭光、ミカ、専務との出会いと別れ。「磯村ギンジ」を形作っていたものが次々と崩落していった。

「大丈夫、香月君？」

見届け屋が低い声で聞いた。僕の様子がおかしいと思ったのだろう。誰かに見咎められないか、と密かに辺りを窺っている。

「大丈夫です」

「じゃ、行こうか」

見届け屋が僕の背を軽く押した。那覇空港と同じだった。「じゃ、行こうか」。躊躇う僕の顔色を見ながら、さりげなく誘導する見届け屋の手。その時の恐怖と逡巡（しゅんじゅん）を思い出し、僕の目に涙が溢れた。僕は生還したのだ、間違いなく。

那覇空港で待ち合わせたのは、ネットで知り合った見届け屋だった。彼女は、ネット自殺を決意すると、どこからともなくコンタクトを取って来て、死へ誘ってくれる役回りなのだった。逡巡すれば心が決まるまで待ち、逸る人間は諫められる。場合によっては、メンバーや場所までも決める権限もある、と言われていた。ただの風評に過ぎないと思っていたのに、自殺を決行できるかどうか自信のない僕を見抜いたのか、彼女が連絡してきたのだった。

「どうしてたの」

見届け屋が心配そうに僕の顔を見上げた。背が低く、体つきも細い。三十代半ばくらいの年格好で、香織さんのように落ち着いた物腰だが、眉が下がって、悲嘆に暮れているようでもある。雰囲気が似ていた。だから、僕は香織さんと会ってから急に、記憶を取り戻し始めたのだろう。

「僕、記憶喪失になったんです」

「ああ、それでなんだ」見届け屋は、感慨を込めずに呟いた。「前と印象が違う」

見届け屋は、国際通り沿いのスターバックスに入った。僕はその後をついていく。香月雄太に戻った今、「磯村ギンジ」はどこへ行くのだろう。僕はギンジを惜しんでいた。

見届け屋は、コーヒーをふたつ運んで来て、テーブルの上に置いた。

「でも、香月君は元気そうだね」

僕は無言で、火傷(やけど)しそうに熱いコーヒーを飲んだ。見届け屋はショルダーバッグから、ビニールの包みを出した。

「預かった物を返すよ」

僕は中身を見て、絶句した。携帯電話、免許証、財布。僕のポケットが空だった理由がわかった。

「思い出した?」と見届け屋が笑った。

僕は、遺体の身許を容易に知られたくないから、と空港で見届け屋にすべて預けたのだった。俯いた僕の膝の上に、涙がぽたぽたと落ちた。

「たまたまこっちに来ててね。テレビ見てたんだよ。もしかして香月君のことじゃないかと思って、慌てて安楽ハウスに来た」

淡々と話す見届け屋の低い声が頭上から降ってくる。僕は顔を上げた。

「僕の持ち物を返すためですか」

見届け屋は、僕の涙を見ても表情ひとつ変えない。ゆっくり頭を振りながら、煙草に火を点けた。

「それもある。あと、香月君がこっちサイドのことを誰かに喋ってないか気になったんだよ。あたしは、あの後、香月君が一人で死んだのかと思ってたし」

「大丈夫です」僕は絞り出すように言う。「僕は何もかも忘れてしまったんだから」

かづきゆうた。この六文字はパスワードだったのだ。パスワードを忘れた僕は、鍵をなくして家に入れず、あてどなく街を彷徨う子供に等しかった。僕は、返された持ち物を検分する気もなく、目を閉じた。ギンジでいたい気持ちがあった。

「あまり失敗例ってないからさ、こっちも戸惑ったよ。ほんとに稀なケースだ」

見届け屋はおどけた口調で言って、微かに笑った。整った顔をしているのに、歯だけがヤニで茶色く汚れている。

「記憶喪失は本物みたいだね。ぼうっとしてる」

「そうです。あのう、僕のハンドルネームは何だったんですか」

「もう、どうでもいいじゃない」

コーヒーを残したまま、見届け屋が立ち上がった。詳しい話をしたくないのだろう。

「ちょっと待って。ひとつ聞いていいですか」

僕は、見届け屋の眉の上にかかった前髪と、その中にある目を見つめた。瞳孔が開き、どこを見ているのかわからない、虚ろな眼差しだった。

「あなたは、どうしてこんなことしてるんですか」

見届け屋が汚い歯を剝き出して笑った。

「香月君、最初に会った時もそう聞いたんだよ。忘れたの？」

「忘れました。あなたは何て答えたんですか」

「こんな世の中、長く生きてたってしょうがないから、早く死ぬのをお手伝いしたいんですって、答えたんだよ」

長く生きてたってしょうがない。その言葉に鋭く感応するものが、僕の身裡にあった。これもパスワードなのだろうか。見届け屋が立ち上がった。

「あたしのこと、誰にも言わないで。口外したら、あたしも喋る」

そう脅した後、彼女はあっという間に夜の街に消えた。僕はどうしていいかわからず、遥か上空で吹く、那覇の秋の風を感じていた。

第七章　スイートホームミヤコ

1

安里で新城愛と密会して以来、おいらの心は、愛一色になってしまったさーよー。来る日も来る日も、頭の中は愛のことばかりで、他は何も考えられない。ぼうっとしているから、礼恩にユクシッと小突かれても、チーフの麗が、怒るロナウジーニョさながらの怖い顔で睨んでも、おいらの耳には聞こえず、目には何にも映らないのだった。

　不思議なのは、こんなに恋しいのに、愛の顔をちっとも思い出せなくなったことだ。代わりに、声とか指とかのディテールとパーツばかりが、ぽこぽこ甦っては、おいらを微笑ませたり、苦しめたりする。だから、おいらは一人でにやりとしたり、急に打ち沈んだりして、周りから見ると、アホになったかのように見えるらしかった。

　ディテールとパーツというのは、例えば、「アキンツー」と愛がおいらの名を呼ぶ時の、最後に微かに洩れる息の音とか、投げ遣りな視線の先にあるものとか、陽に灼けた腕に残る白い腕時計の痕だとか、そんなことだ。おいらは、そういう細かいことを思い出すと、最初はわくわくして、ずみずみ、何て可愛い女なんだ、と心の底から嬉しくなる。だけど、そのうち、思いはなぜか黒い方へ黒い方へと向かっていく。銀次を想っているから、おいらの目を見ようとしないに違いない、とか、おいらとの密会をやめようと企んでいるんじゃないか、とか。疑念が膨らんでは縮み、縮んでは膨らんで、おいらの頭は爆発しそうになる。実際、怒りのあまり、寮の薄い壁を蹴って、先輩たちからフクロにされかかったりもしたのだった。

　つまり、愛という女は、好きになればなるほど、おいらの中では、細かいパーツのモザイク模様みたいになっていった。その欠片(かけら)が集まったり、ばらばらになったりして、日がな一日おいらの心をざわめかせ、いても立ってもいられない気分にさせるのだ。これが恋ってかー。おいらは、初めて知った恋というものの実態に恐れおののいた。ディテール攻撃の後は、妄想攻撃。そしてまたディテールアンド妄想。治療法のない病気に罹(かか)ったようなものだった。

　しかも、おいらの恋には、だいずな障害があった。銀次の存在だ。愛は銀次が好きだから、おいらと会うことに気乗り薄だし、どうやら罪悪感を持っているらしい。おいらは、時々会ってくれないか、と愛に土下座せんばかりに頼み込んだ。結果、四、五日に一回、それも愛の都合の好い時に限られ、時間はたったの二時間、二万円払えば会って貰えることになった。つまり、愛にとって、おいらと会うことは愛情ではなく、商売なのだ。その事実もおいらをいたく傷つけるが、一番辛いのは、やはり会えないことだった。

約束の日になると、おいらは愛が来てくれるかどうかが心配で堪らず、他の客のことなんか、思い出しもしなかった。やっと会えた時は、感激のあまり、何を話したのか覚えていないほど上ずり、やがて別れの時間が気になって泣けてきて、別れた後は、もう次の逢瀬を思って焦れる有り様。こんな調子だったから、おいらは自分自身が信じられなかった。いったい、どうなってしまったんだろう。これがオヤジの言ったミドゥンブリってか。ぷりむぬ。もう正気に戻れないかもしれない、とおいらは、すんきゃーびびった。

　しかも、愛は店長の客だ。「ばびろん」は、一度担当が付いたら、絶対に指名替えできないし、ホストが他のホストの客に手出しするのは禁止されている。おいらは、愛と付き合っていることがばれないようにするのにも、気を遣わなくちゃならないのだ。しかし、そんなことなど、どうでもいいとさえ思った。それくらい、おいらは恋に狂っていた。

　ギンジから連絡を貰った時は嬉しかったが、実は愛と会える喜びの方が、百倍も勝っていた。安楽ハウスに寄った後、安里の「ドラゴン」で、愛と落ち合う約束をしていたからだ。ギンジがおいらに話があるのはわかっていたし、おいらもギンジと再会できたのはうわり嬉しかった。だっけどよー、おいらはそれどこじゃなかったんだ。ギンジに悪いと思ったが、おいらの方は愛しか目に入らないのだから、どうにもならない。

姉ちゃんが銀次と付き合っていた時、おいらは姉ちゃんに怒ったものだ。どうして、あんな女たらしが好きなのか、と怒鳴ったりもした。でも、今は姉ちゃんの気持ちがよくわかる。捨てられた姉ちゃんが泣き叫んだのも、今でも恨んでいるのも、よーく理解できる。今すぐにでも電話して謝りたいくらいだった。結局、相手にコケにされているとわかっていても、得られない心が欲しくてあがくのが、恋さいが。

そもそも、相手の心を全部自分のものにするってこと自体、おいらにはどういうことなのか、よくわからない。一緒にいたって、手を握っていたって、相手の心は摑めないんだから。ましてや、愛は銀次と暮らしている。おいらは銀次が憎い。そして、銀次のことを好きな愛が憎い。デリヘルなんかやっている愛が憎い。でも、愛がどんな男に惚れていようがデリヘルをやろうが、愛に会いたくて焦がれている自分がいるんだから、うわり情けないさーよー。おいらは、同室の礼恩が呆れるくらいに、毎日ぼうっと愛のことばかり思って、暮らしていたのだった。勿論、ホストの仕事なんかに身が入るわけがない。おいらは、たちまち売り上げを落とし、ベストテンの座を転がり落ち、チーフの麗に睨まれるようになった。

そうこうしているうちに、おいらの「二十歳」の誕生日がやってきた。本当は十八歳になったのだが、営業上では「二十歳」だ。朝早く、エリコさんから、メールが入った。

「慈叡狗、二十歳のバースデイおめでとう！　おもろまちで五時に待ち合わせよ。プレゼントあげるね。その後、食事して同伴出勤しようね」

最後にハートマークが三つついているのを、おいらは苦々しく眺めた。返信するのも面倒だった。おもろまちで待ち合わせるのは、近くにブランド品を売っている店があるからだ。エリコさんは、そこで、おいらにブルガリを買ってくれるのだそうだ。他の客からも、誕生祝いのメールが届いた。「シルビア」のホステスのミッフィーちゃんとか、ソープ嬢のユメちゃんとかだ。「二十歳おめでとう。今日は行くからね」「慈叡狗、ハッピーバースデイ！」。みんな申し合わせたように、ピンクのハートマーク。でも、愛は全然メールをくれない。おいらは携帯を見る度に悄気た。だって、おいらは愛だけに「おめでとう」と言われたかったんだからよー。おいらは、十秒に一回くらい携帯を確かめながら、モノレールに乗って、おもろまちまで出掛けて行った。やっと晴れて十八歳になったというのに、気分は重く暗かった。

セレクトショップの前に、エリコさんが立っていた。真っ白なスーツを着て、上着の襟を立てている。色の濃い、でかいサングラスを掛けていた。ぶっといフレームの横には、これ見よがしにシャネルのマークが付いている。

「慈叡狗、遅いじゃない」

エリコさんは苛立った口調で、これまたシャネルの腕時計を覗いた。おいらが、約束の時間より十五分も遅れていたからだった。エリコさんが、サングラスをずらしておいらの目を見た。

「元気ないねー、どうしたの」

おいらは力なく笑ってごまかし、ポケットに入っている携帯電話を見たいのを堪えた。すでに三十秒以上、チェックしていなかった。

「買い物の後は、琉球テラスのレストラン予約したよ。シャンパンで乾杯しようね」

ほんの少しの振動でもキャッチしようと、ポケットの中の携帯を押さえたまま硬直しているおいらに気付かず、エリコさんは嬉しそうに笑った。

エリコさんはセレクトショップに来慣れているらしく、店の中をずんずんと進む。初めて来たおいらは、周囲を見回しながら、エリコさんの後をついて行った。楽しそうなカップルばかりが目に入る。おいらの足が遅いのに苛立ったのか、エリコさんが振り返った。白い化粧の浮いた額に青筋が立っている。エリコさんと比べたら、愛がどんなに若くて可愛いか、よくわかる。おいらは愛の美しさを思い出すために、エリコさんの、化粧で隠しきれない横顔の染みや、血管の浮き出た手の甲などを眺めた。

「やだ、何見てるの。昼間会うの初めてだもんね。恥ずかしいよ、あたし」

エリコさんは、両手で自分の顔を挟んだ。でも、おいらがじろじろ見るので、何となく嬉しそうだ。あっがいー、どうしておいらはこんなおばさんの機嫌を取らなくちゃならんのかー。この瞬間、おいらは、ホストという商売がだいず嫌いになった。会えないのなら会えないで、ぼうっと愛のことだけを考えていたいのに、何の愛情も感じないおばさんや女たちと付き合わなくちゃならない。ホストって、辛い商売さいが。

エリコさんが得意げにブルガリコーナーに向かった。おいらは、漫然と歩くカップルを眺めていた。女と手を繋いで幸せそうに歩く男たち。羨ましかった。おいらも、愛と手を繋いで、セレクトショップで買い物したい。吹き抜けになった天井から、眩い陽射しが落ちてくる中を。

携帯が鳴った。おいらは慌てて取り出したために、落っことしそうになる。だが、相手はミッフィーだ。ちっくしょう、とおいらは呻いた。

「もしもし、慈叡狗」

ミッフィーのしゃがれ声が聞こえた。

「ああ、そうだよー」

「何だよー、景気悪い声出しちゃって。折角電話したのにさー。今日、あんたの誕生日でしょう。お店に行くからさー、待っててね」

「ありがとう」

おいらはやっとのことで礼を言い、念のために他の着信がないか確かめた。何もなかった。

「慈叡狗、早く早く」

焦れた様子で、エリコさんが怒鳴った。おいらは慌ててカウンターの前に行く。すでに、ショーケースの上に銀色の輪っかが置いてあった。

「このキーリングを革紐に掛けると可愛いよ」

エリコさんが手に取って、おいらの首に当てた。この車輪みたいなのは、店長と同じさいが、とおいらは思ったが、勿論黙っている。

「じゃ、一個はプレゼントに包んでください。もう一個はこのままで」

あばっ。二個も買うのかー。おいらは驚いてエリコさんの顔を見た。すると、エリコさんは、おいらに目を当てたまま、キーリングの革紐を自分の首に掛けた。

「へへっ、おソロよ」

エリコさんが、店員の姉ちゃんに笑いかけた。店員の姉ちゃんが、「いいですね」とお愛想を言っておいらの顔をちらっと見る。おいらは悲しかった。どんな安物でもいいから、愛とペアでつけたいのに、エリコさんとペアルックだ。萎れるおいらを見ても、上機嫌のエリコさんは何も気付かない。

那覇港に近いホテルのレストランで、おいらはステーキをご馳走になった。久しぶりに食う肉は、さすがにうまかった。「ステーキ太郎」はおろか、「キャプテン・メリアン」も敵わない味だ。が、おいらはセンチな気分で肉を嚙みしめながら、那覇港に沈む夕陽を眺めていた。ああ、愛がここにいたら、だいっず幸せなのに。

突然、おいらは愛と宮古島に帰りたくなった。青い空の下、綺麗な海辺で愛と戯れながら暮らしたかった。もし、愛が一緒に帰ってくれるのなら、二度と宮古島を出られなくてもいい。次兄のホテルで、ハワイアンダンスショーの火踊りを踊ってもいいし、銀次の父親みたいに貝拾いを楽しみに生きてもいい。西里のしけた飲み屋街でアル中になってもいい。クールでワイルドな宮古青年のおいらは、誕生日を迎えたというのに、ブルーどころか、メランコリーだった。

「今日、ドンペリ抜いちゃうからね。ドンペリコールしてね」

エリコさんが、シャンパンの酔いで頰を赤くして言った。おいらは黙って頭を下げる。尽くし系ホストのはずが、何もおべんちゃらを言えなくなっていた。だってよー、愛にしか尽くしたくないんだから。エリコさんが変な顔をした。

「最近の慈叡狗って、変じゃない」

おいらは力ない作り笑いをしたが、エリコさんは首を傾げて、おいらを観察する目で眺めた。

「静かで、あまり喋らないよ」

「あっがいー、歯が痛いさーよー」

おいらはごまかした。エリコさんがトイレに立った隙に、また携帯を眺めた。愛からは着信もないし、メールも来ていない。おいらはとうとう、震える指で短縮のボタンを押した。愛に禁じられていたのに、つい電話してしまったのだ。

「アキンツ、電話しないでって言ったさいが」

愛は不機嫌だった。おいらはエリコさんが戻って来ないかが気になって、つい早口になった。

「ごめん。今日はおいらの誕生日さいが」

「へえ、そうだっけ。おめでとう」

気のない声だった。おいらは、愛の冷たさに涙をこぼしそうになった。

「だっからよー、今日『ばびろん』に来ーよー。愛の顔見せてくれるのが、おいらへの最高のプレゼントだと思ってさー」

「あがいー、お金ないし、行ったって、どうせあたしは優紀の客だよ」

エリコさんが戻って来た。おいらは、営業の振りして切った。

「じゃ、待ってるからねー」

冷たくされたって、おいらに気がなくたって、愛の声が聞けた喜びは大きい。おいらは少し元気になって、エリコさんに得意の白い歯を見せて笑いかけた。エリコさんは戸惑ったように笑い返したけど、おいらの手元の携帯にちらりと目を遣った。その目が怒っている。

「誰に電話したの」

「営業、営業」

おいらは音を立てて携帯のフラップを閉じた。

「慈叡狗は今、同伴出勤中なんだから、あたしに失礼なことしないでよ」

「ごめん」

謝ってばかりで、おいらはまたもめげる。すると、エリコさんはテーブル越しにおいらの手を握った。冷たくて乾いた手だ。湿り気があってすべすべした、愛の手とは大違い。

「いいよ、あたしは慈叡狗の応援団なんだからさ」

「あばっ。嬉しいさいがよー」

おいらは暗い顔をして俯いた。これは最近の芸風というより、傾向だった。だめんず系、いや励まされ男。おいらの情けない顔を見て、エリコさんは急に優しくなった。

「いいよ、あたしは慈叡狗のそういうとこが好きなんだ。放っておけないんだよね。可愛い」

しかし、エリコさんはイタい客だった。ヨイショすれば豪気に遊んでくれるけど、機嫌を損なうとどう出るかわからない。以前、おいらが愛を追いかけて中座した時、怒って帰ってしまった。翌日、クレームの電話が来て、おいらは店長に叱られ、必死のフォローメールで何とか持ち直した経緯がある。しかし、そうは言っても、さすがのおいらも前ほどに尽くすことはできなくなっていた。エリコさんが顎で指示した。

「慈叡狗、今日買ってあげたキーリングつけて行きなよ」

ヤバい。なぜなら、エリコさんとペアルックって他の客にばれてしまう。おいらは焦ったが、エリコさんはおいらの様子をじっと見つめている。おいらは仕方なしに包みを解き、なるべく嬉しそうな顔をしながら、革紐にぶら下がったキーリングを首に下げた。

そして、上機嫌で腕を絡めるエリコさんを連れて、「ばびろん」に出勤したのだった。

顔を出した途端、礼恩にからかわれた。

「ユクシッ」と礼恩はおいらの胸をど突き、囁いた。「慈叡狗、ブルガリ似合うやし」

そして、礼恩は、ヘルプから酒を注いで貰っているエリコさんの胸元に目を留めた。

「ペアルックかー、でーじ仲良しさー」

が、おいらはそれどころじゃない。愛が来てくれるかどうか、気になって仕方がなかった。ドアが開き、ミッフィーが入って来た。ミッフィーは、クレーンで取って来たようなミッフィーの縫いぐるみを、おいらに押しつけた。ブルーナのミッフィーが好きだから、源氏名にしたのだそうだ。

「慈叡狗、プレゼント。これ、あたしと思ってー」

ミッフィーはおいらに抱きついて、大袈裟なキスをした。少々喧しいが、陽気な客だ。ただ、枕を要求してくるので、今のおいらには苦痛だった。アフターに誘われないか、とドキドキする。案の定、耳許で囁かれた。

「慈叡狗、アフター付き合ってよ。ホ、テ、ル」

しゃがれ声が妙にエッチで、おいらは愛を思い出す。ああ、愛とエッチしたい。だが、視線を感じて振り返ると、エリコさんが睨んでいた。おいらはミッフィーに断る。

「まずがーまず、今日は無理さいが」

ミッフィーは察したらしく、エリコさんにガンを飛ばした。

「おばさんが先ってかい。じゃ、ドンペリ入れないよ」

こんな時、どうやって捌いていたっけ。そんな初歩も思い出せないほど、おいらは腑抜けだった。おたおたしているうちに、後ろで会話を聞いていたらしい礼恩に、カツを入れられた。

「くぬフラーが、行くって言うさー」

「あばっ、おいら、アフター行くよー」

ミッフィーが、おいらの目をじっと見つめた。すんきゃー、ヤバい。欲情している。おいらの胸にまたしても、愛のディテールとパーツが浮かんだ。長い髪をかき上げる仕種。剝げかかったマニキュア。おいらも欲情しそうになって、慌てて頭を振った。考えるな、ジェイク。

「慈叡狗ちゃん、ハッピーバースデイ」

今度は、ソープ嬢のユメちゃんが入店した。ユメちゃんは、品のいいお嬢さんみたいな格好をしている。白いカチューシャにピンクのワンピース。だが、色気は過剰で、そこらじゅうにこぼれまくっているし、エビちゃんにちょい似だ、とホストに人気があった。ユメちゃんが入って来た途端、おーっと皆のパワーが上がる感じがする。でも、おいらは知っている。ユメちゃんは、おいらに惚れているのだ。悲しそうな顔をしているのは、おいらに恋をしているからだ。おいらも愛に恋しているから、よくわかる。ユメちゃんとおいらは、お互いに悲しげな目で見つめ合った。恋する者同士。てか、その相手がずれているんだから、どうしたらいいかー。前はただ、ユメちゃんの愛情を感じて、ひたすら気持ち良かったり、薄気味悪くなったりしたけど、今のおいらは恋をしているから、ユメちゃんの心情がよくわかって、辛いのなんの。本気で惚れたヤツが負けってのは、本当さーよー。ユメちゃんが、恋する者特有の、自信の失せた声で言った。

「慈叡狗ちゃん、あたしもドンペリ入れるからね」

「あばっ、いいよー、そんなことしなくても」

「どうして。あなたの売り上げになるじゃない」

ユメちゃんは傷ついたようにおいらの顔をじっと見上げる。違う、違う。無駄さーよー、とおいらは言いたいだけさいが。だっからよー、おいらは愛に恋をしてるんだから、ユメちゃん、おいらに入れあげるのは無駄さいが。おいらはそう言いたいのに、言うわけにいかず。ユメちゃんはぽってりした下唇を噛んだ。ああ、傷つけてしまった。おいらは自分のことのようにおろおろした。

エリコさんが、真っ先にピンクのドンペリを入れた。おいらはチーフの麗に怒鳴った。

「ドンペリいただきました」

皆が拍手した。厨房からウェイターがしずしずとシャンパンバケツを運んで来る。ホスト全員が集まって、エリコさんを取り囲んだ。

皆で手拍子しながら、エリコエリコエリコ、いい女、エリコエリコ、いいお客、と絶叫する。景気づけだ。おいらは知らなかったが、ドンペリコールというのは、ホストクラブの聖地、歌舞伎町でどこかのホストクラブが始め、そこから広がったんだそうだ。エリコさんは、満足そうに頰を上気させていた。

誰かがおいらの肩を叩いた。振り向くと、店長の優紀だ。優紀は、おいらの胸に光るブルガリのキーリングに勝手に触った。

「慈叡狗、バースデイプレゼントかよ。エリコさんもケチだなあ」

あばっ、汚い指紋付けるなよ。やーだって、同じヤツをしているのにー。それによー、いつも愛といちゃいちゃしやがって。おいらはそう言ってぶっ飛ばしたいのを、必死に堪えていた。何せ、店長だからよー。店長は、おいらの怒りなどまったく気付かず、おいらの胸を小突いた。

「おい、あっちの客二人もドンペリ煽(あお)れよ。そしたら、お前、今夜三百いくぜ。またベスト入りじゃん」

店長は、恐竜そっくりな尖った歯を剝き出して笑った。ちょっとカメナシに似てるとか言われて、いい気になりやがって。あまり腹を立てないおいらだが、今夜ばかりはむかついたのだった。

「慈叡狗、あたしもドンペリ入れまーす」

ミッフィーが手を挙げた。ヘルプに付いていた礼恩が、おいらの方を見て嬉しそうに裏Vサインを出した。くぬフラーが。礼恩にいつも言われる言葉を、逆に投げかけたくなる。おいらは、急激にホスト稼業が嫌になって、その場から逃げ出したいくらいだった。本気で惚れたら負け。そりゃ、負けるさーよー、こいつらの中では。でも、惚れてなんぼの人生さいが。

「慈叡狗ちゃん、あたしもドンペリ入れるって言ったでしょ。ユメ、頑張っちゃうよ」

ユメちゃんが健気な口調で言った。ユメちゃんファンのホストたちが、嫉妬に煙った目でおいらを睨む。ドンペリコールが二回も続き、「ばびろん」は狂騒状態に近くなった。

「ユクシッ、ユクシッ、くぬ色男が」礼恩がおいらを小突き回す。「やーは今月ベストワンかもしれないさー」

「なんとなんと。おいらは、女たちに悪いことしてるような気がするさいが」

おいらが気弱に呟くと、礼恩は信じられないという顔をした。

「フラー。憐れみは禁物ばーよ。まさか、お前」

礼恩は、おいらの目を正面から見据えた。

「ユメちゃんに、本気で惚れたんじゃないかー。本気で惚れたら負けって、教えてやったやし」

おいらは首を横に振った。この瞬間、愛のことを礼恩に喋りたくて仕方なくなったが、我慢した。

「いらっしゃいませー」

ホストたちの胴間声が聞こえて、頭を巡らせたおいらは絶句した。愛が入って来たのだ。レモンイエローのミニドレスに、白いブーツ。ああ、来てくれたんだ。最高のバースデイプレゼント。だいず、ずみずみ、すんきゃー可愛い、おいらの女。いや、本当は違うけど。

たった三日前に会ったばかりだというのに、おいらの目はハート形にとろけそうになった。ひと目会えたら、元気で仕事できると思ったのに、結果は逆だった。おいらは、愛の手を取ってこの場を逃げ去りたい衝動と闘った。が、愛は素知らぬ顔で、店長に白々しい台詞を吐く。

「なあに、この騒ぎ。誰のバースデイ」

店長がおいらを指差した。愛が、見知らぬ人を見るように、おいらの方を見る。おいらはズキバキになった。芝居するなー、愛。おいらと抱き合った癖によー。その時、後ろから臑(すね)に蹴りが入った。礼恩だった。

「フラー、早くエリコさんのとこに行くばーよ。エリコさん、怒ってるさー」

振り向くと、エリコさんの胸に光るブルガリに目が留まる。すんきゃー、ヤバい。愛が見たら、何と思うかー。おいらは咄嗟(とっさ)に、自分の胸に下がるキーリングを押さえていた。

「慈叡狗ちゃん、あの人とペアで買ったんだね」

悲しげな声はユメちゃんだ。おいらは、思わず頷いた。ユメちゃんがドンペリのピンクの泡を見つめながら呟く。

「あたしのこと、本カノって言ったやし」

オゴエッ。前のおいらなら、涙を流して「お前が本カノさいが。なんでおいらの言うこと、信じないかー」と誰にも聞こえないように囁いたはずなのに、今は言えなかった。黙って俯いていると、ミッフィーのしゃがれ声が響いた。

「慈叡狗、こっちにも来なきゃ駄目じゃん」

おいらは、どのテーブルに行っていいのかわからなくなった。うろちょろしていたら、チーフの麗が分厚い唇を舐めながら近付いて来た。

「あん、慈叡狗、お前どうしたんだ。三人のテーブルを三十分ずつ回れよ」

だけど、おいらが行きたいテーブルは、ただひとつ。おいらは思わず、愛の方を見てしまった。

愛が笑い転げながら、店長といちゃついていた。こんなことなら、愛の顔を見たいなんて言わなければよかったのにー。おいらは後悔したが、もう遅い。キャハハと楽しげな笑い声をあげる愛の方を、極力見ないようにして、おいらはテーブルを渡り歩いた。

「慈叡狗、あの子が来ると、あんた変になるんじゃない」

エリコさんが、おいらの目をまっすぐに見て言った。イタい客は鋭い。いや、鋭いからイタい。

「なんとなんと。何を言ってるのか、さっぱりわからないさいが」おいらは胸のブルガリを示した。「これ、さっき店長に褒められたさーよー」

エリコさんが相好を崩した。ほっとしたおいらの視界に、愛がトイレに行くのが見えた。何気ない振りをして、おいらも女性用トイレに向かった。愛が個室のドアを閉めると同時に中に入る。

「アキンツ」

　驚いた顔の愛を抱き締め、唇にキスする。自分が抑えられなかった。このまま押し倒したいのを堪えていると、愛に突き飛ばされた。

「アキンツ、あんたはほんとのぷりむぬさー。こんなことするんなら、来なきゃよかった」

「愛ちゃん、おいら会いたくて」

　そう言ったら、愛がおいらの頬を力一杯張った。

「出てってよ、早く」

　おいらは愛が血相を変えて怒っているので、仕方なく個室から出た。幸い、誰もいなかったので、このことは誰にも見られずに済んだ。だが、とおいらは思った。エリコさんじゃなくて、おいらこそがイタいヤツなんじゃないか。おいらは、自分のどうにも止められない熱情がだんだんと怖くなってきた。愛に拒否されなかったら、おいらは「ばびろん」のトイレで愛を押し倒してやっていたかもしれないのだ。

「慈叡狗ちゃん」

　弱々しい声がした。ユメちゃんがおいらの前にふらーっと立っている。茶色に染めた髪が乱れている。ホストたちとシャンパンの一気飲みをしていたから、酔ったのだろう。ユメちゃんが、おいらの腕の中に倒れ込んで来た。

「慈叡狗ちゃん、あんた、あたしが本カノだって言ったやし」

さっきの台詞を繰り返して泣いている。おいらは仕方なくユメちゃんの薄い背中をさすってやった。便所のドアが開いた。口紅を付け直した愛が、おいらを睨んでいる。愛は鋭く吐き捨てた。

「スケベ」

おいらの心は再びズキバキになり、その後はどうなったのか、まったく覚えていない。気が付いたら、おいらは二日酔いに苦しみながら、店の床に寝ていた。おいらの他にも数人が店に泊まった模様で、あちこちから呻き声や鼾が聞こえた。昨夜はいったい何が起きたのか、おいらはちっとも思い出せなかった。店は酷い散らかりようで、つまみが落ち、酒瓶が倒れている。

愛に「スケベ」と罵られたことだけがはっきりと甦った。落ち込んだおいらは、携帯電話を取り出して時間を確認する。午後五時。早く起きないと、また仕事が始まる。それにしても、何という生活をしているんだろう。おいらは昨日、宮古の空と海を思い、愛となら宮古で暮らしてもいい、と漠然と考えたのだった。だけど、「ばびろん」にいたら、夜から夜へ、という生活しかない。

留守電の表示があるのに気付いた。愛からだろうか。おいらはドキドキしながら再生した。

「ギンジです。ジェイク、どうしてる？　忙しいのはわかってるけど、安楽ハウスに寄ってくれないかな。きみの荷物を渡すのも忘れてしまったし、きみに話したいことがあるんだよ。よろしくお願いします」

ギンジには申し訳ないが、おいらはがっかりした。ギンジと話したいと思うのだが、やはり、今のおいらには愛のことしか頭になかった。

そのまま床に横たわり、おいらはひたすら二日酔いが回復するのを待った。一人起き、二人起き、おいらだけが、まだ床に仰向けになっている。

「慈叡狗、起きたかー」

礼恩が来た。新調した紫のスーツの上着を肩から引っ掛け、ポケットに両手を突っ込んでいる。

「師匠、おいら、ゆうべどうしたかー」

おいらは頭だけ起こして聞いた。

「フラー、やーは焼酎のボトルをラッパ飲みして、ひっくり返ったさー」

礼恩は不機嫌だった。転がっている酒瓶を蹴って回っている。

「あばっ。他にはー」

「フラー、やーは、ユメちゃんの首にブルガリを掛けてやって、エリコさんを怒らせたばーよ」

「あいがっ！　師匠、他にはー」

「ミッフィーちゃんがアフターの約束はどうしたって、やーに詰め寄ったけど、やーは

『おいらはいい女しか抱かんよー』と言って、すごく怒らせたばーよ。泣いているユメちゃんには、『本カノは他にいるさーよー』って、偉そうに言ったさー」

オゴエッ。おいらは、頭を抱えた。おいらのホスト生活もこれで終わりかもしれない。

2

しかし、おいらのホスト生活は終わるどころか、延々と続くことになった。その理由は、エリコさんとミッフィーとユメちゃんが、まるで示し合わせたように、三人一緒に「飛んだ」からだった。「飛ぶ」。おいらたちホストは、これを一番怖れる。つまり、金を支払わずに、客が姿を消すことだ。その借金はどうなるかと言えば、すべて担当の負担になる。おいらの十八歳のバースデイに来てくれた三人は、次々とドンペリを頼んで、豪気に遊んでくれた。締めて二百四十八万円。それがすべて、おいらの借金となった、ソープ嬢の借金のように。おいらは、二百四十八万円を払い終えるまで、「ばびろん」に勤め続けなければならないのだった。

「あっがいー、まるで奴隷さいが」

おいらがしょんぼりしていると、礼恩は慰めるどころか、おいらを責めるのだった。

「フラー、エリコさんの商売が傾いているって、有名だったやし、何でやーは調べなかったかー。悠々と一家で夜逃げしたばーよ」

エリコさんが経営するアクセサリー屋は、どこも赤字で、どんどん経営縮小していたのだとか。だが、恋に現を抜かすおいらは、エリコさんに関心を持たず、まったく知らなかった。エリコさんは最初においらを指名してくれた。なのに、おいらが愛にトチ狂っているのを知って、復讐したのかもしれない。最後までイタい客だった。

キャバクラに勤めていた陽気なミッフィーは、もともと青森出身のサーファーだとかで、「もっといい波が来そうなところに行くね、バリとか」と軽いノリで、どこかに消えたらしい。

ユメちゃんは、すでにおいらを恨むモードに突入していた。「あなたはあたしを裏切ったんですね。本カノというから、マジに受け取ったあたしが悪いんでしょう。あたしの真心返していただきます」というメールが来て、泣いている顔文字付きだった。じゃ、真心返すから金払ってよー、と言いたかったが、おいらに恋い焦がれていたユメちゃんの悲しい眼差しを覚えているおいらとしては、肩を竦めるしかないのだった。

要は、おいらがホスト稼業を面白く思い、夢中になり始めた頃の客が、全部「飛んだ」ことになる。褒めて褒めて褒めまくり、尽くしまくり、機嫌を損ねられたら、「お前はおいらの本カノさいが」と言ってごまかしていた客が、実はそれを本気にしていて、裏切られたと感じて怒った、という図式になるらしい。

てなわけで、おいらはすっかり自信を喪失した。この先、ホスト稼業をやっていけるかどうかも危ぶまれるほどだった。しかも、借金を背負っている。嫌でもホストはやらなければならないのだ。

そんな大事件があったにも拘らず、おいらの生き甲斐は変わらず、愛と会うことだった。だが、あの夜の愛の怒りを思い出すと、さすがのおいらも弱気になった。もう駄目だ。その絶望が、おいらのハチャメチャな酔い方に繋がったのだし、三人の客を逃がしてしまったのだから。それに、おいらの給料は借金や、寮費などの天引きで五万もない。愛と会っても、二万円の代金をようよう払えなくなってしまった。絶望したおいらは、寮と店を往復するだけの、死んだような生活をしていた。

ところが、事件からひと月後、驚いたことに愛の方から連絡があった。おいらは驚喜して、飛ぶように「ドラゴン」まで走った。久しぶりに会う愛は、前と同じ白いタンクトップにジーンズのスカート、白いブーツという姿だった。白いブーツは、いつも履いているので、形が崩れていたが、愛は相変わらず、すんきゃー可愛かった。おいらの顔は弛(ゆる)んだが、愛は反対に硬い顔つきを崩さなかった。

銀次の店が潰れそうだ、と心配そうに言うのだ。おいらは正直、いい気味、と思わないでもなかったが、そうなればなったで、愛はもっと酷い働き方をさせられるかもしれない。助けてやりたいが、おいらも店に借金があるから、どうにもならない。話を聞いたおいらまで、暗い顔になった。すると、愛がおいらの顔を見ずに、小さな声で呟いた。

「アキンツ、こんなこと言いたくないけどさー。あんたのおとうから借金できないかー」

「何かよ、まず。オヤジなー」

おいらはびっくりした。おいらのオヤジは確かに成功者で、金を持っている。だが、おいらは独立塾から逃げ出して以来、全然連絡していないし、オヤジとオフクロはおろか、心配する兄弟までも捨てたのだ。自分の借金だって言えないのに、まして銀次の借金なんか頼めっこないさいが。

「愛、それは無理さーよー」

おいらは泣きそうな顔で答えた。

その日の愛は、茶色く染めた髪をポニーテールにして、頭頂部の辺りで結わえていた。その髪を指でくるくるといじくりながら、考えている。

「わかってるさーよー。あたしだって、無理だと思うよ」

愛はスプーンを取って、抹茶ミルク白玉あずきの氷の山を横から崩した。愛の仕種が乱暴だったので、白玉がテーブルの上に落ちた。愛は、白玉を放ったまま、皿を横に追いやった。

「実はさー、アキンツ。銀次はアキンツのネーネーにも電話したんだよー」

「あばっ、姉ちゃんになー」

おいらはびっくりして、「ドラゴン」の粗末な椅子の上で飛び上がった。

『銀次の馬鹿に会ったら、妊娠して子供が生まれたって、言っといて』

姉ちゃんから来た最後のメールだ。銀次に「ティッシュ」と綽名(あだな)を付けられたことも知らないで、酒ばかり飲んで、何カ月も泣いていた姉ちゃん。なのに、銀次は連絡するってかー。

「なんでよー、銀次は姉ちゃんに電話したかー」

嫌な予感がした。

「借金申し込みに決まってるさいが」

愛は浮かない顔で答えた。おいらは無性に腹が立って、「ドラゴン」のテーブルを引っ繰り返したくなった。銀次は、おいらたち姉弟を舐めているとしか思えなかった。不機嫌に俯くと、愛が、おいらの顔を観察するように眺めながら、煙草をくわえた。今日のマニキュアは、真っ赤だ。愛が蓮っ葉に、煙を口の端から吐き出した。おいらは、いつの間にか、愛の指先に見とれている。指が白く細く見える。

「銀次が電話したら、あんたのネーネーは、最初はチョー怒っていたってさー。でも、銀次がうまいこと言いくるめたらしいよ。そしたら、少しなら用立てるって言ったってさー」

「なーんとなしに。それじゃ、質の悪いホストよりもっと悪いさいが」

おいらは怒鳴った。しかし、店長や麗たちは、そのくらい平気でやりそうだ、と思い直して黙る。考えてみれば、姉ちゃんが騙されて泣こうが、おいらにはもう関係ないのだ。姉ちゃんのためのおいらの復讐は、銀次のネーネーを誑かそうとした時点で終わったのだから。それに、姉ちゃんが金を出すことで、銀次が借金を返せて、なおかつ愛が救われるのなら、それでもいい、と思ったりもした。

「だったらよー、それでも足りんてかー」

愛は憂鬱そうに頷いた。首を捻って、入って来た客を見る。髪が揺れ、シャンプーの匂いがした。かばすー。おいらは、愛の匂いを吸い込んだ。

「アキンツ、あたしは面白くないさー。だって、ネーネーは銀次の元カノでしょう。いくら、お金がないからって、元カノに頼むなんて、最低さいが」

愛は、おいらの姉ちゃんに嫉妬しているのだ。おいらは、すんきゃショックだった。同調すれば、愛と銀次の仲を認めたみたいで悔しい。おいらは、どうすればいいのか考え込んだ。

「だからさー、アキンツ。あんたから、ネーネーに電話して、絶対にお金なんか払わないでって言って。頼むよー」

「あばっ、それも無理さーよー」

おいらは弱々しい声で答えた。

「だっから、あたしはそれくらいなら、アキンツのおとうに頼んだ方がいいって銀次に言ったさーよー」愛が口を尖らせて言った途端、その目から涙が落ちた。「ごめんねー、滅茶苦茶さー」

ああ、おいらの立場はユメちゃんと同じだ。恋する者同士。でも、微妙に相手がずれている。おいらは大きな溜息を吐いた。

「だっからよー、おいらは宮古には帰るつもりないから、姉ちゃんにもオヤジにも、連絡はできんさいがよー。銀次に、頑張れって言えなー」

おいらは、伝票を摑んで立ち上がった。愛と銀次との間に、おいらの入る余地はないのだった。愛への思いさえ断ち切れば、何とかホストを続けていけそうだし。おいらは、愛の目を見ずに言った。

「もう、愛に会わんことにするよー」

愛がテーブルの上の白玉を見たまま、こくんと頷く。さいなら、愛。おいらは、涙を堪えて金を払い、表に出た。蒸し暑い空気が、重くおいらにのしかかる。台風が来るってかー。おいらは意味もなく灰色の空を見上げた。悲しくてやりきれなかった。おいらは愛のところに戻りたいのを必死に我慢して歩きだした。ギンジのいる安楽ハウスにでも寄ってみるか、と一生懸命別のことを考える。安楽ハウスは、「ドラゴン」から歩いて十分くらいの距離だ。勢いよく腕を振って、走るように歩いていると、力一杯振ったおいらの腕に、何か柔らかいものが当たった。振り返ったおいらは、驚いて立ち竦んだ。愛が泣きながら、おいらの腕を摑んでいるのだ。

「ごめん、アキンツ。あんたの愛情を利用しようとか、あんたの家族を利用しようとか、そんなことちっとも思ってないのにい。あたしと銀次がどうするべき、と考えることだった」

愛はそう言って、人目も憚(はばか)らず、わーわー泣いている。おいらは何も言えずに立ち竦んでいた。心の底の底から、愛が好きだ、という思いが湧き上がり、胸がいっぱいになっていたのだった。苦難の始まり、とは全然思わなかった。

　てなわけで、おいらと愛は、一層人目を忍んで会い続けた。愛は、前よりも少しだけ、おいらを好きになってくれた。携帯に電話しても、つっけんどんじゃなくなったし、「アキンツだってお店に借金あるんだから、もうお金は要らないよ」と優しいことを言って、おいらをほろりとさせたりした。金を払わなくても愛と会えることになったおいらはうわり嬉しかったが、愛の生活が苦しそうなのは何となく伝わってきて辛かった。煙草は根元まで吸うし、ペットボトルに水道水を入れて持ち歩いているし、同じ服ばかり着ている。金がないのはおいらも同じだが、愛の茶色に染めた髪が生え際からだんだん黒くなって、先がぼさぼさになっているのを見たりすると、可哀相になった。

　愛は、勿論、「ばびろん」にも来なくなった。おいらは、愛が店長の優紀といちゃつくのを見なくてほっとしたが、一方で、愛も「飛ぶ」つもりなんじゃないかとヒヤヒヤしたりもした。店長は、甘いおいらと違って、「飛ぶ」客を許しそうにない。どこまでも追いかけて取り立てるし、酷い目に遭わせると聞いたことがあるからだ。おいらの客でもないのに、愛のツケが幾らあるか、なんて店長に聞けやしないのだから、おいらも知らん顔をするしかない。てなわけで、金の件でオヤジに口を利くのを断って以来、愛とおいらの絆は強まったものの、別の重い扉が出来たのは確かだった。つまり、おいらには、憂鬱の材料がひとつ増えたことに他ならない。銀次の抱えた借金と、愛が「ばび

「ろん」にしているはずのツケだ。おいらは、愛の運命が変わりそうで、不安で仕方なかった。

夏も過ぎたある日、おいらはとうとう重い扉を開けてみることにした。

「愛。銀次の借金どうしたかー」

ベッドに座って枝毛を毟っていた愛は、おいらの方を見ずに、浮かない顔をしていた。何も言いたくなさそうだったが、扉を開けた以上、すぐさま閉めるわけにもいかない。おいらは、さらに勇気を振り絞った。

「だっからよー、銀次がおいらの姉ちゃんに借金頼むって言った話さーよー」

愛が目を三角にして、おいらを睨んだ。

「言った通りさー。あんたのネーネーが少し用立ててくれたんだって。だっからさー、あたしは頭に来て、アキンツと寝てるわけさー」

オゴエッ。そこまで言うかー。おいらと会っているのは、姉ちゃんと連絡を取った銀次に対する面当てってか。おいらは、悲しくて頭を抱えた。扉の向こうには、とんでもないものがあった。

「なんとなんと。おいらは、愛がおいらを好きだから会ってくれてるんだと思ってたのによー」

愛ははっとしたように俯いたが、こう呟くのだった。

「あたしはアキンツが好きだよー」

そうは言っても、おいらが好きだと思うほどには好きじゃないはずだ。おいらは、愛情のアンバランスを感じて、悄気返った。

すると、愛は堰を切ったように喋りだした。

「前に、銀次はだいずな借金あるって言ったさーねー。銀次はあたしに何も言わないからわからないけど、多分、ネーネーに借りたお金で利子を払ったんだと思うよ。でも、一時凌ぎさー。もうじき店を閉めなくちゃならんて、暗い顔してる。あたしにも、もっとデリヘルやって稼げって言うから、どこに自分の彼女をそんな風に働かせる男がいるかって、言ってやったさー。ね、そう思わん？」

「思うさーよー。銀次の店って、エロチカってバーか。だっけどよー、愛。お前にデリヘルとかやらせてるくらいだったら、銀次も店閉めて、まともに働いた方がいいんじゃないかー。どうせうわりダサい店さいが」

おいらが憎しみ混じりに銀次を攻撃すると、愛がきっと睨みつけた。

「あがいー、アキンツ。何も知らんで適当なこと言わんでー」

「だってよー。おいらの姉ちゃんは、銀次に捨てられて泣いた女さいが。そんな女に借金頼むなんて、銀次は最低さいが」

「そーよー。銀次は最低よー」

愛は憤然とおいらの言ったことに同意したが、おいらは恋する者特有の、異常に発達した第六感で気付いたのだった。愛がおいらと会うのは、銀次に惚れている故の腹立ちからで、単なる憂さ晴らしに過ぎないのだ。「ばびろん」で優紀といちゃつくのと一緒ってことさいが。愛は、銀次が好きなあまり、その不満を銀次にぶつけられなくて、他の男と遊ばなくちゃいられないのだ。銀次のどこが好きなのか、おいらにはさっぱりわからなかったが、おいらはただひたすら、愛の愛情を独り占めしたくてしようがなかった。

「愛、おいらをもっと好きになってくれ」

おいらは思わず愛に懇願した。すると、愛は不思議そうに首を傾げた。

「だっから、言ったさいが。あたしはアキンツが好きだよー。幼馴染みだし、同級生さいが」

そうじゃないさーよー。おいらは、気が狂いそうになった。おいらは、銀次みたいにだいず愛してくれ、と言いたかったのだ。だが、愛は素直に返答する。

「正確に言えば、あたしは銀次が一番好きで、アキンツは二番目さいが」

二番目ってことは、前とまったく変わらないということだ。おいらを苦しめるのは、銀次に対するどす黒い嫉妬であることには変わりない。

おいらは、前よりもっと銀次を憎んだ。おいらの姉ちゃんを騙して捨てた銀次には腹が立っただけだったけど、愛と暮らし、愛の愛情を独り占めし、愛を苦しめる銀次は、すんきゃーマジに、この世から消えてほしいと願った。しかし、愛は変わらず銀次とアパートで暮らし、デリヘル嬢をして稼いだ金を銀次に貢ぎ、おいらと会って憂さ晴らしをしている。愛と会うのは嬉しかったが、おいらはきまって辛くなり、何でこんな女が好きなのだろうと、今度は自分までが嫌いになりそうだった。

ある日、二人でラブホに行った時、愛が思い出したように磯村ギンジのことを話題にした。

「ねえ、アキンツ。あんたの友達でギンジって人がいるさー。あたし、店で会ったことあるさーよー。何で、あの人、銀次と同じ名前なの。あんたは偶然だって言ったけど、偶然にしてはでき過ぎじゃない？　銀次も不思議がってた。アキンツの創作じゃないかって」

おいらは仕方なく、独立塾から脱走した時、山で見知らぬ若い男と出会った話をした。愛は俄然興味を持った様子で、身を乗り出してきた。

「あばっ。何も覚えてないって、そんなことがあるのー。記憶喪失さいが。気持ち悪いさー」

「だっからよー、そいつが名前も何もかも忘れたって変なこと言うからよー、不便だからおいらが名前を付けてやったさーよー」

愛が首を傾げた。

「何でギンジにしたかー」

おいらは返事に窮して黙った。おいらの銀次に対する黒い思いを、愛に知られたくなかった。しかし、考えてみれば、その時にはっきりと銀次に対するおいらの悪意が姿を現したのだ、と言えなくもなかった。

「ねえ、何でギンジって名前付けたかー」

愛がしつこく聞くので、おいらは仕方なく答えた。

「下地銀次はおいらの天敵さいが」

「わかった」愛が頷いた。「アキンツはその人が気持ち悪かったから、ギンジって付けたんだね」

おいらは、磯村ギンジに悪いことをしたのか。

「だけど、あの人は感じよかったよ」愛が続けた。「あたし、アキンツが銀次を嫌いなのはわかる気がする。銀次って頭がいいけど、確かにえぐいところがあるさーねー。目的のためには手段を選ばないみたいな。でも、あっちのギンジさんは白い感じがする。白ギンジ、黒銀次さーよー」

愛は自分の思いつきが気に入ったようで笑っていた。だけど、おいらは憂鬱になった。それだけおいらが、銀次の存在に囚われているってことが愛の前であからさまになったからだ。ギンジからは、相変わらず留守電が入っていたが、愛にギンジと命名したのは自分だと打ち明けて以来、おいらはギンジと会うのを避けたい気分になっていた。だってよー、おいらはギンジに、この世で一番嫌いな、憎んでいる人間の名を付けたんだからよー。

どでかい台風が来て、店が休みになった。金のないおいらは、寮のベッドの上でながんびていた。同室の一人は昨日店を辞め、一人は暴風雨の中、飯を食いに外出していた。礼恩は二段ベッドの下段に座って、コンビニ弁当を食べている。五分で弁当を食べ終わった礼恩が、殻を部屋の隅にあるゴミ箱にストレートで投げ入れた。

「あばっ、さすが野球部さいが」

おいらが感心すると、礼恩は爪楊枝を使いながら言った。

「慈叡狗、お前の借金減ったかー」

「まずがーまず」おいらは首を傾げた。「二百万は切ったと思うよー。よくわからないさーよー」

「フラー、何で自分の借金の額を調べんかー。ごまかされるやし、調べれ」

「だったらよー、師匠。どうやって調べるかー」

おいらは、他人事みたいに答えた。二百四十八万の借金と言われても、おいらにはまるで実感のない数字で、ぴんとこなかった。

「フラー、店長に聞けばいいさー」

店長か。おいらは、優紀の恐竜じみた歯並びを思い浮かべた。愛の担当。わけもなく腹が立った。

「おいらは店長はうわり嫌いさーよー」

「フラー、そんなこと言ってる場合じゃないやし」

礼恩が、爪楊枝も投げ捨て、おいらの枕元にやって来た。ぶかぶかのTシャツに短パンという姿だ。礼恩があたりを憚るような小さな声で囁いた。

「慈叡狗、お前、店長の客に手出してるっていう噂あるばーよ。マジかー」

オゴエッ。おいらは驚いて、飛び起きた。すんきゃー、ヤバい。だいっずヤバい。

「何かよ、まず。師匠、誰が言ったかー」

「常連客の一人が見かけたって、言い触らしてるばーよ」

礼恩は、噂を確かめるようにおいらの目をじっと見た。おいらは、あわわと震えそうになった。途端に、礼恩がユクシッとおいらの頭を肘打ちする真似をした。

「フラー、お前はほんとのフラーばーよ。相手は、デリヘルの愛ちゃんだろうが」

「なんとなんと。愛ちゃんはおいらの同級生さいが。そんなことしないさーよー」

おいらは必死に言ったが、おいらの噓下手なのは有名だ。ばれただろうか。おいらは怖くて、礼恩の顔を見られなかった。その時、携帯が鳴った。おいらは発信元を見て慌てた。当の愛からだった。盗み見ようとする礼恩の目を避けるため、おいらは携帯を手で囲って喋った。

「アキンツ、今日会いたいんだけど」

愛から会いたいなんて、珍しいこともあるものだ。おいらは驚喜したが、礼恩に言われたこともあって、何と返答しようか迷っている。だが、愛はおいらの都合も聞かずに勝手に喋り、さっさと電話を切った。

「三十分後、いつものとこでねー」

おいらはどうしていいかわからず、携帯をポケットに入れ、上から手で押さえた。礼恩が聞いた。

「今の誰かー」

「く、くららちゃん」

咄嗟に適当な客の名を言い、おいらは礼恩の目を見ないようにして着替えた。礼恩は、疑わしげにおいらを観察している。

「愛ちゃんはヤバいやし。店長が太くしてる最中さー。ばれたら、お前、フクロにされるばーよ。それに、『飛んだ』客はとことん追い詰めて、酷い取り立て方するって聞いたばーよ」

おいらはだいずびびった。店長や麗や翔が、ぱごーかった。おいらだって「ばびろん」から、「飛び」たかったが、借金があるので始終見張られているに等しい状態なのだ。ナイチャーのヤクザと知り合いだという噂もあったし、売掛金の未収を怖れて、客のデータも把握していると聞いていた。甘いおいらとは大違いだった。

それにしても、おいらはどうしてこんな目に遭うのだろうか。つくづく情けなかったが、暴風雨の音を聞きながら、愛と丸一日いちゃいちゃ過ごせるのならそれも嬉しい、と急いで出掛けようとするおいらもいるのだから、始末に悪いのだった。

おいらが外出の支度をしていると、礼恩が呟いた。

「くぬフラーが」

「師匠、おいらそんなにフラーかー」

「ああ、フラー中のフラーさー。お前、もう俺を師匠って呼ぶなー。くぬフラーが」

礼恩はなぜか悲しげに繰り返すのだった。


外に出ると、傘なんか役に立たないほど、風雨が強かった。とても歩いて行けそうにない。おいらは仕方なく、のろくさ走って来たタクシーを止め、安里に向かった。だが、タクシーの乗り降りだけで、体がびしょ濡れになった。どうして愛はこんな日においらと会いたいのだろうか。おいらは濡れて色が変わったTシャツを見ながら、一瞬不思議に思ったのだった。しかし、愛と会える、愛と話せる、愛を抱ける、と思うと、おいらは嬉しくて仕方がなかった。

通りでタクシーを降り、激しい雨の中を「ドラゴン」に向かったが、「ドラゴン」は、休店の貼り紙を出している。おいらは、驚いて周囲を見回した。屋根の架かった栄町市場通りの商店街はどこもシャッターを下ろし、人気(ひとけ)がない。ごーっという雨の音だけが、薄暗い商店街にこだましている。おいらは愛に電話しようと携帯電話を取り出した。すると、甲高い男の声がした。

「アキンツー、久しぶりさいが」

どこから現れたのか、眼前に銀次が立っていた。おいらはだいぶびっくりしたにも拘らず、一年半以上も会わなかった銀次に、ちょっと懐かしさも感じてしまったのだった。

「オゴエッ、銀次、どうしてたかー」

黙っておいらはこんな間の抜けた返事をした。銀次は、口許を歪めるいつもの笑い方をして、おいらはこんな間の抜けた返事をした。


おいらを見ている。ああ、そうだはずー。おいらは、銀次が愛を唆しておいらに電話させたことに、ようやく思い至ったのだった。やっぱり、おいらはグドゥンさーよー。銀次には絶対に敵わない。おいらは、完敗した心持ちがして、のんびりと銀次を眺めていた。

銀次は、宮古にいた時より痩せていた。目つきがいっそう鋭くなって、卑しさを感じさせるくらいだった。色落ちしていない緩めのジーンズ、ビンテージ風の開襟シャツを着て、黒いハンチングを被っている。相変わらず洒落者だった。だが、おいらは、銀次はさぞかし怒っているんだろうな、と思ったら、何となく嬉しくなって笑みが洩れた。初めて銀次を怒らせたのだ。

「あばっ、アキンツ、何笑ってんだよ」

銀次がむかついた風に煙草をくわえた。

おいらの目は、その煙草が、愛が吸っているのと同じ銘柄なのを見て取っていた。二人が一本の煙草を分け合って吸う妄想が頭に浮かび、たちまち笑いは引っ込み、ズキバキになる。

「愛はー」

「家んどぅ、うーさー」

銀次は、おいらの口から愛の名が出るのが不快そうだった。唾と一緒に言葉を吐き捨てる。

強風が吹いて、あちこちのシャッターが、がしゃがしゃと耳障りな音を立てた。銀次が、商店街の上に架かった貧相なアーケードを見上げた。

「あばっ。台風十六号の決闘ってかー。アキンツみたいなシチブと喧嘩するとは思わんかったさーよー」

銀次が余裕を感じさせる言い方をしたが、おいらは、これって決闘かー、と暢気に構えていた。愛が銀次を好きで、おいらが愛を好きだという事実は、銀次の圧倒的な勝ちさーよー。どこが決闘かと思ったのだ。また笑ってしまった。

「なんとなんと。決闘ってかー」

「何かよ、まず」銀次が高い声を張り上げた。「アキンツ、やーは俺を舐めてんのかー」

「あばっ、おいらは愛が好きなだけさいが。それより銀次、おいらの姉ちゃんに何て言って金借りたかー。姉ちゃんは怒ってなかったかー」

銀次は、驚いたようにでかい目を見開いた。おいらがそのことを知っているとは思わなかったのだろう。おいらはしつこく聞いた。

「銀次、姉ちゃんはやーに幾ら払ったかー」

銀次はへらへら笑った。

「十万ぼっちさー」

おいらの胸に怒りが湧き上がった。おいらの家の冷蔵庫の扉をばたんと閉める銀次。ゲームソフトを持ち帰って返さない銀次。銀次が潰した車のバンパー。オヤジの選挙カーを見て、嘲笑う銀次の横顔。CDを万引きした時やバイクを盗んだ時、おいらを置いて逃げた銀次の背中。

「何かよ、まず。俺に腹立ててるってかー」銀次がおいらの表情を見て笑った。「このグドゥンがー」

くぬフラーが。礼恩がおいらを詰る時とは違う言い方だった。おいらはグドゥンかもしれん、シチブかもしれん。だが、とおいらは銀次を睨んだ。

アーケードの破れ目から、雨が入って来た。しぶきで、おいらの背中が濡れていく。

「怒れ、怒れ、アキンツー。どうせ全部終わりどぅーやー。銀次さんのゲームは終わったさーよー。これから、やーの知らん場所に二人で行くさー」

銀次は自棄を感じさせる口調で言った。

「俺らはもう宮古とは関係なく生きるべきさーよー。宮古も本島もうんざりさー」

おいらは青くなった。銀次と愛は「飛ぶ」つもりなのだ。おいらは焦ったが、「ばびろん」のことは言いたくなかった。

「銀次、どこ行くかー」

「やーには関係ないさいが」

銀次はおいらをからかった。しかし、愛が飛んだら、店長は黙っていないだろう。いや、もしかすると、飛ぶのを警戒して、「エロチカ」を張っている可能性だってあった。店長たちは、売掛金の踏み倒しを怖れるあまり、客のデータを全部摑んでいる、と聞いたばかりだ。おいらは愛が酷い目に遭うのが怖く、想像するだけで体が震えそうだった。

「あっがいー、銀次。那覇から離れんで、何とか借金返せよー」

へへっと銀次が笑う。

「何かよ、まず。やーに説教される謂れはないさいが。だったらよー、やーのオヤジに頼めよー。やーも店に借金あるって、愛から聞いたさいが。どうせ、選挙に無駄金遣って、道路作ってるんなら、哀れな若者たちを助けれよー」

「なーんとなしに。オヤジは関係ないさいが。銀次、何でそんなこと言う」

銀次が素早く寄って来て、おいらのTシャツの襟首をぐっと摑んだ。

「やーは愛に手を出したさいが」

おいらは摑まれたまま、銀次の分厚い胸を力一杯押した。銀次はおいらより背が低いが、体は厳つい。びくともしなかった。

「銀次だって、おいらの姉ちゃんやおいらの好きな女に手を出したさいが」

「へへっ」銀次が嘲笑う。「女から来るのに。俺はやーと違うさーよー」

おいらと銀次は、まるで映画の中の一シーンのように睨み合った。

「このグドゥンがー。愛に手を出しやがって」

「愛が言ったのかー」

どうしてばれたのだろうか。おいらは疑問を口にした。

「もう一人のギンジさんさー。店に来て、チクって行ったさいが」

銀次が憎々しげに言って、手を放した。おいらは反動でコンクリートの舗道に腰をついた。どういうことだろう。なぜギンジがおいらと愛のことを知ったのか、わからなかった。

「やーとは、もう二度と会わん」

銀次は、おいらの横に唾を吐いて去って行った。

おいらは急いで愛に電話した。

「アキンツ、大丈夫？」

愛はすぐに電話に出た。が、それも銀次が家に帰るまでだ。愛は察したらしく、早口だった。

「何か知らんけど、誰かに聞いたとかで、すごく怒ってたよー。誰かが店に来て、あんたとあたしのことを言いつけたんだって。あたしをさんざん殴って、あんたに電話しろって言ったさーよー。アキンツ、殴られなかった？」

「愛、銀次と別れろー」

おいらは必死に言った。銀次は、愛を連れて逃げるつもりなのだ。

「愛がおいらと一緒に来るなら、オヤジに頼んで何とか金を貰うから」

「もう駄目だよ、アキンツ。あたしは銀次と暮らしていくんだもの」

おいらは歯を食いしばった。

「愛、逃げるなー」

「ごめんね、アキンツ。あたしは銀次が好きだから、別れられないさー」

ヨルサクハナと言った愛の表情が甦って、おいらは辛くなった。

「おいらと一緒にいろー、愛」

「そろそろ銀次が帰って来るから、もう切らなくちゃ。アキンツ、元気でね」

電話はぷつりと切れた。おいらは、しばらく虚ろな商店街に突っ立っていた。おいらは借金を払い終えるまで「ばびろん」で奴隷のように働かされて、女客を騙すようになるだろう。そして、銀次は五百万はあるという借金を、愛はツケを踏み倒して、ヤマトに逃げるのだろう。全員、ヨルサクハナ。だいずなことが起きた。おいらは頭を抱えた。

それにしても、ギンジがどうしておいらと愛のことを知っていたんだろう、とおいらは不思議に思った。同時に、何度もおいらの携帯に入っていたギンジからの伝言を無視していたことを思い出す。『ジェイク、ギンジです。元気ですか。僕も携帯を買ったので、よかったらここに連絡してください。きみから全然連絡がないので心配です』。ギンジの声は必死だった。何も持たなかったヤツがやっと携帯を買って連絡してくれているのに、おいらは何もしなかった。すでにその伝言も消えてなくなっている。後悔で、胸が痛かった。一緒に山を下りて来て、二人で過ごしていた日々が甦った。おいらもギンジも、ほんの半年くらいの間に、何て遠いところに来たんだろう、と思うと笑いすら洩れた。おいらは、商店街の隅に座り込んで、風雨の音を聞いていた。

第八章　デストロイ

1

僕の家族には、破壊という言葉が一番よく似合う。僕らは父に打ち壊され、その後は、てんでんばらばらになって散った。散ったのは、体や心だけではない。「うち」という概念そのものも、砕かれてしまった。母も妹も僕も、いや父でさえも、他人に思わず「うち」と言ってしまった後は、あれ、何のことだっけ、というように、決まって目を泳がせたものだ。だから、僕は絶対にその言葉を口にしないよう、いつも唇を引き結んでいた。

優しかった父は、ある時から狂い始め、家で暴れるようになった。標的は母だった。母は、父を怖れて親戚の家に逃げ、残った僕と妹は、暴力は振るわれないまでも、徹底的に破壊し尽くされた。そして、最後には父も、当然のように自身を破壊した。僕ら自身の破壊については、互いに知りようもない。連絡も途絶えているからだ。

これが、「磯村ギンジ」でなく、「香月雄太」の長い物語の始まりだ。聞きたくない人は、耳を塞いでいてくれ。

僕の父は、大手医療機器メーカー傘下の販売会社に勤めていた。会社は下町の方にあり、小さいながらも自社ビルで、景気はまあまあだったと思う。父の会社は、病院で使う機器のあらゆる物を扱っていた。大はソリューションシステムから、小は聴診器や健康器具まで。父は営業で、毎日、病院や学会会場を車で走り回っていた。それが縁で、千葉県市川市にある産院で看護師をしていた母と知り合ったのだった。
二人は結婚し、母の勤務先に近い行徳に居を構えた。僕と、三歳違いの妹が生まれ、両親は共働きをして僕らを育ててくれた。妹が生まれた頃、隣の浦安市にディズニーランドが出来た。僕も妹も、ディズニーランドに近い行徳をとても気に入っていたが、長くはいられなかった。母の産院が閉院することになり、新しい職場に変わったからだ。僕が小学校六年の時、母は立川市の総合病院に移った。そのあたりから、何かが変わり始めた。だが、子供の僕たちはしばらく気付かなかった。

土地か。母の転職か。マンションの購入か。それとも、父の扱う製品がＩＴ化によって画期的に変わり、父が時代に取り残されつつあったのか。あるいは、僕たち子供の何かが父の気に入らなかったのだろうか。僕も妹も、開放的な海辺の地から内陸の街に転校し、戸惑ってはいた。しかし、何が父を変えたのか、未だもって僕にはわからないし、また知りたくもない。

香月雄太。僕の名は母が付けた。香月佐緒里。妹の名も母が付けた。父は万事控えめで、自分を主張する人ではなかった。行徳時代、たまに家族で外食をすると、父はファミレスでもラーメン屋でも、やたら店員ににこにこして、卑屈に見えるほど愛想が良かった。近所のおばさんに「お父さんは感じがよくて、とても腰の低い人ね」とお世辞を言われ、そのまま母に伝えたところ、母が露骨に嫌な顔をしたことがある。「お父さんは外面がいいからね」と言うのだ。確かに父は、家で上司や部下、取引先の病院関係者への愚痴を、始終口にしていた。

「これから昼飯だから手が離せねえって言うんだよ。仕方ねえ、受付で二時間近く待ってたよ。院長の昼飯が済むまで。だけど、俺が行ったのは十一時半だぜ。何で、わざわざ三十分を前倒しにしやがるんだ。いったい何様だと思ってやがる。借金だらけで病院建てた癖に、威張りくさって」

父は次第に酒量が増え、酔って口汚く罵ることが多くなった。僕はそんな時、さっさと自室に入って勉強することにしていた。立川のマンションに引っ越してよかったことが、たったひとつだけある。自分の部屋を貰えたのだ。玄関脇の北向きの四畳半で結露があったし、冬は寒かったが、僕は満足していた。妹は中学三年になったら、母が寝ている部屋を譲り受けることになっていた。母は夜勤があるので、一人で寝ることが多かったのだ。つまり、母は妹の高校受験を潮に、仕事を辞めようと密かに期していたのだろう。

ある晩、父が顔つきを変えて帰って来た。必死に売った製品が回収になったというのだ。造影カテーテルが断裂して、事故が相次いだという。回収と決まった途端、病院からクレームが続出し、父は謝罪に飛び回ったのだそうだ。すでに風呂に入った母が食卓で寛ぎ、テレビを見ながらビールを飲んでいた。

「そう言えば、うちの病院でも文句言う先生がいたわよ。前からあのカテーテルは入れにくいし、破れやすいって評判だったみたい」

そうか、と父が元気なく呟いた。僕は部屋に戻ろうとして、異様な物音に驚いて振り返った。父がいきなり母の横面を張った音だった。

「余計なことを言うな。お前に何がわかる」

母は手で頬を押さえ、憤った顔で立ち上がった。

「何で殴るのよ」

父は無言で母を押さえつけ、また頬を打った。母が悲鳴をあげた。食卓からグラスが滑り落ちて、フローリングの床の上で砕け散った。

騒ぎを聞きつけて、風呂場から走って来た妹が裸のまま立ち竦(すく)んでいる。

「佐緒里ちゃん、足、気をつけて」

鼻血を出した母が、それでも床を指差して怒鳴った。妹は母の出血を見て、怯えて泣き始めた。父はますます狂ったように、母の頭をぽかぽか殴っている。母の髪を摑んでガラスの破片だらけの床を引きずり回した。僕はどうしていいのかわからず、二人の周りをぐるぐると無駄に巡っていた。「お父さん、やめなよ」と繰り返しながら。

はっと気付いたように母の髪を離した父の指の間に、血の付いた髪の毛が大量に挟まっているのを見て、僕は吐きそうになった。父は舌打ちして、自分の部屋に入り、音高く襖を閉めた。母は髪を振り乱したまま、床に横たわって泣いていた。僕はそばに行って、母に詫びた。

「ごめんね」

母が顔を上げた。涙と血が顔を汚している。

「何であんたが謝るの」

僕は答えられなかった。自分が何もできなかったことより、父の息子であることを恥じて謝ったのだから。

翌日から一週間、母は理由をつけて病院を休んだ。顔が腫れて、人前に出られなかったのだ。僕と妹は、父が帰って来ると母が心配で、反射的に二人の顔を見比べる癖がついた。だが、父は、母だけでなく、僕ら兄妹にも平身低頭して謝った。

「ごめん。お父さん、どうかしてた。もう二度としないから赦してくれ」

母も、回収騒ぎで機嫌の悪い父に余計なことを言った、と反省したらしい。互いに赦し合い、また何事もなく日々が過ぎていった。

だが、父の爆発は二年後に起きた。今度は、夕食の真っ最中だった。焼き鯖が焦げている、というのが理由だった。

「癌の原因だって言われてるんだぞ」

父が小言を言い、母がむっとした。

「大量じゃなきゃ平気よ。何よ、たまに焦がしたくらいで。あたしだって疲れてるのよ」

途端に、鯖の皿が母に向かって飛んだ。皿は母のTシャツの胸元に当たった。がつっと音がしたくらいだから、痛かったのだろう。母が呻(うめ)いて胸を押さえた。僕らはまだ箸を持ったまま、唖然としている。

「何だよ、偉そうに」

父が立ち上がり、母に向かって行く。後は、前と同じだった。父が一方的に母を殴り、母は逃げ惑う。僕は父に摑みかかった。

しかし、ただでさえ痩せている中学三年の僕は、父の膂力(りょりょく)には到底敵わない。あっという間に払い除けられて、ソファの角で腰を打った。妹は泣き叫び、家は大騒ぎになった。何とか収まったのは、階下の住人がドアを叩いたからだった。

「下の者ですが、何かあったのですか。警察呼びましょうか」

妹がほっとしたようにドアを大きく開けた。中を怖々と覗く主婦に対し、父が声を荒らげた。

「何でもない。放っておいてください」

主婦が母の目を見て、もう一度ゆっくり問うた。

「警察呼びましょうか、奥さん」

母が迷った風に父を見上げた。その視線を遮るように父が立ちはだかる。急に、いつもの父に戻っていた。笑いさえ浮かべて言った。

「すみません。お恥ずかしいところをお見せして。夫婦喧嘩なんです」

母も困惑した風に薄笑いを浮かべた。主婦は曖昧に頷き、帰って行った。父は不快そうに転がった椅子を蹴飛ばし、荒々しく自室に入って行った。

僕らは疲れて、互いの顔を見遣った。母の顔には嫌悪が表れていた。妹には恐怖。僕の顔には、その両方と軽蔑が浮かんでいたに違いない。軽蔑は、母にも向けられていた。さっき見た光景が目に焼きついていた。世間には見栄を張って、急に結束する両親。母はどうしてあんな父と一緒にいるのだろう。なぜ父を赦すのだろう。僕は、母が父と離婚して僕らを引き取ってくれないか、と願った。それは妹も同じだったらしく、父の部屋を怯えた目で見ながら、母に縋った。

「お母さん、お父さん怖いから、みんなでどっかで暮らそうよ」

だが、大人は不思議だ。母が取った行動は、僕らの考えと逆だった。自分が不規則な勤めをしているから父が苛立つのだ、と看護師を辞めたのだ。妹が中学三年になる一年前のことだった。

仕事を辞めた母は、前より一層、主婦として完璧を目指すようになった。僕らの弁当のために、朝からジャージャーとこれ見よがしに揚げ物を揚げた。父の帰りを待って、家の中は前と見違えるように綺麗に整頓されていた。少しでも明るくしたかったのだろう。母は造花や置物を買って来て、玄関やトイレに飾った。

が、父の発作的怒りは治らなかったし、むしろだんだんと爆発の間隔が短くなり、しかも酷(ひど)くなっていった。父は、母が仕事を辞めたら辞めたでローンが払えないと怒り、反抗的だの、俺を馬鹿にしている、などの理由をつけて責め立てた。酒量が増え、上機嫌で飲んでいるかと思うと、突然、怒りで顔が朱に染まる。が、僕も妹も慣れてきて、父が怒り始めると、ドアを開けてすぐに母を逃がした。冬の日、母は裸足で逃げて、凍えて帰って来たこともある。またある時は、入浴中の出来事だったから、ほとんど半裸でマンションの廊下に逃れたこともあった。

　母が眼前から消えると、父は不機嫌に黙り込み、僕らには一切話しかけようとはせずに、そのまま自室に引っ込んでしまう。やがて、母が帰る頃にはすっかり改心し、大袈裟な土下座が始まった。涙を流し、二度としない、申し訳ありません、どうかしていた、と繰り返すのだ。そうなると母も気が抜けて、考えあぐねている様子だった。

　僕は、家を出ることしか考えていなかった。まったく理由がわからず、いつ起こるか予測のつかない父親の暴力が怖かったし、母が殴られるのを見るのが嫌だった。そして、何より辛かったのは、僕自身がそんな父親の息子だということだった。今は真面目な高校生でも、いつか家庭を持てば、父のように妻を殴るかもしれない。僕は未来に暗澹(あんたん)たる思いを抱くようになっていた。

しかし、父は明らかに常軌を逸しているものの、僕らに暴力を振るったり、酒を飲み過ぎて仕事をしなくなるとか、そういうことはなく、むしろ品行方正だった。傍目には穏やかで、愛想の良い中年男が突如、鬼に変貌するのだ。僕はそのことも怖くて仕方がなかった。

家から離れたい僕は地方の大学に行きたかったが、母や妹を置いていくのは忍びなかった。だから、都内にある国立大と私大を受験した。結果、私大に受かり、僕は大学に通う傍ら、家庭教師のアルバイトを始めたのだった。妹は、僕よりも父への憎悪を募らせていた。その憎悪は激しい故に、現実的な方法を考え出していた。

「あたしは高校を出たら、働いてお金を貯めて海外に行くよ。あたしは、お父さんの顔なんか二度と見たくない。お母さんも嫌い」

だから、妹は英語の学習に余念がなかった。外泊も多く、外に自分の世界を作ろうとしていた。母は母で、時折放心したり、急に自分を奮い立たせたりした。その感情の揺れは家事に表れて、投げ遣りに散らかしたままだったり、癇性めいてあちこちを磨き立てたりして、落ち着きがなかった。そのことも、僕らを疲弊させた。どこに解決策があるのか、誰もわからなかった。ただ、子供の僕らは、早く独立して家を出ることしか考えていなかったのだ。

ある夜、午後十時過ぎに僕が家庭教師のアルバイトから帰って来ると、マンションの廊下で異様な物音が聞こえた。ガラスが割れるような音と、男の怒鳴り声。しかし、どの家も、僕の家の騒ぎと知ってか、ドアを固く閉めて誰も見に出ては来ない。階下の主婦だけでなく、近隣の人たちは、すでにうちの「激しい夫婦喧嘩」を知っていた。高校の頃は、そのことが恥ずかしくて目を上げられなかったが、今はむしろ、好奇の視線が同情や憐れみに変わっているのが、辛くてならなかった。

僕は震える手で、鍵を開けた。目に飛び込んできた光景は凄まじかった。母は食器棚に頭を突っ込んだらしく、ガラス扉や陶器が床に散乱している中、放心したように座り込み、頭蓋から血を流れるに任せていた。父が横で怒鳴っている。

「お前のようなヤツは死んじまえ」

僕は母に駆け寄った。

「お母さん、大丈夫」

母は気を失ってはいなかった。燃えるような目で父を睨みつけている。

いつも逃げ惑っていた母の、これまでにない変化だった。僕は怯えて父を見上げた。

「さあ、殺せ」

「ああ、殺してやるとも」

父が怒鳴り、母の腹の辺りを蹴った。母が呻いて腹を押さえて屈み込むのを横目で見ると同時に、僕は父の顎を殴っていた。僕は、憤怒を止めることができなかった。父が呻いて蹲(うずくま)ると、膝蹴りを鳩尾(みぞおち)に入れ、蹲ったところを突き飛ばして仰向けに倒した。こんなヤツ、死んでしまえ。死ぬのはお前だ。僕は殴り続けた。心の底から父に怒っていて、自分を止めることができなかった。

我に返ると、父は口から血を流し、床に横臥していた。「雄太、やめなさい」と、いつものように母が止めるだろうと思ったが、母は冷えた眼差しで、黙って僕らを見据えているのだった。

「死ねよ、バカ」

部屋に隠れていたらしい妹がいつの間にか現れて、倒れた父の太腿を蹴るのが見えた。父が倒れたまま、涙を流している。地獄だ、と僕は思った。

ふと気付いたら、近所の人が鈴なりになって、開いたドアから、うちの騒ぎを眺めていた。自治会長をしている最上階の老人が進み出た。

「大丈夫ですか。死ねだの、殺すだの、尋常じゃない。いい加減にしていただけませんか」

父も母も僕らも、彼らに挨拶することもできなかった。疲弊としか言いようのない、深い絶望の中にいたからだった。

この事件後、母に変化の兆しが訪れた。父が出勤した後、僕らを呼んで打ち明けた。

「あたしがいるとお父さんが変になる。いろいろ努力したけど、憎まれているんだからどうにもならないことだけがわかった。あたしは妹のところに身を寄せることにする。お父さんはあんたたちには何もしないから、あんたたちはここに残って、勉強を終わらせなさい」

「終わらせなさい」とは、父に学費を払って貰って、何とか学業を終えろということだ。僕も出たい、と言ったものの、それは確かに現実的ではなかった。妹が僕に反対した。

「あたしは残る。あんな人と一緒にいるのは嫌だけど、高校を出ないとどうにもならないもん」

僕は妹を守るためにも、残らなければならないのだった。母は父に内緒で、岡崎市に嫁いだ妹の家に発った。叔母の家は化粧品の小売業を営んでいるから、置いて貰って手伝う、というのだ。

母がいなくなった後の家は、からっぽな気がした。父と妹と僕は、誰も互いを気遣わず、それぞれの生活をひっそりと続けた。炊事する者はいなくなり、全員が外食したり、コンビニ弁当を買って来て、そそくさと食事を終えると自室に引っ込むようになった。父は飲んで帰ることが多くなり、風呂にも入らず寝てしまうことがほとんどだった。生活費は、食卓の上に、五万、十万と置いてあったので、それを妹と分けて遣った。家も人も薄汚くなり、どこかに崩壊の予感がしたが、僕の力ではどうにもならなかった。

「お兄ちゃん、どうしよう」

妹が僕の部屋に駆け込んで来たのは、母が出て行ってから三カ月経った頃だった。

「学費が二カ月未納だって、教務に呼び出し食らったんだよ」

父は母が出て行った後、妹の学費を払うのを中断していたのだ。高校生の妹の教育費を払わないのなら、僕の学費など払うはずもない。案の定、僕の大学二年後期の学費は一銭も支払われていなかった。程なく、僕にも教務課から督促の手紙と電話がきた。

僕は怒って、父を問い詰めた。

「お父さん、俺と佐緒里の学費をどうして払ってくれないんだ。このままじゃ除籍になる」

酔った父は、焦点の合わない目を落ち着きなく動かした。

「何で俺が払わなくちゃならないんだ」

僕は呆れて、父の胸を拳で突いた。父はよろめきながらも、へらへらと笑っている。

「あんたの子供じゃないか。どうでもいいのか」

「どうでもいい」

母が出て行ってから、父は急速に崩壊の速度を速めていた。父は、本当に僕らのことなどどうでもよさそうだった。食卓に置いてあった金も、その月は一万円札が一枚しかなかった。それも、まるで賽銭のように置いてあるのだ。

「何で生活費をくれないんだ。一万ぽっちじゃ、暮らせないよ」

父は、僕の顔をまじまじと見た。

「お前なあ、この部屋に置いて貰ってるだけ、ありがたいと思えよ。俺の会社にもいるよ、そういうヤツが。お前みたいに甘い坊やだ」

僕は父と話すのを諦め、母に電話した方がいいかどうか、考え込んだ。母からは、実の妹とはいえど、居候だから毎日の生活が厳しいと聞いていたからだ。

「そういうのってさ、ネグレクトって言うんだよ。頭に来る」

妹はさらに憎悪を募らせた。父と妹は、互いに空気のように無視し合って、ひと言も口を利かなかった。妹は私立高校に通っていた。毎月、四万近い金がかかる。あと一年、何とか通わせて貰わなきゃ、アメリカの大学に行けないじゃん、と妹は叫んだ。折良く、母から電話がかかって来た。

「変わりないわよね、あなたたち」

僕が返答すると、母はほっとしたらしい。

「お父さんから、妹に電話があってね。佐緒里が死んだから、葬式に来るように伝えてくださいって言うのよ。嘘ってわかってたけど心配になって」

僕は絶句した。父は狂っている。憎悪が人間をそこまで歪めるのだ。だが、父がなぜ母を憎むのか、誰にもわからないのだった。きっと父自身にもわからないに違いない。

僕が学費のことを打ち明けると、今度は母が絶句する番だった。

「まさかそこまでするなんて。実の子なのに」

母が電話口で泣いている。憎悪は憎悪を生む。僕ははっきり言った。

「俺は、あいつを父親なんて思ってない」

しかし、そうは言っても、父が僕らの生物学的父親であることは事実なのだ。母に暴力を振るっても、養育を中断しても、父の遺伝子は間違いなく、僕にも妹にも受け継がれている。怒りが情けなさに変わる。拭っても取れない汚い泥が、体じゅうに擦り付けられたような不快な気分だった。

「困ったわねえ、ほんとに」

僕が黙り込んでいると、母が途方に暮れた風に嘆息した。が、他人事のような気楽さが感じられなくもない。僕は母に置いて行かれる気がして、慌てた。

「お母さん、そっちはどうなの。叔母さんとは、うまくいってるの」

「うん、まあまあ。勝史(かつし)さんも気を遣ってよくしてくれるの。こないだ三人で闇苅(くらがり)渓谷の方にドライブしたの。楽しかったわ」

母は急にのんびりした口調になった。叔母には子供がなく、同い年の夫と仲良く暮らしている。居候で肩身が狭いとは言っても、二歳違いの姉妹だから、母にとっては味方の元にいるような安心感があるのだろう。

「叔母さんのお店は？」

「面白いわよ。あたし、あまりお化粧なんかしなかったじゃない。だから、お店でお客さんに聞かれると商品知識がなくて、ほんとに困るの」

「じゃ、お店に出る時はお化粧するの」

「そりゃするわよ。店員がスッピンじゃ、売れる物も売れないもん」

弾んだ気持ちが伝わってきて、僕は逆に沈んでゆく。母が、父から逃げおおせて安堵していることに気付いたせいだった。

「じゃ、もう看護師には戻らないんだね」

「だって、夜勤とかあったら妹たちにも悪いし、半端じゃできない、きつい仕事だしね」

「パートタイムだってあるじゃない」

「それじゃ妹を手伝うことにならないわよ」

「じゃ、俺らの学費はどうすればいい」

　母は即座に言った。

「お父さんが出すべきでしょう。あの人は、あたしから仕事を奪ったんだから」

「お母さん、自分で辞めたんじゃないか」

　母が、大袈裟に溜息を吐いた。

「雄太は子供だったから知らないのよ。あの人はね、自分が頭下げて回る病院側にあたしがいることに堪えられなかったんだと思うよ。だから、あたしが何か言うと、すぐに怒ったじゃない。何だ偉そうにって、すぐ口に出して言ったじゃない。あれが、あの人の本音なのよ。最低の男よ」

　そう言われて初めて、僕は父の鬱屈に気付いた。だが、母はもう父と離れて暮らしているのだから、看護師に戻って自活してくれてもいいではないか。しかし、母は今の生活が気に入っているようだ。慣れない化粧をし、妹夫婦と気儘に遊び暮らす生活が。重責の辛い仕事に戻りたいとは金輪際思っていない。そして、我慢してまで、父や僕らと家族を続けていこうなどと考えてもいないのだ。僕は、四人家族が完全に壊れたことを知った。

「だったら、どうして離婚しないんだよ」

僕が声を荒らげると、母は一瞬、息を呑んだ。

「そら、したいわよ。だけど、そのためには、あの人と話し合わなくちゃならないでしょう。それが嫌なの。もう二度と顔なんか見たくないもの」

子供じゃあるまいし、と僕は腹が立った。要するに、面と向かって父と話し合い、問題を片付けるのが面倒なのだ。母は父を憎むあまり、僕たち子供を父にくっ付けて、一緒くたに捨てたも同然だった。父が無気力になって、僕らを構わなくなるのもわからないでもなかった。寂しさのあまり、僕らを捨てることで母に復讐しているのだ。

僕はこの瞬間から、今後、母も母親だとは思わない、と心の中で誓った。が、母の遺伝子もまた、僕と妹が受け継いだ。僕は溜息を吐いた。

「じゃ、お父さんともう一度話してみる」

「そうしなさい。あたしを追い出したんだから、あんたの責任だって言ってやんなさい」

母は憎々しげに言って電話を切った。消えないどころか、依然燃え盛る怒りと憎しみを感じて、僕は慄然（りつぜん）とした。もしかすると、母は僕や妹の中にも父の面影を発見して、憎んでいるのかもしれない。でなければ、こう簡単に僕らを見捨てられるはずはない。

「最低の男よ」と罵られた男は、僕らの父なのだ。僕は血の繋がりが怖ろしくなった。いっそ捨ててしまいたかったが、その方法がわからない。

玄関ドアが開く音がした。妹の佐緒里だった。佐緒里はリビングに入るなり、学校鞄を荒々しくソファに投げつけた。制服のスカートを思いっ切り短くして茶髪にし、化粧もしているから、妹を見る度に、若い女が女子高生のコスプレをしているみたいな違和感がある。佐緒里はソファに座って、いきなり携帯メールを打ち始めた。

「今、お母さんから電話があったよ」

「へえ、何だって」

佐緒里は目を上げずに聞いた。

「授業料のことはお父さんに頼めって」

佐緒里が初めて顔を上げ、僕を見た。

「そんなこったろうと思った。あの人はね、自分さえよければそれでいいんだよ」

僕は何も言わなかった。僕も同じ思いだったからだ。

「で、雄太はどうすんの」

佐緒里は、僕を呼び捨てにした。「お父さん」はあいつ。「お母さん」はあの人。「お兄ちゃん」は雄太。家族が機能していた頃の呼び名がすべて変わっていく。

「あいつにもう一度頼んでみるよ。金を払って貰わなきゃ、どうにもならない」

「雄太はいいよね、もう大学だもん」

「いいって、どういうことだよ」

　僕が顔色を変えると、佐緒里は肩を竦めた。

「文字通りじゃん。高校出てれば、まだ何とかなるって」

　その通りだった。佐緒里の紺色のハイソックスの踵が薄く抜けている。辛うじて続けている高校生活は、さぞ苦しいに違いない。僕は、自分たちがとても惨めに感じられ、腹立ちを抑えられなかった。僕は、すべてに縁を切りたくなった。さっき母と話した電話機のコードを引き抜き、電話機を力任せに壁に投げつける。カバーが外れて、中の機械が露出した。佐緒里が声を張り上げた。

「やめなよ。雄太、あいつにそっくりだよ」

「お前だって、お母さんにそっくりだよ。自分さえよければいいんだろう」

　佐緒里が傷ついた顔をする。そうだ。僕ら兄妹もまた、互いの中に嫌いな親の姿を見つけては嫌悪し合っている。血族の間を、憎しみがぐるぐると巡っているのだ。

「サイテー。ああ、もう嫌だ」

　佐緒里が吐き捨て、鞄を持って自室に入って行った。ついこの間まで、母が使っていた六畳の和室だ。そこで、コンビニで買って来たお握りかなんかを食べるのだろう。僕は猛烈にむしゃくしゃして、台所の棚を開けた。父が買って来た大量の酒類が入っている。僕はウイスキーを選んでラッパ飲みした。いっそ父になれるものならなってしまって、考えることを放棄したかった。

「何してんのよ、やめなよ」

戻って来た佐緒里が軽蔑の色を浮かべて、僕を見据えた。佐緒里が手を出して、酒瓶を取り上げようとした。

「酔っ払いなんてサイテーじゃん」

「うるせえな」

僕は佐緒里の手を払った。佐緒里が、冷えた目で僕を見た。

「じゃ、好きにすれば。あたしはバイトに行く。でないと、ご飯も食べられないもん。自分の身は自分で守ろうよ、雄太。あいつになりたいんならなればいい」

僕はせせら笑った。

「バイト程度の金で授業料が払えるわけがない。俺だって家庭教師を何人入れてると思う？　四人やったって、十万程度だぜ。昼間、学校行きながら生活費と学費稼ぐなんて無理だ」

佐緒里が肩を竦めた。

「いいよ、あたしは体を売ったって。どんな恥掻いたって、何したって、この家から出て行く」

佐緒里が吐き捨てて、実際に玄関から飛び出して行った。僕は空きっ腹にウイスキーを流し込んで、父を待った。ちっとも酔えなかった。飲むほどに胃袋が重くなっていくのに比して、意識は醒め、惨めさだけが募った。この惨めさが父親の感情の本質か、と思わなくもなかったが、僕にはどうでもいいことだった。その投げ遣りな気持ちも、今の父が感じているものなのだろう。

結局、その夜は父も佐緒里も帰って来なかった。僕は諦めて、自分のベッドに倒れ込んだ。馬鹿なことをしている、と思ったら泣けてきた。

父が帰って来たのは、翌日の夜遅くだった。スーツもシャツも皺だらけで薄汚れていた。過度の飲酒がたたってか、頬がこけ、目の下に黒い隈が出来ている。この様子では、父の会社生活もそろそろ終わりだろう、と僕は小気味良ささえ感じて、父を観察した。

父は不機嫌そうに僕を睨んだ。「何だよう」と、呂律の回らない口調で言う。

「話があるんだ」

父は答えずに、ウイスキーの瓶を取り出した。僕が飲んだせいで、三分の一に減っている。が、父は気付かない様子で、グラスに酒を注いだ。

「佐緒里は」

父が億劫そうに、佐緒里の部屋を振り返る。

「出掛けてる」

「どこに」

「知らねえよ！」

僕はテーブルを両手で叩いた。父は動じる風もなく、淡々とグラスを口に運んだ。

「オヤジ、俺らの授業料払ってくれよ。でないと、学校クビになるじゃん」

「嫌だね」

父は決然と首を横に振った。

「養育放棄か。その理由は何だよ。俺たちが憎いのか」

さあな、と父は首を傾げた。何でかなあ、わからないなあ、と呟いている。

「あんた、頭大丈夫かよ。わからねえってどういうことだよ。俺たちの教育なんて、どうでもいいってことなのか。前はあんなに教育熱心だったじゃねえか。法学部にしろとか、あの大学じゃ駄目だ、とかさんざんぬかしやがって。あれは何だったんだ」

「幻でも見てたんだろうさ」

父は笑いを浮かべた。

「だったら幻でもいいよ。頼むから、佐緒里の授業料だけは払ってくれよ」

「嫌ですよーだ」父は可笑しくて堪らないように笑いだした。「何であんな娘に金を出さなきゃならないんだ。俺を馬鹿にしやがってさ。いっつも不潔な動物みたいに見やがってさ」

「自分の娘じゃないか。オヤジ、大丈夫か」

僕は次第に薄気味悪くなってきた。

「お前さ、俺が頭おかしくなったんじゃないかと思ってんだろう」

急に父が真面目な顔で言ったのには驚いた。何も言わずに黙っていると、父は続けた。

「アルコールでちょっとやられているかもしれんが、頭はまだ大丈夫だよ。俺は、こう言いたいだけだ。もう全部終わりにしようよって」

家族ごっこの終わりってか。僕は冷笑した。そんなものはとっくに終わっている。

「俺は高校出てから、ずっと頑張ってやってきたけどさ、こないだふと気付いたんだ。あれ、こんなことのために一生懸命だったのかってな」

「こんなことって何だよ」

父は僕の顔を見て、また笑った。酔眼朦朧(すいがんもうろう)としている。

「ガキになんか言いたくありませんよーだ」

「じゃ、言わなくていいよ。金だけ出せよ」

顎を支えていた腕ががくっと外れ、父はテーブルに突っ伏した。すでに鼾(いびき)を掻いている。話にならない。僕は怒りを鎮めることができずに、苛立ちながら周囲を見回した。母がいた頃は片付いていたリビングは綿埃が舞い、古新聞や雑誌が重なり、散らかり放題でくすんでいた。そこに汚い中年男がいぎたなく涎(よだれ)を垂らして寝ているのだ。僕は嫌悪で叫びだしそうだった。

椅子の背に、父の上着が掛かっていた。財布を取って中を見る。二万円入っていた。僕は財布から万札を抜いた。僕はこれからも父の寝ている隙に札を抜き取るのだろう。そうしなければ、僕も妹も生きてはいけないのだった。

佐緒里が帰って来た。佐緒里は疲れた中年女のようなそそけた表情で、部屋の中を窺(うかが)った。食卓で酔い潰れた父の姿をいち早く見て、僕に目配せする。僕らは、そっと僕の部屋に移動した。

「バイトの後、友達んちにいたんだよ。親に内緒で泊めて貰ったの。あたし、初めて窓から出入りしちゃったよ」

　佐緒里の言う「友達」とは、彼氏のことだ。佐緒里は昂奮しているのか、喋りまくった。

「ねえねえ、その友達さ、こう言うんだよ。こっそり鍵を替えて、父親を閉め出しちゃったらって。いいアイデアだと思わない？」

「無理だよ。完全な経済封鎖されたらどうする。住むところもなくなるぞ」

　僕はポケットから万札を出して、一枚を佐緒里に渡した。

「これ、あいつの財布から抜いたんだ。あいつは管理費や光熱費なんかは払っているんだから、閉め出しはまずいよ。このまま刺激しないように時間を稼ごう」

「授業料はどうするの」

「俺が何とかするよ」僕は仕方なしに言った。

「じゃ、雄太も大丈夫なの」

「ビミョー」

　僕の答えに佐緒里が溜息を吐いた。最近の僕らは溜息ばかりだ。

「ごめん、あたし何とか高校だけは出るね。その後は働いて自活するからさ。ごめんね、雄太」

佐緒里の頬に大きな吹き出物があった。出来合いの弁当しか食べていない僕らは、徐徐に体内に毒素を溜めていくのだろう。が、金がなくなって、その弁当も買えなくなったら死ぬしかない。僕は寒気がした。佐緒里が冷笑しながら言った。

「ねえねえ、あたしの友達って、チョー幸せなヤツなんだよ。だってさ、尊敬する人物って両親なんだって。ほんと、信じらんないよ。あたしなんか、軽蔑する人物の堂々トップなのにさ。あいつと別れるかもね」

一週間後、母から小包が届いた。大量の化粧品サンプルと現金が三万円入っていた。僕と佐緒里は、サンプルをすぐさまゴミ箱に叩き込み、金だけ半分に分けた。

「あの人って、鈍感な女だね。こんなことであたしが喜ぶと思ってるのかね」

佐緒里が憤然としている。僕は、父の「こんなこと」という言葉を連想していた。きっと「こんなこと」だったのだろう。愛情という名の幻。僕の唇にも、冷笑が浮かんでいたに違いない。

2

母からの化粧品サンプルの小包は、時々思い出したように届いた。中には必ず、三万程度の金と、「二人共、元気でやっていますか？」という調子の、能天気な手紙が入っていた。その金は、叔母の店の手伝いでしかない母には、大金だったかもしれない。だけど、生活費と学費を稼ぎ出さなくてはならない僕らにとっては、焼け石に水だった。

食費、交通費、教科書代、携帯電話代、ネット代、服飾費、生活消耗品代、ごくたまに呑み会やカラオケなどの付き合い費。住居費や光熱費の負担はないとはいえ、いくらバイトをしても、金が足りることはなかったのだ。

僕は家庭教師の他に、タイル工事屋のアルバイトを増やした。千円という時給に惹かれたからだった。寒い中、トイレのタイルを剝がす「はつり」は辛かった。手がかじかみ、腱鞘炎（けんしょうえん）になり、風邪をひいた。が、現場から現場へ、毎日違う場所で違う仕事をあてがわれるのは、面白かった。タイル屋のおじさんも親切だったので、是非続けたかったのだが、いかんせん不景気だった。僕がやっと仕事に慣れた頃に仕事自体が途絶えてしまい、住宅街でのチラシ配りをやらされた挙げ句、「悪いね」とクビになった。

次に、ビル清掃のアルバイトをすることにした。時給九百円で、人気（ひとけ）のない夜中のビルを掃除して回る仕事だ。他人に会わなくて済むし、夜勤なので、昼間学校に通う僕には好都合だった。

勿論、清掃は楽ではなかった。クライアント会社は、掃除をする者のためだけに電力を使うのを嫌がる。冷暖房は切れ、エレベーターも動かない。夏は暑さとの戦い、冬はその逆だった。また、ポリッシャーの入った重い容器を階段で運び上げるのが、ひと苦労だった。

フロアの清掃は、通常三、四人のチームで回る。水拭き、カッパギ、バキューム、ワックス掛けだ。僕は最初、カッパギと称する床用ワイパーのような物を受け持たされたが、水気をうまく集めて掬うのが下手で、先輩によく怒鳴られた。

それでも、誰もいない会社の中を掃除して回るのは結構愉快だった。少し時給が高いという理由で、高層ビルの窓ガラス拭きもやってはみたが、僕はやはり、あちこちをうろつけるビル清掃の方が好きだった。椅子を全部デスクに載せて、床を掃除するのだが、時々ピアスの片方や、ライターなどが落ちていたり、たまに現金を見つけることもあった。だが、書類が片付けられていない作業中の机などを眺めると、僕は憂鬱になった。会社が、僕には縁のない遠い世界だ、と思い知らされたような気がしたのだ。ある時、清掃に行くと、照明の灯ったフロアがあった。誰かが残業している様子だった。部屋のドアを開けた僕は、唖然とした。男女の社員が抱き合っていたのだ。僕らに気付いた二人はさっと離れたが、羞じらう風でもなく、また仕事を始めた。その時、僕はわかった。会社員にとって、清掃する者は空気に等しいのだ、と。夜働く非正規雇用者。僕は正統な社会から爪弾きにされた気分だった。

そうは言っても、僕はやがて仕事に慣れ、いつの間にか清掃チームのリーダーになっていた。僕の紹介で、佐緒里も早朝清掃のバイトを始めた。社員が出勤する前、定期的に社内の清掃をする。六時半に出勤し、七時半に清掃を終えて高校に行く。一日千円の仕事を、佐緒里は卒業までの一年間、毎朝続けた。佐緒里は、夜もファーストフード店のバイトを入れていた。こんな具合に、兄妹二人が昼夜なくバイトに駆け回っていた日々だったから、父親と顔を合わせる機会もそうはなく、小競り合いが避けられた面もある。

不思議なもので、タイル屋やビル清掃のアルバイトをしているうちに、僕の学生っぽさは抜けていった。つまり僕は、学生でもなく、社会人でもなく、ただあくせくと働く若い男になったのだ。僕の手は、ワックスと力仕事で荒れてごつごつし、目は素早く時計ばかり見るようになり、頭は常に、日給と労働日をかけて生活費を算出するようになっていた。

そんな男を、誰が家庭教師に望むだろうか。僕がビル清掃のバイトを始めて少し経つと、どういうわけか、家庭教師の口はすべてクビになった。僕は綺麗さっぱり家庭教師を辞め、清掃バイトに専念することにした。収入は増え、佐緒里が卒業する頃には月に二十万は確保できるようになった。

だが、佐緒里がやっと私立高校を卒業した三月、僕は学費滞納で除籍処分になった。頑張りもそこまでだった。僕は、佐緒里の授業料を払い、生活費を捻出するのが精一杯で、年間百二十万もかかる私大の学費を稼ぐことはできなかった。大学にも苦学生を助ける機関や措置はあったが、僕は家庭の事情を言いたくないが故に、避けたのだ。

「雄太、悪いね」と佐緒里は申し訳ながったが、僕にはとりあえず妹を卒業させた、という達成感があった。佐緒里はこれから働いて金を貯め、海外に行くと言う。いつ行けるかわからない、長い道程の最中だ。だから、高校卒業という資格以外何もない、という意味で、僕らは対等になった。

今、誰に会いたいかと問われれば、僕はまず、昭光と答える。強い光の下に生まれた昭光という男が恋しい。記憶を取り戻した現在、昭光が僕の目にどう映るのかも知りたいし、「香月雄太」を昭光がどう見るのかも知りたい。次に会いたいのは、佐緒里だ。意志の強い佐緒里に、僕は何度叱咤されただろうか。僕はきっと、強い光を発する人物の陰にいたい人間なのだろう。

しかし、カナダに渡った佐緒里が、どんな風に変わったかは想像もできない。もしかすると、時間が経ってから効いてくる毒のように、両親への恨みが、佐緒里を徐々に蝕んでいくのかもしれない。それを考えると、僕は怖ろしい。なぜなら、僕がそうだから。

僕は佐緒里より遥かに弱かった。佐緒里のように、ここではないどこかに行くんだ、という強い意志もなかったし、運命に対しては常に受け身だった。その癖、折角受験勉強して入った大学をむざむざ除籍になったことが、実は衝撃でもあったのだ。

夜の清掃バイトで垣間見る会社の姿。立派なエントランス。広いフロアにきちんと整列するデスク。各デスクの上には、最新型のノートパソコン。ホワイトボードに書かれた出先。もう僕には、手の届かない世界なのだ、とくよくよした。

「雄太は頭いいんだから、もう一度、大学に入り直せばいいじゃんか」

佐緒里は無邪気に言ったが、アルバイトだけの収入で、入学金などに掛かる百万以上の金を一気に作るのは奇蹟に等しい。それに、もう一度受験勉強をするだけの気力は失われていた。こうして、僕はフリーターになった。そして、両親に対する恨みだけが積もり積もっていった。正直に言えば、心の底の底には、可愛いはずの佐緒里に対しても、僕が犠牲になった金で高校を出たじゃないか、と言いたい、醜い思いがなくはなかった。僕は、負の暗い感情をたくさん持つ人間になったのだ。佐緒里を卒業させた達成感も、負の感情の前では、一気に輝きを失うのだった。

父との関係に話を戻そう。父が養育を放棄して以来、僕らは互いに口も利かないし、目も合わせない状態を続けていた。だが、僕たちは、マンションの狭い空間に暮らしている。いつの間にか、暗黙のルールのようなものが生まれていた。

父は、朝七時に起床して七時半に家を出、午後十一時過ぎに戻って来る。週末以外はそのペースだったので、僕らは父がリビングや洗面所をうろつく時間には極力、家にいないようにした。洗面やシャワーは早朝に済ませるか、父が出て行ってからにした。そのうち、ゴミ出しも各自、トイレットペーパーもそれぞれの持ち込み、という異常な事態になった。僕たちは徹底的に父を忌避していたから、タオルやトイレットペーパー、ティッシュペーパーなどを共有するのさえ避けたのだ。父がこのことに気付いていたかどうかは定かではない。おそらく、いつも切れているペーパー類を見て、自分で買っていたのだろう。ちなみに、僕が壊した電話機は、崩壊家族の象徴のように、そのままほったらかしになっていた。

父の飲酒癖は変わらなかった。家に入れずに余った金は、酒代の他、競馬や競輪などのギャンブルで遣っていた。「こんなこと」のために自壊した父は、お定まりのギャンブルや酒という外因でも、崩壊しようとしていた。が、無論、僕らの知ったことではなかった。家の中で、静かな戦争が進行していたのだ。取り返しのつかないところまで、ずっと。

母は父を怖れて、家にはまったく近付かなかった。が、佐緒里の卒業式には上京した。父が見張っているのではないかという心配から、式には出なかった。

「お母さん、柱の陰からずっと見てたのよ。涙出ちゃった」

母の言葉を聞いて、「ドラマじゃねえんだよ」と佐緒里は怒った。が、母は自分が子供たちに軽んじられていることに、気付きもしなかった。書いてくる手紙同様、能天気だった。

その夜、僕は二年ぶりに会う母を見て、度肝を抜かれた。眼前にいるのは、派手なおばさんだった。髪を赤茶に染めて、真っ白な白粉(おしろい)。瞼(まぶた)の上はブルーで、赤い口紅。フランスの三色旗が歩いているような異様な華やかさだった。以前の母は化粧気もなく暗い顔をしていた。くすんだ顔色、眉は薄く、泣きそうな表情で米を研いだり、掃除機をかけていた。が、僕の目の前でにこにこ笑っている中年女は、二十年前の化粧を施した美容部員だった。佐緒里は一緒にいるのさえ恥だとばかりに、ファミレスを飛び出した。

「照れてるのかな」

母は小首を傾げながら、佐緒里の後ろ姿を目で追った。その仕種は少女めいている。

僕は薄気味悪さに悲鳴をあげそうになった。普通の人間は、自分の親にそんな感情を持つことはあるまい。だが、自分のよく見知った人物、それも素の顔を見ていたはずの親が、まったく違う人に見えることがあるのだ。それは恐怖だった。

僕は自分の顔に嫌悪の情が表れていないか、不安だった。懸命に我慢して母と話した。

「あなたたち、本当に頑張ったよね。佐緒里がいなくて残念だけど、乾杯しよう」

母は、赤いマニキュアをした指でビールグラスを掲げた。僕は仕方なく乾杯の真似をした。浮かれた様子の母が、周囲に恥ずかしかった。

「ああ、良かった。佐緒里が高校を出られて」

母は、大袈裟にハンカチを目に当てた。やることすべてが芝居がかっている。

「でも、俺は大学クビになったんだぜ」

「何で」

母の声が低くなった。目に怒りがあった。

「何でって、学費が払えないからに決まってるじゃないか」

母の声が、今度は一転して高くなった。

「あの人、あんたの分も全然出さなかったの？」

僕は呆れて、笑いすら浮かんだ。

「何度も言ったじゃないか」

「信じられない」母は首を振った。「ほんと、信じられない。ただの脅しかと思っていた。あんなに、あんたの進学を喜んでいたのにね」

「話、逆戻りさせんなよ。あれだけ何とかしてほしいって頼んだだろう」

もう取り返しがつかないのだ。僕は苛立って、ビールグラスをがつんとテーブルに置いた。母は現実から逃げるあまり、現状認識すら欠いていた。僕は母と相対しているのが嫌になった。

「じゃ、雄太はどうするの。また大学戻る？」

「戻れっこねえよ、金がねえんだから。何回も同じ話させんなよ」

「困ったねえ」母は不自然に描いた眉を曇らせた。

「だから、俺、母さんに相談しただろう？」

「でも、あたしも精一杯のことはしたのよ」

そう、サンプル品と小遣いを。僕は肩を竦めた。どこかで携帯の着信音が鳴った。母が黒いバッグから洒落(しゃれ)た携帯を取り出して、保留ボタンを押した。発信者を見て、顔を綻(ほころ)ばせる。

「携帯持ってるんだ」

僕は話を変えた。ミッキーマウスの携帯ストラップが付いている。僕の視線を感じて、母が嬉しそうに話す。

「ああ、これね。こないだ初めて、友達とディズニーランド行ったの。あんな近くに住んでたのに、初めてなんだからおかしいよね」

友達というのは彼氏のことだろうか、佐緒里がいつも言うように。僕は可笑しかった。母が不幸だなんて、僕の勝手な思い込みなのだ。

「友達って誰」

母は躊躇（ためら）った挙げ句に喋った。

「あっちで知り合った人なの。いいわよ、優しい人で。お父さんと全然違う」

「よかったね。じゃ俺、バイトあるから行く」

僕は立ち上がった。母が慌てて財布を取り出した。小遣いでもくれるのかと思って待ったが、老眼の目を細めて伝票の金額を読んでいる。僕は母を放ったまま、ファミレスを出た。

後で佐緒里には、母が僕の除籍に驚いていた、と報告したが、ミッキーマウスのストラップのことには触れなかった。僕は怒りで膨れ上がっていたのだ。僕らがこんなに苦労しているのに、母は誰かとディズニーランドで遊んでいた、という事実に。だが、よく考えてみれば、僕は成人だ。両親に失望したり、怒りを感じたところで、甘えに過ぎない。その点は、佐緒里の方が割り切りが早かったから、僕の幼い怒りを言うのが恥ずかしかったのかもしれない。佐緒里の軽蔑リストに載りたくなかったから。

高校を卒業した佐緒里が本格的に働きだすと、僕の孤独感はいや増した。内心では、まだうじうじと家族を恨んでいた。父を憎み、母を軽蔑し、佐緒里を嫉（そね）み、負の感情が満杯になって僕を押し潰そうとしていた。それに、佐緒里が卒業した途端、僕の当面の目標は消えた。妹を助けることもないし、除籍になったから、学費を稼ぐ必要もない。ただ生活という重みがずしりと肩に乗っただけなのだった。未来という時間も。佐緒里が毎日元気よく仕事に行くのに比して、僕は惚けたような顔で、毎日のバイトをこなしていた。

学校生活を断った僕は、淡い友人関係も失った。父の家庭内暴力が始まった時から、僕は自分の家の恥を知られたくないあまり、積極的に友人を作ろうとはしなかったのだ。バイト先で知り合う人間たちは、その場凌ぎのヤツらばかりで、深い友情を結べるような人間はいなかった。僕が孤独に沈む一方、佐緒里は新しい彼氏が出来、バイト先では友人たちが増えていった。やがて、カナダで受け入れてくれる大学が決まり、後は何とか二百万を貯めるだけ、となった。佐緒里が張り切るのと逆に、僕はどんどん無気力になった。

「雄太はこれからどうすんの」

佐緒里の目に、僕に対する不信が露になった時、僕はキレた。

「俺、好きにやるからさ。放っておいてくれよ」

佐緒里は口にしなかったが、「あいつにそっくり」と思わなかっただろうか。僕は自分が父と同じ道を歩むのではないかと密かに怯えた。

佐緒里は、翌年の七月、友人たちに見送られて賑やかにカナダに発った。前夜、僕は佐緒里にステーキを奢られ、別れの食事をした。それが佐緒里と会った最後だ。僕はバイトがあって、空港まで行けなかったから。

「じゃね、雄太。元気で頑張れよ」

佐緒里は、レストランで笑いながら言った。三歳違いの妹は、僕を労り、守り、心配してくれる唯一の人間だった。保護者のような妹がいなくなった僕は、途方に暮れた。父と二人だけで向き合う生活に腰が退けていた。僕も早く家を出よう、とそればかり考えて焦っていた。

が、その心配は無用だった。佐緒里がカナダに行ったちょうど三カ月後、父が死んだのだ。夜勤明けの早朝、僕は鴨居で首を吊っている父を発見した。感想は、「マジかよ」だけだった。マジかよ、マジかよ、と呟きながら、僕は近所の交番に走った。警官と一緒に家に戻る途中、僕は母の携帯に電話をした。母は冷静で、「すぐ行く」とひと言言っただけだった。僕は、母の携帯のミッキーマウスのストラップが揺れる様を想像し、母はさぞかしほっとしたことだろうと思った。父が最初の暴力を振るった夜から、その彼方に、父の自死が見えていたような気がしてならないのは、どうしてだろうか。

僕は、警官たちの手によって鴨居から下ろされる父の遺体を、無表情に眺めていた。手を触れたくもないし、見たくもない。が、そこにある死体は、間違いなく僕の生物学的父親、遺伝子を受け継いだ肉体なのだ。元の肉体が消滅し、僕に遺伝子だけが残る。嫌だな、と僕ははっきり口にした。その時、肩に分厚い手が置かれた。

「大変だったね。きみも疲れただろう」

マンションの自治会長だった。大学生になったばかりの僕が父を殴った時、諫めてくれた老人だ。

「すみません、僕、夜勤明けなので、少し寝ます」

はっとしたように、老人が手を引っ込めた。

「葬儀屋さんが来るよ」

「でも、眠いんです」

我ながら子供っぽいと思ったが、眠気を止められない。老人が気の毒そうに言った。

「きみ、幾つになったの」

「二十三です」

「じゃ、少し休みなさい。無理することないよ」

僕は、すみませんと口の中で言い、自室に入って目を閉じた。明らかに現実逃避だな、と自分でわかっていたが、意識を失うように寝てしまった。


夕方、目が覚めると、母の声が聞こえた。食卓の前に、母が見知らぬ男と一緒に座っていた。父が寝起きしていた六畳の和室の襖が開け放たれ、中央に、父の遺体が白い布団に寝かされていた。マジかよ、とまたしても思った。父の部屋は、予想以上に片付いていた。へえ、こんな部屋だったんだ、と僕は自分の家なのに、開かずの間だった父の部屋をじろじろと眺めた。

「ずいぶん片付いているね」

「あたしが片付けたの。あんたたち、汚くしてたわね」

母が僕を責めるように見た後、急に涙を溢れさせた。

「ごめん、出て行ったの、あたしなのよね。あたしのせいで、こんなことになったのね」

嘘吐け、心にもないことを、と僕は思った。

「あたしがもっと踏み止まって、頑張らなきゃいけなかったのよね」

嘘吐け、嘘吐け、嘘吐け。「マジかよ」と「嘘吐け」しか出てこない。僕は冷笑した。すると、母の横にいる角刈りの中年男と目が合った。黒いスーツを着ているが、白い料理人の制服が似合いそうな風情だった。男はなぜ自分がここにいるのだろう、というように、畏まって身を縮めていた。母より年下に見える。男が自己紹介した。

「長田です。すいません、勝手にお邪魔して」

長田が、母とディズニーランドに行った「友達」なのだろう。母と長田は、何事か小声で相談している。その間、僕は自室に戻って、佐緒里にメールした。

「あいつが鴨居に首吊って死んだ。俺が発見。マジかよ、と思ったよ。今、お母さんが来てあれこれ片付けている」

すぐに返信が来た。

「マジ？　朗報じゃん。あたしは帰らないのでよろしく。またメールします」

死に方が死に方なので、叔母夫婦と自治会長以外、参列者もなく、通夜も葬儀もまるで人目を避けるようにあっという間に終わった。

父の死後、わかったことがあった。父はとうに会社を辞めていたのだ。毎日どこに行ってたのかは誰も知らない。父も家にはいたくはなかったのだろう。そして借金を作り、ローンも終えてはいなかった。母はマンションを売りに出すだろうが、売れたところで借金で相殺されるのだ。父は綺麗さっぱり何も残さなかった、僕と佐緒里と憎しみ以外は。行徳から始まった僕の家族は、こうして消滅した。父親の死を朗報と言わなければならない僕ら。この人間関係はいったい何だったのだろうか。

3

マンションを売りに出すため、母は泊まり込んでのんびりと家財道具を整理し始めた。四十九日が過ぎた頃、母は、いずれ長田と暮らしたいのだ、と僕に打ち明けた。長田は、名古屋の駅ビルにある居酒屋で働いているのだそうだ。自分の店を持つのが目標と言うからには、母もせっせと協力するつもりなのだろう。僕は、「こんなこと」をまたも繰り返そうとする母に、嫌悪どころか、恐怖を感じたのだが、勿論黙っていた。

母は岡崎に逃げる前、僕にこう言ったことがある。「お父さんがああいう風になったのは、あたしのせいかもしれないわね」。僕は否定したのだが、もしかすると、父を破滅に向かわせた原因は母にあるのかもしれない、と不意に思った。

僕は母の横顔を盗み見た。相変わらず、顔だけが浮き上がって見える派手な化粧をしていた。常に合理的で賢さを誇り、よく通る声でものを言う中年女。お母さんって、こんな女だっけ？　僕は早く思考停止したくなって、首を振った。もういい、何も考えなくたって。すべて終わったのだ。視線を感じて顔を上げると、母が僕を凝視していた。

「あんた、何考えてるの」

僕は目を逸らした。すると、母が悪意を感じさせる声音で言った。

「その目つき、お父さんにそっくり」

僕はかっとした。

「やめろよな。あんなヤツとそっくりだなんて言われたくないよ」

母が苦笑いして謝った。

「ごめん。でも、やっぱ親子だなあ、と思うのよね。顔や仕種が似てきた」

僕はあまりの不快さに思わず立ち上がっていた。俺の中には、あんたの血も流れているんだぞ、と怒鳴り返したいのを堪えるためだった。今思えば、怒鳴り返してやればよかった。が、これを言ったら最後、という学習をさんざんさせられたのが、香月家で育つことだったのだ。僕は悔しくて唇を嚙んだ。母は僕の怒りを見て見ぬ振りをし、何気ない口調で聞いた。

「ねえ、雄太。どっちを持ってく」

母の前に、十冊近いアルバムが積んであった。父の暴力が常態となる前に撮られた家族の写真だった。母は、仮祭壇の方を振り返って、父の白木の位牌を指差した。

「アルバムと位牌なんだけど、あんた、どっちを持って行く」

「どっちがいいって、どういうことだよ」

僕は驚いて聞き返した。当然のことながら、位牌もアルバムも母が持って行くものだと決め込んでいた。が、長田と新しい人生を始めたい母には、どちらも不要なのだろう。

「あたしはどっちも欲しくないの。だから、分けましょう」

「俺だって両方とも要らない。捨てなよ」

僕はむっとして即座に答えたが、母は決心がつかないらしく、ぐずぐずと迷っている。

「いくらなんだって、位牌を捨てるわけにはいかないじゃない」

捨てたら罰が当たる、と言わんばかりの子供っぽい言い方に、僕は苛立った。

「じゃ、位牌を持ってってアルバムを捨てろよ」

「アルバムだって、あたしの一存で簡単に捨てられる物じゃないでしょう。みんなの思い出なんだから」

母は赤く塗った唇を尖らせた。僕は少々衝撃を受けて尋ねた。

「あんたは、自分の子供の写真も要らないのかよ」

母は仏頂面で僕を睨んだ。あんたって言うのやめなさいよ、不愉快ね、と口の中でぶつぶつ言っているのが聞こえた。

「雄太だって、自分の親の写真を要らないの？」

「要らねえよ、んなもん」

　母は苦笑し、不自然なカーブを描いた眉を、悲しそうに顰めた。

「あたしは、要らないわけじゃないのよ。持っていたいわよ。だけどね、見ると悲しくなるのよ。だから、心の中の思い出だけに留めたいの。とにかく今は見たくないし、そばに置きたくないの」

　その気持ちはわからなくもなかった。佐緒里は特に母に冷淡だった。連絡も取っていないし、カナダに発つ日にちも行く先も報せなかった。僕が黙っていると、母は本心を吐露したことを後悔したように、きっぱり言った。

「じゃ、こうしない？　アルバムは佐緒里が帰って来てから決めましょう。それまで雄太が預かっててちょうだい。位牌はあたしが持って行く」

　僕は渋々アルバムを受け取ったが、家族の写真など一枚も欲しくはなかった。行く末も知らずに屈託なく笑う、両親や僕たちの姿を見たくないどころか、思い出そのものも抹殺したかった。

　僕は、両親の子供ではない「香月雄太」に生まれ変わりたかった。でも、それは不可能だ。だったら、心の中だけでも、僕自身の過去を永遠に否定し続けよう、と思うしかないのだった。

　父の死によって、皆が丸く収まり、問題が解決すると思ったら、大間違いだ。逆に、僕の家族は煙のように消えてなくなってしまった。実は、父こそが家族の中心だったのだ。常に動向を気にされて憎まれ、恨まれ、見捨てられた父は、家族の不可思議さを象徴するかのように注目されてもいたのだ。元凶であるが故に中心で、皆を結び付ける存在。その父が死に、皆がばらばらになった今、僕だけが一人取り残されてしまった気がするのはなぜだろう。母も佐緒里もいとも簡単に、新しい世界に行ってしまった。だが、僕だけがまだ、香月雄太であることに苦しんでいる。父はそれを見越して死んでいったのだろうか。

大きな家具は売り、細かい家財道具を捨て、マンションを綺麗さっぱり片付けた後、母は爽やかな表情で岡崎市に戻った。

僕は、洋服やパソコン、ベッドと机など、最小限の荷物を持って、ネットで見つけた西日暮里(にしにっぽり)のアパートに引っ越した。部屋は六畳ひと間で、小さな風呂と台所が付いていた。駅に近くて便利だが、築三十年は経っている建物故に、家賃は五万五千円と格安だった。それでも、礼金、敷金、引っ越し費用とで、バイトでこつこつ貯めた二十万が吹っ飛んだ。だが、解放感は僕を楽観的にしていた。金などまた貯めればいい、のんびり一人で働こう、と思ったのだ。

僕は、毎晩清掃のアルバイトに出掛け、早朝に帰って、ぐっすり寝た。息を潜めて父の動向を窺い、その生活音すらも聞きたくないと耳を塞ぐこともない。神経を張り詰める必要も、見る度に苦しくなるほどに堕ちていく人間と一緒にいる重圧からも、佐緒里への気遣いからも解放された。誰にも干渉されない生活は気楽で、孤独など全然平気だった。思う存分、ネットを眺め、ゲームをやり、誰とも口を利かない日々が続いた。

だが、昼夜逆転した生活を続けるうちに、神経が逆立ってきた。僕はあらゆることを気にしない術(すべ)を何とか身につけなければいけない、と焦った。あらゆることとは、僕が人の十倍以上は持っている、負の感情のすべてだった。

　例えば、父への憎しみや恨みは、消えるどころか一層燃え盛っていた。そして、自分勝手な母への嫌悪。行動的な佐緒里への嫉妬。昼間働く会社員たちへの羨望や、自分が世の中から取り残されているのではないかという引け目。つまりは、気楽で孤独など気にならない生活をしていても、これらの負の感情は、ぶり返す風邪のようにしつこく僕を襲い、鬱(ふさ)ぎ込ませもしたのだった。落ち込まないために、僕は自分の殻を厚く、強くする必要がある、と考えた。外に出て若者らしいことをしなければ駄目になる、とも思った。

　僕はできるだけネットをやらないようにして、バイト先で知り合った人たちと気軽に酒を飲みに行った。煙草を吸い、流行のファッションを身につけたりもした。積極的に雑誌や本を読み、音楽も聴いた。評判の映画も観た。休日はぶらぶらと街を彷徨(さまよ)ってみた。他の男と話を合わせるために、アイドルの写真を眺めたりもした。僕は、楽しみを見つけて気晴らしをし、いろんなことに鈍くなろうと必死だった。だけど、頭のどこかに、すべて道化だ、と嘲笑(あざわら)う自分がいる。その自分とは、消し去ってしまいたい過去の

「香月雄太」なのだ。

僕は、押し入れに突っ込んであるアルバムを時々思い出す度に、嫌な気分になった。いつ日本に帰るかわからない佐緒里を待つまでもない。休みの日、僕は処分するつもりでアルバムを引っ張り出した。が、捨てる前に、と開いたのがよくなかった。僕の目は、一人の男の写真に釘付けになった。僕にそっくりの若い男が、赤ん坊を抱いてにこやかに笑っていた。誇らしげに、腕の中にいる自分の子供を見せる若い父親。そして、二十年前のスーツに身を固め、酒席で楽しそうに寛ぐサラリーマンたち。そこにも、僕にそっくりの男が笑っていた。僕を作り出した、もう一人の僕。否定してもしきれない過去が厳然としてあることに、僕は衝撃を受けた。

なぜ、あれほどまでに父は、崩れ去ったのだろうか。僕は最初に、父が崩れた原因など知らないし、また知りたくもない、と言った。その理由は、誰も本当のことを知り得ないからだ。

不意に、夏の夕方のある出来事を思い出した。僕は小学校三年生で、誰もいなくなった校門の前で途方に暮れていた。ザリガニの水槽が地面に置いてある。夏休みの生き物係になったはいいが、大きなガラスの水槽を自分の力で運ぶことができなかったのだ。他にも、上履きや体操着や、習字や絵の包みなどをたくさん抱えていた。金魚や朝顔の係になった子は皆、母親や祖母が迎えに来て、自転車の荷台に水槽や鉢を積んで貰ったり、運ぶのを手伝って貰って帰って行った。が、僕の母は病院で働いていて、途中で抜けることはできない。朝、一人で何とかしなさい、と母に言われてしまったのだった。一緒に校門まで運んでくれた友達も先に帰ってしまい、どうしたの、と声をかけてくれる先生も通りかからなかった。

日が暮れかかった。地面がまだ蒸れて暑い、夏の宵が始まろうとしていた。突然、校門の前に白いカローラが停まった。車体の横に、「(株) ビーケア」と社名が書いてある。父の営業車だった。

「雄太、大丈夫か？」

父が笑いながら運転席から手を振った。白いワイシャツを腕まくりしていた。腕時計の黒い革バンドの縁が、少しめくれているのが見えた。僕はほっとして、地面にへたり込みそうになった。

「運んでやるから、乗りなさい」

父は車を降りて、水槽を後ろの座席に置いてくれた。僕は意気揚々と助手席に乗り込んだ。父が仕事の途中で寄ってくれたことが、嬉しかった。

母は、学校のやり方が悪いのよ、とか、担任にひと言言ってやるわ、と威勢のいいことを言って怒る。母の言うことはいつも正しいが、実際に手を貸してくれることはほとんどなかった。父は何も言わなかったし、他の子の父親のようにサッカーや野球を教えてくれたり、釣りに連れて行ってくれたりしたこともない。でも、僕が本当に困っている時は助けてくれるのだ、と思った。よかった、と僕は独りごちた。それは父の子供でよかった、という意味でもあった。

「今、何か言ったか」

父が運転しながら僕を見た。鼻の下に夥しい汗を掻いていた。父の営業車には冷房が付いていない。僕は気恥ずかしくて、変なことを言った。

「ザリガニって、共食いするんだよね」

父は大声で笑ったのだった。

僕は慌ててアルバムを閉じた。動悸が激しかった。ああ、父に何ということをしたのだろう。僕は思わず立ち上がり、古畳の上で地団駄を踏んだ。自殺を朗報だと思う僕と佐緒里は、変わってしまった父と同様、変容していたのだ。家族の消滅を当然のことだと考え、父の崩壊を、時には冷笑すら浮かべて黙って見据えていた僕ら。そして、位牌をも、互いに押しつけ合う家族になった。もしかしたら、父を助けることだって、できたかもしれないのだ。

僕の負の感情は、この日から一気に、大きな悔いとなって僕を苦しめた。でも、それはやはり憎しみと裏表だった。様々なことを思い出して悔いた翌日は、まるでバランスを取るかのように、あんなことがあった、こんなことがあった、と父の嫌な面ばかりを思い出した。そして、また同じことを繰り返す。出口のない悪いスパイラルに嵌り込んでしまったようなものだった。

僕は、勤務先から帰る途中、酒を買って来て、飲んでから寝るようになった。朝飲む酒は、捨て鉢な気分を助長した。夕方起きて、酔いが醒めるのを待って、清掃会社に出勤する毎日。酔えるものなら何でも飲んだし、クスリも試してみた。酔って何もかも忘れようとした時、ふと、僕が忘れたいのは「こんなこと」なのではないかと思った。なぜ忘れたいかと言えば、僕が「こんなこと」とは無縁の生活をしていたからだ。愛し、愛される。許し、許される。甘え、甘えられる。信頼し、信頼される。確かな人間関係を持たない限り、僕は父のように破滅するかもしれない。

僕は恐怖に怯えた。恐怖は、また新たな酔いを要求する。僕は仕事をしている時以外は、酔っている状態になった。僕は酒を飲みながら、アルバムを繰った。若き日の両親、小さな子供の僕と佐緒里。幸せな家族は、どこから狂い始めたのか。その片鱗を見つけようと、必死に眺めた。つまり、父が死んで一年以上も経っているのに、僕には父の幻影が、いや幸せだった家族の幻が取り憑いて離れないのだ。僕は父と同じ道を歩んでいた。誰よりも孤独で、苦しみや寂しさを忘れるために酔い、ある人物を攻撃するのをやめなかった。ある人物とは、父の場合は母で、僕は僕自身だった。

やがて、僕は清掃アルバイトに遅刻したり、行くのが面倒になって欠勤することが多くなった。ある日、上司に呼び出されてクビになった。理由は、酒臭いと仲間から文句が出ているからだ、と言う。そりゃそうだよな、と独り言を言いながら、僕はコンビニで焼酎の大瓶を買った。またも、「明らかな現実逃避」だった。

バイトに行かずに、家に籠って酒ばかり飲む日々が始まった。部屋代がなくなって出て行く羽目になったら、堂々と首を吊って死んでやろうと思った。だが、それも父と同じ道なのだった。僕は急に何もかもが嫌になり、段ボール箱にアルバムを詰めて母に送った。

部屋からアルバムがなくなった途端、悪い夢から醒めた気がした。酒をやめて、真人間にならなければならない。佐緒里のように前向きに自分の人生を生きるのだ。僕は部屋を引き払うことにし、住み込みで働く職場を探し始めた。部屋代を払わなくて済む職場で金を貯め、もう一度大学へ行く、そして、なりたい職業に就いて幸せに生きるんだ、と思った。甘い夢だとは思わなかった。僕は自分が立ち直ったことに驚き、感動していたのだ。が、それもまだ甘くはあった。僕の敗残の物語はまだまだ続くのだ。もう一度言おう。聞きたくない人は耳を塞いでいてくれ、と。

第九章 イエローランプ

1

僕は、バスの窓の曇りを手で拭った。外は霙（みぞれ）混じりの冷たい雨が降っており、すでに薄暗かった。黒い畑のあちこちに雪が残っているのが見える。遠くの山々も冠雪したままだ。三月も終わりだというのに、春はまだ遠いらしい。

「くらあい感じですよねえ」

背後から声がしたので、僕は体を捻（ひね）って振り返った。僕の真後ろの席に座っている女の子が話しかけてきたのだった。僕と同じ年頃で、その子も一人きりだった。数時間前に休憩したドライブインで、煙草を吸っている僕の横に来て、「火、貸して貰っていいすか」と話しかけてきた子だった。

茶色く染めた髪を頭頂部で纏（まと）め、前髪だけ眉の上で切り揃えている。目を引くのは、奇異に感じるほど、きちんとメイクしているせいだ。しかし、丸顔で、目許を隈取る化粧の手が込んでいるため、やや狸に似ている。化粧を取ったら、目も小さくて平凡な顔なのだろう、と逆に想像させてしまう女の子だった。毛玉がびっしり付いた赤黒チェックのマフラーを首に巻き付け、これまた毛玉の付いた灰色のセーターの袖口で、手をすっぽり覆っていた。

「天気が悪いから」

僕は独り言みたいに呟いた。思いがけず、気軽に話しかけられたので、少し動揺していた。

「最初の印象って、天気が大事ですよねえ」

女の子は、長い袖口から白い手を出して窓ガラスを拭い、外を覗き込んだ。ガラスは、バスの暖気で、たちまち曇った。女の子は外を見るのを諦め、僕の方に身を乗り出してきた。

「あたし、菊池真世(きくちまよ)って言うんです。よろしくお願いします」

僕も仕方なく自己紹介した。

「僕は、香月雄太です」

「かづきゆうたさん、かづきゆうたさん、か」

キクチは繰り返した。それきり黙ってしまったので、僕は前に向き直った。

新宿駅西口を午前九時に出発したバスは、関越道を降りてからずっと、同じような景色の続く国道をひた走っている。僕はバスの中を見回した。三十人ほどの若者が、それぞれ窓際の席に陣取り、眠ったり、ヘッドフォンステレオを聴いたりしている。友達同士で参加した者は誰もいない様子で、何の私語も交わされない、静かな車内だった。

僕らは、派遣会社に集められた集団で、新潟県柏崎市にある、携帯電話やデジカメを作る精密機械の工場に向かっているところだった。

「皆さん、ちょっと聞いてください」

運転手のすぐ後ろの席に座っていた「アグレス」の社員が、マイクを片手に立ち上がった。「アグレス」とは、僕がネットで探して契約した人材派遣会社の名だ。マイクで喋っているのは、四十代半ばの、背の低い、容貌の冴えない男で、後ろから見ると頭頂部が禿げていた。

「皆さん、お疲れ様です。私は、皆さんをお世話する森本と言います。よろしくお願いします」

「よろしくお願いしまーす」

キクチ一人がはっきりと返答したのが、バスの中に響き渡った。森本が、嬉しそうにキクチの方をちらっと見た。

「えー、このバスは、もうじき柏崎市内に入ります。それから皆さんの宿舎に送り届けることになりますが、前にも言いましたように、食堂などはありません。食事は各自で用意することになっていますので、希望者があれば、次のコンビニで停車することにします。希望する人は手を挙げてください」

ほぼ全員が手を挙げた。勿論、僕も。またコンビニ弁当か、と思わなくもなかったが、賄いもないし、自炊など面倒だから仕方がない。俄に、網棚から荷物を下ろす者や、コートを羽織ったり、身繕いする者たちで、車内がざわついた。僕も大学時代から着ている黒のダウンジャケットに袖を通した。僕の持ち物は、身の回りの物とノートパソコンが入った、たった一個のナイロンバッグだ。僕の全財産。パソコンは、佐緒里と僕を繋ぐ唯一のものだったから手放すわけにはいかなかった。アパートは、金がなくなって解約した。受験勉強をした机も、父と買いに行ったベッドも売ってしまった。僕が帰る場所は、もうどこにもない。

清掃会社をクビになった僕は、ネットで探した「アグレス」という派遣会社の面接を受けた。緊張して適性テストを受けたのに、小学生並みの算数や、ビスを穴に差し込むだけの簡単なものだったので、ひどく拍子抜けした。単純作業をするのは憂鬱だったが、寮が用意されて仕事があるのなら充分だ、と思う気持ちの方が強かった。

寮は、二人ひと組で２Ｋのアパートに住み、テレビや布団などは貸与されるのだそうだ。給料は二十二万円という話だったので、そのうち十万近くを貯金し、一年後には再度入試を受けて、大学に入り直そうと思っていた。しかし、僕はその年の夏で、早くも二十五歳になろうとしている。常に、自分は何をしているのだろう、という焦りがあった。

バスは、街道沿いの大きなコンビニエンスストアの駐車場に停まった。森本がバスのドアを開けた途端、冷たい風が、暖房と呼気とで淀んだ車内に吹き込んできた。

僕らはぞろぞろとバスを降りた。桜の蕾が膨らんで、春爛漫だった東京が信じられないほど、真冬のような寒さだった。霙混じりだった雨が、水分を多く含んだ雪に変わっている。僕たちは皆寒さに背を丸め、濡れないよう小走りで、コンビニに駆け込んだ。弁当の棚の前は、いち早く着いた者たちが立ち塞がって選んでいるため、近付くこともできない。僕は仕方がなく、カップ麵などを買い込んだ。ふと見ると、隣にキクチが立っていた。

「蕎麦弁当しかなかったです。世の中、世知辛いですよねえ」

キクチが籠の中を見せながら笑った。他にも、菓子パンやスナック菓子を幾つか放り込んでいる。キクチが僕の籠を覗いて、忠告してくれた。

「部屋にヤカンがあるかどうかわかんないから、お握りとか買っといた方がいいと思いますよ。何せ、世知辛いから」

確かに世知辛い、と僕は苦笑した。ヤカンの有無なんて、考えもしなかった。そう言えば、アパートを出る時、最後に捨てたのはヤカンだったことを思い出した。その時、とうとう香月家の最後の家財を捨てた、と滑稽に思ったことも。

「ありがとう。よく知ってるね」

キクチは、不自然にピンクに塗った頰を緩めた。

「あたし、こういうの慣れてるんですよ」

僕は棚の前に戻り、売れ残ったお握りを数個籠に入れた。具の種類など吟味している余裕はなかった。それからレジ前の長い列に並び、膨らんだレジ袋を持って、またバスに戻った。バスの乗り口で、森本が一人一人に紙を渡した。アパートの部屋割りだった。僕の部屋は一階の端っこだ。しかし、驚いたことに、四人部屋だった。面接では二人部屋だと言われたのに。車内を見回すと、同じように不満そうな視線が交錯していたが、誰も森本に尋ねようとはしなかった。森本は単なる世話役だから、森本に聞いたところで満足のいく答えが返ってくるはずがない、という諦めが漂っていた。

再びバスは出発した。夕方の渋滞する国道を抜けて、柏崎駅前らしき場所を通りかかった。僕はあまりの寂しさに絶句した。再開発中なのか、建物が取り払われた跡のように、がらんとしている。ビジネスホテルがぽつんと建っている以外、めぼしい建物はない。

歩く人の姿もほとんどなく、濡れた道路はシャーベット状の雪に覆われ始めて、幾筋もの車の轍(わだち)だけが残っている。森本が前を向いたまま、マイク越しに陰気な声で喋った。

「えー、この先のアーケードが、駅前商店街になります」

僕らは、横殴りの雨雪が降りしきる、人気(ひとけ)のない商店街を声もなく見つめた。濡れた窓ガラス越しに、ところどころ、明かりの点いた食堂や、商店などが見えたが、戸を閉めて営業していない店も多く、気が滅入るような寂しい風景だった。森本がわざわざバスをコンビニエンスストアに停めた理由がわかったような気がした。

「あ、イトーヨーカドーだ」

後ろからキクチの、わざとらしく弾んだ声がしたが、僕は振り返らなかった。

バスはしばらく走り続け、やがて町外れのアパート群の前で停まった。低い山の裾野にあって、周囲はぽつんぽつんと住宅が見える以外、何もない。野原の草が黄色く枯れたままで、雨雪に濡れて萎(しお)れているのが、何とも言えずに陰鬱だった。森本がマイクなしで叫んだ。

「ここです。皆さん、忘れ物のないように降りてください」

全員、荷物を持って、濡れながらバスの前に並んだ。キクチが折り畳み傘を出して差している。僕もニット帽を出して被った。今にも日が暮れようとしているので、森本が早口で言った。

「男子がA棟、女子がB棟です。鍵は私が預かっています。先ほど渡した紙の名前の横に、丸印が付いている人がいるはずです。その人が一応リーダーと、こちらで勝手に決めさせていただきました。その人は、鍵を取りに来てください。後でひと部屋ずつ、私が回って不備がないかどうか確かめます。だから、早く部屋に入ってください」

言われるまでもなかった。山間(やまあい)で暗くなったら、部屋の電源の在処すらわからないだろう。数人が前に出て、森本から部屋の鍵を受け取っている。キクチも、その一人だった。僕はA棟の部屋の前で、リーダーが鍵を持って来るのを待った。僕の部屋のリーダーは、原口(はらぐち)という名前だった。ただ、誰が原口かはわからない。

バスがもう一台、到着して、僕らと似たような若者がぞろぞろと降りて来た。違う地域から、同じように集められたのだろう。こちらはほとんどが男子ばかりで、仲間うちで誘い合ったと見える。僕らと違って私語が多く、合宿にでも来たかのように楽しげだった。

薄暗い廊下で待っていると、原口と思しき髭の濃い男がせかせかやって来た。どう見ても、三十代だ。リーダーは、年齢で選んだのだろう。だとすれば、キクチも僕より年上なのかもしれない。

「どうも。僕、香月です」

僕が挨拶しても、原口はじろりと僕を見ただけで無言だった。鍵を開け、一人で薄暗い室内に入って行く。スイッチを見つけて何度も試しているが、電灯は点かない。見かねて口を出した。

「ブレーカーを探した方がいいんじゃないですか」

「それ、何」

僕は驚いたが、何も言わずに台所に入った。ライターで位置を確かめ、ブレーカーのスイッチを入れた。明かりが点いた。ほっとしたように、原口が肩を落とした。

「ブレーカー、見つけた？」

森本が入り口から顔を出した。寒いのに、顔に汗を掻いている。あちこち飛び回って、面倒を見ているのだろう。

「この二人もそうなので、よろしくね」

森本の後ろに、まだ十代の若い男が二人立っていた。二人は友達らしく、照れ臭そうに肘で押し合っている。二人の名は、寺田（てらだ）と浅川（あさかわ）。どの地方から集められたのか、共通の訛（なまり）があった。

部屋は２Kだ。六畳間がふたつあり、ひとつは居間で、白木の低いテーブルと、テレビがある。寺田と浅川が、早速テレビを点けて前に陣取った。原口は、部屋の隅で、弁当を食べている。僕は溜息を吐（つ）いた。怠けて自分の部屋を失ったことが、取り返しのつかない損失に思われたのだった。僕は、他人の中で暮らして、一年間、いやそれ以上の労働に堪えねばならないのだ。

原口が何もしそうにないので、僕は風呂を見に行った。ガス風呂なので、種火を点けて湯を入れた。キクチに言われたように、台所の棚を開け、ヤカンを探したが見当たらない。鍋やフライパンもない。しかもガスではなく、電熱器具だった。

「問題ない？　大丈夫？」

森本が最後の点検に来た。原口が何も言わないので、僕は聞いた。

「工場には食堂があるんですか」

この部屋で自炊するのは不可能だと思ったからだ。しかも、周囲に商店はない。自転車も車もない僕らは、買い物にも容易に行けない。

「ありますよ」

「そこは社員じゃなくても入れるんですか」

「問題ないと思うよ」

何とも頼りにならない返答だった。

「日用品はどこで買えばいいんですか」

「ちょっと遠いけどね。さっきバスが来た道をずっと戻ると、スーパーがある」

歩いたら三十分以上かかるだろう。僕は憂鬱になった。ふと気付くと、僕らの会話を、原口も、寺田と浅川も耳を澄まして聞いている。口にはしないが、皆不安なのだろう。

「悪いけど、休みの日に纏め買いするしかないよね」

森本は頭を掻いた。僕は思い切って、憤懣を口にした。

「それと、面接の時に、２Ｋの部屋に二人で住む、と聞いていたんですが」

森本は困った様子で、うーんと空を見つめた。

「地方や仕事の状況で、待遇が違うことがあるんでね。そういう仕事もある、と理解してほしいんだけど」

はっきりしない答えだった。だが、森本に言ったところで、困惑するのみで、嫌なら辞めろ、と言われそうだ。僕はそれ以上追及するのをやめた。森本はほっとしたように続けた。

「明日は、アパートの前に八時に集合してください。バスで工場に向かいますから、遅れないようにね。休むことになったら、僕の携帯に電話してください。なるべくそんなことのないように、願っています」

森本は一人ずつに名刺を配り、そそくさと出て行った。結局、テレビのある部屋に、寺田と浅川が寝て、僕と原口は奥の六畳に寝ることになった。誰が決めたわけでもないのだが、それぞれが布団を敷き始めたから仕方がなかった。原口は、着替えもせず、シャワーも浴びず、歯も磨かず、僕に断りもせずに電灯を消し、布団にくるまってしまった。僕は闇の中に取り残され、今にこいつを大嫌いになるだろう、と思ったが、どうにもならない。僕は台所に行き、立ったまま冷たいお握りを頬張った。寺田か浅川のどちらかが、僕の入れた風呂に断りなく入っているらしく、湯の流れる音がした。癪に障った。この先、こいつらとうまくやれるはずがない、と僕は思うのだった。

よく眠れないままに、朝早く目が覚めた。僕はそっとカーテンの隙間から外を見た。昨日と変わり映えのしない、曇って寒そうな日だ。昨夜積もった雪が、黄色い雑草の上に薄く残っている。

僕は洗面をさっさと済ませた。浴室を覗くと、寺田と浅川が入った跡が残っていた。シャンプーや石鹸が散らかり、湯も落としていない。腹立たしく思ったが、注意する気も起きなかった。狭い部屋でいがみ合うのが嫌だった。それに、下手に注意したりすれば、孤立しそうな予感がする。寺田と浅川は友人同士で固まっているし、原口は変わっていて、偏屈そうだ。僕はシャワーを浴びて、ペットボトルの水を飲み、一個だけ残った握り飯を食べた。熱いコーヒーを飲みたかったが、湯を沸かす手立てがない。誰もがヤカンや鍋がないことに気付かずに来ただろうから、どの部屋も、同じように冷たい食事をしたに違いない。

僕は、玄関先にある電話のモジュラージャックにパソコンを繋げた。三和土に座り込んでメールチェックした。佐緒里から、一通メールが届いていた。

「雄太、元気かえ？　あたしは落ち込んでいるよ。。。こっちの英語って、マジわかんねー。あっちの英語もわかんねーけど（笑）。とにかく、勉強しなくちゃと焦ってる。けど、もともと頭がよくないから、挫折するかもしんないね。まあ元気です。ベビーシッターのバイトしてる。よく呼ばれるうちは、共働きしている若夫婦で、子供預けて、マジ遊んでる。クラビングってヤツ。ああ、あたしも遊びてー。タラコ茶漬け食いてー」

佐緒里のメールは、いつも英語が通じないとか、倹約しているので遊べない、など愚痴がたくさん書いてあった。が、メールを読む度に、僕は佐緒里になれそうもないな、と溜息を吐くのだった。佐緒里は、ここではないどこかを希求し、やがて、「どこか」を定めて努力した。苦学しているとは言え、いずれ地に足を着けて進んで行くだろう。それに引き替え、僕はネットで探した派遣会社の言いなりになっただけだ。そう、僕だって、ここではないどこかに行きたくて仕方がなかった。でも、金が尽きてアパートを出なければならない寸前だったから、選択する余裕がなかったし、ある意味、捨て鉢でもあった。とにかく、どこかに脱出したい気持ちだけが先行していた。しかし、僕が落ち込んだ穴は、深くて暗いのかもしれない。時々薄日が射したりするので、なかなか危険を実感できないが、実感した時には遅いのではないだろうか。どんなに努力しても、這い上がれなかったら。

工場で働くことの不安は募っていたが、僕はそんなことには触れないメールを書いた。

「僕は今、柏崎にいる。何でそんなところに、と思うだろうな。要するに派遣労働ってヤツだ。工場に勤めて金を貯め、また大学に行くつもり」

前向きなことを書くと、佐緒里は喜ぶ。僕は佐緒里の笑顔を思い出して、少しだけ幸福な気持ちになった。

「カチャカチャっていう音がうるさい」

振り向くと、原口が真後ろに立っていた。原口は、いかにも寝起きの顔だった。目脂をつけ、髭が目立ち、髪が逆立っていた。僕は目を背けたくなるのを我慢して謝った。

「ごめん。気を付けるよ」

急いで送信して、パソコンを閉じる。原口は、怒りを解く風もなく、ぷりぷりしている。

「パソコンできる顔しちゃって、バカみたいだ」

年齢が高い故にリーダーになった原口は、異様に幼かった。僕は少し怖くなって、パソコンをそっと背中に隠した。悪戯されたりすると困ると思ったからだ。僕は頭を下げ続けた。

「すいません」

原口は、まだぶつぶつ言いながら、トイレに消えた。便座の下ろされる大きな音がした。僕は、耳を塞いだ。これなら、父といる方がずっとマシだった。突然、他人の中に放り込まれた僕たちは、小さな諍いを繰り返して、互いに消耗するのだろう。それに、いったい誰がトイレや浴室の掃除をするのだろうか。異常に不潔な人間や、怠惰な人間がいたら、どうしたらいいのだろう。森本に不満をぶちまけて処理して貰うのか。森本に、そんなことまでできるはずがなかった。あるいは、僕が神経質過ぎるのだろうか。負けるのは、僕のような繊細な坊やなのだ。

早くも気が滅入った僕は、表に出た。空は陰鬱に曇り、空気は冷たかったが、若い男が四人もいる部屋から出て来た僕には、旨く感じられた。アパートの前は、黒土が泥と化していた。僕は、スニーカーを汚しながら佇み、煙草を立て続けに何本も吸った。

部屋に戻ると、原口が自分の布団の上でコンビニ弁当を食べていた。居間は、寺田と浅川がまだ寝ているため、カーテンが引かれて薄暗い。結局、寺田と浅川が起きたのは、集合時間の十五分前だった。たまたま原口が、寝ている人間に気付かないかのように布団を跨いで、テレビを点けたからだった。起こされた二人は、ぎょっとした顔を見合わせたが、何も言わなかった。

寺田と浅川は、僕らに挨拶する余裕もなく慌てて洗面し、朝飯も食わずに部屋を出ようとした。居間は、ふたつの布団が敷かれたままだ。原口は、その布団にどっかと胡座を掻き、テレビの天気予報を眺めている。

「布団くらい畳めよ」

見かねた僕は、注意した。年長の僕に言われたので、二人とも恐縮したように布団を丸めた。が、いずれ万年床になるのだろう。

僕は、集合場所のアパート前に出た。すでに、数十人の若者たちが緊張した様子でバスを待っていた。僕も同じだった。これから始まる単純労働に堪えられるだろうか、今後、部屋で諍いが起きたらどうしたらいいのか、気分は暗かった。

同じくバスを待つ女の子の集団の中心に、キクチがいるのが見えた。朝から異様なほどばっちりと化粧し、昨日と同じ灰色のセーターを着ている。

キクチが僕を認めて、寄って来た。

「おはよう。どうだった、そっちは」

「どうって、世知辛いよ」

僕の返事にキクチが笑った。口から、インスタントコーヒーの匂いがして、羨ましかった。

「ヤカンなんてなかったでしょ？」

「なかった」僕も笑った。「何もなかったよ、見事なくらいに。今日、買わなきゃ」

「あたしたち、仕事が終わったら買い出しに行くから、買って来てあげるよ。他に要る物はない？」

僕は礼を言って、小さな鍋とヤカン、洗剤などを頼んだ。キクチは指を折って、暗記している。キクチと同室らしい女の子たちが、僕を見つめているので照れ臭かった。

バスが一台やって来て、中から森本が現れた。森本は、灰色の作業服を着ていた。

「お早うございます。皆さん、よく眠れましたか」

皆、無言だった。森本は、気にせずに続けた。

「今日から、キタナカ工業というところで働きます。これからご案内しますから、バスに乗ってください。今日は一台ですので、詰め合って」

僕らは一列に並んでバスに乗り込んだ。二台のバスでやって来たのに、一台のバスに乗るのだから、ぎゅう詰めだ。補助席まで出して、五十人以上の若者が何とか座った。

キクチが僕の隣に来て、断りもなく、どっかと腰を下ろした。

「そっち、何人部屋」と聞くので、僕は指を四本出した。周囲がしんとしているので、大きな声で話すキクチが気恥ずかしかった。

「あたしたちも。でも、もう仲良くなって、掃除や炊事の分担も決めたの」

「初対面なのに」

僕がびっくりすると、キクチは肩を竦めた。

「協力しないと生き抜いていけないって、女子はみんなわかってるのよ」

どうして女は現実的に力を発揮できるのだろうか。僕は佐緒里を連想し、キクチにも引け目を感じた。キクチは、ちらりと車内を窺い、さすがに声を潜めた。

「どんな人と一緒なの」

僕は、前の方に座っている原口と、寺田と浅川をこっそり示した。キクチは、少し伸び上がって彼らを認め、僕に囁いた。

「喧嘩になる前に、分担とか早く決めた方がいいよ。ずっと一緒にいるんだからさ」

「でも、分担決めるのはリーダーの仕事だろう」

「じゃ、リーダーにそう言えばいいじゃん」

キクチは明快だった。だが、原口に言ったところで、どんな家事があるのかわからないだろうし、決める能力もなさそうだ。

「あたしさ、ほら、仕切り屋じゃない。だから、てきぱきやっちゃうんだ。文句言う子もいるけど、そういう子は嫌われて、結局、やっていけなくなるもんね」

キクチは自慢げに喋り続けている。僕はキクチも、うざくなった。僕は気難しいのだろう。

窓外に目を遣ると、前方に工業団地が見えてきた。しかし、想像していたような、新しく大きな工場ではない。古ぼけた低い建物が、薄黒くなったブロック塀に覆われて、点々と続いているのだった。おそらく、大企業の孫請けか、それ以下なのだろう。森本がマイクで呼びかけた。

「これから、皆さんは工場の食堂にいったん集まって、制服を支給されます。制服は、自分で持ち帰って、洗濯してください。それと貸与ですので、辞める時は必ず返すこと。工場には、ロッカーなどありませんので、明日からは、部屋を出る時にあらかじめ着て来た方が合理的かと思います」

しかし、制服を着てバスに乗ってしまったら、帰りにどこかに行く時はどうしたらいいのだろう。街に出て買い物をしたり、遊ぶこともできない。一人の女の子が質問した。

「ロッカーがないのなら、バッグとかコートなんかはどうするんですか」

「現金は極力持ち歩かないようにしてください。バスで送迎しているんだから、コートやバッグも必要ないでしょう」

誰も何も言わなかった。ただ、静かな諦めがバスの中に蔓延していた。

バスの暖気で、ほんの一瞬眠っていたらしい。僕はバスの扉が開く音で目が覚めた。いつの間にか、蒲鉾(かまぼこ)型の低い建物が軒を連ねて並ぶ、工場の裏側に到着していた。建造年が違うのか、いい加減なのか、建物はバラバラで統一が取れていなかった。それだけでも挫(くじ)ける光景なのに、道の両側に昨夜の雪が積もって、道路が黒く濡れているのも寒々しい。

さすがのキクチも無言で立ち上がった。森本の誘導で、バスを降りた者から順に工場の中に入った。建物と建物の間は、寒風が通り抜けるトンネル型の通路で繋いである。僕らが入った通路では、トラックに製品を積んでいる最中だった。

僕らは食堂らしき場所に集められた。小学校の教室を、無理矢理食堂に改造したような古い部屋だ。色紙で作った鎖が天井から垂れ下がり、色褪せた造花が飾ってあった。厨房は真っ暗で、まだ誰も来ていない。古ぼけたカウンターに、プラスチックの食器や盆が山積みになっている。

森本が、ピンクのビニール製カバーの掛かったテーブルを指差した。S、M、Lとサイズ別に灰色の作業着が置いてある。横に、帽子や手袋も添えられていた。森本が声を張り上げた。

「作業着に着替えてください。女性はSでいいと思います。男性の方は、自分のサイズを選んでください。帽子と手袋を忘れないで」

僕らは黙って作業着を選んだ。僕はMサイズにした。作業着は、グレイの長袖上っ張りで、同じく灰色のキャップを被る。作業着をつけた途端、たちまち僕らは見分けがつかなくなった。

食堂の扉が勢いよく開き、痩せぎすの中年男が入って来た。森本がぺこぺこ挨拶している。男は、僕らが作業着を着終わったのを見て、喋りだした。

「お早うございます。私は、工場長の三浦です。皆さんには、ある部品の組み立てに従事していただくことになります。始業は午前八時からです。今日は説明もあるし、皆さんは昨日到着したばかりだから充分休んで頂こうと思って特別です。明日からは、午前七時半に寮を出てください。昼休みは、十二時から四十五分間。こちらの食堂でお願いします。定食やうどんなどもありますが、弁当も売りに来ます。休憩は、午後三時十五分から十五分間。終業は午後六時半です。四日働いて一日休み、というローテーションでお願いします。もし、希望者がいたら、夜勤もあります。夜勤は、午後七時四十五分出社で、午前六時半までです。何か質問がありましたら、森本さんの方にしてください。

では、よろしくお願いします」

三浦はさっさと出て行ってしまったが、森本は感激したように僕らに言うのだった。

「工場長さんがわざわざ見えるなんて特例ですからね。それだけ皆さんに期待しているんだと思って頑張ってくださいね」

森本の押しつけがましい言い方に反発を感じて、僕は下を向いた。その頃の僕は、傲慢だったのだ。わざわざ他県にまで働きに来てやってる、と心のどこかで思っていたし、除籍になったものの、大学に進学した自分が来るべき場所ではない、という蔑(さげす)みもあった。しかし、僕の傲慢さなど次第に打ち砕かれていくのだ。僕は単に機械のひとつでしかなかった。いや、それ以下の、いくらでも取り替えの利く部品でしかなかったのだから。

僕らは、男女別に二列になって、蒲鉾型の工場内を幾つか通り抜けて作業場所に向かった。どの工場でも、僕らと同じような若い連中が、小さな長方形の基板をいじったり、検査したり、作業に夢中だった。中には、物珍しげに工場を眺めながら通り過ぎて行く僕らを見て、薄笑いを浮かべる者もいた。その時は理由がわからなかったが、じきに僕らも、新入りに対して同じ笑いを浮かべるようになった。また何も知らない奴隷がやって来た、と思うのだ。奴隷。近代ではあり得ない、と習ったはずだった。しかし、ここにしかいられず、こういう形でしか働けない、と感じさせられるのは奴隷ではなかったか。

僕らは、チーフと呼ばれる少し年長の青年に作業の手順を教えて貰った。「基板がベルトコンベアに乗って流れて来るから、その基板にハンダ付けをする。ハンダ付けの要領は、すぐに覚えるし、万が一失敗したとしても、そのまま流してくれ。下流にいる検査する者がはねて、また戻るから。しかし、失敗の多い流れは上司に報告されて、グループ全体の減給も有り得るので、責任を持って充分にやってくれ」ということだった。しかも、ノルマがあった。ノルマは一日四百個だという。

僕らは、チーフに言われるままに軍手をして、ベルトコンベアの両側に座った。

「皆さん、試しに一枚やってみてください」

チーフが左手に基板、右手にハンダ鏝を持ってやって見せた。小さな基板の数カ所をハンダで埋めて繋ぐ、ただそれだけのことだった。基板はきっと、僕らが使っている携帯電話かデジカメか、何かの電子部品なのだった。それも、そう複雑な回路の仕事ではなく、何かの機能を足したり、消したりするような程度の仕事らしい。工場の中でも相当単純な仕事と見える。

僕は、ハンダ付けをしてみた。一枚目はうまくいかなかった。ハンダを付け過ぎたのだ。二枚目は少な過ぎた。そうこうしているうちに、ベルトコンベアから流れて来る基板が目の前に溜まっていく。焦らずにできるようになるには、三十分以上かかった。しかも、一枚仕上げるのに、五分近くかかってしまう。僕は頭の中で計算した。このペースでは、休みなくやっても、一時間に十二枚。実働九時間半として、百十四枚しかできないではないか。一枚を一分強で上げなければならないのだ。前から来ているグループのラインを見ると、皆、信じられないスピードで作業していた。

僕は速度を速めた。勘のいい人間や、器用な女の子などは、すぐにノルマと時間の関係に気付いて、さっさと作業している。しかし、僕と同室の原口などは、作業にてこずっているし、時々よそ見してぼんやりしている。ノルマをどうこなすか、など頭になさそうだ。あいつはすぐに脱落するだろう、と僕は少々意地悪く思った。そして、愕然とするのだった。奴隷が奴隷を嘲笑う(あざわら)滑稽さに。

それにしても、この単純作業を続けるだけなのに、実働九時間半はきつかった。のんびりと夜中の清掃をしていた僕には、堪えられそうもない。一時間経つと、僕はしきりと壁にある時計を眺めるようになった。寝不足で目が疲れ、慣れない細かい作業に肩が凝った。一刻も早く昼休みにならないかと、そればかり願うようになった。この世には、遅く感じられる時間との闘いもあるのだ。

やっと昼休みのブザーが鳴り、僕はほっとして立ち上がった。皆でぞろぞろと食堂に向かう。途中、トイレから出て来たキクチに出会った。

「疲れたよー」と、キクチが歩きながら愚痴った。「あたし、コンベアの下流に溜まった基板を検査する仕事なのよ。目がチカチカして、何が何だかわからなくなるのよね。明日から、コンタクトやめて眼鏡持って来ようと思うんだ」

キクチは肩を揉む仕種をして、溜息を吐いた。

「ねえ、香月君さ、この仕事、幾らって聞いた?」

「二十二万じゃないの」

キクチは赤く塗った唇を不満げに尖らせた。

「でしょう? それがさ、さっきトイレで会った子に聞いたのよ。その子は一カ月前から来てる人。そしたら、それは一日六百枚以上、上げる人の給料だって言うの。そんなの、八時頃まで残業しなきゃできないよね。しかもただ残業したんじゃ駄目なの。四百枚のノルマを達成しないと残業代も出ないんだって。騙されたよね、あたしたち」

僕は怒りで頭の中が白くなるのを感じた。

「何だよ、滅茶苦茶じゃないか。2Kの寮には二人とか言いながら、実際は四人も鮨詰めになっているし。俺、頭に来た。工場長に直訴してやる」

「無駄だよ。辞めろって言われるのがオチよ」

キクチは肩を竦め、食堂に向かおうとする。キクチの諦めのよさにも腹が立ち、僕はなおもキクチを引き留めた。

「だいたいさ、森本にも頭に来ないか。何で、あんな三浦みたいなヤツにぺこぺこするんだよ。派遣会社なら、俺らの代わりに待遇改善の交渉したっていいだろう。森本ができないのなら、俺がチーフに言うよ。酷(ひど)いよ、この工場は」

キクチが僕を憐れんだように見た。

「香月君って何も知らないんだね。派遣じゃないよ。アグレスって、請負だよ。つまりさ、アグレスがこの仕事を請け負って、あたしたちを雇っているのよ。工場は、アグレスに発注してるだけ。チーフだって、アグレスに雇われた人らしいよ。つまり、あたしたちの中のエリートなんだよ」

僕は驚いて立ち竦んだ。何も知らなかった自分は、現実に馴染めないヤツ、と原口を笑えないどころか、自分が笑われても仕方ないのだった。

僕は意気消沈して、食堂に向かった。だが、食堂は満員で中に入ることもできない。覗いてみると、若者たちが奪い合うように弁当を買っていた。昼食にありつけないかもしれない。僕は慌てて中に割り込んだ。

食堂は満席で座る場所がなかったので、僕はキクチと外で弁当を食べた。自販機で買った茶を飲み、慌ただしく煙草を吸う。急いで食べないと、トイレに行く暇もない。

「今度の楽しみは休憩だよね」

キクチが口紅を塗り直しながら言った。その通りだった。午前中四時間で昼食、午後は二時間半で休憩、その後は三時間で終業。辛い時間帯がくっきりと区切られている。

僕は憂鬱な気分で作業場に戻った。

昼食後の作業は眠気との闘いだった。僕は何枚も仕損じて、何度もやり直す羽目になった。これではノルマが達成できない。ノルマがはっきりある以上、果たせないとしたら、居残りになっても残業代は出ないだろう。僕は、三時の休憩後は焦って作業した。

六時四十五分に、やっと四百枚のハンダ付けが終わった時は、満足感があった。

僕がほっとして作業場を片付けていると、チーフが近付いて来た。茶色の眼鏡を掛けて、生え際がかなり後退している。僕よりかなり年長だ。

「きみ、名前何ていうの」

僕が名を告げると、チーフは満足そうに頷いた。

「よく頑張ったな。偉いよ、根性あるよ」

僕は褒められて嬉しかった。周囲を見ると、ノルマを達成した者は僕一人だった。原口などは、片付けもしないで欠伸（あくび）を洩らしている。何だ、できなくてもいいのか。馬鹿馬鹿しくなった。が、チーフが声を張り上げた。

「今日は時間が足りなかったので、四百枚とは言いません。三百五十枚でいいです。三百五十枚できなかった人は、この場に残ってやり終えてください。終わった人は作業を終えていいですが、帰りのバスは一緒ですので待っててください」

マジかよ！　と、どこからか怒りの声があがった。隣のラインは、とうに片付けが済んで皆が帰って行く。彼らの寮は違う場所にあるらしい。

「疲れてるんで、先に帰っていいですか」

歩いたら寮まで一時間以上かかりそうだったが、それでも構わない。僕は一刻も早く工場から離れたかった。だが、チーフが肩を竦めた。

「バスで往復してください。いいですか、皆さん。今日は最初の日だったので、始業が遅かった。それに、まだ要領も悪いでしょう。ノルマを達成できなかったのは仕方ないとしましょう。今日だけは三百五十枚できなくても帰ってもいいです。でも、明日からは、必ず終業時間までに四百枚を達成してください。でないと、その人が終わるまで全員が帰れません。遅刻の場合は、朝の集合時間に遅れた人は、もう欠勤しちゃってください。欠勤が続いたら、辞めていただくことになります」

　森本がどこからか現れて、厳しい表情のチーフと対照的に笑いながら言うのだった。

「お疲れ様。さあ、バスに乗ってください」

　解放されて、みんなほっとした顔でバスに乗り込んだ。が、僕の気分は重かった。チーフに試されたのが悔しかった。帰りの車中では誰も何も言わなかった。が、一人の女の子が声を張り上げた。

「すみません。昨日みたいにどこかのコンビニかスーパーに寄って貰えませんか。夕食のことがあるので」

　確かに、寮に帰ったところで、近くには何も店はない。食事に出るにも足がない。どうすればいいのだろう、と僕は不安になった。森本がマイクを持って立ち上がる。

「夕食は、各自の問題なのでそれはできません。昨日、コンビニに寄ったのは、みんな困るだろうと思ったので、僕の勝手な判断でした。就業した以上、バスは工場と寮との往復に限られます」

　何だよー、じゃ、どうすりゃいいの、などとあちこちから怒りの声があがった。だが、森本は笑いを引っ込めて、毅然として言った。

「皆さん、申し訳ないけど、それは規則でできないんです。みんなもう大人なんだから、甘えないで。自分たちで何とかしてください」

そこまで言われて、バスの中は、仕方ないという雰囲気が漂った。三十分後、バスは寮の前に到着した。僕らは無言でバスを降り、それぞれの部屋に散った。僕は暗く冷たい部屋に入り、とりあえず照明とエアコンを点けた。風呂をどうしようかと思案していると、原口が帰って来た。原口は、僕をじろりと見たきり、何も言わずにトイレに入った。寺田と浅川は、そのまま食事に出掛けたのか、戻って来ない。原口は、寺田と浅川が丸めた布団に寄りかかって、テレビを点けた。僕は思い切って原口に断った。

「原口さん、風呂、先に入っていいですか」

いいよ、と原口は僕を見ずに偉そうに答えたので、僕は少しむっとした。

「それと、掃除とかゴミ出しの当番を決めた方がいいんじゃないですか」

たった一日で、弁当殻や空のペットボトル、雑誌などが流しの下に散乱している。

「決めたって、あいつら辞めちゃうよ」

原口がテレビに目を当てたまま呟いた。僕は腹立たしさから、音を立てて襖(ふすま)を閉めた。原口という男の存在そのものが不快でならなかった。

腹が減って死にそうだった。が、これから街に行くのも面倒だ。僕は風呂を沸かして入った。風呂上がりに、台所で水を飲んでいると、ドアがノックされた。キクチともう一人の女の子が、レジ袋を提げて立っていた。

「香月君、これ頼まれたヤカンとお鍋」

僕は、キクチに頼んだことをすっかり忘れていたので、喜んで受け取った。

「十分くらい歩いて国道まで行くと、バス停があるの。他の寮の子が教えてくれたんだ」

「じゃ、飯はどうしたの」

「ラーメンと餃子、食べて来たよ」

キクチが嬉しそうに答え、二人は好奇心丸出しで中を覗き込んだ。釣られて僕も振り返ると、原口と目が合った。悔しそうにこちらを睨んでいる。僕が代金を払うと、キクチが手を振った。

「じゃ、明日も頑張ろうね」

僕はヤカンに水を入れて電熱器にかけた。これでようやくカップ麵が食べられる。沸かした湯で、僕はカップ麵を二個も食べた。僕が食べ終わると、原口がやって来た。

「ヤカンか鍋、貸してくれ」

「嫌だよ」僕ははっきり断った。

原口が傷ついた子供のような顔をした。

「それぐらい貸してくれたっていいじゃないか」

「嫌だよ、俺が買ったんだから、俺の自由にする。あんたはリーダーなのに、何もしないじゃないか。共同生活なんだから、少しはやれよ」

もっと他にも言いたかった。挨拶しろ、トイレの水を流せ、人の布団を踏んで歩くな、泥だらけの靴で、玄関にある俺の靴を踏むな、と。いや、もっと言ってはいけないことまで言いたかった。体が臭いから風呂に入れ、でも、この風呂には入るな。息が臭いから歯を磨け、でも、人のコップを使うな。トイレの後は手を洗え。他人に無断で、テレビ点けるな、照明消すな。ゴミはきちんと捨てろ、と。しかし、原口だとて僕のパソコンの音がうるさいと文句を言ってきたではないか。お互い様なのはわかっていても、我慢できなかった。

「ケチだなあ。ヤカンなんて貸してくれたっていいのに」

原口が僕を睨みながら、呟いた。

「自分で買えばいいだろう」

「買うから、今日だけって言ってるんだよ」

「そんなこと、今言ったんじゃないか」

原口と話していると、子供同士の喧嘩みたいになる。僕は次第に馬鹿馬鹿しくなってきた。

「いいよ、使えよ。その代わり、今日だけだぞ」

原口は礼も言わずに、すぐさまヤカンに水を入れた。原口もカップ麺を買い込んでいるらしい。僕は、礼くらい言えよ、という言葉をまたひとつ呑み込んだ。あまりにせこい争いをしていることが、ストレスに感じられる。

ドアが開き、寺田と浅川が帰って来た。外で食事して酒も飲んで来たらしく、顔が赤かった。寺田が僕らを見てぺこんとお辞儀した。浅川も恥ずかしそうに礼をする。二人はこそこそと逃げるように居間に入った。早速、布団を広げている。僕は後を追って言った。

「あのさ、最後に入った人は、風呂の栓くらい抜いてよ。湯垢がついて落ちにくくなるんだ」

僕なりに婉曲に言ったつもりだった。

「すいません」

二人は恐縮したが、ちらっと顔を見合わせた。

「何だよ、こいつ。寮のおばさんみたいなこと言っちゃってさ」

原口の声が聞こえた。僕は怒りを抑えることができなかった。

「仕方ないだろう。あんたが何もしないからじゃないか。俺だって、こんなこと好きで言ってるんじゃないよ。だってさ、誰も何もしないじゃないか。風呂点けたのだって俺だし、お湯を落としたのも俺だ。部屋を出る時に点けっ放しのエアコン消して回ったのだって俺だよ。ゴミだって分別しなくちゃいけないのに、あんなに汚くして、誰が捨てるんだよ。あと便所掃除、誰がするんだよ。俺、絶対嫌だからな。あんたが決めろ」

「へへっ、何だよ」原口がせせら笑った。「ちょっとチーフに褒められたもんだから、いい気になってるんだ。こいつ、今に自分がチーフになろうと思ってるんだ」

原口の幼稚な厭味に、寺田と浅川が同調するように笑った。僕は孤立を感じたが、どうでもよかった。文句が止まらなかった。

「じゃ、ついでだから言うよ。お前ら、夜遅くまでテレビを見るのは構わないけどさ、勝手に独占するなよ。それからさ、あんたも人の布団の上に寝たり、踏んだりするのやめろよ。汚えよ」

原口が僕に殴りかかってくるのが見えた。僕は原口の拳を腕で避けて、胸元を突き飛ばした。原口はよろけて、流しの縁に腰をぶつけた。すぐ横の電熱器では、ヤカンが沸騰している。原口が僕にまたぶつかるように突っかかってきたので、僕は身を翻して避けた。太り気味の原口は、喧嘩も鈍い。寺田と浅川は、一見心配そうに眺めているが、その目の底には揶揄（やゆ）があった。

「湯が沸いてる。早くヤカン返してくれよ」

僕が冷静に言うと、原口が慌てて喧嘩をやめたのがおかしかった。僕は、原口と僕が寝ている奥の部屋に行き、敷きっ放しになっている原口の布団を足で蹴った。そのまま蹴り飛ばして端に追いやる。どうして、あんな汚い男と一緒の部屋で寝なければいけないのか、腹立たしくてならない。僕は部屋の中央に布団を敷いてくるまり、いつの間にか、寝入ってしまった。

翌朝、目を覚ました時、何かが変わっている気配を感じて、僕は焦った。寝過ごしたのか、と慌てて枕元の携帯を見たが、午前七時だ。部屋の端では、原口が鼾（いびき）を搔いて熟睡している。

台所に行って、僕は啞然とした。居間が空っぽでカーテンが開いている。それで、違和感を感じたのだろう。あいつら逃げやがった。僕は、一人で笑った。重労働や、この環境を思えば、逃げた方がマシかもしれないのだ。しかし、そうは言っても、僕はどこにも行けない。僕はマジックを取り出し、「香月用」とヤカンに大書した。

2

僕はすべてに腹を立てていた。九時間半の実働、厳しいノルマ。ノルマを達成できずに居残っても、残業代は出ないし、連帯責任になる（原口はいつもノルマが果たせず、皆が手伝っていた）。工場は、まるで収容所のように暗くて古く、社員食堂は全員が入れないし、休憩室も娯楽室もない。休みは月に五、六日しかなく、交通の便の悪い寮に四人もの男が押し込められて、プライバシーも保てない。同室者はみな生活能力に欠ける経験不足の若い男ばかり。さらには、柏崎の春の寂しさも腹立たしかった。道路の煤けた残雪。霙混じりの風。車がなければ、カラオケにも量販店にも行けない街。そして最も嫌なのは、すべてに怒り散らしている癖に、熟練工になりつつあって、ノルマを達成できない原口のような人間を毛嫌いしている僕自身だった。

給料日、僕は啞然として手の中の封筒を光にかざしていた。月に二十二万の約束だったのに、貰った金はたった十三万数千円だった。森本に質したところ、月額は定額ではなく、時給八百五十円で計算されると言う。八百五十円に実働時間と日数を掛けると、月に二十万弱にしかならない。僕らの労働は、工場でももっとも専門性の低い部類の八百五十円というランクなのだ、と森本は説明した。もっと専門性の高い仕事ならば九百円、夜勤なら九百五十円だと。さらに、給料から、家賃、光熱・水道費、貸布団代、貸しテレビ代が引かれていた。驚いたのは、バスの送迎費までが天引きになっていたことだ。彼らはありとあらゆる手段で、僕らから金を掠めようとする。しかも、時給は拘束時間ではなく、実働時間が対象になっているのだった。

月額十三万では、十万の貯金など到底望めない。見通しが甘過ぎる、と僕は自分を責めた。請負の事実も知らなかったし、給料もそのまま貰えると信じ込んでいた。2Kに四人も詰め込まれて、月額二万五千円もの寮費を取るシステムはほとんど詐欺だと思いながらも、たった十三万ぽっちのために、原口なんかと一緒に暮らさなければならない僕は道化だ。寝不足で慢性疲労なのに、四百枚もの基板のハンダ付けを律儀に時間内にしてしまう僕も道化。これでは永遠に部屋も借りられないし、大学進学など夢のまた夢だった。

僕は、大声をあげて何かを力いっぱい蹴り飛ばしたいような暴力的な衝動を感じた。動悸が激しい。目を閉じて呼吸を整えた。父を連想したせいだ。

挫折を味わうと激しく絶望し、物を壊したくなるような衝動が起きるのは、僕が父に似ているからだろうか。その恐怖が常にあった。だから、僕は普通の男のように女を愛してはいけないし、家庭も持ってはいけないのだ、と思い込んでいた。また、父のようになってはいけない、崩れるな、と思うようになった。父は、なってはならない反面教師の例だったのだ。しかし、必死に持ち堪えているつもりなのに、次第に父に近付いていく気がして怖い。前のように酒に逃げることができたら、どんなにいいだろう。

それに、僕は他人に厳しかった。原口と些細なことで喧嘩した夜、僕はこれ以上不満や不平を口にしないよう、気を付けることにした。はっきりものを言う者は嫌われるのだ。現実を言葉にして、相手に知らしめ過ぎるからだ。辛い環境の中では、現実を見ないようにして、誰もがファンタジーの中で生きたがる。早く寮に帰って読み耽りたいマンガ、何も考えずに見るテレビ、携帯の中の傷つけ合わない会話。そして、現実を忘れられる恋愛ごっこ。同室の寺田と浅川が逃亡したのも、原口のだらしなさだけでなく、原口と悉くぶつかる僕の潔癖さにも、危ういものを感じたからかもしれない。

はっきりものを言う、という意味では、キクチも同じだった。キクチと仲の良い僕は目立っているはずだし、工場ではチーフに気に入られ、仕事ぶりをいつも褒められている。「こいつ、今に自分がチーフになろうと思ってるんだ」という原口の厭味は、全員が密かに感じていることに違いなかった。どこにも行き場がない僕。だったら、仲間に溶け込む方が先決だった。ああ、しかし、つまらないことに心を砕いている自分が嫌になる。ここはどん詰まりだ。

僕は休憩時間にそんなことを考えながら、煙草を吸った。ポケットの中には十三万の入った給料袋。一カ月間の苦しい労働の成果。不覚にも、僕の目に涙が滲んだ。この額が、公平だとは思えなかった。僕だけが損をしている気がしてならない。原口の緩い労働と、僕の労働が同じなのか。原口は寮でも何もしないではないか。掃除やゴミ出しまでやる僕が、原口と同じ額では我慢ならない。

聞けば、原口は一度も働かずに自宅に引き籠って、毎日ゲームばかりやっていたのだそうだ。将来を心配した両親が、勝手にアグレスに申し込み、バスが出発する新宿駅西口に両親が連れて来たという。親がかりで甘えている原口の十三万と、僕の十三万は重みが全然違うだろう。

いっそのこと、原口の給料を盗んでやろうか。僕はそこまで思った。ほとんど憎しみだった。自分の中で燃え盛る憎悪と絶望。するとまた、僕は父に似てきた気がして頭を抱えるのだ。

「がっかりしたでしょ」

キクチが横に来て、煙草に火を点けた。作業服を着ているが、襟元にふわふわしたスカーフを巻き付けて赤い縁の眼鏡を掛けているので、ひと昔前の、ロシアか東欧の女性労働者風に見える。

「うん、世知辛いよ」

僕の答えに、キクチが八重歯を見せて笑った。今日は可愛いな、と僕は好感を持った。

少し気持ちが治まった。

「ねえ、知ってる？　香月君。ここの時給ってさ、人によって違うらしいよ。だから、月額とか適当なことを言ってごまかしてんだってさ」

　事情通のキクチのことだから、先輩の派遣工員からいろいろな情報を仕入れてきたのだろう。

「それ、どういうことだよ」

　僕の質問に、キクチは声を潜めた。

「あくまで噂だけどさ。地域差別してるんじゃないかって。つまりさ、地方はもともと時給が安いじゃない。だから、地方出身の人は同じ作業しても時給が安いんだって。首都圏は高いのよ。香月君は東京から来たんでしょう。じゃ、八百五十くらい？」

　そうだよ、と僕は答えた。キクチの言うことが信じられなかった。

「あたしと同室の子で、沖縄から来てる子がいるんだよ。その子なんて、七百五十円くらいみたいだよ。だけど、沖縄の最低賃金からすれば、かなりいいんだって。そもそも、工場を地方に持って行くのも、その土地の最低賃金に合わせられるからだって話だよ」

　そろそろ時間だ。僕はキクチと並んで歩きながら、顔見知りになった工員の顔を一人一人見ていた。あいつは地方、こいつは確か首都圏。同一賃金でないことを知ったら、いつの間にか、互いの給料の話をしないという不文律が出来上がってしまうではないか。仲間うちで喧嘩したくないからだ。しかし、そうなると会社の狡（ずる）さが見えにくくなる。やはり、僕は真っ暗な穴に嵌（はま）り込んだのだ。僕は溜息を吐いた。キクチが呟いた。

「あたし、もう辞めたくなっちゃった」

「辞めるなよ」

僕は本気で引き留めた。僕には、キクチしか友達がいない。キクチは、作業服の袖口で眼鏡のレンズの汚れを拭いた。

「辞めたって他に行くとこもないけどさ。何かここのやり方って、頭に来るんだよね」

「マジそうだよな」

「あたしたちって、こういう仕事しかないじゃん。香月君なんてまだいいよ。知ってる？　女の半分が派遣労働なんだよ。女はこういう目にばっか遭うんだよ」

もしかすると、男女別にも給料が違うのかもしれないと思ったが、僕には聞く勇気がなかった。もう作業場に着いてしまった。

「あ、そうだ。これ来てよ」

キクチが別れ際に一枚の紙片を僕の手に押し込んで、ラインの最後尾の席に向かった。紙片を開くと、こうあった。「呑み会のおしらせ　今日は待ちに待った給料日です。酒池肉林しませんか？　参加資格は、自分の呑みたい酒を持って来ること。つまみは、女子が作ります。では、待ってまーす」とあった。

原口と一緒にいたくない僕は、女子ばかりの部屋に行きたかったが、酒を断った以上、行くわけにはいかなかった。しかし、僕の自制はいつまで保つのだろう、と不安もある。

僕は送迎バスを降りてから街に行き、蕎麦屋でラーメンとカツ丼を食べた。それだけで満足して部屋に戻った。道路を隔てた向かい側の女子寮の部屋からは、嬌声が響いてくる。

僕は部屋のドアを開けた。テレビの前の万年床で、弁当をかっ込んでいた原口がちらりと僕を振り返った。たちまち嫌悪感が湧き上がった。寺田と浅川が逃げて以来、何人か補充がやって来ては、すぐに辞めて帰る状態が続いていた。それをいいことに、原口はテレビのある部屋を占領して、寮にいる時はずっとテレビを見続けていた。僕は奥の六畳に一人で寝ている。パソコンをやるから、好都合ではあったが、テレビを独占されているのは、やはり腹立たしくもあった。

原口は、相変わらず何もしなかった。というより、あまりにも無知なのだと最近気付いた。風呂の種火の点け方を知らないし、洗濯機も掃除機も触ったことがないと言う。僕が鍋で米を炊いた時は、手品でも見るように驚いていた。呆れたのは、原口が表に出る時は鍵を持つ習慣がないことだった。僕が帰って来ると外で待っていることが度々あった。家族に大事にされ過ぎると、原口みたいに未熟な人間が出来る。逆に、家族に蔑ろにされて生きてくると、僕のようにしっかりしてしまう。僕は原口の横顔を見つめながら苦笑した。が、そのうち不快になってきた。原口は、カップラーメンの殻を流しに置いたままだ。いったい誰が掃除するのだ。何度も注意したのに、原口は食事の後始末が下手で腹が立つ。ラーメンの汁をそのまま流してしまうから、排水口に具が詰まる。油汚れを洗うでもなく、放置するのでシンクが汚れる。文句を言う方だって疲れるのだ。

僕は、急にむしゃくしゃした気分を治められなくなった。

僕は表に出て、森本に電話した。給料のこともあったので、森本に当たりたかったのだろう。三十分後、ジャージ姿の森本が宿泊先のビジネスホテルから、車を運転して現れた。夕食中だったらしく、体全体から、何かを煮染めた食べ物の匂いがした。

「どうしたの」

森本が不安そうに僕の顔を見た。僕の部屋では、すでに何人もの人間が逃げている。また何か起きたか、と思ったのだろう。

「前にも言いましたけど、原口さんは問題ですよ。だらしないし、何もしない。何も改善されないから、僕もう堪えられないと思って」

「だからさ、香月君」森本は、拝むような仕種をした。「原口君には無理だからさ。悪いけど、きみが実質リーダーやってくれないかな。僕も協力するから、ゴミ当番と、簡単な掃除当番を決めるだけでいいよ」

森本は、寺田と浅川がたった一日で、そして他にも何人かが辞めてしまったことを気にしていた。彼らが簡単に辞めて行くのは、工場の仕事を嫌っただけではない、と気付いたのだろう。

「決めたってやらないから無駄ですよ。ああいう人間は一人で住むしかないでしょう。でなければ、クビにしてください。やってられないですよ」

ああ、とうとう余計なことを言った。僕は後悔したが、止まらなかった。僕は自分の鬱屈を原口にかこつけて、森本にぶつけているのだった。

「あんな最低なヤツはいませんよ。第一、不潔なんですよ。風呂に入らない、歯も磨かない、顔も洗っていないから、薄汚い。僕、一緒に住むの、マジ嫌ですよ。それにね、森本さん。僕が掃除当番とか決めたって、原口は絶対にやらないと思いますよ。てか、できないんです。掃除のやり方も知らないんじゃないかな。異常に常識がないんですよ。掃除機の使い方も知らないし、ゴミの集め方も知らない。布団を干すことも知らない。インスタントラーメンだって作れないんですよ。あいつはカップ麺だけで生きているんです。だから、誰かと一緒に暮らすなんて、無理だと思います」

森本は腕組みをして、考えている。

「だけど、規則だからね。一度前例を作ると、何かある度に部屋替えってことになっちゃうから、慎重にやらないと」

「じゃあ、森本さんが一緒に住んでみたらどうですか」僕は頭に来て声を荒らげた。

「そうだよ、あんたがやってみればいいじゃん。請負の社員なんだろう。代わりにやってみろよ」

闇の中でも、森本の顔が紅潮するのがわかった。禿の中年と揶揄していたが、案外、若いのかもしれない。僕だって請負の社員になれば、こういう仕事をするのかもしれないのだ。

「わかりました、香月さん。そこまで仰るのならこの問題は上に上げますよ」森本が迷うように言った。「しかしね、それだと香月さんの損になるかもしれないから、他にいい方法がないかな」

文句を言った方が負けか。査定に響くのか。僕は驚き、笑いすら浮かんだ。だから、みんなはっきりものを言うヤツを嫌うのだ。うっかり同調すれば自分の査定に響くからだ。

「じゃあね、香月さん。夜勤にしませんか。夜勤の方が時給が百円上がりますし、実働も実は三十分少ないんです。慣れればきつくないし、昼間の時間を使えて有効だって声もあるしね。最初は、夜勤と昼勤と両方交代でやってみて、どっちがいいか試してみたらどうでしょう。夜勤だったら、原口さんと生活時間がずれるから、少しはいいんじゃないかな。それに、夜勤は研究職の社員もいっぱいいるからね。香月さんみたいにレベルが高い人には、話が合う人も多いんじゃない」

森本の最後のひと言は、厭味に感じられた。しかし、原口と同じ寮に住まなくてはならないのなら、生活時間帯をずらす方法は確かに現実的ではあった。

「それにね、原口君はああ見えても、意外に今の仕事が気に入ってるんだよね。僕、聞いたことあるからね。だから、原口君は自分からは辞めないと思うな。原口君は原口君なりに、引きこもりからの脱却というテーマがあるからね。うちも、その意味で応援しているんでね」

搾取しておいて、何が応援だ、と僕はちゃんちゃら可笑(おか)しかったが、原口が工場の仕事を気に入っているのは僕も聞いたことがあった。以前、寺田と浅川の代わりにやって来た、渡辺という男と三人でそんな話をしたことがあった。

渡辺は静岡の出身で、地元の大学を出た後、しばらく職を探したがどうしてもなくて、仕方なくアグレスに応募したのだそうだ。渡辺は請負の仕事をすることが本意ではないらしく、悔しそうに語った。

「まごまごしてると歳を取るじゃないですか。こっちも焦ってきましてね。歳を取ると一生フリーターだぞ、とか脅されるもんですからね。だったら、今のうちに仕事を経験した方がいいかなと思いまして。アグレスの人も、成績の優秀な人には正社員の声がかかるって言ってましたしね」

渡辺はませた口調で滔々と語ったが、途中で、はっとしたように原口を見た。原口が若くないので慌てたのだろう。が、原口は、渡辺の話を聞いているのかいないのか、横目でテレビを眺めている。渡辺は、僕に向き直った。

「工場の方、大変ですか」

「まあね。拘束時間が長いから」

「ああ、心配だなあ」渡辺は、眉を顰めた。「俺、単純作業が嫌いじゃないんですけど、あまり長いと気がおかしくなりそうで」

渡辺は、ちらりと原口を見遣った。話に入ってくれないかと気を遣っているようだ。

が、原口にそんな社会性などない。

「俺、大丈夫ですかね」

渡辺はもう一度言った。すると、滅多にお喋りをしない原口が、ぎろりと渡辺を見た。

「やってみなきゃわかんねえぞ」

「そりゃそうだけど」渡辺が苦笑いした。

原口は、渡辺が土産に持って来た安倍川餅を頬張った。黄粉が畳に飛び散った。

「俺、工場の仕事好きだよ。何も考えなくていいからさ。こんな楽なもんはないよ。永久にやってもいい。死ぬまでやってもいい」

僕は内心、人に手伝って貰いながらよく言うよ、と思ったのだった。しかし、作業に向いていないと小馬鹿にしていた原口が、工場の仕事が好きだ、というのは驚きだった。この世には、奴隷のような働き方をすんなり受け入れる人間もまた存在するのだ。作業が辛くて仕方がないのに、何とかノルマを果たすべく頑張る、律儀な僕。作業が好きなのに、ノルマを果たせず、皆の手を煩わせる、怠け者の原口。そんな両極端の二人が辞めずに残ったのは、皮肉としか言いようがなかった。が、本当に工場側が好むのは、原口のようなタイプの労働者なのだろう。

結局、渡辺は一週間ほどで辞めた。その後も、数人がやって来たが、すぐに辞めたり、第二工場に移って行ったりで、部屋はまた空いた。埋まらないのは、僕と原口の軋轢が有名になっているせいかもしれない。僕は気付かなかったが、原口だけでなく、僕も煙たがられていたのだった。

僕と森本は、結論の出ないまま立ち話を続けていた。森本がジャージのポケットを探って煙草の箱を取り出し、一本くわえた。森本が煙草を吸うのを見るのは初めてだった。森本は煙草に火を点け、闇に向かって煙と共に言葉を吐き出した。

「みんな、あまり文句を言わないよね。文句を言うのも面倒臭いし、受け身だからさ。どうでもいいや、と思えるように自分を仕向けてるんだろうな。でも、俺からするとさ、甘いヤツらだな、と思うこともしょっちゅうあるよ。それじゃ企業にやられ放題だろって、呆れることもある。だから、香月君みたいに言いたいことがあって、怒ってる人は、こっちも身構える半面、見所がある、とも思っちゃうんだよね。きみの言うことは、ほとんど正論だと思うよ」

森本が急にくだけた口調になったので、僕は警戒を強めた。

「それってどういう意味ですか。だったら、部屋替えしてくれるってことですか」

「いやいや、それは無理なんだってば」森本は煙草を持った手を振った。煙草の火が蛍のように左右に揺れた。「そこは我慢してほしいってこと。でもね、きみのことは、チーフも一目置いてるし、工場の方も将来性があるって思ってるみたいだよ。ただの派遣工員にしておくには勿体ないって。そういう評判が耳に入ってさ。きみのことをチョー適応しやがってうざいとか、チクリ屋とか、言ってる人もいるみたいだけどね。気にしないで頑張ってよ。そんなのやっかみなんだから」

褒められているのか、注意されているのか、わからなかった。いずれにせよ、僕が微妙な立場にあると言いたいらしい。少々むかついた。

「僕が正社員になれるかもしれないってことですか。だけど、こんな下請け工場の正社員になったって、仕方ないじゃないですか」

「それそれ、それだよ。若者は傲慢だよね。自分は本来、こんなところにいるべき人間じゃないのに、いてやってる、働いてやってる、と思ってるの。でも、実際はそれしかなれないし、できないわけでしょう。だったら、偉そうに言うなって話じゃない。きみたちの身分って、悪いけど、一番下の下で、急に仕事なくなったって文句言えない立場でしょう。部屋替えしてほしいだの、個人の悪口だの、言ったらキリのないことを言って、俺を困らせるなよ」

森本が最後に吐き捨てたので、僕は唖然とした。急に剝き出しになる他人の悪意や攻撃性に仰天し、たちまち腰が退(ひ)けてしまう。

森本は、草むらに煙草を投げ捨てて独りごちた。

「こう言ったって信じないかもしれないけどさ。俺たちだって、あんたたちの条件を少しでも良くしようと思って、交渉もしてるし、必死に仕事も取ってるんだよ。間に入っている派遣会社のことも考えてよ」

「派遣じゃないんでしょう、請負でしょう？　派遣の振りした請負だって聞きましたよ。

俺らの給料をピンハネして儲けてるんでしょう。要するに、口入れ屋ですよね」

森本が冷笑した。

「口入れ屋のどこが悪いんだよ。今の世の中で必要とされてるんだから、仕方ないでしょう。こういうシステムになっちゃってるんだから、しょうがないじゃない。それは俺たちの責任じゃないよ。じゃあ香月君さ、あんた、普通の会社にちゃんと就職してみろよ。できないから、工場に働きに来たんだろう。金が欲しいんだろう？　間に入るって、あんたの役に立ってることじゃねえか。そんなに嫌なら辞めろよ。違うかよ」

結局、そういうことか。僕は黙って聞いていた。実は、さっき森本が洩らした「きみのことをチョー適応しやがってうざいとか、チクリ屋とか、言ってる」という言葉が、じわじわと効いてきていた。原口は怠惰でダサいヤツ。でも、僕も、工場に過剰適応した小うるさい男と思われていたのだ。それも、チクリ屋だなんてあんまりではないか。

バスで一緒に来た連中は、文句も言わずに適当に仕事をして、金さえ貯まれば何も言うことはないのだ。ノルマが果たせなきゃ、誰かが手伝えばいいのであって、工場が困ろうが、グループが遅れようが、自分には一切関係ない。

僕はどうしたらいいのかわからなくなって、夜空を見上げた。闇に覆われて姿は見えないが、近くに山の気配を感じる重苦しい空気だった。

「来週からさ、きみらの部屋にまた一人入ることになったよ。よろしく頼むね」

森本がそう言って、車に戻って行く。

何も事態は変わらなかった。いや、むしろ悪い方に転がった気がする。僕は部屋に戻るのも億劫で、原口が寝入るまで表にいようと思った。まだ寒いけれども、大気には若葉の匂いが少し漂い始めている。柏崎に来たのは三月の終わりだった。時間がのろのろと過ぎて、やっと五月になろうとしている。世の中はゴールデンウィークの真っ最中だが、ローテーションで動いている工場には関係なかった。嫌なら辞めろ、という森本の言葉が甦った。今すぐ辞めたくて仕方がなかった。

辞めたところで、似たような環境でしか働けない。もう少し辛抱しろ、と自問自答を繰り返していると、白い人影が数人、近付いて来るのが見えた。街に出掛けていた「工員」が、寮に戻って来たのだろう。一人が、僕に声をかけた。

「香月君じゃないの」

キクチだった。キクチと同室の女の子たちが、僕に会釈して先に寮に戻って行った。一人残ったキクチが、長い袖口に隠されていた白い手を出して、僕に向かって振った。キクチは黒いフード付きパーカーを着て、ジーンズを穿いている。相変わらず、目許が黒く滲むほど濃い化粧をしていた。

「ちょっと森本さんと話してたんだ」

キクチの物問いたげな視線に答える。へえ、とキクチは興味なさそうに肩を竦めた。呼気から、微かにアルコールの匂いがした。

「キクチはどこに行ってたの」

「メシ。あと、パチンコとコンビニ」

キクチはそう答えて、レジ袋を見せた。ペットボトルやカップ麺などが透けて見えた。

僕はキクチに向かって手を出した。

「キクチ、煙草持ってる？　一本恵んでくれよ」

キクチは気安く頷き、斜め掛けしたナイロン製バッグから、煙草を取り出して僕に一本くれた。自分もくわえて、ライターで火を点ける。

「森本さんと何話してたの」

「原口と離してくれないかって頼んだんだ。あいつ、だらしなくてさ。俺もう限界なんだよ」

キクチが煙を吐き出し、僕の部屋の方を見遣った。雨戸の隙間から、明かりが洩れている。あの部屋では、原口が万年床に横たわり、テレビを見ながらスナック菓子やカップ麺を食べ続けているのだ。想像するだけで寒気がした。

「駄目だって言われたんでしょう」

「そう。遠回しにね」

僕は先ほどの会話を思い出し、不快になった。

「駄目って決まってるんだよ。部屋替えとかやり出すとキリがないからさ。でも、最近はどこも二、三人部屋になったよ。三分の一は辞めたから、やっと約束通りの２Ｋに二人になりつつあるよ。最初から脱落するのがわかってて、詰め込んでるんだ」

キクチは皮肉っぽい口調で言った。なるほどね、と僕は鼻で笑った。

「キクチは頭いいな。俺、気付かなかったよ」

キクチは憂鬱そうな顔をした。僕らは皆、この山の麓（ふもと）に建つ寮に閉じ込められているのだ。男子棟と女子棟の間の道路に立っている僕は、両側のアパートを交互に眺めた。

「もう四十人くらいになっちゃったんだよ」

同じことを考えていたらしく、キクチが言った。三十人ずつ二台のバスで集められた僕らは、一人減り二人減り、四十人弱になっている。

キクチがレジ袋から、水のペットボトルを取り出して蓋を開けた。

「あたしたち、いつまでここにいるんだろうね」

僕は、思い切って口にした。

「さあ。俺、夜勤やろうかなと思ってるんだ。今、森本さんから勧められたんだよ。どうせ原口と離れられないんだったら、時間帯が違う方がいいだろって言われて。俺もその方がいいかと思えてきた」

「えー、嘘。やだよ」と、キクチが叫んだ。

僕は何も言わずに煙草を力一杯吸い込んだ。

「だって、あたしは香月君がいるから、辞めないで頑張れるんだよ。こないだ、あたしが辞めたいって言ったら、『辞めるなよ』って言ってくれたじゃない。あれ、すごく嬉しかったんだ。だから、何とか持ち堪えているのに」

「ごめん」と僕は謝った。キクチの黒く隈取られた小さな目が涙で滲んでいる。そんなにショックなことを言っただろうか、と僕は内心慌てている。

「あたしね、最初会った時から、香月君が好きだったんだよ」キクチはそう言った途端に照れた。「あれ、あたし、何でコクっちゃってんの」

キクチの告白が嬉しいのか嬉しくないのか、僕にはわからなかった。ただ僕は、他人の存在を希望の糧（かて）にできるヤツはいいな、と他人事のように羨ましく思っただけだった。

僕が黙っていると、キクチが失望を隠さずに溜息を吐いた。

「何よ、その態度。人が折角言ってるのにさ。香月君って、クールで芯がよくわからないもんね」

「いや、そうじゃないんだよ。俺、それどこじゃないから」

「それどこって？」

「恋愛ごっこする余裕がないっていうか」

キクチが鋭い目で僕を睨んだ。

「悪いけど、恋愛ごっこじゃないよ。あたし、もう二十八なんだしさ。マジ頭に来るな、そういう言い方。人のこと馬鹿にしてない？」

キクチの視線に射竦められた僕は、何も答えられなかった。自分が傷つき、他人を傷つけ、誰も救われないところで、みっともなくもがいている自分が嫌だった。咄嗟（とっさ）に、僕は持っていた煙草を自分の左手首に押し付けた。じゅっと皮膚が焦げる音がして、熱さに思わず悲鳴が洩れた。「何してんのよ」とキクチの鋭い声が飛んだので、僕は笑った。肉体の痛みなど、どうということはないじゃないか、と思ったのだ。

3

僕は、自分が集団自殺を考えるに至った長い話をしているところだ。退屈ではないだろうか。語るのは、嫌じゃない。だが、今の僕には、当時の絶望や事態の深刻さが、すでに実感できないものになっている。言葉を尽くして語ったとしても、どうしてそんなことで、と言われるかもしれない。人が死を選ぶ理由は様々で、レベルも軽重もない。あるのは、まさに個人的としか言いようのない理由なのだから、それを他人にわかって貰おうと思うこと、そして他人がわかろうとすること、双方共、錯覚に過ぎないのだ。僕の逡巡（しゅんじゅん）はそこにある。

僕はいつも、父が死を選んだ本当の理由を考えていた。抽象的な理由は何となく想像できた。誰にも解決できない孤独と絶望だ。だから、常に死の方を向いている父の視線の有り様は理解できたのだ。僕が考えていたのは、そうではなく、最後にちょんと背中を押して、死の扉を開けさせたものは何だったのだろう、ということなのだ。

父の死んだ夜、トイレの電球が切れていた。電球の買い置きもなかったから、父は暗いトイレで用を足さなくてはならなかったはずだ。案外、そんなことじゃないだろうか、と思った時、僕はしばらくの間、トイレに入るのが怖かった。暗いトイレで用を足しながら、もういいや、向こう側に行こう、と決意した父の顔を想像してしまうからだった。僕の想像の中の父は、なぜか暗闇で笑っているのだ。

誓って言うが、僕は自殺したかったわけではない。前向きに努力して、ホームレス状態から何とか抜け出そうとしていたし、工場労働も時期を一年と限って頑張るつもりだった。だが、うまくいかない失意が積もると、失敗を怖れて心の弾力性が失われる。他人への憎しみを感じる度に、自分の中の温かで積極的な感情が壊れていく。そう、僕はとても疲れていた。慢性的な疲労の中で、あらゆる感情が鈍磨していった。だから、ひょいと僕の背中を押したものが何だったのか、自分でもわからないのだ。電球の切れたトイレのようなものが、僕にもあったはずなのに。

信じて貰えるかどうかわからないが、死への旅は、僕にとって導かれた道を歩いているような安心感があったことは事実だ。父の死は、劇場の暗闇で、緑色に光る「EXIT」の文字のように、僕の行く末を照らす暗い道標だった。父は僕に、最終的に死という逃げ場があるよ、と扉の位置を示してくれたような気がしてならないのだ。

とはいえ、僕は少しの間、安泰と言えなくもない日々を過ごすことができた。原口と僕の、緊迫した部屋に、新しい住人が増えたからだ。森本と話した一週間後、予告通り、補充人員がやって来たのだ。男は木村(きむら)と名乗った。原口と同じ三十代前半で、快活でいながら落ち着きがあった。がっしりした体型で、アウトドアを好んでいるらしく色黒。真っ黒な髪は背中まであって、いつも茶のゴム紐で結わえていた。もやしのような若者ばかりの工場労働者の中では、明らかに異質な存在で、ひと際目立った。

「木村です。よろしくお願いします」

木村は、僕と原口の目を交互に見て、茨城訛ではっきり挨拶した。誠実な感じがした。

木村は僕らの部屋の問題をすぐさま見て取ったらしく、こう申し出た。

「俺、掃除が割と得意なんですよ。すぐにやりますから、何でも言ってください」

木村となら、うまくやれそうだ。僕の心に希望が湧いた。僕は聞いた。

「木村さんは、前は何してたんですか」

「旅人です」

原口があからさまに冷笑したのも気にせず、木村は説明した。自分はバックパッカーで、定期的に工場や工事現場でバイトをしては金を貯め、世界を回っている。柏崎には半年、その後、愛知の自動車工場に行って二百万貯めるのが目標だ、と。

「二百万でどのくらい保ちますか」

「アジアなら、二年は大丈夫です。どんな街にも安宿がありますから、そこで金を遣わないで暮らせば、ですけど」

僕の質問に木村がのんびり答えた。僕は、そういう生き方もあるのか、と驚いた。部屋を失った僕は、何としても部屋を確保しようと焦っていた。二百万なら、これこれしかできないと考えてしまう僕だが、木村は逆だった。もしかすると、部屋などにこだわらず、気儘に流れて生きるのも楽しいかもしれない。僕は少し自由になった気がして嬉しかった。

「写真、見ませんか」

木村は、リュックの中から何冊もアルバムを取り出した。旅先で撮ったのだと言う。小さな子供の写真が多かった。カルカッタ、カトマンズ、マレーシア。意外なことに、原口が熱心にページを繰った。

「へー、あっちの子供って楽しくなさそうだな」

原口は次第に薄汚さを増して、今や髪はぼうぼうになり、手の爪も黒ずんで異臭がした。木村が気付かない風に、明るく答えた。

「だから俺、ついレンズ向けちゃうんですよ」

木村は、自分こそが邪気のない子供のような顔をして笑った。アルバムに対して忌避感が強い僕は、怖々覗いてみた。目の大きなインドの女の子が、強い視線でこちらを睨んでいる。僕ならたじろぐのに、平気で撮影する木村はすごいな、と感心した。思わずアルバムのページをめくると、木村が僕の手首の傷を目敏く見つけた。

「それ、工場で怪我されたんですか」

僕は思わず、絆創膏の上から隠すように手で押さえた。キクチに告白された時、何もできない自分に苛立って、手首に煙草の火を強く押し付けたのだった。当然のことながら、酷い火傷を負って、その夜は激しく痛み、眠れなかったほどだ。

「いや、これは関係ないです」

木村はほっとしたらしい。

「何だ、工場の怪我じゃないんだ。僕、結構激しい仕事なのかとびびりました」

「いや、ハンダ付けだよ。やったことある？」

原口が口を挟んだ。

「ありますよ。夜勤も同じ作業ですかね」

金を稼ぎたい木村は、時給のいい夜勤を申し込んだと言う。僕も木村と一緒に夜勤に行くつもりになった。木村となら、同じ時間帯で行動しても問題はなさそうだ。それに、三人部屋で二人が夜勤ならば、原口を圧倒できそうだという計算もあった。独りで過ごす原口に勝手をされるのは堪（たま）ったものじゃない、と怖れていたのだ。

そんな意図が木村に伝わったのかどうか、木村は、ゴミと埃で汚れた部屋を僕と一緒に片付けてくれた。そして、僕にはなかなか言えなかったことを、いとも簡単に口にした。

「原口さん、ルール決めましょうよ。朝七時半から夜八時までは、テレビのある部屋は居間ということにして、布団を敷くのはやめましょう。でないと、誰も居場所がない。居間は、食事したり寛（くつろ）ぐ場所ですから、寝たいのなら、布団を持って僕らの寝ている奥の部屋に行ってください。あと、掃除の当番決めましょう。最初は僕がやります。当番はトイレと風呂掃除と掃除機がけ。この三つは必ずやること。一週間で交代。どうですか」

自分と同年もしくは年上の木村に言われては仕方がない。原口は嫌々頷いている。後で、僕は木村に礼を言った。

「木村さん、助かりました。手を焼いていたんで」

木村は、黒い毛が密生した手の甲を見せて、太い首を掻きながら言った。

「いるんだよねー、ああいう人。集団生活に馴染めない癖に、神経図太くて、気付かない人」

さらに、木村は真面目な顔で僕を見て、はっきり言った。

「あの人、ここから追い出しましょう」

僕は木村の明快さと行動力に酔った。寮の問題を僕一人が考えなくて済む、と思うと明るい気持ちになる。要は、孤立したくないのだった。

数日後、僕は森本に「夜勤に移りたい」と申し出た。だが、昼勤の方のチーフが、僕が抜けると痛手だ、と引き留めていると言う。結局、夜勤と昼勤を二回ずつで回す、というローテーションになった。それを聞いた木村が、忠告してくれた。

「余計なことかもしれないけど、昼勤なら昼勤、夜勤なら夜勤の方が、リズムができていいですよ」

僕は不安になったが、チーフが僕を必要としていると聞いて、自尊心が満足したのも事実だった。両方の勤務をこなすしかないと思った。

夜勤が始まった。夜八時に出勤して、朝の六時まで、昼間と同じハンダ付けをする。

夜は時給がいいし、木村と一緒だったので、気が楽だった。午前零時から四十五分までと、午前三時に十五分の休憩がある。まったく昼夜逆転した時間帯になっているのだが、夜勤は午前六時に帰れるのだ。僕らは工場から帰るとすぐ街に出て、定食屋やファーストフード店で午前七時半まで時間を潰すようになった。深夜の労働で疲れてはいたが、原口のいる部屋には帰りたくなかったのだ。そして、原口が出て行った後、部屋に戻って眠り、午後一時頃には起きた。木村は、午後になるとカメラを持って撮影に行ってしまうので、僕は一人、部屋で伸び伸びできた。たった四、五時間の睡眠でも、平気だった。夕飯を作ったり、誰にも気兼ねなくネットをした。佐緒里へのメールもたくさん書いた。僕にとっては、柏崎に来て初めての安寧(あんねい)の時期だった。

夜、七時近くには、昼勤の連中を乗せたバスが戻って来る。そして次は、夜勤の僕らを乗せて出る。その僅かな時間に、僕はキクチと擦れ違うのだった。キクチは、僕を見ると露骨に避けた。僕はキクチの変化がこたえて、自分から話しかけたことがある。

「キクチ、どうしたんだよ。前みたいに話せないのかよ」

キクチは、拗(す)ねた目で僕を睨んだ。

「あたしはそういう自分勝手な人が嫌いなんだよ」

逆だろ、と僕は思った。キクチが勝手に僕を好きになって、勝手に避けているのではないか。

「ともかくあたしに構わないで。香月君と別に友達になりたいとか思ってないんだし」

最初から忌憚なく話せたキクチの変貌は、ショックだった。でも、僕には木村がいるからいいや、と子供っぽく思ったりもした。バスに乗り込むと、木村がにやにやして聞いた。

「彼女？」

「まさか」

僕は、強過ぎる否定をする自分に驚いた。陽が長くなって、まだ暮れ切らない舗装路を寮に向かって歩く、キクチの後ろ姿が見えた。僕はしばらく眺めていたが、木村にからかわれるのが嫌で、目を背けた。

木村の忠告通り、昼勤と夜勤が交互にやってくるのは確かに辛かった。特に、夜勤の終わった後、一日休みがあって昼勤に戻るのがきつい。そして、やっとリズムが戻ったところで、また夜勤になる。僕は夜勤専門になりたいと願うようになった。

「香月君は優秀だからさ。クリーンルームに行かないか。今、人材が不足しているんだ」

森本は誘ったが、僕は木村と一緒に働いていたいので躊躇った。クリーンルームは、設備の新しい第二工場にあるのだ。僕は木村に相談した。すると木村は、クリーンルームは夜勤より時給がいいけれども、環境的に辛そうだからやめた方がいい、と言うのだ。僕は木村が言うのならそうしよう、と思った。そのくらい木村に頼り、心酔していた。

木村は、部屋を綺麗に整理整頓し、原口さえも掃除するように仕向けていたし、仕事もきちんとこなしていた。その癖、多趣味で、世慣れた逞しさもある。理想的な人物だった。

柏崎の短い夏が終わり、秋になった。僕らは次から次へと目まぐるしく新製品が生まれる携帯電話の基板作りに追われ、忙しくしていた。数グループが交代で、二十四時間休むことなく生産すべく携わるのだ。だが、秋になった途端、退職者がぽつぽつと出始めた。柏崎の短い夏を満喫した後、冬を前に辞めて行く者が多いのだそうだ。日本海に面した柏崎には、海水浴場も多い。

突然キクチが辞めたと聞いて、僕は愕然とした。僕に何の挨拶も断りもなかったことに、衝撃を受けたのだった。が、寮の前での一件以来、キクチは僕と会っても、もう二度と目も合わさなければ、口も利かなかったのだから、仕方ないのだろう。後に、キクチと同室の女の子から聞いた話では、キクチは僕のことを、「香月君には怖いところがある」と常々言っていたそうだ。内容は言わなかったらしいが、僕の自傷行為を指しているのはわかっていた。

僕は、手首の上にある白くなった傷を見た。根性焼き。どん詰まりで喘いでいた自分を象徴するような醜い傷だった。キクチからすれば、自分を傷つけてまでキクチを嫌がった、と思ったのだろうか。そうではない、と説明する前に消えたキクチが、僕は恋しかった。

しかし、原口が噂話をどこからか聞いてきて、滔々と披露した。キクチが海で知り合った男に妊娠させられた、というものだった。

「どんGALA！祭りで知り合った新潟の男でさ、その後、海上花火大会も二人で行ったんだと。そこでやられて、腹ボテになっちゃったってさ。恋人岬に行けば、今でも、『二人の愛は永遠に』っていうピンクのハートがぶら下がってるって」

原口は、嬉しそうに黄色い歯を剝き出して笑ったが、僕はキクチを笑う気には到底なれなかった。キクチの恋愛の真偽はともかくとして、僕らは常に誰かを頼らなければ生きてはいけなかったのだ。それは森本だったり、チーフだったり、リーダーだったり、一緒に来た友達だったりした。僕だって、世慣れたキクチを頼り切っていた時期があった。到着した翌日、ヤカンと鍋を買って来てくれたキクチ。「世知辛いね」と、赤い眼鏡越しに上目遣いで僕を見るキクチの表情。僕は懐かしく思い出しては、心を痛めたりしていたが、それもいつしか忘れてしまった。

十一月になった。木村の柏崎滞在が、そろそろ終わろうとしていた。木村は、年末から正月にかけて少し休み、年明けに愛知の自動車工場に働きに行くと言っていたからだ。木村とも別れる日がやって来る、と僕は内心怯えた。これからは自分一人で何とか生きていくのだ、と必死に自分を立て直してもいたが、冬に向かう柏崎の寂しさは、そんな決心をいともたやすく打ち砕くのだった。僕は冬の荒れた海を見たくなかった。雪でセンターラインが消えた街路を歩きたくなかったし、原子力発電所の巨大な送電塔を見上げたくもなかった。工場の通路を吹き抜ける寒風。遅い夜明け。三月でさえも、あれほど暗く寒かったのだから、真冬はどんな様子なのだろう。キクチも木村もいないのに、この冬をどうやって過ごせばいいのか。僕は暗い気持ちになった。しかも、憎たらしいことに、原口はずっと一緒なのだ。

休みの日、僕は木村に誘われて街に出た。飲もうよ、と木村が言うので、僕らは居酒屋に入った。奥の座敷に座り、浮き浮きとメニューを見る。木村がモズクを頼んだ。箸の先で黒いモズクを摘み上げた木村が、茨城訛で木訥に喋った。

「雄太、モズクってさ。沖縄と柏崎のが有名なんだって。知ってたか?」

木村は、そんな雑学の知識も豊富だった。知らないすよ、と僕は首を横に振って、笑った。木村がモズクを啜った。

「だけど、柏崎の方が圧倒的に旨いな」

そうですか、と僕は口の中で言って箸を取った。木村と一緒にいるのが楽しかった。木村が、僕の目を見て言った。

「雄太、俺、もう少しここにいることにするよ。あと半年だ。何か気に入っちゃったよ」

僕は嬉しくて堪らなかった。初めて仲良くなった木村と一緒にいたかった。そして木村に、雄太はいいヤツだ、仕事のできるヤツだ、ともっと気に入られたかった。おそらく、僕の中には、僕を認めてくれなかった父への希求があるのだろう。初めて自分の性格に気付いた僕は、父の死と僕の家族の崩壊について、木村に話したくなった。だが、そんな私的なことを喋っていいものだろうか、甘えていると思われないか。僕は唇を噛んでしばらく思案していた。

居酒屋の自動ドアが開き、冷たい風が吹き込んだ。入って来た客が入り口付近に立ったままなので、ドアが開けっ放しだ。客が皆、怪訝な顔で振り返った。黒いダウンジャケットを着た男と、白っぽいレインコートのような物を羽織った男が立っていた。やがて、男たちは僕らを認めて、席にやって来た。

「木村さん？　木村豊さんですか」と、ダウンジャケットの方が木村に聞いた。木村が頷くと何事か耳許で囁き、木村と男は外に出て行った。

それが木村と会った最後だ。木村は、寮にも工場にも二度と戻って来なかった。驚いたことに、木村は、幼女に対するいたずらの疑いで逮捕されたのだった。容疑は、北海道での二件と高知での二件だった。どちらも、写真を撮ってあげる、と幼女に近付いていたずらをする、悪質なものだったと聞いた。となると、木村は世界中で同じことをしていたのだろうか。僕は、アルバムにあったインドの女の子の鋭い視線を思い出し、自分が責められているような嫌な気分になった。

噂は工場中を駆け巡り、僕や原口まで一味だと疑われたと聞いた。だが、そんなことはどうでもよかった。僕は、折角構築されかかっていた僕の安らぐ「場所」が崩されたことに衝撃を受けている。家のない僕に安らぐ空間はない。それは場所ではなく、僕に優しい人間、という存在でしかなかったのだ。こうして僕はまた、原口と二人きりになった。

4

キクチが去り、木村が逮捕され、僕の周囲には親しい人間がいなくなった。柏崎にも未練はない。なのに、僕はクリーンルームの夜勤を希望した。クリーンルームは第二工場内にあって、知り合いは一人もいないから情報はまったくないし、ルーム内は気密構造で、体力的にきついとも聞いている。こんな仕事は早く辞めたいと思っているはずなのに、僕はなぜか引き返すことができずに、工場の深部へ深部へと向かっているかのようだった。もしかすると、嵌り込んだ深い穴の底に何があるのか、不安と裏腹の好奇心が、最後まで見届けろ、と僕に命令していたのかもしれない。

初出勤の夜、第一工場への夜勤工員を乗せたバスが去った後に、マイクロバスが緩い坂を上って来て、寮の前に停まった。クリーンルームの夜勤専用バスが、僕を迎えに来ることになっていた。バスはその後、別の寮を回り、従業員たちを拾って行くのだそうだ。

マイクロバスには、中年の運転手以外、誰も乗っていなかった。僕を乗せ、運転手は無言で山裾の暗い未舗装路を走り続けた。こんなところに寮があるのだろうか、と不安を感じ始めた頃、ようやく一軒の古めかしいアパートが見えてきた。アパートの前に、二十人近い男たちが立ってバスを待っていた。僕が顔を向けると、彼らは一斉に僕を見つめた。僕と同じ年頃の若い男たち。バスが停まり、彼らが仲間内で喋りながら乗って来た。知らない言語だった。顔つきも雰囲気もどことなく違っている。彼らは、研修生という名の中国人労働者たちだった。

中国人たちは、僕をちらちら意識しながらバスの座席に座った。僕は、彼らの強い感情を浴びて、目眩(めまい)すら感じている。好意、敵意、好奇心。そのどれか、あるいは全部。彼らの感情は剝き出しで放たれ、バス内にガスのように充満して、僕を刺激して止まないのだった。

「こんばんは」

明瞭な発音で、誰かが僕に挨拶した。

僕の座席の横に、若い男が一人立った。黒いトレーナーにジーンズ。背が高く短髪で、左耳に小さな銀の輪のピアスをしている。聡明な顔立ちに、銀色のフレームの眼鏡。鋭い目つきが、美しい象牙色の膚に不似合いだった。取り澄ました秀才風でもあるし、新入りに意地悪な熟練工のようにも見える。男は足を踏ん張ってバスの揺れに堪えながら、右手を差し出した。

「わたしは鄭顕栄(ていけんえい)です。ケンと呼んでください」

「僕は香月雄太です」

僕は、ケンの日本語の確かさや発音の力強さに舌を巻いた。ケンは僕の手を強く握って離さなかった。僕の手を包み込むほど大きく、すべすべした手だった。

「ユウタさん。わたしはここのチーフやってます。カイシャから言われたんじゃなくて、自主的にチーフやってます」

ケンは笑った。ケンの言葉が聞こえたのか、周囲にいる数人の中国人が、同調の笑いを浮かべた。ケンの目の白い部分が、闇の中で光った。

「ユウタさん、あなたクリーンルーム初めてですか」

「そうです」

「だったら、わたしが仕事教えてあげます。簡単、すぐ覚える」

バスの中で誰かが「カンタン、スグ、オボエル」と繰り返したため、笑い声が起きた。ケンが微笑みを浮かべて、僕の目を見つめた。

僕は震えていた。とうとう穴の底にあるものを見たような気がしたのだった。ケンがそうなのか、この気迫に満ちた中国人の研修生たちがそうなのか。震えの正体はわからなかったが、いずれにせよ、僕の見知っていた世界とは違う場所に足を踏み入れたことは確かだった。

「頑張ってやりましょう」

僕の戦き(おのの)を感じたのか、ケンは励ますように僕の肩を叩いて、自分の席に戻って行った。

バスが第二工場の裏口に着くと、森本が工場の管理職らしい人間と一緒に僕を待っていた。管理職は第一工場と違い、ベージュ色のジャケット型作業着を着ている。森本が、怖じる目でケンたちを見送った後、僕を労った。

「香月君、ご苦労様」

「香月雄太さんですね」

四十代と思しき管理職が僕に笑いかけた。が、この親切ぶった笑いも最初だけだとわかってから、僕は冷淡な態度を取るようになっていた。そんなことは管理職も承知していて、すぐに笑いを引っ込め、事務的な態度になった。

「ここのクリーンルームでやっていることは、赤外線通信のモジュールの組み立てです。慣れるまで大変かもしれないけど、なるべく長くやってください。納期があるので作業的には厳しいかもしれませんが、頑張っている人には、正社員の道も開かれていますから」

どの部署もラインも同じだった。ふた言目には、「正社員の道が開かれている」と言うのだ。が、僕は八カ月間、懸命に働いているが、正社員に誘われたことは一度もない。また、誰かが誘われたという噂も聞いたことはなかった。だから、言われる度に、あんたマジかよ、と怒鳴り返したくなるのを堪えた。

管理職は言うだけ言って去って行った。ベルトコンベア上の工業製品よろしく、次に現れたのは、クリーンルームのチーフだった。僕とそう年齢の変わらないチーフは、中島と名乗った。目の下に隈を作り、青白い、くたびれた表情をしている。僕がチーフと話している間、中国人工員たちは、慣れた様子でさっさと更衣室に入って行った。

「クリーンルームは、大量の空気を濾過することで清浄な空間を作っています。だから、クリーンルームに入る人は、こういうことに気をつけてください」中島はマニュアルを読むが如く、感情を込めない言い方をした。「常に体を清潔にしてください。特に髪の毛をよく洗ってですね、フケなどを出さないようにしてください。髭はやめてください。きみはないから、いいね。あと、入室前に手を洗うこと。以上、守ってよろしくお願いします」

中島はぺこんと頭を下げた。僕はぼんやりと聞き流しながら、不潔な原口なら失格だ、とそんな関係のないことを考えている。中島が生気のない目で僕を見た。

「質問ありますか」

「いや、特に」と、僕は口の中でもごもご言った。最近、工場の人間には自分の感情や意志を表さなくなっていた。いいようにこき使われているという気持ちがあまりにも強くなると、感情や意志すらも、出すのが勿体なくなるのだ。

「じゃ、着替えましょう」

中島は溜息をひとつ吐いてから、部屋の表示を指差した。「更衣区域」とある。コンクリート敷きのロッカールームのような場所で、その先に空港のゲートのようになっているクリーンルームへの入り口が見えた。

「今話していたところは管理区域です。これから更衣区域に入るので、靴を脱いで、荷物はロッカーに入れてください」

靴箱には、ケンたちの靴も行儀よく並んでいる。若者らしく、皆、流行りのスニーカーばかりだった。僕は自分の靴を脱ぎながら、無意識にケンの靴を探していた。すると、奥のロッカーの陰で、Tシャツの上から青い防塵服を羽織ったケンの鋭い目が、僕を見ているのに気付いた。緊張した。

「最初に手を洗ってください。乾燥後、まず手袋をつけます。その後に防塵服、マスク、靴の順に身につけてください。いいですか」

中島に言われた通り、パーカーを脱いでTシャツ一枚になってから、手を洗ってエアシャワーで乾燥させた。ビニール手袋をつけ、ジャージの上下のような防塵服に袖を通す。素肌にちくちくする生地で、不快だった。髪を全部中に入れて帽子を被り、大きなマスクをする。膝下まである白い長靴のようなクリーンブーツを履いた。壁に、大きな字で書いた標語が張ってあるのに気付いた。

「クリーンルーム四原則

1、微粒子を持ち込まない

2、微粒子を排除する

3、微粒子を発生させない

4、微粒子を堆積させない」

僕が標語を眺めていると、中島が説明しようかと言う風に口を開きかけたが、面倒臭そうにやめて目を逸らした。僕も敢えて聞かなかった。僕自身にも備わっていたはずの、好奇心や前向きな心がどんどん磨り減っているのを感じる。きっと中島もそうなのだろう。だからこそ、僕はバスの中での中国人たちの泡立つ感情に驚き、また戦いたのではなかったか。


「用意はいいですね。じゃ、入室しましょう。その前に、必ず名札を返してください」

中島が壁の入室者表示パネルに掛かっている自分の名札を引っ繰り返した。裏は赤だ。大きなパネルの半分以上が赤く裏返っていた。ざっと見たところ、中で作業している工員は四十人近い。僕の名前は、マジックで書き殴ってあった。僕も中島の真似をして引っ繰り返す。


「あ、その前にね、大事なことを忘れていた」

中島がエアシャワー室の真上に付いているイエローランプを指差した。

「このランプを必ずチェックしてください。これが赤くなっていたら、絶対に入室しないでください。これは酸欠警報なんです。酸欠だったら、全員退室の指示が出ているから」

マスクの中の声がくぐもって聞こえる。指示が出ていなくたって、酸欠なら退室に決まっているだろう。僕は杓子定規な中島を、内心嘲笑った。

僕は中島の後についてエアシャワー室に入った。壁から強い空気の塊が吹きつけて来る。全身に浴びて、体に付着した細かな埃を吹き飛ばすのだ。たっぷり二十秒ほど浴びた後に、粘着マットの上に乗って、靴裏の埃も丁寧に剝ぎ取る。

中島が先にドアを開けてクリーンルームに入った。僕は少し待ってから、ドアを開けた。途端に、ごーっという空調の音が耳を打った。空気が重く感じられて、頭がくらっとする。

「埃を外に押し出しているから、気圧が高いんだよ。頭痛くない？」

中島が僕のそばに来て、怒鳴るように言った。空調設備のせいで、音が聞こえにくい。頭痛はなかったが圧迫感があって、僕はこの中に十時間近くもいられるのだろうか、と不安になった。思わず、さっきのイエローランプが赤く変わる瞬間を想像して怖ろしくなった。僕は目を閉じて息を吸い込んだ。なるべく落ち着いて、ルーム内を見渡す。縦一・五メートル、横二メートルほどの大きな機械が並んでいた。その前で防塵服姿の男たちが立って操作している。出来上がった製品を運ぶ者、必要な物を取りに走る者。端の席に並ぶ女子工員たちは、検査をしているのだろう。僕がこれまで働いていたラインとは違う種類の忙しさと緊張があった。中島はまだ口にしないが、ここにも個人のノルマが存在し、納期があり、必死に仕事しなければならない状況があるはずだった。

「モジュールの組み立てを、この機械に覚えさせるのが仕事です。つまり、素子を基板にくっ付けるんだ」

中島がＡ４判くらいのフィルム状の物を手に取って、僕に見せた。素子は、肉眼では到底見ることができないほど小さい。しかし、どの範囲の素子を取るかは、人間の目で判断しなければならないのだ。その素子を、機械がフィルムから取り出して、基板に載せるのだ。

「僕にできるんでしょうか」

「大丈夫」初めて中島は笑顔を見せた。「最初はみんな一日に四台くらいしか回せないんだけど、じきに慣れて五、六台くらいはいくよ。僕としては、最低でも六台は回してほしい」

中国語で何か怒鳴る声がした。ケンが同僚を殴らんばかりの勢いで怒鳴っている。中島がちらっと振り返ってから、僕に言った。

「あいつは優秀だよ。一日に十二台回すんだ。その代わり、威張っているから気を付けろ」

僕は驚いてケンの方を見た。ケンが、僕の視線に気付き、こっちに来い、という風に手招きした。

だが、中島はケンの合図を無視して、一台の機械の前に僕を誘った。

「マウントは一台ずつ癖がある。説明してもわからないだろうから、試しにやってみるといい」

僕は中島に教えられて、小さな緑の基板と素子がついたフィルムを機械にセットして、拡大してみた。肉眼では見えなかった素子が、フィルム上に綺麗に並んでいる。基板には、金属粉末をペースト状にしたハンダを吹きつける。そして、フィルムを機械に送り込むと、素子が真空ノズルで吸いつけられ、ノズルが基板上を移動する時に、下から赤い光を受ける。ここで吸い付けられる素子の姿勢をカメラが測定し、その情報に基づいて機械が基板に取り付けるのだそうだ。赤い光を飛ばす場所には、銀色の「カップ」と呼ばれる反射鏡を取り付ける。

当然のことながら、僕は何度も失敗し、腋の下に汗を掻いた。しかも、防塵マスクが呼吸を妨げているので、苦しくて仕方がない。この気密構造の部屋で、動きの鈍い防塵服を着けて機械を何台も同時に動かすなど、到底できるものではない。だが、ケンはあちこち走り回って十二台も動かしているという。超人的だった。

数時間も機械に張り付いて慣れない作業をしているうちに、僕は極度の緊張と疲れで、朦朧としてきた。やっとのことで一台終わってほっとしていると、中島が注意しに来た。カップは、冷蔵庫に入れて冷まさなくては役に立たないのだそうだ。

「もうじき休憩だから、休憩の後に使う分を冷蔵庫に入れておいた方がいいよ。ただし、あまり多く入れるとノリが付く。四個が最適なんだ」

ノリが付くと言われても、それがどんな状況なのかわからない。ひとつずつ覚えるしかない。自分の使うカップを冷蔵庫に入れた途端、休憩時間になった。僕はほっとしてエアシャワー室に入った。一刻も早く防塵服を脱ぎたかった。が、まだ午前零時だ。弁当を食べて、深夜から早朝に向けての労働に備えなくてはならない。

休憩室でコンビニ弁当を食べている時、妙なことに気が付いた。休んでいるのは、日本人ばかりなのだ。中国人労働者はまだ働いているのだろうか。それとも違う休憩室にいるのか。喫煙区で、中島が壁を見ながらぼんやりと煙草を吸っていたので、火を借りる振りをして聞いてみた。

「中島さん、中国の人たちは」

「休憩返上だよ。休憩時間も時給計算するように、工場に交渉しているんだ」

中島は防塵帽で癖がついた髪を手で触った。会った時は気付かなかったが、まだ若いのに頭頂部が薄くなっている。

「彼らは、何でそんなに働くんですか」

「時給が安いからさ。六百三十円くらいだろう」

僕は唖然とした。僕のクリーンルーム夜勤の時給は千百五十円だ。約二倍。バスの中で感じた、中国人研修生たちの泡立つ感情の理由が、やっとわかった気がした。休憩室では、二十人ばかりの日本人従業員がマンガを読んだり、弁当を食べたりして寛いでいる。だが、ケンたちが血相を変えて働いていることを想像すると、クリーンルームが戦場に思えてくるのだった。

休憩後、僕は再び防塵服を着けて、クリーンルームに入った。ケンは相変わらず、疲れも見せずに機械の間を飛び回っていた。が、作業を始めた僕は、睡魔に苦しめられている。気圧が高い部屋での労働は、普段よりずっと辛かった。僕は手を休め、防塵帽の中で止めてあるマスクの紐を少し緩めて、こっそり息を吐いた。クリーンルームの四原則のひとつ「発生させない」は、人体から発生する汚染ガスも含まれる。クリーンルーム内では、頭や顔を擦るな、とも言われていた。すると、背後から、誰かが僕の背を突いた。今の行為を見られたのかと振り向いたら、中国人研修生の一人が立っていた。たどたどしい日本語で言う。

「ケンが話ある。基板を持って来い、言ってる」

僕は、遠くにいるケンの方を見た。さっきと同じように、こっちへ来い、という仕種を繰り返している。僕は自分が作った基板を数枚持って、ケンのところに行った。ケンは僕の基板をちらりと見て、吐き捨てた。

「これはよくない。これでは検査通らない」

僕は恥ずかしくなった。

「ユウタ、ナカシマは何と教えたか知らないが、ナカシマのやり方ではうまくいかない」

マスクをしていても、ケンが嘲笑っているのがわかった。その間も手は休めない。

「いいか、フィルムはなるべくたくさん素子が付いているのを選べ。それから、マジックでどこから始めるのか、最初にポイントしておくと、拡大した時、見失わない」

僕は感心した。細かい創意工夫をしなければ、機械をたくさん回すことなどできっこないのだ。

「お前は来たばっかりで、すぐには一人前にならないのだから、少しは俺の仕事を手伝え。俺の分のカップを冷やしておけ。俺は冷蔵庫に行くまでの時間が惜しい」

その通りだ。僕は素直に頷いた。中島がいたら止めたかもしれないが、時給の差額を聞いた僕には、ケンを手伝うのは自然に思えた。ケンは夜食も食べないで、機械と機械の間を駆けずり回っているのだから。それにひきかえ、と僕はクリーンルームで働いている同僚を眺めた。全部で三十人あまりの、派遣や嘱託や正社員の日本人たち。がむしゃらに働く者は一人もいない。

「俺はエースなんだ」

ケンが僕の視線の先を見据えて胸を張った。ケンを支えているのは、一番という強烈なプライドだった。

「わかった。何度か来て補充するよ」

僕は、ケンのためにカップを四個、冷蔵庫に入れた。ケンがふざけてVサインを出す。ハードワークなのに、ノリが軽いのがカッコよかった。

「手伝っているのか。親切だね」

様子を見に来た中島が、ついでに厭味を言った。

「一緒のバスなんで」

中島は肩を竦めた。

「あいつら、時給が高い癖に派遣が何もできないから、派遣をこき使おうと思ってるんだ」

「でも、中島さんは正社員でしょう」

するど、中島は悔しそうな顔をした。

「いや、俺も派遣だよ。きみと同じアグレスだ」

じゃ、派遣じゃなくて請負だ、チーフなんかにされて、あんたも騙されているんだ。

僕はそう言おうとしたが、黙った。中島の横顔が酷く疲れて見えたからだ。いずれ僕も同じ道を辿る。

中国人グループは、夜勤明けも一時間残業した。途中で、さすがに十五分の休憩を取ったが、十一時間、ほとんど立ったままの作業だった。時給が低いので、工場側が止めても長く働こうとするのだという。しかも、中国人グループの仕事は、高品質で効率もよかった。ケンたちは、素晴らしい職能集団だった。

僕はバスが同じなので、ケンたちの残業に仕方なく付き合って、くたくただった。帰りのマイクロバスに乗る足取りも重く、つい居眠りをしてしまった。が、ケンは元気で、仲間と大声で話し、高い笑い声をあげている。バスが停まり、皆がバスを降りる気配で僕は目を覚ました。中国人たちの寮の前だった。昔の社員寮のような、古いアパートだ。

「ユウタ、今晩また会おう」

ケンが僕の目を見て言った。僕が頷くと、ケンは僕の頬をそっと撫でながら通り過ぎて行った。僕は身も心も震え、ケンのために明日も明後日も手伝ってやるんだ、と思ったのだった。

　原口と暮らす部屋に戻ったのは、午前七時半だった。ちょうど、昼勤のバスが出発した直後だったので、原口とは顔を合わさずに済んだ。僕は部屋の淀んだ空気の中で立ち竦んでいた。気圧の高い部屋から解放されて、血液が急に流れを速めたような気がする。が、ここはクリーンルームと対極にあった。埃と汚染ガス。ありとあらゆる「微粒子」に満ちた、世界で最も汚い部屋だった。僕は激しい疲労を感じて、台所の床にへたり込んだ。流しに汚れた鍋がそのまま置いてある。「香月用」とマジックで大書された僕の鍋。とうとう原口は、自分用の鍋もヤカンも買わなかったのだ。僕はテレビの置いてある居間に行き、敷きっ放しの汚れた布団を眺めた。いつの間にか、シーツなどなくなっている。木村が逮捕されてから、原口は布団を仕舞わなくなっていた。僕は、原口の枕を蹴り飛ばした。まだクリーンルーム一日目の昂奮が続いていて、すぐには眠れそうもなかった。


　日が経つにつれ、僕はケンと仲良くなった。バスでの行き帰りには、必ずケンが僕の隣に座った。だが、ケンが中国のどこから来て、何歳なのか、どんな家族と暮らしていて、いつ帰国するのか、など私的なことは一切知らなかった。ケンも喋らないし、僕にも聞かなかった。

　僕はケンに惹かれていた。そんな気持ちになったのは初めてだったし、まして同性に恋情めいた気持ちを持ったことなどなかったから、戸惑った。でも、毎晩ケンと会う度に動悸がして舌がもつれ、ケンの視線を感じると、喜びにときめくのだった。これは恋ではなかろうか。僕は密かに自問し、自分自身の秘密を知って怯えた。だから、アイドルを見ても何も感じなかったし、キクチの好意にも鈍感だったのだ、と今になって思う。そうなると、ケンが僕をどう思っているのかが、気になって仕方がない。僕は落ち着かない日々を過ごした。

僕は、クリーンルームでケンが仕事をしているところを見るのが好きだった。ケンは常に余裕がなくて、人に怒鳴り散らすし、目つきが怖かった。あっちの機械を操作したかと思うと、別の機械に張り付き、かと思えば、手に取った基板を厳しい目で睨み、中島と大声で口喧嘩する。

エキセントリックなケンは、日本人の間で嫌われていた。だが、僕は攻撃的なケンをうっとりと眺めた。そして、いっそ酸欠になって、このまま皆で死んでしまえばいい、と思ったりもした。自分とケンが重なり合って死に、表のイエローランプが赤く点滅している場面を想像しては昂奮した。

年が明けた。三が日は工場も休みだったが、僕はケンに会えないのが残念で、ほとんど寮で不貞寝して過ごした。四日の始業の際に、僕はやっと会えたケンに言った。

「休みなのが辛かったよ」

「俺もだ」

その言葉に僕は舞い上がったが、ケンが辛がったのは、働けないからだった。中国では旧正月を祝うのだと言う。僕は不安になって尋ねた。

「旧正月は中国に帰るのか？」

ケンは僕の目を見て首を振った。闇の中で、ケンの白目が光る。僕の心は喜びに満ちた。送迎バスの中での短い二十分が、僕らが二人だけで過ごせる時間だったのだ。僕は、座席の下でケンの冷たい手を摑んだ。そっと握ると、ケンが強く握り返してくれた。

「ケンは中国で何をしていたの」

「俺は、上海（シャンハイ）のＩＴ企業で工場長をしていた。帰ってからも同じ仕事に就くだろう」

職人としてのプライドも高く、品質管理も厳しいケンは、優れた工場長に違いない。僕は、自分の時給がケンより高いことが申し訳なく思うのだった。とはいえ、独立できるほどの額でもない。請負で保証もないから、いつクビになるかわからないし、体調を崩せば、保険がないからすぐに蓄えは尽きる。だが、派遣の僕らが常に感じている不安と不満と不平は、このケンのような優れた外国人労働者が下にいることで、雲散霧消させられてしまうのだった。森本は、「お前らは一番下の下だ」と言ったが、ケンたちの時給に比すれば、そうではないことがわかる。そして、ケンたちの存在故に、全員の時給が上がらない構造にもなっていた。製造業のコストダウンの仕組みは巧妙だった。誰が一番悪いのか、そして、どこに何をぶつけたらいいのか、まったくわからなかった。やはり、僕は出口のない穴に閉じ込められたも同然だった。そして今、僕はそのどん底にいる、ケンという魅力的な男の手を握って。

「ユウタはこれまで何をしていた」

ケンの、意地悪そうな目が僕を見た。

「ビル掃除だよ」

バスの暗い窓ガラスに、僕とケンの顔が重なって映った。ケンの顔が可笑しそうに歪んで見えた。

「信じられない。どうしてユウタは誰でもできる仕事をするんだ」

不意に、僕は孤独を感じて絶句した。ケンをこんなに好きなのに、ケンは僕の状況を理解できない。あるいは、理解する気がないのだ。ケンにとって日本とは、技術を磨き、出稼ぎをする格好の国でしかないのだ。

「ケンはいつ帰る」

僕はとうとう怖れていた質問を口にした。

「四月だな」

ああ、その頃には、僕も大学に行く手筈が整っていたはずだったのに。僕は唇を噛んだ。早くも一月だ。僕は受験勉強はおろか、センター試験の申し込みもしていなかった。それどころか、疲労のために毎日の睡眠さえも碌に取れていないのだ。ケンが帰国することを想定すれば、自分も違う局面に行ってなくては、破滅しそうな予感がある。大袈裟ではなかった。僕は本当にギリギリの線で生きていた。僕の場合の破滅とは、最終的逃亡だった。言わずと知れた、父の二の舞いだ。

ケンが繋いでいた僕の手を離し、ごそごそとポケットを探った。ヴィトンの財布から、一枚の写真を取り出した。

「見ろ。妻と息子だ」

ケンが百円ライターで、写真を照らし出してくれた。一瞬、着飾った美しい女と乳飲み子が見え、また闇に消えた。バスは国道を走り続けている。僕はケンに離された素手で、闇の冷たさを感じていた。もう一度ケンと手を繋ぎたかったが、できなかった。会話が途絶えた。

夜の工場へ走るマイクロバスの中では、何をしていいのかわからない。僕は勇気を奮って、再びケンの手を取った。そして、いやだ帰らないで、家族を忘れてくれ、と言いたかった。が、僕にはそんな勇気はない。せめてケンが手を離さないで黙ってくれているのが、慰めだった。

携帯メール受信の音がした。キクチと木村がいなくなってから、僕の携帯はほとんど鳴らなくなった。たまに、母や昔の友人から電話やメールが入る程度だ。

「メールだろ。見ないのか」

ケンが僕に言って、そっと手を抜いた。僕は仕方なくメールを開いた。奇妙なメールだった。知らないアドレスから送られている。

「香月雄太さま　お元気ですか。私の名は、明かせません。でも、あなたにぴったりのサイトがあるので、お知らせします。きっと役に立つと思います　友人より」

そして、サイトのアドレスが貼り付けられていた。僕の名が最初に書いてあるところを見ると、アダルトではなさそうだ。僕は思いきって、アドレスにアクセスしてみた。

「死にたい人へ」という字が目に飛び込んできた。自殺サイトだった。

ケンが覗き込んで、それは何か、と聞いたが、僕は手で隠した。自殺サイトの話題から、父親の死を知られたくなかったのだ。木村にはいつか話したいと思ったのに、ケンに話すことができないのはなぜだろう。ケンは強いし、好きだから、理解されないとわかるのが辛かったのだろうか。そう、僕は弱い人間だ。常に誰かに頼り、縋りたい人間なのだ。

僕は自殺サイトのURLをパソコンに転送し、一人になってゆっくり眺めようと思った。たった今、ケンに家族がいて、三カ月後に帰国することがわかったせいかもしれない。糸が切れた凧になったような僕の心は、またも地表に繋がれる安心感を得たのだった。自殺サイトという場所に。

工場に着いた。僕はケンたちと連れ立って、更衣区域に入った。日本人労働者たちが、ケンを認めて、さっと道を空けた。挨拶も何もない。ケンたちも、日本人を睨んで通り過ぎて行く。実は、昨年末から、クリーンルーム内での、小さないざこざが日常的ないがみ合いに発展していた。日本人労働者の中で、ケンと話すのは僕だけだった。間を取り持つ中島が苦労しているのはわかっていたが、今日はその姿がない。

「中島さんは？」

顔見知りの従業員に聞くと、首を振った。

「今日はまだ見てない」

ロッカーの後ろで、日本人と中国人との小競り合いが起きていた。

「自分さえよければいいのかよ」

「死ね」

ケンの叫び声がする。慌てて見に行くと、ケンが一人の従業員に向かって、首を手刀で水平に引く仕種をしていた。雰囲気が荒れてきていた。だが、チーフの中島がいない以上、治める者もいない。しかも、ケンは、その中島を無能だと心から馬鹿にしているのだった。

やっと長い勤務が終わって寮に戻った僕は、久しぶりにネットにアクセスした。クリーンルームに移ってからは、激しい疲労であまり眠ることもできず、ネットをする気力も失せていたのだった。佐緒里のメールも全然チェックしていなかった。佐緒里からは、連絡がない僕を慮る（おもんぱかる）メールが数通来ていたが、僕はそのメールを開きもせずに、転送しておいた自殺サイトのURLを真っ先に開いた。「死にたいのです。どなたか一緒に行きませんか」という書き込みに対し、「是非一緒に」というレス、命の大切さを訴えて死にたい気持ちを諫める（いさめる）レスとが相半ばしていた。

僕は大量の「死にたいのです」という書き込みを眺め、心が和んでいた。僕もいずれ、ここに書き込むだろうという予感がした。やっと父が示した「ＥＸＩＴ」の扉に辿り着いた。そろそろ、人生という舞台から退場したくもある。ケンへの思いが募っていることと、無縁ではなかった。

僕は昼間あまり寝ずに、自殺サイトばかりを眺めて過ごすようになった。そして、夜マイクロバスに迎えられてケンと会い、工場へと向かった。僕はバスの中ではいつもケンの手を握っていた。

「ナカシマが死んだという噂がある」

ある日、ケンが言ったが、僕は驚かなかった。

「どこで聞いたんだ」

「仲間から」とだけ言って、ケンは口を噤んだ。中国人研修生たちには、独自の情報網がある。だから、きっと本当なのだろうと僕は思った。中島は、年が明けてから一度も出勤していなかった。代わりに、嘱託社員の人がチーフを務めているから、誰も中島のことを口にしなくなった。あのメールをくれたのは中島かもしれない、と僕は思った。それまではキクチの復讐ではないかと想像していたのだが、もし中島だとしたら、それは本当の親切というものだった。

「ねえ、僕がナカシマみたいに死んだらどうする」

僕はケンに尋ねてみた。最近、ケンが僕の面倒を見てくれるのは、クリーンルームでいいように使う人間が欲しいだけなのではないか、と邪推の心が起きていた。皆、自分の仕事が忙しくて、他人のためにカップを冷やしたり、フィルムを取って来たりはしない。僕はケンのために働いているも同然だったからだ。

ケンからは、しばらく返事が返ってこなかった。落胆し始めた頃、ケンの小さな呟きが聞こえた。

「ユウタが死んだら、悲しいよ」

ケンが悲しんでくれるのなら、死ぬ価値はある、と僕は思った。何ひとつ計画通りにできなかったが、僕は疲れていた。もういい。僕はまた誰かにあのURLを送ってやらねば、と思った。バスを見回したが、中国の若者たちは肉饅を頰張ったり、音楽を聴いたり、陽気だった。辛い労働をしても、帰る場所があるからだろう。僕は急に羨ましくなった。俯いた僕の唇に、一瞬、冷たく柔らかいものが触れた。ケンの唇だとわかった瞬間、涙が滲んだ。僕の生きてきたこと、関わってきたことすべてが虚しい、と気付いたせいだった。

僕は勤務の終わった翌朝、初めてサイトに書き込みをした。

「僕は死にたい。誰か一緒に死にたい人がいたら、連絡先は、０９０・０８４３・××××です」

すぐに電話がかかってきたのには驚いた。低い女の声だった。

「もしもし、私は集団自殺のコーディネイトをする見届け屋という者です。あなたが本気なら、お世話したいのですが」

引き返すのなら今だ、という声がどこからか聞こえたような気がしたが、僕は返答していた。

「本気です。僕は柏崎にいますが、勤務が忙しくて出られないので、ここまで来てくれるのなら、あなたも本気だと信じます」

相手は、僕の住所と休みの日を聞いて、電話を切った。僕は半信半疑だったが、積極的なことをしている喜びがひとつ生まれたのも事実だった。すでに三月に入り、受験シーズンも終わりを告げた。佐緒里からは、受験結果を報せてほしい、という能天気なメールが届いたばかりだ。ケンとの別れもすぐそこに来ていて、僕は焦っている。毎晩クリーンルームに出勤する度に、いつもの癖でイエローランプを眺めているのだ。みんな死ね、死ね、死ね、と呪詛を吐きながら。

「今、柏崎の駅前にいるんですけど」

見届け屋と称する女から電話があったのは、最初の電話から二週間経った頃だった。

僕は、駅前の喫茶店を指定して、見届け屋と会うことにした。

だが、時間通りに行ったのに誰もいない。騙されたのかとそわそわしていると、携帯に電話がかかってきた。どこかで様子を見ていたらしい。

「香月さん、すみません。本当に一人で来るかどうか確かめてました。これから行きます」

やがて、一人の女が現れた。全部見せると損をすると言わんばかりに、整った顔の半分を、前髪が覆っている。三十代半ばか。

「私がネットの死神です」

女が小さな声で自己紹介した時、背筋が寒くなった。ケン、助けてくれ、引き留めてくれ、と僕は心の中で叫び、同時にケンの家族の写真を思い出した。誰の愛も持ち込むな、愛を発生させるな、愛を堆積させるな、愛を排除しろ。クリーンルーム四原則ならぬ、僕の四原則だった。クリーンルームとは、僕自身なのだ。今、イエローランプが赤く点滅している。香月雄太の酸欠状態だと。

「香月さんが本気だと仰ったので、わざわざ来ました。申し訳ないですが、ここまでの往復の交通費を払ってくださると助かります。よろしいでしょうか。では、人数が集まりそうですので、コーディネイトさせていただこうかと思います。それでよろしいですか」

女が事務的に言った。僕は頷いた。

「結構です。ところで、あなたは何でこんなことをコーディネイトするんですか」

僕の質問に、女は肩を竦めた。

「これは私の趣味です。こんな世の中、長く生きてたってしょうがないから、早く死ぬのをお手伝いしたいんです」

他人の死をコーディネイトすることが趣味とは、と僕は呆れたが、見届け屋がいないと実行にまで至らないのも事実だった。

「じゃ、交通費はお支払いします」

女が満足そうに頷いた。

「決行は、多分今月末です。場所のリクエストはありますか。なければ、こちらで考えます。それまでに片付けることがあったら、やっておいてください。皆さんは主に、パソコンの履歴を消すことや、携帯電話の記録消しなどをなさるようです。遺書をお持ちになる方もいらっしゃるので、香月さんもどなたかに何か遺したいと思われるのなら、そうしてください。なお、私との連絡はメールではなく、電話にしてください。それも最後に履歴を消すことを条件にお願いします」

話を聞いているうちに、僕の心が穏やかになってきた。死は整理である、と思ったのだ。心を煩わせ、悩ませる嫌なことどもから、ようやく解放される。僕は愉快になってきた。報われないケンへの愛も、僕自身の辛いであろう生涯も、すべてご破算になる。

僕は微笑んだ。

「南の方で死にたいな」

「いいですね」と見届け屋は微笑んだ。「発見時に携帯や免許証などで身元を知られたいと思う方は、そのまま現場にお持ちになってください。身元を知られるまでになるべく時間を稼ぎたい人、身元不明遺体になりたい人は、現場に向かう時に私が預かり、ことを果たされた後に、責任を持って始末します。どっちがいいですか」

僕は後者を選んだ。見届け屋は、決行日と場所が決まったら連絡する、と言って喫茶店を出て行った。本当だった。僕は昂奮して寮に戻った。原口も休みで、寝転んでテレビを見ていた。思わず、僕の口から悪罵が飛び出していた。「馬鹿野郎」原口が立ち上がりかけたが、僕は笑いながら外に逃げた。すべてが愉快だった。そして、受験用に貯金が六十万ばかりあることを思い出し、ケンにあげようと思った。僕は早くその日が来ないかと指折り数えるほどになった。ケンとの別れが迫っていたが、どうせ死んで別れるのだから、どうでもいいや、と思った。心が鈍磨していた。僕は何のために死ぬのかもわからなくなっていた。

第十章　ズミズミ、上等

1

冷たさを感じて、ふと我に返った。僕はいつの間にか降りだした小雨の中を、傘も差さずに歩き回っていた。濡れたTシャツが膚に張り付いている。沖縄といえど、十月終わりの雨に濡れたら、寒いに決まっている。でも、たった今思い出した柏崎の凍える寒さに比べれば、まったく別物の、柔らかな秋雨なのだった。立川や柏崎での記憶が、まだ身裡(みうち)で沸騰するようにざわめいていて、現実感を失いそうだった。僕は軒下で雨宿りしながら、周囲を見回した。よく知った場所だ。沖映通り。少し先に、道路の下から現れたガーブ川が見えた。そう、僕の川だ。暗渠(あんきょ)から姿を見せるガーブ川と同じく、僕はとうとう自分の正体を摑んだのだ。だが、そこにあったものは、やはり饐(す)えた臭いを発する濁った川だった。僕自身の中には、立川のマンションのドアを開いた時に感じる、憎しみで淀んだ空気や、苛立ちを隠すために弾んでしまう父の声音、母の遠くを見る目、そして人を押し潰すような柏崎の冬雲の厚さなど、暗い色合いの記憶ばかりがぎっしりと詰まっているのだった。不意に、バスの暗がりで光る、ケンの白目を思い出した。

「ユウタは、何で俺に金をくれたいのか」

ケンは、率直過ぎて奇妙に感じられる言い回しをした。僕は金の入った封筒をケンに差し出したのだった。一年間働いて貯めた金は六十万以上あった。やっと部屋が借りられる金額にはなったものの、あんなに苦労してたったそれだけか、とも言える額だった。僕は那覇までの航空券分を手元に置いて、残りは全部ケンにやろうとした。

「もう要らないんだ」

そう言った後、僕はケンの目を覗いた。その時の僕にはまだ、ケンに翻意させて貰いたい気持ちが微かにあった。

「要らないのなら貰ってやる」

ケンは封筒をジーンズの尻ポケットに無造作に突っ込み、僕の目を平然と見返した。あれが分岐点だったのだ。僕は自分の甘さを、ケンに見透かされた気がした。そして、最後のドアが背後で閉じられた音をはっきりと聞いたのだった。

ポケットが重い。見届け屋が返してくれた香月雄太の財布やカード入れ、携帯電話などが入っているからだ。いっそガーブ川に全部捨ててしまおうかと思ったが、まだ決心がつかない。意外なことに、僕には香月雄太を愛おしみ、憐れむ気持ちが強かった。何と可哀相なヤツだろう、と。

ニューパラダイス通りにあった「エロチカ」が消えてなくなったことに驚き、下地銀次さえいなくなれば、僕だけが、昭光の「ギンジ」を生きられる、と考えたのは、少し前の出来事だった。だが、今は遥か何万光年も離れた遠い場所で起きたことのように感じられる。「ギンジ」を生きるどころか、僕は突然甦った「香月雄太」を持て余して困惑している。今の僕自身が、香月雄太なのか、磯村ギンジなのか、わからなかった。

ゆんたく部屋で、リンコやフウヤンや小沢らと釜田の出演する討論会を見ていたことも、遠い昔の出来事みたいだった。討論会がきっかけで、見届け屋が現れ、すべてを思い出したというのに。人生には、取り返しのつかない日や、その日を境にしてすべてが変わる日、というのが存在する。僕にとっては、今日がその日だった。磯村ギンジとしての僕が、香月雄太であった自分を取り戻した日なのだから。いや、香月雄太としての僕が、やっと過去を取り戻した日か。捨て去るのはギンジか、雄太か。さあ、どっちがいい。

僕はポケットから香月雄太の携帯を取り出した。コンビニで充電し、フラップを開けて、登録した名前を眺めた。僕の脳味噌が急に活動を始めた。シナプスがショートせんばかりに、活発に繋がったり切れたりを繰り返す。名前と顔とデータが一致した。前の知り合いは、どいつもこいつも、嫌なヤツばかりだった。吝嗇(りんしょく)、無知、不潔、意地悪、狡猾、怠惰。一人一人の顔と不快さを一致させていた僕は、香月雄太の暗い記憶が、磯村ギンジを覆っていくのを感じて声をあげた。嫌だ。僕は磯村ギンジでいたい。ギンジの方がずっと好きだ。僕はやっと手に入れたばかりの、磯村ギンジの新しい携帯を見た。昭光、釜田、安楽ハウス、リンコ、フウヤン、小沢、香織さん。たったこれっぽっちの番号が、磯村ギンジを形作っているのだ。いや、磯村ギンジを作った人間はそれだけじゃない。ミカ、聡美、専務。懐かしさと、旅の辛さの記憶とで、瞼（まぶた）の裏が熱くなった。生きるために必死だった思いを、香月雄太は知るまい。死のうとしたヤツなのだから。それに、ギンジは昭光がくれた名前だ。僕は一度死んで、「磯村ギンジ」に生まれ変わったのではなかったか。

一方、僕は過去のおぞましさを覗き見たい気持ちも抑えられなかった。やめればいいのに、母親の番号に電話をしているのだった。

母親ののんびりした声が聞こえた。日頃連絡を取り合わないから、僕が失踪して自殺未遂したことなど気付きもしない。

「もしもし？　雄太？」

「どうしたの、元気？　もしもし、もしもし」

元気さ、元気だとも。こうして生きている。僕は何も言わずに電話を切った。僕は躊躇なく、香月雄太の携帯電話をガーブ川に投げ捨てた。「香月雄太」は、石ころのようにあっという間に消えた。川底にどすんと尻餅をついて驚く雄太の顔が見えるような気がした。

僕は安楽ハウスに向かって歩きだした。佐緒里、さよなら、母さん、さよなら、と口の中で繰り返している。香月雄太は行方不明だ。僕は二度と、香月雄太を名乗らないだろう。

僕の前を、とぼとぼ歩く太った男の後ろ姿が見える。釜田だった。「なんくるない会」の紺色のTシャツに、最近持ち歩くようになった黒ナイロンの書類鞄を提げている。

「釜田さん」

僕は声をかけた。釜田が振り向き、溜息混じりに呟いた。

「ギンちゃんかあ」

酔っているらしく、赤い顔をしている。

「今日はごめんな。俺、ほんとにどうかしてたんだ。イズムに猛烈に腹が立ってさ。あいつ、すっげえ馬鹿なこと言っただろ。だもんで、つい口走っちゃったんだよな」

そんなイズムと和解し、飲みに行ったのは誰だ。よく言うよ。僕の中で、釜田に対する失望と軽蔑が広がっていた。

「それにさ、俺もしかすると、こんなすごいヤツがうちにいるって、自慢したかったのかもしれないな。馬鹿だよな」

僕は思わず笑った。

「ネット自殺って、すごいことですか」

「そら、すごいさ。普通は考えつかないもの。死ぬ時くらい、一人でやるだろって。それを集団でやろうってのは、人類に対する挑戦だよ」

そうなのだ。香月雄太は、多分降りられないバスに乗りたかったのだ。だが、途中で怖くなり、無理やり降りてしまった。もし、決行する仲間が、老人や中年男女でなく、若者の集団だったら、香月雄太はバスを降りなかったかもしれない。同じ年代の絶望は、絶好の興奮剤だ。酒の一気飲みのように、誰よりも早く神経を麻痺させ、いち早く不幸な人生におさらばして、その場を支配してしまいたいと焦ったことだろう。

「死ぬのにも、エネルギーが要るんですよ。それが出ないんで、集団のエネルギーに頼りたくなったんでしょう」

僕の口から思いもかけない言葉が飛び出した。ぎょっとしたように顔を上げた釜田が、怖じたのか、口の中でもごもご言った。

「そうなんだろうけどさ」

釜田は居心地悪そうにそれきり黙った。政治活動をするようになってから、最初に会った頃の伸びやかな釜田は消えて、周囲に気ばかり遣う男に変わっていた。いや、逆だ。僕が変わったのだ。自分自身がわからなくて、おどおどしていた僕が、急に現実を把握したために変貌したのだ。僕は釜田の反応でそのことに気付き、呆然とした。これから、よく見知った世界が変わっていく予感がする。

僕と釜田は、そぼ降る雨の中を無言で歩き、安楽ハウスまで帰った。台風で落ちて、縦に割れ跡の残る安楽ハウスの看板の真下に、女が一人立っていた。暗闇に白い顔が浮かんだ。物憂げな眼差し。僕は、見届け屋が戻って来たのかと体を硬くしたが、香織さんだった。香織さんと見届け屋は、顔の輪郭や雰囲気が似ていた。しかも、カオリという名は、サオリとも通じる。香織さんの存在がなかったら、僕の記憶は、そんなに早くは戻らなかっただろう。香織さんは触媒なのだ。

僕は香織さんの顔をまじまじと見つめた。風呂上がりらしく、無化粧の顔が光っていた。白い膚がうっすらと赤く、陽灼けしているのがわかる。『久しぶりだね、香月君』。

見届け屋の冷笑を思い出し、僕の体が震えた。が、勿論、香織さんはそんなことには気付かない。僕が釜田と一緒に帰って来たので、驚いた様子だった。

「お帰りなさい。ギンちゃんもお疲れ様」

「俺をとっちめようと思って、待ってたんだろう」

釜田がわざと後退(あとずさ)って見せた。香織さんが腕組みをした。

「釜田さんたら、あんなこと言っちゃって。あれじゃ、スタッフが治まらないと思うよ」

「何だよ。まだ他にあったっけ？」

香織さんが、釜田の分厚い背を手で突いた。

「いやだ、覚えてないの。釜田さん、こう言ったんだよ。安楽ハウスには、立派な若者はほとんどいませんって。ニートとか、家出してきて行き場のない子とか、言っちゃって。リンコとかが怒ってるよ。ねえ」

同意を求めるように、香織さんはおどけて僕の目を見た。が、「ネット自殺の生き残り」については、言及を避けた。おそらく、僕がそうだと知っているのだろう。夫婦なのだから、釜田が僕の素姓を話しても不思議はなかった。香織さんは素知らぬ顔をして、釜田の太い腕を取った。

「だから、スタッフに謝っておいた方がいいよ」

「わかった」

釜田は背中を丸めて小さくなっている。僕は口を挟んだ。

「いいですよ。どうせ、皆すぐに忘れます」

釜田も香織さんも、奇妙な表情で振り返った。

「ギンちゃん、何か違う人みたい」

香織さんが呟いた。僕は、記憶を取り戻した、と二人には打ち明けたくなかった。釜田に拾われた時、もし記憶が戻ったら真っ先に報告しようと思っていたにも拘らず。酔(すい)眼朦朧(がんもうろう)とした釜田が、安楽ハウスの入り口を照らす薄暗い光の下で、僕を眺めた。初めて見る人のように、戸惑っている様子だ。

「ギンちゃん、ずいぶん雨に濡れてるね。どこに行ってたの」

「柏崎」

咄嗟にとんでもない答えが出た。二人は驚いたように顔を見合わせている。確かに、僕の心は柏崎へと飛んでいたのだ。

「冗談です」

何で柏崎なんだ、と呟く釜田を残し、僕は先に中に入った。一階は薄暗い。手作りのライブハウスは営業していないし、バーにも客はいない。

「お帰り」

暗がりの中から声がした。男が一人ギターを抱えて座っている。フウヤンだった。フウヤンは、煙草を吹かしながら、僕を見てにやりと笑った。何となく、すぐには二階に行きたくない僕は、フウヤンの隣に座った。釜田夫婦は入り口のところで何か相談していたが、やっと入って来た。僕らに挨拶して二階への階段を上って行く。スタッフへの言い訳を考えてか、重い足取りだった。

「濡れてる」

フウヤンが顎で僕のTシャツを示した。

「うん、雨の中歩いていたんだ。気持ち良かった」

僕は嘘を言う。雨が降っていることも気付かなかったのに。

「カッコいい」

フウヤンがそう言って笑った。

「別にカッコよくないよ。最低だよ」

僕らは顔を見合わせ、へへへと意味もなく笑った。フウヤンのバンドは十一月にある大きなロックフェスティバルに出演が決まっていた。だから、フウヤンはギターの練習に余念がない。フウヤンが素早くギターのコードを押さえた。ヒュンヒュンと、弦が擦れる微かな音が聞こえた。

「ギターうまいね」

「うまくねえよ。このくらい弾くヤツ、どこにでもいるよ」

フウヤンは自信なさそうに言った。

「そうかな」

僕は、一階を見回して、初めて安楽ハウスに到着した時のことを思い出していた。すると、フウヤンが左手を動かしながら言った。

「今日の釜田さんの発言あるじゃん。あれって、リンコが詳しく聞くんだって待ってるよ」

「ああ、誰が家出して、誰がネット自殺したのかって。そんなようなことか。意味ないから、やめりゃいいのに」

僕は自分から言った。馬鹿馬鹿しかった。フウヤンが頷いた。

「リンコは憧れの安楽ハウススタッフになったのに、釜田さんが『発展途上の人ばかり』とか言ったから、プライドが傷ついたんだよ」

「わかるけど、ずいぶん、ちっちゃなプライドだな」

僕の言葉に、フウヤンが肩を竦(すく)めた。

「そうかな。俺だって、そう思ったもん。何かこういう生活って、沈没っていうか、底辺っていうか、そんな感じなのかな、と自信なくなった。ロックフェスだって出られるって言ってるけど、どうせ釜田さんの政治集会じゃん、実力じゃなくてコネじゃん、とか言われたら、俺、ぐさっときて立ち上がれないかもしれない。そういうのプライド傷つくって言うんじゃない」

「そうかなあ。僕はあまり気にならなかった。プライドないのかな」

今の僕の正直な気持ちだった。すると、フウヤンが小さく叫んだ。

「プライドないヤツなんていないよ。だったら、ギンちゃんは失恋したこととかないのかよ。あれって、プライドずたぼろになるじゃん」

あっ、と思った。僕が逃げてきたものの正体がわかった気がした。僕の差し出した金を尻ポケットに入れるケンの眼差し。家族の写真を大事そうに見せるケンの指先。僕はそれらに傷ついたのではなかったか。佐緒里がカナダの大学に合格した時、大学を中退した僕の心は疼かなかったか。そして、昭光が「エロチカ」の女の子とラブホから出て来るのを見た僕は、嫉妬に狂って昭光を憎んだ。それは僕のプライドの為せる業ではなかったか。そして、父の死は、深いところで僕ら子供が父に愛されていないことを証明されたも同然だったのだ。僕が人一倍傷つくのは、きっと僕のプライドが、人よりずっと柔らかかったせいではないか。踏めばどこまでもめり込む、柏崎の春の黒土のように。磯村ギンジとなった僕がどんなに新しい経験を積んでも、雄太の土壌からは永遠に逃げられない。やっと過去を思い出した僕は、どんなにギンジでいたくても、雄太の黒土の上にいるのだった。

「そうだね。僕、ぐちゃぐちゃに傷ついたことあったよ」

僕が言うと、フウヤンが気の毒そうに頷いた。フウヤンは口を噤み、真剣にギターのコードを押さえる練習を始めた。僕は「おやすみ」と手を振り、階段を上がった。

「じゃさ、ネット自殺の生き残りって、誰のこと」

リンコの大きな声が聞こえた。ゆんたく部屋で長い腕を振り回して釜田を難詰しているリンコが見えた。

「はっきりして貰わないと、あたしたちが世間からいかがわしい目で見られるさー」

「ねえ、リンコ。いかがわしいって、ちょっと大袈裟じゃない」

反論したのは香織さんだ。僕が入って来たのを見て、皆急に黙った。リンコが僕に何か言いたそうに口を開きかけて途中でやめた。気詰まりだった。釜田はソファに腰掛け、小沢と酒井は畳に横になり、リンコと香織さんは立ったままで話していた。客の姿はない。小沢は、夕刻のことがあるせいか、僕と目を合わせようとしない。

「僕、メールチェックして寝ますから」

疲れた顔の釜田が手を挙げて、僕から目を逸らした。僕はリンコと口論を始めた香織さんに黙礼して、旧布団部屋に入った。パソコンを立ち上げて、日課となっているメールチェックを始める。気持ちが落ち着くのを感じた。次に、「ばびろん」のホームページにアクセスして、慈叡狗こと昭光がまだ勤めているかどうかを確かめた。慈叡狗は、売り上げベストテンの座からは滑り落ちて久しいが、まだ勤めているようだ。ほっとしつつも、僕は松山のホスト街の盛況と、猥雑な雰囲気を思い出している。昭光に会って、本当の僕自身について話したかったが、叶えられない願いであることも、すでにわかっていた。あの街に暮らす昭光は、僕に会うことなど、もう眼中にないのだ。だけど、せめて僕が磯村ギンジでいるうちに、昭光に会いたかった。ギンジが、雄太に変わっていきそうな、危うい予感がする。

釜田が、世界各地の航空写真が見られるソフトをダウンロードしたことを思い出した。僕は早速、柏崎市を検索し、上空から眺めてみた。海岸線に見覚えがあった。日本海に飛び出た岬が、恋人岬だ。キクチと恋人のピンクハートは、この岬にまだ鎖で繋がれているのだろうか。山裾に広がる工業団地にカーソルを動かし、自分のいた第二工場のクリーンルーム付近を探した。上空三百メートルまで近付いて見たが、ピントが合わなくてはっきりわからなかった。だが、僕は自分を磨り減らした街の全景を、飽かず眺めていた。

突然、足裏にノートパソコンを踏みつけた時の嫌な感触が甦った。僕と佐緒里を繋ぐ唯一の道具、とあんなに大切にしていたのに。クリーンルームの勤務が始まってから、時間と余裕がなくなってほとんど見なくなり、やがて自殺サイトを追い続けるためにだけ存在した僕のパソコン。なのに、僕は自殺行の前に過去を抹殺するために、寮の裏山で踏みつけ、それから石を落として潰したのだった。

「ヨシハル酒店」。そして、僕はどうしても思い出せなかった、自殺サイト上でのハンドルネームを出し抜けに思い出した。「ヨシハル」とは、父の名前だった。香月良晴。父は死ぬ時にすべてを残して、まるでほんの思いつきのように死んだ。封を切った煙草、使いかけのパスネット。僕は父にできなかったことをして、父を超えようとしたのだろうか。しかし、生きてきた自分の証をすべて消し去ってまで死を願うことは、本当に怖ろしい。僕は、足裏での蹂躙の記憶に戦いている。

「ギンちゃん、ちょっといい？」

背後で香織さんの声がした。僕は慌てて腰を浮かした。香織さんが、いいの、いいの、という風に手で制した。僕は、以前から香織さんが苦手だ。その理由が、見届け屋に似ているせいだとわかった今も、僕の弱さを摑まれている気がして、逆らえないのだった。

「あら、ギンちゃん、それはどこの地図」

香織さんは、デスクトップに映し出された柏崎市の地図を目敏く見遣った。日本海に小波のような細かい皺が寄り、陸地は緑と茶の奇妙な斑模様になっている。僕が毎晩マイクロバスで工場へ通った道はいかにも新しく、まっすぐに山野を貫いていた。死への一直線。僕はそんなことを考えていて、香織さんには答えを返さなかった。

「ねえ、本州でしょう。だって、海の色が不気味」香織さんが、感想を述べた。「沖縄は海岸線が綺麗だけど、本州は何となく怖いよね」

そうですね、と適当に頷いて、素早く画面を閉じる。香織さんが、僕の目を覗き込んでから、しょんぼり肩を落とす仕種をして見せた。

「ギンちゃん、正直に言うね。あたし、結婚したばっかりだけど、今日の釜田の発言は、妻として恥ずかしかった。本当にごめんね。それと、もうひとつ正直に言うけど。実はね、あなたのことを釜田から聞いていたの。それも謝らなくちゃね」

香織さんは、僕の目を見つめたまま、口早に言った。馬鹿正直だからと言って赦されるわけではないのに、と僕は思ったが、違うことを言った。

「そんなの、別にいいですよ。釜田さんには助けて貰って、感謝してます」

香織さんは、微笑みを浮かべた。

「クールね、ギンちゃんは。だけどね、あたしはちょっと心配してるの。釜田が公の場で言ってしまったわけでしょう。あなたに迷惑がかかるかもしれないから。ほんと、ごめんね」

香織さんは畏まって頭を下げた。僕は慌てて椅子から立ち上がる。急激に、僕の恥ずべき過去が露に、周知の事実になろうとしていた。

「仕方ありません。でも、迷惑って、例えばどういうことですか」

今の発言で、僕は自分がネット自殺の生き残りであると容認したことになる。そう思ったが、香織さんの異様な率直さの前では、しらばくれることなど、できそうになかった。

「警察が事情を聞きに来るとか、マスコミが来るとか。でも、あたしたちはできる限り、ギンちゃんを守るからね。信じて。守るからね」

　香織さんは、幼児に対するように僕の目を見つめ、何度も言った。守る。信じる。でも、秘密ひとつ守れない人間たちに、どうやって人を守ることができるのだろうか。香織さんは、自分が主宰している「ふくぎの子」という子育てNPOでも、こんな調子で、言葉だけを上滑りさせているのだろうか。だが、僕は何も言えない。行く当てのない僕を拾い、世話をしてくれた釜田に恩義を感じていたのも事実だったし、状況の急変にどう対処していいのかも、わからなかった。僕は香織さんに頼んだ。

「じゃ、もし警察やマスコミが来たら、口から出まかせだったって、はっきり言っていただけませんか」

　香織さんが、空を睨んで考え込んだ。

「でもね、でもね、ギンちゃん。これって、口から出まかせじゃないじゃない」

「どういうことですか」

　香織さんは、肩を竦めた。

「つまりね、釜田の発言って、本当のことでしょう。だから、軽率に人前で喋ったことは申し訳なかったけど、嘘を吐いたわけじゃないってことなのよ。そこはきちんとしたいの。だって、釜田は政治家を目指しているのよ。嘘吐いたら、おしまいじゃない。あの人の場合、そこが救いでもある。嘘の吐けない人物という意味でね。ほんと、あたしはギンちゃんには悪いと思っているの。でもね、嫌なことはみんなで何とかして乗り越えようよ。ね、そうしよう」

人知れず記憶を取り戻した僕は、自分自身を混乱の極みから立ち上がらせることしか、念頭になかった。だから、香織さんが何を言いたいのか、正直摑めなかった。僕は痴呆のように、口を半開きにして、香織さんの顔を眺めている。

「あのう、みんなで乗り越えるって、どういうことですか」

「つまりね、既成事実を作ろうってことだよ。ギンちゃんの体験を皆の前で話すのは、どうかしら。要するに、失敗を逆手に取るのよ」

誰が、何を、失敗した、というのだ。僕は確かに取り返しようのない「間違い」を犯した。だが、僕の「間違い」は、自分で乗り越えるし、他人に勝手に失敗だなんて言われたくなかった。むかつく僕を尻目に、香織さんは真剣だった。

「あたしは、ギンちゃんの経験って、若い子にはショックだと思うよ。だからこそ、生の声を皆に聞かせてあげようよ」

僕は露骨に嫌な顔をしたと思う。

「すみません、それは釜田さんの選挙運動の一環としてですか」

「違うよー、ギンちゃん」

香織さんも、むかついた顔をした。香織さんが短気で喧嘩早いのは、最近わかってきた。釜田を始終やり込めているし、「て言うかさ」と、他人の発言を封じる癖がある。お人好しのリンコが敵うわけがないのだった。

「そんなことしたら、釜田は狡い人間になっちゃうじゃない。違うの、ワークショップみたいに、みんなで勉強しながら進歩を目指すってこと」

「お断りします」

とんでもない話だった。なら、政治活動に利用される方がずっとマシだ。僕がはっきり断ると、香織さんは首を傾げた。

「あ、そう。じゃ、しょうがないけど、マスコミは来るよ、きっと」

香織さんが、呼ぶのではあるまいか。僕は、侮れない人だと香織さんの目を見つめた。香織さんは、挑戦的に僕を見返している。その目の底に、僕を怯懦だと見くびる色があるように思えてならなかった。自殺未遂者。それも、ネットでの集団自殺。死を弄ぶ男、と。ああ、僕は被害妄想に陥っているのだろうか。一人で勝手に考えて結論を出しそうになっている自分が怖くなり、僕は香織さんから目を逸らした。

「もし、マスコミや警察が来たら、その時は釜田さんも香織さんも、それは本当のことだ、と言うつもりなんですね」

香織さんは、下を向いてしばらく考えていたが、きっと顔を上げた。

「ううん、違うよ。正確に言うと、あたしたちは嘘は吐けないってことだよ」

うまい言い方だった。

「つまり、僕だって教えるんですか」

「そんなことはしないよ。けど、自然にわかってしまうかもしれない。だから、さっきから言ってるでしょう。逆手に取って、既成事実を作ってしまおうと言ってるのよ。ギンちゃん、あたしは現実的なのよ。だから、いつも、失敗をプラスにする方法を考えているの」

香織さんが、見届け屋そっくりの美しい横顔を輝かせた。自分のアイデアを誇っている。が、恥ずべきは僕の過去でも、「失敗」したのは釜田なのだ。僕は不快だった。

「人前で話すなんて、僕にはできないです」

僕はそう答えて一礼し、部屋を出た。香織さんは追って来なかった。僕が自分の過去を包み隠さず話して、相手がどう考えるのか聞きたいのは、昭光だけだ。昭光なら何と言うだろう。

『すんきゃーびびったさ、まっじ、はごかったー』

僕は、昭光が最初に発した、弾けるような言葉を思い出して微笑んだ。あの晩、やんばるで昭光と出会わなかったら、僕はもう一度死んでいたかもしれないのだ。真夜中のジャングルでの恐怖が、死そのものの禍々(まがまが)しさに思えて、寒気がした。僕のことを何も知らずに、ワークショップだの、人前で体験を話せ、と言う香織さんの方が、死を弄んでいるように感じられてならなかった。

だが、僕が洗面所で歯を磨いていると、香織さんが音もなくやって来た。

「ギンちゃん。誤解しないでほしいんだ」

僕は口に泡を含んだまま振り返った。香織さんに対して怒っていた。香織さんは、僕の怒りなどとうに気付いているらしい。

「あたしの言い方が軽薄に聞こえたのなら謝る。だけどね、あたしの両親は事故で死んだんだよ。二人揃って、突然に。あなたが自殺を選んだのは、それなりの理由があったんでしょう。だけどさ、遺される人って辛いよ。自殺された人の家族って、その人に殺されるも同然だと思う。あたしの両親が交通事故で死んだ時に、心中じゃないかって噂が立ったの。あたしは、両親があたしを一人置いて心中するはずはないって信じていたけど、やっぱ動揺した。真相がわからないだけに、結構苦しんだよ。だから、自殺を企てる人に対して、きつい面があるのかもね。傷つけたのなら許して。でも、生き残ったんだから、あなたにはそのことを人に話して、同じ道を辿る人が出ないようにするのも役目じゃない。違うかな」

　僕は歯を磨く手を止め、黙って聞いていた。三階の廊下は薄暗く、奥の常夜灯が切れそうになって、さっきから点滅を始めていた。二人共、それを眺めている。香織さんは正しい、と僕は思った。が、正しいけれども、と僕は続けたいのだ。何を続けたいのかはわからない。僕は口中の水を吐き出して、香織さんに言った。

「わかりました。少し考えます」

「ありがとう。じゃ、お寝みなさい」

香織さんが、軽い足取りで階段を下りて行く。これから酔った釜田を連れて、二人のアパートに帰るのだろう。

「ギンちゃん、お疲れ」

僕が洗面道具を片付けていると、小沢が隣にやって来て、自分の洗面道具を広げた。夕方の些細なゆき違いなど、忘れてしまったように振る舞っている。僕は小沢に謝った。

「夕方、ごめん。俺、何か気が立っててさ」

小沢は嬉しそうに笑った。

「気にしなくていいよ」

小沢は、ぺしゃんこになった歯磨きチューブを無理矢理絞り、歯ブラシに歯磨きを擦り付ける作業に熱中している。ふと、小沢が顔を上げた。廊下の奥の、切れかかっている常夜灯に気付いたのだろう。

「あそこ、タマが切れてるね」

小沢は、歯を磨き終わったら、すぐに取り替えに行くだろう。そういう男だ。

「小沢、イズムのとこでボラバイトするんだろう」

僕の問いに、小沢は歯を磨きながら答えた。

「うん、ビミョー。釜田さんも問題あるけど、やっぱイズムも胡散臭いよな」

小沢は倉庫に電球を取りに行ったので、僕は先に部屋に戻った。男女一緒のミックスルームでは、リンコが僕を待っていた。釜田と酒を飲んだらしく、ふらふらと長い上半身を揺らして、辛うじて立っている。リンコが呂律(ろれつ)の回らない口調で僕を責めた。

「ギンちゃん、夕方からどこに消えたのさー」

　答えようとした僕は、リンコの目に涙が溜まっているのを見て驚いた。リンコが僕の胸にもたれかかってきた。

「あたし、心配したさー。ギンちゃん、もう帰って来ないんじゃないかと思ってさー」

　僕は困惑しながらも、リンコの細長い体を受け止めた。

「帰って来るに決まってるよ。他に行くとこないんだから」

　リンコが酒臭い息を吐きながら、真剣な顔で言った。

「ねえ、ギンちゃん。聞いていいかな」

「何だよ」

「怒らないでほしいんだけどさー。あのネット自殺って、ギンちゃんのことだってみんなが言ってるけど、本当？　どうしてギンちゃんは死のうと思ったの」

　リンコは率直だ。僕は、咄嗟に父の台詞を思い出している。

『俺は高校出てから、ずっと頑張ってやってきたけどさ、こないだふと気付いたんだ。あれ、こんなことのために一生懸命だったのかってな』

　父は「こんなこと」のために死んだのかと考えた僕は、「こんなこと」と無縁の生活をしていると破滅するかもしれない、と怯えたのだった。生活を立て直そうと工場に行き、結局、失敗したのではなかったか。だが、「こんなこと」をリンコにどう説明したらいいのだろうか。考えていると、リンコが叫んだ。

「ごめん、答えたくなかったらいいさー」

リンコはせっかちに背を向けて、自分のベッドに登ろうとした。僕を考え込ませた自分を、恥じているようでもある。

「違うんだ。何て答えようか考えていたんだよ」

僕の言葉に、リンコはほっとしたように振り向いた。

「よかった。ギンちゃんを怒らせたのかと思った」

「いや、違うよ。うまく説明できないから、できるように考えておくよ」

「無理しなくていいよ」

「いや、考えたいんだよ。僕も言葉にしたいんだ」

「だったら、絶対に伝えてよ」と、リンコがおずおずと微笑んだ。「それにしても、急転直下だよねー。安楽ハウスって、ただのだるーいゲストハウスだったのにさー、急にNPOだの、米軍基地反対とか言いだしてさー。あたしは、安楽ハウスがいつまでも変わらないでいてほしいと思ってるのにさー。どんどん変わっていくから、ついていけないさー」

「だけど、いつまでも変わらないものなんて、あるかな」

僕は反論した。愛情は変質する。家族は消滅する。人は死んでいく。空も海も毎日違い、この世に絶対変わらないものなんてない。何より、僕自身が日々変わっていた。リンコが長い首を傾げた。

「そうかもしれないけどさー。何か、安楽ハウスは変わらないための努力を放棄してるっていうか、そういう気がして、むかつくさー。愛されるためには、変わらない努力をしていかなきゃならないんじゃないの。だって、そうじゃない。昔からあるお店が変わらないって、気が休まることでしょう?」

僕はリンコの言い分が可笑(おか)しかった。

「釜田さんたちは、安楽ハウスが愛されなくてもいい、と思ったんだよ」

「そんなの傲慢さー」

どっちが傲慢なのかわからないけれども、僕はリンコの単純な力強さに打ち負かされている。

「ね、ギンちゃん、ついでに言うけどさー」リンコが僕を横目で見た。「あたし、ギンちゃん、好みなんだけど、付き合う気ない?」

突然打ち明けられて恥ずかしくなった僕は、戸惑って俯(うつむ)いた。廊下の足音が気になる。そろそろ小沢が戻って来る頃だ。が、はっきりしない僕に苛立ったらしいリンコが、唇を尖らせた。

「何だよー、それ」

僕も思い切って告白することにした。

「あのさ、俺、リンコにだけ言うけど、どうもゲイらしいんだよ。女に興味ないんだ」

リンコは挑むように、僕から目を離さなかった。

「それが自殺の原因？」

違う、とは言えなかった。ケンとのことも、「こんなこと」のひとつには違いないのだった。またも考え込んでいると、リンコが怒った。またも涙を滲ませている。

「頭に来るさー、折角、告白したのに」

「ごめん」

「ごめんじゃないよ、ギンちゃん。あたしにキスしなよ。ゲイだって、女にキスくらいできんだろう」

リンコが胸を張って堂々と言ったので、僕は笑った。リンコが目を閉じて、唇を突き出している。僕は、ほぼ同じ背丈のリンコの唇にそっとキスした。柔らかい感触。不意に思った。ケンもきっと今の僕と同じ心境だったのだろう、と。リンコの言うように、「キスくらいできんだろう」という僕の欲望に感応したのだ。突然、柏崎の工場の通路を吹き抜ける、身を切るような冷たい風を思い出し、僕は身震いした。空気の波動を感じたのか、リンコが細い目を開けて僕を見た。

2

僕は夥しい寝汗を掻いた。しかも、眠っているのか覚醒しているのか、判然としないうちに、今やっと長い夜が明けるところだ。僕はベッドのカーテンを静かに開けて、部屋の中が次第に明るくなるのを眺めている。ミックスルーム内は、健やかな寝息や鼾がことを全部覚えてくれているだろうか。

聞こえていた。一番大きな鼾は、リンコだ。昨夜、酔っていたリンコを何とか上段ベッドに押し込み、布団を被せて、無理矢理寝かせてしまったのだ。リンコは、僕が喋ったことを全部覚えてくれているだろうか。

今更ながらに、那覇のゲストハウスにいて、見知らぬ人々に囲まれて暮らす自分が信じられなかった。勿論、柏崎で寮にいた僕は、他人と暮らすのには慣れている。しかし、ここは慢性的な寝不足と疲労、そして他人への苛立ちとは無縁だった。いや、苛立ちはどこに行ってもある。だけど、僕の家庭も、柏崎も、ちょっとした言い争い程度で済むような、生易しい世界ではなかったのだ。自分たちがあれほどまでに荒々しさを露にしたことはそうないし、これからもないことだろう。荒涼の記憶を取り戻してしまった僕は、これからどうなるのか。

カーテンの隙間から、朝陽が部屋に射し込んできた。新しい一日が始まろうとしている。雄太を内包したギンジの新たな日が。そう思った時、突然、全能感とでも呼べるような強い感情が湧き上がってきた。僕は、何でもできるような気がした。生き抜いた喜びだろうか、それとも他人にはできない経験をしてきた優越感なのか。多分、長い旅がやっと完了した達成感に近かったと思う。いずれにせよ、今の僕を満たしているのは、ハードディスクの容量が一気に巨大なテラバイトになり、メモリも増え、何でもできて、速い処理能力を誇りたいような、積極的なよい気分だったのだ。強烈な自信、と言い換えてもよかった。しかも、人格も巨大化した気がした。僕はリンコを可愛いと思い、釜田を許し、香織さんに寛容になっていた。

僕はベッドから這い出て、薄暗い部屋の真ん中に立った。ミックスルームには、僕の他に、小沢とフウヤン、酒井、リンコ、四人のスタッフが寝ている。皆、僕の過去に勘付き、それでも気持ち悪がらずに受け入れようとしてくれている。僕は心の中で彼らに感謝した。

しかし、磯村ギンジは違う人間になってしまったのだ。いつか、彼らに違和感を持たれる日がくるに違いない。それは、僕にもどうしようもないことなのだった。香月雄太には雄太の環境があり、磯村ギンジにはギンジの環境がある。でも、僕は両方の人格を併せ持つ、また違う人間になったのだ。誰にも説明できない、不思議な感懐だった。そう思ったら、今度は心がざわついて落ち着かない。新しい自分を、昭光に認めてほしくて堪らなかった。いても立ってもいられず、僕は部屋を抜け出して、ガブを探しに行った。ガブは薄暗いゆんたく部屋の前の廊下で寝ていた。僕はリードを付け、嫌がる犬を早朝の散歩に連れ出した。

リンコは、昨夜のことが余程恥ずかしかったのか、僕に対してだけ異様にぶっきらぼうだった。僕を見ようともしないし、たまに目が合っても、そっぽを向く。僕とリンコは、何となく意識し合って、ぎくしゃくしながら、日課の朝食作りや後片付けを終えた。客の数は激減していたが、安楽ハウスのいつもと変わらない日常が始まっていた。だが、磯村ギンジでもあり、香月雄太でもある僕にとっては、まったく違う日の始まりなのだ。

「おはよう。ギンちゃん、ちょっと来て」

釜田が何事もなかったかのような顔で出勤して来て、僕を屋上に誘った。釜田はつい最近まで、安楽ハウス内の個室で暮らしていたのだが、香織さんが那覇に来たのを機に、アパートを借りた。今に政治運動が本格化すれば、安楽ハウスに出勤することもなくなるだろう。そうなったら、安楽ハウスはスタッフだけで運営していくことになる。小沢は、ボラバイトに行くかもしれないと言ってたから、責任者はフウヤンかリンコだ。多分、フウヤンだろう、と僕は思った。香織さんが、思い出の安楽ハウスをリンコに託すわけがなかった。「新しい」僕は、そうなるとリンコが哀れになる。リンコを厭い、だから女は嫌だ、と侮蔑感を持ったことさえあったのに。

釜田は、屋上の手摺に背中を預け、煙草に火を点けた。たった半年前に、釜田に過去を打ち明けて泣いたことを思い出し、互いに遠くへ来た、と僕は実感する。釜田は、香織さんと政治家の道を走り、僕は違う人間になったのだから。

「ギンちゃん、香織から聞いたよ。昨日、ずいぶん突っ込んだ話をしたみたいだね」

突っ込んだのは香織さんだ。昨夜の僕は、ひたすら戸惑い、慌てていただけだ。

「釜田さん。何か反響ありましたか」

「特にないよ」

「よかった。誰かが僕のことを聞きに来たら否定してほしいって、香織さんに頼んだのですが、嘘を吐くのは嫌だ、と断られました。でも、僕は困るんです。自分のしたことに責任を取るべきなのはわかってますが、敢えて言うのだけは、やめていただけませんか」

釜田は調子よく、同意するのだった。

「わかってる、わかってる。俺は嘘吐くよ。嘘なんか吐きまくるに決まってる。だって、認めたら、警察沙汰になるよ。そしたら俺も困るしさ。だから、前にそういう男がいたけど、もういないって言うよ。それならいいだろう」

「お願いします」僕はほっとして頭を下げた後、やや憮然として言った。「だけど釜田さん、僕のことを香織さんに喋ったんですね」

釜田は決まり悪そうだった。苦しげに、Tシャツの襟元に何度も手を遣る。

「ごめん。俺、香織のこと信頼してるからさ。何でも相談しちゃうんだよ。ギンちゃんには本当に悪かった。許してください」

釜田の謝罪も聞き飽きて、僕は那覇の朝の空を眺めた。早朝は好天だったのに、今は水蒸気の多い雲が那覇を低く覆っていた。雲が垂れ込めているせいで、潮と樹木と街が混じり合った匂いを強く感じる。沖縄は何もかもが、生物の気配に満ちているのだった。香月雄太は、沖縄に来たからこそ、無意識に助かりたいと思ったのではないだろうか。僕は、朝の全能感を消さないために、沖縄の大気を深く吸った。すると、釜田が目を細めて言った。

「何かさ、ギンちゃん、逞しくなったね。印象が変わったよ。何かあったの」

「いや、別にないです」

　僕は嘘を吐いた。お喋りな釜田に、記憶が戻ったことを告白する気はさらさらなかった。ただ、僕の全能感が周囲にも伝わるのか、と嬉しく思ったのだった。釜田は不審な目で僕をしばらく観察していたが、「ま、いいや」と、指で顎を掻いた。

「ギンちゃん、昨日イズムと話し合ったんだけどさ。共闘することになったんだよ」

　釜田がポケットからチラシを出して見せた。十一月にある、ロックフェスティバルのチラシだった。「ワンラブコンサート　銃口に花を　唇に歌を」と書いてあって、七〇年代風のデザインがしてある。コピーは香織さんの作だった。

「これをさ、ツーラブコンサートって名前にして、相乗りしようって話になったんだよ」

　僕は驚いた。

「イズムって、政治には興味ないのかと思ってました」

「あいつ？　全然、関心なんかないよ。あるように見えるけど、エコだの何だのと、触りのいい言葉を並べているだけだ」

　釜田が小馬鹿にした言い方をした。

「じゃ、釜田さんの意図に気付いてないんですか」

「多分ね。だから、何とか騙してやろうと思ってさ。テレビの復讐だ」

釜田が人の悪い顔で嘲笑(あざわら)った。そこへ、リンコが大量のシーツを抱えて、屋上に上がって来た。リンコの姿を認めた釜田が、慌てて去って行く。

「じゃ、後でな、ギンちゃん」

リンコが釜田を見送った後、僕に詰問した。

「ギンちゃん、カマチンと何話してたの」

「昨日のことだよ」

「昨日の何。あたしが酔ったこととか？」

リンコは今日初めて、まっすぐに僕を見据えた。

「違うよ。釜田さんの失言とかさ、いろいろ」

「ほんと、カマチンて軽率さー。がっかりするよね。あんなのが議員なんかになれっこないさー」

リンコは言い捨てて、洗濯機の中にシーツと洗剤を放り込んだ。

「香織さんがついてるから大丈夫だろう」

リンコは口許を引き結び、それには答えなかった。意地でも認めたくなさそうだ。洗濯機が回り出すと、リンコが言いにくそうに口を開いた。

「ねえ、ギンちゃん。ゆうべ言ったことほんと？」

「何のこと」

「ギンちゃんがゲイかもしれないってことさー」

「多分」

ちきしょー、とリンコが叫んだ。

「でも、キスしたじゃないか」

「そうだけどさー。つまんないじゃん」

リンコは苛立ったように洗濯機の中を眺めて、貧乏揺すりをした。


一週間後、「NICE」では、店主の中沢さんと、月桃屋のオーナーの長崎さん、香織さんと僕が、釜田とイズムを待っていた。イズムは時間通りに、釜田と一緒にやって来た。灰色のトレーナーを着た若い女の子を伴っている。女の子は、「スタッフのユミです」と名乗った。釜田が自慢げに香織さんを紹介する。イズムは特に関心もなさそうに、次々と紹介される人物に形式的に頭を下げただけだった。僕を見た時、一瞬、考えるように目を逸らしたので、覚えているのかもしれないが、何も言わなかった。

席に着いた途端、イズムが言った。

「釜田さん、あんたの『ナイチャーの会』って、県知事選、どっちの応援してんの。あんたのことだから、ロックフェスも選挙絡みなんでしょう」

イズムにいきなり核心を衝かれて、全員が息を呑んだ。釜田は身じろぎもしない。実はつい先ほど、十一月終わりにある県知事選の、各陣営候補が決定した、というニュースを、釜田と見たばかりだった。釜田が重い口を開いた。

「俺は、迷いなく宮城さんだけどね」

宮城由里子は、民主党や社民党、社大党が推薦した元市議会議員だ。基地撤廃を主張し、普天間基地移転に伴う辺野古への基地新設に強く反対している。対して、自公が立てた仲村良雄は元官僚で、基地については明言を避け、経済的自立を公約に掲げていた。釜田は、「なんくるない会」の活動が民主党寄りなので、宮城を応援することにしたのだろう。僕自身は知事選に興味はなかったが、釜田の秘書的仕事をしている以上、知らないわけにはいかなかった。

「そうだろうな」イズムは苦い顔をした。「俺はね、沖縄のこういうところが駄目なんだよ。すぐに政治的になる感じがね。とはいえ、俺も基地は反対だよ、釜田さん。特に辺野古なんて、わざわざ海上に作るんだろう。前代未聞のとんでもない話だと思う。しかし、基地のことばっか言ってても理想論だとも思う。何か主張したいのなら、ちゃんと経済的に自立してからものを言えよ、と思わなくもない。つまり、どっちつかずの、他人事なんだよね。俺はテレビでも言ったけど、ここに住んでない。女房も子供も東京で暮らしてる。だから、俺はお客さんなんだ。それで結構。客が沖縄に対して、何か言ったりやったりしたら失礼だ、という立場なんだ」

「でもさ、イズムさん。理想論をきちんとやっておかなきゃ、将来にツケを回すことになるよ。後で、あの時の決断が間違ってた、と思ってももう遅いって。それはさ、沖縄だけの問題じゃないよ。日本全体の問題なんだ。その辺、もっとマジに考えてみたことあるのかい」

　思わず詰問調になった釜田に、イズムが軽く舌打ちして揶揄(やゆ)した。

「何でそう熱くなるのかねえ」

　釜田が露骨にむっとした顔をする。

「あんたがクール過ぎるんだよ」

　テレビ討論会の再現になってしまい、香織さんも中沢さんも、困惑した表情になった。だが、真面目な長崎さんだけはもっと議論を深めたそうに身を乗り出している。僕は釜田に進言した。

「釜田さん、まずロックフェスの話しましょうよ。イズムさんもそのために来てくださってるんだし」

「いや、ちょっと待ってくれよ」釜田は僕の手を邪慳(じゃけん)に振り払った。「ここにいるのは、俺の主宰している『ナイチャーの会』のメンバーだけどさ。誰に強制されたんでもなく、みんなマジに宮城さんを応援してるんだよ。当選するために、何でもしようと思ってると思うよ」

「そうだよ。今回負けたら、おしまいだからね」

　長崎さんが、悲壮な声で言った。

「背水の陣だよね。戦後沖縄の最大分岐点だよ」

　中沢さんが、腕組みして呟いた。香織さんは、燃えるような目で、中沢さんに頷いている。

「あ、ちょっと待って、ちょっと」と、イズムが苛立った様子で遮り、僕の方を指差した。「だからさ、この兄ちゃんが言ったのは正しいんだよ。俺は、政治の話をしに来たんじゃなくて、ロックフェスのことで来たの。ロックフェスはどうなるんだよ。あんたらの『ナイチャーの会』主催なんでしょう。てことは、宮城さんの応援コンサートってことなのか、それとも純粋にロックのコンサートなのか。どっちかはっきりしてくれよ」

「わかった。別に隠すつもりはないんだ」

釜田は、最初舐めていただけに、皆の前でイズムに詰め寄られたことが、不快そうだった。

「企画段階では、全然政治的な主張なんかなかったよ。うちの安楽ハウスのバンドも前座で出るし、俺の好きなバンドにも頼んだしさ。少なくとも、皆でノリノリのライブやって、楽しく遊ぼうという感じ。正直に言えば、ついでに俺の名前も売れればいいやってね。でも、今は政治的に利用してもいいかなと思ってる。折角、人が集まるんだし、知事選のたった三日前だしね。景気づけに最高じゃないかって。俺が要請したら、絶対に宮城さんも来てくれると思う。だから、もし、イズムさんが俺たちと同じ意見だったら、協力してくれないだろうか。あんたのパラマニ・ロッジは、若者の聖地だと言われているし、あんたのカリスマ性は絶大だよ。イズムさんが応援してくれれば、選挙の流れが変わる。是非、力を貸してほしいんだけどな」

イズムが考え込むように眉根を寄せた。ユミは、退屈そうにお下げを手でいじくっている。頰にニキビ痕が幾つもあった。僕はイズムを凝視した。初めて会った時、この男に嫌われたくない、と思ったほど、はっきりした物言いや、捌（さば）けた思考などに魅力を感じたものだ。イズムが立候補したら、釜田は敵わないだろう。イズムが顔を上げた。

「釜田さん、話はわかった。テレビじゃ、お互い熱くなったよね。パラマニにも、ガンガン電話かかって来た。イズムさんが絶対正しいってね」

釜田の顔が悔しさに歪んだが、香織さんは笑顔を作って、さりげなく尋ねた。

「電話は沖縄在住の人からですか？」

イズムは、睨むように香織さんの顔を見た。

「ほとんどがこっちでバイトしてるヤツです」

アイスコーヒーを運んで来た中沢さんが、少し離れたところからイズムを観察している。その目からは、イズムの口から何が語られるか知りたい、という強い好奇心が感じられた。

「俺のロッジから巣立って、あちこち流れてるヤツもいるし、農家で働いているヤツらもいるし、少ないけど、漁師になったのもいますから。そいつらがみんなテレビ見て電話かけてきた。勿論、俺と話したいってヤツも多いけど、みんな言いたかったみたい。イズムを支持するってね」

「その人たちは、どのくらいの期間、バイトをやってるんですか」

温厚な長崎さんが、イズムに感心したように聞いた。

「半年から一年ってとこですかね」

釜田が、イズムに隠れて僕に囁いた。

「じゃ、住民票は移してないな」

「票にはならないですね」と僕が言うと、釜田は僕を小突いて笑った。会話が聞こえたらしく、香織さんが咎める目で、こちらを睨んだ。

「だからさ、俺が言いたいのは、みんなテレビで、俺が釜田さんと喧嘩したとこ見てるのにさ、一緒にロックフェスをやったら、テレビの喧嘩は出来レースだと思うだろってこと。カッコ悪いだろ」

「イズムさん、音楽って、人と人を結び付けるものじゃない。だから、テレビで喧嘩しても、音楽イベントには前向きで心はひとつだ、と思うんじゃない」

東京で音楽関係の仕事をしていた中沢さんが、曖昧なことを言った途端、ユミが、憮然として口を挟んだ。

「ちょっといいですか。甘過ぎませんか。うちはイズムのビデオやＤＶＤ、本も出版してるんですよ。イズムの発言って力があるんだし、そんな適当なことやってたら、さすがに愛想尽かされて、収益なんか上がんなくなっちゃいますよ」

イズムが苦笑いした。

「この人、俺のプロデューサーなんだ」

　僕は、皆がユミも侮っていたことに気付いた。言うだけ言ったユミは、アイスコーヒーの中に、ストローを乱暴に差した。様子を見ていた香織さんが、やっと発言した。

「ぶっちゃけて言いますけどね。釜田は、お人好しです。今度企画したロックフェスが、自分の敬愛する宮城さんのために役に立たないかと、今頃になって気付いたんです。で、昨日ご一緒したイズムさんがもし反対でないのなら、お助けいただきたい、と思っただけの、単純な話なんですよ。だから、イズムさんがご自分のプロデュースに差し障りがあるのなら、この話は断って頂いて構わないし、少しでもお気持ちがあるのなら、是非お名前を貸してください。それだけなんです」

「こっちもぶっちゃけますけど、イズムはあまり政治にコミットしたくないんです」

　ユミの言葉に、香織さんが鋭く反応した。

「そんなの、沖縄では通用しないんじゃない？」

「そんなことないですよ」ユミが失笑した。

「沖縄では、カルチャーと政治は切り離せません。カルチャー的側面を無視するってことなのね」

　香織さんは言い放った。ユミと香織さんは、互いに一歩も引かない。男たちは気圧(けお)されて何も言わなかった。イズムが、少し呆れたように香織さんの顔を見ている。釜田が「ワンラブコンサート」のチラシを取り出して、イズムに示した。

「イズムさん、ここに出てるバンドは政治的ではないよ。俺らもチラシでは、何も政治的主張なんて謳ってない。だけど、あんたは、ここに宮城さんが来て、総決起集会みたいになるのは嫌だってことかい。たとえ、成り行きでもか」

イズムは考えている。

「さっき、奥さんは文化と政治は切り離せないと言ったけど、俺はそうは思わない。俺にはマイナス要因になりそうだ」

「何でだよ」長崎さんが、色をなして聞き返した。

「さっき言ったじゃない。基地は反対だけど、自立もした方がいいってこと。つまり、どっちの意見も正しいよ。さらに、俺は余所者だし、政治なんかに興味ないってこと。つまりさ、俺はここで文化事業をしているわけじゃないんだよ」

「じゃ、何なんだ」と、釜田。

「ビジネスだよ」

イズムがはっきり言って、ユミと目を合わせて微かに笑った。ユミが待ってましたとばかりに、喋り出した。

「もし、うちのイズムが関わったら、ヤマトから、もっといいバンドがガンガン来ますよ。呼び屋としてやっていけるくらいに、イズムは音楽業界に顔が広いんです。それにイズムがちょっとトークするとなったら、東京や大阪から何千人も集まりますから。みんなカリスマであるイズムの信奉者なので、本島にどんな風を起こしていくかはわかりませんよ。おそらく、その立候補者にとっては、大きな選挙応援になると思いますけど」

ユミは能弁だった。僕は拓也を思い出していた。何て言ったっけ。そうだ、「愛と冒険心がチケット」だ。釜田は、勢い込んで言った。

「当日、ちょっと顔を出してくれることと、この『発起人』のところに名前を入れさせてくれて、パラマニとかでもチラシ配ってくれるだけでいいんだけどなあ。あんたに迷惑はかけないよ。あ、そうそう、もうひとつ。イズムさんは人気ブログやってるから、そこで告知してくれるとありがたい。そして、イズムさんもイベントに参加する、と書いてくれるだけで、客はたくさん集まるよ」

「だけど、このチラシはもう刷っちゃったんでしょう。刷り直しするってこと？　何でそこまでして、俺の名前が欲しいんだ」

イズムが、不思議そうに釜田の顔を見た。

「イズムさんがカリスマだからさ」

「じゃさ、俺、このことで金貰えるの？」

イズムは冗談めかした。釜田が驚いたように何か言おうとしたが、僕は思わず発言していた。

「イズムさん、幾らなら、引き受けて頂けますか」

香織さんが、非難の眼差しで僕を見た。

「ギンちゃん、失礼なこと言わないでよ」

イズムが香織さんに向かって手を振る。

「いや、別に失礼じゃないですよ。ビジネスって思えばいいことでしょう。俺は、どちらの知事でも構わないんです。だけど、ちょっとは宮城さんの方が好きかな。女性だし、辺野古の海が可哀相だからね。でもね、宮城さんが知事やったからって、本当に辺野古が助かるのかどうかもわからないじゃないですか。だから、たいした話じゃないんだ」

黙っていた釜田が勢い込んだ。

「イズムさんらしい論だ。ねえ、幾らなら引き受けてくれますか」

「三百万って、どうですか」

突然、ユミが抜け目なく答えた。イズムは退屈そうに、顎の辺りを掻いている。あまりの高額に、全員が顔を見合わせた。香織さんは怒っているのだろうか、顔色が青く見えた。

イズムは、皆の反応を観察した後に言った。

「俺はっきり言うけど、金の多寡じゃない。つまり、ビジネスと言っても、金が欲しいからやるわけじゃないんだ。要するに、金に換算すれば、俺的にはそのくらい高額なリスクを伴うよ、という話なんだ。嫌なら、やめよう」

誰も何も言わないので、代わりに僕が答えた。「わかります」と。イズムのロッジは、若者のメッカと言われながらも、スタッフの躾はきちんとしていた。つまり、イズムのカリスマ性をネットでうまく利用した、ひとつの企業体なのだ。政治に興味がない、とはっきり言うイズムは、ここにいる誰よりも賢いビジネスマンなのだろう。僕は値切った。

「三百万は高過ぎる。もう少し安くしてください」

「すごい話になってきたね。俺には到底考えられない展開だよ」

長崎さんはそう言って、大きく嘆息した。中沢さんは、金を払うという話がショックなのか、黙ったきりだ。

「イズムさん、百万じゃ駄目ですか」香織さんが真剣な顔で言った。「釜田の選挙資金って、あたしのお金から出ているんです。だから、あたしがほとんど決めているんですけど、そのくらいなら出せそうだし」

香織さんが、「選挙資金」と口を滑らせたために、ユミが苦笑したが、香織さんは気付いていない。イズムは、頭のバンダナに手をやった。

「俺の方では、まずネットで告知して、ブログに書いて、パラマニに来る客に報せてやって、こっちで働いている仲間に教えてやるわけだ。俺が名を貸すとなると、沖縄で事業を展開している、俺の仲間がみんな釜田さんに注目するし、何かあれば手助けも厭わなくなりますよ。だから、かなりのメリットがあると思う。事業提携ってことだから、百じゃ安い」

「じゃあ、間を取って百五十くらいでどうですか」

香織さんが、思い切った様子で言った。ユミが語尾におっかぶせた。

「二百五十」

香織さんが、ユミの方をきっと見遣ったが、ユミは素知らぬ顔で視線を合わせない。

「いいよ、百五十で。後で何だかんだ言われたくない」

イズムが面倒臭そうに言った。ユミが事務的に続ける。

「じゃ、イベント企画費ということで、『ナイチャーの会』宛に請求書を出してよろしいですか」

香織さんは渋々頷いたが、その表情は敗北感で沈んでいた。

3

釜田は知事選に夢中だった。安楽ハウスの仕事などそっちのけで、宮城由里子の選挙事務所に、毎日手伝いに行った。来年の市議選への出馬も決意したらしく、急速に政治家や支援者の知己を増やしていたし、選挙のノウハウも研究していた。僕が会った頃は、ゲストハウスの暢気(のんき)なオーナーだったのに、今はいっぱしの論客になって、風貌もどことなく変わってきている。

僕はと言えば、世界を我が手にしたかのような全能感と、生まれ変わった喜びは、数日のうちに消え失せて、心は悩み多い香月雄太なのに、表向きはポジティブな磯村ギンジを演じるような、分裂した人間になっていた。やんばるのジャングルを彷徨(さまよ)って、昭光と山道を下りて来たことなど遠い夢のようで、すでに現実感を失いつつある。柏崎の工場で働いていたことも夢なら、昭光との邂逅（かいこう）も夢。家族の崩壊も夢なら、専務と暮らしたことも夢。悪夢と良夢とが混じり合い、思い出のすべてが曖昧で、色褪せて感じられるのだった。一回消えたはずの自分が、また前と同じ姿をしているのかどうかも定かではなく、新しく生まれたギンジの細胞が、現れ出でた雄太の存在に、まだ戸惑っていた。つまり、落ち着いてみれば、僕は新しい人格どころか、まだ混乱の最中にいることを認識しただけだった。

だけど、磯村ギンジが幽霊のごとき存在であることだけは確かだった。万が一、釜田が市議になれても、戸籍も住民票もない磯村ギンジは、正式な秘書にはなれっこない。釜田は何も言わないが、僕の身分を心配しているのは、何となく伝わってきた。一番簡単で楽なのは、記憶が戻ったと告白して、香月雄太に戻ることだった。だが、僕は磯村ギンジにこだわっていた。ギンジを名乗りたかった。昭光の鬱屈を表すかのように、「エロチカ」の下地銀次から取られた名前なのだから。

携帯が鳴った。発信元は香織さんだ。

「ギンちゃん、今いい？」

「はい、大丈夫です」

僕が携帯で話しているところに、後ろからリンコが入って来て、声をかけた。

「ギンちゃん、ミーティング」

週に一度のミーティングが始まろうとしていた。予約の状況や、献立、問題点などを話し合うのだが、このひと月、釜田が不在なので、リンコが文句を言うばかりだった。僕は手で携帯を覆い、リンコに言った。

「始めててくれよ」

勘のいいリンコは、僕が話しているのが香織さんだと察したらしく、露骨な顰め面をした。思わず吹き出しそうになる。

「ギンちゃん、聞こえた。ミーティングなんでしょう」

香織さんが生真面目に尋ねる。

「そうです。でも、大丈夫です」たいした話もないから、という言葉を呑み込む。

「あ、そう」と、香織さんは簡単に言うと、いきなり用件に入った。「ギンちゃん、イズムさんから請求書来てる?」

「はい、来てます」

僕は、デスクの上に置いてあった洒落た封筒を眺めた。「請求書在中」と意外にも達筆で書かれていた。ユミが言った通り、「イベント企画料　百五十万円」という請求書が入っている。僕は、一応釜田に確認を取ってから、近日じゅうに払いに行こうと思っていた。

「やっぱり百五十万って書いてあるの?」

「そうです」

「払わなくちゃ駄目かしらね」

「あの時、約束したじゃないですか」

香織さんは、大袈裟な溜息を吐いてみせた。

「でもね、イズムさんに頼まなくても何とかなりそうな気がするのよね」

「どういうことですか」

変心というヤツか。僕は内心呆れながら、聞いていた。

「イズムさんが若い人に影響力があるのはわかってるけど、イズムさんに頼まなくても宮城さんは楽勝なんじゃないか、と思えてきたの。釜田さんも言ってたけど、どこに遊説に行っても、すごく反応がいいんだって。それに、イズムさんのことを、カリスマ、カリスマってみんな言うけど、イズムさんのファンって、みんなヤンキーみたいなはぐれ者や流れ者ばっかじゃない。『ナイチャーの会』みたいに、地に足着けて沖縄で暮らしている人たちじゃないんだもん」

「それ、わかってたことじゃないですか」

僕は、やや声を荒らげた。イズムなんか嫌いだが、さすがに庇いたくなった。香織さんと釜田が、この期に及んで、金を惜しんでいるのがわかったからだ。

「そうだけど、釜田さんもイズム抜きで何とかなりそうじゃないかって言ってるのよ。だから、そのお金払うの、ちょっと待ってくれないかな」

「わかりました、そうします」

僕は憮然として答えた。

「それによく考えたら、あんな芸能人でも何でもない、ただの人に百五十万も払うのって変だよね」

香織さんは、決めつけた。

「じゃ、イズムさんには何て言うんですか」

「しばらく放っておいたらどう。あっちも気付くでしょう」

「香織さん、それってイズムさんを騙すことになりませんか」

僕は納得できなかった。

「そうかしら。ビジネスが成立しなかったってだけのことでしょう。何か言われたら、気が変わったって言えばいいし、あっちも断られるのがわかってて、吹っかけたんじゃないかって、中沢さんも言ってた」

香織さんはそう言って、携帯を切った。僕は不快だったが、どうすることもできない。請求書を引き出しに放り込んで、部屋を出た。屋上からギターの音が聞こえた。フウヤンがミーティングにも出ないで、ギターの練習をしているのだろう。

ロックフェスティバルの方は、釜田と中沢さんが中心になって、着々と準備が進んでいた。宮城候補も、ロックフェスで挨拶に来ることが決まったし、釜田はしてやったり、と張り切っている。民主党の公認は取れなくても、恩義を売ったから、いずれ見返りはある、と踏んでいるのだろう。前座の前座で出演することになっているフウヤンもまた、チャンス到来とばかりに、顔つきが変わってきていた。ちょうど観光客が途切れる晩秋に、安楽ハウスは大きな変化を遂げていたのだった。

リンコと小沢が、ゆんたく部屋から出て来た。小沢は一階に下りて行き、リンコは不機嫌そうにとんとんと階段を上っていく。酒井は先に行って、とっくに三階の掃除を始めているらしく、掃除機をかける音が響いていた。

「リンコ、ミーティングは？」

リンコが、階段の途中で振り返った。

「終わり。何も話すことないさー。客もいないし、フウヤンも来ないし」


ロックフェスが五日後に迫ったある日、安楽ハウスに電話が掛かってきた。ちょうど僕が取った。

「釜田さん、いる？」

「終日出てます」

「選挙の応援で忙しいんだろうな」

イズムからだった。僕は何と言っていいのか、と焦った。イズムは気にせずにのんびり話している。

「きみ、磯村君だろう？　前に会ったことあるよな」

覚えていたのだ。僕は昭光のことを言おうかどうしようか迷った。イズムが続ける。

「あいつ、どうしてる。そう、『宮古』だ」

僕は絶句した。消息を伝えられないことが悲しい、と思ったからだった。僕が黙っていると、イズムは僕が怒っていると思ったのだろうか、話を変えた。

「金、振り込まれてないね。まあ、どうせ払う気はないだろうと思ったけど、その通りだったな」

「すいません、そういう指示だったので」

「いいよ、そのことは。俺も成り行きで甘いことを言ったと反省したところだ。それより、知ってる？　選挙の予想、きついよ」

「そうなんですか」

「釜田さんは追い風に乗ってると思ってるんだろうけど、甘くないぞ。選挙当日に沖縄の人口が膨れ上がるからな」

「どういうことですか」

「わざわざ投票に帰って来るんだよ。それが沖縄だ。釜田さんはやっぱり、ナイチャーだよ」

イズムはそう言って嘲笑うように電話を切った。僕は、引き出しに放り込んだままの請求書を思い出し、溜息を吐いた。後味が悪かった。水でも飲もうと廊下に出ると、ゆんたく部屋の前にガブが寝そべっていて、見知らぬ若い男に頭を撫でられているのに気付いた。見たことのない男だった。僕はゲストかと思って、廊下に出て男に挨拶した。

「いらっしゃいませ」

最近の安楽ハウスは、まったく儲かっていなかった。シーズンオフということもあるけれど、ゲストハウス業務に不熱心なところが、客にも何となく伝わるらしい。釜田が政治活動に身を投じて以来、客は減り続けていた。今、ハウスに滞在している客は、たったの四人で、しかも全員リピーターだった。

男は、僕の言葉など聞いていなかったかのように、ガブをずっと構っている。

「あのー、お客さんですか」

男はやっと顔を上げて、呟いた。

「犬、好きやっさー」

顎の張った四角い顔をしているが、表情はまだ子供っぽい。色黒で、ごわごわした髪を金色に染めている。派手な紫色のTシャツに、だぶついたジーンズを穿き、胸元には太い金の鎖を垂らしていた。

「あいっ、ギンジって人いるかー？」

無理をして標準語を喋ろうとしている雰囲気だった。地元のヤンキーだろうか。近頃は僕でも、ウチナーとナイチャーの区別がつくようになっていた。

「僕だけど」

「ああ、やーか、じょうとうさー。慈叡狗が会いたがってるから来んかー」

「ジェイクが」

僕は驚いて立ち竦んだ。昭光は、いくら電話しても出てくれないし、留守電を残してもかけ直してくれない。僕は、昭光はもう違う世界に行ったのだとばかり、思っていた。

「わんについて来い」

男は、僕の返答も聞かずに、急ぎ足で階下へ下りて行く。背がそう高くないが、がっしりした体型をしていた。僕は後をついて、階段を駆け下りながら男に聞いた。

「ジェイクがどうかしたの」

「いや、別に」

男は何ごともないかのように首を振った。ただ、その横顔は暗い。僕は足早に歩く男について、安楽ハウスを出た。玄関のところで、小沢に会った。小沢が何か言いたそうに手を挙げたが、男が構わず歩いて行ってしまうので、僕は小沢と話すこともできなかった。

「待って、きみの名前は何て言うの」

慌てて追い縋って尋ねると、男は不安そうな顔で振り向いた。おどおどと周囲に目を配る様が、誰かに追われているように見えて、殊更、僕の不安を煽る。

「島尻」

「島尻さんは、ジェイクとどこで知り合ったんですか」

「『ばびろん』さー」

昭光のホスト仲間なのだろう。そう言われてみれば、「ばびろん」のホームページで島尻の四角い顔を見たことがあるような気がした。

「タクシーに乗ってもいいさーねー?」

島尻がわざわざ聞くので、僕は頷いた。金がないのだろう。島尻は車を拾い、運転手に「前島(まえじま)」と早口に命じた。車内でも無言なので、僕は不安に堪えかねて聞いた。

「ジェイクに何かあったんだね」

「うりー、見たらわかるよー」

きっと、悪いことが起きたのだ。僕は唇を噛んだ。やがて、タクシーは新しいアパートの前で停まった。いかにも短期間で建てたような、見るからに安普請の建物だった。僕が料金を払っている間に車を降りた島尻が、人目を避けるように裏から合図した。島尻に案内されて、僕はアパートの裏口から、こっそり入った。男ばかりが暮らしているのか、廊下にはアルミ缶やペットボトル、弁当殻、漫画雑誌などのゴミが溢れ、汚い住まいだった。一階奥の陽当たりの悪い部屋のドアを、島尻がそっと開けた。

「慈叡狗は、ここにいるよー」

僕は薄暗い部屋に一人で入った。微かに、饐えた臭いがした。

「ジェイク、ギンジだよ」

部屋の隅で、誰かが身じろぎする気配がした。

「あばっ、ギンちゃんなー」

昭光の声には違いないが、風船が破裂したように空気が抜けて何を言ってるのかわからない。僕は、薄暗さが我慢できず、窓に駆け寄ってカーテンを引いた。顔を腫らした昭光が、ベッドに仰向けに横たわり、眩しそうに顔を背けた。両瞼が紫色に腫れ上がっているために目はほとんど見えず、自慢の歯もかなり折れているようで、口許も無惨に腫れ上がっていた。床は、血だらけのティッシュや、お絞りで散らかっている。痩せ細った体も大怪我をしているらしく、両手で鳩尾を抱えるような仕種をしていた。すると、入り口から、島尻が駆け寄って来て、小さな声で注意した。

「見張られてるやし、カーテン閉めれー」

僕は慌ててカーテンを閉めた。再び部屋は薄暗くなる。僕は昭光の横に行って、跪いた。涙が出そうになった。

「ジェイク、どうしたんだ。誰にやられた」

「ナイチャーのヤクザにさー」

息がしゅーしゅーと洩れて、発音が不明瞭だった。何度聞いてもわからない。ナイチャーのヤクザ、とは島尻が教えてくれたのだった。

「何でヤクザなんかにやられたの」

「借金」と今度は明瞭に聞こえたが、昭光は傷が痛むらしく、口を開くのも辛そうだった。あがっ、あがっ、と何度も呻いている。僕は、暗闇に蹲っている島尻に尋ねた。

「何で病院に連れて行かないんだ。このまんまじゃ、死んじゃうよ」

「逃げないように、ヤクザが見張っているばーよ」

島尻が、気弱な声で答えた。

「見張っていたって、連れて行かなきゃ死んじゃうよ。それに、どうしてこんなことになってるんだよ」

思わず、僕は怒鳴った。

「ギンちゃん、ギンちゃん」昭光が弱々しく、僕のTシャツの裾を摑んでいる。「師匠は関係ないさいが。おいらの客が飛んださーよー」

師匠と呼ばれた島尻が、沈んだ声で言う。

「くんぬフラーの客が何人も飛んで、借金がでーじなったところに、愛ちゃんていう、こいつの同級生も飛んだばーよ。だけどが、愛ちゃんは店長の客だったやし、こいつが手を出したから飛んだってのがばれて、リンチされたさー。そら、当然さー。慈叡狗が、でーじフラーばーよ」

「いつ、やられたんだ」

「あがっ、一昨日かー、その前かー。おいら、忘れたさー」

昭光が口を開く度に、体内から嫌な臭いが立ち上った。内臓が破裂しているのではないだろうか。僕は昭光の手にそっと触った。冷えていた。もうじき死んでしまうかもしれない。そう思うと怖ろしくて、涙が溢れたのにも気付かなかった。折角会えたのに、昭光は瀕死の重傷を負っている。

「ジェイク、死ぬなよ。だけど、このまんまじゃ死んじゃうよ」

「あー、そーなー。もう、いいよ、ギンちゃん」

ジェイクが、苦しい息の下、のんびりと返事をした。諦めているのだろうか。僕はいても立ってもいられなくなって、思わず立ち上がっていた。ベッドの脇で沈み込んでいる島尻のTシャツの首許を摑んで、無理やり立ち上がらせた。

「どうして借金が払えないんだよ」

島尻は、目を背けた。

「慈叡狗のオヤジにも頼んだばーよ、断られたってさー。ホストしてる息子なんかいないってさー」

昭光が、へへっと笑った気配があった。

「お前、何で笑うんだよー。こんな酷い目に遭ってさー」

怒りのあまり、僕は泣きじゃくっている。

「警察に連絡しようよ」

「駄目ばーよ」島尻が首を振った。「逃げても逃げても追いかけて来るさー。復讐されるばーよ」

「わかった、ジェイクの借金幾らだ」

「愛ちゃんの分を入れて、三百四十七万」

僕は、携帯を開いて時間を見た。午後二時過ぎ。まだ間に合う。

「僕が払うから、沖縄銀行の浮島通り支店で、二時半に会おうって、言ってくれ」

「だ、誰に言うかー」

僕が焦っているので、島尻も慌てている。

「馬鹿、俺が知るか。ヤクザだか店長だか知らないけどさ。ジェイクの借金を取り立てて、酷い目に遭わせたヤツに決まってるじゃないか」

僕の剣幕に驚いて、島尻がポケットから携帯を取り出した。僕はそれを横目で見て、アパートの部屋を飛び出した。タクシーを摑まえて、浮島通りの安楽ハウスに戻った。階段を駆け上り、旧布団部屋の事務室に走り込む。金庫を開けて、貸金庫室に入るカードキーと、金庫の鍵を摑んだ。幸い、管理している金は三百八十万ほどある。全額遣うつもりだ。リンコが、のんびり声をかけた。

「ギンちゃん、どうしたかー」

僕は振り向いた。リンコとも、安楽ハウスともお別れだ。リンコが怪訝な顔をした。

「何か血相が変わってるよ。どうしたの」

僕は首を振る。

「何でもないよ」

まさか、こんな別れ方をするとは思わなかった。人生はいつも、意外な形で終わりがくる。封を切った煙草、使いかけのパスネット。僕は父の最期を思い出し、はっとした。やっとわかったよ、父さん。

「リンコ、頼むから、何も言わずに放って置いてくれないか」

僕は、口を開きそうになったリンコを制して、ミックスルームに向かった。ベッドの下に、渡せなかった昭光の荷物がある。僕は身の回りの物を集めて、昭光のリュックに放り込んだ。リンコが部屋の入り口から凝視している。

「出て行くんだね」

「そう。行かなきゃいけないことが起きた。リンコ、頼みがあるんだ。今、僕を見たことはお願いだから、誰にも言わないで」

リンコが何度も頷いた。その目にみるみる涙が溜まっていく。僕は目を背けて部屋を飛び出した。

「ギンちゃん、落ち着いたら電話して」

リンコが叫んだ。

僕は安楽ハウスからほど近い、沖縄銀行の浮島通り支店に走った。ヤクザやホストクラブの店長らしき人間はまだ来ていない。僕の言葉を誰も信じなかったのだろうか、と心配になったが、釜田たちにばれないうちに、早く金を出してしまいたかった。窓口にいる顔見知りの女子行員が、僕に挨拶した。

「こんにちはー。お振込ですか」

心臓がどきどきした。何か言われたら、急に入り用になったと言えばいい。釜田が選挙に出る準備をしていることは近所では有名だし、香織さんから電話がなければ、僕はここで百五十万をイズムに振り込んでいたに違いないのだから。

「今日は貸金庫室に用事があるんで」

余計なことを言ったと思った途端、声が震えたが、女子行員は顔を上げて僕に微笑んだ。

「ロックフェス、もうじきですもんね」

釜田から、ロックフェスに来るよう誘われているせいか、女子行員は何か話したそうだった。僕は忙しそうな振りをしながら振り切り、カードキーを使って貸金庫室に入った。その時、銀行の自動ドアが開く気配がしたので、そっと振り返ってみた。ちょうど、島尻と会社員風のスーツを着た男が、店内に入って来たところだった。あれがナイチャーのヤクザなのか。僕は驚いて男の姿を見つめた。黒縁の眼鏡を掛けて、アタッシェケースを提げ、まるで銀行員という格好だ。僕は金庫から現金の入った封筒を取り出して、リュックに入れた。そのまま外に出ると、島尻と男も、僕の後をついて来た。路駐してあった黒いセダンに乗り込み、浮島通りをまっすぐ下って、少し道幅の広い開南せせら(かいなん)ぎ通りを左折した。僕は道路の右手を眺めている。僕のガーブ川が、この少し先から暗渠に入って、市場の下を流れるのだった。車を停めて、男が振り向いた。

「締めて三百四十七万です」

僕は、まず帯封のしてある百万円の束を除けて、バラの札を数えた。緊張で手が震え、何度もやり直した。島尻も真剣な顔で札を見つめている。剝き出しの札を渡すと、男が領収証をくれた。

「よかった。これで慈叡狗さんは、自由です」

「そう言うけど、あんたがジェイクをリンチしたんじゃないんですか」

僕が咎めると、男は肩を竦めた。

「まさか。私は、『ばびろんぐるーぷ』の社員ですから」

社員とヤクザとホストは違うのか。僕は、車の窓を開けて、道路に唾を吐いた。

自由になった昭光は急に元気になり、どうしても船に乗りたい、海を見たい、と言い張った。

「だっからよー、じっとしてれば治るよー。ギンちゃん、一緒に船に乗ろうよ」

歯が抜けて腫れた口から、空気を洩らしながらも必死に言うので、僕は根負けした。島尻に手伝って貰って、昭光をタクシーに乗せ、近くの泊港(とまりこう)に向かった。泊港から渡嘉(とか)敷島(しきじま)行きのフェリーが午後四時に出るからだ。渡嘉敷島にも医者はいるはずだし、僕は昭光と再び旅をすることになって、正直嬉しくもあった。金を盗んだ僕は、いずれ捕まって裁きを受ける。これは、昭光との、そして沖縄での最後の旅行、なのだ。

フェリーがあっけなく出港した。岸壁で手を振る島尻の姿が、だんだん遠退いていく。

「師匠さいならー」

手を振ることもできないほど傷つけられた昭光が、小さく呟いた。昭光は、甲板に出たがった。腫れ上がった顔が乗客の目を引くので、その方がいいかもしれないと肩を貸して外に出てはみたものの、十一月の海風は冷たい。昭光の顔色が、見る見るうちに青くなっていった。

「ジェイク、大丈夫か。中に入ろうよ」

だが、僕がどんなに勧めても、脅しても、昭光は頑として外にいたがった。

「海は久しぶりさーよー。気持ちいいさいが」

昭光が、僕の横で紫色に腫れた目を閉じた。僕は寒さで歯を鳴らしながら、昭光に言った。

「ジェイク、僕、記憶を取り戻したんだよ。本当の名前は香月雄太っていうんだ。驚いただろ」

昭光が、へえと薄目を開けた。だが、瞼が腫れているので、よく見えないらしい。光を探すような仕種をして、手を中空に伸ばした。

「僕は、ネット自殺しようとした。でも、怖くなって逃げ帰った。その時のショックで記憶喪失になったらしい。やんばるできみと会ったのは、その直後だったんだよ。ジェイク、聞いてるかい？」

僕は、肩を落としてベンチに蹲るように腰掛けている昭光に囁いた。昭光は大きく頷いた。

「僕はジェイクのくれたギンジって名前が一番好きだ。これからもギンジを名乗るよ」

昭光が何か呟いたが、風のせいでよく聞こえなかった。耳を澄ますと、回らぬ口で何度も繰り返しているのだった。「ズミズミ、上等」と。
　僕は暮れ始めた広い海原を眺め、僕らはどこへ行くのだろうと考えている。そのうち、考えるのもやめにして、昭光の冷たくなっていく手をしっかりと握っていた。

（完）

解説

白井　聡

格差、貧困、就職氷河期、派遣切り、下流、親ガチャ……「時代」を物語る言葉は殺伐を増すばかりだ。そしてさらに悪いことに、私たちはそのことにいつしか慣れてしまう。私たちは、毎年の自殺者数の統計を見て、「酷くなった」とか「少しマシだった」などと感想を漏らす。心をいためるとさえ言えるかもしれない。しかし、それでもやはり、数字は数字でしかない。二〇二二年の日本の自殺者数は速報値で二万一五八四人、前年との比較で五百人ほど増えたが、経済状況の悪さに鑑みれば、私たちは「この程度で済んだか」と安堵することさえできるかもしれない。そのとき抜け落ちるのは、二万一五八四の人々のそれぞれが味わった二万一五八四の苦悩と悲惨なのだ。

私たちの生きるこの時代の不毛と悲惨を指し示す概念と統計数字は増え続けている。しかし、概念と数字だけでは決定的に不十分なのだ。それらは私たちに「経験」を与えない。だから、私たちはより苛酷さを増す現実に慣れてしまう。慣れさせられてしまう。

例えば、あれほど騒がれた「ネットカフェ難民」という言葉を最近はまったく聞かないではないか。

貧しくなるとはどういうことなのか、一億総中流社会が崩壊するとはどういうことなのか、雇用が不安定化するとはどういうことなのか、そして人が自死にまで追い込まれるとはどういうことなのか――私が桐野夏生氏の作品を読むときに圧倒されるのは、この時代の経験を描き尽くそうという作家の途轍もない気魄によってである。

この気魄が余すところなく発揮されているのが、本作『メタボラ』である。『メタボラ』が刊行されたのは二〇〇七年、リーマン・ショックの前夜であった。翌年末には派遣切りにより路頭に迷った人々を助ける「年越し派遣村」の試みが注目を集めることになる、そんな時代だ。

そして物語の中心的舞台となる沖縄は、本作刊行の三年後、大きな期待を受けて成立した鳩山由紀夫政権が躓き、瓦解するきっかけの地となる。国民から強く支持されているはずの首相が、たったひとつの米軍基地を移動させることすらままならず、「アメリカとの約束の不履行」を疑われれば十字砲火を浴びせられて失脚に追い込まれる。この事件は、平成の政治史における最重要の出来事だった。沖縄を通して、戦後日本の統治構造の実態が顕在化し、戦後日本の国民統合の綻びが明白になっていったのである。

これらの事実は、時代を映し出すことにおいて本作がどれほど鋭敏であるかを物語っている。だがそれだけではない。『メタボラ』は時代を映し出しただけでなく、「世代」を映し出した作品でもあった。

今回読み返して、以前読んだ時には迂闊にも見落としていたことに気づいた。それは、香月雄太＝磯村ギンジは、私と同世代の人間として設定されていることだ。本作の時代設定が刊行時と同じと仮定すれば、作中で二十五～六歳と設定された彼の生年は一九八一年前後だということになる。私は一九七七年の生まれであり、おおよそ同世代に属する。いわゆる、就職氷河期世代であり、「ロスジェネ」とも言われ、「団塊ジュニア世代」でもある。雄太＝ギンジ以外の数多の登場人物の若者たちも、この世代に属する。

この世代がバブル崩壊後の日本の経済停滞のツケを集中的に回された世代であることは言うまでもないが、この世代を日本社会が生んでしまったことの真の帰結が明らかになるのはこれからだ。この世代を見捨てると日本社会が決断したことにより、日本の人口問題は絶望的状況に陥った。また、この世代から非婚率はさらに高まると見られるが、このことは高齢の貧困単身者がやがて大量に発生することを意味する。生活保護制度は立ち行かなくなり、孤独死は激増するだろう。高水準で推移してきた日本の平均寿命はおそらく劇的に低下する。というのも、未婚男性の平均寿命は著しく短く、男性全体の平均寿命が八一・六四歳（二〇二〇年）であるのに対し、未婚男性の寿命中央値は六七・二歳であるからだ。世界に冠たる長寿国日本も、この世代で終焉を迎えるだろう。しかも、この世代はすでに中年から老年に差し掛かりつつあり、あらゆる「対策」は手遅れになりつつある。

『メタボラ』の主題のひとつがこの世代であることに気づいたとき、本作は私の世代に対する同情であるだけでなく、その群像を内面から描くことを通じた世代の批評であることに気づかされた。それも相当に厳しい批評である。

『メタボラ』がほかの桐野作品と際立って異なるのは、主人公の受動性においてである。例えば、初期の代表作、『OUT』の主人公は、平凡な主婦・母だったはずが、死体処理に手を染め、最終的には復讐に燃える殺人鬼を返り討ちにする。桐野作品の世界には、こうした強烈な個性やエゴイズム、行動力を具えた登場人物があふれている。とりわけ、主人公の多くがそうである。

対照的に、雄太＝ギンジは、ただひたすら搾取され続け、ついには集団自殺未遂に追い込まれる。副主人公の伊良部昭光＝ジェイクも、ただひたすら快楽追求に流れ流された結果、悲劇的な末路を迎える。ほかの若い登場人物たちは言うまでもない。彼らの多くは繊細で優しいが、致命的に受動的であり、搾取の構造のなかでもがき苦しみ続けるか、あるいは自分探しの旅の途上にとどまってモラトリアムを引き延ばし続ける。

こうした人物造形を、年長世代による「お説教」と受け取るならば、それは失当だ。私たちの世代の経験をこれほどの熱量で内側から描き出した作品を、私はほかに知らない。

そして、安っぽい同情など愛ではないのだ。逆に桐野氏は厳しく突きつける。何を？それは一種の「自己責任」だ。もちろんそれはネオリベラリストの言う自己責任ではない。しかし、ネオリベの自己責任とは異なる意味で、自己責任というものは存在する。

それは、誰かの不幸を他の誰かが代ってあげることはできない、ということだ。私たちの世代の不幸を救えるのは私たちの世代だけなのだ。

実際、私たちの世代が私たちの世代に掛けられてきた搾取の圧力に対して、何をしてきたか。はっきり言うが、憤るべきものに対して憤らず、筋目も道理もあったものではなく、愚劣なマウンティング競争と恥知らずなポジショントークに精を出すのが私の世代の言論人に始まる顕著な特徴だ。あるいは、現実世界からの撤退と虚構への耽溺の果てに、ミソジニーを拗らせて醜態をさらす連中が大量発生したのも、この世代だ。

私たちの世代がそのような状況に追い込まれた必然性はある。その必然性を形づくる搾取の構造が存在するからであり、桐野氏は綿密にそれを描き出している。だが、その悲惨を直視して、我が身を救い出すことができる者は、自分自身しかいないのだ。記憶を失った香月雄太の自己回復が磯村ギンジへの生成として完遂される本作は、受動的に搾取され続けていた雄太＝ギンジが最後に昭光を我が手に収めるシーンで締め括られる。自分の名前すら失っていた男が自己の欲望を貫き通すことで、苦悩の旅路についに終止符が打たれる。主人公は霊的な再生を通じて自らの不幸に自らの力でケリをつける。

私はこの物語に、私たちの世代に対する作家の魂から発せられたエールと、作家自身の社会に対する峻厳な責任感を見るのである。

（思想史家・政治学者）

本書は二〇一〇年七月に朝日新聞出版より刊行された朝日文庫（上・下巻）を
一冊にまとめた二次文庫（二〇一一年刊）の新装版です。

ＤＴＰ制作　エヴリ・シンク

文春文庫

定価はカバーに表示してあります

メタボラ

2023年3月10日　新装版第1刷

著者　桐野夏生（きりのなつお）

発行者　大沼貴之

発行所　株式会社 文藝春秋

東京都千代田区紀尾井町3-23　〒102-8008
TEL 03・3265・1211(代)
文藝春秋ホームページ　http://www.bunshun.co.jp

落丁、乱丁本は、お手数ですが小社製作部宛お送り下さい。送料小社負担でお取替致します。

印刷製本・凸版印刷

Printed in Japan
ISBN978-4-16-792011-1

（　）内は解説者。品切の節はご容赦下さい。

桐野夏生
錆びる心
劇作家にファンレターを送り続ける生物教師。十年間堪え忍んだ夫との生活を捨て家政婦になった主婦。出口を塞がれた感情はいつしか狂気と幻へ。魂の孤独を抉る小説集。（中条省平）
き-19-3

桐野夏生
柔らかな頬（上下）
旅先で五歳の娘が突然失踪。家族を裏切っていたカスミは、必死に娘を探し続ける。四年後、死期の迫った元刑事が、事件の再調査を……。話題騒然の直木賞受賞作にして代表作。（福田和也）
き-19-6

桐野夏生
グロテスク（上下）
あたしは仕事ができるだけじゃない。光り輝く夜のあたしを見てくれ——。名門女子高から一流企業に就職し、娼婦になった女の魂の彷徨。泉鏡花文学賞受賞の傑作長篇。（斎藤美奈子）
き-19-9

桐野夏生
ポリティコン（上下）
東北の寒村に芸術家たちが創った理想郷「唯腕村」。村の後継者となった高浪東一は、流れ者の少女マヤを愛し、憎み、運命を交錯させる。国家崩壊の予兆を描いた渾身の長篇。（原　武史）
き-19-16

桐野夏生
だから荒野
四十六歳の誕生日、身勝手な夫と息子たちを残し、家出した主婦・朋美。夫の愛車で気の向くまま高速をひた走る——。家族という荒野を生きる孤独と希望を描いた話題作。（速水健朗）
き-19-19

桐野夏生
夜の谷を行く
連合赤軍事件の山岳ベースで行われた仲間内でのリンチから脱走した西田啓子。服役後、人目を忍んで暮らしていたが、ある日突然、忘れていた過去が立ちはだかる。（大谷恭子）
き-19-21

桐野夏生
玉蘭
東京の生活に疲れ果てた有子は編集者の仕事も恋人も捨てて上海に留学する。ある日、枕元に大伯父の幽霊が現れ…。魔都上海を舞台に、過去と現在が交錯する異色の恋愛小説。（篠田節子）
き-19-22

（　）内は解説者。品切の節はご容赦下さい。

筒井康隆
わたしのグランパ
中学生の珠子の前に、突然、現れた祖父・謙三はなんと刑務所帰りだった。侠気あふれるグランパは、町の人たちから慕われ、次々に問題を解決していく。傑作ジュブナイル。（久世光彦）
つ-1-19

辻村深月
鍵のない夢を見る
どこにでもある町に住む女たち――盗癖のある母を持つ娘、婚期を逃した女の焦り、育児に悩む若い母親……私たちの心にさしこむ影と、ひと筋の希望の光を描く短編集。直木賞受賞作。
つ-18-3

辻村深月
朝が来る
不妊治療の末、特別養子縁組で息子を得た夫婦。朝斗と名づけた我が子は幼稚園に通うまでに成長し幸せに暮らしていた。だがある日、「子供を返してほしい」との電話が――。（河瀬直美）
つ-18-4

月村了衛
コルトＭ１８４７羽衣
羽衣の二つ名を持つ女渡世・お炎は、失踪した思い人を追い、最新式六連発銃・コルトＭ１８４７を背中に佐渡へと渡る。正統時代伝奇×ガンアクション、人気シリーズ第２弾。（細谷正充）
つ-22-3

月村了衛
ガンルージュ
韓国特殊部隊に息子を拉致された元公安のシングルマザー・律子。息子を奪還すべく、律子は元ロックシンガーの女性体育教師・美晴とともに、決死の追撃を開始する。（大矢博子）
つ-22-2

恒川光太郎
金色機械
時は江戸。謎の存在「金色様」をめぐって禍事が連鎖する――。人間の善悪を問うた前代未聞のネオ江戸ファンタジー。第67回日本推理作家協会賞受賞作。（東　えりか）
つ-23-1

ツチヤタカユキ
笑いのカイブツ
二十七歳童貞無職。人間関係不得意。圧倒的な質と量のボケを刻んだ「伝説のハガキ職人」の、心臓をぶっ叩く青春私小説。笑いに憑かれた男が、全力で自らの人生を切り開く！
つ-25-1

（　）内は解説者。品切の節はご容赦下さい。

辻堂ゆめ
お騒がせロボット営業部！
社運をかけ開発された身長80センチの人型ロボット。実用性ゼロのポンコツなのに、次々と事件の犯人にされて…新人女子とイケメンコンビは謎を解けるか!?　新感覚ロボットミステリー。
つ-26-1

天童荒太
ムーンナイト・ダイバー
震災と津波から四年半。深夜に海に潜り被災者の遺留品を回収する男の前に美しい女が現れ、なぜか遺品を探さないでほしいと言う——。現場取材をしたから書けた著者の新たな鎮魂の書。
て-7-5

堂場瞬一
帰還
東日新聞四日市支局長の藤岡裕己が溺死。警察は事故と結論づけたが同期の松浦恭司、高本歩美、本郷太郎の三人は納得がいかず、それぞれの伝手をたどって、事件の真相に迫っていく。
と-24-19

土橋章宏
チャップリン暗殺指令
昭和七年（一九三二年）、青年将校たちが中心となり首相暗殺などクーデターを画策。陸軍士官候補生の新吉は、来日中の喜劇王・チャップリンの殺害を命じられた——。傑作歴史長編。
と-33-1

中島らも
永遠（とわ）も半（なか）ばを過ぎて
ユーレイが小説を書いた？　三流詐欺師が写植技師と組み出版社に持ち込んだ謎の原稿。名作の誕生だ。これが文壇の大事件となって……。輪舞する喜劇。痛快らもワールド！　（山内圭哉）
な-35-1

中島京子
小さいおうち
昭和初期の東京、女中タキは美しい奥様を心から慕う。戦争の影が濃くなる中での家庭の風景や人々の心情。回想録に秘めた思いと意外な結末が胸を衝く、直木賞受賞作。　（対談・船曳由美）
な-68-1

中島京子
のろのろ歩け
台北、北京、上海。ふとした縁で航空券を手にし、忘れられぬ旅の光景を心に刻みこまれる三人の女たち。人生のターニングポイントにたつ彼女らをユーモア溢れる筆致で描く。　（酒井充子）
な-68-2

（　）内は解説者。品切の節はご容赦下さい。

中島京子
長いお別れ
認知症を患う東昇平。遊園地に迷い込み、入れ歯は次々消える。けれど、難読漢字は忘れない。妻と3人の娘を不測の事態に巻き込みながら、病気は少しずつ進んでいく。（川本三郎）
な-68-3

中山七里
静おばあちゃんにおまかせ
警視庁の新米刑事・葛城は女子大生・円に難事件解決のヒントをもらう。円のブレーンは元裁判官の静おばあちゃん。イッキ読み必至の暮らし系社会派ミステリー。（佳多山大地）
な-71-1

中山七里
テミスの剣（つるぎ）
自分がこの手で逮捕し、のちに死刑判決を受けて自殺した男は無実だった？　渡瀬刑事は若手時代の事件の再捜査を始める。冤罪に切り込む重厚なるドンデン返しミステリ。（谷原章介）
な-71-2

中路啓太
ゴー・ホーム・クイックリー
戦後、GHQに憲法試案を拒否され英語の草案を押し付けられた日本。内閣法制局の佐藤らは不眠不休で任務に奔走する。日本国憲法成立までを綿密に描く熱き人間ドラマ。（大矢博子）
な-82-1

楡　周平
ぷろぼの
人材開発課長代理 大岡の憂鬱
大手電機メーカーに大リストラの嵐が吹き荒れていた。首切り担当部長の悪辣なやり口を聞いた社会貢献活動の専門家「プロボノ」達は、憤慨して立ち上がる。（村上貴史）
に-14-4

貫井徳郎
新月譚
かつて一世を風靡し、突如、筆を折った女流作家・咲良怜花。彼女に何が起きたのか？　ある男との壮絶な恋愛関係が今語られる。恋愛の陶酔と地獄を描きつくす大作。（内田俊明）
ぬ-1-7

貫井徳郎
神のふたつの貌（かお）
牧師の息子に生まれた少年の無垢な魂は一途に神の存在を求めた。だが、それは恐ろしい悲劇をもたらすことに……。三幕の殺人劇の果てに明かされる驚くべき真相とは？（三浦天紗子）
ぬ-1-9